문학과 의학의 접경

의료문학의 이론과 쟁점

지은이

이병훈 李丙勳 Lee, Byoung-hoon

고려대학교 노문학과를 졸업하고, 모스크바 국립대학에서 석, 박사학위를 받았다. 현재 아주 대학교 다산학부대학 부교수이다. 전공은 19세기 러시아문학 비평사 및 비평이론이다. 연세 의대에서 펠로우로 있으면서 2년간 문학 강의를 했고, 서울의대, 고려의대, 가톨릭의대, 인제 의대 등에서 '문학과 의학', '예술과 의학' 등을 강의했다. 최근에는 문학과 의학의 학제간 연구 를 하고 있다. 저서로 『아름다움이 세상을 구원할 것이다』(2012), 『감염병과 인문학』(2014, 공저) 등이 있고, 역서로 『젊은 의사의 수기·모르핀』(2011), 『사고와 언어』(2021, 공역) 등이 있다.

문학과 의학의 접경 의료문학의 이론과 쟁점

초판 1쇄 발행 2023년 4월 20일
초판 2쇄 발행 2023년 12월 1일
지은이 이병훈 **펴낸이** 박성모 **펴낸곳** 소명출판 **출판등록** 제1998-000017호
주소 서울시 서초구 사임당로14길 15 서광빌딩 2층
전화 02-585-7840 **팩스** 02-585-7848
전자우편 somyungbooks@daum.net **홈페이지** www.somyong.co.kr

값 37,000원 ⓒ 소명출판, 2023
ISBN 979-11-5905-772-4 93810

이 저서는 2017년 대한민국 교육부와 한국연구재단의 지원을 받아 수행된 연구임 (NRF-2017S1A6A3A03079318)

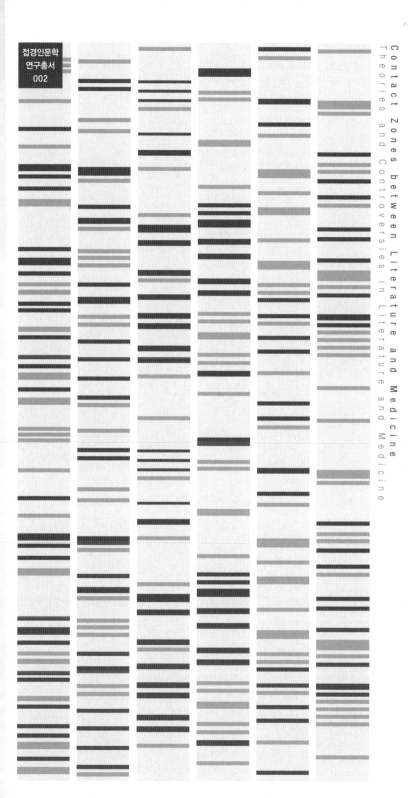

접경인문학
연구총서
002

문학과 의학의 접경

의료문학의 이론과 쟁점

Contact Zones between Literature and Medicine
Theories and Controversies in Literature and Medicine

이병훈 지음

총서 발간사

중앙대·한국외대 HK+ 접경인문학연구단은 2017년 한국연구재단의 인문한국사업HK+에 선정되어 1단계 사업을 3년에 걸쳐 수행한 후, 2020년부터 2단계 사업을 시작했습니다. 접경인문학에서 접경은 타국과 맞닿은 국경이나 변경만을 의미하지 않습니다. 같은 공간 안에서도 인종, 언어, 성, 종교, 이념, 계급 등 다양한 내부 요인에 의해 대립과 갈등이 발생하기 때문입니다. 연구단이 지향하는 접경인문학 연구는 경계선만이 아니라 이 모두를 아우르는 공간을 대상으로 진행됩니다. 다양한 요인들이 접촉 충돌하는 접경 공간Contact Zone 속에서 개인과 집단이 이를 어떻게 인식하고 변화시키려 했는지를 추적하고 분석하는 것이 접경인문학의 목표입니다.

연구단은 2단계의 핵심 과제로 접경 인문학 연구의 심화와 확장, 이론으로서의 접경인문학 정립, 융합 학문의 창출을 선택하였습니다. 1단계 연구에서 우리는 다양한 접경을 발견하고 그곳의 역사와 문화를 '조우와 충돌', '잡거와 혼종', '융합과 공존'의 관점에서 규명하였습니다. 이 성과를 바탕으로 삼아 2단계에서는 접경인문학을 화해와 공존을 위한 학술적이면서 동시에 실천적인 방법론으로 제시하고자 합니다. 연구단은 이 성과물들을 연구 총서와 번역 총서 및 자료 총서로 간행하여 학계에 참고 자원으로 제공하고 문고 총서의 발간으로 사회적 확산에 이바지하고자 합니다.

유례없는 팬데믹을 맞아 세상은 잠시 멈춘 듯합니다. 이 멈춤의 시간 속에서도 각종 국가주의와 민족주의가 횡행하며, 국가와 민족 사이의 충돌은 더욱더 첨예해지고 있습니다. 접경은 국가주의의 허구성, 국가나 민족 단위의 제한성, 그리고 이분법적 사고의 한계성을 여실히 드러내는 대안적인 공간이자 역동적인 생각의 틀이라 생각합니다. 우리 연구단은 유라시아의 접경에서 일어나는 다양한 조우들이 연대와 화해의 역사 문화를 선취하는 여정을 끝까지 기록하고 기억할 수 있기를 희망합니다.

중앙대·한국외대 HK+ 접경인문학연구단 단장
손준식

차례

서문

저자가 의과대학에서 처음으로 문학 강의를 한 지 어느덧 20년이 흘렀다. 그동안 많은 우여곡절이 있었지만 이 사건이 내 삶에 깊은 영향을 준 것은 틀림없는 사실이다. 러시아문학 전공자였던 저자가 의대에서 강의를 하며 학생들과 잊지 못할 교감을 나누고, 적지 않은 관련 논문들을 발표하고, 러시아 의사작가의 작품들을 번역하고, 의사와 문인들의 도움을 받아 『문학과 의학』이라는 잡지를 만들고, 학회를 결성하고, 이제 저서를 펴내고 있으니 말이다. 그리고 최근에는 다양한 학문 전공자들과 디오니소스 콜로키움을 만들어 정기적으로 학문적 교류를 하고 있기도 하다. 가끔 지난 시간을 되돌아보며 내가 왜 이 일을 열심히 하고 있는 것일까? 하는 질문을 던지곤 한다. 그 대답은 의외로 간단하다. 재미가 있어서 그럴 수 있었던 것 같다. '문학과 의학'이라는 상이한 학문 간 접경지대에서 벌어지는 다양한 문제들이 흥미롭고, 거기서 만난 벗들과의 만남이 유쾌하고 유익했기 때문이다. 문학과 의학이 만나 탄생한 '의료문학'이라는 접경공간에서 필자는 무엇보다 문학을 보는 새로운 문제의식과 융합문학의 가능성을 경험했다. 그것은 저자가 특별한 능력을 가지고 있어서가 아니라 이 접경공간에 본격적으로 들어서는 누구에게나 제공되는 것이다. 필자는 학문 간 접경공간에서 벌어지는 융합 현상을 지켜본 진지한 목격자였을 뿐이다. 이런 점에서 나는 매우 운이 좋은 사람이라고 할 수 있다.

이 책은 의료문학을 공부하면서 가졌던 여러 생각과 감상을 담은 글들을 모은 것이다. 대부분의 원고들은 잡지 『문학과 의학』을 비롯해 몇몇 학술지와 단행본에 실린 것으로 이 중에서 중복된 내용들은 줄이고, 필요한 것은 새로 수정했다. 부분적으로 수정한 원고들은 최초 발표한 연도와 수정한 연도를 원고 끝에 밝혀두었다.

의료행위가 인간의 삶에 더 깊숙이 개입하는 시대가 될수록 의료문학은 그 필요성이 커질 것이다. 인간의 삶과 사회체계가 고도로 의료화될수록 우리에겐 그것에 대응하는 문화적, 정서적, 정신적 준비가 필요하다. 부족하지만 이 저서가 체계적인 대응을 위한 참고 자료가 되었으면 하는 바람이다. 이 책은 크게 네 부분으로 구성되어 있다. 먼저, 제1부는 의료문학의 이론과 다양한 문제들을 소개한다. 여기서는 의료문학의 정의와 다양한 이론적 문제들, 의료문학과 의학교육, 문학치료 등을 다루고 있다. 다양한 시차를 보이는 글 중에서 가장 중요한 것은 총론의 성격을 띠고 있는 「의료문학의 개념 정립을 위하여」이다. 이 글은 의료문학의 개념과 필요성, 범위, 실제 비평 등을 종합적으로 조망하고 있다는 점에서 본서의 문제의식이 가장 잘 드러난 경우라고 할 수 있다. 이 총론은 여러 글들을 종합해서 작성한 것으로 각 부분의 상세한 내용은 본서에 실린 글들을 참고하기 바란다. 이밖에 제1부에서는 의료문학과 관련된 의사소통, 내러티브, 의학적 상상력, 노년문학 등 세부적인 이론적 문제들을 다루고 있다. 제2부는 의료문학의 작가론이라고 할 수 있다. 한국과 러시아의 대표적인 의사작가들을 의료문학적 관점에서 다루고 있는 글들은 기존의 작가론과는 차별화된 분석과 해석을 제공한다. 필자는 여기서 실존인물로서의 의사작가론과 안빈과 지바고 같은 작중인물로서의 의사작가론을 구분했다. 특히 후자는 작중인물을 이해하는 새로운 시각을 제시하고 있다는 점에서 남다른 의미가 있을 것이다. 제3부는 한국문학에서 의료문학이라고 분류될 수 있는 단편소설에 대한 실제 비평이다. 여기에 소개된 작가, 작품들은 극히 제한적인데, 그것은 잡지 『문학과 의학』에 소개된 작가와 작품만을 다루고 있기 때문이다. 이것은 의료문학적 문제의식을 필자 나름으로 실제 비평에 적용한 사례라고 할 수 있다. 제4부는 해외 의료문화 답사기로 동서양의 의료사에 대한 생각과 느낌을 기행문 형식으로 적은 것이다.

생각해보면 지지부진하고 고독한 공부길에 기꺼이 도움을 준 선배, 동료들이 있어서 이 작업이 가능했던 것 같다. 누구보다 먼저 고마움을 전해야 할 분은 마종기 시인이다. 선생은 최근까지도 의료문학에 대한 필자의 연구를 독려하고, 지지를 보내주셨다. 마종기 선생과의 만남과 인연이 없었다면 나는 이 길을 고집하지 못했을 것이다. 그는 한국 의료문학의 상징이면서 또한 내 공부길의 안내자이기도 했다. 지금은 퇴임하신 연세의대 손명세 교수와 같은 대학 국문과 정과리 교수께도 많은 빚을 지고 말았다. 손 교수는 저자가 의대에서 문학 강의를 할 수 있는 기회를 주었고, 마음 편히 강의와 연구에 몰두할 수 있도록 배려해주었다. 정과리 교수와의 인간적, 지적 교감도 내겐 매우 생산적인 자극이 되었다. 문학뿐만 아니라 세상에 대한 그의 깊은 해안은 나를 일깨우고 흥분시키기에 충분했다. 국립암센터 원장 서홍관 시인에게도 감사의 말을 전해야 한다. 지나고 보니서 시인이 내게 얼마나 많은 도움을 주고, 배려했는지를 최근에 깨닫게 되었다. 이분들 말고도 연세의대 여인석, 이현숙, 김영수 교수, 서울의대 이나미, 김옥주 교수, 서울대 박현섭, 김성수 교수, 고려의대 안덕선, 김승현, 이영미, 신규환 교수, 한양의대 유상호 교수, 부산치대 강신익 교수, 아주의대 최영화 교수, 제주의대 황임경 교수께도 진심 어린 고마움을 전하고 싶다. 끝으로 이 책의 출간에 도움을 주신 중앙대학교 접경인문학 연구단 전, 현직 사업단장이었던 차용구 교수, 손준식 교수께 이 자리를 빌려 감사의 말씀을 전한다.

제1부
의료문학이란 무엇인가

의료문학의 개념과 접경

의료문학의 다양한 문제들

의료문학과 의학교육

의료문학과 문학치료

제1장

의료문학의 개념과 접경

1. 의료문학의 개념 정립을 위하여

1) 감염병 시대와 문학

코로나19COVID-19가 에피데믹epidemic, 즉 제한된 지역에서 발생하는 감염병을 넘어 전 세계를 위협하는 팬데믹pandemic 상태로 확산되었다. 감염병이 '사람들 사이에서epi-' 유행하는 단계를 벗어나 '모든 사람에게 pan-' 퍼지는 공포의 대상이 된 것이다. 세계보건기구WHO가 발표한 팬데믹의 가장 최근 사례는 2009년 6월 신종 인플루엔자 A(H1N1)이다. 신종 플루로 불린 H1N1은 2009년 4월 24일 발생이 인정된 이후 2010년 8월 종식이 선언될 때까지 전 세계 214개국에서 확진되어 총 18,449명의 사망자를 낳았다. 이에 비해 코로나19는 확진자 및 사망자 수가 신종 플루를 능가할 것으로 예측된다. 문제는 이 감염병이 언제 종식될지 현재로서는 예상이 쉽지 않다는 점이다. 더구나 공중보건과 의료체계가 잘 갖추어져 있지 못한 대륙이나 국가로 확산될 경우, 상상하기 어려운 엄청난 피해가 올지도 모른다.

현대사회에서 감염병은 단순히 질병 그 자체가 아니다. 코로나19는 한 국가의 정치, 경제, 사회체계에 치명적인 타격을 주고 있다. 질병이 다수의 생명을 위협할 뿐만 아니라 한 국가의 시스템을 붕괴시키고, 더 나아가 세계질서를 뒤집어놓을 정도로 공포의 대상이 된 것이다. 이것은 감염병이 사람들의 밀집도, 이동속도와 범위 등에 따라 생사를 달리하는 특성을 지니고 있기 때문이다. 역사적으로 보면 중세나 근대에도 페스트, 독감 등이 한 지역이나 국가를 넘어서 인류를 위협했던 사례들이 있었다. 하지만 현대사회는 감염병이 3일이면 지구를 한 바퀴 돌 수 있는 완벽한 환경을 구축하고 있기 때문에 코로나19는 과거의 사례와는 질적으로 다르다. 세계지도에 표시된 각국 항공사의 국제노선도를 붉은 선으로 표시하면, 그것은 아주 복잡한 거미줄과 크게 다르지 않기 때문이다.

코로나19로 인해 세계 각국은 스스로를 봉쇄하는 최후의 수단을 선택할 수밖에 없는 지경에 이르렀다. 여기서 대한민국은 예외적 것으로 보인다. 봉쇄라는 수단은 감염병과 맞서 싸웠던 인류의 과거 교훈일 뿐이다. 하지만 현대사회에서 완전한 차단이라는 것은 현실적으로 불가능하다. 이런 점에서 대한민국의 사례는 현대사회에서 감염병을 차단하는 새롭고 모범적인 경험으로 평가될 만하다. 외신에서 강조하듯이 그것은 대한민국이 잘 갖춰진 공중보건 시스템을 보유하고 있고, 시민에게 필요한 정보를 투명하게 공개하는 민주주의 사회이기 때문에 가능한 일이다. 민주주의가 퇴보하면 방역정책도 효율성이 떨어진다. 물론 우리는 코로나19라는 초유의 사태를 맞이해 많은 시행착오를 겪고 있지만, 시간이 갈수록 이런 경험들은 미래의 교훈이 될 것이다. 질병은 새로운 문명을 만드는 법이다.

코로나19에 대처하는 대한민국의 사례는 감염병에 대한 새로운 방역정

책뿐만 아니라 의료윤리의 중요한 논점을 부각하고 제기하는 계기가 될 전망이다. 질병에 대한 인간의 싸움에서 '투명성transparency'이라는 윤리적 기준이 얼마나 중요한지를 보여주는 상징적인 경우라고 할 수 있다. 그것은 코로나바이러스의 초기 확산 사례를 통해 명확하게 확인된 바 있다. "전염병을 통제하려는 노력에서 투명성은 시민들에게 자신을 보호하는 방법을 알리고 의료 및 공중 보건 담당자에게 어떤 효과적이고 적절한 개입을 취해야 하는지 알려주는 핵심 원칙이다."[1] 이것은 개인의 자유와 공중의 건강 사이에 불가피하게 선택해야 하는 상황과 밀접하게 연관이 되어 있다. 사실 이 양자는 충돌하면서도 분리될 수 없는 측면을 지니고 있는데, 그것의 조화는 민주주의 체제의 투명성 원리에 의해서만 확보될 수 있는 것이다. 분리, 격리, 학교 폐쇄, 사회적 거리두기와 같은 비약물적 개입nonpharmaceutical interventions : NPI은 "자발적이고, 개인의 자율성을 존중하고 거기에 의존하며, 경찰의 권력 사용을 피할 때 가장 효율적이고 마찰을 최소화하면서 작동한다".[2] 코로나19 사태는 이렇게 공중보건의 중요한 윤리적 원칙들을 새롭게 제기하고, 확인하는 계기가 되고 있다.

감염병은 사회시스템을 위기에 빠뜨릴 뿐만 아니라 그 구성원들의 일상 생활에 씻을 수 없는 상흔을 남기기도 한다. 코로나19에 대처하는 공중보건 수칙 중에 '사회적 거리두기social distancing'라는 것이 있다. '사회적 거리두기'는 환자와의 접촉을 최소화하기 위한 감염병 통제전략으로 "가장 기본적이지만 불편하고 분열적인 공중 보건 수단 중 하나이다".[3] 하지만 이것이 자칫 사회적 관계의 분열로 이어질 수 있다는 우려의 목소리도 있다. 마리아 밴커코브Maria Van Kerkhove WHO 신종질병팀장은 "바이러스 전파 예방을 위해 사람들로부터 물리적 거리를 두는 것은 필수적"이지만 "그것이 우리가 사랑하는 사람, 가족과 사회적으로 단절되는 것을 의미하지 않는다"라며, '사회적 거리두기'는 '물리적 거리두기Physical distancing'로 바꾸어야 한다고 주장한다.[4] 이것은 사람들이 질병으로 인해 사회적으로 고립되거나 단절되는 것을 방지하기 위한 것으로 보인다. 감염병은 우리에게 사회적 고립을 강제할 수 있다. 그리고 우리는 사람들 사이의 '거리두기'가 외적 강제가 아니라 자발적 요구에 의해 하나의 관습으로 굳어지는 것을 경험하고 있다. 코로나19가 지나가도 '거리두기'는 여전히 사람들 사이에 남아있지 않을지 걱정이 되는 이유다. 이것은 인종차별, 빈부차별, 종교차별, 성차별 등과 더불어 새로운 사회적 차별의 한 형태가 될 가능성이 높다.

요컨대 코로나19는 전 지구적 차원에서뿐만 아니라 개인의 사회적 관계, 윤리적 판단과 행동, 심리세계와 정서 등에 심각한 영향을 끼치고 있다. 이런 점에서 우리는 공중보건의 차원이 아니라 문화적 차원에서 코로나19와 같은 질병에 대응하는 노력들이 필요하다. 왜냐하면 코로나19가 계절성 유행병이 된다 하더라도 여전히 인간의 삶에 치유되기 어려운 상흔들을 남길 것이기 때문이다. 공중보건이 인간 개개인의 사회적 관계를 복원할 수도 없을 것이고, 우리의 윤리적 판단과 행동, 심리세계와 정서 등을 재건하거나 어루만져주지도 못할 것이다. 여기서 문화, 예술의 역할이 매우 중요한데, 특히 문학은 인간에게 '이후의 삶life after'을 유지하게 하는 특수성을 지니고 있다는 점에서 각별히 주목할 필요가 있다. 문학은 질병으로 인해 상처와 고통받은 인간을 원래대로 되돌릴 수는 없지만 그것과 동반하는 삶이 가능하다는 것을 설득할 수 있을 뿐 아니라 '이후의 삶'이 삶의 가치와 의미를 성찰하는 성숙된 단계로 나아가는 것이라는 진실을 제시할 수 있다. 이런 문제의식을 강조해서 담고 있는 개념이 바로 '의료문학'이다.

2) 현대사회와 의료문학

의료문학iterature and medicine은 의료의 정치, 경제, 사회, 문화적 의미와 역할이 급증하고 있는 시대에 문학과 의료의 본래적 가치, 즉 인간의 정신적, 육체적 고통과 상처를 치유하고 인간중심의료를 복원하려는 가치를 지향하는 특수한 문학 개념으로, 의료와 관련된 과거, 현재, 미래의 모든 문학작품(문학적으로 의미가 있는 의료기록까지 포함하여)을 일컫는다. 의료문학이라는 용어는 우리말과 외국어에서 적지 않은 의미상의 차이를 감수한 도구적 개념이다. 이와 관련하여 먼저 의학이 아니라 '의료'라는 용어를 선택한 이유부터 설명해야 할 것 같다. 의학은 일정한 연구대상과 독자적인 원리를 지니고 있는 과학의 한 영역이다. 이에 비해 의료는 '의학의 실천practice of medicine'으로 질병의 예방, 치료, 간호 등을 총괄하는 영역이다. 양자가 문학과 조우할 때 '의학'이 좀 더 확장된 실천 영역인 '의료'에게 자리를 양보해야 하는 것은 겸양의 미덕일 것이다. 하지만 의학은 변함없이 의료문학의 이론적, 문제적 중심인 것은 틀림없다.

다음은 의료문학을 외국어로 번역할 때 부딪칠 수밖에 없는 난감한 문제를 언급하지 않을 수 없다. 말하자면 우리말인 의료문학이라는 용어를 의미상에서 정확하게 옮길 수 있는 서양어가 적당치 않다는 사실이다. 예컨대 의학사는 History of Medicine, 의철학은 Philosophy of Medicine으로 번역한다. 그러면 의료문학은 Literature of Medicine? 이런 영어 표현은 매우 어색할 뿐만 아니라 medical Literature로 이해될 가능성이 높다. 이는 의학중심적인 용어로 위에서 정의한 의료문학의 내용을 포괄하기 어렵다. 또한 의료문학은 Literature on Medicine 혹은 Literature and Medicine으로 번역할 수 있는데, 전자는 너무 대상을 문학작품에 한정하는 단점이 있다. 반면 후자는 정확한 용어라고 할 수는 없지만 문학Medicine in Literature과 의료Literature in Medicine 의 양 측면과 그 관계를 모두 포괄할 수 있는 용어로서 가장 적당하다고 생각한다. 이렇게 보면 우리말 용어가 좀 더 개념의 의미를 정확히 전달하는 솜씨를 발휘하고 있다고 할 수 있다.

저자가 이 책에서 사용하고 있는 의료문학이라는 용어는 문학과 의학의 특수한 관계를 의미할 뿐만 아니라 다음과 같은 세 가지 측면을 고려한 개념이다.

(1) 의료산업의 팽창과 하이퍼콘드리아 시대의 새로운 가치지향적 개념

우리는 인간의 '건강'과 '생명 연장'이 화두인 시대를 살고 있다. 10년 주기로 발생하고 있는 신종 플루와 코로나19 팬데믹은 특히 건강관리 사업으로 일컬어지는 헬스 케어health care 시장의 팽창을 예고하고 있다. 21세기에 이르러 의료산업medical industry은 IT산업과 더불어 세계시장을 이끌어가는 쌍두마차가 되었고, 자본주의 시장발전의 블루칩으로 성장했다. OECD Health Statistics 2019에 따르면 2018년에 지출된 경상의료비의 OECD 평균은 GDP대비 8.8%이다. 이것은 2003년의 7.9%와 비교하면 꾸준히 증가한 것이다. 미국의 경우가 17.1%, 프랑스가 11.3%, 독일이 11.2%, 일본이 10.9%, 대한민국은 7.6%이다. 2018년 미국의 GDP가 약 20조 5천억 달러인 점을 감안하면 경상의료비 규모는 무려 3조 5천억 달러가 넘는다. 같은 해 대한민국의 GDP는 약 1조 7천 2백억 달러이고, 경상의료비는 약 1천 3백억 달러가 넘으며, 이를 원화로 환산하면 140조 원이 넘는 규모이다.[5] 경상의료비는 일반적으로 "병원비, 약제비, 공공투자비 등 직접적인 의료비만 포함되는 것이기에, 의료와 연관되는 다른 산업 부문의 지출까지 포함하면 그 규모는 더욱 늘어난다".[6] 21세기 전 세계의 의료산업은 정확한 통계를 잡을 수 없을 정도로 어마어마한 규모이다. 여기에 코로나19 팬데믹 같은 사태가 반복된다면 그 증가 추세는 꺾이지 않을 전망이다. 의료산업이 다른 산업과 다른 점은 빈부격차에 따른 혜택과 결과가 확연히 구분된다는 점에 있다. 그럼에도 불구하고 의료산업은 빈곤층마저 외면할 수 없는 치명적인 유인효과를 지니고 있다. 그것은 생명과 건강에 대한 인간의 근원적인 욕망에서 기인한다.

의료산업의 양적, 질적 팽창은 "의학에 의한 사회통제 기능이 과도하게 확장되는 것"과 관련이 있다. 이른바 '의료화medicalization' 현상이 그것이다. 의료화란 "생의학이 발전하면서 전통적인 질병치료의 영역을 넘어서 비의학적 영역의 현상들을 질병으로 규정하면서 의료의 대상으로 삼는" 것을 말한다.[7] 예컨대 출생과 사망의 의료화가 가장 대표적인 경우이다. 20세기 중반까지만 해도 인간의 출생과 사망은 거주지에서 발생하였다. 하지만 의료화가 진행되면서 현대인들은 대부분 병원에서 출생하고 병원에서 사망한다. 다시 말해 의학이 인간의 생사에 과도하게 관여하고 통제하고 있는 것이다. 비만, 대머리나 발기부전, 미용을 위한 성형수술도 여기에 해당한다. 인간의 자연적인 생활모습들이 의학기술의 발전으로 치료의 대상이 되고 있다.[8] 여기서 더 나아가 20세기 말부터 현대의학은 '생의료화biomedicalization'라는 새로운 형태의 의료화를 추구하고 있다. "이것은 의학이 생명과학, 컴퓨터공학, 정보기술 등의 도움을 받으면서 새로운 차원의 기술과학으로 재탄생되는 과정을 의미한다."[9] 이로써 현대의학은 인간의 몸에 대한 의학적 통제를 넘어 유전자 조작을 통해 인간의 몸을 변형시키고 재구성하는 새로운 목표를 발견한 것처럼 보인다. 생명 자본은 인간의 신체를 통제하는 데 만족하지 않고, 그것을 변형시키려고 한다. 의학과 생명공학의 발달은 신체의 내부를 새로운 개입 공간으로 개척하고 있는 것이다. 이것은 인간의 삶과 죽음의 관계를 변형시키고, 이를 통해 생명과정 자체를 통제하려는 방향으로 나아가고 있다.[10] 생명 자본의 이런 본질은 생명정치biopolitics로 일컬어지는 신자유주의 지배체계를 구성하는 기본적인 토대를 이루고 있기도 하다.

현대의학의 의료화가 낳은 또 다른 문제점은 하이퍼콘드리아hypochon-dria 신드롬의 양산이다. 건강에 대해 지나치게 걱정하고 아무 이상이 없는데도 자신이 병들었다고 생각하는 심리상태는 현대인의 자격을 암시하는 듯하다. 사실 의료화와 하이퍼콘드리아는 공생관계에 있는 생물과 유사하다. 전자는 후자를 부추기며 막대한 이익을 창출하고 후자는 전자를 소비하며 욕구를 만족시키는 것이다. 이런 점에서 양자는 서로 분리될 수 없는, 현대의학의 이중자화상 같은 것이다. 의료문학은 바로 의료화에 기초한 생명 자본과 생명정치의 위험성뿐만 아니라 하이퍼콘드리아 신드롬에 대한 비판적인 인식에서 출발한다.

(2) 의료의 인간중심적 재편을 추구하는 문학

현대의학의 가장 커다란 특징은 과학과 기술에 대한 의존도가 지나치게 높다는 점이다. 이것은 의학이 그동안 질병에 대한 과학적 탐구에만 몰입해왔다는 것을 반증한다. 그 결과 의학은 눈부신 과학적, 기술적 진보를 이루었지만 그 병을 앓고 있는 환자로부터는 멀어졌다. 의학이 과학적 성과에 몰두하면서 환자들의 정신적, 육체적 고통을 적극적으로 감싸지 못한 것이다. 현대의학의 과학중심주의는 이미 지난 세기 많은 반대에 부딪쳤다. 무엇보다도 환자들이 검사에 의존한 의술에 문제를 제기했다. 환자들이 과학적 진단 너머로 의사들의 따뜻한 위로와 관심을 원했던 것이다.

이런 상황은 현대의학의 지평에 새로운 패러다임을 요구했다. 저자는 이것을 인간중심주의의 회복이라고 이해한다. 의학이 과학적 진보만을 받아들일 것이 아니라 인문학적 성찰까지도 포용해야한다는 문제의식이 그 단적인 예이다. 의료문학 역시 이런 맥락으로 이해할 수 있다. 의료문학은 의학의 본질을 인간학적 관점에서 이해하려는 시도와 연결되어 있다. 문학은 인간에 대한 가장 심오한 이해의 표현이다. 문학작품은 인간이라는 존재를 사수하기 위한 감성적 실천의 결과물이다. 이런 점에서 인간중심주의를 강조하는 의학이 문학으로부터 도움의 손길을 구하는 것은 자연스러운 일이다.[11] 이런 맥락에서 의료문학은 의료를 인간중심주의로 재편하려는 다양한 가치와 지향을 반영하고 지지하는 특수한 문학 개념이다.

(3) 문학의 본래적 의미와 역할에 충실하고자 하는 선언

의료문학은 생명 자본과 생명정치의 위험성 및 비인간적 의료환경에 대한 비판적이고 감성적인 대응일 뿐만 아니라 인간의 정신적, 육체적 고통에 대한 따뜻한 위로와 보살핌이어야 한다. 이것은 인간의 삶과 현실에 대한 성찰이며 동시에 인간 영혼과 육체에 남겨진 깊은 상흔과 트라우마에 대한 정서적 연민이어야 하는 문학의 본래적 의미와 역할에 충실하고자 하는 선언이기도 하다. 의료문학이 의료의 고유한 역할을 복원시키려는 노력과 맞닿아 있기에 이런 선언은 더욱 각별한 의미를 지닌다. 그것은 문학이나 의료 모두 상처 받은 인간을 치유해야 하는 고유한 특성을 지니고 있기 때문이다.

문학은 무엇보다도 '문학'이어야 하며, 이것은 의료문학 역시 마찬가지다. 의료문학은 '생명 자본과 생명정치의 위험성 및 비인간적 의료환경에 대한 비판적이고 감성적인 대응'이지만, 그 대응은 어디까지나 문학이라는 울타리 안에서만 의미가 있다. 만일 그렇지 않다면 우리는 그것을 굳이 '문학'이라고 지칭할 이유가 없을 것이다. 문학은 자신만의 특수성으로 현실을 재현하고 가치 평가한다. 문학이 다른 예술과 구별되는 특수성은 무엇보다도 문자언어를 통해 창조되는 형상성과 총체성에서 기인하는 바가 크다. 이를 통해 문학은 석고상처럼 굳어 버린 인간의 감성을 일깨우고, 현실을 긴장, 갈등, 비극, 떨림, 감동의 도가니로 만든다. 여기서 의료문학의 역할을 기대해본다. 이상에서 살펴본 바와 같이 의료문학은 문학의 보편적 본질을 구현하는 특수 개념으로서 현대 의료의 새로운 위기에 대한 능동적인 문화적 대안의 하나가 될 수 있다.

3) 의료문학의 다양한 영역들

앞서 언급했듯이 의료문학은 좁게는 의료행위와 상황을 주제 및 소재 등으로 다루고 있는 문학작품뿐만 아니라 넓게는 그것을 기록한 다양한 기록물(단, 문학적으로 의미가 있는)까지 포괄한다. 문학과 의학이라는 새로운 연구영역이 본격적으로 주목받기 시작한 것은 1982년 미국에서 동명의 잡지가 발간되면서부터라고 할 수 있다. *Literature and Medicine*이 창간된 것은 미국 의과대학에서 인문학 교육이 강조되던 당시 분위기와 무관하지 않다. 현대의학의 생의학적 편향을 반성하고 의학 본연의 모습, 즉 의학의 인본주의적 전통을 되찾아야 한다는 성찰이 미국 의학교육에서 제기되었던 것이다. 이런 분위기 속에서 잡지의 출현은 의학교육에서 특히 문학의 역할에 주목한 결과였다. 당시 미국의 의과대학에는 적지 않은 문학교수들이 의료인문학 교육을 담당하고 있었다. 이들은 자신의 경험을 공유하고 확산할 필요를 느꼈고, 그 결과가 잡지로 결실을 맺은 것이다. 집단지성의 상징이자 매체인 잡지는 새로운 연구영역에 대한 현실적 필요와 열망이 축적된 값진 열매였던 셈이다. 잡지는 1982년부터 1991년까지 연간지로 10호를 발행하고, 창간 10주년을 기점으로 1992년부터 현재까지 반연간지로 통권 55권2015년 봄호에 이르고 있다.

잡지의 성장은 주제 연구의 양적, 질적 발전으로 이어졌다. 초창기 문학과 의학에 대한 관심은 양자의 관계를 살펴보는 것에서부터 시작되었다. 그리고 이 주제는 크게 두 가지로 구분되었다. 하나는 '문학 속의 의료medicine in literature'이고, 다른 하나는 '의료 속의 문학literature in medicine'이다. 전자는 문학작품에 나타난 의학사, 의사, 질병, 고통, 의사와 환자의 관계, 의료윤리 등을 다루었다. 의사작가에 대한 관심과 연구도 이런 맥락위에 있다고 볼 수 있다. 반면 후자는 문학적 요소들을 의학에 어떻게 접목시킬 수 있는가 하는 문제와 연관이 있다. 가령 내러티브 이론을 환자와의 면담에 적용하는 것, 환자나 질병에 대한 기록에서 문학적 기법의 도움을 받는 것, 의학교육에서 문학작품을 통해 의학적 추론을 훈련하는 것 등이 이에 속한다. 잡지는 이런 다양한 연구 주제들을 다루었지만 최근에는 전자보다 후자에 주목하고 있는 것 같다. 이것은 최근 의료인문학의 '질적 연구' 경향을 반영하고 있는 측면도 있다. 이렇게 보면 의료문학에 대한 우리의 연구는 아직 '문학 속의 의료'에 머물러있다고 할 수 있다.[12] 아래의 표는 2010년부터 2019년까지 대한민국에서 발간된 의료문학비평『문학과 의학』 1~14권을 중심으로 그동안 발표된 의료문학의 성과들을 연구 영역별로 정리한 것이다.

			의사작가론*	의사작가론(실존인물)
의료 문학	문학 속의 의료 (Medicine in Literature)	의료문학사		의사작가론(등장인물)
			작품론	주제(삶과 죽음의 관계 등)
				소재(질병과 치료, 노화, 건강 등)
				의료인과 환자(인물)
				의료공간(병원, 진료소 등)
				의료수단(수술, 검사, 약 등)
				의료 및 위생 언어
			의료와 관련된 사회사, 문화사, 생활사,	개화기 신문, 잡지를 통해본 근대의학의 풍경
				일제강점기 문학에 나타난 의료사회사
				감염병과 방역을 중심으로 본 질병문학사
		의료문학비평	의료문학(비평)론	
			노년문학론*	
			작품(수필, 질병체험기 포함) 평	
			의료 SF소설 평	
			의료드라마 및 영화 평	
	의료 속의 문학 (Literature in Medicine)	문학치료	문학치료의 이론과 사례	
		의학교육과 문학	의료윤리와 문학	
			communication skill과 문학*	
		서사의학	서사의학의 이론	
			환자와 의사의 내러티브*	
			질병 내러티브	

위에서 열거한 의료문학의 연구영역 중에서 특히 의사작가론은 의료문학의 문제의식과 관점이 가장 잘 발휘될 수 있는 분야일 것이다. 의사작가는 크게 실존인물로서의 의사작가와 등장인물로서의 의사작가로 구분된다. 전자는 블라지미르 달리, 안톤 체호프, 미하일 불가코프, 비켄티 베레사예프이상 러시아, 고트프리트 벤, 알프레드 되블린, 한스 카로사이상 독일, 슈니츨러이상 오스트리아, 존 키츠, 코난 도일, 섬머셋 모옴, A.J.크로닌, 올리버 색스이상 영국, 윌리엄 칼로스 윌리엄스이상 미국, 프랑수아 라블레, 장 크리스

토퍼 뤼팽, 루이 페르디낭 셀린^{이상 프랑스}, 모리 오가이, 와타나베 준이치^{이상} ^{일본}, 아우구스토 쿠리^{이상 브라질}, 서재필, 마종기^{이상 한국} 등이 있고, 후자는 지바고^{파스테르나크}의 『의사 지바고』, 안빈^{이광수} 『사랑』 등이 있다.[13] 실존인물과 허구적인 인물로서 의사작가는 문학연구의 관점에서 보면 작가론과 작품론의 대상이라는 점에서 대비될 수 있다. 의사작가로서 안톤 체호프에 대한 연구는 의사로서의 삶과 예술의 연관성에 대한 탐구이다. 이것은 체호프에 대한 연구, 즉 작가론의 특수 주제에 해당된다. 이에 비해 의사 지바고에 대한 연구는 주인공이 작품 속에서 어떤 역할을 하고 있으며, 그것의 문학적 의미가 무엇인지를 분석하는 것이다. 이렇게 보면 의사작가 지바고에 관한 연구는 파스테르나크의 『의사 지바고』에 대한 작품론의 하나라고 할 수 있다. 이것은 반대의 논리로도 증명된다. 만일 지바고가 의사작가라는 사실이 작품을 이해하고 평가하는데 큰 의미가 없다면 작품 속 의사작가론, 즉 '지바고론'은 신기루에 불과하다.[14] 요컨대 등장인물로서의 의사작가론은 그것의 문학적 함의가 적지 않은 경우에만 의미가 있다고 하겠다.

노년문학론은 최근 한국문학에서 주목받고 있는 주제 중 하나라고 할 수 있다. 하지만 의료문학의 관점을 좀 더 심화시킬 때 이 주제에 대한 연구도 다양해지고 깊이를 더 할 수 있다. "한국문학에서 '노년문학'에 대한 논의가 본격적으로 제기된 것은 비교적 최근 일이다. 이것은 한편에서 노년문학이라고 부를만한 작품들이 하나의 범주로 묶일 만큼 일정한 흐름을 형성하고 있다는 것을 암시하는 것이며, 다른 한편에서 과거와 현재의 문학을 노년문학이라는 시각으로 바라봐야 하는 사회적, 문학적 문제의식이 생겼다는 것을 의미한다. 문학은 항상 당대의 사회적 현상을 반영하기 때문에 노년문학의 형성배경에는 응당 그에 상응하는 사회적 배경이 있을 것이다. 즉 한국사회가 고령화 사회로 진입했다는 것이 그것이다. 과거에 비해 노인 인구가 급속하게 증가하고 있고, 이에 따라 노년의 삶에 대한 관심이 커지고 있다. 이런 사회적 변화에서 문단도 예외가 될 수 없다. 한국을 대표하는 많은 작가들이 이제 노년의 나이가 된 것이다. 하지만 적지 않은 작가들이 연로한 나이가 되어서도 창작의 열정을 이어가고 있고, 젊은 시절에 도달한 문학적 성취를 뛰어넘는 새로운 문학적 경지를 개척하고 있다. 이것은 한국문학이 그만큼 성숙했다는 중요한 징표일 것이다. 아무튼 노년문학에 대한 다양한 논의들이 바로 이런 원로작가들의 창작활동과 무관하지 않다는 것은 분명하다."[15] 그런데 이런 문학적 흐름에 대한 심도 있는 비평은 노인의 삶이 대면하고 있는 가족적, 사회적, 경제적 환경이나 그들의 육체적, 심리적 특성 등에 대한 특별한 관심으로 요구한다. 이런 점에서 의료문학이라는 문제의식과 관점이 노년문학에 대한 연구에서 상대적으로 유리한 위치에 있는 것은 당연한 일이다.

'의료 속의 문학'은 의료문학에서 절반의 의미를 차지하고 있음에도 불구하고 아직 미개척 분야로 남아 있다. 이 영역은 엄밀히 말해 문학 고유의 영역이라고 할 수 없다. 다시 말해 의료영역에서 문학의 방법이나 도구들을 적용한 응용분야이다. 바꾸어 말하면 '의료 속의 문학'은 의료와의 융합 없이 발전할 수 없다. 하지만 의료는 현실이다. 문학의 방법이나 도구들이 실제 임상영역에서 필요성이 인정되지 않으면, 그것도 상당한 정도의 타당성과 효과가 입증되지 않으면 외면받기 십상인 것이 현실이다. 이런 점에서 의사소통기술communication skill과 서사의학이라는 주제는 '의료 속의 문학'의 미래를 가늠하는 척도가 될 전망이다.[16]

현대의학은 환자중심 진료consumer-driven health care를 강조하고 있다.

이것은 의료서비스를 소비자 관점에서 접근하려는 새로운 시도이다. 의료 서비스의 패턴이 이렇게 변한 이유는 무엇보다도 환자가 의사와의 관계에서 수동적인 대상이 아니라 능동적인 주체가 되었기 때문이다. 환자는 이제 더 이상 의사의 말을 묵묵히 듣고만 있는 청취자가 아니다. 환자는 자신의 불편함을 의사에게 적극적으로 호소하고, 의사의 사소한 언행에 대해 불평을 늘어놓는 존재가 되었다.

양질의 의료 서비스는 환자의 관심과 참여 없이는 기대할 수 없다. 이런 점에서 의사는 진료과정에 환자를 적극적으로 참여시킬 수 있는 능력을 지닌 의학면담medical interview 전문가가 되어야 한다. 실제로 당뇨, 고혈압, 우울증 환자의 경우 의사와 환자가 서로 협력하지 않으면 치료효과가 크게 떨어진다는 조사결과가 나와 있다. 이에 따르면 의사가 환자에게 지시한 내용이 시행되는 경우는 50% 미만이라고 한다.[17] 환자들은 의사의 지시에 따르지 않으려는 현실적인 이유들을 항상 가지고 있다. 그러나 이런 상황에서도 의사가 질병의 특성과 그 위험성, 예상되는 치료효과, 약물의 구체적인 복용방법 등을 환자에게 적적하게 전달한다면 보다 나은 치료결과를 기대할 수 있을 것이다.

이렇게 현대의학이 환자를 위한 서비스에 눈을 돌리면서 자연스럽게 의학교육에서도 환자와 의사소통을 잘하는 의사를 훈련시켜야 한다는 필요성이 제기되었다. 시중에 나와 있는 *Skills for Communicating with Patients*, *Communication Skills for Medicine* 등과 같은 책자들은 모두 이런 요구에 부응하기 위해 집필된 것들이다. 그렇다면 의사에게 필요한 의사소통 능력이란 무엇인가. M.Lloyd와 R.Bor가 공동집필한 *Communication Skills for Medicine*에는 존 래드클리프 병원John Radcliffe Hospital 분자의학 연구소의 석좌 교수인 데이비드 위더롤 경Sir D.Weatherall이 쓴 서문이 붙어 있는데, 여기에 이런 구절이 있다.

"수년 전에 나는 혈액 관련 질환, 주로 백혈병과 그와 같은 불쾌한 상태에 있는 환자들을 위한 병동 하나를 관리했다. 병동은 규모가 작았기 때문에 나는 매일 아침 여유롭게 병동을 회진할 수 있었고, 그런 이유로 내 환자들을 아주 잘 알고 있다고 믿었다. 그곳에선 환자들과 이야기할 수 있는 시간이 많았다. 그들이 앓고 있는 질병들의 성격과 그 질병들이 환자와 가족의 삶에 끼치는 영향에 관해 충분히 토론할 수 있었다. 요컨대 그것은 내가 애착을 갖고 생각했던 매우 발전된 의사소통 기술들을 연습하는 이상적인 기회였다……. 그 뒤에 나는 회진 노트들을 교환하면서 환자들과의 의사소통 문제에 대해 많은 것을 배웠다. 예를 들면 그것은 간단한 언어로 복잡한 문제를 어떻게 설명할 것인지, 어떻게 한 인터뷰에서 많은 정보를 전달할 것인지 하는 것이었고, 우리가 믿고 있는 것으로부터 환자가 얼마나 많은 것을 실제로 얻을 수 있느냐는 환자들의 질병에 대한 '완전히 솔직한' 토론에 달려 있다는 것, 몇몇 환자들이 소중히 여기는 진실한 소망은 그들의 의사를 실망시키지 않으려한다는 사실 등과 같은 것이었다."[18]

의사들은 다양한 임상경험을 통해 환자와의 의사소통이 얼마나 중요한지 알고 있다. 질병을 치유하는 과정에서 의사의 말 한마디는 약이 되기도 하고, 독이 되기도 한다. 이런 점에서 버나드 라운Bernard Lown의 다음과 같은 지적은 시사하는 바가 크다. "의사의 말 한마디가 환자에게 상처를 줄 수도 있지만, 반대로 환자의 치유를 크게 촉진시킬 수도 있다. 치유의 과정은 과학만으로 되는 것이 아니며, 환자의 긍정적 기대감과 의사에 대한 신뢰감도 뒷받침되어야 한다. 신중하게 선택된 말은 의사가 환자를 위하여 할 수 있는 가장 훌륭한 치료이기도 하다. 사실, 말은 가장 뛰어난 치료수단임에도 불구하고 별로 중요시되지 않고 있다."[19]

의사의 입장에서 '환자의 말'은 질병의 원인과 상태에 관한 중요한 정보를 담고 있는 일종의 텍스트이다. 일반적으로 텍스트는 어떤 체계를 가지고 있는 것이 보통이다. 그리고 일정한 통일성도 텍스트의 본질적인 구성원리 중 하나다. 그러나 환자의 말은 다른 텍스트와는 달리 모호성ambi-guity이라는 특징을 지니고 있다. 대부분 환자의 말은 분명하지 않고, 명쾌하지도 않으며, 두서가 없고 비논리적이다. 다시 말하자면 의사가 원하는 중요한 정보들이 모호한 텍스트 속에 숨어있는 셈이다.

이런 이유 때문에 '의사의 말'은 '환자의 말'을 푸는 열쇠가 된다. 의사는 환자의 입을 열 수도 있고 닫을 수도 있다. 의사가 어떤 말을 하느냐에 따라 환자가 생산하는 모호한 텍스트의 질량과 부피가 결정된다. 진료실에 환자가 들어왔다고 가정해보자. 굳은 자세로 의자에 앉아 있는 환자에게 의사가 말을 걸지 않는다면 환자는 자신의 정보를 공개하지 않을 것이다. 대개 의사는 환자에게 '어디가 불편해서 오셨습니까?'라는 말을 처음 건넨다. 이 말이 환자의 입장에서는 얼마나 듣고 싶었던 말인지 의사들은 잘 모를 것이다. 환자는 의사의 말을 통해서 비로소 자신의 말을 이어갈 수 있다.

게다가 의사의 말은 환자의 말에 일정한 체계성과 통일성을 부여할 수도 있다. 의사들이 익히 알고 있는 매뉴얼에 적혀 있는 환자에 대한 기본적인 질문들은 모호한 텍스트에 일정한 질서를 부여한다. 만약 의사들의 체계적인 질문이 없다면 환자들은 진료실에서 횡설수설하기 십상이고, 심지어 자신의 소설 같은 인생살이까지 늘어놓을 것이다. 이렇게 현대의학이 환자의 시각에 눈을 돌리면서 자연스럽게 문학에 관심을 기울이는 것은 당연하다. 문학작품은 말의 거대한 도서관이며, 의사소통의 미묘함과 기술을 익힐 수 있는 살아있는 현장이기 때문이다. 그중에서 특히 의료문학은 이런 요소들이 특화된 형태라고 할 수 있다.

의료에서 내러티브의 중요성과 의미가 강조되기 시작한 것은 대략 1980년대 중반부터다.[20] 그런데 주목할 것은 이런 움직임들이 현대의학의 생의학적 편향에 대한 반성과 괘를 같이하고 있다는 사실이다. 이것은 의학적 내러티브 연구가 현대의학의 탈인간주의적 프레임을 제자리로 돌려놓으려는 노력과 밀접하게 연관이 있다는 점을 시사한다. 특히 이런 움직임이 생의학 중심의 현대의학이 발달한 영미권에서 활발하다는 점도 이와 무관하지 않을 것이다. 영미권의 서사의학 연구에서 개척자 역할을 한 대표적인 인물은 리타 샤론Rita Charon이다. 그녀는 의학에 문학 방법론과 개념을 적극적으로 도입해서 생산적인 논의를 제기한 바 있다. 특히 그녀는 문학 및 언어학의 내러티브 이론이 의학과 밀접한 관계가 있으며, 이에 대한 연구가 실제 환자를 진료하는 과정에서 매우 유용하다고 주장한다. 그것은 환자들이 자신들만의 독특한 내러티브를 가지고 있고, 이것 없이 진료나 치료가 불가능하기 때문이다.[21] 리타 샤론은 "언어가 질병과 같은 구조를 가지고 있"을 뿐만 아니라 "질병도 언어와 같은 구조를 가지고 있다"고 보고 있다.[22] 이것은 질병이 환자의 말속에 표현되어 있다는 의미이다. 질병은 여러 가지 형태로 모습을 드러내지만 환자의 내러티브는 그중에서 가장 종합적이고 사실적인 내용과 형식을 지니고 있다. 질병은 세포, 혈액 등의 변화뿐만 아니라 환자의 몸 상태, 기분, 대인관계의 어려움으로 표현되기도 한다. 환자의 내러티브는 바로 질병의 이런 갖가지 모습들을 상징적인 언어적 구조물로 완성한 것이다.

리타 샤론은 또 의학적 내러티브 연구를 생명윤리와 연계시키는 작업에서도 주도적 역할을 했다. 그녀는 서사의학이 "현대의학의 비인간성, 파편화, 냉정함, 이기주의, 사회적 양심 부족 등을 개선하는 데 매우 유용한 기회를 제공한다"고 주장한다.[23] 이것은 내러티브에 대한 관심이 의사와 환자 사이의 거리감을 획기적으로 줄이는 데 효과적이기 때문이다. 내러티브는 환자에 대한 인간적 관심, 상호주의, 양심적 의료 실천의 결과물이다. 이에 대해 리타 샤론은 다음과 같이 언급하고 있다. "이 방법들은 환자와 건강 전문가들 사이의 분리를 강조하기보다 생명이 제한되어 있고, 문화에 의해 통합되어 있으며, 언어를 통해 자신을 드러내고, 고통을 나타내는 인간들 사이의 회합을 추구한다."[24] 내러티브에 대한 문제의식은 생명윤리의 개념적 지형을 바꾸어 놓았다. 기존의 도덕적 규범들은 개인의 특수성을 고려하지 않았다. 그것은 인간의 현실적 삶과 동떨어진 것이었고, 성, 인종, 문화, 시간 등 다양성을 반영하지 못했다. 이에 반해 내러티브 윤리는 개별성, 다양성, 상호성에 주목한다. "우리는 이것을 단독성, 일시성, 상호주관성에 기초한 많은 윤리적 체계들의 용어를 포괄하는 것으로서 '서사윤리narrative ethics' 혹은 '서사윤리들the narrative ethici'이것은 윤리의 복수형을 나타내려는 나의 의도가 담긴 용어이다이라는 개념으로 지칭할 수 있을 것이다."[25]

의학의 내러티브적 특징들은 특히 생명윤리의 실천에서 잘 나타난다. 여기서 생명윤리의 실천은 의사가 환자를 돌보는 과정에서 필요한 다양한 측면들을 포괄한다. 다시 말해 그것은 진료실 안에서 일어나는 행위뿐만 아니라 지역 사회와 연계된 사회적 실천으로서 의료행위까지를 의미한다. 리타 샤론은 이것을 내러티브 의학의 세 가지 흐름이라고 정리하고 있는

데, 예컨대 '주의attention', '표현representation', '연계성affiliation'이 그것이다.[26] 리타 샤론은 이 중에서 내러티브 의학의 첫 번째 흐름인 '주의'에 대해 언급하면서 특히 듣기listening의 중요성을 강조하고 있다. 환자의 말을 듣는 행위가 서사의학의 시작이자 근본이라고 보고 있는 것이다. 듣기는 의학적 내러티브를 가능케 하는 전제조건이면서 동시에 '표현'의 기초적인 재료이다. 여기서 '주의특히 '듣기''와 '표현'은 동전의 양면 같은 것인데 "각각의 표현은 신선한 주의, 새로운 통찰, 새로운 의무, 새로운 이야기를 향한 소용돌이에 또 다른 힘을 불어넣"기 때문이다.[27]

서사의학과 서사윤리는 리타 샤론의 경우에서 보듯이 '의료문학'이라는 학문, 문화영역과 밀접한 관계가 있다. 이것은 생명윤리의 내러티브적 요소들에 대한 다양한 연구들을 통해 증명되고 있는데, 가령 생명윤리에서 문맥context, 목소리, 시간, 성격character, 공간, 플롯 등의 요소가 지니고 있는 의미에 대한 연구들이 그것이다. 이런 요소들은 모두 문학작품을 구성하고 있는 핵심적인 요소들인 것이다. 이렇게 리타 샤론은 문학작품을 분석하는 방법론과 개념들을 이용해서 의학적 내러티브를 마치 작품인 양 분석하고 있다. 이것을 보면 내러티브 의학과 내러티브 윤리의 발전이 '의료문학'의 토대위에서 가능한 것이었다는 사실을 알 수 있다.[28]

4) 의료 문학작품과 실제비평

앞서 의료문학을 정의한 바 있지만 실상 그 대상이나 범위를 어디까지로 한정할 것인가 하는 문제는 여전히 논란의 여지가 있다. 의료의 주제나 소재를 어떤 관점과 기준으로 볼 것이냐는 전문가마다 다를 수 있고, 이것은 진리의 기준을 따지는 문제와는 다르기 때문이다. 가령 의료의 주제와 소재를 인간의 생로병사로 광범위하게 확장한다면 문학의 일반적인 주제와 크게 다르지 않을 것이다. 반대로 의료의 대상을 의료현장에서 일어나는 사건에만 국한한다면 의료문학의 범위를 불필요하게 축소하는 결과가 초래될 것이다. 결국 이 문제는 의료문학에 대한 실제비평의 몫이 되리라고 본다. 비평은 작품의 내용과 예술성을 고려하여 의료문학의 대상을 확장할 수도 있고, 엄격하게 제한할 수도 있다. 그럼 의료문학의 사례 중 몇몇 소설작품들과 실제비평을 잡지『문학과 의학』을 중심으로 살펴보도록 하자.

『문학과 의학』에 발표된 그간의 작품으로는 김연경의 「구토」(1), 김형경의 「가스총」(2), 김유택의 「보라색 커튼」(3), 한유주의 「아마 늦은 여름이었을 거야」(4), 서하진의 「피도 눈물도 없는」, 허택의 「숲 속, 길을 잃다」(5), 염승숙의 「눈물이 서 있다」(6), 김태용의 「음악적 눈-우울과 환각에 대한 소고」(7), 「나의 두 번째 목소리」(14), 정태언의 「원숭이의 간」(8), 양진채의 「늑대가 나타나면」(9), 이유의 「아버지를 지켜라」(10), 이중근의 「남행」(10), 이재은의 「존과 앤」(11), 이수경의 「어머니를 떠나기에 좋은 나이」(11), 황현진의 「사인은 심장마비」(12), 김선재의 「누가 뭐래도 하마」(13) 등이 있다. 위 작품들은 정도의 차이는 있지만 의료의 주제와 소재들을 직, 간접적으로 다루고 있다. 허택의 경우처럼 질병불면증과 습진이 단순한 소재로 활용되기도 하고, 김태용의 「음악적 눈-우울과 환각에 대한 소고」에서 보는 것처럼 질병우울증에 대한 집요한 묘사로 귀결되기도 한다. 김연경구토, 김형경신경과민, 김유택자폐증, 한유주암, 염승숙이명, 정태언간경화, 양진채자가면역질환, 이유불안장애, 이재은트라우마, 이수경트라우마, 황현진

심장마비, 김선재폭식장애, 김태용의 또 다른 작품실어증의 경우는 질병 혹은 질병체험이 문학적 비유나 장치로 변형된 사례들이다. 이 작품들은 많은 경우에 작가들의 질병체험기라는 특징을 지니고 있기도 하다. 여하튼 이 작품들은 의료의 주제나 소재가 나름의 문학적 기능을 하고 있는 경우라고 할 수 있다.

이 작품들 중에서 의학적 상상력이 스토리, 구성, 주제에 깊이 개입하고 있는 경우는 염승숙, 김태용을 들 수 있다. 「눈물이 서 있다」는 대리운전을 하는 주인공 현이 예기치 못한 사건에 연루되어 비극적 결말을 경험하는 이야기다. 이 작품을 이해하기 위해서는 우선 작가가 설정한 가상현실의 구조를 파악해야 한다. 소설의 가상현실은 다음과 같다. 지난 십 년간 도시는 A부터 E구역까지 5등분되었다. 이유는 알 수 없으나 난청의 정도에 따라 사람들은 구역별로 분류되고, 강제 이주되었다. 청력에 아무런 장애가 없는 이들은 A구역에, 반대로 두 귀가 모두 멀어버린 자들은 E구역에 모여 살고 있다. 그리고 B구역에는 양쪽 귀의 기능에는 이상이 없지만 이명의 고통에 시달리는 사람이, C구역에는 이미 한 쪽 귀의 청력이 소진돼 버린 사람이, D구역에는 양쪽 귀의 청신경에 장애가 있어 작은 소리를 잘 구분하지 못하는 사람이 산다. 도시는 동심원 모양으로 A구역이 가장 중심에, E구역이 맨 가장자리에 놓였는데, A < B < C < D < E 순이다. 도시민들은 반년에 한 번씩 시행되는 정기검진의 결과에 따라 누구든 자기 구역에 머무르거나 다른 구역으로 이동해야만 했다. B, C, D구역에서 이동은 빈번한 편이었지만 A구역에서 E구역으로 옮겨지는 경우도 적지 않았다. 사회구조가 이렇게 재편되자 이명이나 난청 등을 극복하는 장치들이 이삼 년 전부터 제작, 유통되었다. 사람들은 이것을 '귀'라고 불렀는

데, 가격에 따라 성능이 천차만별이었다. 그래서 어떤 '귀'를 착용하고 있는지가 그 사람의 등급을 결정하는 기준이 되었다.

이런 가상현실 속에서 비극적인 스토리가 펼쳐진다. 주인공 현은 C구역에 살고 있다. 그는 대리운전 기사로 직장은 B구역에 위치해 있다. 그런데 어제 새벽, 그는 A구역에 사는 승객의 차를 운전하다가 우연히 고가의 '귀'를 주웠다. 그는 이 물건을 대리운전업체의 야간관리부스 책임자이자 장물아비인 '군'에게 돈을 받고 넘겼다. 그런데 B구역의 터줏대감이자 조직폭력배 보스인 장이 이 사실을 알고 자신의 무리들을 시켜 현을 무자비하게 폭행한다. 그것은 현이 주웠던 '귀' 안에 마약처럼 보이는 흰색가루가 들어있었기 때문이다. 의외의 끔찍한 봉변을 당한 현은 사무실 바닥에 쓸어져 서럽게 운다. 그런 모습이 멀리서 보면 마치 눈물이 서 있는 것처럼 보인다.

작품 속의 가상현실과 스토리는 모두 이명耳鳴이라는 특정 증상을 전제하고 있다. 예를 들어 C구역에 사는 주인공 현도 이명 때문에 고통스러워한다. 그는 이미 왼쪽 귀가 멀어 있는 상태다. 의학사전에 따르면 이명tinnitus이란 귀에서 들리는 소음에 대한 주관적 느낌을 말한다. 즉, 이명에 시달리는 사람들은 외부로부터 청각적인 자극이 없는 상황에서 소리가 들린다고 느끼는 것이다. 완전히 방음된 조용한 방에서 약 95%의 사람이 20dB 이하의 이명을 느끼지만 이는 임상적으로 이명이라고 하지 않으며, 자신을 괴롭히는 정도의 잡음이 느껴질 때를 이명이라고 한다. 결국 중요한 것은 이명 증상 그 자체보다 그것을 받아들이는 개인의 심리적 상태라고 할 수 있다. 이것은 염승숙의 작품을 이해하는데 중요한 잣대를 제공한다. 「눈물이 서 있다」의 주인공이 이명 때문에 고통스러운 것처럼 보이지만 사실 그것은 자신의 심리적 상태를 표현하는 장치일 뿐이다.

이렇게 보면 주인공 현은 자신의 심리적 상태로 인해 이명 증상으로부터 과도한 고통을 받고 있는 셈이다. 이것은 염승숙이 이명을 고의적으로 과도하게 묘사하고 있다는 것을 의미한다. 그것은 무슨 이유 때문일까? 여기서 이명 증상을 통해 작가가 의도하려고 했던 것이 어렴풋이 드러난다. 그것은 우리시대를 사는 고독하고 외로운 생명들의 비극적 삶과 내면 심리를 표현하는 것이다. 염승숙은 이 중에서 특히 자신과 같이 미래가 불투명한 젊은 세대의 불안한 삶과 내면 심리에 주목하고 있다. 작가는 주인공 현으로 대표되는 사람들에게 연민의 시선을 던지고, 그들을 비극의 구렁텅이로 몰아넣는 세상의 비정함을 폭로한다. 이것은 이명이라는 의학적 상상력을 통해 작가가 얻은 성취일 것이다.[29]

「음악적 눈」에는 '우울과 환각에 대한 소고小考'라는 부제가 붙어 있다. 이것은 작품이 우울과 환각에 대한 문학적 탐구라는 것을 암시한다. 하지만 소설을 읽어보면 우울이라는 감정보다는 환각이라는 지각에 치우친 느낌이 든다. 여기서 우울은 환각을 돋을새김하기 위한 배경 혹은 무대장치 정도로만 서술되어 있다. 우울은 시종일관 소설의 뒤 배경을 장식하고 주연 자리를 환각에게 양보한다. '나'는 음악을 듣지 않고 본다. 이것을 '나'는 '음악 한다'고 표현한다. "음악은 연주되지 않고 들린다. 들리지 않는다. 오로지 보일 뿐이다. 보이는 음악. 음악 한다. 내가 한 번도 들어보지 못한 음악이다." 그렇다고 '나'가 음악에 조예가 깊은 것은 결코 아니다. '나'는 음악과 무관한 삶을 살아온 인물이다. 그럼에도 주인공은 들리는 것을 보는 것으로 착각하고 있는 것이다. 환각Hallucination은 실제적으로 존재하지 않는 외부 대상에 대해 감각적인 자극을 느끼는 지각의 형태를 말하는 것으로 대표적인 경우가 환청幻聽, 환시幻視, 환후幻嗅, 환미幻味 등이다. 「음악적 눈」이 우울이 아니라 환각에 대한 소설이라는 사실은 제목에서 상징적으로 드러난다.

「음악적 눈」은 환각 중에서도 주로 환시의 세계를 다루고 있다. 이 작품에서 환시의 세계를 가장 잘 드러내고 있는 것은 "나는 음악을 볼 수 있다"라고 말하는 '나'의 진술이다. 이 문장은 여러 가지 변형된 형태로 작품 속에서 계속 반복된다. 기존의 감각에서 보면 음악은 듣는 것, 즉 청각의 대상이지 시각의 대상이 아니다. 이렇게 청각의 대상이 시각의 대상으로 뒤바뀐 것은 감각의 기억에 대한 불신에서 나온 결과라고 할 수 있다. "보는 것을 기억하는 것. 기억한 것을 다시 기억하는 것. 되풀이하는 것"을 통해 최초의 감각은 새벽이슬처럼 사라진다. 남는 것은 감각에 대한 기억뿐이다. 그런데 그 기억은 기억을 기억한 것이지 감각을 기억한 것이 아니다. 이렇게 보면 환각은 최초의 감각을 기억이 아니라 감각 그 자체로 간직하고 싶은 간절함의 표현일지도 모른다.

소설의 결말은 '수치심을 모르는 여자'의 에피소드에서 시작된다. 그녀는 라디오를 켜놓은 채 방을 나가는데, 주인공은 주파수가 맞지 않는 라디오에서 들려오는 잡음으로 인해 괴로워한다. "머릿속에 잡음이 끓고 있다. 내가 보았던 것. 내가 기억한 것. 내가 보는 동시에 기억한 것. 내가 보지 못한 것. 내가 기억하지 못한 것. 내가 보지 못하는 동시에 기억하지 못하는 것. 모든 것이 잡음처럼 섞여 있다. 나를 괴롭히고 있는가. 좀 더 괴롭혀 봐라. 언젠가 라디오는 꺼질 것이다. 그래도 잡음은 남을 것이다. 잡음은 음악으로 기억될 것이다." 그런데 여기서 의미심장한 변화가 감지된다. 변화의 단초는 '잡음은 음악으로 기억될 것이다'라는 '나'의 진술이다. 음악은 주인공이 경험한 환각의 세계의 중심이었다. 그는 음악을 볼 수 있다고 했고, 심지어 그에게 모든 것은 음악처럼 보였다."사내의 동작은 일정한 음악처럼 보였다" 하지만 이제 음악은 그에게 더 이상 환각의 대상이 아니다. 잡음이 음악으로 기억되는 것은 원초적인 감각의 회복을 의미하기 때문이다. 이때 음악은 보이는 것, 즉 시각의 대상이 아니라 들리는 것, 즉 청각의 대상이 된다.

이어서 소설은 환각을 극복하는 것을 암시하면서 끝난다. "이제 삽날로 바닥을 끄는 소리가 들려도 좋다. 그 소리 다음엔 목소리가 들릴 것이다. 내 감색 양복과 내 하얀 운동화를 신은 누군가의 목소리가. 음악으로." 여기서 '삽날로 바닥을 끄는 소리', '누군가의 목소리', '음악'은 이제 보이거나 기억되지 않고 들린다. 감각의 회복이라고 할 수 있는 새로운 변화가 생긴 것이다. 이것은 환각의 세계가 다시 온전한 감각의 세계로 되돌아왔다는 것을 의미한다.[30] 이상에서 보듯이 김태용은 의학적 장치와 상상력을 누구보다 섬세하고 능수능란하게 다루는 작가다. 작가의 이런 재능이 잘 나타나 있는 또 다른 작품이 바로 「나의 두 번째 목소리」이다.

삼십대 후반의 대학강사 차재준은 강의 도중 쓰러지고 갑자기 목소리를 잃는다. 그는 실어증 판정을 받고 병원을 나서지만 말을 하려고 하는데 목소리가 나오지 않는다. 그가 하는 말은 이제 목소리가 아니라 혼잣말이다. 집에 돌아온 그는 방 안의 사물들을 낯설게 느낀다. 모든 사물을 터트리면 그 속에 스며든 말들이 함께 쏟아질 거라고 생각하거나 욕실 어딘가에서 흙 부스러기가 떨어지는 소리가 들려온다고 믿는다. 그가 쓰러지기 전에 마지막으로 한 말은 "현상학은 벌레 먹은 두뇌경찰입니다"라는 불가역적 아포리아에 가까운 말이다. 그는 자신이 왜 이런 말을 했는지 이해하려고 노력한다. 하지만 "생각과 글과 말 사이에 생긴 구멍들 속에 판단정지의 언어들이 증식하고 있었고, 그 말들이 서로 달라붙어 터져 나온 것은 아닐까"라고 막연하게 해석할 뿐이다. 다음날 재준은 신경외과 의사를 만나고 브로카 실어증일 수 있다는 진단을 받는다. 브로카 실어증은 "말을 이해하는 능력은 보존되지만 말을 못 하거나, 같은 단어만 중얼거리게 되는 경우"이다. 이에 비해 베르니케 실어증은 말을 유창하게 하지만 의미 없는 내용을 반복하고 다른 사람의 말을 잘 이해하지 못하는 증상이다. 주인공은 자신의 상태를 이렇게 추측한다. "강의 준비를 할 때나 문득문득 내 머릿속은 잠재적 베르니케 실어증 상태에 빠져 있었는지도 모른다. 너무나 많은 말들이 머릿속에서 구르고 있다가 서로 뭉쳐 입 안을 막아버린 뒤 브로카 실어증으로 변이되었을 수도 있다."[31]

재준은 누나가 살고 있는 집으로 가는 도중 어느 집 대문 너머로 테니스 공을 물었다 뱉었다 하며 놀고 있는 커다란 흰 개를 보고 핸드폰을 꺼내 사진을 찍으려 하다가 여주인에게 이상한 사람으로 오인 받게 된다. 그는 설명할 수 없는 부끄러움과 우울함을 느끼며 누나 집에 가서 "나는 이제 목소리를 빼앗겼다. 그리고 이제 다른 목소리를 갖고 있다. 그 목소리는 관념과 회의의 목소리가 아닌 실제적 사건을 발생시키는 잠재적 목소리, 침묵의 목소리, 내면의 목소리, 그야말로 숨겨진 특성의 목소리였다"111쪽 라고 스스로를 합리화한다. 그리고 네 살 때도 실어증에 걸린 적이 있었다는 얘기를 누나한테 전해 듣고 다시 되찾은 나의 목소리는 어디를 향하고 있었을까? 하고 궁금해한다. 그로부터 석 달이 지난 후, 재준은 실어증센터에 다니면서 상담도 받고, 전기자극 치료를 받으면서 경미하게 상태가 호전된다. 하지만 그의 병증은 말들의 고요상태와 폭풍상태가 뒤섞여 있는 혼돈 그 자체였다. 이 상황에서 그는 내부의 목소리에 집착하게 되고, 그것을 실시간으로 기록하고 싶은 욕망이 생긴다. 그가 기록한 내부의 목소리에는 이런 것들이 있다.

① 생각은 이야기를 낳게 된다. 이야기는 언제나 시간의 호흡 속에서 살아난다. 이야기. 그건 허구의 목소리다. 잠시 그 목소리를 빌릴 수 있을까. 내가 등장인물인 허구의 목소리. 내가 경험한 허구의 목소리. 나의 생각으로 점철된 허구의 목소리. 쉬르르. 말이 새어 나오는 순간이 올 것이다. 그때를 위해. 잠든다.120쪽

② 나는 울지 않기로 했다. 나의 목소리는 울지 않는다. 목소리의 형상화. 목소리의 가면. 목소리의 거울. 목소리의 풍경. 목소리의 내면화. 깨어진 거울의 목소리. 나는 이 언어들을 긁어모아 나의 목소리로 되돌릴 수 있기를 기다린다.120쪽

결국 이 기록들은 목소리의 상실이 낳은 생각의 파편들이다. 그는 여기서 시간의 연속성과 비연속성, 생각과 기억 상관성, 언어와 생각의 가능한 불가능성과 불가능한 가능성, 소리단어, 문장과 의지생각의 관계, 이야기와 목소리의 양면성 등을 확인한다. 그리고 목소리가 회복되면서 그의 기록도 끝난다. "목소리가 들리고 나의 기록은 끝났다. 이 기록은 사라져야 한다. 쉬르르르. 목소리가 들리고 나의 기록은 끝났다. 나는 회복되었다." 하지만 기록은 사라지지 않을 것이다. 그것은 짧은 순간이지만 내면의 목소리가 남긴 기록으로 기억될 것이기 때문이다. 결국 주인공은 실어증을 경험하면서 목소리로 담을 수 없는 '목소리의 내면'이 존재하며, 그것이 어쩌면 기록이나 이야기와 깊은 연관성이 있다

는 사실을 깨닫는다. 질병체험을 통해 새로운 자각을 얻게 된 것이다. 목소리는 그의 전부였지만 이제 회복된 그에게 목소리는 과거의 목소리가 아니다. 그에게 희망이 생겼다면 바로 내면을 얻게 된 목소리일 것이다.

이 소설의 제목은 「나의 두 번째 목소리」인데, 정확하게 말하면 사실에 부합하지 않는다. 재준은 네 살 때 이미 실어증을 앓았던 병력을 지니고 있다. 그러므로 그의 두 번째 목소리는 당시 회복한 후의 목소리가 맞다. 그럼 이 제목이 함의하는 것은 무엇일까? 작가는 여기서 목소리의 내면의 세계를 염두에 두고 있음이 틀림없다. 네 살 때 다시 얻은 목소리는 발병 이전의 목소리와 질적으로 다르지 않았다는 것이다. 하지만 '두 번째 목소리'는 사뭇 다르다. 이제 목소리는 내면에 대한 기억을 담고 있다. 작품에서 중요한 의미를 지니고 있는 하나의 장치를 예로 들어보자. 소설은 "현상학은 벌레 먹은 두뇌 경찰입니다."라는 문장으로 시작한다. 정확한 의미를 알 수 없는 이 구절은 작품에서 모두 네 번 반복된다. 첫 번째는 재준이 강의 도중 쓰러지기 직전에 한 마지막 말이고, 그의 목소리가 낸 발화이다. 두 번째는 실어증에 걸린 그가 병원에서 집으로 돌아와 침대에 누워 왜 그런 말을 했을까 궁금해하며 속으로 중얼거리는 혼잣말이다. 이것은 목소리가 들리는 말이 아니라 언어심리학 용어로 표현하면 내적 언어이다. 세 번째는 목소리에 대한 기억으로 실제 목소리도 아니고 혼잣말도 아니다. 왜냐하면 기억은 엄밀하게 말해 발화가 아니기 때문이다. 마지막은 의사의 목소리다. 실어증 센터의 윤 박사는 재준의 기록을 보며 같은 문장을 흥미롭다는 듯이 따라 읽는다. 다시 말해 이 말은 목소리를 동반한 발화이기는 하지만 재준이 아니라 타인의 것인 셈이다. 여기서 독자들은 '두 번째 목소리'를 얻게 된 재준이 다시 이 말을 반복할 수 있을까? 라는 궁금증을 가질 만하다. 결론은 두 가지가 가능하다. 그것이 내면의 세계가 상실된 말이라면 그는 이 말을 기억 속에서만 간직할 것이고, 그렇지 않다면 이 말은 보다 의미심장한 울림이 될 것이다. 혹은 이 말은 계속 전자와 후자 사이를 방황할 수도 있다. 여하튼 우리는 김태용이 뛰어난 의학적 상상력과 재능을 타고난 작가라는 사실을 확인해야만 하는 즐거운 책무를 떠안게 되었다. 의료문학의 지평이 이제 그와 무관하지 않다는 사실은 부정할 수 없는 사실이 된 듯하다.2020, 2022

2. 의학과 문학의 접경[32]

1) 문학과 의학의 만남

16세기 프랑스문학을 대표하는 소설가였던 프랑수와 라블레François Rabelais와 19세기 말 러시아문학을 대표하는 소설가 겸 극작가였던 안톤 체홉Anton Chekhov 그리고 20세기 독일문학을 대표하는 시인이었던 고트프리트 벤Gottfried Benn, 20세기 미국문학을 대표하는 시인이었던 윌리엄 칼로스 윌리엄즈William Carlos Williams를 뛰어난 작가로 기억하는 사람은 많아도 그들이 의사였다는 사실을 아는 사람은 그리 많지 않을 것이다. 그리고 그들이 '의사작가'라는 사실을 알고는 있어도 이 작가들의 작품 속에 의학적 세계관과 감수성, 상상력이 녹아있고, 그래서 이런 점을 고려해 작품을 읽을 때만 그 작품을 온전하게 이해할 수 있다고 생각하는 사람은 아마도 거의 없을 것이다.

이렇게 '문학과 의학'이라는 주제는 우리에게 아직은 낯선 화두話頭이다.

이 주제를 처음으로 접한 사람이라면 누구나 '문학'과 '의학'이라는 완전히 다른 인간의 정신영역이 어떻게 나란히 놓일 수 있는가 하는 의문을 가질 것이다. 여기에는 문학은 인문학이고, 의학은 자연과학이라는 학문분류에 대한 전통적인 믿음이 깔려 있다. 이것을 더 쉽게 이야기하자면 문학은 인간의 고상한 사상과 감정을 글로 표현하는 것이고, 의학은 인간의 질병을 치유하는 것인데, 이것이 어떻게 함께 어울릴 수 있느냐는 의문일 것이다. 그러나 우리가 기존에 가지고 있는 사고의 틀을 조금만 바꿔보면, 문학과 의학은 함께 어울릴 수 있을 뿐만 아니라 서로 창조적인 만남과 대화를 꾀할 수 있다는 인식에 도달하게 된다.

먼저, 문학과 의학은 그 궁극적 목적에 있어서 일맥상통한다. 의학의 목적이 인간의 육체적, 정신적 질병을 치유하는 것이라면, 문학 또한 인간의 영혼의 질병을 치유하는 것을 자신의 궁극적인 목적으로 삼고 있다. 물론, 문학은 의학처럼 인간의 육체적 질병을 '직접적으로' 치유할 수는 없다. 예컨대, 감기에 걸린 환자나 교통사고를 당해 위급하게 응급실에 실려 온 환자에게 문학이 당장 어떤 도움을 줄 수는 없다. 감기 환자나 교통사고를 당해 심한 외상을 입은 환자라면 의사들의 처방에 따라 신속하게 약을 복용하거나 복잡한 수술을 받아야 할 것이다. 셰익스피어W. Shakespeare나 푸쉬킨A. Pushkin의 시가 아무리 좋다고 해도 위급한 상황의 환자들에게 그 감동의 메시지가 전달될 리 만무하다. 편두통migraine 환자에게 도스토예프스키F. Dostoevsky의 난해한 소설은 극약처방이 될 수도 있다. 이렇게 비교해보면 의학은 문학보다 더 직접적이고 실제적이다(우리는 이것을 의학의 '직접성'이라고 부를 수 있을 것이다). 의학은 질병으로 인해 고통 받고 있는 인간에게 직접적으로 실제적인 도움을 준다.

그러나 문학은 고통통증의 늪으로부터 어느 정도 자유로운 인간에게 또 다른 차원의 위안을 준다. 즉, 문학은 육체적, 정신적 고통에 시달리고 있는 모든 환자들에게 영혼의 위안과 삶에 대한 근본적인 사색의 계기를 부여함으로써 그들이 육체적, 정신적 고통을 극복할 수 있도록 도와준다. 다시 말하자면 문학은 의학이 할 수 없는 인간의 병든 영혼을 치료한다. 의학이 아무리 발전해도 인간의 영혼을 구원할 수는 없는 노릇이다. 의학은 인간의 정신적 질환을 정상의 상태로 되돌려 놓기 위해서 과학적인 처방만을 할 수 있을 뿐이다. 그러나 문학은 상처와 질병으로 인한 직접적인 통증을 완화시킬 수는 없지만 비인간화된 영혼에 구원의 빛을 던질 수 있다. 우리는 이것을 문학의 '간접성'이라고 부를 수 있다. 이런 점에서 작가는 메스를 들지 않은 의사라고도 할 수 있다.

고통받는 환자를 진정으로 동정하고 마음까지 치유할 줄 아는 의사가 질병을 의학적으로 치유하는 의사보다 히포크라테스의 가르침에 더 가까이 다가가 있다는 점은 의학의 궁극적 목적이 문학의 그것과 크게 다르지 않다는 것을 증명하는 것이다.

2) 미국의 의과대학과 문학교육

이미 미국과 유럽에서는 1970년대에 의과대학의 교육에서 문학이 얼마나 중요한 의미를 지니고 있는지에 대해 여러 가지 문제제기가 있어 왔다. 그리고 이러한 문제제기는 실제로 세계적으로 유수한 의과대학의 교육과정에 문학 강의가 개설되는 것으로 반영된 바 있다. 그러면 미국의 의과대학에서 문학교육이 어떻게 시작되었는지에 대해 간략하게 살펴보도록 하자.

미국의 의과대학에서 문학교육을 시작한 것은 1960년대에 진행된 의과대학의 교육개혁과 밀접한 관련이 있다. 미국에서 최초로 의과대학에 인문학 관련 학과가 생긴 것은 1967년 펜실베니아 의대Pennsylvania State University College of Medicine이었다. 그리고 뒤이어 1969년에 사우슨 일리노이 의대Southern Illinois University School of Medicine에도 인문학 관련 학과가 설치되었다. 이 시기에 의과대학에서 인문학 강의가 개설된 것은 의학교육이 너무 자연과학 위주의 기술교육에 치우치고 의학의 인간적 측면을 소홀히 다룬 불균형을 바로 잡기 위한 것이었다.

이러한 의학교육의 새로운 흐름을 반영하면서 1972년에는 펜실베니아 의대Pennsylvania State University College of Medicine에 조안 뱅크스Joanne Trautmann Banks가 문학담당 교수로 임명되었다. 이렇게 미국의 의과대학에서는 70년대 초반에 문학 강의를 본격적으로 개설하기 시작했다. 그리고 의과대학의 문학 강의경험이 축적됨에 따라 1982년에는 존스 홉킨스 의대 Johns Hopkins University School of Medicine에서 『문학과 의학Literature and Medicine』라는 잡지를 발행하기에 이른다. 초창기에 이 잡지는 1년에 한번 발행하는 연간지an annual journal에서 출발하여 지금은 매년 4월과 10월에 발행하는 반연간지a semiannual journal로 성장하였으며, 미국의 의료인문학 발전의 중심적인 기관이 되었다. 그리고 1995년 통계에 의하면 미국의 전체 의과대학 중 3분의 1 이상에서 문학 강의가 개설되고 있는 것으로 보고되어 있고, 뿐만 아니라 의학교육학과나 인문의학과, 사회의학과 같은 새로운 과가 만들어져서 연극이나 예술계통 과목을 의대생들에게 가르침으로써 의대생들의 인문학 접촉을 활성화하고 있다. 그뿐만 아니라 '문학과 의학'은 이제 새로운 분과학문으로 성장하여, 인문학과 자연과학이 창조적으로 접목된 대표적인 사례로 꼽히고 있다.

미국의 의과대학에서 문학 강의는 다양한 수준에서 개설되고 있다. 예컨대, 예과 학생들뿐만 아니라 본과 학생들과 전공의 과정에 이르기까지 다양한 수준의 학생들이 문학 강의를 수강하고 있다. 그리고 문학은 의료윤리 세미나, 심지어는 의대교수들을 위한 세미나에까지 활용되고 있는 실정이다. 여기서 한 가지 흥미로운 사실은 문학 텍스트와 문학적 방법론이 환자와의 인터뷰나 임상의학에까지도 광범위하게 사용되고 있다는 점이다.

1970년대 초반에 미국 의과대학의 커리큘럼에 문학을 최초로 도입했을 때만해도 문학은 다른 사람의 삶을 경험하는 기회를 제공하고, 이것을 통해서 인간을 깊이 이해할 수 있도록 도움을 준다는 정도로 그 효용성이 제한되어 있었다. 그러나 점차 문학 강의는 의과대학생들에게 정치적, 경제적, 문화적 이슈들과 관련된 여러 가지 사회적 인식들을 훈련하는 중요한 기회가 되었으며, 성性이나 인종 등의 문제와 연관된 경향을 보이기 시작했다. 그리고 현재에는 문학 텍스트의 고유한 속성들, 예컨대, 장르나 관점, 구성, 내러티브 등등을 의학적 상황에 적용하는 단계로까지 발전하였다.

이 밖에도 미국의 의과대학에서는 문학의 다양한 장르들이 교육에 활용되고 있다. 소설이나 시, 희곡뿐만 아니라 자서전이나 의학 보고서 등이 의대생들의 인문학 교육에 매우 효과적으로 활용되고 있다. 예를 들면 플로리다 대학의 부속병원Shands Teaching Hospital, University of Florida에서는 연극을 정규 커리큘럼에 포함시켜 교육하고 있다. 한 보고서에 의하면 학생들은 이 수업을 통해서 어떻게 환자들과 만나고, 어떻게 환자들에게 좋지 않은 소식을 전하며, 환자들에게 어떤 제스처를 취해야 하는지, 어떻게 그들을 위로할 것인지를 배우고 있다고 한다.[33]

그리고 또 다른 보고서에 의하면 노스캐롤라이나 대학의 사회의학 교실 the Department of Social Medicine, University of North Carolina에서 '문학과 의학'을 강의한 켄드릭 프리위트Kendrick W. Prewitt는 인간의 신체를 해부학적 관점과 문학적, 문화적, 종교적 관점에서 다양하게 이해하는 강의를 한 바 있다. 그는 이 강의에서 프랑수와 라블레F.Rabelais, 존 단John Donne, 오든W.H.Auden, 디킨슨Emily Dickinson, 오코너Flannery O'Connor, 조나단 스위프트Jonathan Swift, 휘트먼Walt Whitman, 바흐친M.Bakhtin 등의 작품과 저술을 교재로 사용하고 있다.[34] 이 강의는 의대생들에게 인간의 육체가 생물학적 존재일 뿐만 아니라 문화적, 사회적, 정치적, 종교적 존재라는 사실을 이해시키고 있다고 평가받고 있다.

그리고 임상전 의학교육의 통합강의의 일부로『문학과 의학』이 사용되는 토마스 제퍼슨 대학의 교육경험과 소수에게 집중적 글쓰기 훈련을 시키는 하버드 의대의 글쓰기 과목 교육경험 사례,『문학과 의학』교육과 연구를 위해 미국과 캐나다의 의료인문학 교실 및 연구소들이 연합하여 내용을 채우고 뉴욕 대학교 의과대학이 구축하고 관리해나가고 있는 '문학, 예술, 의학 데이터베이스' 등은 문학과 의학의 만남이 얼마나 창조적으로 접목되고 있는가를 알 수 있는 대표적인 사례들이다.[35]

예컨대, 하버드 의대에서는 의사 및 의대 재학생들을 대상으로 문학전공 교수가 진행하는 '작문과정'을 선택과목으로 개설하고 있다. 이 강좌의 목표를 살펴보면 의학이 과학화 및 기계화되어 첨단화될수록 의료행위에 수반된 윤리적 문제들을 환자와 일반대중에게 올바로 전달하기 위해서는 의료윤리 등에 관련된 문제의 본질과 중요성을 의사들이 충분히 이해하고 있어야 하며 이를 위해서는 의사들이 글쓰기 능력을 배양해야 한다고 밝히고 있다. 글쓰기 능력을 함양시키기 위하여 학생들이 저명한 문학작품에서부터 임상의사의 수필에 이르기까지 다양한 작품을 읽은 후 질병, 건강, 죽음 및 이를 둘러싼 사회문화적 현상에 대해 수필, 회고록, 풍자 등의 형태로 자유로운 글을 작성하고 발표하도록 한다.

뉴욕 의대를 중심으로 미국과 캐나다의 20여 개 대학기관에서는 인터넷 시대에 맞게 시, 소설, 수필, 영화 및 예술일반 등 다양한 문학작품들에 대해 문학, 예술, 의학 데이터베이스를 구축하여 해당 문학작품에 대한 의료 인문학적 해설 및 주석을 제공하고 있다. 이 데이터베이스의 편집진을 살펴보면 문학 및 비평을 전공한 인문학자를 주축으로 의대에서 의료인문학을 전공하는 의사들이 참여하고 있으며 이들도 의료인문학 교육이나 연구와 밀접한 관련이 있다고 판단되는 작품을 선정하여 해설 및 주석을 작성, 제공하고 있다.[36]

3) 문학과 의료윤리

앞에서 지적한 바와 같이 문학과 의학은 근본적인 측면에서 회통回通할 뿐만 아니라 기능적실용적 측면에서도 다양하게 연결된다. 다시 말하자면, 의학에서 문학의 쓰임새가 매우 구체적이고 중요하다는 것이다.

의학교육에서 문학이 할 수 있는 역할은 크게 네 가지로 나눌 수 있을 것이다. 첫째는, 의료윤리 교육에서 문학의 역할이다. 문학은 의료윤리

medical ethics나 생명윤리bioethics 교육에 중요한 메시지와 자료를 제공한다. 이것은 문학이 생명윤리를 부정할 수 없는 자신의 존재론적 본질과 깊게 연관되어 있다. 왜냐하면 문학은 근본적으로 '생명을 위한 변명'에 불과하며, '인간의 조건'을 사수하기 위한 최소한의 강령, 그것도 전투적인 '감성적 강령'일 뿐이기 때문이다.

1815년 약사와 외과의사 수련과정의 일부로 런던의 가이스병원Guy's Hospital에 들어가 의학공부를 하기도 했던 영국의 천재 시인 존 키츠John Keats, 1795~1821는 "오늘 밤 나는 왜 웃는가?Why Did I Laugh Tonight?"라는 시에서 "시와 명성과 아름다움은 참으로 강렬하다 / 그러나 죽음은 더 강렬하니, 죽음은 삶의 숭고한 보상이어라Verse, Fame, and Beauty are intense indeed,/ But Death intenser-Death is Life's high meed"라고 노래했다. 만약, 키츠가 생명을 부정하고 죽음을 찬양할 목적으로 이 작품을 썼다면, 그의 문학은 인간의 생명윤리와 근본적으로 대립되었을 것이며, 우리는 그의 작품을 고전적 품격을 지닌 걸작으로 기억하고 있지도 않았을 것이다. 그러나 대부분의 사람들은 키츠의 시를 그와는 반대로 읽는다. 즉, 이 작품에서 키츠는 인간의 행복을 보장하지 않는 현실 속에서 삶과 생명의 충동이 좌절되는 경험을 노래했을 뿐이다. 이런 점에서 이 시는 역설적으로 생명의 충동을 찬양하는 작품으로 읽을 수 있다.

이렇게 문학은 본질적으로 생명윤리를 떠나서는 존재할 수 없다. 문학의 논리는 곧 생명의 논리요, 생명에 대한 찬양이며, 생명을 위한 투쟁이다. 만약, 어떤 문학작품이 '본질적인 목적'을 위한 '제스처'가 아니라 '본질적으로' 생명윤리를 부정한다면, 그것은 덜 떨어진 아마추어리즘의 치기어린 구토嘔吐거나 아니면 천박한 상업주의와의 계산된 매춘일 뿐이다.

문학은 이러한 목적을 달성하기 위해 매우 '위험한 발상'을 하는데, 이 것은 속되게 표현하면 문학의 애교이고, 전술이며, 소비자독자를 만족시키기 위한 '허위 광고'에 불과하다. 그러나 문학이 현란하게 표현하는 '허위 광고'는 소비자들을 감각적으로 속여 이윤을 창출하려는 자본주의적 경제 논리와는 거리가 멀다. 이와는 반대로 문학의 전술적 논리는 매우 비경제 적혹은 超경제적이며 인간적이다. 왜냐하면 키츠의 시에서도 보듯이 문학의 '위험한 발상'은 오직 '인간의 근본적 이익'을 위해 봉사하기 때문이다.

우리는 문학작품에서 이러한 예를 수없이 들 수 있다. 가령, 근대소설의 주인공들이 대부분은 비도덕적인 인물이라는 사실은 이런 점에서 매우 시 사적이다. 내가 알고 있는 한, 의사나 의대생들의 영원한 도덕적 이상형인 슈바이처나 노먼 베쑨과 같은 인물은 결코 소설의 훌륭한 주인공 감이 될 수 없다. 이것은 슈바이처나 베쑨과 같이 도덕적으로 '이미 완성된 인물' 들은 위에서 지적한 바 있는 문학의 '위험한 발상'을 실현할 수 없기 때문 이다.

우리가 소설 속에서 보다 쉽게 만날 수 있는 인물들은 '이상적인 인물' 이기보다는 오히려 불완전한 '문제적 인물'들이다. 예컨대, 투르게네프의 "아버지와 아들"에 나오는 주인공 바자로프나 도스토예프스키의 "죄와 벌"에 등장하는 라스콜리니코프, 스비드리가일로프 등은 도덕적으로 '하 자瑕疵가 있는' 인물들이다. 그들은 생명윤리를 부정하고, 살인을 저지르 고, 성적 욕망의 노예가 되어 버린다. 그래서 이렇게 하자가 있는 인물들 은 정신적으로 번민하며, 고통스러운 삶을 살다가 영혼의 구원을 받거나, 혹은 스스로 생명을 끊고 만다.

소비자들은 처음에 문학의 '위험한 발상'에 혹해 거기에 빠져들다가 나

중에는 자기도 모르게 문학의 '근본적인 논리'에 수긍하게 된다. 이렇게 문학은 흔히 역설의 논리를 즐겨 사용하면서 비도덕적인 인물을 통해서 도덕적인 목적을 달성하고, 반反생명으로 '위장한' 생명윤리의 사상을 퍼트린다. 바로 이것이 윤리학의 방법과 다른 문학의 '비윤리의 윤리학'이다.

칠레의 현대시인 니카노르 파라Nicanor Parra의 탁월한 풍자시들은 오직 이러한 인식의 기초 위에서만 제대로 이해할 수 있다. 그는 신을 모독하는 듯하면서 신성神性을 찬양하며, 이로써 현대인의 왜곡된 종교적 심성에 커다란 반향을 불러일으킨다.

> 마치 속세의 보통 사람과 같이
> 인상을 찌푸리고
> 온갖 종류의 문제를 머금은 채
> 하늘에 계신 우리 아버지
> 우리들을 더 생각하지 마소서.
>
> 일들을 잘 해결하지 못해서
> 고통스러워한다는 것 잘 알고 있습니다.
> 당신이 만드신 것을 무너뜨리면서
> 악마가 당신을 편안하게 내버려 두지 않는다는
> 사실을 잘 알고 있습니다.
>
> 그는 당신을 비웃지만
> 우리는 당신을 동정합니다.

그 사악한 미소를 걱정하지 마소서.

불손한 천사에 둘러싸여 계시는
우리 아버지
정말 우리들 때문에 더 이상 고통받지 마소서.
신神들이 완전무결하지 않고
우리가 모든 것을 용서한다는 것을
잊지 마소서."

— 「우리 아버지」의 전문[37]

신은 완전무결하지 않고, 인간인 우리가 신의 불완전함을 감히 용서한다는 거대한 역설을 이해하는 사람이 있다면, 니카노르 파라는 그에게 묘한 미소를 던지며 다음과 같이 속삭일 것이다. "감각의 귀가 아니라 보다 고귀한 것 / 영혼을 위하여 곡조 없는 노래를"키이츠 들으라.[38] 이것이 바로 문학의 논리이다

4) 문학과 의사소통

둘째는 실제로 의료행위의 과정에서 문학적 방법들이 유용하게 쓰이는 경우이다. 노스웨스트 의과대학의 교수이며 *Literature and Medicine*의 편집위원이기도한 헌터K. M. Hunter는 이 문제에 대해 다음과 같이 지적한 바 있다. "문학과 의학의 만남은 더 이상 의학교육의 영역에 국한되지 않는다. 문학연구의 방법과 전망들은 의학적 텍스트, 의학적 담화 그리고 의학

그 자체를 자세히 음미할 수 있게 한다. 내러티브, 주체성, 언어, 메타포, 상징주의 그리고 종교적 의식에 관한 관념들은 의사들의 작업이나 그들이 얻고 응용하는 지식을 이해하는 데 유용하다."[39] 환자들을 치료하려면 의사는 반드시 그들을 설득해야만 한다. 환자들을 설득하지 못하는 의사는 자신의 소임을 충실히 수행할 수 없다. 뉴욕병원의 내과의사이며, 저명한 의철학자이기도 한 에릭 카셀Eric J. Cassell의 지적대로 "질병의 사실과 그 적절한 치료는 웅변술雄辯術, rhetoric에 능통한 의사의 입을 통하지 않고서는 스스로 모습을 드러내지 않는다. 웅변술은 설득력 있게 말하는 기술을 뜻하며, 과학과 기술이 환자를 위해 옳게 쓰이도록 하는 기술과 더불어 임상의사로서 갖추어야 할 중요한 기술 중의 하나이다."[40]

이렇게 보면 문학 속에는 의료행위에 필요한 키워드와 방법들이 무궁무진하다고 할 수 있다. 왜냐하면 환자들의 심리적 상태나 문화적 배경, 독특한 언어구사 및 화법 등 의사들이 임상과정에서 필요한 정보들의 전형적 사례들이 문학작품 속에 다양하게 펼쳐져 있기 때문이다.

이 중에서 가장 주요한 것은 임상의학에서 핵심적인 주제 중의 하나인 의학적 면담medical interview과 의사소통communication skill 교육에서 문학의 역할이다. 예컨대, 노벨문학상을 수상한 러시아의 소설가 솔제니친A.I.Solzhenitsyn이 1967년에 완성한 『암병동Раковый корпус』이라는 장편소설은 임상의학에서 필요한 의사소통 기술들을 예술적으로 형상화한 훌륭한 예이다. 이 소설은 작가 자신이 유형생활 중에 겪은 타슈겐트 종합병원에서의 체험을 바탕으로 한 것이다. 이 작품에는 암병동에 입원해 있는(실제로는 갇혀있는) 환자들과 의사, 간호사, 가족들 간의 얽히고설킨 이야기가 정치적 알레고리를 매개로 구성되어 있다. 이 작품을 읽는 특수한 독자들, 즉 의과대학

학생이나 의사, 간호원, 환자, 환자의 가족들은 자신의 삶과 직접적으로 관련된 진술하고 생생한 사건들을 만나게 된다. 여기에는 '병원에 처음 온 환자들의 끔찍한 심정'에서부터 '질병이 인간에게 끼치는 심적인 영향', '의사의 회진을 기다리는 환자들의 심리적 상태', '회진을 끝낸 의사의 심리상태', '환자와 의사의 권리', '환자가 질병과 죽음을 받아들이는 과정', '환자와 가족의 심리', '환자와 의사의 대화술communication skill', '재판을 받는 의사', '약의 처방에 대한 환자와 의사의 견해 차이', '수술받는 환자의 심정', '환자의 입장이 된 의사─환자와 의사의 역할 바꾸기', '과학의학과 도덕적 가치의 관계', '의사의 거짓말' 등 우리가 병원에서 직접 부딪치게 되는 상황들이 리얼하게 묘사되어 있다.

이렇게 문학작품은 수많은 대화dialogue와 다양한 화법narrative으로 가득 찬 의사소통의 보고寶庫이다. 문학작품 속에는 나이, 성性, 사회적 지위, 성격, 학력, 외모, 사회적 출신, 직업, 취향, 육체적-정신적 질병, 가족관계 등에 따른 다종다양한 인간들의 삶과 이야기들이 구체적이고 생생하게 묘사되어 있다. 이런 점에서 의학이 근본적으로 인간을 다루는 과학인 한, 문학의 도움을 받지 않을 수 없는 것이다.

5) 비블리오테라피(문학치료)

셋째는 문학작품이 실제 임상과정에서 '치료의 수단'이 되는 경우이다. 이것을 전문용어로 비블리오테라피bibliotherapy라고 한다. 비블리오테라피라는 말의 어원은 biblion책, 문학과 therapeia도움이 되다, 의학적으로 돕다, 병을 고쳐주다라는 그리스어의 두 단어에서 유래하였다. 비블리오테라피는 일종의 심리치료의 한 방법이며, 구체적으로는 우울증, 성격장애, 언어장애, 중독증, 심리장애에서 오는 심장병, 부적응아 등에 적용할 수 있다.

비블리오테라피의 목적은 치료대상이나 방법에 따라 여러 가지가 있을 수 있다. 예컨대, 청소년들을 대상으로 이러한 치료를 한 경험에 근거하여 비블리오테라피 이론을 정립한 베스 돌Beth Doll과 캐롤 돌Carol Doll의 견해에 따르면 비블리오테라피의 목적은 다음과 같이 일곱 가지로 구분될 수 있다.

① 비블리오테라피는 책을 읽는 사람에게 자기 자신에 대한 통찰력을 키워준다.
② 비블리오테라피는 독자에게 정서적 카타르시스를 경험케 한다.
③ 비블리오테라피는 독자들에게 그들이 겪는 일상적인 문제를 해결할 수 있도록 도와준다.
④ 비블리오테라피는 타인과 상호작용을 하는데 있어서 태도를 변화시킨다.
⑤ 비블리오테라피는 다른 사람과 효과적이고 안전한 관계를 촉진시킨다.
⑥ 비블리오테라피는 청소년들이 그들의 동료들과 헤어지는 특수한 문제 상황에 직면할 때 유용한 정보를 제공한다,
⑦ 비블리오테라피는 읽는 아이들에게 독서의 즐거움을 제공해 준다.[41]

비블리오테라피의 가능성은 무엇보다도 문학작품이 지니고 있는 '거울의 기능'과 밀접하게 연관이 되어 있다. 문학작품은 베일에 가린 환자 자신의 생활과 자아의 모습을 마법의 거울처럼 비출 수 있다. 그리고 환자는 작품을 읽으면서 자신의 느낌, 불안감, 분노, 애증의 원인을 이해하고 진

단할 수 있게 된다.

비블리오테라피는 사람들의 심리, 정서적 장애를 예방하거나 실제로 치료하는 좋은 수단이 될 수 있다. 비블리오테라피의 단계는 대개 다음과 같은 세 가지 과정으로 요약될 수 있다. 첫째는, 정서적 장애를 겪고 있는 환자가 독서를 통해서 자기와 동일한 문제를 안고 있는 주인공을 만나게 되면서 자기와 다른 사람작품의 주인공을 동일하게 지각하는 과정이다. 이러한 과정을 보통 동일화identification의 과정이라고 한다. 둘째는, 카타르시스catharsis의 과정으로 환자의 내면에 쌓인 불만이나 갈등을 언어나 행동으로 표출시켜 충동적 정서나 소극적 감정을 발산시키는 것을 말한다. 셋째는, 통찰insight의 과정인데, 이것은 환자가 자기 자신에 대해 객관적인 인식에 도달하는 것을 일컫는다.[42]

6) 문학과 심미적 교육

넷째는, 의대생들의 심미적 교육aesthetic education에서 문학의 역할이다. 문학예술을 통한 심미적 교육은 의대생들의 지각적 민감성perceptual sensitivity과 상상력imagination, 감정이입능력empathy을 발전시킨다. 이러한 교육은 실제로 탁월한 임상 능력을 가진 의사를 배출하는 데 중요한 역할을 담당할 수 있다.

심미적 교육이란 예술작품의 감상을 비롯한 여러 가지 심미적 경험을 통해서 심미적 가치aesthetic value를 형성하는 것을 말한다. 지각적 민감성과 상상력, 감정이입능력 등은 단순히 대상에 대한 지식을 습득하는 수준을 넘어서 '대상에 대한 느낌을 가지고 아는 것'을 가능케 한다.[43] 이런 점에서 심미적 교육은 인간에게 실제적인 지식을 부여하기보다는 그 지식의 섬세한 숨결과 살아있는 힘을 느끼게 한다. 자연과학이나 사회과학에서 제공하는 개념적이고 서술적인 지식은 인간에게 많은 양의 정보를 제공하지만, 그렇다고 인간이 이러한 모든 지식에 대해 '공감sympathy'을 하고 있는 것은 아니다. 인간에게 있어서 지식의 완성이란 바로 주어진 지식에 대한 살아있는 공감이 형성될 때 가능한 것이다. 이것은 인간이 다양한 심미적 경험을 통해서 얻게 되는 심미적 능력들, 즉 상상력이나 감정이입 능력 등의 도움을 빌어 가능해지는 것이다.

예컨대, 의료윤리 교육에서 이러한 심미적 교육은 매우 중요한 역할을 할 수 있다. 윤리란 순수한 의미에서의 지식이라고 할 수 없다. 그리고 우리가 어떤 사람을 '윤리적이다 혹은 비윤리적이다'라고 판단하는 것은 그 사람이 소유하고 있는 지식의 많고 적음에 근거하고 있는 것도 아니다. 윤리란 인간의 지식과 행동에 '살아있는 힘'을 부여한 것이다. 윤리는 인간에게 제공되는 유용한 정보가 아니라 인간과 인간의 관계에 대한 공감이다. 이런 점에서 심미적 교육은 윤리교육을 개념적이고 서술적인 지식교육이 아니라 실천적 지식교육으로 만들 수 있는 단서를 제공할 수 있다.

지금까지 의학교육에서 심미적 교육의 의미와 역할에 대한 연구는 거의 진행된 바 없다. 그러나 의학교육에서 심미적 교육의 중요성은 아무리 강조해도 지나치지 않는다. 왜냐하면 심미적 교육은 의사들의 정신건강과 인간다운 삶을 유지케 하는 필수적 요건이기 때문이다. 의사들은 항상 질병에 노출되어 있을 뿐만 아니라 과도한 노동에 시달리고 있다. 현대사회에서 의사들의 평균수명이 다른 전문직업인들보다 현저하게 떨어진다는 사실은 우리에게 많은 점을 시사하고 있다. 심미적 교육을 통해 의사들이 스스로 조화로운 인간 정서를 가꿀 수 있는 능력을 키운다면, 이것은 궁극적으로 의사뿐만 아니라 환자들에게도 도움이 되는 일일 것이다.

7) 문학 속의 의학 혹은 '의료문학'

문학과 의학의 만남이 지니고 있는 다양한 층위들 중에서 또 하나 주목할 것은 문학이 의학으로부터 새로운 방법론적 가능성과 전망을 제공받을 수 있다는 점이다. 다시 말하자면, 문학은 의학의 영역에서 여러 가지 기여를 할 수 있을 뿐만 아니라 동시에 의학으로부터도 새로운 것을 배울 수 있다는 것이다.

실제로 의학은 문학을 이해하는 새로운 관점과 문제의식을 제공한다. 예컨대, 의료행위나 의료인을 다루고 있는 문학작품을 이해하고 분석하는 경우에 의학적 관점은 매우 시사적인 분석 틀을 제공한다. 이것은 문학연구에 의학적 관점을 접합시키는 것이다. 우리는 이러한 예를 톨스토이의 『이반 일리치의 죽음』이라는 소설에서 찾을 수 있다. 이 소설은 주인공인 이반 일리치가 병에 걸려 죽어가는 과정을 환자의 심리상태를 중심으로 묘사한 걸작이다. 그런데 이 소설은 정신과 의사이며, 현대 죽음학thana-tology 연구의 개척자인 쿠블러 로스Elizabeth Kubler Ross가 제시한 말기환자가 겪는 다섯 단계의 심리상태라는 의학적 지식을 가지고 읽으면 작품의 주제나 주인공의 성격, 플롯이 더 명확하게 이해된다. 로스에 의하면 말기 환자의 정신상태는 대체로 다섯 단계의 과정을 거친다. 즉, ① 부인과 고립denial and isolation, ② 분노anger, ③ 거래bargain, ④ 우울depression, ⑤ 수용acceptance의 과정이 그것이다.[44] 톨스토이는 자신의 소설에서 이반 일리치가 죽어가는 과정을 이와 같이 묘사하고 있다.[45] 독자들이나 비평가들이 톨스토이의 소설을 이와 같은 의학적 지식과 관점에서 읽는다면 그 작품에 대한 보다 구체적인 이해에 도달할 수 있을 것이다. 이런 점에서 의료행위나 의료인을 다루고 있는 문학작품을 의학적 지식과 관점에서 이해하려는 시도는 기존의 문학해석방법이 제시하지 못했던 새로운 이해의 지평을 열어주고 있다는 점에서 주목할 필요가 있는 것이다.

이렇게 '문학과 의학의 만남'은 매우 다양한 층위에서 창조적인 성과를 거두고 있다. 그리고 의학을 인문학, 특히 문학과 연결시키려는 시도는 의학을 문화적으로 해석해 보려는 의지이다. 이것은 의학을 휴머니즘과 인간학적 관점에서 다시 해석해야만 한다는 현대의학의 근본적인 선언과 맞닿아 있기도 하다.2004, 2022

제2장

의료문학의 다양한 문제들

1. 치유와 소통의 예술로서 '문학'과 '의학'[1]

1) 의학의 패러독스

의사들 중에서 환자의 병력病歷을 청취하고, 그것을 조사, 연구하는 것이 중요하다는 것을 부정하는 사람은 아마 없을 것이다. 그러나 실제로 병원에 가보면 의사들이 환자의 병력을 청취하는데 할애하는 시간은 터무니없이 짧고 부족하다. 물론, 수많은 환자를 제한된 시간 안에 진료해야만 하는 현대의 의료시스템 속에서 환자에 대한 자세한 병력청취가 말처럼 쉬운 일은 아니다. 이런 사정 때문에 환자들은 의사와의 '그 짧은 만남'을 아쉬워하며 다음 단계로 옮겨가야만 한다.

이 순간 환자들이 느끼는 아쉬움과 당혹감은 마치 영문도 모르고 이리저리 끌려 다니는 어린아이의 답답한 심정과도 같을 것이다. 그리고 병원 문을 나서면 그때 의사 앞에서 하지 못한 말들이 뭉게뭉게 피어오르고, 못내 아쉬운 마음을 쓸어내리며 환자들은 집으로 발길을 돌린다. 과연 이러한 상황이 의사나 환자에게 모두 이로운 것일까?

현대의학은 그동안 눈부신 발전을 거듭해 왔다. 20세기 중반까지도 인류를 죽음의 공포로 몰아넣었던 많은 질병들결핵, 콜레라, 페스트 등이 퇴치되었으며, 특히 현대의 대표적인 질병이라고 할 수 있는 암과 에이즈의 백신도 머지않아 개발될 것이라고 한다. 이렇게 현대의학이 급속하게 발전하게 된 것은 무엇보다도 첨단 과학기술의 성장에 힘입은 바 크다. 이런 점에서 현대의학과 최첨단 테크놀로지는 일란성 쌍둥이라고 할 수 있다. 왜냐하면 이미 PETpositron emission transaxial tomography나 CT, MRI 등과 같은 최첨단기술 없이 현대의학을 생각할 수 없기 때문이다. 그러나 이렇게 과학적 의학이 발전할수록 의학이나 의사들이 인간과 환자로부터 멀어지고 있는 것은 웃지 못 할 아이러니가 아닐 수 없다. 그것은 에릭 카셀E. J. Cassell이 지적하고 있는 것처럼 인간의 질병을 연구하는 의학이 그 질병을 앓고 있는 인간으로부터는 멀어지고 있는 상황에서 연유한다. "의사들은 고통이라는 추상적 실체를 다루는 것이 아니라 고통에 이르게 된 원인을 가지고 있는 '사람'을 다룬다. 고통의 배경이 된 질병을 인간과 고통 그 자체로부터 분리해서 생각하는 버릇은 우리 시대 지성의 역설이다. 우리는 질병이라는 과학적 실체가 질병을 가지고 있는 환자나 그가 느끼는 고통보다도 더 실체적이고 중요하다고 생각하는 버릇을 가지고 있다."[2]

그러나 이미 위에서 지적한 대로 현대의학이 고도의 테크놀로지에 의존하여 달성한 눈부신 성과를 외면할 수는 없는 것이다. 인류는 그동안 과학적 의학의 발전 덕분에 수많은 생명을 구했으며, 과거 어느 시대보다도 건강한 상태에서 살고 있다. 그렇다면 문제는 과학적 의학의 발전에 있는 것이 아니라 그것이 인간의 모든 질병, 심지어는 인간의 생명까지도 해결할 수 있다고 믿는 독단주의적 생각에 있는 것은 아닐까?

　이런 문제의식에서 보면 현대과학은 여러 가지 측면에서 본래 목적을 상실하고 있다고 할 수 있다. 현대과학은 인간의 자유를 확장하는 소기의 목적을 넘어 인간을 통제하고, 심지어 지배하려고 한다. 과학은 이미 생명의 법칙태어남과 죽음에 개입하고 있으며, 인간에 대한 정의定義조차도 바꾸려고 하고 있다. 이러한 상황은 직접적으로 과학의 존재 이유가 무엇인가 하는 질문을 제기한다. 과학은 인간에게 본래적으로 '도구적 진리'일 뿐이다. 여기서 '도구적'이라는 표현은 과학이 그 자체로 인간의 본질과 존재 의의를 설명할 수 없다는 의미인데, 그렇게 보면 현대과학은 이미 자신의 영역을 넘어서 '절대적 진리'를 꿈꾸고 있는지도 모른다. 이것은 가다머 H.G.Gadamer가 지적하고 있는 대로, 과학이나 기술의 발명자와 사용자, 즉 인간이 그 기술에 의해 자신의 자유를 억압당하는 상황과 흡사하다. 왜냐하면 인간은 과학기술을 통해 달성하고자 하는 목표를 이루기 위해서 도구적 규칙에 순응해야 하고, "그럼으로써 자신의 '자유'를 포기"해야만 하기 때문이다.[3]

　절대적 진리를 추구하는 과학의 이러한 독단주의는 의학의 가장 기본적인 본질, 즉 의학은 인간환자과 인간의사의 대화에서부터 시작한다는 사실 자체를 과소평가하게 만든다. 병원에 가보면 의사들은 환자들의 말에 귀를 기울이기 보다는 무조건 과학적 검사에 의존하는 경향이 있다. 소변검사, 혈액검사는 기본이요, X-ray 촬영에다 심하면 CT 촬영이니 MRI 검사까지도 받아야 한다. 물론, 환자를 진단하고 검사하는 과정은 과학의 몫임이 틀림없다. 그러나 이러한 과학적 의학도 그 시작은 환자와의 대화에서 시작할 수밖에 없다는 것이 의학이 가지고 있는 패러독스이다. 다시 말하자면 과학적 의학이 아무리 발전해도 그것이 인간환자과의 '언어적 관계'에서 출발할 수밖에 없는 한, 의학은 말과 언어를 다루는 인문학, 즉 문학과 동반자 관계를 유지할 수밖에 없는 것이다.

2) '치유의 예술' 로서의 의학

의학은 무엇보다도 '치유의 예술art of healing'이다. 아무리 순수한 의과학적 연구도 환자의 질병을 치유한다는 본래적 동기를 외면할 수는 없다. 흔히, 의학의 발전을 탁월한 의과학자들의 공적으로 여기는 경우가 많은데, 이것은 반쪽의 진실일 뿐이다. 현대의학이 이렇게 눈부시게 성장할 수 있었던 것은 많은 부분 환자들의 희생이 있었기 때문이기도 하다. 만약, 의학이 인간을 다루는 학문이 아니라고 가정을 해보자. 그래도 의학이 존재할 것인가? 아니다. 의학은 인간으로서의 환자가 존재하지 않는 순간부터 그 존재 이유를 상실하고 말 것이다. 이것은 순수 의학뿐만 아니라 병원과 대학을 비롯한 의학 산업도 마찬가지이다. 현대사회의 의료경영에서 서비스의 개념이 특히 강조되고 있는 것은 바로 이러한 맥락을 반영하고 있다.

그러면 '치유의 예술'에서 가장 중요한 것은 무엇인가? 정교한 기구와 고도의 기술을 이용하는 엄격한 과학자로서의 능력인가? 아니면 절박한 상황에 놓인 환자의 요구를 민감하게 감지하는 능력인가? 물론, 유능한 의사라면 이 두 가지 능력을 고루 갖추고 있어야 할 것이다. 그러나 의사는 단순한 의미에서의 과학자나 기술자가 아니다. 의사는 자신의 전문적인 지식과 기술을 매개로 불편한 상태에 있는 환자들을 정상의 상태로 치유하는 것을 도와주는 '전문가specialist'이다. 그런데 여기서 의사를 전문가로 규정하는 데는 몇 가지 부연설명이 필요하다. 흔히, 사람들은 의사를 고도의 전문지식과 기술을 가진 '지식-기술 전문가'로만 이해하지만, 동시에 의사는 사람환자을 완벽하게 다룰 줄 아는 '인간 전문가'가 되어야 한다. 아무리 특수한 지식과 기술을 가지고 있다고 해도 환자의 고통과 아픔을 이해하지 못해 환자로부터 심리적, 정서적으로 외면당한다면 의사의 특수한 능력은 제 힘을 발휘할 수 없다. 이렇게 보면 의사에게 있어서 더 중요한 능력은 환자를 치유의 과정으로 적극적으로 안내할 줄 아는 '인간적 능력'에 있다고 할 것이다.

의사들이 다루는 환자는 생화학적 요소가 복잡하게 결합된 개체로서의 대상물이 아니다. 환자는 과학적 방정식으로 정식화되거나 분자생물학으로 설명될 수 없다. 인간은 각각이 고유한 특성을 지니고 있으며, 그것은 심지어 인간이 창조한 어떤 관념으로도 완전히 이해할 수 없는 것이다. 예컨대, 사랑, 자비, 자기희생, 우정, 존경심, 질투, 슬픔 등을 어떻게 과학적으로 설명할 것인가? 의학의 대상인 인간은 자연과학의 영역을 초월한 존재이며, 그렇기 때문에 그러한 대상을 다루는 의학도 자연과학적인 패러다임만으로는 부족한 것이다.

현대의학은 환자중심 진료consumer-driven health care를 강조하고 있다. 이것은 의료서비스를 소비자 관점에서 접근하려는 새로운 시도이다. 의료서비스의 패턴이 이렇게 변한 이유는 무엇보다도 환자가 의사와의 관계에서 수동적인 대상이 아니라 능동적인 주체가 되었기 때문이다. 환자는 이제 더 이상 의사의 말을 묵묵히 듣고만 있는 청취자가 아니다. 환자는 자신의 불편함을 의사에게 적극적으로 호소하고, 의사의 사소한 언행에 대해 불평을 늘어놓는 존재가 되었다.

양질의 의료 서비스는 환자의 관심과 참여 없이는 기대할 수 없다. 이런 점에서 의사는 진료과정에 환자를 적극적으로 참여시킬 수 있는 능력을 지닌 의학면담medical interview 전문가가 되어야 한다. 실제로 당뇨, 고혈압, 우울증 환자의 경우 의사와 환자가 서로 협력하지 않으면 치료효과가 크게 떨어진다는 조사결과가 나와 있다. 이에 따르면 의사가 환자에게 지시한 내용이 시행되는 경우는 50% 미만이라고 한다.[4] 환자들은 의사의 지시에 따르지 않으려는 현실적인 이유들을 항상 가지고 있다. 그러나 이런 상황에서도 의사가 질병의 특성과 그 위험성, 예상되는 치료효과, 약물의 구체적인 복용방법 등을 환자에게 적적하게 전달한다면 보다 나은 치료결과를 기대할 수 있을 것이다.

세계적인 심장내과 의사인 버나드 라운Bernard Lown은 자신의 저서에서 환자의 언어가 치유과정에서 가장 중요한 핵심이라고 지적하고 있다. 심지어 그는 치유과정에서 환자를 심리적, 정서적으로 이해하고, 환자의 병력을 세심하게 청취하는 것이 복잡하고 요란한 과학적 조사보다 임상적 효과가 뛰어나다고 단언한다. "임상에서 가장 요체가 되는 것은 환자의 말을 듣는 것, 즉 병력청취이며, 효과적인 청취를 위해서는 청각뿐만 아니라 모든 감각을 동원해야 한다 (…중략…) 의술을 행하기 위해서는 질병에 관한 풍부한 지식과 더불어 환자의 정서적 상태까지 면밀히 파악해야 한다 (…중략…) 그러나 이 부분은 보통 정신과 영역으로 간주되고 있었다. 의학 교과서나 의사 수련과정 어디에도 의사가 환자의 인격체 내로 깊숙이 개입해 들어가야 한다는 내용은 없다. 환자를 치유하는 의사가 되기 위해서는 무엇보다 먼저 듣는 법을 배워야 한다. 할 말이 많은 환자들에게는 의사가 그의 말을 사려 깊게 들어주는 것 자체가 치료의 과정이 된다. 환자의 눈을 자세히 들여다보면 어떤 교과서보다 환자의 상태에 대해 더 많이 알게 된다."[5]

의사들은 다양한 임상경험을 통해 환자와의 의사소통이 얼마나 중요한지 알고 있다. 환자의 말을 듣는 것뿐만 아니라 환자에게 하는 의사의 말도 치유의 과정에서 결정적인 역할을 한다. 예컨대, 절박한 상황에 있는 환자에게 의사의 말은 환자를 파멸시키는 말이 될 수도 있고, 생명을 불어넣는 말이 될 수도 있다. 이렇게 의사의 말은 다른 종류의 말들과는 근본적으로 다르다. "신중하게 선택된 말은 의사가 환자를 위하여 할 수 있는 가장 훌륭한 치료이기도 하다. 사실, 말은 가장 뛰어난 치료수단임에도 불구하고 별로 중요시되지 않고 있다."[6]

치유의 과정에서 환자의 말과 의사의 말, 즉 환자와 의사의 대화dialogue는 매우 독특한 형태의 의사소통communication이라고 할 수 있다. 모든 대화에는 발신자addresser와 수신자recipient가 있게 마련이고, 바람직한 대화는 이 과정에 참여하는 사람들이 모두 '내면적 능동성'을 발휘할 때만 성취된다. 그러나 현실적으로 환자와 의사의 대화는 이런 형태를 취하기 어렵다. 그 이유는 환자는 일방적으로 도움을 구하는 위치에 있고, 의사는 환자의 요구에 응하는 위치에 있기 때문이다. 혹자는 이러한 관계를 '권력관계'로까지 파악하고 있는데, 이것이 어느 정도 과장된 측면이 있기는 하지만 일정한 진실을 반영하고 있는 것도 사실이다. 아무튼, 의학적 면담the medical interview은 이러한 특수한 상황 때문에 대화 참여자들의 능동성을 기대하기 어렵다.

이러한 수동적인 의사소통을 능동적인 것으로 전환시키기 위해서는 역시 환자보다 의사의 역할이 중요하다. 이것은 의사가 의학적 면담을 계획하고, 조정하는데 주도적 위치에 있기 때문이다. 따라서 환자와 의사와의 대화를 외면적 수동성에서 내면적 능동성으로 전환시켜야 할 의무는 의사들에게 있는 것이다. 환자와의 의사소통에서 의사는 일반적으로 세 가지의 특수한 기술을 발휘할 수 있어야 한다. 첫째는, 내용기술content skills이고, 둘째는 과정기술process skills, 셋째는 지각기술perceptual skills이다.[7] 내용기술이란 환자와의 소통하는 대화의 실체를 말하는 것으로 여기에는 환자에게 필요한 정확하고 적절한 의학적 정보가 무엇인가what? 하는 문제가 포함된다. 그리고 과정기술은 환자와 의사소통을 하는 방법을 일컫는다. 예컨대, 환자의 병력을 어떻게how? 밝혀내고, 필요한 의학적 정보를 전달할 것인가? 환자와의 관계를 어떻게 발전시킬 것인가? 그러한 과정에서 필요한 언어적verbal, 비언어적non-verbal 기술은 무엇인가? 하는 문제들이 이와 관련이 있다. 마지막으로 지각기술은 환자들이 무엇을 생각하고 느끼는지를 감지하는 능력을 말한다. 환자와의 의사소통에서 이러한 '능력'은 매우 본질적 의미를 지닌다. 왜냐하면 이러한 기술은 환자들이 의사결정을 하는데 결정적인 '내적 동력'을 부여하기 때문이다.

물론, 위에서 언급한 대화의 기술은 서로 독립적인 성격을 가지고 있는 것은 아니다. 의학적 대화의 기술들은 서로 긴밀하게 연계되어 있으며, 상보적相補的인 관계에 있다. 그러나 무엇보다도 중요한 것은 의학적 면담이 진정한 대화정신으로 충만해야 된다는 것이다. 이에 대해 가다머는 의학적 면담이 일상적 대화의 수준으로까지 발전해야 한다고 지적하고 있다. 그것은 가다머가 평등한 일상적 대화에서 대화자들의 주체성을 확인할 수 있다고 믿기 때문이다. "이런 대화는 마치 그것이 일상적 대화처럼 이루어질 때에만 성공적일 수 있다. 일상생활에서 이루어지는 토론은 특별히 한 사람이 이끌기보다는 모든 사람이 함께 참여함으로써 이루어진다. 의사와 환자 사이에서 벌어지는 특별한 형식의 대화라도 이런 식으로 이루어지는 것이 바람직하다 (…중략…) 진정한 대화란 다른 사람이 그 나름의 길을 잃지 않으면서 그의 내면에 있는 능동성 — 의사들은 이것을 환자 자신의 '참여'라고 한다 — 을 일깨울 수 있는 기회를 만들어 내는 것이다."[8] 다음 장에서는 "'의료'는 곧 '소통'이다"라는 관점에서 19세기 러시아문학, 특히 톨스토이와 가르쉰의 소설 속에 이런 문제의식이 어떻게 투영되었는지를 살펴보자.

3) 톨스토이의 『이반 일리치의 죽음』

톨스토이L.Tolstoy, 1828~1910는 1886년에 완성한 중편소설 『이반 일리치의 죽음』에서 현대의학의 가장 중요한 문제의 하나로 부각된 의사와 환자 사이의 '소통의 문제'를 예술적으로 형상화한 바 있다. 이 작품의 주인공은 공소원控訴院[9] 판사로 재직하고 있던 이반 일리치라는 인물이다. 그런데 이반은 갑자기 원인 모를 병에 걸려 죽어간다. 이반은 이 질병으로 인해 자신의 일상적인 삶을 송두리째 빼앗긴다. 그는 직장으로부터 쫓겨나고, 가족들로부터도 버림을 받으며, 결국 쓸쓸하게 죽음을 맞이하게 된다. 오직 그에게 위안이 되었던 것은 하인 게라심이 보여준 계급을 초월한 인간적 동정뿐이었다. 그리고 죽음이 임박한 시간에 이반은 자신의 삶을 근본적으로 되돌아보고, 삶의 참된 의미를 깨닫게 된다.

여기서 우리가 주목할 사실은 이반이 병에 걸려 고통스럽게 죽어가는 과정에서 주위 사람들과 소통이 단절된다는 점이다. 평소 이반에게 친밀감을 보이던 직장동료들은 물론이고, 심지어 가족들까지도 환자가 된 그에게 등을 돌린다. 그리고 이반을 진료하는 의사도 여기에 한몫한다. 특히, 톨스토이는 이 소설의 많은 부분을 환자인 이반과 의사 사이의 소통의 문제에 할애하고 있다. 그것은 아마도 병에 걸려 고통스러워하는 환자에게 가장 절실한 소통의 상대자는 당연히 의사가 되어야 한다는 지극히 상식적인 생각에 기초한 것일 게다. 의사와 환자 사이의 소통이 막혀있는 다음과 같은 대화를 읽어보자.

> 의사는 말했다. 이러이러한 징후가 나타난 것은 당신 내부에 이러이러한 질병이 있다는 것을 가리키는 것이다. 그런데 만일 이것이 이러저러한 연구를 통해서 확인하지 않는다면 결국 당신은 이러이러한 질병에 걸린 것이라고 가정할 수밖에 없다. 만일 이러이러한 것이라고 가정한다면, 그때는 (…중략…) 그런데 이반 일리치에게 있어서 중요한 것은 단 하나의 문제, 즉 자기 상태가 위험한 건지 아닌지 하는 것뿐이었다. 그런데 의사는 이것을 적절치 않은 문제로 여겨 무시했다. 의사의 관점에서 본다면 이런 문제는 무익한 것이며 고려할 여지가 없는 것이었다. 그에게는 오직 신장염이냐, 만성 카타르냐, 맹장염이냐 하는 그런 질병의 가능성들을 고려해 보는 문제만이 존재할 뿐이었다. 거기에는 이반 일리치의 생명에 관한 문제는 존재하지 않았고 신장염인가 맹장염인가 하는 논쟁만이 존재할 뿐이었다.
>
> (…중략…)
>
> 그이반-인용자는 한숨을 내쉬며 "대개 우리 환자들은 쓸데없는 질문들을 자주 합니다만"하고 말했다. "보통, 이런 병은 위험한 것인지 아닌지."

의사는 안경 너머로 엄격한 시선을 한쪽 눈에 모아 그를 쳐다보았다. 그리고 다음과 같이 말하는 것 같았다. '피고여, 만일 당신이 허용된 질문의 한계를 넘는다면 본인은 부득이 그대에게 법정에서 퇴장하라는 명령을 내릴 수밖에 없습니다.'

"필요하고, 적당하다고 생각되는 조치에 대해서는 이미 말씀드렸습니다." 하고 의사는 말했다. "앞으로의 일은 검사결과가 말해줄 것입니다." 이렇게 말하고 의사는 가볍게 고개를 숙였다.

이반 일리치는 천천히 밖으로 나와 의기소침해서 썰매에 앉아 집으로 돌아왔다. 오는 길에서 줄곧 **의사가 한 말**을 검토하고, 혼란스럽고 명확하지 않은 과학적 용어들을 보통말로 옮겨 그 말들에서 '자신의 상태가 아주 심각한 것인지 아니면 아직 괜찮은 것인지?'하는 질문에 대한 답변을 알아내려고 애썼다. 그러고 보니 **의사가 한 말은 모두 그가 아주 나쁘다는 뜻으로 생각되었다.**인용자의 강조10

위의 인용문에서 보듯이 환자와 의사는 서로 각자의 말을 하고 있다. 그것은 환자의 말을 의사가 귀담아 듣지 않기 때문인데, 이렇게 환자와 의사의 말이 엇박자를 이루는 것은 의사가 환자타자에 대한 관심과 배려가 부족한 데서 연유한다.

의사와 환자의 말을 내러티브Narrative 이론으로 해석하는 관점에 따르면 '의료'는 말의 독특한 관계가 된다. 의사와 환자가 만들어 내는 의학적 상황을 이런 문제의식을 가지고 재구성한 대표적인 인물은 헌터M.Hunter다. 헌터는 의학적 내러티브를 생산 주체에 따라 크게 세 가지 층위로 구분하고 있다. 환자의 이야기the patient's story, 의사의 이야기the physician's story 그리고 의사가 최종적으로 환자한테 발화하는 재해석된 이야기physician's return of the story to the patient가 그것이다.[11] 여기서 환자의 내러티브는 의학적 도움이 필요한 환자의 상태에 대한 환자 자신의 견해이다. 다시 이야기하자면 이것은 질병에 대한 환자의 개인적인 설명이며, 의학적 내러티브의 원본original story이라고 할 수 있다. 그리고 의사의 내러티브는 환자의 내러티브에 전문적인 의학적 지식과 견해가 첨가된 이야기로 '원본'에 대한 의학적 판본medical version이라고 할 수 있다. 그러나 의사의 내러티브, 즉 "의학적으로 변형된 내러티브는 아마도 환자를 소원하게 할 수도 있을 것이다. 왜냐하면 그것은 환자에게 낯설고, 비인간적이며, 생명이 없고 죽어있는, 이해할 수 없거나 혹은 끔찍하게 명확한 것이기 때문이다."[12] 그에 반해 의사의 견해를 환자의 입장에서 다시 해석한 내러티브는 환자가 이해하기 쉽고, 받아들일 수 있는 이야기이다. 이것은 의사의 언어가 아니라 환자의 언어로 재구성된 내러티브이고, 바로 이것을 통해서만 환자와 의사 사이의 소통이 원활히 이루어질 수 있는 것이다.

이런 관점에서 보면 톨스토이의 소설에는 환자의 내러티브와 의사의 내러티브는 존재하지만, '환자의 입장에서 재해석된' 내러티브는 존재하지 않는다. 그러면 구체적으로 환자 이반의 내러티브와 의사의 내러티브를 분석해 보자.[13]

A. 대개 우리 환자들은 쓸데없는 질문들을 자주 합니다만, 보통 이런 병은 위험한 것인지 아닌지 (…중략…)

B. 필요하고, 적당하다고 생각되는 조치에 대해서는 이미 말씀드렸습니다. 앞으로의 일은 검사결과가 말해줄 것입니다.

C. 피고여, 만일 당신이 허용된 질문의 한계를 넘는다면 본인은 부득이 그대에게 법정에서 퇴장하라는 명령을 내릴 수밖에 없네.

여기서 A는 환자인 이반의 말이다. 환자는 자신이 원인 모를 병에 걸려 있다는 사실에 불안해하고 있다. 그래서 그는 자신의 상태가 어떤지 궁금하다. 그에게 지금 중요한 것은 '자신의 상태가 생명과 어떤 관계에 있는가?'이다. 다시 이야기하자면, 자기가 죽을병에 걸린 것인지 아니면 의사를 믿고 치료를 받으면 살 수 있는 것인지, 바로 이것이 환자 이반이 알고 싶어 하는 것이다. 그러나 B를 보자. B는 의사의 말인데, 여기서 의사는 환자의 이러한 궁금증에 대해 적당한 답변을 하지 않는다. 의사는 환자의 궁금증을 쓸데없는 질문이라고 생각하고 있다. 심지어 그는 자신이 환자에게 할 수 있는 모든 것을 이미 수행했다고 믿고 있다.("필요하고, 적당하다고 생각되는 조치에 대해서는 이미 말씀드렸습니다.") 그리고 나머지는 과학적인 검사 결과가 모든 것을 말해 줄 것이라고 둘러댄다.

이렇게 A와 B의 대사에서 보듯이 환자와 의사의 소통이 이루어지지 않는 이유는 무엇보다도 서로의 관심사가 다르기 때문이다. 환자는 자신의 몸 상태가 생명과 어떤 관계가 있는지를 알고 싶어 하지만, 의사는 환자의 몸에 어떤 질병이 숨어있는가 하는 '의학적 관심'에만 주목할 뿐이다.("그에게는 오직 신장염이냐, 만성 카타르냐, 맹장염이냐 하는 그런 질병의 가능성들을 고려해 보는 문제만이 존재할 뿐이었다. 거기에는 이반 일리치의 생명에 관한 문제는 존재하지 않았고 신장염인가 맹장염인가 하는 논쟁만이 존재할 뿐이었다.") 이런 점에서 B는 환자의 고민과 고통을 고려하지 않은, 즉 환자의 내러티브를 순수하게 의학적으로 판단한 내러티브라고 할 수 있다. 이것은 헌터의 표현을 빌면 "환자에게 낯설고, 비인간적이며, 생명이 없고 죽어있는" 내러티브이다.

이렇게 환자와 의사 사이의 소통이 불가능한 이유는 또 다른 관점에서 보면 환자와 의사의 불평등한 사회적 관계에서 연유하는 것이기도 하다. 우리는 이것을 또 다른 차원의 내러티브인 C를 통해서 확인할 수 있다. C는 엄밀히 말하면 환자의 내러티브도 아니고 의사의 내러티브도 아니다. 이것은 마치 의사가 실제로 환자에게 한 말 같지만, 사실은 환자가 '상상해낸' 내러티브일 뿐이다. 이런 점에서 변형된 내러티브 C의 생산자와 소비자는 모두 환자 이반이다. 그러나 독자들은 C를 환자가 만들어낸 내러티브라고 읽지는 않을 것이다. 의사가 직접 그런 말을 한 것은 아니지만, 우리는 이것을 마치 의사가 직접 한 말처럼 여기게 된다. C는 이런 점에서 A, B와는 구별되는 '내적 내러티브'라고 할 수 있다. 이것은 환자가 만들어낸 것임에도 불구하고 의사가 직접 한 말보다 더 강력한 정서적 영향을 끼친다.

위의 인용문에서 보듯이 환자는 의사에게 마치 죄인처럼 서 있다는 것을 알 수 있다. 이것은 19세기 제정 러시아에서 의사의 사회적 지위가 그리 높지 않았다는 사실에 기초한다면 일종의 아이러니가 아닐 수 없다. 이 작품에서 이반은 귀족출신의 법원 판사이고 의사는 평범한 잡계급중간계급일 뿐인데, 환자와 의사의 관계는 이러한 사회 계급적 관계를 초월한 새로운 불평등관계를 만들고 있다. 이렇게 환자와 의사의 관계가 마치 피고와 판사의 관계처럼 불평등한 것이라면, 그들 사이에 바람직한 소통을 기대하기는 어렵다. 왜냐하면 판사의 위치에 있는 의사는 피고의 위치에 있는 환자에게 일방적인 소통을 강요하고, 그에 합당하지 않으면 그 소통관계를 자의적으로 단절시킬 수 있기 때문이다("피고여, 만일 당신이 허용된 질문의 한계를 넘는다면 본인은 부득이 그대에게 법정에서 퇴장하라는 명령을 내릴 수밖에 없네").

그렇다면 위와 비슷한 상황에서 의사는 환자와 어떻게 의사소통을 하는 것이 바람직한가. 우선 의사는 환자의 불안한 상태를 안정시켜야 한다. 예를 들어 원인을 알 수 없는 복통을 호소하는 환자가 의사에게 걱정스러운 표정으로 "선생님, 뭐가 잘못되었다고 생각하십니까?"라고 묻는다고 가정해 보자. 이에 대해 의사는 "과민성 대장, 게실염, 바이러스 같은 많은 원인이 있을 수 있습니다"라고 대답할 수 있다. 만약 환자가 자신의 부친처럼 암을 걱정한다면 이런 대답은 환자를 안심시켜 주는 것이 아니라 도리어 불안감을 증폭시킬 것이다. 이런 경우 만약 환자의 상태가 심각하지 않다면 무엇보다도 환자의 불안을 경감시키는 다음과 같은 답변이 효과적이다.

> 의사 : 원인이 무엇인지 걱정하고 계시는군요. 무엇이 가장 염려되는지 말씀해주시겠어요? ……네, 당신이 걱정하는 것을 알겠습니다. 하지만 환자분이 걱정할 만한 큰 병은 아니라는 사실을 먼저 말씀드립니다.

감정적인 고통을 토로하는 환자들의 까다로운 질문에 의사가 동반자 의식을 표현하는 것도 좋은 방법 중 하나다. 특히 심각한 질병이 걱정되는 상황에서 극심한 복통으로 불안해하는 환자에게 의사의 동반자 의식은 환자의 심리적 안정에 크게 도움이 된다. 이런 상황에서 의사의 바람직한 답변으로 다음과 같은 것을 고려해 볼 수 있다.

의사 : 이런 증상의 원인에 대해 걱정하신다는 것을 알고 있습니다. 가능한 빨리 결과를 알아보고 무엇이든 간에 적절한 치료계획을 세우기 위해 함께 노력해 갈 것입니다.[14]

의사는 환자의 체험과 감정을 정확하게 이해할 뿐만 아니라 그렇게 이해했음을 환자에게 다시 보여줄 수 있어야 한다. 이런 능력을 공감empathy 라고 하는데, 이것은 환자에 대해 동정한다거나 안됐다는 느낌을 갖는 감정의 상태가 아니다. 공감은 의사가 환자와의 모든 의사소통말, 느낌, 몸짓에 귀기우리고 환자로 하여금 의사가 그 말을 듣고 있다고 알게 하는 것이다. 그리고 이런 능력은 단순히 Skill의 수준을 넘어선 의사의 정신적, 도덕적 자질과 깊은 연관이 있다.

4) 가르쉰의 「붉은 꽃」

가르쉰V.Garshin, 1855~1888은 19세기 후반에 활동한 러시아의 소설가다. 그는 짧은 일생을 정신병 발작 등으로 고통받으며 비극적으로 살다 간 인물이다. 가르쉰의 대표작으로는 「붉은 꽃」1883이 있는데, 이 작품은 광인의 비극적 운명을 다루고 있다. 정신병 환자가 발작을 일으켜 정신병원에 입원한다. 그는 병원의 정원에 핀 붉은 양귀비꽃을 악의 화신이라고 믿고 세상의 선을 수호하기 위해 자신이 그 악의 상징을 파괴해야 한다는 과대망상에 시달린다. 그리고 마침내 그 과업을 완수한 후에 그는 심한 발작을 일으켜 죽고 만다.

광인은 정신병원에 입원한 다음 날 담당의사와 의미심장한 대화를 나눈다. 그러나 그들의 대화는 소통으로 이어지지 않는다. 그것은 광인과 정신과 의사 사이에 소통을 위한 공통분모가 존재하지 않기 때문이다. 광인은 자신의 망상을 언어로 표현하지만 의사는 광인의 말을 현실적인 언어로 인정하지 않는다. 아래의 대화를 보도록 하자.

"기분이 어떻습니까?" 이튿날 의사는 그에게 물었다.

환자는 이제 막 잠에서 깨어나 아직도 침대에 누워 있었다.

"좋군요!" 그는 벌떡 일어나 슬리퍼를 신고 가운을 잡으면서 대답했다. "좋아요! 그런데 한 가지, 여기가!"

그는 자신의 목덜미를 가리켰다.

"아파서 목을 돌릴 수가 없군요. 허나 상관없어요. 당신이 이것을 알아차렸다면 된 거죠. 나는 이해해요."

"당신이 지금 어디 있는지 아시겠습니까?"

"물론이지요, 의사 양반! 정신병원이에요. 그러나 아시겠어요, 그런 건 정말 아무래도 좋아요. 정말 아무래도 좋아요."

의사는 그의 눈을 가만히 들여다보았다. 곱게 잘 빗겨진 금빛 수염과 금테 안경 너머로 바라보고 있는 차분하고 푸른 눈을 가진 **의사의 말쑥하고 잘 생긴 얼굴은 움직이지 않고 무표정했다.** 의사는 관찰을 하고 있었다.

"왜 날 그렇게 뚫어지게 바라보십니까? 당신이 내 마음까지 알 수는 없어요." 환자는 말을 계속 이어갔다. "그런데 난 당신 마음을 빤히 알 수 있지요! 왜 당신은 나쁜 짓을 합니까? 왜 당신은 불행한 사람들을 모아서 이곳에 가두는 겁니까? 나는 아무래도 좋아요, 나는 모든 것을 아니까, 개의치 않아요. 그러나 저 사람들은 어떨까요? 이런 고통이 왜 필요한 거지요? 위대한 사상,

보편적인 사상을 가지고 있는 자에게는 어디서 살든, 무엇을 느끼든 다 마찬가지예요. 심지어 죽고 사는 문제조차도…… 그렇지요?"

"그렇겠지요." 의사는 환자의 모습이 보이도록 방구석의 의자에 앉으면서 대답했다. 환자는 말가죽으로 된 커다란 슬리퍼 소리를 내며 넓은 간격의 붉은 줄 사이로 커다란 꽃무늬가 있는 면소재의 가운 자락을 펄럭이면서 급하게 구석구석을 걸어 다니고 있었다.[15]

"전에는 오랜 추론과 추측의 과정을 거쳐서 도달했던 일을 지금은 직관적으로 알 수 있어요. 나는 철학이 공들여 이룩한 것을 실제적으로 획득했습니다. 공간이나 시간은 허구라는 위대한 이념을 나 스스로 체험하고 있는 것입니다. 나는 영원 속에서 살고 있어요. 나는 공간이 없는 곳에 살고 있고, 원하면 어느 곳에나 있을 수 있고 또 어느 곳에도 없습니다. 따라서 당신이 나를 이곳에 가두어 두건 풀어주건, 이 몸이 자유롭건 속박이 되어 있건 마찬가지입니다. 여기에 나와 비슷한 몇 사람이 있다는 사실을 알았습니다. 그러나 나머지 사람들에게 이런 상태는 끔찍한 일입니다. 왜 당신은 그들을 자유롭게 놔주지 않는 거죠? 누구한테 필요해서?……"

"당신은 지금……" 의사는 그의 말을 가로 막았다. "시간과 공간 밖에 살고 있다고 했지요? 그러나 나와 당신이 이 방에 있다는 것과 지금이……" 의사는 시계를 꺼내어 "18○○년 5월 6일, 열시 반이라는 것을 인정하지 않으면 안 됩니다. 여기에 대해서는 어떻게 생각하십니까?"

"아니에요. 내가 어디 있는지 언제 살고 있는지 마찬가지입니다. 만일 그렇다면 그것은 내가 어느 곳에나 언제나 있다는 것 아닐까요?"

의사는 빙그레 웃었다.

"색다른 논리군요." 그는 일어서면서 말했다. "아마 당신이 옳을 겁니다. 그럼 또……."

(… 중략 …)

의사는 앞으로 나아갔다. 대부분의 환자는 자기 침대 옆에 서서 그를 기다리고 있었다. 어떤 관청의 장관도 정신병 의사가 정신병 환자들에게서 받는 것만큼의 존경을 자기의 부하 직원들에게서 받지는 못할 것이다.인용자의 강조16

인간의 소통행위는 다양한 매개를 통해서 이루어진다. 우리는 일반적으로 언어를 통한 소통행위를 가장 일반적인 것으로 받아들인다. 그러나 소통행위는 언어뿐만 아니라 몸짓, 회화적 이미지, 음악적 선율, 성적 행위, 심지어 침묵무언의 상태를 통해서도 가능하다. 이러한 소통은 비언어적 소통non-verbal communication이라고 할 수 있다. 문학작품에서는 이러한 비언어적 소통이 매우 중요한 역할을 한다. 구체적인 언어적 발화행위를 통한 소통행위가 작품의 가장 기본적인 형태이지만 다양한 이미지들을 통한 소통 또한 그에 못지않은 예술적 의미를 가진다.

가르쉰이 이 작품의 주인공을 정상적인 언어소통을 할 수 없는 광인으로 설정하고 있는 것은 매우 흥미로운 점이 아닐 수 없다. 광인은 일상적인 언어행위를 통한 소통을 거부한다. 이런 상태에서 의사와 환자 사이의 비언어적 소통은 중요한 의미를 지닐 수밖에 없다. 일반적으로 우리는 언어적 소통을 통해서 대화의 내용을 파악한다. 그렇지만 우리가 상대방의 정서적 상태나 대화에 임하는 태도를 알 수 있는 것은 비언어적 소통을 통해서이다. 예컨대 환자가 의사에게 성난 목소리로 말하거나 침묵으로 일관한다면 그것은 환자의 분노를 표현하는 것으로 받아들일 수 있다.

의사의 입장에서는 환자의 비언어적 소통방법을 관찰하는 것도 중요하지만 환자 역시 의사의 비언어적 소통에 관심을 두고 있다는 점을 잊어서는 안 된다. 이를테면 환자를 전혀 쳐다보지 않거나 시계를 흘낏 보는 행동들은 환자에 대한 의사의 무관심을 표현하는 것이다. 이런 상황에서 대부분의 환자는 의사에게 필요한 중요한 이야기를 하지 않을 것이다.[17] 이런 점에서 가르쉰의 「붉은 꽃」에 등장하는 정신과 의사는 환자와의 비언어적 소통방법에 전혀 관심이 없는 사람이다. 의사의 비언어적 소통방법이 잘 드러나 있는 다음의 예를 살펴보도록 하자.

> A. 의사의 말쑥하고 잘생긴 얼굴은 움직이지 않고 무표정했다.
> B. 의사는 환자의 모습이 보이도록 방구석의 의자에 앉으면서 대답했다.
> C. 의사는 그의 말을 가로막았다.
> D. 의사는 빙그레 웃었다.

위의 예에서 A와 B는 환자에 대한 의사의 무관심을 표현한다. 무관심은 의사가 환자를 도와주려는 적극적 의사가 결여되어 있다는 것을 의미한다. 만약 의사가 환자에게 관심을 가지고 있는 표정을 짓거나 환자와 가까운 거리에서 면담을 했다면 상황은 어떻게 전개되었을까. 여기서 더 나아가 소설 속의 의사는 환자를 무시하는 태도를 보이기까지 한다. 바로 C와 D가 그런 예이다. 환자의 말을 가로막는 태도나 환자의 말을 듣고 조소하는 태도는 환자로 하여금 자신이 존중받고 있지 못하다는 것을 확인시켜 줄 뿐이다. 그리고 위의 예에서 보듯이 의사의 불성실한 비언어적 소통방법은 곧장 권위적인 언어적 소통방법으로 이어진다.

존중respect은 의사가 환자와의 면담에서 지켜야 할 가장 중요한 가치이다. 존중은 환자를 일정한 틀로 판단하지 않는 것이다. 환자의 입장에서 자신이 존중받지 못하고 있다는 느낌을 받을 때 환자는 의사와의 면담에서 솔직한 이야기를 털어놓을 수 없다. 그리고 이것은 의사의 입장에서 보면 환자에 대한 귀중한 의학적 정보를 놓치는 결과를 초래할 뿐이다.

5) 의학의 인문학적 출발점 – 타자와의 소통

대부분의 의사들은 환자를 과학적인 연구대상이나 치유대상으로 여긴다. 물론, 이것이 전적으로 일리가 없는 것은 아니다. 환자라는 연구대상이 없다면 의학의 발전은 있을 수 없기 때문이다. 그러나 환자를 연구와 치유의 대상으로만 보는 것은 의학을 자연과학으로만 생각하는 사고의 결과일 뿐이다. 환자는 연구와 치유의 대상이면서 동시에 '의학적 관계'의 '또 다른 주체타자, the other'이다.

환자를 의학적 관계의 주체가 아니라 대상으로만 보면, 환자는 소유와 지배의 대상이 된다. 그러나 환자는 의사가 근본적으로 소유하거나 지배할 수 없는 자유로운 존재이다. 환자는 의사가 분석하고 개념화하는 대상이 아니라 의사의 말 한마디에 상처받고, 슬퍼하며, 절망하기도 하고 기뻐하기도 하는 살아있는 존재인 것이다. 그런데 여기서 주목해야 할 것은 의사라는 존재는 환자라는 타자가 없으면혹은 타자와의 소통이 없으면 존재할 수 없다는 사실이다. 예컨대, 의사의 자기정체성은 무엇에 의해 확인되는가? 라는 질문을 생각해 보자. 사람들이 어떤 사람을 보고 의사라고 지칭하는 것은 그가 의학적 지식을 많이 가지고 있기 때문인가? 아니면 그가 의과대학을 졸업하고 의사자격시험에 합격해서 자격증을 가지고 있기 때문인가? 아니다. 어떤 사람이 의사라고 불리는 이유는 그 사람 앞에 그와는 완전히 다른 개체인 환자라는 존재가 있기 때문이다. 다시 말하자면, 의사의 주체성은 아이러니하게도 자신자아에 의해 형성되는 것이 아니라 타자인 환자에 의해 확인되는 것이다. 이렇게 보면 의학의 정체성은 타자와 소통관계 없이는 존재할 수 없고, 의사라는 존재는 바로 타자로서의 환자에 의해서만 주체적일 수 있는 것이다.

의학의 존재조건인 '타자와의 소통'은 다양한 형식을 취한다. 물론, 그 중에 가장 대표적인 것은 환자와 얼굴을 마주보며face to face 나누는 대화dialogue이다. 러시아의 문예 이론가이자 철학자인 바흐친M.Bakhtin이 지적하고 있듯이 대화란 객체들 간의 관계이거나 주체와 객체 사이의 관계가 아니다. 대화는 주체들 간의 관계이며, 그것도 그 주체들 사이의 지극히 개인적이고, 인격적인 관계이다.[18]

바흐친은 객관적 세계의 관계를 크게 세 가지로 구분한다. 첫째는, 객체들 간의 관계이다. 이것은 사물이나 물리적, 화학적 현상들 사이에 일어나는 관계를 말하는 것으로 그 성격상 '물질적 관계'라고 할 수 있다. 둘째는, 주체와 객체의 관계이다. 이것은 예컨대 인간과 객체 사이의 관계를 의미한다. 세 번째는 주체들 간의 관계로 바흐친이 가장 주목하고 있는 것이 바로 이것이다. 이것은 개별적이고 인격화된 주체들 사이의 관계이며, 특히 바흐친은 이러한 관계를 "**발화**發話, высказывание**들 사이의 대화적 관계, 윤리적 관계**"인용자의 강조라고 규정한다. 왜냐하면 "바로 여기에 모든 인격화된 의미상의 연관들이 관계한다"고 보기 때문이다.[19]

바흐친이 대화를 인격화된 주체들 간의 관계로 보고, 거기서 윤리적 관계를 이끌어내는 것은 매우 의미심장하다. 바흐친은 대화를 윤리적 관계로 파악했다. 다시 말하자면, 대화적 관계에 있는 주체들은 타자에 대한 책임성ответственность을 요구받으며, 이것이 다시 주체의 정체성을 규정한다는 것이다. 그러므로 타자와의 대화는 각자가 객체로서 남아있거나 혹은 각자가 생산한 의미가 개별적인 경계를 넘어서지 못하는 수동적 관계가 아니라 개별적인 의미들을 상호 연관시키는 능동적 관계인 것이다. 바흐친은 이러한 관계의 토대를 각자의 개성들에게 요구되는 책임성의 통일единство ответственности에서 찾고 있다. "개성을 구성하는 요소들의 내적 연관은 무엇에 의해 보장되는가? 그것은 오직 책임성의 통일에 의해서만 보장된다 (…중략…) 개성은 끊임없이 책임 있는 존재가 되어야만 한다. 개성의 모든 계기들은 공시적共時的으로 그 개성의 삶과 나란히 놓여져 있어야 할 뿐만 아니라 과실과 책임성의 통일 속에서 상호 침투해야만 한다."[20]

자아와 타자의 대화적 관계가 지니고 있는 윤리적 성격은 근원적으로 언어 행위 자체의 본질에서 연유하는 것이기도 하다. 언어는 일반적으로 개별적인 자아들selves 사이의 상호 소통을 매개하는 것으로 알려져 있다. 러시아의 구조주의 문예이론가인 로트만Lotman은 언어에 대한 이러한 견해를 대표하는 이론가이다. 그는 언어를 "둘 또는 더 많은 개인들 사이의 의사소통에 도움이 되는 모든 체계"로 규정한다.[21] 즉, 언어란 소통의 체계이며 수단이라는 것이다. 그러나 이러한 언어이론은 언어의 규칙langue만을 강조하는 것으로 언어의 또 다른 측면인 발화parole의 대화적 성격을 간과한 것이다. "언어가 보편적인 이유는 그것이 개별적인 것에서 일반적인 것으로 가는 통로이고, 타자the Other로 다가가는 수단들을 제공하기 때문이다. 말하는 것to speak은 공통의 세계를 만들고, 일상의 일을 창조하는 것이다. 언어는 개념들의 일반론을 언급하지는 않지만 공동의 소유를 위한 기초를 놓는다. 언어는 자기만을 위한 기쁨을 거절한다. 담화談話, dis-course의 세계는 더 이상 고립된 세계도 아니고, 모든 것이 나에게 주어져 있는 집에서 홀로 존재하는 세계도 아니다. 그것은 내가 능동적으로 제공하는 것이다. 언어의 세계는 소통 가능한 세계이다."22

프랑스의 철학자 레비나스Emmanuel Levinas는 언어를 단순히 소통의 체계나 수단으로 보는데서 벗어나 언어가 지니고 있는 진리와의 관계성을 강조한다. 인간은 언어를 통해서 타자와 만나고 새로운 관계를 만들어가며, 그 속에서 진리를 경험한다. 여기서 언어는 자아와 타자 사이를 매개하고 관계지우지만, 양자를 통합하지는 않는다. 다시 말하자면, 인간의 언어적 관계 속에는 자아와 타자가 제각기 독립된 주체로서 정체성을 상실하지 않는다. 왜냐하면 인간의 언어행위, 즉 대화는 타자의 독자성을 전제하지 않고서는 성립할 수 없기 때문이다. 만약, 대화의 상대자인 각각의 주체들이 '자기만을 위한 기쁨'을 추구한다면, 그 대화는 진정한 대화가 되기 힘들 것이다. 레비나스는 언어적 관계의 이러한 독특함을 언어행위의 윤리성에서 찾고 있다.

레비나스의 언어이론이 지니고 있는 새로움은 언어적 관계의 윤리적 성격을 규명한 점이다. 이것은 그가 담화의 본질과 속성에 대해 설명하고 있는 곳에서 두드러지게 나타난다. "타자와의 진정한 관계는 바로 담화이다. 좀 더 정확하게 말하면 이러한 진정한 관계는 응답response이요 책임re-sponsibility이다 (…중략…) 말하기saying는 타자에 대한 일종의 인사이며, 타인에게 인사하는 것은 이미 그를 책임진다는 것이다."23 타인과 언어적 관계를 맺는다는 것은 그를 하나의 독립된 개체로서 인정할 것을 요구한다. 이것은 말하는 주체의 의무이며, 레비나스는 바로 여기서 언어적 관계에 있는 자아와 타자의 도덕적 책무를 지적하고 있다. 말하기의 관계에서 각각의 주체들은 상대방에 대해 성심껏 응답해야 할 책임이 있다. 오직 이러한 경우에만 "언어의 작용은 모든 형식으로부터 자유로운 벌거벗음nudity의 관계 속으로 들어"갈 수 있는 것이다.[24]

레비나스의 입장에 서면, 의사는 타자, 즉 환자와의 관계 속에서만 존재하는 자아가 된다. 그리고 의사는 환자를 독립된 개체로 인정해야 할 뿐만 아니라 환자와의 관계에서 윤리적 책임성을 요구받는다. 이런 점에서 의사의 무한한 자율성autonomy은 일종의 무책임과 같다. 의사의 자율성은 또한 환자의 자율성과 공존해야만 한다. 의사와 환자의 자율성이 서로 침해되지 않는 관계 속에서만 의사는 윤리적 존재가 될 수 있다. 레비나스는 고독한 의사와 환자, 다시 말하자면 "자율적 주체에서 환자와 의사의 관계로 관심의 초점이 변해야 한다는 것을 제안하고 있다. 그리고 이러한 변화 속에서 우리는 의철학을 구성했던 방법을 재정립함으로써 의료윤리의 새로운 전망을 얻게 된다 (…중략…) 의사는 치유자로서 소환받는다. 의사의 실존적인 성격은 이러한 소명과 책임을 맡을 때 형성된다. 그들은 사실 그들의 타자인 환자에 의해서 규정된다. 근본적으로 치유자에게 선택의 여지란 존재하지 않는다. 그들의 소명은 이러한 윤리학적 자기규정이다."[25]

'의학은 자연과학인가?' 혹은 '의학은 인문학인가?'라는 질문은 공허하다. 왜냐하면 이러한 질문들은 의학의 발전을 위해 생산적이지도 않고 창조적이지도 않기 때문이다. 러시아의 대표적인 의사작가the physician as writer인 체홉A.Chekhov의 한 주인공은 "감옥과 정신병원이 없어지고 당신 말대로 진리가 개가를 올린다고 해도 사물의 본질은 전혀 변하지 않고 자연의 법칙도 그대로 남아있지 않을까요?"하고 반문한다. 그의 대답은 무엇일까? "인간은 여전히 지금과 마찬가지로 병을 앓고 늙어서 죽을 겁니다. 아무리 빛나는 서광이 당신을 비춘다고 해도 역시 결국에 가서는 관속에 들어가게 되어 무덤 속에 던져지고 말죠." 의학은 인간이 완전히 자유로운 존재가 되고 진리에 도달해도 사라지지 않을 것이다. 왜냐하면 인간은 자유와 진리와는 상관없이 한번 태어나면 반드시 죽어야만 하는 유한한 존재이기 때문이다. 의학은 어떻게 보면 이런 '인간의 절대적 한계를 인정하는' 토대 위에서만 가능한 것이다. 그리고 의학은 본래적으로 인간의 유한한 삶의 과정을 돌보는 것을 목적으로 하는 것이다. 바로 이러한 점에 의학의 인문학적 가능성이 있다고 할 것이다.

6) 나가는 말

의사의 입장에서 '환자의 말'은 질병의 원인과 상태에 관한 중요한 정보를 담고 있는 일종의 텍스트이다. 일반적으로 텍스트는 어떤 체계를 가지고 있는 것이 보통이다. 그리고 일정한 통일성도 텍스트의 본질적인 구성 원리 중 하나다. 그러나 환자의 말은 다른 텍스트와는 달리 모호성ambi-guity이라는 특징을 지니고 있다. 대부분 환자의 말은 분명하지 않고, 명쾌하지도 않으며, 두서가 없고 비논리적이다. 다시 말하자면 의사가 원하는 중요한 정보들이 모호한 텍스트 속에 숨어있는 셈이다.

이런 이유 때문에 '의사의 말'은 '환자의 말'을 푸는 열쇠가 된다. 의사는 환자의 입을 열 수도 있고 닫을 수도 있다. 의사가 어떤 말을 하느냐에 따라 환자가 생산하는 모호한 텍스트의 질량과 부피가 결정된다. 진료실에 환자가 들어왔다고 가정해보자. 굳은 자세로 의자에 앉아 있는 환자에게 의사가 말을 걸지 않는다면 환자는 자신의 정보를 공개하지 않을 것이다. 대개 의사는 환자에게 '어디가 불편해서 오셨습니까?'라는 말을 처음 건넨다. 이 말이 환자의 입장에서는 얼마나 듣고 싶었던 말인지 의사들은 잘 모를 것이다. 환자는 의사의 말을 통해서 비로소 자신의 말을 이어갈 수 있다.

게다가 의사의 말은 환자의 말에 일정한 체계성과 통일성을 부여할 수도 있다. 의사들이 익히 알고 있는 매뉴얼에 적혀 있는 환자에 대한 기본적인 질문들은 모호한 텍스트에 일정한 질서를 부여한다. 만약 의사들의 체계적인 질문이 없다면 환자들은 진료실에서 횡설수설하기 십상이고, 심지어 자신의 소설 같은 인생살이까지 늘어놓을 것이다.

또한 의사의 말은 환자에게 생명의 언어가 되기도 하고 죽음의 암시가 되기도 한다. 대부분의 경우에 의사의 말은 화학적 성분의 치료약과 같은 임상적 효과를 발휘한다. 의사의 치명적인 말을 듣고 심장병이 악화되는 환자도 있고, 반대로 절제된 의사의 말 한마디에 혈압이 정상으로 돌아오는 환자도 있다. 이렇게 의사의 말은 환자 앞에서 절대적인 의미를 지닌다.

환자는 의사와의 대화에서 수동적인 태도를 취한다. 환자의 입장에서 보면 의사가 자신의 운명에 불편하게 개입한 낯선 사람일 뿐이다. 그러므로 환자를 진료과정의 참여자로 인도하는데, 의사의 말은 안내자의 역할을 한다. "진정한 대화란 다른 사람이 그 나름의 길을 잃지 않으면서 그의 내면에 있는 능동성 — 의사들은 이것을 환자 자신의 '참여'라고 한다 — 을 일깨울 수 있는 기회를 만들어 내는 것이다."[26] 여기서 진정한 대화를 이끄는 것은 의사의 몫이다. 왜냐하면 대화의 주도권은 환자가 아니라 의사가 가지고 있기 때문이다.2010, 2022

2. 의학적 상상력, 문학을 디자인하다

1) 문제 제기

일반적으로 상상력imagination은 새로운 표상이나 사유를 창조하는 인간의 정신 활동을 말한다. 상상력의 기본적인 기능은 아직 존재하지 않았던 것을 예측하는 데 있다. 이것은 인간에게 제기된 과제를 해결하는 능력과 관계가 있다. 상상력 없이 문제 해결에 도달하는 추측이나 직관은 불가능하다.[27] 과학이 다양한 자연현상이나 물질세계 속에서 새로운 것을 발견할 수 있는 것은 상상력과 깊은 관계가 있다.

하지만 의학적 상상력medical imagination이라는 개념을 정의하기란 쉽지 않다. 의학적 상상력이 무엇인지, 그것의 사례가 어떤 것인지를 구체적으로 지시하거나 설명하는 것은 상상력에 대한 정의를 반복하는 것과 크게 다르지 않기 때문이다. 이런 이유 때문에 의학적 상상력이라는 용어를 종종 사용하지만 그것에 대한 정확한 정의나 특징을 찾아보기란 어렵다.

예를 들어보자. 뇌의 안쪽 전두엽의 가장 기본적인 기능은 특정한 과제가 주어졌을 때 주의 조절을 하는 것인데, 인간이 상상을 할 때, 즉 새로움을 추구하거나 창조성을 자극하는 과제 수행을 할 때 안쪽 전두엽이 활성화된다.[28] 이런 실험 결과를 들어 의학적 상상력을 정의한다면 어떻게 될까? 가령 의학적 과제를 해결할 때 뇌의 안쪽 전두엽이 활성화되는 상태라고 정의할 수 있을 것이다. 하지만 이것은 인간이 상상을 할 때 뇌에서 발생하는 현상을 설명하는 것이지 상상력 자체에 대한 정의는 될 수 없다.

의학적 상상력을 정의하기 쉽지 않은 또 다른 이유는 그것이 과학적의학적 추론과 엄밀하게 구분하기 어렵기 때문이다. 영국의 의사 존 스노우

John Snow는 1849년『콜레라의 전염방식』이라는 책을 출판했다. 그는 이 책에서 콜레라의 원인이 오염된 상수도에 있다고 주장했다. 그런데 전염에 관한 스노우의 연구는 독기 혹은 장기로 병이 전염된다는 서양의 오래된 의학적 상식과 배치되는 것이었으므로 처음에는 선뜻 받아들여지지 않았다. 1853년 다시 콜레라가 유행했을 때 스노우는 수질이 개선된 회사의 수돗물을 마신 집단의 콜레라 발병이 감소했다는 사실을 밝혔다.[29]

당시 런던의 상수도는 하수도가 그대로 흘러 들어가는 템스강물을 끌어 쓰고 있었다. 템스강은 밀물과 썰물에 따라 수위가 변하기 때문에 밀물 때 상류 쪽 수원지가 오염될 가능성이 있었다. 이런 점을 고려한 스노우는 콜레라에 대한 새로운 예방법을 발견했다. 하지만 이 경우에도 스노우의 새로운 예방법이 의학적 상상력의 결과라고 단정 짓기는 어렵다. 왜냐하면 스노우의 연구결과는 여러 가설들 중에서 가장 현실적인 것을 찾아낸 과학적 추론scientific inference의 결론이기 때문이다.

이상에서 언급한 바와 같이 의학적 상상력은 정확히 개념 정의하기가 쉽지 않다. 이 글에서는 첫째, 의학적 상상력을 과학적 상상력의 측면에서 이해하고, 그것을 과학적의학적 추론과 비교하여 그 특징을 설명하려고 한다. 둘째, 의학적 상상력을 예술적문학적 상상력의 측면으로 이해하고, 그것이 문학작품에 어떤 영향을 주었는지 몇 가지 사례를 중심으로 살펴보려고 한다. 이 글은 의학적 상상력을 새롭게 정의하고 이해하려는 시론적試論的 형태의 글이 될 것이다.

2) 임상적 추론과 과학적 상상력

과학은 일반적으로 정확성accuracy을 추구한다. 과학적 지식은 부정확성을 최대한 배제하고 얻은 나머지이다. 과학에서 부정확성은 우연적인 것일 뿐이다. 확실하지도 않으며 확률이 높지도 않은 것을 과학적 지식의 영역에 포함시키는 것은 비과학적인 행위이다. 여기서 확실성certainty은 정확성을 구성하는 중요한 구성요인이 된다. 확실성은 주로 계산이나 실험 등 증명을 통해 확인된다. 그러므로 계산이나 실험을 통해 증명되지 않은 것은 아직 과학적 지식이라고 할 수 없다.

하지만 정확성이 생명인 과학적 지식도 엄밀하게 말하면 과학적 추론推論 혹은 추리推理, reasoning, inference의 산물이다. 사실 과학적 지식은 어느 정도 가정적假定的 성격을 띠고 있다. 이런 사실은 과학사를 돌이켜 보면 쉽게 알 수 있다. 우주과학, 물리학, 의학, 공학 등에서 인간이 만든 다양한 가설은 과학적 추론의 도움을 받아(관찰과 실험을 바탕으로) 새로운 법칙으로 수립되었다.

가설假說, hypothesis은 그리스어 *ὑποτιθέναι-hypotithenai* '가정하다'라는 의미에서 유래한 개념으로 "아직까지 알려지지 않은 사태에 대한 과학적 근거를 가진 명제 형태의 추측으로서 이미 알려진 사태를 설명하는 성질을 갖는 것을 가리킨다……. 가설은 이미 알려진 사태의 알려지지 않은 원인에 대한 추측을 담고 있다. 논리적으로 볼 때 가설은 추론의 전제에 해당되며 이 추론의 결론은 설명하고자 하는 사태에 대한 진술이 된다."[30] 가설은 논리적으로, 실험적으로 증명될 때 확고한 정설theory, 즉 과학적 학설이 된다. 가설은 사람들이 자연과 사회에 대한 지식을 확대, 발전시키는 데에서 중요한 역할을 했다. 천문학에서 이룩한 새로운 행성들의 발견이나 물리학에서 이룩한 원자와 핵의 구조에 대한 해명, 여러 가지 입자들의 발견들은 모두 가설의 설정과 그 증명에 의해서 이루어진 것이다.

가설의 구성과 발전은 일반적으로 다음과 같은 과정을 통해 이루어진다.

① 관찰과 연구

어떤 현상에 대한 관찰이 이루어지고 다른 현상과의 관계에 대한 연구가 진행된다.

② 가설의 정립

새로운 현상에 대한 가정, 즉 가설이 제시된다. 여기서 "가설은 다음의 조건을 만족시켜야 한다. 즉 그것은 문제의 사태를 설명할 수 있어야 하고, 나아가 보다 더 큰 현상 영역을 설명할 수 있는 가능성도 있어야 한다. 물론 이가설은 자체 내에서 무모순적이여야 하며, 또한 이미 입증된 과학적 인식과 배치되지 않아야 할 것이다."[31]

③ 추론

가설로부터 나온 추론은 기존의 현상을 넘어 보다 일반적인 현상을 설명해 준다.

④ 가설의 검증

가설은 그것의 논리적 귀결이 객관적 현실과 일치하느냐에 따라 검증된다. "가설적 지식이 지니는 예측의 기능은…… 이미 어떤 실제적인 이유 때문에 우리 인간들의 주목을" 받아왔다. "이미 나타난 현상에 대해 설명을 잘 해주는 가설이 있는 경우, 그와 같은 가설을 미래의 유사현상에 대해서도 적용해보려는 인간의 욕구는 자연스러운 것이며, 어떤 경우에는 예측에의 욕구자체가 가설을 촉구하고, 그렇게 해서 고안된 가설을 통해 오히려 이미 나타난 현상을 설명하는 경우도 가능한 것이다. 후자의 경우 예컨대 의학의 초기에 어떤 질병에 대한 효과적인 처방이 무엇인가 하는 경험적 가설이 실제적으로 선행하고, 이후 이를 이론적으로 세련화시켜 다시 현재의 처방 방식을 설명해주는 역사적인 과정을 볼 수 있는 것이다."[32]

의사들은 임상적 판단clinical judgment이 의학적 사고에서 중요한 부분을 차지하고 있다는 사실을 경험적으로 알고 있다. 임상적 판단은 환자로부터 얻은 자료와 정보를 분석해 질병의 원인을 진단하고 적절한 치료방법을 결정하는 과정이다. 임상적 판단의 출발점은 환자와의 문답, 즉 문진問診이다. 이런 특성상 의학적 사고임상적 판단에서 임상적 추론clinical reasoning은 본질적인 의미를 지닌다. 임상적 추론은 환자들로부터 얻은 몇 가지 증거를 바탕으로 질병의 원인과 상태를 미루어 추측하는 사고과정을 말한다. 예를 들어 복통 때문에 고생하는 환자가 찾아오면 의사는 먼저 얼마나 오랫동안 복통을 앓았는지, 어떤 음식을 먹었는지, 무슨 약을 복용하고 있는지, 소화제는 어느 정도 먹었는지 등을 물어볼 것이다. 그리고 필요하다면 복부 부분을 촉진觸診하면서 복통의 원인을 짐작할 것이다. 임상적 추론은 진찰을 통해 얻은 단편적인 사실들만을 바탕으로 그 사실들 간에 성립하는 관계들을 환자에게 적용하여 질병의 원인을 찾는 것이다.

여기서 단편적인 사실과 원인 규명 사이에 깊은 심연이 존재한다. 그러므로 그사이를 뛰어넘을 수 있는 사고가 필요하다. 논리학에서는 이런 사고 과정을 추론이라고 한다. 하지만 논리적 사유로서의 추론은임상적 추론도 마찬가지지만 때때로 비논리적 사유인 상상력을 필요로 한다. 왜냐하면 논리적 추론이 해결하지 못한 문제에 대해 직관, 비약, 창조적 공상 등이 결정적인 단서를 제공할 수 있기 때문이다. 이런 점에서 의학적 상상력은 임상적 판단의 한 부분으로서 임상적 추론을 보완하는 사고능력이라고 정의할 수 있다.[33]

(1) 루이자의 사례

예를 하나 들어보자. 하버드의대 내과의사인 조너선 에드로 박사는 『위험한 저녁식사*The Deadly Dinner Party and Other Medical Detective Stories*』라는 책에서 임상적 추론의 다양한 예를 다루고 있다.[34] 그는 진단을 내리기 어려운 상황에서 의사들이 복잡한 과정을 거쳐 어떻게 임상적 판단을 내리는지 보여준다. 그중 한 가지 에피소드를 소개하면 다음과 같다. 여기서 의사는 마치 탐정이나 된 듯이 질병의 원인을 찾기 위해 여러 가지 단서를 정리하고 정확한 판단을 위해 원인의 범위를 점점 좁혀 들어간다.

사건은 정말 일상적 질환과 크게 다르지 않게 시작되었다. 라틴계의 5세 소녀 루이자 알바레즈-루이즈는 두통 때문에 응급실로 실려 왔다. 의사의 주목을 끌게 되는 많은 증상 중에서 두통은 가장 흔한 것 중 하나다. 그래서 의사는 일상적인 질문을 하고 일상적인 검사를 실시했다. 하지만 반응이나 검사에서 특별히 우려할 만한 것은 발견되지 않았고 신체검진 소견도 정상처럼 보였다. 그런데 몇 가지 이유, 특히 루이자의 두통이 몇 개월이나 지속되었다는 점 때문에 루이자를 담당한 소아 응급의는 육감적으로 이상한 느낌을 지울 수 없었다.

두통으로 병원에 가면 의사들은 진단을 내리기 위해 먼저 일련의 질문을 한다. 두통이 갑자기 생겼는가, 점차 심해진 것인가? 통증이 얼마나 심한가?

경험해본 것 중 제일 아픈 두통인가? 예전에 이와 비슷한 두통을 경험한 적이 있는가? 열이 나거나 구토 혹은 신경계 증상은 있는가? 이 질문들에 대한 답을 염두에 두고 의사는 원인을 더욱 좁히기 위해 신체검진을 시행한다. 편두통과 긴장성 두통의 대다수는 신체검진에서 정상 소견을 보인다. 병력을 듣고 신체검진이 끝나면 환자는 세 그룹으로 분류된다.

하나는 걱정할 만한 소견이 없는 그룹이다. 이전과 유사한 두통이거나 전형적인 편두통 또는 긴장성 두통의 경우로 신체검진은 정상이다. 이 환자들은 진통제 치료와 주치의의 추적 검사가 필요하다. 반대로 명백하게 걱정할 만한 소견을 가진 그룹이 있다. 지금까지 겪어본 것 중 최악의 두통이 새로 발생했거나 신경학적 이상, 고열 또는 심각한 문제임을 시사하는 다른 증상과 징후가 동반된 경우다. 다음으로 세 번째 그룹, 즉 중간에 해당하는 환자들이 있다. 의사들이 얻을 수 있는 모든 정보를 고려하더라도 환자들이 첫 번째 또는 두 번째 그룹으로 분류되지 않는 경우다. 이런 경우에는 추가 검사의 필요성이 불확실하다.

루이자의 응급의는 신경전문의에게 자문을 구했다. 여기서 루이자의 진료를 맡은 보스턴 아동병원의 소아신경과 의사 데이비드 유리온 박사의 말을 들어보자. "루이자는 수개월 동안 두통이 계속되어 응급실로 왔어요. 두통은 말 그대로 '머리 전체'에서 발생했고, 이마와 눈 뒷부분이 특히 심했죠. 몇 개월 전에 머릿속에서 무슨 '압박' 같은 것을 받은 것 같았어요. 두통은 오랫동안 지속되었지만 하루 종일 계속되는 것은 아니고 좀 나아졌다 심해졌다 했습니다. 빛에 약간 예민한 것 이외에는 두통이 좀 덜하거나 심해지는 어떠한 이유도 찾을 수 없었어요. 또한 약간 메스꺼운 느낌은 있었지만 구토를 하지는 않았고요. 더구나 머리에 외상을 입은 적도 없고 최근에 관련 질병을 앓은 적도 없었죠. 특별히 두통을 앓는 가족도 없고, 편두통 가족력도 없었어요. 성장 측면에서도 정상이었죠. 다만 가족들은 그녀가 좀 부주의해서 최근에 여기저기 잘 부딪히곤 했다고 하더군요."

경험이 풍부한 유리온 박사는 루이자의 정맥 박동이 이상하다는 것을 눈치 챘다. 이것은 루이자의 두통이 심각한 이상 증상일 가능성이라는 것을 보여 주는 단서가 되었다. 유리온 박사가 걱정한 것은 혹시 종양이 침투해 소뇌의 기능에 문제가 생겼을 가능성이었다. 박사는 루이자가 자꾸 부딪치고 넘어졌 다는 것이 생각났다. 그래서 환자에 대한 MRI 촬영을 하였다. 그 결과 루이 자는 가성뇌종양pseudotumor cerebri을 앓고 있다는 사실이 밝혀졌다. 그다음 문제는 가성뇌종양의 원인을 찾는 것이었다. 유리온 박사의 말을 계속 들어 보자.

"다시 약물 복용 여부를 확인하고 체크했어요. 약물을 복용했는가? 집안 식구의 약을 먹었을 가능성은 없는가? 우리는 원인이 되었을 가능성이 있는 식품 목록을 가족들에게 보여주었습니다. 그중 하나로 비타민도 있었죠. 가 족들은 비타민을 보더니 멈칫했어요. '어유魚油, fish oil에도 이런 비타민이 들 어 있나요?'라고 묻더군요."

다음날 루이자의 할머니가 어유가 들어있는 약병을 가져왔다. 어유에는 티 스푼 당 성인이 매일 필요로 하는 양의 비타민A와 D가 들어 있었다. 복용 설 명서에는 매일 1티스푼을 먹으라고 씌어 있었고, 할머니는 그것을 매일 루이 자에게 챙겨 먹였다고 했다. 오랫동안 5세 아이에게 성인 필요량의 비타민을 먹였던 것이다.

그런데 흥미로운 것은 다음과 같은 사실이었다. 어유 자체는 북미 FTA의 부 산물이었다. 수입규제를 크게 완화함으로써 미국 제약업계에서는 너무 많은 비타민A와 D를 만들게 되었고, 그 잉여제품을 팔 시장을 찾게 되었다. 그 결과 '고급' 제품에 대한 수요가 있었던 라틴아메리카에까지 진출하게 된 것이다. 미국에서 승인한 품질 높은 비타민 제재는 엄청나게 팔렸고, 라틴아메리카의 소비자에게 큰 인지도를 얻게 되었다. 그리고 다시 역으로 북미 지역의 히스패닉들에게 인기를 끌어 루이자의 할머니에게까지 이어졌던 것이다.[35]

위의 경우에서 의사들은 생명을 잃을 뻔한 루이자의 증상을 다각도로 추론하여 결국 정확한 임상적 판단에 도달하게 된다. 이 과정을 도식화해서 설명하면 다음과 같다.

① 문진이상 소견 없음

② 신체 검진이상 소견 없음

③ 증상에 따른 환자 분류

④ 정밀 검사정맥 박동 이상

⑤ MRI 검사소뇌 이상 소견

⑥ 검사 결과가성뇌종양

⑦ 역학 조사질병 원인 추적

⑧ 원인 규명어유에 포함된 비타민 A

이 과정을 통해서 의사들은 질병의 모호했던 원인들을 하나씩 제거하면서 새로운 가설들을 만들어 간다. 하나의 가설이 무너지면 더 현실적이고 가능성이 높은 가설을 세우고, 그것도 아니라면 또 다른 대안적 가설을 적용하는 것이다. 이렇게 여러 가설 중에서 실체에 가장 가까운 것을 선택해

결국에는 그것을 증명하는 추론 과정을 의학에서는 배제 진단Rule-Out이라고 한다. 예를 들면 루이자의 증상을 분석하여 그 원인을 추적하는 역학조사 단계에서 담당 의사는 환자의 환경을 고려하여 가능한 경우의 수를 추론한다. 루이자가 라틴계라는 사실, 할머니가 소녀를 보호하고 있는 환경, 아메리카 히스패닉 사이에서 미국에서 승인한 품질 높은 비타민제가 라틴계 사이에 인기가 높은 현실 등등. 이 모든 것은 의사의 논리적 추론과 상상력 없이는 불가능한 것이다.

(2) 셜록 홈즈의 사례

또 다른 예를 들어보자. 위에서 살펴본 임상적 추론은 추리문학에서 유사한 패턴으로 변형된다. 캐서린 몽고메리는 노스웨스턴 의과대학에서 셜록 홈즈 소설을 임상적 추론과 연결시켜 세미나를 개설한 바 있다.[36] 세미나는 총 10시간으로 5주에 걸쳐 진행되었고, 의과대학 2학년 학생 12명이 참여하였다. 그녀는 이 세미나를 통해 "학생들이 셜록 홈즈의 추론과정을 쉽게 이해하고 서술하였고, 셜록 홈즈의 추론과 임상적 추론 사이의 유사성을 비판적으로 인식했다"[37]고 밝히고 있다. 이것은 문학을 이용하여 의학적 사고, 특히 임상적 추론을 훈련하고 교육한 대표적인 사례로 꼽힌다. 그렇다면 셜록 홈즈 소설은 대체 어떤 내용이기에 임상적 추론을 교육시키는 훌륭한 교재가 되는 것일까? 캐서린 몽고메리가 세미나에서 학생들과 같이 읽었던 작품 하나를 구체적으로 분석해보자.[38]

아서 코난 도일Arthur Conan Doyle, 1859~1930이 1905년에 출간된 단편집 『셜록 홈즈의 귀환The Return of Sherlock Holmes』에 수록된 「사립 초등학교에서 일어난 희귀한 사건The Adventure of the Priory School」은 셜록 홈즈

가 나오는 56편의 단편 중 하나이다. 이 작품은 줄거리는 다음과 같다. 어느 날 잉글랜드 북부 맥클턴에 위치한 최고의 사립 초등학교 설립자인 헉스터블 박사가 갑자기 런던에 있는 홈즈를 찾아온다. 이 학교를 다니던 홀더니스 공작의 외아들 샐타이어 경이 실종된 사건을 의뢰하기 위해서였다. 사건에 흥미를 느낀 홈즈는 동료인 왓슨 박사와 공작의 아들이 어디로 사라진 것인지 조사한다. 그리고 여러 가지 단서들을 치밀하게 분석하고 추론하여 마침내 사건을 해결한다. 이 단편에서 홈즈는 공작의 외아들이 사라졌던 당시의 상황을 훌륭하게 추론한다. 다음은 홈즈가 사건 당일의 상황을 설명하고 있는 대목이다.

A

"우리는 그날 밤에 이 길을 지나간 사람들을 어느 정도까지는 확인할 수 있네. 지금 내가 파이프로 가리키고 있는 이 지점에서, 한 시골 경관이 밤 열두시에서 아침 여섯시까지 근무를 섰네. 보다시피 여기는 동쪽 방향으로 첫 번째 샛길이 갈라지는 길목이거든. 그 경관은 잠시도 초소를 비운 적이 없다며, 아이든 어른이든 자기 눈에 띄지 않고 그 길을 지나갈 수는 없었다고 장담하더군. 아까 그 사람을 만나 얘기해 보았는데 내 느낌에는 전적으로 믿을 만한 사람 같았어. 그럼 이쪽은 아니라는 거지. 이제는 반대쪽을 살펴봐야 하네. 이쪽에는 '레드 불'이라는 여관이 있는데, 그날 안주인이 병이 났다네. 여관 안주인은 의사를 부르러 맥클턴에 사람을 보냈지만, 의사가 다른 환자 때문에 집을 비운 바람에 심부름 간 사람은 다음 날 아침이 돼서야 돌아왔지. 그래서 여관 사람들은 밤새도록 자지 않고 사람이 오기를 기다렸네. 한두 사람은 계속 길 쪽을 내다보고 있었던 것 같더군. 그 집 사람들도 그날 밤에 길을 지나간 사람이 없었다고 장담하고 있네. 그들의 증언이 옳다면 우리는 다행히 서쪽은 생각하지 않아도 되고, 아울러 도망자들이 도로를 이용하지 않았다는 결론을 내릴 수 있게 되네."

"하지만 자전거는 어떻게 하고?"

나는 이의를 제기했다.

"정말 그렇군. 자전거 얘기는 조금 있다 나올 걸세. 추리를 계속해 보세나. 만일 두 사람이 도로를 따라가지 않았다면, 학교 북쪽이나 남쪽을 바라보고 들판을 가로질러 갔다는 얘기가 되지. 그건 확실해. 그럼 두 가지 가능성을 견주어보기로 할까? 보다시피 학교의 남쪽 방향은 드넓은 경작지인데, 돌담을 쌓아 작은 밭으로 구획해 놓았네. 이쪽으로 자전거의 통행이 불가능하다는 건 물으나 마나 일세. 그러니 남쪽은 제쳐놓을 수 있지. 이제 북쪽 벌판을 보기로 하지. 여기는 '잡목 숲'이라는 작은 숲이고, 그 너머는 '로워 길 황무지'라는 울퉁불퉁한 넓은 황야라네. 길이는 15킬로미터가량 되는데 전체적으로 완만한 경사를 이루면서 지대가 높아지네. 이 황야 한쪽에 홀더니스 홀이 있는데, 도로를 따라가면 15킬로미터이지만, 황야를 질러가면 10킬로미터 거리밖에 안 돼. 이곳은 유난히 황량한 평원일세. 황야의 자작농 서넛이 이곳의 작은 땅에 양과 가축을 키우고 있지. 이들을 빼면 체스터필드 도로에 이를 때까지 황야의 거주자들은 물떼새와 마도요뿐일세. 보다시피 이쪽엔 교회와 농가 몇 채, 그리고 여관 하나가 있네. 그 너머는 경사가 급한 산들이지. 우리가 조사해야 할 곳은 학교 북쪽이 틀림없네."[39]

B

"자, 왓슨, 우린 오늘 아침에 두 가지 단서를 찾아냈네. 하나는 팔머사™ 바퀴가 달린 자전거인데, 지금 우린 그걸 따라서 여기까지 왔지. 다른 하나는 고무를 덧댄 던롭사™ 바퀴를 단 자전거일세. 그런데 그것에 대한 조사를 시작하기 전에, 우리가 지금 알고 있는 게 무엇인지 생각해 보고 본질적인 사실과 부차적인 사실을 나눠보기로 하지.

우선, 나는 그 소년이 제 발로 나간 것이 분명하다고 생각하네. 그 아이는 창문으로 내려와서 도망쳤는데, 혼자였을 수도 있고 아니면 누군가 옆에 있었을 수도 있네. 그건 틀림없어."

나는 고개를 주억거렸다.

"자, 다음엔 이 불운한 독일어 교사에 대해 생각해 볼까? 소년은 도망칠 때 옷을 다 입고 있었네. 따라서 그 애는 자신이 무슨 일을 할 것인지 미리 알고 준비했던 것이 분명해. 하지만 하이데거 선생은 양말도 안 신고 나갔네. 아주 급하게 움직인 것이지."

"옳은 말이야."

"그런데 하이데거 선생은 왜 나갔을까? 그것은 침실 창문을 통해 소년이 도망치는 모습을 봤기 때문이었네. 선생은 아이를 잡아서 데려오려고 했지. 그래서 자전거를 타고 아이를 쫓아갔다가 결국 죽게 된 걸세."

"필시 그랬을 거야."

"이제부터가 내 주장의 핵심일세. 어른이 아이를 쫓아갈 때는 보통 뛰어간다네. 뛰면 아이를 잡을 수 있다는 걸 아니까 말이야. 하지만 독일어 선생은 그렇게 하지 않았어. 자전거를 가지러 갔지. 나는 하이데거 선생이 자전거를 굉장히 잘 탄다는 얘기를 들었네. 아이가 뭔가 빠른 운반 수단을 타고 도망치지 않았다면, 선생이 그렇게 하지는 않았을 걸세."[40]

인용문 A는 학교를 중심으로 동서남북으로 갈라져 있는 길들을 조사하면서 공작의 외아들이 사라진 방향을 추론하는 장면이다. 홈즈는 여러 목격자와 상황 증거들을 바탕으로 공작의 외아들이 북쪽으로 갔을 것이라고 추측한다. 그는 이 과정에서 가능성이 적은 것 순으로 하나씩 방향을 배제해 나가는데, 이것은 마치 의사들이 역학조사를 하는 방법이나 과정과 매우 흡사하다. 홈즈는 판단이 서자 다른 곳은 제외하고 학교 북쪽 방향만을 면밀히 조사한다. 만약 이런 추론 과정이 없었다면 홈즈는 사건을 해결하기 위해 몇 배의 시간과 노력을 소비해야 했을 것이다.

인용문 B는 홈즈가 학교 북쪽을 조사하는 과정에서 얻은 단서를 가지고 사건과 관련된 본질적인 사실과 부차적인 사실을 구분하는 장면이다. 홈즈는 이를 통해 사건의 실체에 좀 더 가까이 다가갈 수 있는 몇 가지 사실을 밝혀낸다. 그것을 예로 들면 다음과 같다.

① 공작의 외아들은 제 발로 나갔다.
② 아이는 뭔가 빠른 운반 수단을 타고 사라졌다.
③ 누군가 아이를 도와준 정황이 있다.
④ 독일어 선생은 우연히 이 장면을 보고 급하게 따라가다가 봉변을 당했다.

여기서 홈즈는 몇 가지 가설을 가지고 범인을 추적하는 추론적 사유를 하고 있다. 예를 들어 독일어 선생이 급하게 공작의 외아들을 따라갔다는 사실에 대한 근거를 생각해보자. 이 사실을 뒷받침하는 증거는 오직 하이데거 선생이 양말을 신지 않았다는 것뿐이다. 엄밀히 말해 이것만으로 그가 아이가 도망치는 것을 우연히 목격하였고 그래서 급하게 쫓아갔다고 확신하기는 힘들다. 양말은 사람에 따라 필수적인 옷가지일 수도 있지만 거추장스러운 물건일 수도 있다. 그리고 재미있는 가정을 하자면 독일어 선생이 지독한 무좀환자일 수도 있는 것이 아닌가. 그러나 이런 의문들은 그가 자전거를 타고 빨리 누군가를 쫓아갔다는 다른 사실에 의해 보충된다. 다시 말하자면 하나의 사실이 그에 상응하는 증거를 가지고 있으면서 동시에 다른 증거들에 의해 보완되는 것이다. 이렇게 사실이 여러 증거에 의해 보완이 되면 그것은 다른 사실과 연결된다. 이런 과정을 거쳐 서로 관련이 없었던 것으로 여겨졌던 사실들이 현실적인 인과관계를 형성하는 것이다. 이것은 논리적 추론과 상상력이 없으면 불가능한 일이다.

3) 의학적 상상력과 문학

상상력은 일반적으로 '재생적' 상상력과 '창조적' 상상력으로 구분된다. 재생적 상상력은 이전에 지각하지 못했던 대상들의 형상을 창조하는 것이다. 이에 반해 창조적 상상력은 과학, 기술, 예술 활동의 독창적인 결과물로 구체화된 새로운 형상들을 창조하는 것이다.[41] 창조적 상상력의 대표적인 예로는 예술적 상상력을 들 수 있다.

예술적 상상력은 사물에 대한 예술적 지각과 표상을 종합하고 창조적으로 변형하여 새로운 형상과 모델을 창조하는 정신능력을 말한다. 예술적 상상력은 본질적으로 창조적이며, 일면적인 것들을 통일하여 새로운 전체를 디자인하는 특성을 지닌다. 예술가들이 삶의 다양한 경험들을 새롭게 결합하거나 현실에 존재하지 않는 것을 창조하는 것 등이 이런 예에 속한다.

예술적 상상력은 다양한 형식으로 실현된다. 예컨대 신화에 등장하는 스핑크스, 켄타우로스, 악마 등의 예에서 볼 수 있는 접합agglutination 형식이 대표적이다. 그밖에 실제로 존재하는 것보다 부풀려서 변형시키는 과장hyperbolism 형식, 특정한 부분을 다른 것보다 도드라지게 변형시키는 강조emphasis 형식, 개별적인 것을 개연성에 입각해 일반화하는 전형화typification 형식 등이 있다.[42]

과학의학도 창조적 상상력이 필요하지만 예술, 예컨대 문학이 그와 더 친근한 이유는 문학의 특성에서 연유한다. 과학이 정확성을 추구하는 데 반해 문학은 정확성을 기피한다. 그 이유는 정확성이 문학의 근본적인 존재이유를 부정하기 때문이다. 문학은 과학과는 달리 모호하다. 모호성ambiguity은 문학이 추구하는 목표이다.[43] 모호성은 글자 그대로 여러 뜻이 뒤섞여 있어서 정확하게 무엇을 나타내는지 알기 어려운 말의 성질을 의미한다. 그리고 이것은 문학이 단일하지 않고 복합적이며 다양한 의미가 공존하는 텍스트라는 뜻을 함축하고 있다. "문학작품을 이해한다는 것은 이제까지 아무도 본 적이 없는 모호성을 발견한다는 것을 의미하기도 한다."[44]

모호성이란 해석의 다양성을 전제할 때만 가능하다.[45] 그리고 이것은 예술언어가 지닌 다의성多義性, polysemy에서 기인한다. 만일 단어가 오직 하나의 의미만을 지니고 있다면 문학은 존재할 수 없다. 문학은 언어의 다양한 의미에 의해 구축된 복잡한 의미구조이다. 이것은 문학의 생명이라고 할 수 있는 비유와 관련이 있다. 비유는 본질적으로 예술언어의 다의성이 허락될 때만 가능한 것이다.

문학이 진리지식가 아니라 진실지혜을 추구한다는 점도 문학의 모호성과 깊은 관련이 있다. 문학은 지식과학적 지식을 생산하지 않는다. 지식은 정의된 것이다. 정의란 어떤 현상이나 사물의 뜻을 명백히 밝혀 규정하는 것으로 일종의 '경계 긋기'라고 할 수 있다. 실제로 '정의하다'라는 뜻을 지닌 define이라는 단어는 '경계를 분명히 나타내다'라는 의미를 지니고 있다. 즉 A가 B와 다르다는 것을 분명히 해야 그것이 지식이 되는 것이다. 이에 반해 문학은 삶의 지혜를 생산한다. 지혜는 수많은 지식이 융합되어 창조되는 살아있는 의미의 세계이다. 그것은 '정의되는 것'이 아니라 '깨닫는 것'이며, '경계 긋기'가 아니라 '경계 허물기'이다. 지혜는 불교에서 주장하는 보리를 성취하는 힘이기도 하다. 보리菩提, Bodhi는 불교에서 이야기하는 깨달음의 지혜로서 삶에 대한 해탈의 경지, 즉 삶의 본질에 대한 깨달음을 의미한다.

문학적 상상력의 특징은 문학의 이런 본질과 무관하지 않다. 과학과는 달리 문학적 상상력은 공상적 성격이 강하다. Imagination과 더불어 fantasy가 문학적 상상력의 또 다른 이름이라는 사실을 잊어서는 안 된다. 문학적 상상력이 창조하는 세계는 때로 비현실적이고 몽환적이다. 예컨대 인간이 하루아침에 벌레가 되기도 하고F.카프카, 개로 변신하기도 하며M.불가코프, 미래의 시간에 사는가 하면A.헉슬리 지하세계의 은둔자F.도스토예프스키가 되기도 한다.

문학적 상상력의 또 다른 특징은 해체적deconstructive 성격을 갖는다는 것이다. 여기서 해체란 널리 받아들여지고 있는 관념이나 주장, 더 나아가 지식이나 법칙 등에 대해 내부로부터 근본적인 의문을 제기하는 것이다. 해체적 상상력은 지식과 법칙의 경계를 허문다. 과학을 소재로 한 공상과학소설을 예로 들어보자. 공상과학소설은 다양한 과학적 지식과 법칙을 다룬다. 하지만 그것이 문학의 궁극적인 목표는 아니다. 문학적 상상력은 단지 그것을 소재로 삼을 뿐이다. 중요한 것은 문학적 상상력이 과학적 지식과 법칙을 초월하여 추구하는 것이 무엇인가 하는 점이다. 그것은 인간, 자연, 사회, 과학, 지식, 법칙, 감정, 의식, 무의식 등의 경계를 해체하고 이 모든 것을 초월하는 가치를 생산하는 것이다. 이런 점에서 문학적 상상력은 가치지향적이다. 과학적 상상력이 지식과 법칙을 생산하기 위해 '경계 긋기'에 일조한다면 문학적 상상력은 그것을 해체하기 위한 '경계 허물기'에 전념한다.

문학에서 언급하는 의학적 상상력은 앞장에서 설명한 바 있는 임상적 추론과는 관련이 없다. 여기서 의학적 상상력은 문학적 상상력의 일부분일 뿐이다. 즉 그것의 본질은 문학적 상상력과 동일하다는 의미다. 그러면 대체 문학에서 확인할 수 있는 의학적 상상력은 무엇이고, 그 대표적인 사례로는 어떤 것들이 있을까.

러시아의 대표적인 의사작가 불가코프는 1909년에 키예프대학 의학부에 입학하여 의학을 공부했다. 그는 대학을 졸업하고 스몰렌스크와 키예프에서 의사로 활동했다. 그가 의사 일을 그만둔 이유는 러시아가 사회주의 혁명으로 극도의 혼란에 빠져 있었기 때문이다. 그는 혁명이 일어나자 그에 반대하는 백군에 가담했고, 내란이 종식되자 모스크바로 옮겨와 작가의 길을 걸었다.

그의 데뷔작이라고 할 수 있는 연작소설 『젊은 의사의 수기』1925~27나 중편소설 「모르핀」1927은 의사로서의 경험을 발휘한 작품들이다. 불가코프는 이들 작품에서 의대를 졸업하고 처음 현장으로 나간 젊은 의사들이 어떻게 의료현장에서 적응하는지, 실제 수술은 어떻게 이루어지는지, 약물중독의 정신적 피해가 얼마나 치명적인지, 의학적 세계관과 사회개혁은 어떤 관계가 있는지 심도 있게 묘사했다.

「모르핀」은 1927년 『의료인』이라는 잡지의 45~47호에 발표되었다. 이 소설은 모르핀 중독에 걸린 의사 폴랴코프의 비극적 삶을 다루고 있다. 작품은 작가의 자전적인 이야기에 기반을 두고 있다. 불가코프는 디프테리아 발병 후 기관 절개수술을 받고 마취제에 중독된 적이 있다. 이때가 1917년 3월이다. 불가코프가 모르핀 중독에 걸린 것은 시골 마을의 우울한 생활을 견디지 못해 발생한 것이기도 하다. 젊은 의사였던 불가코프는 대도시의 생활과 유흥에 익숙해 있었다. 그런 그가 고독한 시골 생활을 참고 인내하기란 쉽지 않았을 것이다. 이런 상황에서 약물중독은 그에게 울적한 생활을 잊고 창조적 고양 상태를 제공하였다. 그는 모르핀에서 현실도피적인 달콤함 환상을 맛보았던 것이다.[46]

아래의 인용문은 「모르핀」에 나오는 장면들이다. 불가코프는 여기서 모르핀 중독 상태에 빠진 의사의 심리상태를 사실적으로 묘사하고 있다.

A

빌어먹을 유리병. 코카인이 들어있는 빌어먹을 유리병!

코카인의 작용은 다음과 같다.

만일 2% 용액을 일 회 주사했을 경우 순간적으로 황홀경과 행복을 느낄 수 있는 평안한 상태가 찾아온다. 이 상태는 오직 1~2분 정도 지속될 뿐이다. 그 후에 언제 그랬냐는 듯이 모든 것이 자취도 없이 사라진다. 그리고 고통, 공포, 어둠이 찾아온다. 봄이 으르렁거리고 검은 새들이 가지들 사이로 날아

다닌다. 폐허가 된 까칠한 검은 숲이 멀리 하늘가로 이어져 있고, 그 너머로 하늘의 사 분의 일을 차지한 봄 석양이 불타오르고 있다.

나는 의사들이 거처하는 숙소의 크고 텅 빈 방에서 대각선으로 있는 방 입구와 창문가 사이를 오고갔다. 이러기를 얼마나 했을까? 열다섯에서 열여섯 번, 그 이상은 아니다. 그다음에 방향을 바꾸어 침실로 가야만 한다. 가제 위에 유리병과 주사기가 놓여 있다. 나는 그것을 집고 상처투성이의 넓적다리를 요오드 용액으로 막 문지른 다음 주삿바늘을 살갗에 찔러 넣었다. 어떤 고통도 없었다. 오, 완전히 그 반대다. 나는 방금 시작된 다행증多幸症, euphoria를 미리 느낀다. 이제 그것이 시작된다. 이것을 알 수 있다. 왜냐하면 경비 블라스가 봄을 반기며 현관 계단에서 연주하는 찢어질 듯 목이 잠긴 아코디언 소리가 창문 유리창을 통해 공허하게 내게 와서는 천사의 음성이 되기 때문이다. 그리고 팽팽해진 바람통 속에서 울리는 투박한 저음이 천상의 코러스처럼 낮고 둔탁한 소리를 내고 있다. 하지만 이것은 순간이다. 어떤 약리학에서도 언급된 바 없는 신비로운 법칙에 따라 혈액 속의 코카인이 어떤 새로운 것으로 바뀐다. 나는 이것이 악마와 내 피가 혼합된 것이라는 사실을 알고 있다. 현관 계단에서 계속되었던 블라스의 연주는 시들해졌지만 그를 원망하지 않는다. 석양이 불안하게 우르릉거리며 내 내면에 불을 지폈다. 내가 중독되었다는 것을 깨닫지 못하고 있을 동안 저녁 내내 몇 번에 걸쳐 이런 일이 일어났다. 손과 관자놀이에서 느껴질 만큼 심장이 두근거리기 시작한다······. 그다음에 심장은 나락으로 떨어진다.

B

나는 환각 상태를 경험하지 못했지만 다른 증세에 대해서는 언급할 수 있다. 오, 말로 표현한다는 것은 얼마나 몽롱하고 진부한가!

"우울한 상태!……"

아니, 이 끔찍한 병에 걸린 나는 의사들이 자신의 환자들에게 너무 연민을 갖는 것에 대해 경고한다. '우울한 상태'가 아니라 서서히 다가오는 죽음이 모르핀 중독자에게 찾아온다. 단지 한 시간 혹은 두 시간만 그에게 모르핀을 끊어봐라. 공기가 희박하고 숨쉬기가 불가능하다…… 몸 안에 굶주리지 않은 세포는 존재하지 않는다…… 왜 그럴까? 이것을 규정하고 설명하는 것은 불가능하다. 한 마디로 인간이 아니다. 그는 생명이 끊어진다. 시체가 움직이고 우울해하고 고통에 신음한다. 그는 모르핀 이외에 어떤 것도 원치 않고 상상하지 않는다. 모르핀!

굶어 죽는 것은 모르핀 결핍과 비교하면 안락하고 행복한 죽음이다. 모르핀 고통은 아마도 생매장당한 사람이 무덤 속에서 마지막 남은 공기 한줌을 들이마시며 손톱으로 가슴을 잡아 찢는 것과 같을 것이다. 그것은 예를 들면…… 불꽃이 시뻘건 혓바닥으로 처음 이단자의 발을 핥을 때 몸을 떠는 것과 같을 것이다……

초췌한 죽음, 서서히 다가오는 죽음……

'우울한 상태'라는 이 전문용어에는 이런 뜻이 숨겨져 있다.[47]

위의 인용문 A, B에서 보듯이 불가코프는 모르핀 중독자가 된 의사의 상태를 생생하게 묘사하고 있다. 이것은 전문적인 의학적 지식, 경험이 없다면 불가능한 일이다. 예컨대 인용문 A에서 코카인의 정확한 양과 다행증 과정에 대한 상세한 서술은 의사가 아니라면 쉽지 않았을 묘사다. 경비 블라스가 연주하는 목 잠긴 아코디언 소리가 천사의 음성으로 들리고, 그의 투박한 음성이 천상의 코러스처럼 소리를 내고 있다. 그것은 혈액 속의 코카인이 어떤 새로운 것으로 바뀌었기 때문인데, 이런 지적도 의학적 지식과 경험이 제공하는 상상력의 결과물이라고 할 수 있다.

인용문 B에서 불가코프는 '우울한 상태'라는 전문용어와 그것으로 설명되지 않은 심리상태를 비교하고 있다. "굶어 죽는 것은 모르핀 결핍과 비교하면 안락하고 행복한 죽음이다. 모르핀 고통은 아마도 생매장당한 사람이 무덤 속에서 마지막 남은 공기 한 줌을 들이마시며 손톱으로 가슴을 잡아 찢는 것과 같을 것이다." 이 경우도 모르핀 중독에 대한 전문적인 지식과 경험에 기초한 상상력이 없었다면 설득력이 떨어졌을 것이다. 이렇게 의학적 지식, 경험은 문학적 상상력을 독특하게 디자인한다.

하지만 문학적 상상력으로서의 의학적 상상력이 의사작가의 전유물은 아니다. 의사는 아니지만 환자로서 질병 체험을 한 작가들도 전문인 못지 않은 지식과 경험을 쌓을 수 있다. 예컨대 편집증과 과대망상에 대한 도스토예프스키의 탐구나 의사/환자 관계에 대한 톨스토이의 묘사는 의학적 상상력이 의사작가만의 것이 아니라는 사실을 증명하고 있다.

의학적 상상력은 근대문학의 형성과 발전에 큰 공헌을 했다. 근대인의 전형으로서 의사 주인공이 문학이라는 무대에 자주 등장하게 된 것도 이런 맥락과 무관하지 않다. 그리고 의학적 상상력은 현대의학이 발전하면서 더욱 전문적인 성격을 띠게 되었다. 20세기 후반기에 대거 등장한 의학 전문소설이나 드라마, 시나리오 등은 현대의 의학적 상상력이 보다 전문적인 지식과 경험으로 무장하고 있음을 웅변하고 있는 증거물들이다.2011

3. 의학적 내러티브의 심리적 구조

1) 내러티브 연구의 의미

언어학에서 내러티브 연구는 언어에 대한 질적 연구의 한 분야를 지칭한다. 언어에 대한 질적 연구는 20세기 후반 구조주의 언어학에 대한 비판적 흐름을 대표했던 사회언어학과 화용론pragmatics이 일정한 결실을 맺으면서 나타난 것이라고 할 수 있다. 질적 연구는 랑그와 언어능력이 아니라 파롤과 언어수행능력을 주된 연구 대상으로 제시하였던 이전 연구들을 한 단계 발전시킨 것이다. 하지만 질적 연구는 언어의 특수하고 개별적인 사례에 대한 연구일 뿐, 현상 전체를 설명하는 패러다임으로서는 결격 사유를 지니고 있다는 비판에 직면하기도 했다. 엄격하게 말하면 질적 연구에 대한 이러한 지적은 나름 타당한 측면이 있다. 왜냐하면 질적 연구는 언어의 규칙과 체계가 아니라 언어와 주변 환경의 관계, 즉 언어의 현장성에 주목한 것이기 때문이다. 반대로 기존 언어학이 생활 속 언어 문제에 대한 연구에서 특별한 대안을 제시하지 못하고 있는 것도 사실이다. 이런 상황에서 질적 연구는 언어의 구술성, 즉 내러티브 연구를 통해 하나의 전기를 마련하게 되었다. 내러티브 연구가 앞서 지적한 언어에 대한 질적 연구의 한계를 극복할 수 있는 새로운 패러다임으로 평가받고 있기 때문이다.[48]

언어학에서 시작된 내러티브 연구는 이제 특정 분야를 넘어서 교차 학문적 연구의 성격을 띤 지 오래다.[49] 몇몇 논자들은 이런 현상을 내러티브 전회narrative turn라고 지칭할 정도다. 이것은 내러티브가 언어학이나 문학의 연구 대상이나 주제에 국한되지 않고 역사, 인류학, 민속학, 심리학,

커뮤니케이션학, 문화연구, 사회학, 의학, 교육학, 간호학 등에서 '뜨거운' 관심거리가 되었기 때문이다. 내러티브 전회는 여러 가지 의미를 내포하고 있다. 먼저, 내러티브 연구가 특히 인문학과 과학 사이의 경계를 허물고 있다는 점이 지적되어야 할 것이다.[50] 가령, 의학의 예를 들어보자. 임상의학에서 내러티브의 중요성에 대한 인식은 자연스럽게 인문학과의 공동연구를 제기하게 되었다. 이것은 의학을 인문학과 당위적으로 연결시키려는 그간의 노력을 무색케 한다. 그만큼 내러티브 연구가 임상의학에서 필수적인 연구의 대상이 되었다는 말이다. 이는 곧 의학에서 인문학적 방법론과 문제의식에 대한 새로운 평가가 진행되고 있다는 사실을 의미한다고 볼 수 있다.

둘째, 내러티브 연구가 연구의 주체와 객체 사이의 일방적 관계를 상호적 관계로 변화시킨다는 점이다. 내러티브 연구는 주체연구자와 객체생산자의 관계가 상호적일수록 더 진정성을 얻게 된다. 다시 말해 내러티브를 생산하는 객체가 대상화되면 그것은 언어적 정보 이상을 담을 수 없다. 내러티브 연구에서 주체는 객체 속으로 들어갔다가 나오는 경험을 해야 한다. 이것은 "주체가 객체와 상호행위를 통하여 '공감'을 하고, 말하는 이의 시각과 가치 그리고 해석 방식 등을 공유하고 나서, 우리 모두의 언어로 재해석을 하는 것이다".[51] 내러티브 연구가 제기한 방법론적 전환은 특히 의학에서 환자와 의사 관계에 적용할 때 그 의미가 분명하게 드러난다. 의학의 특성상 내러티브 생산자에 대한 배려와 참여 없이 치료과정은 불가능하거나 불완전할 수밖에 없기 때문이다. 그리고 이런 방법론적 전환은 자연스럽게 생명윤리에 대한 관심으로 이어지고 있다.

셋째, 내러티브 연구는 보편적이고 일반적인 것에서 개별적이고 특수한 것으로 관심을 전환한 것이라는 사실이다.[52] 개별적이고 특수한 것에 대한 관심은 과학보다는 문학, 예술에 더 고유한 것이다. 문학적 진실은 개별적인 삶의 프리즘을 통해 구현된다. "보편적으로 진리이거나 혹은 적어도 어떤 관찰자에게 진리로 보이는 자연 세계의 사물들을 발견하려고 시도하는 과학적 지식 또는 역학적 지식과는 달리 내러티브 지식은 한 개인이 다른 사람에게 발생하는 특별한 사건들을 이해할 수 있게 한다. 그것은 보편적으로 진리인 어떤 것이 아니라 개별적이고 의미 있는 상황이다. 비내러티브 지식은 특별한 것을 초월함으로써 보편적인 것을 조명하려고 하지만 내러티브 지식은 개별 인간들의 삶의 조건들을 자세히 조사하고, 특별한 것을 드러냄으로써 인간 조건의 보편성을 조명하려고 한다."[53] 이런 점에서 내러티브 연구가 추구하는 방법은 문학의 그것과 별반 다르지 않은 것이다.

넷째, 내러티브 연구가 관련 학문의 탈脫인간주의적 문제의식과 방법론을 인간주의적 방향으로 돌려놓고 있다는 점이다. 여기서 탈인간주의란 개별적인 인간을 연구의 중심으로 간주하지 않은 경향을 일컫는 것인데, 가령 인간의 정신세계를 실제적인 삶과 거리가 먼 통계수치, 관념적 논리, 기계적 생의학의 틀로 환원하려는 시도가 그것이다. 우리는 의학에서 그 대표적인 사례를 찾아볼 수 있다. "의학에서도 환자의 이야기를 귀담아 듣고 그 이야기를 통해 환자의 고통에 다가서려는 '서사적 전통'이 존재했다. 임상의학은 본질적으로 환자와 의사가 치유라는 공동의 목표를 달성하기 위해 나누는 상호 소통적 이야기 행위이다. 하지만 근대의 과학적 생의학이 개인의 주관적 경험보다는 통계적으로 추상화되고 표준화된 인간과 질병에 주로 관심을 갖게 되면서 의학은 이런 '서사적 전통'과 결별하게 된다…… 따라서 의학의 서사적 전통을 되살리는 것은 현대의학이 소홀히 하고 있는 질병과 의학의 인간적인 차원을 회복하려는 시도라고 할 수 있다."54

이 글은 의학의 영역에서 내러티브 연구가 어떤 의미와 성과를 거두었는지를 살펴보고, 언어심리학에 기초하여 의학적 내러티브 분석을 위한 하나의 시론을 서술하는 데 목적이 있다. 필자는 이를 위해 먼저 영미권에서 논의되고 있는 의학적 내러티브 이론의 대표적인 사례를 살펴보려고 한다. 여기서는 의학적 내러티브 이론의 성과와 의미에 대해 서술할 것이다. 그리고 의학적 내러티브 연구에서 그것의 심리적 구조에 대한 분석의 중요성을 강조하려고 한다. 이 부분에서는 러시아 언어심리학 이론을 살펴보고, 그것을 문학작품과 의학면담에 나타난 의학적 내러티브 분석에 적용할 것이다.

2) 의학과 내러티브 이론

의학에서 내러티브의 중요성과 의미가 강조되기 시작한 것은 대략 1980년대 중반부터다. 그런데 주목할 것은 이런 움직임들이 현대의학의 생의학적 편향에 대한 반성과 궤를 같이하고 있다는 사실이다. 이것은 의학적 내러티브 연구가 현대의학의 탈인간주의적 프레임을 제자리로 돌려놓으려는 노력과 밀접하게 연관이 있다는 점을 시사한다. 특히 이런 움직임이 생의학 중심의 현대의학이 발달한 영미권에서 활발하다는 점도 이와 무관하지 않을 것이다. 영미권의 의학적 내러티브 연구에서 개척자 역할을 한 대표적인 인물은 리타 샤론Rita Charon이다. 그녀는 의학에 문학 방법론과 개념을 적극적으로 도입해서 생산적인 논의를 제기한 바 있다. 특히 그녀는 문학 및 언어학의 내러티브 이론이 의학과 밀접한 관계가 있으며, 이에 대한 연구가 실제 환자를 진료하는 과정에서 매우 유용하다고 주장한다. 그것은 의사들이 자신들만의 독특한 내러티브를 가지고 있고, 이것 없이 환자를 진료하는 것이 불가능하기 때문이다. 리타 샤론은 "언어가 질병과 같은 구조를 가지고 있"을 뿐만 아니라 "질병도 언어와 같은 구조를 가지고 있다"고 보고 있다.[55] 이것은 질병이 환자의 말속에 표현되어 있다는 의미이다. 질병은 여러 가지 형태로 모습을 드러내지만 환자의 내러티브는 그중에서 가장 종합적이고 사실적인 내용과 형식을 지니고 있다. 질병은 세포, 혈액 등의 변화뿐만 아니라 환자의 몸 상태, 기분, 대인관계의 어려움으로 표현되기도 한다. 환자의 내러티브는 바로 질병의 이런 갖가지 모습들을 상징적인 언어적 구조물로 완성한 것이다.

리타 샤론은 또 의학적 내러티브 연구를 생명윤리와 연계시키는 작업에서도 주도적 역할을 했다. 그녀는 내러티브 의학이 "현대의학의 비인간성, 파편화, 냉정함, 이기주의, 사회적 양심 부족 등을 개선하는 데 매우 유용한 기회를 제공한다"고 주장한다.[56] 이것은 내러티브에 대한 관심이 의사와 환자 사이의 거리감을 획기적으로 줄이는 데 효과적이기 때문이다. 내러티브는 환자에 대한 인간적 관심, 상호주의, 양심적 의료 실천의 결과물이다. 이에 대해 리타 샤론은 다음과 같이 언급하고 있다. "이 방법들은 환자와 건강 전문가들 사이의 분리를 강조하기보다 생명이 제한되어 있고, 문화에 의해 통합되어 있으며, 언어를 통해 자신을 드러내고, 고통을 나타내는 인간들 사이의 회합을 추구한다."[57] 내러티브에 대한 문제의식은 생명윤리의 개념적 지형을 바꾸어 놓았다. 기존의 도덕적 규범들은 개인의 특수성을 고려하지 않았다. 그것은 인간의 현실적 삶과 동떨어진 것이었고, 성, 인종, 문화, 시간 등 다양성을 반영하지 못했다. 이에 반해 내러티브 윤리는 개별성, 다양성, 상호성에 주목한다. "우리는 이것을 단독성, 일시성, 상호주관성에 기초한 많은 윤리적 체계들의 용어를 포괄하는 것으로서 '내러티브 윤리narrative ethics' 혹은 '내러티브 윤리들the narrative ethici'이것은 윤리의 복수형을 나타내려는 나의 의도가 담긴 용어이다이라는 개념으로 지칭할 수 있을 것이다."[58]

의학의 내러티브적 특징들은 특히 생명윤리의 실천에서 잘 나타난다. 여기서 생명윤리의 실천은 의사가 환자를 돌보는 과정에서 필요한 다양한 측면들을 포괄한다. 다시 말해 그것은 진료실 안에서 일어나는 행위뿐만 아니라 지역 사회와 연계된 사회적 실천으로서 의료행위까지를 의미한다. 리타 샤론은 이것을 내러티브 의학의 세 가지 흐름이라고 정리하고 있는데, 예컨대 '주의attention', '표현representation', '연계성affiliation'이 그것이다.[59] 리타 샤론은 이 중에서 내러티브 의학의 첫 번째 흐름인 '주의'에 대해 언급하면서 특히 듣기listening의 중요성을 강조하고 있다. 환자의 말을 듣는 행위가 네러티브 의학의 시작이자 근본이라고 보고 있는 것이다. 듣기는 의학적 내러티브를 가능케 하는 전제조건이면서 동시에 '표현'의 기초적인 재료이다. 여기서 '주의'특히 '듣기'와 '표현'은 동전의 양면 같은 것인데 "각각의 표현은 신선한 주의, 새로운 통찰, 새로운 의무, 새로운 이야기를 향한 소용돌이에 또 다른 힘을 불어넣"기 때문이다.[60]

내러티브 의학과 내러티브 윤리는 리타 샤론의 경우에서 보듯이 '문학과 의학'이라는 학문, 문화영역과 밀접한 관계가 있다. 이것은 생명윤리의 내러티브적 요소들에 대한 다양한 연구들을 통해 증명되고 있는데, 가령 생명윤리에서 문맥context, 목소리, 시간, 성격character, 공간, 플롯 등의 요소가 지니고 있는 의미에 대한 연구들이 그것이다. 이런 요소들은 모두 문학작품을 구성하고 있는 핵심적인 요소들인 것이다. 이렇게 리타 샤론은 문학작품을 분석하는 방법론과 개념들을 이용해서 의학적 내러티브를 마치 작품인양 분석하고 있다. 이것을 보면 내러티브 의학과 내러티브 윤리의 발전이 '문학과 의학'의 토대 위에서 가능한 것이었다는 사실을 알 수 있다.[61]

리타 샤론이 의학적 내러티브의 의미와 그것의 윤리적 측면을 고찰했다면 헌터K.M.Hunter는 의학적 내러티브의 단계와 구조를 환자와 의사의 관계 속에서 분석하고 있다. 의사에게 환자는 관찰하고 연구하고 평가해야만 하는 텍스트이다. 그런데 환자의 몸은 수치로 환원된 데이터만으로 구성될 수 있는 텍스트가 아니다. 의사가 환자의 상태에 대해 생각하고 있다고 가정해보자. 그의 뇌 속에 남아있는 환자에 대한 이미지는 여러 가지 검사 결과와 환자의 안색, 질병에 관한 이야기, 환자가 느끼는 현재 상태 등이 종합된 어떤 것일 게다. 그리고 의사는 이것을 내러티브라는 형태로 구조화된 텍스트로 간직한다. 헌터는 이런 점에 착안하여 환자는 텍스트이고, 의사는 독자 혹은 비평가라고 가정한다. "의사들은 이런 텍스트들의 독자들이다. 그리고 모든 독자와 마찬가지로 그들은 그 기호들을 이해하고, 그것을 통해 인식하고 전달할 수 있는 통일체에 적응하면서 텍스트를 읽는다……. 이런 점에서 의사들은 문학 비평가들과 비슷한데, 그들은 이와 같이 이론, 가정들, 가설들로 가득 찬 텍스트를 이해한다."[62]

헌터는 의사가 환자를 진료하는 과정이 마치 자신의 고유한 내러티브들을 주고받는 과정과 흡사하다고 보고 있다. 이것은 의학에서 매우 본질적인 의미를 지니는데, 내러티브의 교환 없이 환자와 의사의 관계는 성립할 수 없기 때문이다. "질병은 무엇보다도 그것을 앓고 있는 사람에게 고유한 것이고, 환자의 경험은 의학의 근본적인 사실들이다. 병에 걸린 사람을 돌보고 그것의 원인을 의학적으로 설명하는 것은 그 설명을 듣고, 그것을 의학적 내러티브로 변형하고, 그 이야기를 다시 환자에게 전달하는 과정을 포함해야만 한다."[63] 하지만 환자의 이야기와 의사의 이야기는 비교불가능성incommensurability을 지닌 완전히 다른 텍스트이다. 특히 환자의 입장에서 의사들이 사용하는 전문용어들은 낯선 외국어와 마찬가지로 생경한 것이다. "하나의 진단으로 재해석된 것이며 예비적인 성격이 강한, 의학적으로 변형된 내러티브는 아마도 환자를 소원하게 할 수도 있을 것이다. 왜냐하면 그것은 환자에게 낯설고, 비인간적이며, 생명이 없고 죽어있는, 이해할 수 없거나 혹은 끔찍하게 명확한 것이기 때문이다."[64]

헌터는 내러티브를 진료 과정의 단계에 따라 크게 세 가지 구조로 구분하고 있다. 환자의 이야기the patient's story, 의사의 이야기the physician's story 그리고 의사가 환자에게 회답하는 이야기physician's return of the story to the patient가 그것이다.[65] 여기서 환자의 이야기는 의학적 도움이 필요한 환자의 상태에 대한 환자 자신의 견해이다. 다시 말하자면 이것은 질병에 대한 환자의 개인적인 설명이며, 의학적 내러티브의 원본original story이라고 할 수 있다. "환자의 이야기는 의학적 해석을 위한 원재료이지만 물건 그 자체이기도 하다. 이것은 환자의 질병 체험을 표현한 것이며 그리고 종종 삶의 축소판이기도 하다, 단순히 의학적 '진리'의 선행물이 아니다. 환자의 이야기에 대한 의사의 인식은 의학의 치유 임무를 위한 내러티브의 첫 번째 기여이다."[66] 그리고 의사의 이야기는 환자의 이야기에 전문적인 의학적 지식과 견해가 첨가된 이야기로 '원본'에 대한 의학적 판본medical ver-sion이라고 할 수 있다. "내러티브의 두 번째 기여는 치유 행위 그 자체, 즉 의학적 사례에 대한 의사의 세심한 구성이다."[67] 하지만 의사의 이야기는 환자의 그것과 항상 충돌할 수 있다. 예컨대 환자의 병에 대한 의사의 이야기는 둘 사이의 오해를 불러일으킬 수 있는 가능성을 내포하고 있다. 그리고 더 나아가 의사의 이야기는 질병 체험에 대한 환자의 설명을 의학적으로 번역되는 과정에서 왜곡하거나 단순화하는 경우도 있다. 이에 반해 의사의 견해를 환자의 입장에서 다시 해석한 이야기는 환자가 이해하기 쉽고, 받아들일 수 있는 이야기이다. 이것은 의사의 언어가 아니라 환자의 언어로 재구성된 내러티브이고, 바로 이것을 통해서만 환자와 의사 사이의 소통이 원활히 이루어질 수 있는 것이다. "내러티브의 세 번째 치유 행위는 의사가 환자에게 이야기를 돌려주는 것이며, 그것은 의학적 이야기가 아니라 삶의 이야기라는 사실을 인정하는 것이다."[68] 이상에서 살펴본 것처럼 헌터의 내러티브 이론은 의사의 윤리적 의무와 책임을 더 강조하는 입장이라고 할 수 있다. 다시 말해 환자와 의사 간 원활한 소통의 책임이 의사에게 더 있다는 것이다.

아서 프랭크의 작업은 의학적 내러티브를 '상처 입은 이야기꾼wounded storyteller'의 시각에서 분석한 독특한 경우이다. 그는 아픈 몸은 침묵하지 않으며, 그것이 이야기를 통해 명료해진다고 주장한다. 환자의 몸에 관한 다양한 이야기는 환자와 의사의 관계를 넘어 사회적 담론으로 확장되는 가능성을 내포하고 있다. 아서 프랭크는 환자들의 이러한 내러티브를 세 가지 형태, 즉 복원restitution, 혼돈chaos, 탐구quest의 내러티브로 구분한다. 복원의 내러티브는 환자가 건강을 다시 찾고 싶은 욕망을 표현한다.

복원의 플롯은 일반적으로 "어제 나는 건강했다. 오늘 나는 아프다. 그러나 내일 나는 다시 건강해질 것이다"로 구성된다.[69] 이에 반해 "혼돈은 복원의 반대이다. 혼돈의 플롯은 삶이 절대 나아지지 않을 것이라고 상상하는 것이다."[70] 하지만 환자는 이를 통해 삶이 얼마나 절망적일 수 있는지를 정확히 이해할 수 있는 눈을 갖게 된다. 마지막으로 탐구의 내러티브는 고통을 정면으로 마주 대하는 것이다. 환자는 이를 통해 단순히 아픈 사람이 아니라 자신의 몸의 주인으로서 다시 태어난다. 아서 프랭크는 이 과정을 환자가 의학으로부터 독립되는 과정으로 파악하고 있다. "복원의 서사에서 능동적인 행위자는 치료약이다. 약 그 자체이거나 의사인 것이다. 복원의 이야기는 의학의 승리에 관한 것이다. 그것은 단지 부전승으로 얻어지는 자아—이야기이다. 혼돈의 이야기는 고통을 받는 사람 자신의 이야기로 남지만, 자아에게 그 고통은 너무 커서 말할 수 없다. 화자의 목소리는 혼돈의 결과로서 상실되었고, 이 상실은 그 혼돈을 영속시킨다. 탐구가 전면에 등장할 때 복원과 혼돈 모두는 배경에 남아 있지만, 탐구의 내러티브는 아픈 사람의 관점에서 말하고 혼돈을 궁지에 몰아넣는다."[71]

환자의 내러티브는 환자 자신과 주변 사람들의 삶에 영향력을 행사한다. 그것의 대표적인 것 중 하나가 바로 윤리적 영향력이며, 아서 프랭크는 이것을 내러티브 윤리라고 지칭한다. 내러티브 윤리에 대한 아서 프랭크의 견해는 리타 샤론과 차이가 있다. 리타 샤론의 주된 관심은 임상 의료윤리, 즉 환자들이 적절한 치료를 받는 과정에서 필요한 생명윤리이다. 다시 말해 여기서 내러티브가 보조적인 역할을 할 수 있다는 것이다. 이에 반해 아서 프랭크는 "만성질환과 퇴행성질환의 비율이 점점 증가하는 것과 더불어, 아픈 사람들 중 점점 더 많은 사람들이 환자가 아닌 상태로 점점 더 많은 시간을 보"내고 있는 현실, 즉 '회복사회'에 주목한다.[72] '회복사회'에서 내러티브 윤리는 임상윤리의 영역을 넘어서는 것이다. "회복사회의 성원들에게 윤리적 질문은 의료 갈등에 대한 판결이 아니라 아픈 동안에 어떻게 좋은 삶을 사는가"하는 문제라는 것이다. 이렇게 아서 프랭크는 의학적 내러티브의 영역을 의료현장에서 일상적 삶과 사회적 영역으로 확장시키고 있다.

리타 샤론, 헌터, 아서 프랭크의 작업은 의학적 내러티브의 중요성과 구조, 그것의 윤리적 의미를 밝히는 데 중요한 기여를 한 것으로 평가할 수 있다. 하지만 그들의 이론은 의학적 내러티브의 언어심리학적 구조에 대한 연구와는 거리가 있다. 내러티브는 언어적 정보 이외에 인간의 무의식과 심리적 세계를 담고 있다. 우리는 이것을 언어의 속살이라고 규정할 수 있는데, 내러티브 연구에서 더 본질적인 것은 바로 이것이다. 내러티브에서 중요한 것은 내용이 '무엇'이냐가 아니다. 그보다 더 중요한 것은 내용이 '어떻게' 서술되어 있는가이다. 왜냐하면 내러티브의 내용은 화자의 의도와 무의식을 완전히 드러내는 데 한계가 있기 때문이다. 화자의 의도와 무의식은 내러티브의 내용을 창조하는 '방법'을 통해 전달된다. 물론 리타 샤론과 헌터도 이점에 주목하고 있는 것은 분명하다. 그들이 내러티브를 분석하면서 플롯, 시간, 성격 등의 개념을 도입하고 있는 것은 바로 이러한 이유 때문이다. 하지만 내러티브가 어떻게 서술되어 있는가 하는 문제는 본질적으로 언어의 구조, 의미와 밀접한 관계가 있다. 다음 장에서는 이러한 문제의식을 가지고 내러티브의 언어 심리적 구조를 중심으로 의학적 내러티브를 분석하는 하나의 예를 제시해볼까 한다.

3) 의학적 내러티브의 심리적 구조

모든 내러티브에는 사고와 언어 사이의 심연이 존재한다. 만약 생각의 구조와 흐름이 말과 일치한다면 내러티브를 따로 분석할 이유가 없을 것이다. 하지만 현실은 다르다. 가령 말로 전화되지 않은 생각이나 객관화되지 못한 사상의 경우가 그것의 극명한 예가 될 것이다. 말은 생각을 표현하지만 그 자체는 아니다. 말은 생각을 전달하는 가장 효율적인 수단일 뿐, 생각의 아우라를 완벽하게 재현하지 못한다. 내러티브 연구가 필요한 것은 생각과 말이 완전히 일치하지 않고, 생각의 의미 혹은 말 사이의 관계가 외적 내러티브 속에 완전히 표현되지 않기 때문이다. 아니 좀 더 정확하게 말하면 생각의 온전한 의미가 외적 내러티브 배후에 감춰져 있기 때문이다. 이 문제는 오랫동안 언어심리철학의 중요한 연구대상이었는 데, 러시아의 언어심리학자인 비고츠키1896~1934는 『사고와 언어』1934에서 이에 대해 다음과 같이 지적하고 있다. "모든 생각은 무엇과 무엇을 결합하려고 하고, 운동, 단면, 전개와 같은 측면을 가지고 있다……. 이러한 생각의 흐름과 운동은 언어의 전개와 직접적으로 일치하지 않는다. 즉 생각의 단위와 언어의 단위는 일치하지 않는다. 양자의 과정은 통일성을 보이지만 동일하지는 않다. 양자는 복잡한 이행과 변화를 통해 서로 연관되어 있지만 마치 한 직선 위에 놓여 있는 것같이 서로 겹쳐져 있지 않다."[73]

화자는 생각의 구조와 흐름을 말의 구조와 흐름으로 전환시키는 데 항상 어려움을 겪는다. 그러므로 겉으로 드러난 말속에 감춰져 있는 혹은 미처 표현되지 못한 생각을 이해하고 분석하는 것은 더 어려운 일이다. 하지만 화자가 전달하고자 하는 진실이 바로 여기에 있다면 그것을 이해하고 분석해야만 하는 사람은 이 작업에 더 큰 의미를 부여하지 않을 수 없다.

비고츠키는 이렇게 생각이 말과 일치하지 않는 이유를 문장의 심리적 구조와 문법적 구조의 불일치에서 연유하는 것으로 보았다. 내러티브는 항상 문법적 주어/술어와 심리적 주어/술어를 동시에 가지고 있지만 문법적 주술관계와 심리적 주술관계가 항상 일치하는 것은 아니다. 문장의 심리적 구조와 문법적 구조가 일치하지 않는 이유는 사상과 언어의 본질적 차이에서 발생하는 측면이 있다. "사상은 동시다발적으로 존재하지만 언어는 연속적으로 전개된다."[74] 다시 말하자면 "사상생각은 언어말같이 개별적 단어들로 구성되지 않는다. 만약 내가 오늘 푸른색 점퍼를 입은 소년이 맨발로 뛰어가는 것을 보았다는 사상생각을 전달한다면, 나는 소년과 점퍼, 점퍼가 푸른색이었다는 것, 소년이 신발을 신지 않았다는 것, 소년이 뛰어갔다는 것을 별개로 보지 않을 것이다. 나는 이 모든 것을 통일된 사상생각의 행위 속에서 보지만 이것을 언어로 표현할 때는 개별적인 단어로 분해된다. 사상생각은 항상 전체를 이루며, 그 길이와 용량에서 개별적인 단어보다 훨씬 크다."[75] 생각을 말로 표현하는 것은 생각을 분해하고, 그것을 다시 단어로 재생하는 복잡한 과정이다. 문장의 심리적 구조와 문법적 구조가 불일치하는 보다 현실적인 이유는 주어진 문장에 어떤 생각이 표현되었는지가 상황에 따라 다를 수 있기 때문이다. 예를 들어 "왜 시계가 섰어?"라는 물음에 "시계가 떨어졌어!"라고 대답하는 것에는 "시계가 떨어져서 고장 난 것은 내 책임이 아니야!"라는 생각이 표현된 것일 수도 있고, "나는 먼지를 닦고 있었을 뿐이야"라는 생각이 표현된 것일 수도 있다.[76] 다시 말해 "시계가 떨어졌어!"라는 문장의 문법적 주어는 '시계'이고 서술어는 '떨어지다'이지만 심리적 주어는 '나', 서술어는 '아니다', '닦다'인 것이다. 하지만 이 두 대답이 모두 변명을 의미한다면 하나의 생각이 다른 표현을 얻게 된 경우가 된다. 이렇게 동일한 구절이 다양한 생각을 표현할 수도 있고, 동일한 생각이 다양한 구절로 표현될 수도 있다.

　　그렇다면 언어의 불충분성을 어떻게 극복할 것인가? 비고츠키는 이에 대해 "사상생각에서 단어말로 전이하는 과정은 의미를 횡단해 존재한다"라고 설명한다.[77] 언어로 표현된 내러티브의 배후에는 내적 의미подтекст가 존재한다. 다시 말해 내러티브 속에 담긴 생각이나 사상은 기호에 의해 전달될 뿐만 아니라 그것의 내적 의미에 의해 매개되는 것이다. 이 내적 의미는 화자의 성향, 감정, 요구, 의지 등이 반영된 것이다. 생각이 생각을 낳는 것이 아니라 그것의 현실적 동기들이 종합되어 하나의 생각이 탄생하는 것이다. 내러티브에 담긴 화자의 의미는 언어적 분석만으로 이해하기에는 불충분하다. "대화자의 사상생각을 이해하는 것은 그 사상생각을 발화하게끔 하는 동기에 대한 이해가 없다면 불충분한 이해가 된다. 마찬가지로 모든 진술에 대한 심리학적 분석에서 최종적으로 언어적 사고에 숨겨져 있는 내적 국면을 밝힐 때만 그것의 의미를 철저히 분석할 수 있을 것이다."[78] 비고츠키는 이런 대표적인 사례를 연극에서 찾고 있다.

　　러시아 연출가 스타니슬라프스키1863~1938는 희곡의 모든 대화 속에 숨어있는 내면적 의미를 밝히려고 노력했다. 다시 말해 인물들의 모든 대화 속에 숨겨진 생각과 열망을 분석하려고 시도한 것이다. 비고츠키는 스타니슬라프스키의 저서에서 다음과 같은 예를 인용하고 있다. 러시아 희곡작가 그리보예도프1895~1829의 대표작인 『지혜의 슬픔』1822~1824의 주인공 차츠키는 소피아에게 다음과 같이 말한다.

　　"믿음이 있는 사람은 행복하오. 그에게 이 세상을 따뜻할 것이오."

이 대사는 다음과 같이 여러 가지 의미로 해석될 수 있다.

① 대화를 그만둡시다.
② 나는 당신을 믿지 않아요.
③ 당신이 나를 얼마나 괴롭히는지 정말 모르겠어요?

스타니슬라프스키는 위의 대사를 첫 번째 의미로 해석했다.[79] 하지만 우리는 이 대목을 두 번째 혹은 세 번째 의미로 해석할 수도 있다. 그것은 "살아있는 사람이 말하는 살아 있는 구절은 항상 내적 의미, 배후에 가려진 사상생각을 가지고 있"기 때문이다.[80] 스타니슬라프스키는 이것을 '내적 어조душевный тон'라고 지칭했다.[81] 이것은 차츠키의 의식 밑바닥에 존재하는 의미의 흐름이라고 할 수 있는데, 그의 외적 삶과 구분된다는 점에서 중요하다. 스타니슬라프스키는 모든 인물은 자신의 독특한 '악보партитура'를 지니고 있다고 가정했다.[82] 여기서 악보란 음악에서 빌려온 용어로 어떤 인물의 외형적 특징과 기본적인 심리적 특징들이 적혀 있는 목록을 말한다. 그런데 한 인물의 내적인 삶을 이해하기 위해서는 이런 악보만 가지고는 불충분하다. 다시 말해 보다 완성된 악보는 어떤 인물의 '내적인 고무', '내면의 충동', '심리적인 암시', '내적인 출발점' 등이 더해진 결과라고 할 수 있다.[83] 이것은 내러티브를 분석할 때도 유용하다. 어떤 환자의 내러티브를 이해하는 데 중요한 것은 거기에 담겨진 '내적 어조'를 간파하는 것이기 때문이다. 이것을 말속에 숨겨진 감정을 예로 들어 설명해보자. 감정은 본질적으로 복합적인 것이다. 순수하게 하나만의 정서로 이루어진 감정은 존재하지 않는다. 가령 슬픔도 그것을 만든 현실적 원인에 따라 다양하다. 다시 말해 내러티브 속에 존재하는 감정은 다양한 정서와 경험, 상황의 종합적 산물인 것이다. 이런 점에서 스타니슬라프스키의 다음과 같은 설명을 주목할 필요가 있다. "인간의 열정은 다양한 색의 구슬 더미와 비교할 수 있다. 구슬 더미의 전체적인 색조는 다양한 색상빨간색, 파란색, 흰색, 검정색의 구슬이 수없이 많이 모여 이루어지는 다채로운 결합에 의해 창조된다. 구슬들이 서로 뒤섞여서 구슬 더미의 전체적인 색조가 창조되는 것이다회색, 하늘색, 노르스름한 색 등. 이것은 감정의 영역에서도 마찬가지다. 각양각색의 서로 모순되기도 하는 개별적인 계기, 경험의 시기, 감정, 상태 등의 결합이 전체적인 열정을 창조한다. 이것을 다음과 같은 예를 통해 설명해보자. 어머니가 하마터면 마차에 깔릴 뻔한 사랑하는 아이를 가혹하게 때린다. 어머니는 아이를 때리면서 왜 그렇게 화가 나서 아이를 미워하는 것일까? 그것은 아이를 너무도 사랑하는 마음에 아이를 잃을까 두렵기 때문이다. 어머니는 아이가 나중에 다시는 그같이 위험한 장난을 반복하지 않게 하려고 아이를 때리는 것이다. 어머니는 아이에 대한 영원한 사랑과 함께 순간적인 미움도 가지고 있다. 아이에 대한 사랑이 크면 클수록 아이를 더욱 미워하게 되고 그래서 어머니는 그렇게 아이를 때리게 되는 것이다."[84]

이것을 환자와 의사의 내러티브에 적용해보자. 환자와 의사 사이의 대화는 종종 소통의 어려움이 뒤따르기 마련인데, 여기에 환자의 보호자가 중요한 역할을 하는 경우에는 내러티브의 내적 의미가 복잡해진다. 아래의 예는 환자와 보호자의 관계가 원만하지 않은 상황에서 의사와 대화를 하는 장면이다.[85]

의사 : 부인이 혈압약을 먹도록 도와주는 것에 대해 어떻게 생각하십니까?

환자 : 예, 하지만 잔소리하는 것은 도움이 되지 않아요.

의사 : 그럼 부인이 환자분을 도와줄 수 있는 것이 무엇입니까?

환자 : 아침 식탁에 혈압약을 올려놓으면 기억하는데 도움이 될 텐데……

의사 : 좋습니다. 그건 아주 간단한 것 같군요. 부인, 그렇게 할 수 있으세요?

아내 : 물론이죠.

의사 : 또 뭘 할 수 있을까요?

의사 : 환자분이 약 드시는 걸 잊어버리면 어떻게 해야 할까요?

환자 : 약 먹는 것에 대해 나한테 잔소리하지 않았으면 좋겠어요.

의사 : 부인도 여기에 동의하십니까?

부인 : 그렇게 하지요.

위의 내러티브에서 우리는 다음과 같은 사실을 확인할 수 있다. ① 환자가 의사의 지시를 잘 따르지 않고 있다. ② 환자와 그의 보호자(아내) 사이가 원만하지 않다. ③ 이런 상황에서 의사는 보호자가 도울 수 있는 효과적인 방안을 찾고 있다. 이런 상황을 염두에 두고 위의 장면을 다시 들여다보면 의사가 환자와 보호자에게 하는 "좋습니다. 그건 아주 간단한 것 같군요"라는 말은 사실이 아닐 가능성이 많다. 실제로 환자와 보호자 사이의 관계가 정상적이지 않다면 그것은 결코 간단한 일이 아니기 때문이다. 아내는 위 장면에서 짧게 두 마디만을 하는데 그것은 모두 적극적인 동의의 표시이다. "물론이죠", "그렇게 하지요" 하지만 여기서 "그렇게 하지요"라는 적극적 동의는 상황에 따라 여러 가지 의미로 해석될 수 있다. 가령,

① 이제, 포기했어요.

② 두고 보자, 어림도 없지.

③ 글쎄요, 그게 잘 될까요?

이런 해석은 환자와 보호자 사이의 관계가 얼마나 원만하지 않은가에 따라 달라질 것이다. 물론 ①·②·③은 둘 사이의 관계가 나쁜 정도에 따른 순서이다. 여기서 의사가 가장 먼저 깨달아야 할 것은 보호자가 환자의 치료에 별 도움이 되지 않는다는 사실일 것이다. 그렇다면 이런 상황에서 의사는 보호자의 도움을 배제하고 환자가 혈압약을 제때에 복용할 수 있는 방안에 대해 생각해보아야 한다. 이것은 의사가 위의 내러티브 속에 드러나지 않은 내적 의미를 파악할 때만 가능한 것이다. 왜냐하면 말속에 담긴 의미, 바로 여기에 내러티브의 진실이 있기 때문이다. 이것은 내러티브에 대한 문법적 차원의 이해와는 다른 것이다.

우리는 의사와 환자 사이에 오해가 발생한 상황을 잘 그리고 있는 내러티브를 소설에서도 찾아볼 수 있다. 러시아 의사작가 미하일 불가코프 1891~1940의 연작소설인 『젊은 의사의 수기』1925~1927 중 한편인 「칠흑같은 어둠」이 그것이다. 이 작품에는 말라리아에 걸린 제분소 주인이 병원을 찾아와 진료를 받고 입원하는 장면이 나온다. 시골에서 진료를 하고 있는 젊은 의사는 환자의 정중한 태도에 그가 매우 지적인 수준이 높으며 합리적인 사람이라고 확신한다. 이에 의사는 흡족한 마음을 억누르지 못한다. 아래의 장면을 보도록 하자.[86]

제분소 주인의 말은 논리 정연했다. 게다가 그는 읽고 쓸 줄도 알았으며,

심지어 그의 모든 동작은 과학, 즉 내가 사랑하는 과학인 의학에 대한 존경심을 담고 있었다.

"이보세요, 아저씨."……"당신은 말라리아에 걸렸어요. 간헐열이오. 지금 내 병실에 자리가 있습니다. 간곡히 충고하는데, 병실에 입원하세요. 우리가 당신을 관찰할 거예요. 처음엔 약으로 치료하고, 그것이 안 들으면 주사를 놓을 겁니다. 치료에 성공할 거예요. 네? 입원하실 거지요?"

"진심으로 고맙습니다!" 제분소 주인은 매우 정중하게 대답했다. "당신에 대한 이야기는 많이 들었습니다. 모두들 만족스럽게 생각하고 있더군요. 당신이 치료해 준다고 사람들이 말하더군요. 그리고 낫기만 한다면 주사 맞는 것도 좋습니다."

'아니요, 이건 문자 그대로 어둠 속의 한 줄기 빛입니다.' 나는 이렇게 생각하고 처방전을 쓰려고 책상에 앉았다. 이때 내 감정은 나와 아무 관계 없는 제분소 주인이 아니라 마치 친형제가 내 병원에 온 것처럼 좋은 기분이었다.

젊은 의사는 이런 상황에서 처방전을 쓰고 나서 조산부이자 간호사인 펠라게야 이바노브나에게 다음과 같은 편지를 적어 보낸다. "제분소 주인을 제2병실에 입원시키세요. 그는 말라리아 환자입니다. 열이 나기 네 시간 전, 즉 자정에 정해진 대로 키니네 1회 복용량을 처방해 주세요. 당신한테 특별한 환자를 보냅니다! 지적인 제분소 주인이지요!"[87] 하지만 그날 밤 병원은 발칵 뒤집힌다. 아래의 대화를 보자.

가운을 대충 걸친 맨머리의 펠라게야 이바노브나가 나에게 눈길을 주었다. "의사 선생님!" 그녀가 쉰 목소리로 외쳤다. "당신한테 맹세코 난 잘못이

없어요! 누가 이런 일이 있을 줄 알았나요? 당신이 강조했잖아요, 이 환자는
지적인 사람이라고…….”

　“무슨 일이 일어난 거죠?”**88**

　제분소 주인이 의사와 간호사의 지시를 자의적으로 해석하고 키니네 열
봉지를 한꺼번에 먹어 버린 것이다. 환자는 한 번에 열 배의 약을 먹으면
그만큼 효과가 있을 거라고 판단했다. 이런 어처구니가 없는 사태가 벌어
진 이유는 무엇일까? 그것은 제분소 주인의 실수가 가장 크겠지만 또한 의
사의 책임도 묻지 않을 수 없다. 의사는 환자의 내러티브를 피상적으로 이
해하고 그를 과신했다. 가령 제분소 주인이 자신을 칭찬하는 말에 고무되
어 의사는 환자가 스스로 판단하고 행동할 수 있는 능력을 지니고 있다고
예단한 것이다. 이로써 환자는 목숨이 위중한 상태에 처하게 되었다. 이런
점에서 위의 예도 환자의 내러티브 속에 감춰진 내적 의미를 제대로 파악
하는 것이 얼마나 중요한 일인지를 보여주고 있다.

4) 나가는 말

　필자는 한 세미나에 참석해서 플라톤의 『법률』에 나오는 의사 이야기를
들은 적이 있다. 플라톤은 이 책에서 시민들을 법에 복종시키는 두 가지
방법, 즉 강제와 설득 중에서 후자의 방법에 대해 설명한다. 이를 위해 플
라톤은 노예 의사와 자유인 의사의 진료방법을 비유로 들고 있다. 노예 의
사는 “질병 하나하나에 대해 어떤 설명을 해주지도 않고 들어주지도 않”으
며, 마치 자신이 “정확한 지식을 가지기라도 한 듯 참주처럼 자신만만하게

경험에 비추어 판단한 것을 각자에게 처방해주고는 서둘러 않고 있는 다른 가내 노예에게로 가버"린다. 반면 자유인 의사는 환자를 설득하는 일에 최선을 다 하는데, 이를 테면 다음과 같다. "그는 질병들을 초기 상태부터 본질적으로 면밀히 살펴보고, 환자 자신뿐만 아니라 그의 친구들과 상담을 해서 질병에 걸린 자들로부터 스스로 뭔가를 배우는 동시에 할 수 있는 한 환자를 가르치기까지 합니다. 그리고 어떻게든 환자를 설득할 때까지는 처방을 내리는 법이 없습니다. 설득을 통해 환자가 온순해져서 의사의 말을 계속 잘 따르도록 만들어 놓고서야 환자의 건강을 회복시키는 일을 완수하려 들겠지요?"4권. 720d89 말하자면 노예 의사는 강제적 진료 방식을 행하고 있는 것이고, 이에 반해 자유인 의사는 환자의 이야기를 충분히 듣고, 질병의 원인을 밝혀 소상히 설명해주고, 환자의 동의를 얻어 처방을 내리는 설득의 진료 방식을 실천하고 있는 것이다. 여기서 자유인 의사의 진료 방법은 바로 내러티브 의학과 크게 다르지 않다. 플라톤이 설명한 자유인 의사의 진료 방법은 현대 내러티브 의학에서 강조하는 그것과 본질적으로 동일하기 때문이다. 예컨대 자유인 의사의 진료 방법에서 중요한 '관찰', '상담', '설득', '동의' 등은 내러티브 의학에서 강조하는 '듣기', '말하기', '설득하기' 등과 유사하다. 이렇게 보면 최근에 주목받기 시작한 내러티브 의학의 역사는 꽤 오래된 것이라고 할 수 있다. 요컨대 내러티브 의학이 없었던 것이 아니라 단지 우리가 그것을 잊고 있었던 것이다.2015

4. 의료문학에 나타난 의사와 환자들

1)

의학이 문학 속으로 들어와 의미심장한 풍경을 본격적으로 연출한 것은 근대에 와서이다. 이것은 의학이 근대에 와서 체계적인 과학으로 발전한 것과 연관이 있다. 근대의학은 인체와 질병을 실증적으로 설명하는 데 성공하였다. 생명의 탄생, 질병의 원인, 노화의 과정, 죽음의 실체 등에 대한 실증적인 설명은 근대인들의 삶의 지형을 근본적으로 바꾸어 놓았다. 신화, 종교 등 인간의 삶을 규정했던 과거의 상징들이 무대에서 퇴장하고 그 자리를 과학이 대신했다. 문학이 근대적 풍경의 이런 변화를 놓칠 리 없었다. 문학은 무엇보다도 근대의 무대 위로 올라온 새로운 주인공에 주목했다. 그중 하나가 의사라는 직업을 가지고 있는 합리적인 성향의 과학자였다.

무대 위에서 의사는 주로 '진료'라는 행위를 하면서 주변 사람들과 관계를 맺는다. 의사는 이런 행위를 통해 근대사회의 중요한 구성원으로 성장했다. 의사는 '진료'를 통해서 신분적 정체성을 확인할 뿐만 아니라 자신의 역할과 본분을 되돌아보기도 한다. 근대의학과 문학이 만들어낸 무대 중에서 '진료'만큼 새로운 삶의 풍경을 연출한 것도 드물 것이다. 이런 사실을 확인할 수 있는 대표적인 예가 윌리엄 카를로스 윌리엄스의 「완력의 사용」, 한스 카로사의 『아름다운 유혹의 시절』, 불가코프의 「주현절의 기사회생」이다. 이 세 작가는 모두 실제 의사면서 작가로서 활동한 공통점을 지니고 있다.[90]

「완력의 사용」은 소아과 의사가 디프테리아에 걸린 소녀를 진찰하면서 사용하는 물리적 폭력을 문제 삼고 있다. 의사가 환자에게 육체적 완력을 쓰는 것은 윤리적으로 허용될 수 없는 일이다. 그러나 소설 속의 현실은 그리 간단치 않다. 응급처치를 받지 않으면 생명이 위험한 환자는 의사의 진료를 완강히 거부한다. 이런 상황에서 의사가 할 수 있는 선택은 무엇일까. 환자의 생명 혹은 인권? 소설 속의 의사는 환자의 생명 쪽을 택한다. 그러나 윌리엄스는 의사의 이런 선택을 매우 비판적으로 바라보고 있다.

빌어먹을 어린아이를 보호하려면 어리석음을 일깨워줘야 한다고, 이 같은 경우라면 누구나 그렇게 자위하기 마련이다. 다른 사람들이 소녀로부터 전염되는 것을 막아야 한다. 이건 사회를 위해서도 해야 마땅한 일이다. 그리고 이 모든 것은 진실이다. 그러나 맹목적인 분노와 어른으로서의 수치심, 그리고 완력을 써서 해결하고 싶은 갈망이 결정적인 동인으로 작용한다. 끝장을 봐야 하는 것이다.

이성을 잃은 나는 마지막 공격으로 아이의 목과 턱을 제압했다. 나는 묵직한 은 스푼을 강제로 소녀의 입안에 쑤셔 넣어 소녀가 구역질을 할 만큼 깊숙이 목 안까지 집어넣었다. 그러자, 양쪽 편도선이 점막으로 뒤덮여 있는 것이 드러났다. 소녀는 내게 비밀을 감추기 위해 사납게 몸부림을 쳤다. 소녀는 이러한 결과를 피하기 위해서 적어도 사흘 동안 목이 아프다는 사실을 숨기고 부모에게 거짓말을 해왔던 것이다.

이젠 소녀가 정말로 머리끝까지 화가 났다. 이전까지는 방어적인 태도였다면 이젠 공격적으로 변했다. 소녀는 패배의 눈물이 흘러내려 앞이 보이지 않는데도 아버지의 무릎에서 벗어나려고 기를 쓰며, 내게 달려들었다.

완력을 사용한 의사에게 작가가 곱지 않은 시선을 던지는 이유는 무엇일까? 그것은 혹 의사가 마지막까지 지켜야 할 이성을 포기했기 때문은 아닐까? 의사에게 필요한 이성은 "맹목적인 분노와 어른으로서의 수치심, 그리고 완력을 써서 해결하고 싶은 갈망"과 공존할 수 없다. 그것은 어린 아이의 "어리석음"과 "분노"까지도 감싸 안아야 하는 휴머니즘적 이성이어야 한다. 의사는 환자의 생명을 구해야 할 뿐만 아니라 그들의 인격과 자존심도 보호해야 할 의무가 있기 때문이다.

이 작품 속의 의사는 완력을 쓰고 싶은 유혹을 떨치지 못할 뿐만 아니라 완력의 사용을 정당화한다. 의사는 완력의 사용이 환자와 사회의 이익에 기여할 것이라는 믿음을 가지고 있다. 그런데 정작 문제는 환자와 사회의 이익을 보호하는 것이 오직 완력의 사용이라는 극단적인 방법을 통해서만 실현되는 것은 아니라는 데 있다. 완력의 사용은 의사를 정복자로 만든다. 의사가 정복자의 위치에 있는 한 역설적이게도 환자는 영원히 의사의 권위를 인정하지 않을 것이다.

「완력의 사용」이 의사의 비윤리적 행위을 비판한 것이라면 한스 카로사의 『아름다운 유혹의 시절』과 불가코프의 「주현절의 기사회생」은 의사수업 중에 일어난 일화를 진술하게 형상화하고 있다. 『아름다운 유혹의 시절』은 의과대학 1년생인 주인공이 내과학 수업에 청강생으로 참여하면서 보고 듣고 겪은 것을 담담하게 소개하고 있다.

침대에는 한 남자가 누워있었는데, 머리에 얼음주머니를 이고 있는 것 외에는 특별히 눈에 띄는 점이 없었다. 교수는 남자에게 신상정보를 물어보았다. 천천히 대답하긴 했지만, 모호하지는 않았다. 생년월일과 출생지, 부모님과 형제자매의 이름, 결혼 날짜 등 모두 정확하게 대답하였다. 질문은 점차 현재로 옮겨왔다. 마침내 그 환자가 6주 전에 집을 한 채 샀는지, 그의 아이 하나가 죽었는지, 그때 아르헨티나에 있는 조카의 방문을 기다리고 있었는지에 대해 대답해야 했다. 그 환자는 웃으면서 모두 아니라고 대답했다. 대체 왜 그런 질문을 하는지 이해할 수 없는 듯했다. 교수는 학생들에게 몸을 돌리고는 이 발병은 단기간의 기억상실과 왼쪽 팔의 가벼운 마비와 함께 시작되었다고 설명해주었다. 그때 환자는 갑자기 온몸을 떨며 울기 시작했으나 곧 다시금 진정되었다. 환자가 나가자 우리는 교수의 설명을 통해 나 자신도 거의 눈물을 흘릴 뻔한 그 남자의 거침없는 울음이 특별히 연약한 정서적 표현이 아니라 병의 일환이라는 것을 알게 되었다. 동전을 집어넣으면 자동판매기가 작동되듯, 바로 얼마 전에 뇌졸중을 겪은 사람들은 모두 자신의 앞에서 병의 시작에 대해 언급하면 격렬히 흐느껴 운다는 것이었다. 그런데 이번 경우 특이한 점은 다른 데 있었다. 그 환자는 자신의 삶에서 많은 세세한 부분을 어린 시절까지도 잘 기억하고 있었다. 다만, 발작이 일어나기 전 2달 동안에 일어난 일들은 말끔히 그의 기억에서 지워졌다. 이 시기에 그는 정말로 집을 한 채 샀고, 아주 현명하게 계약서를 작성했으며, 딸을 성홍열로 잃었고, 조카의 방문을 통보받았었다. 그런데 그는 이 모든 것을 전혀 기억하지 못했다. 교수는 우리에게 그의 약해진 혈관에서 뇌로 피가 흘러 들어가서 해당 기억을 저장하고 있는 세포들을 파괴한 것이라고 설명해 주었다. 당시 나는 해부학에 대해 조금밖에 알지 못했기에 그 과정을 이해하기 어려웠다. 다만 전율 같은 것이 내게 엄습했고, 잊는다는 것, 즉 망각이 무엇인지 처음으로 실감할 수 있었다. 우리 모두가 매일 삶에 필요한 음식과 함께 약간의 망각의 음료 역시 마시고 있음을 아무도 부인할 수 없을 것이다. 하지만 그 남자는 너무 많은 양의 망각의 음료를 한꺼번에 마셔버린 것이다. 그처럼 놀라운 운명을 들여다보았다는 사실이 나의 내부에 진정한 열정을 불붙여 주었다.

『아름다운 유혹의 시절』에서 카로사는 여러 임상 사례를 통해 의과대학 강의 풍경을 구체적으로 묘사하고 있다. 강의실에서는 다양한 환자와 질병에 대한 증례가 소개되고, 교수의 전문적인 설명이 이어지고, 학생들의 예리한 눈초리와 탄성이 뒤섞인다. 학생들은 이런 과정을 거치면서 단순히 의학적 지식과 경험만을 쌓는 것이 아니라 삶과 죽음에 대해 성찰하면서 성숙한다. 카로사 작품의 매력은 바로 이런 점에 있다. 소설 속의 주인공이 그렇듯이 일반인들이 경험할 수 없는 특별한 환경에서 성숙한 의사라면 자신의 청춘시절을 "새로운 방식으로 의사라는 직업을 멋진 것으로 만들어 주었고, 그래서 내겐 빛나는 추억으로" 회상하게 될 것이다.

불가코프의 「주현절의 기사회생」은 의과대학을 졸업한 젊은 의사가 시골병원에서 처음으로 심각한 수술을 경험하는 일화를 긴장감 있고 유머러스하게 그리고 있다. 젊은 의사는 시골병원에서 매일 평범한 환자들만 진료하면서 여유 있는 생활을 이어가고 있었다. 그런데 어느 날 갑자기 다른 고장에서 난산으로 생명이 위독한 환자가 이송되어 온다. 젊은 의사는 이 상황을 어떻게 풀어나갈까?

'아아, 지금 도데를랴인을 읽으면 좋겠는데!' 손에 비누칠을 하면서 나는 풀이 죽어서 생각했다. 그런데 대체 이 순간에 도데를랴인이 나한테 무슨 도움이 될까? 나는 두터운 거품을 씻어 내고는 손가락에 요오드를 발랐다. 깨끗한 시트가 필라게야 이바노브나의 손 아래서 바스락거렸고, 산모 쪽으로 몸을 숙인 나는 조심스럽고 수줍게 내진을 하기 시작했다. 내 머릿속에는 나도 모르게 산부인과의 수술실 광경이 떠올랐다. 광택이 없는 구 안에 환하게 켜져 있는 전등들, 석판으로 된 번쩍거리는 마루, 사방에서 반짝반짝 빛나는 수도꼭지와 기구들. 눈처럼 하얀 가운을 입은 의사가 산모 위에서 처치를 하고 있고 그 둘레에는 레지던트 세 명과 인턴들, 실습생 무리가 있다. 훌륭하고 산뜻하며 또한 안전하다.

그런데 여기서 나는 그지없이 외롭다. 내 손 아래에는 고통스러워하는 여자가 있고 내가 그녀를 책임지고 있는 것이다. 하지만 그녀를 어떻게 도와야 하는지 나는 모른다. 왜냐하면 내가 가까이서 분만 장면을 본 것은 병원 생활을 하면서 딱 두 번뿐인 데다가 그것도 완전히 정상 분만이었기 때문이다. 지금 나는 여기저기 살펴보고 있지만 그렇다고 산모나 나에게 더 수월한 상황이 되는 건 아니다. 나는 그 어떤 것도 전혀 이해를 못하고 있고 그녀의 내부를 만져보지도 못하고 있기 때문이다.

이제 뭔가를 결정해야 할 때다.

시골의 젊은 의사는 외롭다. 수술실에서 산모를 책임질 사람이 자기밖에 없다는 사실을 잘 알고 있기 때문이다. 그는 산모를 마취시켜 놓고 자기 방으로 돌아가 의과대학 시절에 읽었던 관련서적을 뒤적이면서 수술을 어떻게 해야 할지 고민한다. 젊은 의사는 이 순간 모든 학술 용어들이 아무 소용없다는 것을 알게 된다. 중요한 건 오직 한 가지. 그는 "책이 아니라 의사의 덕목인 처치 감각에 의지하여 조심스럽게 그러나 끈기를 가지고" 산모의 뱃속에서 태아를 꺼내야 한다는 것을 깨닫는다. 젊은 의사는 이 과정에서 자신을 도와주는 여러 사람들, 특히 간호원의 존재를 인식하게 된다. 그들과 어떻게 협력하고, 또 의사인 자신은 어떤 결정을 내려야

하는지. 이렇게 「주현절의 기사회생」은 의사들이 여러 가지 시행착오를 경험하면서 숙련된 전문가로 성장한다는 것을 사실적으로 보여주고 있다.

앞선 작품들이 의사의 구체적인 진료행위가 지니고 있는 다양한 의미를 다루고 있다면 카뮈의 『페스트』는 의사라는 존재의 실존적 고민에 집중하고 있는 대표적인 작품이다. 『페스트』는 무서운 전염병이 퍼져 고립된 오랑이라는 도시에서 의사인 리유가 고군분투하는 이야기를 다루고 있다. 여기서 페스트는 인간에게 닥친 불가항력의 재앙을 상징한다. 페스트가 발생하자 도시는 폐쇄되고 거기에 갇힌 수많은 인간들이 죽어간다. 인간은 질병 앞에서 무기력하다. 인간은 자신의 의지와는 상관없이 발생한 부조리한 상황에서 별다른 저항을 하지 못한다. 카뮈는 이렇게 페스트라는 질병을 인간이 맞이한 부조리한 상황으로 제시하고 있다.

『페스트』에는 무서운 재앙에 대응하는 여러 인물들이 등장한다.[91] 이 중에서 가장 주목할 것은 의사 리유와 신부 파늘루의 대조적인 윤리적 태도이다. 신부는 페스트의 발생이 사악한 인간들에 대한 신의 '징벌'이라고 주장한다. 이런 생각은 다음과 같은 언급에서 분명하게 드러난다. "오늘 페스트가 여러분에게 관여하게 된 것은 반성할 때가 왔기 때문입니다. 올바른 사람들은 조금도 그것을 두려워할 필요가 없습니다. 그러나 사악한 사람들이 떠는 것은 당연한 일입니다. 우주라는 거대한 곳간 속에서 가차 없는 재앙은 짚과 낟알을 거리기 위해서 인류라는 밀을 타작할 것입니다. 낟알보다는 짚이 더 많을 것이며, 선민들보다는 부름을 받은 사람들이 더 많을 것입니다."[92]

이에 반해 의사 리유는 재앙과의 투쟁을 선택한다. 리유는 이 재앙의 의미가 무엇인가를 따지기 전에 먼저 죽어가는 사람들을 치료하는 것이 먼저라고 생각한다. 그는 신부의 종교적인 태도를 비판하면서 다음과 같이 말한다. "이 세상의 모든 병이 다 그렇죠. 그러나 이 세상의 모든 고통에 있어서 진실인 것은 페스트에 있어서도 역시 진실입니다. 하기야 몇몇 사람을 위대하게 만드는 구실도 하겠죠. 그러나 그 병으로 해서 겪는 비참과 고통을 볼 때 체념하고서 페스트를 용인한다는 것은 미친 사람이나 눈먼 사람이나 비겁한 사람의 태도일 수밖에 없습니다."175쪽

리유의 태도는 본질적으로 반종교적이다. 그는 심판을 위해 어린아이들까지 희생시키는 것에 동의하지 않는다. 심지어 그는 신이 창조한 세상이 부조한 세상이라면 끝까지 거부할 것이라고 주장한다. "아닙니다, 신부님. 나는 사랑이라는 것에 대해서 달리 생각하고 있어요. 어린애들마저도 주리를 틀도록 창조해놓은 상황이라면 나는 죽어도 거부하겠습니다."294쪽

리유의 선택은 여러 가지 점에서 의사라는 직업을 가지고 있는 모든 사람들의 실존적인 고백이라고 할 수 있다. 누구보다 질병의 실체에 대해 잘 알고 있고, 그로인해 고통 받는 환자의 심정을 헤아릴 수 있는 사람이 바로 의사이기 때문이다. 카뮈의 말대로 의사는 질병 앞에서 성자도 될 수 없고 마냥 손 놓고 있을 수도 없는 경계인인지도 모른다. 그렇다면 카뮈가 근대사회의 부조리한 상황에 저항하는 인물로 의사를 선정한 것은 탁월한 선택이라고 해야 할 것이다. 다음과 같은 구절이 오랫동안 기억에 남는 것은 바로 이 때문이다. "성자가 될 수도 없고 재앙을 용납할 수도 없기에 그 대신 의사가 되겠다고 노력하는 모든 사람들이 그들의 개인적인 고통에도 불구하고 아직도 수행해나가야 할 것에 대한 증언일 뿐이다."409쪽

2)

　의사가 아니라 환자의 입장에서 '진료'를 바라보면 풍경은 더 다채롭고 심오해진다. 그것은 '진료'를 받는 쪽이 '진료'를 행하는 쪽보다 사정이 더 절실하기 때문이다. 사실 질병을 경험하는 사람은 환자지 의사가 아니다. 의사는 질병을 분석하고 관찰하는 입장이다. 사람이 절실하면 더 많이 보이고 깊이 느낀다고 했던가. 그래서 환자의 이야기는 소설의 세계를 한층 다양하고 풍요롭게 만든다.

　샬럿 퍼킨스 길먼의 「누런 벽지」는 질병으로 고통 받고 있는 환자가 아니면 경험할 수 없는 정신적 고통을 섬세하게 묘파하고 있다. 우울증을 앓고 있는 주인공은 의사인 남편의 지시에 따라 방안에 갇혀 있게 된다. 그녀가 방안에서 할 수 있는 일이라곤 고작 불쾌하고 혐오스러운 느낌을 주는 누런 벽지를 증오하고 관찰하는 것뿐이다. 그녀는 벽지의 무늬를 드려다 보다가 거기에 어떤 여자가 갇혀있는 것을 발견하고, 그 여자에게 동일시를 느끼게 된다. 그리고는 그녀를 구출하기 위해 벽지를 다 뜯어내고 더 심한 정신 상태에 빠진다.

　　존이 문밖에 왔다!
　　소용없어, 젊은이, 문은 못 열어!
　　존이 소리를 지르고 문을 쾅쾅 두드린다!
　　이제는 도끼를 가져오라고 고함을 치고 있다.
　　저 멋진 문을 부수면 너무 아까운데!
　　"여보!" 내가 최대한 다정한 목소리로 말했다. "열쇠는 저 아래 현관 계단 옆에 있어요. 파초 잎 아래에요!"

그러자 존이 순간적으로 조용해졌다.

그리고 존이 말했다― 아주 차분한 목소리로. "문 열어, 여보!"

"못 열어요." 내가 말했다. "열쇠가 현관 옆 파초 아래에 있어요!"

그리고 나는 아주 부드럽고 천천히 그 말을 다시 여러 차례 반복해 했다. 계속 이야기했더니 마침내 존이 열쇠가 있나 보러 내려갔다. 존은 당연히 열쇠를 찾아가지고는 방으로 들어 왔다. 존은 문가에서 멈칫 멈추었다.

"어떻게 된 거야?" 그가 외쳤다. "도대체 뭘 하고 있는 거야!"

나는 계속해서 기는 중이었지만 어깨 너머로 그를 돌아보았다.

"드디어 나왔어요." 내가 말했다. "당신과 제인이 막았지만요. 벽지를 거의 다 벗겨냈으니 이제 다시 집어넣을 수 없을 거예요!"

저 사람이 왜 기절한 걸까? 그는 벽을 따라 내가 가는 길을 가로막고 쓰러져 있어 계속 그를 넘어서 기어 다녀야 한다!

주인공의 말처럼 그녀의 남편인 의사는 왜 기절한 것일까? 그의 눈에는 아내가 완전히 정신착란에 빠진 것처럼 보였을 것이다. 이것은 의학적으로 보면 의심할 수 없는 사실이기도 하다. 그러나 환자의 입장에서 보면 그녀는 정신이상을 무릅쓰고라도 그 "누런 벽지"의 방으로부터 탈출하고 싶었던 것이다. 이렇게 의사인 남편이 생각하는 진실과 환자인 아내가 생각하는 진실은 서로 대립하고 결국 파국을 맞는다. 그런데 과연 누구의 진실이 진짜일까. 아니 어떤 진실이 더 절실한 것일까. 길먼의 「누런 벽지」는 우리에게 이런 질문을 던지고 있다.

의사도 아니고 환자도 아닌 환자보호자의 입장에서 '진료'를 관찰하면 어떤 풍경이 연출될까? 의사와 환자는 진료행위의 당사자들이다. 그들은 엄밀하게 보자면 진료행위를 둘러싼 이해관계를 가지고 있다. 이에 비해 환자보호자는 환자 자신과는 달리 질병으로 인한 고통에서 벗어나 있다. 그가 겪는 고통은 관찰자가 느끼는 고통이다. 그래서 어떤 경우에는 환자보호자가 의사의 진료행위에 대해 더 날카로운 시선을 던지기도 한다. 루쉰의 「아버지의 병」이나 징거의 「의사 쑤린 선생과 나」는 관찰자적 입장에서 환자보호자의 시각에 포착된 진료풍경이라고 할 수 있다.

「아버지의 병」은 아버지 병구완을 하는 아들의 시선에서 무능하고 부도덕한 의사들의 모습을 풍자하고 있다. 아들은 아버지를 고치기 위해 이름 있는 의사들을 찾아다니지만 그들은 한결같이 엉터리 처방을 하고 돈만 밝힌다. 아들의 눈에 비친 엉터리 의사는 한의들인데, 여기서 한의는 근대 중국의 봉건적 관습을 상징한다. 루쉰이 한의를 비판하고 양의를 옹호했다고 해서 그것을 글자 그대로 받아들여서는 곤란할 것이다. 작품해설을 쓴 성민엽의 말대로 루쉰이 살았던 시대와 현대는 시대의 관습에 커다란 차이가 있기 때문이다. "오늘날의 한의는 분명 루쉰 시대의 한의와는 같지 않을 것이다. 그것을 둘러싼 관념과 습속이 달라졌으니까 말이다. 반대로, 오늘날의 양의 역시 오늘날의 관념과 습속에 휩싸여 자신을 반성적으로 인식하지 못하는 것이 아닌가 물어볼 필요가 있을 것이다. 마치 루쉰 시대의 한의가 그랬듯이."

「의사 쑤린 선생과 나」에서 의사에 대한 평가는 더 복잡하게 전개된다. 의사 쑤린에 대한 작중화자 '나'의 평가는 양면적이다. 의사 쑤린은 질병으로 고통 받고 있는 한 가족을 극진히 보살핀다. 가족 구성원들은 이런 쑤린 선생을 진심으로 따르며 존경한다. 그러나 쑤린의 노력에도 불구하고 아버지는 죽고, 어머니는 삶을 포기하고 가출한다. 쑤린 선생은 남은 자식에게 의사로서 여러 가지 의학적 충고를 하지만 자식은 쑤린을 사악한 주술사로 보기 시작한다.

쑤린 선생은 내게서 또 문제를 발견해 냈다. 내 코가 하루 종일 막혀 있는 데다가 줄창 콧물이 흘러내린다는 거였다. 이건 단순한 알레르기성 비염이 아닐지도 모르니 신경을 써야 한다고 했다. "무슨 신경을 쓰라는 거예요." 나는 그에게 대들었다. "난 어릴 때부터 지금까지 원래 코가 이랬어요. 늘 코가 막혀서 말할 때 비음이 많이 섞이는 건 내 이미지로 굳어 버렸는데 뭘 새삼스럽게 신경을 쓰란 말이에요?" "여보게, 비염을 쉽게 생각해선 안 되네. 축농증으로 발전해서 잘못되는 날에는 암으로 발전하기도 한다네!"

아, 그 순간 나는 깨달았다. 내 앞에 있는 쑤린 선생이 좋은 사람이 아닐지도 모른다는 것을. 어쩌면 그는 세상에서 제일 나쁜 악인인지도 모른다. 지금까지 한 일을 보시라. 온통 평지풍파만 일으켜 왔잖은가? 나는 심지어 아버지의 죽음과 어머니의 투병 및 실종이 죄다 쑤린 선생의 손아귀에서 놀아난 일일지도 모른다는 생각마저 들었다. 그는 사악한 주술사였다. 그렇게나 뻔질나게 우리 집을 드나든 것도 알고 보면 사악한 음모를 실현해 가는 과정이었는지도 모르겠다.

쑤린 선생은 의사로서 자신의 직분에 충실하면 할수록 환자들에게 더 심한 고통을 안겨주는 존재가 된다. 이것은 의사라는 직업의 존재론적 이중성에서 기인하는 것이다. 의사는 환자들에게 질병의 존재를 알리고 치료하려고 하지만 환자들에게 그것은 질병을 '의식'하고 살아야 하는 새로운 고통의 시작일 뿐이다. 이런 점에서 의사는 환자에게 약도 주지만 마음의 병도 주는 이율배반적인 위치에 있다. 의사 쑤린은 여기서 더 나아가 자신을 멀리하는 작중화자에게 이렇게 외친다. "과학을 믿어야 하네. 과학은 인력으로 어쩌지 못하는 자연의 법칙일세. 물론 우리에게 불행과 재난을 안겨주는 일도 있지. 그렇지만 그 역시도 과학을 무기로 해서 맞서 나가지 않으면 안돼. 마음만으로 덤벼들어선 절대로 안 되지." 쑤린의 이런 신념은 과학지상주의에 가깝다. 자연의 법칙을 발견하는 것이 과학이기는 하지만 과학 그 자체가 자연의 법칙은 아니다. 과학을 자연의 법칙이라고 믿는 것은 일종의 과학 환원주의라고 할 수 있는데, 쑤린의 경우에는 이것이 과학을 절대적으로 신성시하는 믿음으로 이어진다. 이런 신념에 근거해서 쑤린은 "우리에게 불행과 재난을 안겨주는" 과학도 역시 "과학을 무기로 해서 맞서 나가지 않으면 안돼"라고 말한다. 과학은 인간에게 유용한 것이지만 그것이 인간의 행복을 대신할 수 있는 것은 아니다. 「의사 쑤린 선생과 나」에서 보는 바와 같이 치료의 필요성에 대한 맹신과 현대의학의 과학주의는 자칫 환자의 행복에 대한 권리를 침해할 수도 있다.

3)

인간은 특별한 질병체험을 통해서 삶의 지혜를 깨닫는다. 질병은 삶의 응축된 체험이다. 질병은 인간에게 삶을 가장 낮은 자세에서 관조할 수 있는 시각을 부여한다. 그것은 질병체험이 인간을 '생명'이라는 존재론적 근원으로 인도하기 때문이다. 인간은 생명을 위협하는 질병 앞에서 역설적으로 생명의 가치와 의미를 깨닫는다. 이런 이유로 질병체험은 문학의 단골 소재가 되었다. 후안 카를로스 오네티의 「회복」도 이 경우에 속한다.

작중화자인 '나'는 도시생활에서 벗어나 해변이 있는 휴양지에서 안정을 취하고 있다. '나'는 바다와 해변, 모래, 파도, 풀, 벌레, 한가로운 주변 사람들을 보며 질병의 고통을 던다. 그러나 휴양지 생활을 정리하고 다시 도시의 일상으로 되돌아가야 하는 '나'는 심한 갈등에 빠진다. 도시의 일상은 자신의 생명을 파괴한 괴물같이 '나'를 위협한다.

　　잠시 후, 나는 가운을 두르고서 자리에서 일어났다. 어두워진 하늘과 해변을 보았다고 기억한다. 내 시선은 바다와 매끄럽게 트인 축축한 해변, 흰 바지 여인, 아기, 그리고 보잘것없이 길기만 한 목초들을 차례로 둘러보고 있었다. 너무 오래되고 순수하기 이를 데 없던 그 모든 것들, 그것들이 나에게 매일 자양분을 주면서 목숨을 부지하게 만들어주었던 것이었다.

　　호텔에 있는 전화박스에서 통화를 기다리면서, 천둥소리와 유리창에 물방울이 부딪치는 소리를 들었다. 반복되는 에두아르도의 목소리가 멀리서 들려오기 시작했다. "여보세요, 여보세요……. 누구세요? 여보세요……." 목소리 뒤로, 그러니까 그 목소리가 만들어 내는 얼굴 너머로 나는 도시와 과거, 열정과 인간, 그리고 삶의 부조리가 윙윙거리며 소리를 내고 있다고 생각했다.

　　역으로 가는 차에서 나는 가방들 사이에 엎어져서 내가 살았던 해변의 편린들을 찾았다. 모래, 친근한 색깔들, 행복, 이런 모든 것이 더럽고 거품이 일어나는 물 아래 가라앉아 있었다. 조용히 조심스럽게 다가오는 질병의 고통이 다시 내 육체를 갉아 먹는 동안, 내 얼굴이 빨리 늙어버린 것 같은 느낌이 들었던 것을 기억한다.

'나'는 질병체험을 통해 자신의 삶이 얼마나 부조리한 것이었는지를 깨닫는다. 도시의 삶과 열정은 '나'에게 매일 생명의 자양분을 주는 것과는 거리가 멀다. 그것은 "조용히 조심스럽게 다가오는 질병"의 원인을 제공할 뿐이다. 이런 사실을 '나'는 질병체험을 통해 이해하게 된다. 이런 점에서 소설 제목인 '회복'은 질병으로부터 벗어남을 뜻하기도 하지만 동시에 건강한 삶의 되찾음을 의미하기도 한다.

문학적 소재로서 가장 흔한 질병체험은 '광기' 혹은 '광인체험'이다. 광기는 의학적으로 보면 정신질환이지만 문학적으로 보면 인간 정신의 밑바닥을 확인하는 흥미로운 실험실이다. 광기는 인간의 정신과 욕망의 한계를 실험한다. 광기는 더 나아가 특정한 시대와 사회의 부조리를 상징하기도 한다. 그것은 광기가 개인의 질병이 아니라 집단의 질병인 경우인데, 광기의 종교, 이데올로기, 사회체제, 관습 등이 여기에 속한다. 근대문학이 인간의 정신세계를 탐닉한 이래로 광인의 세계는 문학의 중심무대가 되었다. 에드가 앨런 포의 「심장의 고자질」과 루쉰의 「광인일기」도 이런 경우이다.

「심장의 고자질」은 엽기적인 살인을 저지른 광인이 자신이 미치지 않았다고 주장하는 이야기다. 광인은 특히 청각이 예민해져 아주 미세한 소리까지도 크게 들을 수 있다. 그는 이점을 들어 자신이 미치지 않았다고 외친다.

맞습니다! 나는 아주, 아주 끔찍이도 신경이 날카로워져 있었고, 지금도 마찬가지요. 하지만 왜 내가 미쳤다고 단언하려는 겁니까? 병 때문에 나는 감각이 더 예민해졌어요. 간간이 마비되지도, 무뎌지지도 않았단 말이오. 무엇보다도 청각이 예민해졌죠. 나는 천상과 지상에서 벌어지는 모든 일을 들었소. 지옥에서 일어나는 수많은 일도 들었습니다. 그런데 내가 어떻게 미쳤다는 겁니까? 잘 들어봐요! 내가 얼마나 건강하게, 얼마나 침착하게 모든 얘기를 털어놓을 수 있는지 지켜보란 말이오.

광인은 한밤중에 노인의 방에 들어가 그를 살해하려고 한다. 그런데 노인이 잠에서 깨어나 광인은 문턱에서 손끝 하나 움직이지 못하는 신세가 된다. 이런 대치 상황에서 노인은 극도의 공포심을 느끼고 예민한 청각의 광인은 그의 심장박동 소리를 듣는다. 이윽고 광인이 고함을 지르며 방 안으로 들어가지만 노인은 이미 심장마비로 죽어있는 상태다. 광인은 노인을 토막 내어 마루 밑에 숨긴다. 잠시 후 비명소리를 들은 이웃의 신고로 경찰이 와서 집을 수색하지만 아무 이상도 발견하지 못한다. 하지만 광인은 여기서 불안함에 떨고 있는 자신의 심장박동 소리를 듣게 된다. 이 소리는 점점 더 크게 들려 광인을 괴롭히고, 그는 마침내 "더 이상 속일 생각 마라! 내가 죽였다고 인정하지. 널빤지를 뜯어봐! 여기, 여기다! 이건 바로 그자의 소름끼치는 심장박동 소리란 말이다!"라고 외치면서 자신의 범행을 인정한다.

광인은 완전범죄를 계획하지만 결국 '심장의 고자질'만은 이겨내지 못한다. 그런데 흥미로운 것은 사건의 결말이 나고서도 광인은 자신이 미치지 않았다고 주장한다는 데 있다. 요컨대 광인은 살인을 저지른 것을 인정하기는 하지만 자신이 미쳤다는 것을 인정하지 않는다. 그렇다면 도대체 그에게 미쳤다는 것은 어떤 의미일까? 광인에게 미쳤다는 것을 스스로 인정하는 것은 살인을 했다는 사실보다도 더 받아들일 수 없는 어떤 정신적 상흔 혹은 존재의 부정이었는지도 모른다.

「광인일기」는 사람들이 자기를 잡아먹으려 한다고 생각하는 광인의 이야기다. 광인은 망상장애에 걸렸을 때 적어놓은 글을 나중에 정상인으로 돌아와서 읽어보고는 거기에 직접 '광인일기'라는 제목을 붙인다. 주인공 스스로가 과거의 자기 행적을 광기라고 규정하고 있는 셈이다. 그런데 광인의 망상장애를 단순한 정신질환이라고 보기에는 어딘가 미심쩍은 데가 있다. 그것은 광인의 광기가 중국을 계몽하려고 하는 사람을 미친 사람 취급하는 당시 중국사회의 봉건적 관습과 제도에서 연유하기 때문이다. 이런 점에서 「광인일기」의 광기는 봉건적인 중국사회의 부조리를 역설적으로 표현하는 문학적 장치라고 할 수 있다.

4)

죽음이라는 소재도 넓은 의미에서 질병체험의 연장이라고 할 수 있다. 죽음은 질병체험의 비극적 결말이다. 질병체험은 죽음으로 끝이 난다. 고로 죽음은 질병체험의 극단적 상황이기도 하다. 죽음은 문학의 오랜 소재이자 주제였는데, 그것은 인간이 죽음에 직면하며 삶이라는 드라마를 되돌아보기 때문이다. 죽음은 인간을 근본으로 되돌린다는 점에서 성찰의 모멘트라고 할 수 있다. 라이너 마리아 릴케의 『말테의 수기』와 아르투어 슈니츨러의 「한 시간만 더」도 이런 주제를 다루고 있다.

릴케는 『말테의 수기』에서 자신만의 고유한 죽음을 예찬한다. 이것은 세상에 태어나서 기성품처럼 살다 죽는 근대인의 삶에 대한 비통한 엘레지이기도 하다. 죽음은 삶의 마지막 장면이자 정리이다. 삶이라는 드라마에서 죽음이라는 장면이 의미 있는 것은 이제까지 이어왔던 모든 흔적과 궤적을 되돌아보는 순간이기 때문이다. 릴케가 예찬하는 죽음의 고유성도 이런 순간과 무관하지 않다. 그가 말하는 '완성된 죽음'이란 죽음이 삶을 완성하는 마지막 행위라는 의미이다. 사는 것보다 어려운 것이 품위 있게 죽는 것이다. 품위 있는 죽음은 돈으로 살 수 없다. 그것은 인생을 되돌아보고 그것의 의미를 주변 사람들과 나누는 과정에서 얻어지는 것이다. 이런 점에서 릴케의 언급은 죽음의 의미를 너무 가볍게 보는 현대인들에게 소중한 잠언이 될 것이다.

오늘날 아직도 훌륭하게 완성된 죽음을 위해 무언가 하려는 사람이 누구 있겠는가? 아무도 없다. 심지어는 세심하게 죽음을 치를 능력이 있는 부자들조차도 무관심하고 냉담해지기 시작했다. 이제 자신만의 고유한 죽음을 가지려는 소망은 점점 희귀해진다. 시간이 조금 더 지나면 그런 죽음은 고유한 삶이나 마찬가지로 드물게 될 것이다. 맙소사, 이게 전부라니. 사람들은 세상에 와서는 기성품처럼 이미 만들어져 있는 삶을 찾아서는 그냥 걸치기만 하면 된다. 그리고 죽으려 하거나 어쩔 수 없이 죽음으로 내몰릴 경우에도 문제가 없다. "자. 너무 애쓰지 마세요. 이것이 당신의 죽음입니다, 선생." 이제 사람들은 그때그때 자기에게 닥쳐온 죽음을 맞는다. 사람들은 자신이 앓고 있는 병에 딸려있는 죽음을 맞이한다.

「한 시간만 더」는 죽음에 대한 우화이다. 임종이 가까운 아내에게 남편은 마지막으로 '사랑한다'는 고백을 하려고 한다. 그런데 고백할 시간이 없다. 남편은 죽음의 천사에게 한 시간만 더 아내의 생명을 연장시켜달라고 간청한다. 죽음의 천사는 다른 사람이 자신의 생에서 한 시간을 양보하면 그렇게 해주겠다고 말하고 남편과 함께 한 시간을 얻기 위해 세상편력을 떠난다. 그런데 어느 누구도, 심지어 질병으로 고통스러워 빨리 죽었으면 하고 바라던 병자도 생의 한 시간을 포기하지 않는다. 결국 그들의 노력은 수포로 돌아간다. 남편은 자신의 전 생애를 한 시간과 바꾸겠다고 하지만 죽음의 천사는 그런 남편을 조롱하며 떠나고 만다. 이 작품은 죽음 앞에서 인간이 생에 대해 갖는 집착이 얼마나 강한 것인지를 잘 보여주고 있다.

죽음에 대한 성찰은 토마스 만의 『마의 산』에서도 이어진다. 주인공 한스 카스트로프는 요양소에 만난 인문주의자 세템브리니와 예수회 교도 나프타 사이에 벌어지는 논쟁을 들으면서 삶과 죽음의 의미에 대해 고민한다. 논쟁은 삶과 죽음을 대립적인 것으로 보는 데서 기인하는 것이었다. 한스 카스트로프는 스키를 타다 눈길에서 길을 잃고 쓰러져 잠들었다가 깨어나서 삶과 죽음이 서로 대립되는 것이 아니라 진정한 삶을 구성하는 다른 측면이라는 것을 깨닫는다. 이 작품에서 토마스 만은 죽음에 대한 염세주의적 인식을 경계하고 있다.

게오르크 뷔히너의 「보이첵」은 인간을 실험대상으로 여기는 근대의학의 부정적 측면을 비판하고 있다는 점에서 여전히 현대성을 지니고 있는 작품이다. 보이첵을 생체 실험하는 의사는 과학적 실험을 위해 생명의 존엄성을 무시한다. 이 장면은 생명의 의미와 가치를 훼손하려는 일부 현대의학의 흐름과 오버랩되면서 우리에게 많은 생각할 거리를 제공한다.2008, 2022

5. 노년문학과 노년의 미학 신경림 시에 나타난 노년의 미학

1) 노년문학 개념 정립을 위하여

한국문학에서 '노년문학'에 대한 논의가 본격적으로 제기된 것은 비교적 최근 일이다. 이것은 한편에서 노년문학이라고 부를만한 작품들이 하나의 범주로 묶일 만큼 일정한 흐름을 형성하고 있다는 것을 암시하는 것이며, 다른 한편에서 과거와 현재의 문학을 노년문학이라는 시각으로 바라봐야 하는 사회적, 문학적 문제의식이 생겼다는 것을 의미한다. 문학은 항상 당대의 사회적 현상을 반영하기 때문에 노년문학의 형성배경에는 응당 그에 상응하는 사회적 배경이 있을 것이다. 즉 한국사회가 고령화사회로 진입했다는 것이 그것이다. 과거에 비해 노인 인구가 급속하게 증가하고 있고, 이에 따라 노년의 삶에 대한 관심이 커지고 있다. 이런 사회적 변화에서 문단도 예외가 될 수 없다. 한국을 대표하는 많은 작가들이 이제 노년의 나이가 된 것이다. 하지만 적지 않은 작가들이 연로한 나이가 되어서도 창작의 열정을 이어가고 있고, 젊은 시절에 도달한 문학적 성취를 뛰어넘는 새로운 문학적 경지를 개척하고 있다. 이것은 한국문학이 그만큼 성숙했다는 중요한 징표일 것이다. 아무튼 노년문학에 대한 다양한 논의들이 바로 이런 원로작가들의 창작활동과 무관하지 않다는 것은 분명하다.

노년문학에 대한 주목할 만한 논의로 우선 이재선의 주장을 들 수 있다. 이재선은 한국문학의 도시소설 유형을 여러 가지로 분류하면서 그중 하나를 '노년학적 소설gerontic 혹은 gerontological novel'이라는 용어로 설명한 바 있다. 그에 따르면 노년학적 소설은 포괄적으로는 "노년의 삶, 즉 삶의 적극적인 활동으로부터 은퇴하거나 물러나 있는 노인들의 세계를 다룬 소설"이며, 협의적으로는 "도시소설의 한 종속 장르로서…… 사회변동기에 있어서 노년의 도시생활 및 도시화와 연계된 삶을 대상으로 묘사하는 소설"이다.[93] 노년학적 소설이 어떻게 이해되건 간에 이재선은 이런 장르의 소설을 "쉽게 말해 사회 변동기에 있어서의 노인문제를 다루고 있는 소설이"라고 규정한다.[94] 하지만 이재선의 견해는 첫째, 노년학적 소설을 협의로 이해할 때 그것이 도시소설의 한 종속 장르로 국한되는 문제가 있다. 노년학적 소설을 도시소설로만 파악한다면 그 외의 다른 작품에서 노년의 삶을 다룬 작품들은 자연스럽게 배제될 것이기 때문이다. 둘째, 포괄적인 의미에서도 노년학적 소설은 창작주체에 대한 언급이 빠져 있어 현재 우리 문학의 새로운 흐름을 적극적으로 반영하지 못하는 한계가 있다.

또 다른 논의로는 변정화의 견해를 들 수 있다. 그녀는 "과거의 농경사회에서 노인들은 오랜 경험을 통한 전통과 지식의 전달자로서의 역할을 담당하고 있었기 때문에 그들의 사회적 위치와 역할은 부동의 것이었"고, 산업화에 따른 환경의 변화가 노인을 소외시켰다고 보고 있다.[95] 이런 전제 아래 변정화는 노년소설의 세부요건으로 "노년의 인물이 주요인물로 나타나야 할 것, 노인이 당면하고 있는 제반 문제와 갈등이 서사골격을 이루고 있을 것, 노인만이 가질 수 있는 심리와 의식의 고유한 국면에 대한 천착이 있어야 할 것 등"을 제시하고 있다.[96] 그리고 더 나아가 "노년소설의 개념을, 그 서사공간이나 생산주체에 국한되지 않는 광범위하고 포괄적인 자리에 두어, 이를 우리 사회가 안고 있는 노인문제의 극히 자연스러운 반영으로" 규정한다.[97] 변정화의 주장은 노년소설을 포괄적으로 이해하자는 말로 요약될 수 있다. 하지만 이것 또한 노년소설의 창작주체를 모든 작가로 설정함으로써 최근에 두드러진 원로 작가들의 문학적 성취와 작품세계를 제대로 평가하지 못하는 한계가 있다.

노년문학을 바라보는 이재선과 변정화의 공통된 문제의식은 노년문학이 근대화 이후 사회의 노인문제를 다룬 문학이라는 점이다.[98] 이런 문제의식은 노년에 대한 근대화론의 시각과 흡사하다. 다시 말해 산업화, 도시화 등 근대사회가 되면서 노인의 지위가 하락하고 삶의 질이 악화되었다는 것이다. "근대화론에 따르면 근대 이전 전통 사회에서 노인은 희귀한 존재였고, 강력하고도 존경받는 구성원이었다. 그들은 축적된 경험과 지식을 통해 공동체 생활에 참여하고 권위를 누렸으며, 가부장적 가족 구조와 긴밀한 친족 관계에서 노후 지위를 보장받았다. 반면 근대화를 계기로 노인의 지위와 권위가 하락했으며, 노인은 가족과 사회에서 소외와 차별의 대상이 되었고, 궁핍과 외로움에 당면하게 되었다."[99] 하지만 노년에 대한 역사가들의 연구를 보면 이런 주장은 사실과 다르다. 영국의 역사학자이며 노인 및 노년에 대한 권위 있는 연구자로 유명한 팻 테인Pat Thane은 노년에 대한 근대화론의 시각은 하나의 가설에 불과하며, 역사적 사실로 증명된 바 없다고 주장하고 있다. 그의 견해에 따르면 노인들이 근대화 이전에는 사회적 지위를 누리고 존경을 받았다는 주장은 허구에 가깝다. 역사적으로 노인이 누린 사회적 지위와 존경은 늙었다고 해서 자연적으로 보장된 것이 아니다. 과거에도 노인은 개개인의 경제적, 사회적 능력을 통해서만 일정한 지위를 획득하고 존경을 받았던 것이다. "우리는 노년에 대한 존경이 지속적으로 감소한다는 믿음이 서양의 기록된 담론만큼이나 오래된 것임을 살펴보았다. 그러나 그 믿음에 견실한 실체가 있었던 적은 없다. 무엇보다도 '노인'들이 결코 분화되지 않은 집단이었던 적이 없었고, 부유하거나 가난한, 남성이거나 여성인, 활동적이거나 비활동적인, 매력적이거나 불쾌한 노인들에 대한 사회의 태도가 언제나 크게 달랐기 때문이다."[100]

근대화론은 노년을 전근대와 근대로 구분하여 단절적으로 이해하는 입장이다. 그래서 노년에 대한 근대화론의 시각은 노년의 삶이 지니고 있는 부정적인 측면만을 강조하는 한계를 지니고 있다. 과거에는 노년이 행복했는데, 현재는 그렇지 않다는 것이다. 하지만 이것은 위에서 살펴본 바와 같이 사실과 다르며, 노년의 삶을 일면적으로 파악한 결과라고 할 수 있다. 근대화론의 시각에서 주장하는 소위 '노인문제'는 노년의 삶의 한 측면이지 이것이 곧 노년의 모든 것을 의미하는 것은 아닌 것이다. 이재선이 노년학적 소설을 군이 도시소설의 한 장르로 이해하는 것은 바로 노년에 대한 근대화론의 시각이 전제되어 있기 때문이다. 예컨대 그의 시각에 따르면 노년학적 소설은 근대화가 진행된 도시에서만 발생할 수 있는 것이다.

노년문학에 대한 새로운 논의로는 김병익의 견해가 있다. 김병익이 노년문학론을 제기한 배경은 우리 사회에서 노인들의 삶이 지니고 있는 중요한 의미 때문이다. "노인 인구가 급격히 늘어나고 노년의 생애가 훨씬 길어지고 있다는 것, 실버 세대의 경제력과 문화 수준이 매우 높다는 사정 등을 나란히 놓고 볼 때 노년의 삶에 대한 성찰, 그것의 문학적 접근은 더욱 중시되어야 할 것이다."[101] 노년의 삶에 대한 김병익의 이해는 근대화론의 시각에서 어느 정도 벗어나 있다. 그는 노년의 삶을 근대화의 부정적 현상으로만 보지 않는다. 현대사회의 노인들이 소외된 삶만을 사는 것이 아니라는 이야기다. 그는 노인 인구가 급격하게 늘어나고 있고, 노년의 생애가 어느 세대 못지않게 길어지고 있으며, 그들의 경제력과 문화적 욕구가 매우 높다는 것에 주목하고 있다. 김병익은 이런 사회적 변화가 자연스럽게 노년문학이라는 문학적 흐름을 형성하게 된 배경이라고 파악하고 있다.

김병익은 노년문학을 장르의 의미를 뛰어넘는 일종의 가치평가적, 비평적 개념으로 사용하고 있다. "내가 말하는 노년문학은 그냥 작가가 노년이라는 것, 혹은 단순히 작품 속에 등장하는 인물이 노인이라는 것 이상의 것으로, 노인이기에 가능한 원숙한 세계 인식, 삶에 대한 중후한 감수성, 이것들에 따르면 지혜와 관용과 이해의 정서가 품어져 있는 작품 세계를 드러낼 경우를 말한다."[102] 그는 여기서 노년문학의 창작주체와 소재 및 주제뿐만 아니라 그것의 문학적 수준까지도 언급하고 있다. 노년문학이 노년이 된 작가가 노년의 삶을 다룬 작품이면서 동시에 수준 높은 작품 세계를 담보한 것이라는 말이다. 특히 이점은 김병익이 노년문학을 "세상에 대한 눈이 노인이기에 가능한 깊이와 기품"을 지닌 작품이라고 정의하는 대목에서 확인할 수 있다.[103]

김병익의 노년문학 개념은 한국문학의 새로운 흐름을 적절히 반영하고 있지만 우선 과거와 현재의 문학적 연속성을 담기에는 부족한 측면이 있다. 근대문학 이후 우리 작가들이 다루어온 노년의 삶이라는 주제는 현재의 노년문학 못지않게 중요하다. 이런 점에서 김병익의 노년문학론은 문학사적 시각까지 아우르는 방향으로 지평을 확대해야 할 것이다. 또 김병익의 노년문학론은 노년이 아닌 작가들이 노년의 삶을 다룬 작품들을 포괄할 수 없는 문제가 있다. 노년의 삶을 다른 시각에서 다루기는 하지만 이 양자의 관계는 노년문학이라는 흐름을 이해하는 데 필수적일 수밖에 없다.

노년문학론을 문학사적 시각에서 접근한 논의로는 김윤식의 '노인성 문학' 이론을 들 수 있다. 김윤식은 한 월평에서 박완서의 「오동의 숨은 소리여」『현대소설』, 1992년 봄호를 "노인문제를 다룬 소설의 등장"으로 보면서 그것이 우리 문단, 특히 4·19세대순종 한글세대의 연륜이 싸인 결과라고 평가하고 있다.[104] "우리 문학은 노인세계도 다루어야 하는 것, 다루어야 한다는 명제가 어찌 강요사항이겠는가. 작가의 연륜의 깊이가 스스로 그 세계를 창출하는 것이니까."[105] 박완서의 작품을 평하면서 김윤식이 지적하고 있는 노인성이란 종이 콤플렉스처럼 점점 사라져가고 있는 소중한 것들에 대한 애착이나 인민항쟁가 같이 투쟁적인 내용의 노래를 "고즈넉하고 우수에 차 있다고 보는 감각" 등이다.[106]

김윤식의 논의는 이후 「한국 문학 속의 노인성 문학-노인성 문학의 개념 정리를 위한 시론」이라는 글에서 본격적으로 전개된다. 그는 노인성 문학을 다음과 같이 분류, 정의하고 있다. "첫째, 65세 이상의 작가가 쓰는 작품을 노인성 문학 (A)형이라 규정한다. 이 속에선 노인 문제도 청년 문제도 다루어질 수 있다. 하지만 원리적으로 그의 의식은 노인성의 사정거리 안에서 진행될 터이다. 둘째, 65세 이하의 작가들이 노인성을 소재주제로 다루는 경우를 노인성 문학 (B)형이라 규정한다. 이 경우는 당연히 자발적인 개성에 의한 선택이기에 공리적 성격이 배제되어 있다. 원리적으로 본격 문학인 셈이다."[107]

김윤식이 노인성 문학이라는 용어를 사용하면서 그것을 A형과 B형으로 구분하는 이유의 "하나는 이 나라 소설 판에서 노인성 문학의 계보 작성. 고령화 사회 진입 이전의 노인성 문학 계보에서 진입 이후의 그것에 이어지는 과정을 보임으로써 문학사적 연속성을 확보코자 함이 그 목적이다. 다른 하나는, 이점이 중요하거니와, 고령화 사회 진입 이후에 바야흐로 씌어지고 있는 노인성 문학의 현주소 확인 작업. 이 역시 연속성의 확보와 결코 무관하지 않을 터이다."[108] 김윤식은 이런 관점에서 염상섭의 『임종』을 풍속사로서의 노인성 문학으로, 황순원의 『필묵 장수』, 박완서의 『마른 꽃』, 이청준의 『꽃 지고 강물 흘러』를 작가적 개성의 발현으로서의 노인성 문학으로, 최일남의 『아주 느린 시간』을 고령화 사회를 전제로 한 노인성 문학으로 평가하고 있다.

이상의 주장에서 보듯이 김윤식의 노인성 문학이라는 용어는 문학사적 연속성을 염두에 둔 개념이라는 것을 알 수 있다. 하지만 그의 노인성 문학 이론은 여러 가지 한계를 지니고 있다. 첫째는 노인성 문학이라는 용어가 "이 나라 문학 판에 이미 노인층 작가군65세 이상이 대거 포진하고 있다는 사실"을 적극적으로 반영하고 있다고 하더라도 그 규정을 창작주체의 연령만으로 정의하는 것은 문제가 있다. 65세 이상을 노인으로 분류하는 것이 일반적이지만 그것을 작가들에게 일률적으로 적용하는 것은 무리다. 가령 65세가 되지 않았어도 노인의 시각에서 노년을 다룬 작품을 창작한 사례가 많기 때문이다. 그렇다고 노년문학의 경계를 창작주체의 연령과 무관하게 정하자는 것은 아니다. 50대를 노인이라고 부르는 것은 현실적으로 맞지 않으므로 그 범위를 좀 더 확장해서 60대 이후의 작가들이 노년의 삶을 다룬 작품을 노년문학이라 규정하는 것이 좋을 것이다.

둘째는 65세 이상 작가의 '모든' 작품이 노인성 문학 A형에 해당된다면 그 노인성의 특징을 어떻게 규정할 것인가 하는 문제이다. 김윤식의 관점에서 보면 1828년생인 톨스토이가 1899년에 완성한 『부활』은 노인성 문학 A형에 속한다. 그리고 1935년생인 신경림이 2012년에 발표한 동시집 『엄마는 아무것도 모르면서』도 같은 노인성 문학일 것이다. 노년의 삶이 주제나 소재가 아닌 이 작품들 속에 나타난 노인성 문학의 면면은 과연 무엇일까? 이런 고민에 부딪치게 되면 김윤식의 입론은 설득력을 잃고 만다. 하지만 김윤식의 노인성 문학 이론은 많은 문제의식을 제기하고 있다. 그 중 가장 중요한 것은 노인성 문학을 두 가지 유형으로 구분하고, 노년이 아닌 작가가 노년의 삶을 다룬 작품을 노인성 문학의 범주로 포괄하려는 시도다. 이런 문제의식은 김윤식이 지적하고 있듯이 과거와 현재 연속성을 위해서는 필수적인 것이다. 그래서 필자는 김병익이 사용한 노년문학이라는 용어와 김윤식의 노인성 문학이라는 용어를 나란히 사용했으면 하는 생각이다. 즉, 노년문학은 노년의 작가가 노인의 시각에서 노년의 삶을 다룬 본격 문학작품이고, 노인성 문학은 노년이 아닌 작가가 노년의 삶을 다룬 본격 문학작품이라고 규정할 수 있다. 이런 구조라면 창작주체의 연령, 작품의 주제와 소재, 문학성 등을 두루 아우르면서 우리 문학의 새로운 흐름을 과거와 현재의 연속성 속에서 평가할 수 있을 것이다.

또 한 가지 중요한 사실은 위의 논의들은 모두 소설에 국한된 언급이라는 한계를 지니고 있다는 점이다. 노년문학이건 노인성 문학이건 그것이 노년의 삶을 다룬 작품이라면 여기에 시가 배제될 이유는 없다. 그리고 노년문학에 대한 심도 있는 논의를 위해서라도 우리 원로 시인들의 작품에 나타난 노년의 삶을 깊이 있게 들여다봐야 할 것이다.[109] 필자는 이런 문제의식을 가지고 이글에서 우리 시단의 대표적인 원로 시인인 신경림의 최근 시에 나타난 노년의 삶을 살펴보면서 노년문학의 미학적 특징에 대해 지적해보려고 한다.

2) '깊이 들여다보기' - 자기와 세상에 대한 성찰

시에 나타난 노년의 삶은 소설의 그것과 다를 수밖에 없다. 시는 모든 문학적 요소들이 고도로 압축된 형식의 언어예술이기 때문이다. 시가 소설처럼 노년의 삶을 구체적으로 묘사하거나 그들의 대화를 자세히 연출할 수 없는 까닭이다. 이런 연유로 시는 소설이 아니라 시의 방식대로 노년의 삶을 다룬다. 시적인 이미지와 상징! 시가 구사할 수 있는 최상의 방법론들 중 하나다.

신경림 시인이 노년의 삶에 대한 시적 탐구를 본격적으로 시작한 것은 시집 『어머니와 할머니의 실루엣』1998이 아닐까 싶다. 이것은 1935년생인 시인이 60대 중반에 들어서 낸 시집으로 『농무』1973 이후 장시집 『남한강』1987을 포함시키면 그의 여덟 번째 시집이다. 이 시집 이후 신경림은 『뿔』2002, 『낙타』2008 등에서 노인의 시각으로 세상을 바라본 탁월한 작품들을 계속 발표했다.

위 세 시집에 나타난 두드러진 특징은 스스로를 깊이 들여다보는 자기성찰의 작품들이 특히 많다는 것이다. 사실 나이가 들어 연륜이 싸인 작가가 자신을 깊이 들여다보는 것은 특별히 새로울 것이 없는 일이라고 할 수 있다. 하지만 "신경림의 '깊이 들여다보기'는 뭔가 특별한 구석이 있다. 그것은 세상과 절연된 채 자기만의 성채를 더듬는 유아론唯我論이나 인생을 다 산 듯 뻔한 훈시나 해대는 도덕주의와는 애시당초 거리가 멀다. 신선생의 '깊이 들여다보기'는 내면세계로의 귀화가 아니라 세상의 작고 보잘것없는 것들을 자기 안으로 가지고 들어와 세상을 좀 더 깊고 근본적으로 사색하려는 혼신의 노력이다. 그래서 그의 시는 삶의 본질적 좌표가 표류하고 있는 시대에 영혼의 울림이 담긴 시적 화두를 제기한다. "모두들 어데로 가려는 걸까"「노을 앞에서」. 신선생의 최근작들은 바로 자신이 제기한 화두를 스스로 풀기 위한 내적 담화라고 할 수 있다."[110] 먼저 「어머니와 할머니의 실루엣」이라는 시를 보자.

어려서 나는 램프불 밑에서 자랐다,
밤중에 눈을 뜨고 내가 보는 것은
재봉틀을 돌리는 젊은 어머니와
실을 감는 주름진 할머니뿐이었다.
나는 그것이 세상의 전부라고 믿었다.
조금 자라서는 칸델라불 밑에서 놀았다,
밖은 칠흑 같은 어둠
지익지익 소리로 새파란 불꽃을 뿜는 불은
주정하는 험상궂은 금점꾼들과
셈이 늦는다고 몰려와 생떼를 쓰는 그
아내들의 모습만 돋움새겼다.
소년 시절은 전등불 밑에서 보냈다,
가설극장의 화려한 간판과
가겟방의 휘황한 불빛을 보면서
나는 세상이 넓다고 알았다, 그리고

나는 대처로 나왔다.
이곳저곳 떠도는 즐거움도 알았다,
바다를 건너 먼 세상으로 날아도 갔다,

많은 것을 보고 많은 것을 들었다.

하지만 멀리 다닐수록, 많이 보고 들을수록

이상하게도 내 시야는 차츰 좁아져

내 망막에는 마침내

재봉틀을 돌리는 젊은 어머니와

실을 감는 주름진 할머니의

실루엣만 남았다.

내게는 다시 이것이

세상의 전부가 되었다.

— 「어머니와 할머니의 실루엣」 전문

이 시에는 파란만장한 세상을 살아온 노인의 삶에 대한 깨달음이 담겨 있다. 인생의 처음과 마지막이 사실은 하나라는 자각이 그것이다. "내게는 다시 이것이/ 세상의 전부가 되었다." 이것은 원숙한 노년이 아니고서는 감히 언급할 수 없는 삶의 비밀이고, 수많은 시행착오를 겪은 자만이 진정성을 가지고 말할 수 있는 인생의 고언苦言이다. 이런 깨달음은 "멀리 다닐수록, 많이 보고 들을수록" 절실해진다. 그것은 "이곳저곳 떠도는 즐거움도 알"고, "바다를 건너 먼 세상으로 날아도 갔다, / 많은 것을 보고 많은 것을" 듣고 난 후의 자각이기에 더욱 그렇다.

이 시의 뛰어난 점은 '램프불', '칸델라불', '전등불'이라는 시각적 이미지로 시인의 어린 시절을 형상화한 1연과 대처로 나간 시인의 삶을 묘사한 2연을 절묘하게 대조시키고 있는 대목에서 잘 드러난다. '램프불'에서

'전등불'로 발전하는 세 단계의 시각적 이미지는 그 자체로 활동사진을 보여주듯 시인의 어린 시절을 생생하게 연출하고 있다. 그리고 이 이미지들은 마치 인류의 역사를 응축시켜놓은 듯 상징적이다. 인류가 처음 불을 발견하고 그것이 램프불로 바뀌었다가 지금의 전등이 되었듯 말이다. 이렇게 보면 이 작품은 개인적 삶에 대한 깨달음일 뿐만 아니라 인류의 삶 전체에 대한 통찰이 된다. 어머니와 할머니의 '실루엣'도 마찬가지다. 이 실루엣은 한 가족사의 이미지를 넘어 인간사의 원리를 암시하고 있다. 이런 주제를 다룬 또 다른 시편으로는 「더딘 느티나무」, 「흔적」 등이 있다.

할아버지는 두루마기에 지팡이를 짚고
휘이휘이 바람처럼 팔도를 도는 것이 꿈이었다
집에서 장터까지 장터에서 집까지 비칠걸음을 치다가
느티나무 한 그루를 심고 개울을 건너가 묻혔다
할머니는 산을 넘어 대처로 나가 살겠노라 노래 삼았다
가마솥을 장터까지 끌고 나가 틀국수집을 하다가
느티나무가 다섯자쯤 자라자 할아버지 곁에 가 묻혔다
아버지는 큰돈을 잡겠다며 늘 허황했다
광산으로 험한 장사로 노다지를 찾아 허둥댄 끝에
안양 비산리 산비알집에 중풍으로 쓰러져 앓다가
터덜대는 장의차에 실려 할아버지 발치에 가 누웠다
그 사이 느티나무는 겨우 또 다섯자가 자랐다
내 꿈은 좁아빠진 느티나무 그늘에서 벗어나는 것이었다
그래서 강을 건너 산을 넘어 한껏 내달려 스스로

할아버지와 할머니와 아버지와 다른 사람이 되었다
나는 그런 자신이 늘 대견하고 흐뭇했다
하지만 나도 마침내 산을 넘어 강을 건너 하릴없이
할아버지와 할머니와 아버지 발치에 가 묻힐 때가 되었다
나는 그것이 싫어 들입다 내달리지만
느티나무는 참 더디게도 자란다

— 「더딘 느티나무」의 전문

생전에 아름다운 꽃을 많이도 피운 나무가 있다.
해마다 가지가 휠 만큼 탐스런 열매를 맺은 나무도 있고,
평생 번들거리는 잎새들로 몸단장만 한 나무도 있다.
가시로 서슬을 세워 끝내 아무한테도 곁을 주지 않은
나무도 있지만, 모두들 산비알에 똑같이 서서
햇살과 바람에 하얗게 바래가고 있다.

지나간 모든 날들을 스스로 장미빛 노을로 덧칠하면서.
제각기 무슨 흔적을 남기려고 안간힘을 다하면서.

— 「흔적」의 전문

　「더딘 느티나무」는 「어머니와 할머니의 실루엣」의 색다른 변주다. 이 시에서는 할아버지, 할머니, 아버지의 삶이 시인 자신의 인생과 비교되면서, 또 이 모든 것이 느티나무의 삶과 대조되고 있다. 여기서 느티나무는 인간의 삶을 되돌아보는 자연적, 우주적 기준이 된다. 가족의 삶을 현실적

이고 감각적인 이미지로 처리한 솜씨도 신기에 가깝지만 "느티나무는 참 더디게도 자란다"는 마지막 시 구절이 우리에게 주는 울림은 참 깊고도 웅혼하다. 이 구절을 곱씹을수록 인생의 단맛과 쓴맛이 동시에 배어나기 때문이다. 자연이나 우주적 질서에서 보면 인간의 삶이란 한갓 찰나에 불과하다. 이런 점에서 느티나무의 형상은 인간에게 근원적인 원리를 암시하는 메타포라고 해석할 수 있다.

「흔적」은 위 시들과는 달리 시적 파토스가 관조적이고 객관적이다. 「어머니와 할머니의 실루엣」, 「더딘 느티나무」가 시인의 개인사를 소재로 다루고 있다면 「흔적」은 그것을 배제하고 있기 때문이다. 「흔적」에 나오는 "생전에 아름다운 꽃을 많이도 피운 나무", "해마다 가지가 휠 만큼 탐스런 열매를 맺은 나무", "평생 번들거리는 잎새들로 몸단장만 한 나무", "가시로 서슬을 세워 끝내 아무한테도 곁을 주지 않은 나무"들은 세상을 살아가는 다양한 인간 군상을 상징한다. 시인이 노인이 되어 그들을 되돌아보니 "모두들 산비알에 똑같이 서서/ 햇살과 바람에 하얗게 바래가고 있다." 지나간 모든 날들은 장밋빛 노을로 물들고 있는데, 그들은 아직도 "제각기 무슨 흔적을 남기려고 안간힘을" 쓰면서 말이다.

신경림의 '깊이 들여다보기'는 세상을 보는 노년의 시각이라고 할 수 있다. 그리고 그것은 세상에 대한 시인의 미학적 전략이기도 하다. 이런 시각에 따르면 인간의 삶은 '세상'과 '나'의 실루엣이다. 이 실루엣 속에 '세상'과 '나'는 어두운 음영으로 변하고, 이 실루엣 속에 존재하는 시간과 공간은 연속적으로 명멸한다.

3) 삶과 죽음의 경계 허물기

신경림의 노년 시에 나타난 미학적 특징 중 하나가 자기와 세상에 대한 성찰로서 '깊이 들여다보기'라면 또 다른 특징은 '삶과 죽음의 경계 허물기'다. 노년이 된 작가가 죽음을 생각하는 것은 자연스러운 일이다. "그런데 흥미로운 것은 (신경림) 시인이 죽음을 삶의 연장으로 보고 있다는 점이다. 시인은 죽음을 끔찍하고 낯선 것으로 그리지 않는다. 그 세계는 암흑과 침묵이 지배하는 세계가 아니다. 시인이 그리고 있는 저승에는 놀랍게도 술과 노름판이 있고, 살아있는 사람들의 온기와 체취가 느껴진다. 그래서 그는 저승을 한번쯤 가 볼만한 곳이라고 상상한다. 저승을 이승과 견주고 죽음을 삶의 연장으로 전복시키려는 시적 발상은 신경림 특유의 낙관적인 인생관에서 비롯된 것으로 보인다."[111] 삶과 죽음의 경계를 허물면 죽음도 곧 삶의 연장이라는 것을 깨닫게 된다는 메시지가 잘 나타난 시편들로는 「편지」, 「강 저편」 이상 시집 『뿔』, 「낙타」, 「이역異域」, 「즐거운 나의 집」, 「나와 세상 사이에는」 이상 시집 『낙타』 등이 있다. 아래의 시를 보자.

철물점 지나 농방籠房 그 건너가 바로 이발소,
엿도가에 잇대어 푸줏간 그 옆이 호떡집, 이어
여보세요 부르면 딱부리 아줌마 눈 부릅뜨고
어서 옵쇼 내다볼 것 같은 신발가게.
처음 걷는 길인데도 고향처럼 낯이 익어.
말이 다르고 웃음이 다른 고장인데도,
서로들 사는 것이 비슷비슷해 보이고.

그러다 내 고장에 와서 나는 남이 된다,
큰길도 골목도 달라진 게 없는데도.
너무 익숙해 들여다보면 장바닥은
알아들을 수 없는 소리들로 가득하고,
술집은 표정 모를 얼굴들로 소란스럽다.
말이 같고 몸짓이 같아 오히려 낯이 서니
서로들 사는 것이 이렇게도 다른 걸까.

나와 세상 사이에는 강물이 있나보다.
먼 세상과 나를 하나로 잇는 강물이, 그리고
가까운 세상과 나를 둘로 가르는 강물이.

— 「나와 세상 사이에는」 전문

이 시는 '낯익은' 낯선 고장과 '낯선' 낯익은 고장을 대비시키면서 시인이 가까운 세상과 멀어져 있고 오히려 먼 세상과 이어져 있다는 메시지를 전달하고 있다. 그런데 여기서 낯선 고장과 낯익은 고장, 먼 세상과 가까운 세상은 무엇을 의미하는 것일까? 이 시의 주제는 바로 이런 의문을 풀 때만 이해될 수 있다. 그것은 말 그대로 타향과 고향을 가리키는 것일까. 만약 그렇다면 이 시는 큰 울림을 주지 못할 것이다. 왜냐하면 이런 주제는 고향에 대한 철 지난 향수 이상을 표현할 수 없기 때문이다. 그런데 만일 가까운 세상과 먼 세상이 이승과 저승을 상징하는 것이라면 시의 주제는 사뭇 달라진다. 이런 관점에서 읽으면 시인은 이승에서 사는 것이 더 이상 흥겹지 않고 낯설다는 이야기가 된다. 반면 저승은 어떠한가. 철물점,

농방, 이발소, 엿도가, 푸줏간, 호떡집, 신발가게가 다닥다닥 붙어있는 그곳은 "고향처럼 낯이 익어" 심지어 정겹기까지 하다. 보통의 감각에서 보면 이것은 대단한 아이러니가 아닐 수 없다. 저승이 이승보다 흥겹고, 정겹다니 말이다. 신경림이 이렇게 이승과 저승을 대비하는 까닭은 삶과 죽음의 이중적 구조를 전복하고픈 의도가 있기 때문이다. 삶과 죽음은 별개의 세계가 아니라 서로 이어져 있는 하나의 연속된 세계라는 것이다. 시인은 어느덧 노년이 되어 가까운 세계보다 먼 세계를 익숙하고 편히 대하게 되었다. 이 대목에 도달하면 죽음에 대한 신경림의 미학적 전략이 인간을 죽음의 공포로부터 조금은 자유롭게 하는 효능이 있다는 사실을 발견하게 된다.

하지만 "삶과 죽음의 경계 허물기"라는 전략은 저절로 얻어진 것이 아니다. 그것은 삶에 대한 욕망에서 초탈할 때 비로소 도달할 수 있는 깨달음의 경지이고, 또 그런 경지에서만 시도할 수 있는 것이다. 아래의 시를 보자.

내 몸이 이 세상에 머물기를 끝내는 날
나는 전속력으로 달려나갈 테다
나를 가두고 있던 내 몸으로부터
어둡고 갑갑한 감옥으로부터

나무에 붙어 잎이 되고
가지에 매달려 꽃이 되었다가
땅속으로 스며 물이 되고 공중에 솟아 바람이 될 테다

새가 되어 큰곰자리 전갈자리까지 날아올랐다가

허공에서 하얗게 은가루로 흩날릴 테다

나는 서러워하지 않을 테다 이 세상에서 내가 꾼 꿈이

지상에 한갓 눈물자국으로 남는다 해도

이윽고 그 꿈이 무엇이었는지

그때 가서 다 잊었다 해도

― 「눈」 전문

색즉시공色卽是空, 공즉시색空卽是色! 세상의 모든 물질이나 형태는 인연으로 만들어진 것으로서 모든 것의 고유한 존재성은 없다는 반야심경의 한 구절이다. 이 작품을 읽으면서 반야심경이 떠오른 것은 시인이 자신의 몸으로부터 탈출하여 우주만물의 온갖 형태이미지가 되었다가 나중엔 허공에 흩날리는 눈이 되겠다고 다짐하고 있기 때문이다. 2연에서 보듯이 무한 반복되는 형태유탈의 끝은 무無다. 하지만 "허공에서 하얗게 은가루로 흩날릴 테다"라는 결구를 읽을 때 벼락같이 몰려오는 전율은 이상하게 포근하고 자유롭다. 그것은 무無의 세계에서만 느낄 수 있는 무아無我의 느낌일 것이다. 그리고 시인은 3연에서 그것이 자신의 가장 중요한 것, 즉 "이 세상에서 내가 꾼 꿈"을 모두 잊어야만 가능하다고 말하고 있다. 시인은 몸만 아니라 지상에 존재하는 정신까지 철저히 부정해야 '궁극적 자유'에 도달할 수 있다고 생각하고 있다.

위에서 살펴본 것처럼 '삶과 죽음의 경계 허물기'는 '깊이 들여다보기'와 함께 신경림의 노년 시에서 중요한 의미를 지니고 있는 미학적 전략 중 하나다. 우리 문단의 원로작가들이 제각기 노년의 시각에서 세상과 인간에 대한 새로운 문학적 탐구에 나서고 있다. 그리고 이런 성과들이 모여 한국 문학의 중요한 토양과 전통이 될 것이다. 여기에 신경림 시에 나타난 노년의 미학이 우리 노년문학의 특징을 이해하는 단서가 되었으면 한다.2014

제3장

의료문학과 의학교육

1. 의학교육과 문학의 역할

1) 들어가며

현재 국내의 여러 의과대학에서는 의학과 인문학, 사회과학, 예술을 넘나드는 학제 간interdisciplinary 연계 교과목을 활발하게 개설하고 있다. 대학에서 다양한 학문 간의 연계 강의를 개설하는 것은 이미 시대적 트랜드가 된지 오래다. 이러한 방향전환은 기존의 대학교육이 너무 세분화된 지식과 미시적 사고훈련에 치중했었다는 비판에 근거한 것이다. 그래서 대학은 거시적 시각과 통합적 사고력을 키울 수 있는 학제 간 연계 교과목 개발에 많은 시간과 자원을 투자하고 있다. 물론, 현재 대학에서 진행되고 있는 학제 간 연계 교과목이 소기의 목적을 달성하고 있느냐 하는 문제는 별도로 따져봐야 할 것이다. 그러나 지금 당장 부정적 측면이 있다고 해서 일반적인 원칙 자체가 잘못되었다고 주장하는 것은 너무 성급한 판단일 수 있다.

의과대학에서 의학과 다른 학문 간의 연계 교과목을 개설하는 이유도 기본적으로는 위에서 지적한 문제의식에서 비롯된 것이라고 할 수 있다. 특히, 현대의학은 인간 중심이라기보다 과학 중심의 학문적 경향을 줄곧 유지해 왔고, 이런 사정 때문에 의학이 인간으로부터 너무 멀어졌다는 자기반성이 현대의 의학교육에서 타 학문과의 소통과 교류의 의미를 증폭시켰던 것으로 보인다.

지난 20세기에 현대의학은 너무 자연과학의 측면만을 강조했던 것이 사실이다. 의료행위의 대상인 환자는 생화학적 요소가 복잡하게 결합된 개체로서의 '구조물'이 아니고 저마다 독특한 개성을 지니고 있는 '살아있는 유기체'로서의 '인간'이다. 그렇기 때문에 의사의 치유행위는 인간에 대한 자연과학적 이해만큼이나 인문학적 요소를 필요로 한다. 의학이 본질적으로 인간에 대한 학문, 즉 넓은 의미에서 '인간학'임을 부정할 수 없는 이유가 바로 여기에 있다.

문학은 인간에 대한 가장 심오한 이해의 표현이다. 문학의 논리는 인간의 논리이며, 문학작품은 인간이라는 존재를 사수하기 위한 감성적 실천의 결과물일 뿐이다. 이런 점에서 인간학으로서 의학이 뮤즈에게 도움의 손길을 구하는 것은 자연스러운 일이라고 할 수 있다. 다시 말하자면 의학은 문학을 만나서 의학 본연의 실체를 회복하는 계기를 만들 수 있는 것이다.[1]

이런 점에서 국내의 여러 의과대학에서 의학과 문학, 예술을 연계한 다양한 교과목을 개설하고 있는 것은 매우 주목할만한 현상이라고 할 수 있다. 이 글에서는 국내의 의과대학에서 진행되고 있는 의학과 문학, 예술 연계 강의의 현황을 소개하고, 의학교육에서 문학이 기여할 수 있는 점들을 구체적인 사례들을 중심으로 살펴보려고 한다.

2) 국내 의과대학의 사례

(1) 연세의대의 『문학과 의학』, '의학적 글쓰기의 세계'

연세의대에서는 2003년 2학기에 의학과 2학년 학생들에게 『문학과 의학』이라는 강의를 선택과목으로 개설한 바 있다. 그리고 2005년부터는 학사 일정이 분기제로 바뀌어 이 과목을 의학과 1, 2학년 학생들에게 3분기8주에 개설하고 있다.

이 강의의 목적은 문학작품 속에 나타난 의사, 환자, 질병, 죽음 등 의료 행위와 관련된 다양한 주제를 다룸으로써 학생들이 인간환자에 대해 풍부하고 깊은 이해를 할 수 있도록 하는 것이다. 이 강의는 학생들이 인간들의 다양한 성격과 내면심리, 사유, 행동, 사회적 관계 등을 이해하고, 그것을 생의학적 인간관과 비교할 수 있는 기회를 제공하기 위해 마련된 것이다. 왜냐하면 학생들이 이런 체험을 통해서 문학작품에 나타난 다양한 의사상을 살펴보고, 의사들에게 요구되는 윤리와 도덕, 의사에 대한 사회적 인식과 요구 등을 생각할 수 있을 것이라고 예상했기 때문이다.

2005학년도 3분기에 개설될 강의 내용을 간단히 소개하면 다음과 같다. 강의 내용은 한국문학과 서양문학에 나타난 의학적 주제들로 질병과 소외, 의료윤리, 정신병리학적 측면에서의 문학에 대한 이해, 문학작품에 나타난 여러 가지 의사들의 모습과 평가의 문제 등을 다루고 있다. 특히, 이 강의는 재미 의사면서 시인인 마종기 교수가 자신의 경험과 작품세계를 직접 강의하는 내용을 포함하고 있다.

강의 계획		
날짜	강좌명	교수명(소속 및 전공)
8/24(수)	강의 소개	마종기, 손명세, 이병훈 (의학교육학과, 의료법윤리학과)
8/31(수)	의학과 문학의 접점들	마종기, 손명세, 이병훈(의학교육학과)
9/7(수)	나의 의과대학 시절과 문학	마종기(의학교육학과)
9/21(수)	시와 의학 I	마종기(의학교육학과)
9/28(수)	시와 의학 II	마종기(의학교육학과)
10/5(수)	문학과 의료윤리	마종기, 손명세
10/12(수)	질병과 소외	김훈(소설가)
11/19(수)	정신병리학으로서의 문학	정과리(연세대 국문과)

이 밖에도 연세의대에서는 국내 의과대학에서는 최초로 글쓰기 강의를 선택과목으로 개설하고 있다. 글쓰기는 자신의 생각이나 느낌을 글로 표현하는 행위이다. 의과대학에서 글쓰기 강좌를 개설하는 이유는 무엇보다도 학생들에게 의사소통의 능력을 향상시키는데 있다. 의사소통은 단순히 정보를 취득하고 표현하는 기술만을 뜻하는 것은 아니다. 여기에는 기록하는 기술도 포함된다. 의사는 모름지기 기록을 정확히 하고, 전하며, 남겨야 한다. 이것은 전문직으로서 의사의 의무이자 기본적인 자질이다. 이 강의는 미래의 의사가 될 의대생들에게 다양한 글쓰기의 기회를 제공함으로써 ① 글쓰기의 의미와 목적, 형식을 이해시키고, ② 의학적 글쓰기의 특수성을 훈련시키는 목적을 가지고 있다.

강의내용은 주로 글쓰기의 중요성과 의미, 실제 글쓰기 훈련으로 구성되어 있다. 글쓰기는 크게 실용문 쓰기, 에세이 쓰기, 논문 쓰기로 구성되어 있다. 그리고 실용문은 자기소개서, 프리젠테이션 작성하기, 에세이는 영화평 쓰기, 시사적인 컬럼 쓰기, 논문은 의학논문 쓰기를 포함한다. 강의의 구체적인 내용은 다음과 같다.

강의 내용	
	주 제
1	강의소개 - 의학적 글쓰기란 무엇인가?
2	글쓰기의 종류와 문체
3	실용문 쓰기 I - 자기소개서 쓰기
4	실용문 쓰기 II - 프리젠테이션 작성하기
5	에세이 쓰기 I - 영화평 쓰기
6	에세이 쓰기 II - 신문 칼럼 쓰기
7	논문작성법
8	논문쓰기 - 의학보고서 작성하기

(2) 고려의대의 '영화와 의학', '문학과 의학' 과정

고려의대에서는 2001년도부터 의예과 2학년 학생들에게 의학개론 시간에 '영화와 의학', '문학과 의학' 과정을 교육시키고 있다. 의학개론에 문학과 영화를 도입한 목적은 학생들에게 의학이 응용과학일 뿐 아니라 사회과학, 인문학의 일부임을 이해시키고 '인간과 사회에 대한 통찰'과 의업에 대한 심층적 이해를 도모하는 것이다. 12주에 걸친 '의학개론' 수업 중에서 '영화와 의학', '문학과 의학'은 6주 동안에 걸쳐 조별토의와 발표 그리고 패널 토의로 진행하였다. 2001년과 2002년에 학생들이 선택한 영화 및 문학작품은 표와 같다.[2]

작 품 목 록		
	2001년	2002년
영화와 의학	패치아담스	패치아담스, 시티오브조이, 존 큐
	로렌조 오일	로렌조오일
	휴그란트의 선택	뻐꾸기 둥지 위로 날아간 새
	굿 윌 헌팅	패치아담스
	로렌조 오일	아들을 위하여(First Do No Harm) 사랑의 기적(Awakenings)
	The Doctor	The Doctor
문학과 의학	닥터스	닥터스
	성채	성채
	아주 오래된 농담	아주 오래된 농담
	블랙 잭 : 만화	시 : 안락사
	뇌사인간	당신들의 천국
	닥터 노구찌	메쓰

　고려의대에서는 매 수업시간 종료 시 학생들로 하여금 수업에서 느낀 점이나 배울 수 있었던 점을 기술하도록 하였다. 학생들은 영화와 문학 속에 나타난 바람직한 의사상 또는 부정적인 의료인의 모습을 통하여 이상적인 의료인의 자질과 태도에 대하여 생각할 수 있는 좋은 기회가 되었다고 서술하였다. 사회의 의사에 대한 부정적 인식이 지배적인 것에 대하여 예비 의료인으로서 당황하는 모습도 보였으나 사회의 책무를 다하는 의료인이 되어 일반 대중의 인식을 바꾸는 것 또한 향후 의사들의 해야 할 일이라는 주장을 하였다. 또 많은 학생들이 영화와 문학작품을 통하여 실제 의료 및 의사의 삶에 대한 이해가 심화되었다고 지적하기도 하고, 일부 학생은 '의대에 와서 처음으로 정말 의사가 되어가는구나'라는 생각이 들었다'고 기술하였다.

(3) 가톨릭의대의 "의학과 예술", '의학과 문학'

가톨릭의대에서는 의예과 1학년 학생들에게 '의학과 예술', '의학과 문학' 과목을 필수과목으로 개설하고 있다. '의학과 예술'은 1학기에 '의학과 문학'은 2학기에 개설된다.

이 강의는 의학과 예술이 만날 수 있는 접점들을 여러 가지 측면에서 고찰함으로써 의대생들이 의학을 보다 깊고, 폭넓게 이해할 수 있도록 도움을 주자는 취지에서 개설된 것이다. 강의기획자는 학생들이 이 강의를 통해서 의학과 예술사, 문학, 미술, 영화, 미학, 철학, 윤리학, 사회학, 정신과학, 미래학 등 다양한 학제간의 경계들이 제기하는 문제들을 경험하게 될 것이라고 기대하고 있다.

그리고 강의의 기본목표는 다음과 같이 설정되어 있다. ① 인간을 다루는 학문으로서 의학과 예술의 관계를 유기적으로 설명할 수 있어야 하며, ② 예술작품 속에 나타난 다양한 가치관과 삶을 이해하고 존중할 수 있어야 하며, ③ 인간의 삶과 죽음, 질병과 고통이 예술작품 속에 어떻게 표현되어 있는지를 이해하여야 하고, ④ 타인의 의견을 존중하고 자신의 의견을 많은 사람 앞에서 발표할 수 있어야 한다.

가톨릭의대의 '의학과 예술'이라는 강의의 내용은 매우 다양하게 구성되어 있다. 이 강의에서는 의학과 미술, 영화, 예술사, 연극역활극 등을 연계시켜 학생들이 의학을 좀 더 포괄적이고 심층적으로 이해하는 계기를 제공하고 있다. 강의의 구체적인 내용을 소개하면 다음과 같다.

이 강의에서는 주로 시각적 자료들을 사용함으로써 학생들의 강의 집중도를 높일 수 있었다. 예컨대, 고흐나 피카소, 뭉크, 렘브란트 등의 대표작을 화면으로 보여주고, 해당 그림들 속에 숨어있는 미술사와 의학의 이야기를 풀어놓는 것은 학생들의 흥미를 자극하고 강의에 대한 관심을 높일 수 있는 계기가 되었다.

그리고 의료윤리나 낙태 및 안락사, 의사와 환자의 관계를 다루고 있는 영화들을 감상하고 자신이 직접 그 문제의 당사자로서 의견을 발표하고 토론하는 경험은 학생들에게 의료인으로서 갖추어야할 다양한 문제의식을 공유하는데 많은 도움을 주었다. 특히, 역할극에서 학생들은 직접 의사와 환자의 역할을 맡아봄으로써 자신뿐만 아니라 타자의 입장을 이해하는 '낯선' 경험을 하게 되었다.

강의 계획	
	강좌명
1	강의소개-의학과 예술의 만남
2	예술사에 반영된 의학의 흔적들
3	그림에 나타난 질병의 이미지 - 고흐, 피카소를 중심으로
4	삶과 죽음에 대한 회화적 이해 - 워터하우스, 뭉크를 중심으로
5	그림 속의 의사들 - 렘브란트, 필데스를 중심으로
6	현대 예술과 의학
7	의료윤리의 이상과 현실 - 영화 〈Extreme Measures〉를 중심으로
8	낙태는 죄인가 벌인가? - 영화 〈The Wall〉을 중심으로
9	환자와 의사의 관계 - 영화 〈The Prince of Tides〉를 중심으로
10	나와 타자의 문제-역할극
11	치유로서의 예술-카타르시스의 본질
12	종합 학문으로서 의학의 새로운 가능성 - 의학과 인문학적 상상력

3) 『문학과 의학』 및 '의학적 글쓰기의 세계'에 대한 학생들의 평가

2004년에 연세의대에서 개설되었던 『문학과 의학』, '의학적 글쓰기의 세계'에 대한 강의평가는 매우 높은 편이었다. 『문학과 의학』의 경우에는 토론 중심의 강의와 다양한 주제, 각계의 전문 강사진 등이 학생들의 높은 호응을 얻은 것으로 나타났다. 이 강의에 대한 학생들의 평가는 다음과 같다.

번호	문항	평균	표준편차
1	수업내용은 전반적으로 학습목표와 일치하였다	4.90	.316
2	매 시간 수업은 내용의 중복 없이 잘 연계되어 진행되었다	5.00	.000
3	수업교재와 자료는 학습에 도움이 되었다	4.80	.422
4	수업에 따른 양적 부담(과제물, 수업준비, 시험 등)은 적절하였다	5.00	.000
5	나는 수업을 성실히 준비하고, 적극적으로 참여하였다	4.70	.675
6	나는 수업 과제물을 충실히 수행하였다	4.70	.675
7	이 수업은 해당분야에 대한 관심을 높였다	4.50	.707
8	수업은 전반적으로 만족할 만한 수준이었다	4.50	.707
9	나는 이 수업을 후배들에게 추천하겠다	4.70	.675
전체총합		42.80	3.01
전체평균		4.76	.33

위의 표에서 보듯이 이 강의는 내용의 체계성과 수업에 따른 양적 부담의 적절성에서 최고의 평가를 받았다. 그리고 수업내용과 학습목표의 일치, 교재 및 자료도 비교적 만족도가 높은 것으로 나타났다. 그런데 여기서 주목할 것은 학생들이 이 강의를 적극적으로 준비하고 참여한 정도에 비하면 "이 수업은 해당분야에 대한 관심을 높였다"는 항목과 "수업은 전반적으로 만족할 만한 수준이었다"는 항목의 점수가 상대적으로 낮았다는 점이다. 물론, 위의 항목에 대한 평가도 다른 과목의 그것과 비교하면 상대적으로 높은 편이었지만, 『문학과 의학』 강의에 대한 평가에서 이 항목이 가장 낮은 평점을 받은 사실에 대해서는 또 다른 설명이 필요하다.

여기서 우리는 이 강의가 선택과목이었다는 사실을 상기할 필요가 있다. 즉, 학생들은 이 강의를 듣기 위해서 스스로 강의실에 앉아 있었던 것이다. 이런 점에서 학생들은 이미 이 강의 주제에 대해 흥미를 느끼고 있었으며, 어느 정도 사전 지식을 가지고 있었다. 즉, 학생들은 자신들의 흥미와 지식을 한 단계 높일 수 있는 강의내용을 기대했던 것이다. 그러므로 "이 수업은 해당분야에 대한 관심을 높였다"는 항목에 대해 비교적 낮은 평가를 한 것은 학생들의 요구수준이 그만큼 높았다는 것을 나타내는 것이다. 이렇게 『문학과 의학』 강의가 전례 없는 성과를 거둘 수 있었던 이유는 이 강의를 선택과목으로 운영한 데서 비롯되었다고 할 수 있다. 이런 점에서 이 강의의 경험은 의과대학에서 선택과목의 확대와 운영이 교육적 효과의 극대화를 위해 중요한 의미를 지니고 있다는 점을 시사한다.

'의학적 글쓰기의 세계'는 대한민국 의과대학의 의학과본과 학생들에서 개설된 최초의 글쓰기 강의라는 점에서 역사적 의의가 있다. 이 강의도 '의학과 문학'과 마찬가지로 선택과목으로 운영되었다. '의학적 글쓰기의 세계'는 매시간 과제물들을 교수와 학생이 돌려가면서 읽고 토론해야 하는 강의의 특성상 많은 학생들을 수강생으로 받을 수 없었다. 그래서 2004년도 4분기에 개설된 이 강의는 수강생을 8명으로 한정하여 강의를 진행하였다.

'의학적 글쓰기의 세계'는 같은 시기에 개설된 다른 선택과목과 비교하여 학생들로부터 높은 관심과 강의평가를 받은 것으로 나타났다. 그 이유는 무엇보다도 이 시기에 개설된 선택과목 중에서 이 강의만이 유일하게 인문학적 내용을 다루고 있었기 때문이다. 학생들은 자연과목 위주의 선택과목 보다 전공과 직접적으로 관련이 없는 인문학적 과목에 더 흥미를 느낀 것이다. 그러나 글쓰기 강의가 학생들로부터 큰 호응을 얻은 것은 단지 이 강의가 유일한 인문학 강의였기 때문만은 아니다. 그러면 이 강의가 성공할 수 있었던 또 다른 원인은 무엇인지 강의평가 결과를 보면서 구체적으로 살펴보도록 하자.

〈표 1〉 2004년도 4분기 "의학적 글쓰기의 세계" 강의평가 결과

번호	문제	평균	표준편차
1	수업내용은 전반적으로 학습목표와 일치하였다	4.88	.354
2	수업내용은 단순 보충과정이 아니라 심화학습 과정이었다	4.50	.535
3	수업에서 사용한 교수방법은 적절하였다	4.75	.463
4	수업교재와 자료는 학습에 도움이 되었다	4.75	.463
5	이 수업은 학생들의 적극적인 참여를 유도하였다	4.75	.463
6	수업에 따른 양적 부담(과제물, 수업준비, 시험 등)은 적절하였다	4.00	1.069
7	나는 수업을 성실히 준비하고, 적극적으로 참여하였다	4.25	.886
8	나는 이 수업을 후배들에게 추천하겠다	4.88	.354
9	수업은 전반적으로 만족할 만한 수준 이었다	4.88	.354
10	이 과목을 위해 주당 몇 시간 정도를 공부하였습니까?	3.29	1.380
	평균	4.63	.403

〈표 2〉 2004년 4분기 전체 선택과목 강의평가 결과

번호	문제	평균	표준편차
1	수업내용은 전반적으로 학습목표와 일치하였다	4.37	.721
2	수업내용은 단순 보충과정이 아니라 심화학습 과정이었다	4.33	.873
3	수업에서 사용한 교수방법은 적절하였다	4.10	.999
4	수업교재와 자료는 학습에 도움이 되었다	4.05	1.003
5	이 수업은 학생들의 적극적인 참여를 유도하였다	3.72	1.078
6	수업에 따른 양적 부담(과제물, 수업준비, 시험 등)은 적절하였다	4.04	1.007
7	나는 수업을 성실히 준비하고, 적극적으로 참여하였다	3.93	.945
8	나는 이 수업을 후배들에게 추천하겠다	4.17	.914
9	수업은 전반적으로 만족할 만한 수준 이었다	4.15	.923
10	이 과목을 위해 주당 몇 시간 정도를 공부하였습니까?	2.04	1.581
	평균	4.10	.733

위에서 〈표 1〉은 2004년 4분기 '의학적 글쓰기의 세계'에 대한 강의평가 결과이고, 〈표 2〉는 같은 시기에 개설된 전체 선택과목에 대한 강의평가의 평균이다. 이 통계자료에서 무엇보다도 눈에 들어오는 것은 "이 수업

은 학생들의 적극적인 참여를 유도하였다"는 항목에 대한 학생들의 반응이다. 이 항목에 대한 전체 선택과목의 평균점이 3.72점인데 반해, 글쓰기 강의에서는 4.75점을 기록함으로써 다른 항목들에게 비해 차이가 컸다. 다시 말하자면 글쓰기 강의가 학생들의 적극적인 강의 참여를 유도하는 데 크게 성공했다는 것이다. 이것은 앞서도 지적했듯이 글쓰기 강의가 그 성격상 학생들의 참여가 없이는 진행하기가 불가능하다는 점에서 기인하는 것이다. 그러나 "수업에서 사용한 교수방법은 적절하였다"는 항목과 "수업교재와 자료는 학습에 도움이 되었다"는 항목에서도 다른 선택과목과 질적으로 다른 차이점을 보이고 있는 점을 고려한다면, 선택과목 운영에 있어서 토론위주의 수업방법과 적절한 교재 및 자료개발이 학생들의 수업만족도를 높이는데 결정적인 역할을 하고 있다는 사실을 알 수 있다.

위의 표에서 또 하나 흥미로운 사실은 학생들이 글쓰기 강의에 대한 높은 관심에도 불구하고 "수업에 따른 양적 부담과제물, 수업준비, 시험 등은 적절하였다"는 항목의 점수가 상대적으로 낮았다는 점이다. 이러한 반응은 학생들이 글쓰기 강의를 수강하면서 과제물에 대한 심적 부담을 느꼈다는 것인데, 이는 "이 과목을 위해 주당 몇 시간 정도를 공부하였습니까?"라는 항목에서 글쓰기 강의가 전체 선택과목 평균보다 1시간 25분이나 더 많았다는 사실에서도 확인된다. 그러나 이 항목에 대한 학생들의 반응은 부정적인 성격을 띠고 있는 것으로 보이지는 않는다. 왜냐하면 학생들이 느꼈을 공부에 대한 부담이 과도하거나 부적절한 것이었다면 "나는 이 수업을 후배들에게 추천하겠다"는 항목에서 높은 평점을 받았을 리가 없기 때문이다. 실제로 이 시기에 개설된 선택과목에서 글쓰기 강의가 최고의 평가를 받았던 것은 학생들의 이러한 생각과 무관하지 않을 것이다.

4) 의학교육과 문학의 역할

의학교육에서 문학이 어떤 역할을 할 수 있는지에 대해서는 문학 및 글쓰기 강의에 대한 의학생들의 주관식 설문 내용으로 대신할까 한다. 학생들은 강의를 듣고 좋았던 점들을 다양하게 지적하고 있다.

① 다른 강의에서는 찾아보기 힘든 인문학적 접근을 시도했다는 점이 좋았다.

② 교수님께서 학생에게 적절한 강의 부담을 주셨고 피드백도 잘 이루어져 좋았다. 교수님과 글을 통해 인간적으로 가깝게 느껴지고, 토론식 수업이 이루어져 같이 듣는 학생들과 생각을 나눌 수 있어 좋았다.

③ 한 분야에만 치우친 교육에서 인문교육 과목이 좋았고 실제 분야에서 일하시는 교수님과 항상 토론하는 분기여서 좋았다.

④ 다른 분야에서의 접근. 글 쓰는 것 좋았다.

⑤ 사회의 시사적인 논점을 다룬 칼럼 쓰기가 좀 더 의사로서도 사회를 바라보는 올바른 관점을 가져야 한다는 것을 깨닫게 해주었다.

⑥ 다양한 글쓰기 경험을 할 수 있어서 좋았다. presentation 능력을 향상시킬 수 있었다.

⑦ 선생님의 교수법이 좋았고 일상적인 의학 공부에서 벗어나 숨통이 터지는 듯한 느낌을 받았다. 다양한 방면에 관심을 가질 수 있는 계기가 되었고 목적이 따른 글쓰기의 여러 가지 방법을 접할 수 있었다는데 큰 의미가 있다.

⑧ 글을 많이 써 볼 기회가 되어 좋았다. 다른 친구들이 글을 읽는 것도 재미있었다.

의대 강의실에서 학생들과 문학토론을 하면서 우스갯소리를 한 적이 있다. 한 여학생이 체호프의 단편소설을 읽고 비평하는 솜씨가 예사롭지 않아서였다. 필자는 그때 "자네는 의사가 되기에는 재능이 너무 아깝다"라고 말했던 것 같다. 하지만 이 말이 잘못된 생각이었다는 사실을 깨닫는 데 오랜 시간이 걸리지 않았다. 왜냐하면 좋은 의사가 되는 과정과 문학적 재능은 결코 충돌하는 것이 아니기 때문이다. 뛰어난 감수성과 상상력, 분석력, 창의력, 이해력과 의사소통 능력 등은 문학만의 소유물이 아니기 때문이다. 이것은 의사되기 과정에서도 매우 중요한 역량들임에 틀림없다. 결국 문제는 그런 역량들이 의학분야에서 발휘될 수 있도록 다양한 교육환경을 제공하는 것이다. 이런 점에서 대한민국의 의학교육이 학생들에게 "숨통이 터지는 듯한 느낌"을 경험할 수 있는 기회를 주고 있는지 되돌아 볼 일이다. 이것은 결코 불가능한 일이 아니다. 다만 그 시작이 어려울 뿐인 것이다.2003

2. 의료문학과 의학교육 한양의대의 사례를 중심으로

1) 카타르시스 혹은 말의 모호성

필자가 의과대학의 문학 강의를 처음 제안받은 것은 2003년 2월이다. 처음에는 이 제안을 선뜻 받아들이길 주저했다. 러시아문학을 전공한 사람이 왜 의대에서 문학을 강의해야 하는지 당시 나로서도 잘 이해하지 못했던 것이다. 문학이 교양을 위해 필요한 것이기에 그런가 보다 생각했다. 그러던 필자가 의대생들을 위한 강의를 준비하면서 뜻밖의 신세계를 마주하게 되었다. '문학과 의료'이라는 새로운 학제 간 학문과 '의료문학'의 실체가 바로 그것이다. 게다가 문학이 의학교육에서 필수적인 내용이라는 사실도 깨닫게 되었다. 이 글은 주로 후자의 문제를 다루고 있어서 의학교육에서 의료문학이 왜, 어떻게 필요한지에 대한 보고서의 성격을 띠고 있다.

먼저, 흥미로운 것은 문학과 의료가 매우 유사한 본질과 구조를 지니고 있다는 사실이다. 그리스의 에피다우로스Epidaurus에 가면 고대 그리스신화에 나오는 의술의 신 아스클레피오스Asklepios 신전이 보존되어 있다. 에피다우로스는 기원전 4세기경 번창했던 도시국가 중 하나였는데, 특히 이곳은 아스클레피오스를 숭배하는 전통이 강했던 것으로 유명하다. 이 도시에는 그리스 전역에서 질병 치유를 원하는 많은 환자들이 모여들었다고 한다. 이런 이유로 당시 에피다우로스는 거대한 치유도시를 형성하고 있었다. 이곳에는 의료와 관계된 아폴로 신전과 아스클레피오스 신전을 비롯해서 목욕탕, 경기장, 실제 치유가 이루어졌던 장소인 아바톤Avaton 등과 같은 시설과 함께 거대한 규모의 원형극장이 있었다.[3] 고대 그리스인들은 의약품뿐만 아니라 관객에게 환희, 경외감, 두려움, 그리고 결과적으로 카타르시스를 불러일으키는 연극 공연도 환자를 치유할 수 있다고 믿었던 것이다. 이것은 '카타르시스'라는 개념이 고대 그리스에서 어떤 의미로 사용되었는지를 살펴보면 더 잘 알 수 있다. 고대 그리스 철학에서 카타르시스는 다양한 이유로 질병을 앓고 있던 사람에게 고통을 경감시키고, 마음을 정화시키며, 정신을 고결하게 만드는 과정 및 결과를 의미하는 용어였다. 곧 카타르시스는 육체적 치유뿐만 아니라 정신적 치유의 의미도 지니고 있었던 것이다. 아리스토텔레스는 이 개념을 비극의 작용, 즉 사람에게 끼치는 예술의 미학적 영향으로 설명했다. 하지만 이것은 '카타르시스'가 종교적·감정적 경험을 통한 영혼의 정화, 윤리적·인간 정신의 고양, 인간 감정의 고상화, 생리적·강한 감정적 긴장 후의 완화, 의료적·정신적 안도감, 지적인·잘못된 견해로부터 벗어남 의미로 다양하게 사용되었다는 사실을 전제로 한 것이다.[4] 요컨대 고대 그리스인들은 예술·문학과 의료가 치유라는 의미의 카타르시스라는 공통의 본질을 공유한다고 보았던 것이다. 이런 점에서 에피다우로스의 원형극장은 의료 및 의학교육에 왜 문학과 예술이 필요한지를 설명하는 단초가 된다.

문학과 의료는 말·언어이라는 소통수단을 사용하고 있다는 점에서도 유사성을 지닌다. 다시 말해 문학 텍스트와 환자라는 텍스트가 구조적으로 유사한 수단을 공유하고 있다는 말이다. 이런 점에서 제임스 테리와 피터 윌리엄스가 문학의 목표 중 하나를 모호성ambiguity에서 찾고 있는 것은 매우 의미심장하다. "일반적으로 문학의, 특히 문학과 의학의 마지막 목표는 모호성을 드러내는 것이다. 모호성은 많은 문학적 텍스트에서 법정 화폐이다."[5] 이것은 언어예술의 특수성에서 기인하는데, 로뜨만의 지적대로 예술적 언어는 다의성을 추구하기 때문이다. 여기서 주목할 것은 모호성이 대상의 무정형성이나 의미의 미완성을 뜻하는 것이 아니라는 점이다. 문학의 모호성은 해석의 다양성을 의미한다. 예술적 언어는 하나의 의미가 아니라 의미 자체를 미분한다. 의미를 빻아서 잘게 부수고, 용매를 섞어 관계를 만든 다음에 다시 잠정적인 구조물을 주조한다. 이렇게 모호성은 단어, 문장, 의미, 비유, 숨결, 운율, 역사, 사회적 맥락, 해석 등이 만들어내는 무수한 '관계 공간'의 세계인 것이다.

의료의 경우도 유사하다. 의료의 세계는 말에 의해 구조화된다. 환자는 몸, 말이라는 두 가지 기본적인 요소로 구성되어 있다. 의료의 일차적 대상인 몸은 끊임없이 자신의 상태를 표현하지만, 특히 아픈 몸은 절대 침묵하지 않는다.[6] 아픈 몸은 스스로를 다양하게 드러내는데, 말은 몸의 상태를 가장 효율적으로 전달하는 수단이다. 말은 몸에 이어서 의료의 두 번째 '일차적' 대상이라고 할 수 있다. 여기서 말의 효율성은 상대적인 의미를 지니는데, 그것은 말이 모호성을 동반하기 때문이다. 다시 말해 말이 몸의 표현수단 중에서 상대적으로 가장 효과적이라는 것이지, 말 자체의 모호성이 사라진다는 뜻이 아니다. 그것은 환자의 고통 혹은 불편함 자체가 지니고 있는 복합성, 통합성, 애매함에서 연유한다. 환자는 고통스럽고 불편하지만 몸은 그 실체를 정확히 표현하지 못하는 경우가 허다하다. 몸이 어떻게 아픈지를 정확히 설명하는 것은 인간이라는 존재가 추구하는 행복의 본질이 무엇인지를 설명하는 것만큼이나 난해한 일이다. 환자의 말은 대부분 혼돈 그 자체이다. 이것은 일종의 카오스의 세계와 유사하다. 환자의 말에는 논리, 플롯, 심지어 주제조차도 부재한 경우가 많다. 이런 점에서 환자의 말은 다의적이고 다중적이다. 이렇게 보면 의료의 대상은 환자의 몸과 말이라고 할 수 있다.

2) 의학교육에서 의료문학의 역할

의학교육에서 문학의 역할을 바라보는 관점은 크게 원칙주의와 실용주의로 구분된다. 전자는 문학의 일반적인 역할을 강조하는 관점으로 주로 문학 전공자에게 많이 나타난다. 문학이 인간다운 의사를 만드는 데 중요한 역할을 할 것이라는 믿음과 주장이 원칙주의를 대변하는 주된 관점이다. 문학이 인간과 삶에 대한 이해를 확대하고 심화시키는 데 유용한 자료이므로 문학작품을 열심히 읽으면 자연스럽게 인간다운 의사가 될 수 있다는 것이다. 원칙주의의 관점이 모두 오류라고 할 수는 없지만 그렇다고 그것을 '절대적 원칙'이라고 할 수도 없다. 그것은 단지 방법이 결여된 원칙일 뿐이다. 방법은 원칙을 이상의 둥지에서 벗어나게 해서 현실의 목표로 향하게 한다는 점에서 실천의 또 다른 이름이다. 원칙주의가 현실의 목표를 상실하는 순간, 그것은 공허한 메아리가 되기 쉽다. 의대 강의실에서 문학 강의를 해본 사람이라면 그 공허함의 정체를 뼈저리게 경험했을 것이다. 원칙주의는 또한 문학교육 방법의 특수성을 외면한 결과로써 수요자 중심의 '눈높이 교육'과는 거리가 있다. 이에 비해 실용주의는 문학을 수단으로서만 간주하는 경향이다. 가령, 작품의 예술성, 감동, 감정, 구성과 형식의 시학 등을 무시한 채 의학과 관련된 소재나 주제만을 적출해서 학생들에게 전달하는 강의가 대표적인 경우라고 할 수 있다. 이것은 마치 몸의 유기체적 특성을 무시하고 특정한 장기의 역할을 설명하는 것과 유사하다. 이런 관점은 자칫 문학에 대한 잘못된 이해를 주입하는 결과를 초래할 수 있다.

〈표 3〉은 전국 20개 의과대학 학생에서 개설된 문학 강의를 조사한 표이다.

〈표 3〉에 따르면 문학 과목이 개설된 대학은 7개, 교양과정 중에 문학과 관련된 카테고리가 존재하는 경우가 4개로, 11개 대학이 문학과 관련된 교과과정을 학생들에게 제공하고 있다. 물론, 의대에서 문학 강의 자체가 전무한 경우도 적지 않다. 그런데 현실을 보면 상황은 더욱 열악하다. 문학 과목이 페이퍼 컴퍼니로서 존재하는 경우가 많기 때문이다. 다시 말해 문학 과목이 강의 편람에는 있지만 실제로는 개설되지 않는 것이 현실

대학명	문학 과목(선택) 존재 여부	과목명	개설학년	비고
서울대학교	O	의대생을 위한 고전읽기	예과	예과 과정 필수선택과목 "학문의 세계" 중 "언어와 문학" 카테고리 존재
연세대학교	O	의학소설의 사실과 허구	예과	예과 과정 필수교양 항목 중 "문학과 예술" 카테고리 존재
가톨릭대학교	O	의료와 문학	예과	
울산대학교	X			
성균관대학교	X			
고려대학교	X			예과 과정 핵심교양 항목 중 "문학과 예술" 카테고리 존재
한양대학교	X			
경희대학교	X			
아주대학교	X			예과 과정 AFL 교양 항목 중 "문학과 예술" 카테고리 존재
중앙대학교	X			
이화여자대학교	X			창의융복합교양 항목 중 "문학과 언어" 카테고리 존재
가천대학교	X			
인하대학교	X			
경북대학교	O	명저읽기와 토론	예과	
부산대학교	O	고전읽기와 토론 문학과 의학 의학과 문학	예과 본과 예과	예과 과정 교양선택 항목 중 "문학과 예술" 카테고리 존재
인제대학교	O			
한림대학교	X			
순천향대학교	X			
연세대학교(원주)	X			
전남대학교	O	영어읽기와토론 한국인의 삶과 문학 고전과 우리 문화	예과	

〈표 3〉 전국 20개 의과대학 문학 과목 개설 여부

이다. 그것은 의대에서 문학 강의를 할 수 있는 전문가가 거의 전무한 상황과 밀접하게 연관되어 있다. 대한민국 의대에서는 문학 전공자를 교수나 강사로 채용하는 것에 소극적인 것이다. 전국 의과대학 교수 중에 문학 전공자가 전무하다는 사실이 이를 증명해주고 있다. 이유는 의외로 간단하다. 의과대학의 인사책임자들이 의학교육에서 그들의 역할을 신뢰하지 않을 뿐만 아니라 이런 결정이 대학 평가에 크게 작용하지 않기 때문이다. 그런데 불행한 것은 의학교육 현장에서 원칙주의 혹은 실용주의 방향이 문학을 전공하지 않은 비전문가들에 의해 실행되고 있다는 사실이다. 예컨대 의예과나 본과 학생들에게 제공되는 비전공자들의 문학 강의가 대표적인 사례가 될 것이다. 이런 강의는 문학의 특수성과 방법론을 무시한 채 진행되는 무모한 아마추어리즘에 불과하다. 소설의 주인공이 의사라고 해서, 작품이 의료행위를 다루고 있다고 해서 그것이 곧 의학교육의 목적과 방법을 합리화하는 것이 아니다. 교수자의 경우도 마찬가지이다. 의사가 문학에 대해 깊은 교양을 지니고 있다거나 문학교육에 높은 관심을 가지고 있다는 것이 곧 문학교육의 전문성을 보장하는 것은 아니다. 의사 면허 없이 의료행위를 하는 것이 심각한 문제이듯이 문학을 전공하지 않은 교수가 문학 강의를 하는 것은 의학교육의 차원에서 삼가야 할 일인 것이다. 현재 의대생들이 수강하는 문학 강의는 이렇게 전문성이 결여된 아마추어리즘이 지배하는 '개념 없는' 강의들이 대부분이다.

3) '문학과 의학'의 교육 사례

문학작품이 의학교육에 활용된 사례들은 다양하지만 그중에서 매우 흥미로운 예를 하나 소개해보도록 하자. 아래의 내용은 필자가 2015년 한양의대에서 강의한 내용을 기술한 것이다. 이 강의에서 학생들은 셜록 홈즈의 단편소설과 의사들의 임상경험을 기록한 에세이를 비교, 분석하는 작업을 하였다. 이 작업은 의사의 임상적 추론과 탐정소설의 추리 과정이 구조적으로 유사하며, 이를 통해 의대생들이 임상적 판단의 본질과 과정을 이해하고, 간접적으로 임상적 추론의 경험을 할 수 있다는 가설에 근거한 것이다. 이런 강의 주제와 방법은 이미 캐서린 몽고메리Kathryn Montgomery 교수가 노스웨스턴 의대에서 진행한 바 있다. 필자의 사례는 그녀의 강의를 한국의 현실에 응용한 경우라고 할 수 있다. 그러므로 이 강의의 목적과 방법을 정확히 이해하기 위해서는 먼저 노스웨스턴 의대 사례를 간략히 소개하는 것이 필요하다.

캐서린 몽고메리는 노스웨스턴 의과대학에서 의료인문학과 생명윤리를 담당한 교수였다. 하지만 그녀는 의사가 아니라 영문학 박사였다. 그녀는 의사들의 내러티브가 지니고 있는 구조, 임상적 사고와 판단의 본질과 특성에 관한 저서를 남겼다. 대표적인 저서로는 『의사 이야기 - 의학적 지식의 내러티브 구조*Doctors' Stories : The Narrative Structure of Medical Knowledge*』1991와 『의사는 어떻게 사고하는가 - 임상적 판단과 의료행위*How Doctors Think : Clinical Judgment and the Practice of Medicine*』2005 등이 있다. 그녀는 노스웨스턴 의대에서 코난 도일의 '셜록 홈즈' 시리즈를 활용하여 임상적 추론과정을 분석하는 강의를 5주간 총 10시간에 걸쳐 세미나 형태로 진행한 바가 있다.[7] 이 세미나는 의대 2학년 학생들의 필수과목이었던 '환자, 의사 그리고 사회Patient, Physician and Society'의 일부로서 12명의 학생이 참여하였다. "학생들은 이미 진단학 과정physical diagnosis course을 성공적으로 이수한 상태였고, 2인 1조가 되어 매주 과제물을 읽었다. 그 외에도 학생들은 논리학, 내러티브 이론, 인지과학, 인식론 등 관련 학문을 조사 연구한 후 보고하는 형식으로 수업을 진행하였고, 수업은 1시간 50분 동안 빠듯하게 진행되었다."[8] 강의 주제는 모두 5단계로 구성되었으며, 그 내용은 다음과 같다.

1. 임상 기호학 : 징후 읽기
2. 방법 : 플롯 식별과 진단하기
3. 임상적 추론 : 체계적 검토와 배제 진단rule-outs
4. 대화적 지식 : 상상력과 플롯 구성
5. 왓슨의 방법 : 사례 만들기

캐서린 몽고메리 교수는 첫 번째 주 강의 주제에서 코난 도일의 '주홍색 연구'와 페이스 피체랄드, 로런스 엠 티에르니 주니어가 쓴 임상 증상학의 걸작 '병상의 셜록 홈즈'를 교재로 사용했다고 보고하고 있다. 그녀는 '주홍색 연구'에서 사건을 해결하기 위한 분류학적 접근법, 대립 가설, 사건의 단서를 찾아가는 과정을 통한 후향적 줄거리 구성법 등을, '병상의 셜록 홈즈'에서는 임상증상 목록 중에서 환자의 진단에 중요한 단서를 찾아서 진단하고 치료하는 과정을 다루었다. 이를 통해 학생들은 살인사건의 원인을 찾는 과정과 단계가 임상환자보고서를 작성하면서 기술하는 내용과 형식과 유사하다는 것을 발견했다고 한다. 두 번째 주제는 코난 도일의 '머스그레이브 전례문'과 그에 대한 피터 브룩스의 명쾌한 비평을 다룬다. 이와 동시에 학생들은 알반 페인스타인의 '임상적 결절' 중에서 임상진단 추론에 필수적 능력인 해석적 접근법을 기술한 부분을 읽는다. 그리고 시에쓰 피얼스의 「유괴」, 움베르트 에토의 「장미의 이름으로」, 볼테르의 「자디그」 중 3장이나 토마스 세벅의 작품 등을 읽고 토론한다. 세 번째 주제는 셜록 홈즈 시리즈 중에서 「프라이어리 학교의 모험」과 제롬 피 카지르, 지 안소니 고리의 논문 「임상문제 해결과정 – 행동에 대한 분석」을 다룬다. 여기서 학생들은 단서를 수집하여 가설을 만들고, 그것을 뒷받침하거나 혹은 그렇지 못한 단서들을 배제해나가는 과정이 임상추론과정과 흡사하다는 것을 이해하게 된다. 학생들은 이와 동시에 임상추론능력을 다룬 논문들을 읽고 토론한다. 네 번째 주제는 홈즈의 에피소드 중에서 「실버 블레이즈」와 캐서린 몽고메리 자신의 저서인 『의학에서의 지식』을 다룬다. 여기서 학생들은 환자들의 진술이 임상지식과 진료에 미치는 영향에 대해 토론한다. 이와 동시에 학생들은 인지심리학, 인식론적 정신심리치료, 내러티브의 합리성을 모델로 하는 인공지능 분야의 연구에 대해 조사, 발표한다. 다섯 번째 주제는 '커퍼 너도밤나무골'과 마스덴 에스 불리오스의 '의학과 수직적 추론의 속성'을 다룬다. 이 작품에서 학생들은 홈즈와 왓슨의 방법을 비교할 수 있으며, 종종 비이성적 방법을 사용하는 홈즈와 달리 합리적 추론을 고집하는 왓슨의 장점을 배운다. 그리고 학생들은 후자를 통해 "임상적 추론은 확정적 과학이 아니라 매우 복합적인 것이며, 과학적 지식을 단순히 적용만 하는 것과 실제 나에게 주어진 환자의 상황에 과학적 지식을 대입하면서 임상적 결정과 판단을 내리는 것은 상당한 차이가 있다는 것을 알게 된다." 그녀는 이 세미나를 통해 "학생들이 셜록 홈즈의 추론과정을 쉽게 이해하고 서술하였고, 셜록 홈즈의 추론과 임상적 추론 사이의 유사성을 비판적으로 인식했다"[9]고 밝히고 있다. 이것은 문학을 이용하여 의학적 사고, 특히 임상적 추론을 훈련하고 교육한 대표적인 사례로 꼽힌다.

필자는 위 교육사례를 2015년 7월 20일부터 24일까지 5일간 진행된 한양의대 PDSpatient, doctor and society 3-1 강의에 응용한 바 있다. 이 강의를 수강한 학생은 의대 본과 3학년 학생으로 총 105명이었으며, 총 강의 시간은 15시간3시간씩 5회이었고 가정의학과 유상호 교수, 소설가 이수경 선생이 공동으로 참여하였다. 이 강의의 전체 주제는 『문학과 의학』이었고, 임상적 추론과 관련된 주제는 모두 2회였다. 강의의 전체 프로그램은 다음과 같다.

1. 청년의사, 우리들의 자화상
- 문학과 의학의 색다른 만남
- 불가코프, 『젊은 의사의 수기』 중 「주현절의 태아 돌리기」 감상 및 토론
2. 틀에 박힌 의료윤리는 NO! 인디언 남편은 왜 자살을 했을까?

- 내러티브 윤리란 무엇인가!

- 헤밍웨이, 「인디언 부락」 감상 및 토론

3. 의사와 탐정의 공통점은? I

- 의학적 추론과 문학적 상상력의 관계

- 셜록 홈즈 시리즈와 『위험한 저녁식사』 비교 및 분석

4. 의사와 탐정의 공통점은?

- 의학적 추론과 문학적 상상력의 관계

- 셜록 홈즈 시리즈와 『위험한 저녁식사』 비교 및 분석

5. 질병이 이야기를 한다고! 정말이니?

- 내러티브 의학의 가능성과 한계

- 환자의 내러티브와 의사의 내러티브

* 작가와의 만남 : 이수경 산문집, 『낯선 것들과 마주하기』한울, 2015의 저자

위의 첫 번째 강의에서는 문학과 의학의 관계를 학생들에게 설명하고, 문학작품이 실제로 의학교육에서 어떻게 활용될 수 있는가를 확인하였다. 이를 위해 이 주제를 정리한 강의 자료를 검토하고 러시아 의사작가 불가코프의 단편을 강독했다. 학생들은 이 강의를 통해 문학작품이 의사들의 삶과 고뇌를 사실적으로 묘사하고 있으며, 문학이 의학교육에서 중요한 자료가 될 수 있다는 사실을 깨닫게 되었다. 두 번째 강의는 도식적이고 규범적인 의료윤리 교육이 문학적 내러티브를 통해 얼마나 생생하고 감동적인 현장체험으로 변할 수 있는지를 보여준다. 학생들은 헤밍웨이 단편 「인디언 부락」을 강독하면서 의사가 이해하고 고려해야할 다양한 점들을 고민하게 되었다. 세 번째와 네 번째 강의는 의학적 추론이 셜록 홈즈 시

리즈에 나오는 추리의 과정과 매우 흡사하다는 것을 알려준다. 이 강의에서 학생들은 코난 도일의 추리소설 중 단편들과 의학적 사례를 보고하는 에세이들을 비교, 분석하면서 의사에게 필요한 사고훈련을 경험할 수 있다. 이를 위해 학생들은 코난 도일의 셜록 홈즈 단편들, 조너선 에드로의 『위험한 저녁 식사』, 버튼 루셰의 『의학탐정』, 이병훈의 논문 「의학적 상상력, 문학을 디자인하다」 등을 읽고 3인 1조로 구성된 조별 활동을 통해 발표문을 작성했다. 다섯 번째 강의에서는 내러티브 의학의 정의, 방법, 사례들을 검토하고, 환자의 내러티브와 의사의 내러티브를 비교하였다. 자신의 오랜 투병생활의 경험을 에세이로 묶어 책으로 출간한 소설가 이수경 선생은 학생들과의 직접 대담을 통해 환자의 고통과 심적 상태를 생생하게 들려주었고, 학생들은 이를 통해 환자의 네러티브를 직접 확인하는 경험을 하게 되었다.

PDS 3-1의 일부로 진행된 의학적 추론과 추리소설의 비교, 분석에는 코난 도일의 셜록 홈즈 시리즈 중 단편소설과 의학적 사례에 대한 에세이를 3명의 학생이 읽고 정리하여 도표로 발표하였다. 그중 한 학생은 셜록 홈즈 소설을, 다른 학생은 조너선 에드로나 버튼 루셰의 에세이를, 마지막 학생은 두 내용을 비교, 분석, 정리하고 발표하는 역할을 담당했다. 조너선 에드로는 하버드 의대 내과학 교수로 자신이 경험한 임상경험을 마치 추리소설의 플롯을 빌려와 흥미롭게 서술하고 있다. 그는 질병의 원인을 탐구하는 임상적 추론과 범인을 찾는 추리과정이 본질적으로 유사하다는 전제를 가지고 『위험한 저녁 식사』라는 저서를 집필했다. 버튼 루셰는 의학 잡지에서 활동했던 기자로서 자신이 취재한 의사들의 임상경험을 위와 같은 형식으로 발표했다. 버튼 루셰의 글은 당시 미국에서 큰 인기를 얻으며 유명해졌고, 조너선 에드로 역시 그의 책을 읽고 크게 감명을 받았다고 고백하고 있다. 그러면 학생들이 수행한 과제의 구체적인 내용을 아래와 같이 몇 가지 예로 제시해보자.

1) 보헤미아 왕국 스캔들 - 위험한 저녁식사, 2) 붉은 머리 연맹 - 메리가 가는 곳마다, 3) 신랑의 정체 - 아기와 목욕물 (…중략…) 15) 증권거래소 직원 - 너무 좋아도 탈이상 코난 도일의 소설과 조너선 에드로의 에세이, 16) 글로리아 스콧 호 - 열한 남자의 청색증, 17) 머즈그레이브 전례문 - 뉴저지에서 온 돼지, 18) 라이기트의 수수께끼 - 인디언 놀이 (…중략…) 27) 프라이어리 학교 - 병든 세 아기 (…중략…) 33) 실종된 스리쿼터백 - 반감과 혐오, 34) 애비 그레인지 저택 - 샌디이상 코난 도일의 소설과 버튼 루셰의 에세이10

그렇다면 셜록 홈즈 소설은 대체 어떤 내용이기에 임상적 추론을 교육시키는 훌륭한 교재가 되는 것일까? 캐서린 몽고메리가 세미나에서 학생들과 같이 읽었던 작품 하나를 구체적으로 분석해보자. 아서 코난 도일 Arthur Conan Doyle, 1859~1930이 1905년에 출간된 단편집 『셜록 홈즈의 귀환The Return of Sherlock Holmes』에 수록된 「사립 초등학교에서 일어난 희귀한 사건The Adventure of the Priory School」은 셜록 홈즈가 나오는 56편의 단편 중 하나이다. 이 작품은 줄거리는 다음과 같다. 어느 날 잉글랜드 북부 맥클턴에 위치한 최고의 사립 초등학교 설립자인 헉스터블 박사가 갑자기 런던에 있는 홈즈를 찾아온다. 이 학교를 다니던 홀더니스 공작의 외아들 샐타이어 경이 실종된 사건을 의뢰하기 위해서였다. 사건에 흥미를 느낀 홈즈는 동료인 왓슨 박사와 공작의 아들이 어디로 사라진 것인지 조사한다. 그리고 여러 가지 단서들을 치밀하게 분석하고 추론하여 마침내 사건을 해결한다. 이 단편에서 홈즈는 공작의 외아들이 사라졌던 당시의 상황을 훌륭하게 추론한다. 아래의 인용문을 살펴보도록 하자.

"자, 왓슨, 우린 오늘 아침에 두 가지 단서를 찾아냈네. 하나는 팔머사[社] 바퀴가 달린 자전거인데, 지금 우린 그걸 따라서 여기까지 왔지. 다른 하나는 고무를 덧댄 던롭사[社] 바퀴를 단 자전거일세. 그런데 그것에 대한 조사를 시작하기 전에, 우리가 지금 알고 있는 게 무엇인지 생각해보고 본질적인 사실과 부차적인 사실을 나눠보기로 하지.

우선, 나는 그 소년이 제 발로 나간 것이 분명하다고 생각하네. 그 아이는 창문으로 내려와서 도망쳤는데, 혼자였을 수도 있고 아니면 누군가 옆에 있었을 수도 있네. 그건 틀림없어."

나는 고개를 주억거렸다.

"자, 다음엔 이 불운한 독일어 교사에 대해 생각해볼까? 소년은 도망칠 때 옷을 다 입고 있었네. 따라서 그 애는 자신이 무슨 일을 할 것인지 미리 알고 준비했던 것이 분명해. 하지만 하이데거 선생은 양말도 안 신고 나갔네. 아주 급하게 움직인 것이지."

"옳은 말이야."

"그런데 하이데거 선생은 왜 나갔을까? 그것은 침실 창문을 통해 소년이 도망치는 모습을 봤기 때문이었네. 선생은 아이를 잡아서 데려오려고 했지. 그래서 자전거를 타고 아이를 쫓아갔다가 결국 죽게 된 걸세."

"필시 그랬을 거야."

"이제부터가 내 주장의 핵심일세. 어른이 아이를 쫓아갈 때는 보통 뛰어간다네. 뛰면 아이를 잡을 수 있다는 걸 아니까 말이야. 하지만 독일어 선생은 그렇게 하지 않았어. 자전거를 가지러 갔지. 나는 하이데거 선생이 자전거를 굉장히 잘 탄다는 얘기를 들었네. 아이가 뭔가 빠른 운반 수단을 타고 도망치지 않았다면, 선생이 그렇게 하지는 않았을 걸세."[11]

위 장면은 홈즈가 학교 북쪽을 조사하는 과정에서 얻은 단서를 가지고 사건과 관련된 본질적인 사실과 부차적인 사실을 구분하는 장면이다. 홈즈는 이를 통해 사건의 실체에 좀 더 가까이 다가갈 수 있는 몇 가지 사실을 밝혀낸다. 그것을 예로 들면 다음과 같다.

① 공작의 외아들은 제 발로 나갔다.
② 아이는 뭔가 빠른 운반수단을 타고 사라졌다.
③ 누군가 아이를 도와준 정황이 있다.
④ 독일어 선생은 우연히 이 장면을 보고 급하게 따라가다가 봉변을 당했다.

여기서 홈즈는 몇 가지 가설을 가지고 범인을 추적하는 추론적 사유를 하고 있다. 예를 들어 독일어 선생이 급하게 공작의 외아들을 따라갔다는 사실에 대한 근거를 생각해보자. 이 사실을 뒷받침하는 증거는 오직 하이데거 선생이 양말을 신지 않았다는 것뿐이다. 엄밀히 말해 이것만으로 그가 아이가 도망치는 것을 우연히 목격하였고 그래서 급하게 쫓아갔다고 확신하기는 힘들다. 양말은 사람에 따라 필수적인 옷가지일 수도 있지만 거추장스런 물건일 수도 있다. 그리고 재미있는 가정을 하자면 독일어 선생이 지독한 무좀환자일 수도 있는 것이 아닌가. 그러나 이런 의문들은 그가 자전거를 타고 빨리 누군가를 쫓아갔다는 다른 사실에 의해 보충된다. 다시 말하자면 하나의 사실이 그에 상응하는 증거를 가지고 있으면서 동시에 다른 증거들에 의해 보안되는 것이다. 이렇게 사실이 여러 증거에 의해 보완이 되면 그것은 다른 사실과 연결된다. 이런 과정을 거쳐 서로 관련이 없었던 것으로 여겨졌던 사실들이 현실적인 인과관계를 형성하는 것이다.[12] 이 작품은 27조 학생들이 발표를 맡았는데, 그 발표문은 아래와 같다.

'병든 세 아기'는 229호실에 입원해 있던 신생아 3명이 심각한 증세를

보이고, 이 중에서 2명의 아기가
사망하는 사건으로 시작한다.
과연 229호실에서는 무슨 일이
일어난 것일까? 세 아기의 검체
에서는 모두 녹농균Pseudomo-
nas이 발견되었다. 그렇다면 육
아실이 녹농균에 감염된 원인을
찾아야 하는데, 녹농균은 물에
서 사는 미생물로 원인은 물에
있는 것이 분명하다. 주변의 물
을 조사해보니 227호, 229호의
개수대와 요람에서 균이 발견되
었다. 그런데 다른 아기가 분만

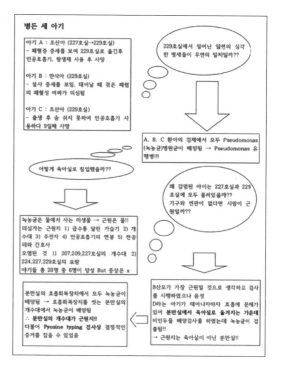

실에서 육아실로 이동하는 과정에서 비인두물 배양검사를 했는데 거기서
녹농균이 발견되었다는 사실이 밝혀진다. 문제는 육아실이 아니라 분만실
227호실에 있었던 것이다. 결국 신생아의 호흡회복장치를 씻는 분만실의
개수대에서 녹농균이 배양되었고, 그곳이 비극적 결과의 근원지라는 것이
밝혀진다. 학생들은 감염원인과 과정을 추적하는 스토리를 다음과 같이 정리
하고 발표하였다.

　학생들은 셜록 홈즈 소설과 의학적 사례를 다룬 에세이를 비교, 분석하면
서 ① 유사성이 있는 상황들을 대조하고 분류하여 상황을 파악하고 있다는
점, ② 여러 가설을 세우고 증거를 수집하여 가장 가능성이 있는 것을 향해
나아가고 있다는 점, ③ 두 텍스트 모두 치밀한 논리적 흐름이 존재하고 있다

는 점 등을 지적하였다. 요컨대 이 강의 주제는 학생들에게 의학적 사고의 본질과 특성이 무엇이고, 그것은 실제로 어떤 과정과 단계를 거쳐 진행되는 지를 흥미롭게 파악하고 이해할 수 있는 경험을 제공하였다.

4) 마무리

위에서 소개한 두 가지 사례는 모두 임상적 추론능력을 교육시키기 위해 의학교육에 문학을 활용한 경우지만 양자는 여러 가지 점에서 차별성을 지니고 있다. 먼저, 국내 사례는 노스웨스턴 의대의 세미나와 비교하여 수강생이 9배 정도 많은 대형 강의였다는 점이 지적되어야 할 것이다. 이 것은 교과목 자체의 성격이 달라서 발생하는 차이인데, 전자는 의대생 모두가 수강해야 하는 필수과목인 데 반해 후자는 선택과목이었던 것이다. 이것은 한국의 의학교육에서 문학 강의의 다양성과 전문성이 아직 미흡하다는 사실을 반증한다. 강의가 수준별로 다양하면 선택과목을 개설할 수 있지만 일회적이라면 기초 교양 강의의 수준을 벗어나기 어렵다. 앞서 지적한 대로 의대생들에게는 졸업할 때까지 많아야 한 번 정도 문학 강의를 수강할 수 있는 기회가 주어진다. 심지어 대부분의 의대는 전문적인 문학 강의가 전무한 상황이다. 이런 상황에서 의대의 문학 강의는 개괄적이고 일반적인 내용을 벗어나기 어려운 것이 현실이다.

둘째는 강의의 지속성 여부이다. 국내의 경우는 대부분 PDS 강의를 맡고 있는 담당 교수의 판단에 따라 문학 강의의 유무가 결정된다. 한양의대의 사례도 당시 담당 교수가 의학교육에서 문학이 어떤 역할을 할 수 있는지에 대해 명확한 인식을 가지고 있었기 때문에 가능한 경우였다. 하지만 담당 교수가 바뀌거나 혹은 또 다른 사정이 발생하면 문학 강의는 다른 강의도 대체되기 십상이다. 이것은 의대 교과과정에서 문학 강의가 아직도 인정받지 못하고 있다는 사실을 말해준다. 그리고 이런 상황이 쉽게 바뀌지 않는 것은 근본적으로 문학 담당 교수를 의대에 전임으로 임명하지 않기 때문이다. 이 문제는 앞으로도 쉽게 해결될 것 같지 않은 것이 현실이다. 그래서 의대 자체 내에서 재원을 마련할 형편이 안 되는 경우에는 교육부의 혁신교육 관련 지원을 받아 문제를 해결하는 것도 한 방법일 것이다.

뜬금없는 이야기로 들릴지 모르지만 의학교육에서 의료문학의 역할은 곧 도래할 AI시대와 관련해서도 중요한 의미를 지니고 있다. IBM이 선보인 AI 의사 '닥터 왓슨'은 인간 의사보다 오진률이 낮은 것으로 보고되고 있다. 의료분야에 AI가 적용되고, 또 기초 진료의 일정 부분을 AI가 담당할 것이라는 예측이 설득력을 얻는 이유이다. 우리는 이 시점에서 환자가 의사를 찾아가는 근본적인 이유에 대해 생각해 볼 필요가 있다. 물론 일차적인 이유는 아픈 곳을 치료하기 위해서일 것이다. 하지만 그것이 전부일까? 아니, 그렇지 않다. 환자는 위로받기 위해 의사를 찾아간다. 환자는 의사의 따뜻한 손길, 위로가 되는 말 한마디, 아픈 몸과 마음을 보살피고 걱정하는 눈길이 그리워 찾아가는 것이다. 만약 환자의 이런 기대를 인간 의사가 저버린다면 미래의 환자들은 AI 의사에게로 발길을 돌릴지도 모른다. 의학교육에서 인문학이 중요한 이유가 바로 여기에 있다. 그중에서 특히 문학은 현대의학의 새로운 패러다임으로 정착된 '환자 중심 의료'에 필요한 의사들을 육성하는 데 핵심적인 역할을 담당하게 될 것이다. 왜냐하면 인간을 깊이 있게 이해하고, 인간적 정서를 함양하는데 문학만큼 더 훌륭한 자원은 없기 때문이다.2020

제4장

의료문학과 문학치료

1. 비블리오테라피, 자기와 타인에게 말걸기[1]

1) 문학으로 치유가 가능한가?

몸이 아프거나 정신마음이 불안정해지면 우리는 의사를 찾아가 도움을 청하곤 한다. 증상이 심하지 않다면 간단히 휴식을 취하거나 약을 먹는 것만으로도 상태가 호전될 수 있다. 만약 상태가 심각하다면 오랜 기간 요양을 하거나 복잡한 수술을 받아야 할 것이다. 그런데 어떤 경우에는 완벽한 치료를 받아도 뭔가 회복되지 않는 것들이 있다. 우리 몸 상태가 예전처럼 정상으로 돌아왔는데, 그사이에 우리한테 어떤 일이 벌어진 것일까?

감기, 소화불량, (편)두통, 치통, 우울증, 심리적 불안정 등등. 몸과 정신의 조화가 깨진 사례들이다. 감기나 편두통을 앓고 있는 사람이 맑은 정신을 유지하거나 우울증에 걸린 사람이 육체적으로 건강할 수는 없다. 이렇듯 육체적 질병이나 마음의 상처는 항상 몸과 정신의 조화와 밀접하게 연관되어 있다. 우리는 몸이 회복되면 정신도 당연히 정상으로 돌아왔다고 치부하기 십상이다. 그런데 과연 그럴까?

정신마음은 몸과 불가분의 관계지만 그렇다고 몸과 동일한 것은 아니다. 정신은 물질몸의 복잡한 체계가 만들어내는 초超물질의 세계이다. 고도의 유기적 관계를 형성하고 있는 물질은 그 물질들 사이의 복잡한 상호관계의 총합으로서 정신이라는 초물질 세계를 만든다. 인간의 정신이 얼마나 복잡한 물질적 관계의 산물인지는 정신을 관장하는 뇌의 복잡한 구조만 봐도 짐작할 수 있다. "만일 어떤 동물의 뇌에 신경 세포가 두 개 있다고 가정해 보자. 그러면 이 둘을 연결하는 회로는 단 한 개뿐이다. 세포가 다섯 개 있는 경우 가능한 연결은 $5C_2=10$개이다. 세포의 수는 다섯 배이지만 연결 회로는 10배가 된다. 만일 세포 수가 100개인 동물이라면 $100C_2$=4,950개이다. 다섯 개인 동물에 비해 세포 수는 20배지만 연결 회로는 무려 495배 더 많아진다. 지구상의 어느 동물보다도 발달한 우리 인간의 뇌신경 세포는 약 1,000억 개로 추정된다. 이쯤 되면 세포의 연결 회로는 우리의 상상을 초월할 정도가 된다."[2] 정신은 물질보다 더 복잡하고 비환원적이다. 이런 이유 때문에 정신의 회복은 물질, 즉 몸보다 더디고 불완전하다. 정신의 상처는 결코 완전하게 치유되지 않는다. 정신은 아문 상처를 항상 상흔으로 기억하고, 그것을 데이터베이스에 자료로 저장한다.

치유의 과정에서 정신은 몸 못지않게 중요하다. 몸이 나았다고 해서 그것 때문에 불안정해진 정신이 회복되는 것은 아니다. 반대로 몸이 더 이상 정상으로 회복되는 것이 불가능하다고 해서 정신 또한 영원히 비정상 상태에 머물지는 않는다. 오히려 이런 경우에는 정신이 몸의 부조화를 감지하고 더 견고해지는 경우가 있다. 우리는 여러 경험을 통해 문학이나 예술이 정신 치유에 효과적이라는 것을 알고 있다. 이러한 사실이 문학작품에서 가장 잘 나타난 예는 아마도 솔제니친의 장편소설 『암병동』이 아닐까 싶다.

『암병동』에는 문학작품이 말기 암환자에게 어떤 도움을 주는지 잘 나타나 있다.[3] 암병동에 갇힌 예프렘 포두예프는 아직 쉰 살 전이고, 어깨가 떡 벌어지고 힘이 세고 두뇌가 명석한 사내다. 체력은 상상할 수도 없을 만큼 튼튼해서 8시간 노동을 하고 나서도 다시 8시간을 끄떡없이 일할 수 있었다. 그는 큰 병은 고사하고 유행성 감기나 전염병, 치통마저도 앓아본 경험이 없었다. 그런데 재작년에 난생 처음으로 병이 났는데 그것이 다름 아닌 암이었다. 처음에 예프렘의 환부는 혀였다. 그러던 것이 목 전체로 퍼졌다.

예프렘은 세 차례나 수술을 받았지만 머리까지 전해오는 찌르는 듯한 아픔은 점점 더 심해져만 갔다. 그리고 눈을 감고 외면해 버렸던 사태를 받아들이지 않을 수 없었다. 그가 영원히 쉬어야 할 때가 온 것이다. 예프렘은 하루하루를 낡은 마룻바닥을 울리면서 병동 안을 서성거렸으나 어떻게 죽음을 맞이할 것인지 좀처럼 생각이 떠오르지 않았다. 그것은 누가 가르쳐줄 수도 없었고, 더욱이 어떤 책 같은 걸 읽어서 알 수도 없는 노릇이었다.

그러던 중 우연한 기회에 예프렘은 톨스토이의 이야기책을 읽게 되었다. 방사선과 의사의 회진 시간에 다른 사람들은 이리저리 서성거렸지만 예프렘만은 차분히 책을 읽으며 침묵을 지키고 있었다. 지금 이 사람의 말 상대는 다른 사람이 아닌 바로 이 책이었다. 예프렘은 이렇게 진지하게 책을 접해본 적이 없었다. 침대에 누워서 머리까지 아픔을 전하는 치명적인 질병을 앓지 않았다면 이토록 열심히 읽지도 않았을 것이다. 건강한 사람이라면 이런 이야기에 감동되지 않았을지도 모른다.

어제 저녁에 이미 알게 되었지만 이야기책의 목차 제목에 「사람은 무엇으로 사는가?」라는 제목이 있었다. 그것은 마치 예프렘 자신이 생각해낸 제목처럼 느껴졌다. 병원 마룻바닥을 밟고 거닐면서 무엇인가 그저 생각에만 골몰했던 일, 이 몇 주일 동안 그가 생각해 왔던 것이 바로 이것이 아니었던가. 「사람은 무엇으로 사는가?」 이 책에서 사람은 이기심에 의해서가 아니라 남을 위한 사랑을 위해서 산다고 씌어 있었다. 예프렘은 이 문제를 가지고 다른 사람들과 대화를 하다가 이렇게 말한다. "무엇에 의해서 사는가 하면 말이지?" 그것은 입으로 말하기 어려운 것이었다. 어쩐지 점잖지 못한 것 같고. "그것은 즉, 사랑에 의해서……."

이렇게 예프렘은 문학작품을 읽고 인생의 가장 중요한 의미를 깨닫게 된다. 그는 결국 암으로 죽게 되지만 정신의 치유를 통해서 한 번도 경험해보지 못한 마음의 안식을 얻는다. 비록 육체는 죽지만 문학작품을 통해 건강한 정신을 회복한 것이다. 『암병동』에 나오는 예프렘의 경우는 비블리오테라피 과정에서 '자기 들여다보기'의 전형적인 예를 보여준다.[4] 여기서 예프렘이 제기했던 질문, 즉 '사람은 무엇으로 사는가?'는 '자기 들여다보기'로서의 문학치료에서 핵심적인 키워드라고 할 수 있다.

2) 비블리오테라피 – 정의, 목적, 단계

문학작품의 독서를 통해 마음의 상처를 치유하는 방법을 전문용어로 비블리오테라피bibliotherapy라고 한다. 비블리오테라피는 특별히 준비된 독서를 통해서 열악한 조건 속에 있는 인간의 육체적, 정신적 건강을 보존하고 강화하는 과학, 메커니즘, 방법들의 총체를 일컫는다. 비블리오테라피라는 말의 어원은 biblio책, 문학와 therapeia도움이 되다, 의학적으로 돕다, 병을 고쳐주다라는 그리스어의 두 단어에서 유래하였다.

여기서 주목할 것은 therapeia가 약물이나 수술 같은 물리적 치료방법을 사용하지 않고 인간의 정신적, 육체적 질병을 치유하는 방법이라는 사실이다. 물리적 방법이 아니라면 대체 어떤 방법이 있는 것일까? 그것은 심리적 방법이다. 즉, therapeia는 인간의 심리 세계에 어떤 작용을 가하여 육체와 정신의 불안정한 상태를 호전시키는 방법을 말한다.

일반적으로 비블리오테라피는 '독서치료'라고 번역한다. 그런데 비블리오테라피에서 사용하는 자료들은 대개가 동화, 동시, 이야기설화, 전설, 소설, 희곡, 시와 같은 문학작품이다. 그래서 좁은 의미에서 비블리오테라피를 '문학치료'라고도 한다. 비블리오테라피라는 용어와 더불어 우리는 주위에서 연극치료, 미술치료, 음악치료라는 말을 자주 접할 수 있다. 연극치료, 미술치료, 음악치료 등은 좁은 의미의 비블리오테라피와 같이 예술치료에 속한다. 예술치료는 예술작품을 인간의 심리치료에 활용하는 모든 행위를 말한다.

생물체는 외부와 내부의 환경 변화 속에서 생리적으로 안정된 상태를 유지하는 기능을 가지고 있다. 이것을 생물학 용어로는 항상성homeostasis이라고 하는데, 예를 들면 체온이 정상적인 한계를 초월하여 상승할 경우 땀이 발생하여 체온이 조절되는 신체적 기능이 이에 해당된다. 그런데 인간에게 있어서 항상성은 생리적 메커니즘에만 작동되는 것은 아니다. 인간의 정신 또한 불안정한 상태에 빠졌을 때 자율적으로 안정된 상태를 유지하려는 경향이 있다. 비블리오테라피는 이런 과정을 효과적으로 도울 수 있다.

비블리오테라피의 목적은 건강한 정신과 심리상태를 되찾는데 있다. '되찾기recovering'는 '빼앗기거나 잃어버린 것을 도로 찾는 것'을 의미한다. 즉, 훼손된 인간의 건강한 정신을 도로 찾는 것이 비블리오테라피의 목적이다.

비블리오테라피는 독서치료사와 참여자환자가 독서, 대화, 글쓰기 등을 통해서 문제를 찾아내고 해결하는 일련의 단계들로 구성된다. 이 과정은 일반적으로 ① 진단 단계, ② 동기부여 단계, ③ 문학치료(및 상담) 단계로 이루어진다.[5] 진단 단계란 독서치료사가 정신과 의사나 특수한 책의 도움을 받아 참여자의 정신적 불안증이나 성격장애 등을 이해하고 진단하는 과정을 말한다. 동기부여 단계는 독서와 대화를 통해서 참여자의 정신세계에 자극을 주어 변화를 유도하는 과정이다. 이 단계에서 독서치료사는 참여자에게 가장 적합한 자료가 무엇인지를 세심하게 고려하여 선택하여야 한다. 문학치료(및 상담) 단계는 참여자의 정신세계가 발전하여 책 속에서 제기된 문제들을 스스로 해결하려는 필요성을 느끼는 과정이라고 할 수 있다. 이 단계에서 참여자는 세계에 대한 긍정적 시각을 회복하고 그에 대한 자신의 생각을 독자적으로 표현하게 된다.

문학치료가 필요한 참여자는 대개 다음과 같은 유형의 문제들을 가지고 있다. 첫째는 자기 자신에 대해 불편한 관계를 형성하고 있는 경우이다. 이런 유형의 문제들은 자기에 대한 확신이 부족하거나 자신을 통제하는 억제력이 부족한 경우, 지나치게 소극적인 성격, 자기평가에 너무 민감한 성격, 타인에게 종속될 정도의 의존적 성격 등으로 나타난다. 둘째는 타인에 대해 불편한 관계를 형성하는 경우이다. 사랑과 증오, 우정, 존경과 공경, 권위와 동의 등에 대해 지나치게 집착하거나 극단적으로 배척하는 경우가 이런 유형과 관계가 있다. 셋째는 사회에 대해 불편한 관계를 형성하는 경우이다. 이런 유형은 대개 사회적응력이 현저하게 떨어지는 경우와 연관이 되어 있다. 예를 들면 사회생활에서 느끼는 상대적 박탈감, 상실감, 소외감 등을 견디지 못하는 경우가 여기에 속한다. 넷째는 삶 자체에 대해 불편한 관계를 형성하는 경우이다. 이런 유형으로는 삶의 의미와 가치, 죽음, 영혼, 자유, 진리, 정의 등에 대해 상식을 넘어선 극단적 신념을 가지고 있는 경우를 예로 들 수 있다.[6]

3) 비블리오테라피의 종류와 과정

비블리오테라피는 크게 임상적인 것과 자기 계발적인 것으로 구분할 수 있다. 임상적 비블리오테라피clinical bibliotherapy는 특수한 치료프로그램에 포함된 보조수단으로서 환자가 건강한 정신 상태를 유지할 수 있도록 돕는다. 예를 들어 임상적 비블리오테라피에 참여할 수 있는 경우로는 정서적, 심리적 장애요인으로 고통 받고 있는 환자들이나 사회교정시설에 수감되어 있는 사람들, 알코올이나 약물중독으로 고통 받고 있는 사람이 포함될 수 있다.

이에 비해 자기 계발적 비블리오테라피developmental bibliotherapy는 모든 개인의 정상적인 성장과 유익한 발전에 기여하는 일상적 프로그램이라고 할 수 있다. 자기 계발적 비블리오테라피는 현대인들이 개인적 감정을 조절하고 자기인식을 향상시키며 자존심을 높이는 것이 필요하다는 인식에서 출발한다. 이 프로그램에 참여할 수 있는 경우로는 학교, 교회, 지역사회, 도서관 등에서 자기계발 프로그램을 원하는 일반인들을 예로 들 수 있을 것이다. 이 프로그램에서 참여자들은 성장기 청소년들의 자아정체성, 성인들의 늙음나듦과 병듦에 대한 이해, 죽음에 대한 이해 등과 같은

주제를 공유할 수 있다.[7]

비블리오테라피의 과정은 일반적으로 참여자가 어떤 인식적, 행동적 변화를 경험하는지를 설명한다. 이 과정은 관찰자의 문제의식이나 강조점에 따라 다양한 단계로 구분될 수 있다. 우리는 문학작품을 읽으면서 자신의 마음속을 들여다볼 뿐만 아니라 여러 가지 사회적인 현상에 대해 심리적, 정서적 관계를 형성하고, 타인에게 관여하는 방법을 배운다. 이 과정에서 문학작품을 읽는 사람은 '동일시', '자기 들여다보기', '비교하기', '타인에게 말 걸기' 등과 같은 심리적 체험을 경험한다.

비블리오테라피 과정에서 가장 중요한 심리적 체험 중 하나는 '동일시 identification'다. 이것은 참여자가 자기와 동일한 문제를 안고 있는 주인공을 만나게 되면서 자기와 다른 사람작품의 주인공을 유사하게 지각하는 과정을 말한다. 동일시는 어떤 대상들을 여러 가지 차이에도 불구하고 일정한 관련 속에서, 즉 특수한 관점하에서 동일한 것으로 여기는 것을 말한다. 동일시는 우선 동일시되는 대상들 사이에 어떤 공통적인 특성이 존재해야 한다. 바꿔 말하자면 동치관계equivalence relation가 성립되어야 하며, 또 이때의 동일시는 그 동일시를 행하는 목적에 부합해야 한다는 전제조건이 있다. 동일시는 서로 다른 대상들을 사고 속에서 같은 것으로 취급하는 것이다.

동일시는 어떤 사람이 다른 사람의 정체성을 자신의 정체성에 융합시키는 과정이라고도 할 수 있다. 이것은 정신분석학적 용례로 강한 심리적 유대를 갖고 있는 다른 사람이나 사물의 속성에 동화하는 과정을 의미한다. 동일시는 특히 난처한 상황에 대처할 능력이 있는 것으로 보이는 타인의 정체성을 차용하여 자신의 방어기제로 사용된다. 그 예로 우리는 일상생활에서 부딪치는 좌절을 성공적으로 극복한 평범한 영웅들을 모방하기도 한다. 이러한 동일시는 환상을 통해 구축되는 어떤 신화적 실체나 미디어 이미지를 통해서 실현되기도 한다.

'자기 들여다보기'는 참여자가 자신의 문제를 느끼고 상상하고 사고하는 어떤 것을 말한다. 비블리오테라피 과정에서 자기 들여다보기는 논리적이거나 과학적이지 않다. 참여자는 작품을 읽으면서 그것을 과학적이고 객관적으로 분석하면서 자기 들여다보기에 도달하는 것이 아니다. 참여자는 독특한 코드를 가지고 작품을 읽는다. 그는 작품 속에서 자기만이 느낄 수 있는 특수한 상황을 체험하며, 이런 과정을 통해 자기 들여다보기를 경험한다. 참여자가 자기 들여다보기를 경험하는 방법이나 과정은 매우 다양하며 직접적이다. 참여자는 자기가 느낀 것을 체계적으로 설명하지 못할 수도 있으며, 독서상담사와의 대화과정에서 그것을 깨달을 수도 있다.

문학작품을 읽으면서 참여자는 카타르시스catharsis를 통해 '자기 들여다보기'를 경험하는 경우가 많다. 카타르시스는 비극의 주인공에게 몰입함으로써 관객이 감정의 정화를 얻게 되는 것을 의미한다. 반면 심리학이나 정신의학에서 이 용어는 억압된 생각과 감정을 풀어주는 것을 말한다. 무의식은 논리적인 과정이 아니라 어떤 정서적 반응이나 긴장의 이완에 의해 드러나는 경우가 많다. 비블리오테라피 과정에서 카타르시스는 이두 가지 경우를 동시에 포함한다. 이것은 문학작품 속에서 참여자가 느끼는 매우 강렬한 동일시이면서 동시에 감춰진 기억과 정서를 드러내어 억압된 내면의 기제를 풀어내는 일이기도 하다.

'비교하기'란 문학작품을 읽으면서 얻게 된 생각이나 감정을 나란히 놓아보는 행위를 말한다. 일반적으로 '비교하기'는 특정한 목적을 가지고 두개 이상의 생각이나 감정을 병렬 또는 병치하는 것을 의미한다. 참여자는 우선 작품을 읽으면서 얻게 된 생각이나 감정을 과거의 것과 비교할 수 있다. 과거/현재라는 시공간적 구조는 '비교하기'의 가장 기본적인 형식이다.

'비교하기'의 또 다른 유형은 '나'와 '타자'를 병치시키는 것이다. 예컨대 톨스토이의 「사람은 무엇으로 사는가」를 읽고 '나는 무엇으로 사는가' 하는 문제에 대한 의견을 이야기할 때, 참여자는 '나'와 '타자'를 비교할 수 있다. 모든 사람은 제각기 다른 삶의 목표와 목적을 가지고 있다. 어떤 이는 명예를 중시하고, 다른 이는 가족의 행복을 중시하며, 또 다른 이는 사랑을 중시할 것이다. 이렇게 참여자는 '비교하기'를 통해서 인간에게는 다양한 가치가 존재하며, 그것이 모두 존중되어야 할 것이라는 점을 깨달을 수 있다.

참여자는 '비교하기'를 통해서 자기 내부의 모순이나 사회와의 불일치, 타인과의 어긋남 등을 확인할 수 있다. 이것은 일반적으로 어떤 편견이나 독선에서 벗어나는 좋은 계기가 될 수 있다. 참여자는 문학작품이 제공하는 다양한 상황을 경험하고, 그것을 여러 차원에서 비교함으로써 자신이 미처 이해하지 못했던 세계를 인정하고 받아들일 수 있다. 예컨대 자식과 부모의 관계, 이성 간의 관계 등등.

참여자는 '비교하기'를 통해서 가능한 역할모델을 찾을 수 있다. 문학작품 속에 등장하는 인물이나 성격은 새로운 사고와 행위를 위한 훌륭한 역할모델이 된다. 특히 청소년은 성장소설이나 위인전 등을 읽으면서 다양한 역할모델을 접할 수 있다. 예컨대 인류를 위해 헌신한 인물이나 예술가들의 삶은 '비교하기'의 좋은 예가 될 것이다. 여기서 다양한 역할모델을 경험하는 것은 참여자의 편견과 잘못된 이해를 교정하는데 중요한 계기를 제공한다.

비블리오테라피 과정에서 '타인에게 말 걸기'는 문학작품을 읽고 얻게 된 생각과 감정들을 삶에 대한 새로운 태도와 관점으로 어떻게 연결할 것인가 하는 문제와 연관되어 있다. 이것은 심리적 장애요인을 가지고 있었던 참여자가 그것을 극복하고 타인에게 관여하는 방법이나 사회적 현상에 대해 적극적인 심리적, 정서적 관계를 형성하는 것을 의미한다.

'타인에게 말 걸기'는 달리 말하면 '자기 밖으로 나가기'라고 할 수 있다. 인간은 자신과 타자의 관계의 산물이다. 자기 밖에 있는 타자나 그 타자의 집합체인 사회에 적응하지 못하면 인간은 자립적인 삶을 유지할 수 없다. 이런 점에서 '타인에게 말 걸기'는 자기 밖의 세계로 나가 다양한 타자와 일상적인 관계를 유지하면서 보다 성숙된 자아를 발견하는 것을 말한다.

비블리오테라피 과정은 위와 같이 일련의 단계들로 구분되지만 그 과정이 순차적이거나 절대적인 것은 아니다. 위에서 예시된 각각의 단계들은 서로 연관되어 있으며 상호보완적인 관계를 가지고 있다.

4) 예프렘의 '자기 들여다보기'와 가면이론[8]

인간의 삶은 이율배반적인 측면이 있다. 진실과 거짓, 현실과 환상, 믿음과 불신, 죄와 벌, 사랑과 배신, 결혼과 자유연애, 전쟁과 평화, 공공의 이익과 개인의 자유, 필연적인 것과 우연적인 것 등등. 인간의 삶은 이런 대립적인 것들의 결합이면서 동시에 '불안한 동거'라고 할 수 있다.

어떤 사람은 스스로 원해서 이율배반적인 삶을 살지만 대부분은 본의 아닌 경우가 많을 것이다. 이런 경우 인간은 자신을 합리화하기 위해 보이지 않는 가면을 착용한다. 인간이 가면을 처음 썼을 때 그 불편함과 난감함이란! 하지만 가면은 곧 제2의 얼굴이 된다. 인간은 가면을 쓴 채 잠을 자고, 연애를 하며, 사랑한다. 가면을 쓴 채 직장에 다니고, 학생들을 가르치며, 상가喪家에서 술을 마시기도 한다. 이렇게 가면이 삶의 중요한 외피가 된 후, 인간은 자신의 얼굴을 영원히 잊어버린다. 간혹 자신의 진짜 얼굴이 궁금하기도 하지만 이제 와서 그걸 새삼 떠올려 무슨 소용이 있겠는가.

가면 속의 얼굴은 대개 극적으로 귀환한다. 그것은 인간이 절박한 상황에 처했을 때 마음 제일 깊은 곳에서 존재를 뒤흔드는 작은 울림으로 찾아온다. 인간이 질병에 걸렸거나 죽음에 임박한 순간이 바로 그것이다. 이때 진짜 얼굴과 가면 사이에 균열이 생긴다. 틈이 벌어졌다고 다 가면이 벗겨지는 것은 아니다. 그러나 진짜 얼굴에 대한 절박한 그리움, 아니면 '인간은 무엇으로 사는가?'라는 느닷없는 의문이 생기면 가면은 맥없이 자리를 내줄 수밖에 없다. 이 순간 진짜 얼굴을 찾고 싶은 인간에게 도움이 되는 책 한 권이 있다면 그것은 '얼굴의 귀환'을 돕는 귀중한 순검이 될 것이다.

『암병동』의 예프렘도 '얼굴의 귀환'이라는 극적인 드라마를 경험한다. 예프렘은 불치병에 걸려 죽음을 목전에 두자 '자기 들여다보기'를 시도한다. 건강했을 때 예프렘은 자기와 주위에 대해 자신만만했다. 그는 꽤 튼튼한 가면을 쓰고 있었던 것이다. 예프렘은 무던히 혀를 놀려 가면극을 이어갔다. "그는 혀를 놀려서 받을 수 없는 임금을 받아내기도 했다. 하지 않았던 일을 했다고 맹세도 했으며 믿지도 않는 일을 고집하기도 했다. 윗사람에게 욕설을 퍼붓기도 했으며 동료 노동자들에게 욕을 하기도 했다. 신성하고 귀중한 것을 실컷 모독했으며…… 유들유들한 음담패설을 늘어놓기도 했다……. 가는 곳마다 여자들한테 처자가 없으니 내주에 돌아와서 살림을 차리자고 수없이 꼬이기도 했다. '정말 그놈의 혀가 움직일 수 없게 됐으면 좋겠어!' 언젠가 그들 중의 한 여인이 저주스러운 말을 내뱉었다." 예프렘은 언제 어디서나 '전문적인 기능'이나 '요령 있는 생활방식'만 있으면 살 수 있다고 생각했다. 그 어느 쪽도 다 돈이 되었기 때문이다. 그래서 그는 "두 사람만 만나도 우선 통성명을 하고, 직업을 묻고, 수입을 묻는다. 혹시 수입이 신통치 않으면 그는 못난 사람이거나 불행한 사람이거나 대수롭지 않은 사람이 되는 것이다."

예프렘이 자신의 가면에 대해 의혹을 품기 시작한 것은 암에 걸려서부터다. 그는 자신이 과거생활에서 무엇인가 놓치고 살아온 것이 아닐까 하는 생각을 한다. 그렇다면 무엇을 놓쳤을까? 예프렘은 불현듯 카마 강가에서 죽어간 노인들의 일을 떠올렸다. 그중에는 러시아인도, 타타르인도, 우르무트인도 있었다. 그 노인들은 모두 당황하거나 죽지 않겠다고 버티지 않고 조용히 죽음을 받아들였다. 심지어 죽음을 앞에 두고 자신이 정리해야 여러 가지 일들을 차근차근 마무리했다. 예를 들면 어미 말은 누구에게 주고, 새끼 말은 또 누구 몫이며, 양복 윗도리는 누구에게, 장화는 누구에게 물려줄 것이라고 다 정해 놓았다. 예프렘은 생각했다. 그 노인들이라면 아무리 암이란 소리를 들어도 크게 놀라지 않았을 것이라고.

예프렘이 노인들을 떠올린 것은 자신이 그들처럼 조용히 남은 생을 정리할 수 없었기 때문이다. 그는 자신이 암에 걸렸다는 사실을 인정하지 않는다.[9] 예프렘은 친구들 앞에서 여전히 위세를 떨면서 호언장담했지만 그것은 배짱이 아니라 극단적인 공포 때문이었다. "그는 생활에는 익숙해 있었으나 죽음에 대한 준비는 없었다. 죽음으로의 전환은 그에게 힘겨운 일이었으며, 또 그 전환의 방법도 몰랐다. 그래서 그 죽음을 자기로부터 쫓아내기 위해 매일 애써 일하러 나갔고, 자기가 힘세다고 칭찬하는 소리를 듣지 않고는 배겨내지 못했다."

예프렘은 병세가 악화되자 더 이상 사태를 모른 체 할 수 없었다. 암이라고 선고받은 후 그는 2년 동안이나 눈을 감고 외면해 버렸던 상황을 받아들이지 않을 수가 없게 되었다. 예프렘에게 마침내 영원히 쉬어야 할 때가 온 것이다. 그는 죽는다고 생각하지 않고 대신에 쉰다고 생각하니 오히려 기분이 가벼워지는 것을 느꼈다. "그러나 그것은 말뿐, 머리로 생각하고 마음에서 우러나오는 것은 아니었다. 자신은 앞으로 어떻게 될 것이며, 무엇을 해야 할 것인가? 일을 하거나 친구를 만나 속여 왔던 일들이 지금 눈앞에 하나씩 다가와서 목의 붕대가 되어 그를 압박하고 있었다. 병실이나, 복도, 주위의 모든 사람들로부터 구원의 소리는 무엇 하나 들을 수가 없었다." 예프렘이 병실 근처에서 하루에 대여섯 시간을 왔다 갔다 하고 있었던 것은 구원을 청하는 필사의 발악이었던 것이다.

예프렘은 진실을 쫓는 삶이 경제적으로뿐만 아니라 사회적으로 별 이득을 가져다주지 못한다는 사실을 본능적으로 알고 있다. 그래서 그는 거짓된 삶을 살지만 동시에 그것을 합리화할 수 있는 기제를 필요로 한다. 진실과 거짓의 경계를 모호하게 만드는 가면이 바로 그것이다. 그가 가면을 쓴 이유는 진실을 외면하면서 사는 것이 괴로웠기 때문이다.

예프렘의 예에서 보듯이 가면이라는 장치의 가장 전형적인 대립항은 진실과 거짓이다. 여기서 가면은 진실을 은폐하는 마법의 보자기 역할을 한다. 가면을 쓴 거짓된 삶은 진실을 무능력하고 비현실적인 것으로 매도한다. 가면은 거짓을 진실보다 더 진실한 것처럼 만든다. 예프렘이 거짓된 삶을 당당하게 살아올 수 있었던 이유가 바로 여기에 있다. 가면은 인간의 의식을 허위의식으로 대체한다. 예프렘이 가면의 주술로부터 벗어날 수 있었던 것은 죽음이라는 절박한 상황에 직면해서다. 인간은 이런 상황에서 '얼굴의 귀환'이라는 극적인 드라마를 경험한다. 이것은 다시 말하자면 자기 자신과 실존적으로 대면하는 일, 즉 '자기 들여다보기'라고 할 수 있다.

5) '자기 들여다보기'로서의 비블리오테라피

2007년 9月부터 개설한 문예아카데미의 비블리오테라피 과정에 참여한 한 수강생의 글을 소개하는 것도 '자기 들여다보기'를 설명하는데 도움이 될 것이다. 신경림 시인의 「갈대」1956라는 작품을 좋아한다는 S 씨는 이 작품을 읽으면서 경험한 '자기 들여다보기'를 다음과 같이 고백한 적이 있다. 시의 전문과 S 씨의 글은 다음과 같다.

언제부턴가 갈대는 속으로
조용히 울고 있었다.
그런 어느 밤이었을 것이다. 갈대는
그의 온몸이 흔들리고 있는 것을 알았다.

바람도 달빛도 아닌 것.
갈대는 저를 흔드는 것이 제 조용한 울음인 것을
까맣게 몰랐다.
-산다는 것은 속으로 이렇게
조용히 울고 있는 것이라는 것을

그는 몰랐다.

　"신경림의 시 「갈대」가 좋은 것은 시인의 겸손한 내적 독백이 메마른 내
가슴에 고요히 스며들어오기 때문이다. 자신의 허물을 뒤돌아 볼 시간도
없이 바쁘게 앞만 보고 살아가는 나에게 '갈대는 저를 흔드는 것이 제 조
용한 울음인 것을 / 까맣게 몰랐다'는 구절은 내 심장을 요동치는 소리로
다가왔다. 이 시는 나에게 겸손하게 살아가라는 깨우침을 전달하고 있다.
「갈대」를 읽으면서 내가 갈대처럼 '조용하게 울고' 있을 수 있을까? 하고
반문해 본다."

　S 씨는 「갈대」를 읽으면서 자신을 되돌아보고 있다'자기 들여다보기'. 자기
내부에서 들려오는 내밀한 속삭임을 외면한 채 살아가는 것이 얼마나 덧
없는 삶인가를 절감하고 있다고나 할까. S 씨가 이런 생각을 하게 된 것은
'갈대는 저를 흔드는 것이 제 조용한 울음인 것을 / 까맣게 몰랐다'는 구절
때문인 것으로 보인다. 특히 '조용한 울음'이라는 표현이 그의 마음을 울
렸을 것이다. S 씨는 이 시를 읽으면서 자신을 되돌아보는 삶과 그렇지 못
한 삶을 분명하게 대립시키고 있다.

　S 씨는 이런 시적 체험을 '겸손하게 살아가라는 깨우침'으로 발전시킨
다. S 씨가 「갈대」를 읽고 느낀 이런 깨우침이 곧 이 작품의 정확한 주제라
고 할 수는 없다. 그러나 「갈대」라는 작품이 S 씨에게 '자기 들여다보기'
의 심리적 체험을 제공한 것만은 부인할 수 없는 사실이다. S 씨의 경우에
서 보듯이 '자기 들여다보기'는 '나'를 '타자화'하는 경험이기도 하다. 여
기서 타자화된 '나'는 진실에 보다 가깝게 다가갈 수 있는 위치를 확보한
다. '타자화'는 '나'를 내면과의 대화적 관계 속으로 인도한다. 가면을 쓴

'나'는 다양한 외형적 관계를 지향하지만 '타자화'된 '나'는 내면과의 관계에 침잠한다. "나는 타자에 대해서, 타자의 도움으로 존재하는 것이다."[10]

우리는 산다는 것에 대해 다양한 느낌과 생각을 가지고 있다. 어떤 사람은 삶에 대해 긍정적이고 적극적인 태도를 보이지만 다른 사람은 삶에 대한 무관심하고 약간 관조적인 태도를 선호하다. 삶에 대해 어떤 감정을 가지고 있건 간에 훌륭한 문학은 우리가 살아가면서 한 번쯤은 겪어봐야 할 '자기 들여다보기'의 경험을 제공한다. 비블리오테라피가 심리치료뿐만 아니라 문학연구나 비평에서도 중요한 문제제기가 될 수 있는 이유가 바로 여기에 있다.

6) 비블리오테라피, 수신자 중심의 텍스트 읽기

셰익스피어의 희극 「사랑의 헛수고」를 보면 마지막 장면에서 연인관계인 비론Berowne과 로잘린Rosaline이 나누는 대사가 의미심장하게 다가온다. 잠시 헤어져 있기로 약속하고 서로의 사랑을 확인하면서 로잘린은 비론에게 다음과 같이 말한다.

> 농담의 성공 여부는 그걸 듣는
> 귀에 달려 있는 것이지, 결코 농담하는 자의
> 헛바닥에 달려 있는 것이 아니에요.

로잘린의 지혜로운 말은 비블리오테라피의 본질에 대해 많은 시사점을 던지고 있다. 비블리오테라피는 발신자가 아니라 수신자 중심의 텍스트

읽기다. 비블리오테라피에서 수신자는 그 과정의 참여자를 말한다. 비블리오테라피가 필요한 수신자는 일반적인 독자와는 달리 특별한 목적과 이해관계를 가지고 있다. 텍스트 읽기에서 수신자의 이런 특수한 위치는 많은 장점으로 작용한다. 작품을 보다 집중적으로 읽을 수 있고, 자신의 처지나 경험에 비추어서 감정이입을 용이하게 할 수 있다. 제아무리 유쾌한 농담이라도 그것을 듣고, 느끼고, 되새길 줄 아는 귀가 없다면 한갓 공허한 잡담에 불과하다. 비블리오테라피가 수신자참여자의 예술인 이유가 바로 여기에 있다.

자기와는 낯선 세계 혹은 타자를 경험하는 것은 현재의 자신을 변화시킬 수 있는 가장 효과적인 방법이다. 심리적 문제를 안고 있는 사람들은 일반적으로 자기 안에 갇혀 밖으로 시선을 돌리지 않는다. 그렇게 하는 것이 무슨 도움이 되겠냐는 선입견이 강하기 때문인데, 사실은 그렇지 않다. 내가 안고 있는 문제는 역설적으로 타인과의 관계 속에서만 해결될 수 있는 문제라는 사실을 깨닫는 것이 중요하다. 그런데 이것이 말처럼 쉽지 않다. 이점을 이해하기 위해서는 『제인 에어』에 나오는 한 장면을 떠올리는 것도 도움이 될 것이다.

모오튼에서 새로운 삶을 시작하게 된 제인 에어는 세인트 존의 금욕적 삶을 보고 다음과 같이 의미심장한 심적 변화를 경험한다. "다른 사람의 고통과 희생의 광경을 보자, 지금까지 자신만을 생각하던 마음이 밖으로 돌려졌다." 비블리오테라피가 수신자 중심으로 텍스트 읽기의 한 방법일 수 있는 것은 바로 이러한 이유와 깊은 관계가 있다.2008, 2022

제2부

의료문학의 실제

의료문학과 의사작가론

제5장

의료문학과 의사작가론

1. 러시아 의사작가 안톤 체호프

1)

'의사작가Physician writer'라는 개념은 의료행위 외의 영역에서 창조적으로 글을 쓰는 의사들을 통칭하는 용어다.[1] 예를 들어 의사 소설가, 의사 시인, 의사 극작가, 의사 수필가, 의사 시나리오 작가 등이 여기에 포함된다. 의사작가라는 개념이 탄생한 것은 이 용어로 부를만한 작품들이 하나의 범주로 묶일 만큼 양적으로 많아졌다는 것을 암시하는 것이며, 동시에 과거와 현재의 문학을 의사작가의 작품이라는 관점으로 바라봐야 하는 문학적 문제의식이 형성되었다는 것을 의미한다. 의사작가의 역사는 고대까지 거슬러 올라가지만 그것이 특별히 주목을 받기 시작한 것은 근대에 와서다. 이것은 근대 의사들에게 창조적인 글쓰기 행위를 할 수 있는 내적 동기가 많아졌기 때문일 것이다. 이런 현상은 자연스럽게 문학사에서 의사작가들의 의미와 중요성에 대한 관심을 불러일으켰다. 서양 근대문학사에서 일군의 의사작가들이 두각을 나타낸 바 있는데, 그중 가장 대표적인 예는 아마도 러시아의 단편 소설가이면서 극작가였던 안톤 체호프가 아닐까 싶다. 그 이유는 안톤 체호프가 역사상 의사작가로서 가장 성공한 인물이며, 그의 예술세계를 이해하는 데 있어서도 의사작가라는 관점이 결정적인 역할을 하기 때문이다.

안톤 체호프는 1860년 1월 크림반도 동쪽에 있는 아조프해 연안의 항구도시 타간로그에서 상인 집안의 5남 2녀 중 셋째 아들로 태어났다. 아조프해는 흑해와 연결되어 있는 제법 큰 내해로 당시 주변 도시들은 무역과 상업으로 활기가 넘쳤다. 타간로그는 1808년 러시아 제국에서 최초로 상업 재판소가 설치되었던 곳이고, 이보다 2년 전인 1806년에는 상업학교가 개교되기도 했다. 소년시절 체호프가 다녔던 김나지움이 바로 이 학교다. 1698년 표트르 대제가 타간로그를 건설하고, 1775년 도시로 승격된 후 이 도시는 러시아 해군의 주요 거점 도시이기도 했다. 타간로그는 표트르 대제의 아조프원정전쟁1696년뿐만 아니라 크림전쟁1853~1856의 주요 격전지 중 하나였다.

체호프의 부친은 타간로그에서 식료품 가게를 운영하는 상인이었다. 어린 시절 체호프는 학교를 다니면서 형들과 함께 주로 아버지 가게에서 시간을 보내곤 했다. 그 시절 동생을 기억하고 있는 큰 형 알렉산드르가 남긴 기록을 보면 다음과 같은 구절이 있다. "아버지의 식료품 가게에서 동생은 겨우 문자를 뗴었을 뿐 충분한 교육을 받지 못했다. 동생은 그곳에서 겨울의 혹독한 추위에 떨어야 했고, 감방에 갇힌 죄수처럼 갑갑함을 느껴야했다. 그리고 김나지움 방학의 좋은 시절을 거기서 보내야만 했다." 이런 환경 탓이었을까. 체호프는 김나지움 교육에 큰 흥미를 느끼지 못했다.

급기야 3학년과 5학년 때 산수, 지리, 그리스어 시험을 통과하지 못해 낙제를 하기도 했다. 그래서 체호프는 1869년 8학년제 김나지움에 입학해 1879년까지 다녀야 했다. 하지만 체호프는 자신이 흥미를 느낀 분야에 관해서는 특별한 집중력을 발휘했다. 그는 셰익스피어, 세르반테스, 위고, 투르게네프, 곤차로프 등 서양과 러시아의 고전 문학작품을 두루 섭렵했을 뿐만 아니라 독일 자연과학자 훔볼트A. Humboldt, 영국의 역사가이자 자연결정론자 버클Henry Thomas Buckle, 독일 철학자 쇼펜하우어의 저작에도 심취해 있었다.

체호프가 김나지움에 다니던 시절, 그의 가족은 큰 어려움에 처하게 되었다. 부친이 파산하여 큰 빚을 지고 채무자 감옥에 갇히게 된 것이다. 그런데 어찌된 영문인지 부친은 탈옥을 해서 모스크바로 야반도주를 하고 말았다. 나중에 가족 대부분이 모스크바로 이주해 부친과 합류하기는 했지만 체호프는 혼자 타간로그에 남겨지게 되었다. 그는 학업을 마치기 위해 생활비를 벌어야 했고, 심지어 그중 일부를 가족에게 송금해야만 했다.

이런 와중에 체호프는 1879년 여름, 김나지움을 졸업하였다. 그리고 타간로그 시에서 주는 장학금을 받고 모스크바 대학 의학부에 입학하게 되었다. 김나지움 시절 두 번이나 낙제를 한 그가 모스크바 의대에 진학한 것은 기적에 가까운 일이었다. 체호프는 혼신의 노력으로 자신의 잠재적 재능이 얼마나 대단한 것인지를 증명했다. 같은 해 4월 초, 그러니까 김나지움을 졸업하기 직전에 체호프는 동생 미하일에게 다음과 같은 편지를 썼다. "내가 한 가지 마음에 들지 않는 건, 네가 왜 자신을 보잘것없고 미미한 존재로 생각하느냐다. 자신의 보잘것없음을 자각하고 있다고?······ 너의 보잘것없음이 대체 어디에 있단 말이냐? 신, 이성, 아름다움, 자연 앞에서 우리는 보잘것없지만 사람들 앞에선 그렇지 않다. 사람들 사이에서 자신의 가치를 자각하는 것이 필요하단다." 김나지움 학생이 이런 편지를 썼다는 사실이 그저 놀라울 뿐이다. 여기에는 체호프의 성숙한 지성과 삶에 대한 진지한 태도가 잘 나타나 있다. 이 편지에서 보듯이 그는 이미 모스크바 의대를 갈 충분한 지적 능력과 삶의 의지를 겸비하고 있었다. 체호프는 1879년 말부터 유머 잡지에 소품들을 발표하기 시작했다.

체호프는 의과대학을 다니면서 다윈의 진화론과 스펜서Herbert Spencer의 실증주의 철학에 매료되었다. 그는 모스크바 대학의 물리-의학 모음, 의사들의 모임, 자연과학 애호가 협회 등에서 적극적으로 활동했다. 1883년 그는 다윈의 이론에 근거해서 「성적 권위의 역사」라는 과학 논문을 계획하기도 했다. 그는 이 논문에서 "자연은 불평등을 참지 못한다"는 과학적 전제 위에 '완성된 유기체'로서 인간에게 성적 차별, 성적 우월성은 불합리한 것이라는 주장을 폈다.

1883년 체호프는 여름방학을 이용하여 모스크바 근교에 있는 보스크레센스크 시의 키친스크 지방병원에서 실습생으로 일했다. 그리고 이듬해인 1884년 6월 모스크바 의대를 졸업하고 군 자치회 소속 병원의 의사가 되었다. 그는 보스크레센스크 시 소속 농촌 진료소와 즈베니고로드 지방병원에서 근무했다. 같은 해 9월에는 모스크바 집 현관에 '의사 체호프'라고 쓴 현관을 내걸기도 했다. 체호프는 의사로서 진료만 열심히 한 것이 아니다. 그는 의대를 졸업하자마자 의학박사 학위를 위해 '러시아의 의료'라는 과학적 저술을 구상했었다. 아마도 그는 의학을 인문학적 관점에서 이해하고 접근하려고 했던 것으로 보인다. 체호프가 남긴 자료에 의하면 이 학위논문에는 러시아 사회에서 의사의 지위, 민중들의 치료수단, 다양한 주술치료와 그것의 의례 형식들 등의 내용이 포함되어 있었다. 체호프는 이 작업을 1884년에서 1885년 사이에 진행했지만 완성하진 못했다. 1884년 12월 7일에서 10일 사이에 체호프는 처음으로 각혈을 하였다. 건강을 돌보지 못하고 과로한 것이 주된 원인이었다. 체호프는 이 해에 「카멜레온」 등 무려 100여 편에 달하는 단편을 각종 잡지에 발표하기도 했다.

1885년에서 1887년 사이에 체호프는 개업의로서 진료활동을 계속 하였고, 의사 간판을 내린 후에도 틈이 나는 대로 집과 별장을 찾아오는 환자들을 진료비도 받지 않고 치료해주었다. 1887년 9월에는 희곡 〈이바노프〉를 집필하였고, 11월에 극장에서 상연하였다. 1890년 초 체호프는 러시아 유형지에 대한 연구를 목적으로 사할린 여행을 계획했다. 그는 이해 4월에 시베리아를 거쳐 7월에 극동의 사할린섬에 도착하여 3개월 동안 조사를 마치고 모스크바로 돌아왔다. 그리고 1891년에는 중편 「결투」를 발표하였다.

1892년 모스크바 근교에 있는 멜리호보에 정착한 이후 그 지역에 창궐한 콜레라 방역활동을 위해 임시 군의감으로 활동했다. 두 개의 의학 잡지 편집과 발행에 참여하기도 하였다. 멜리호보 지역에 콜레라가 심해진 것은 여름이었다. 당시 25개의 마을과 4개의 공장, 수도원이 있었던 멜리호보 지역에 진료소가 설치되었다. 체호프는 당시를 다음과 같이 기억하고 있다. "여름엔 사정이 어려웠지만 지금 생각해보면 이번 여름처럼 잘 지낸 적이 없었던 것 같다. 콜레라로 인한 혼란과 가을까지 나의 발목을 잡았던 궁핍함에도 불구하고 내 생활은 마음에 들었고 또 바라는 바였다. 내가 얼마나 많은 나무를 심었던가!······ 8월부터 10월 15일까지 나는 5백 명의 진료카드를 작성했다. 아마도 진료한 환자 수는 적어도 천 명이 넘었을 것이다." 이런 와중에도 체호프는 11월에 자신의 대표작 중 하나인 「제6호실」을 발표하기도 했다.

1894년은 체호프에게 힘겨운 한 해였다. 그는 3월에 건강이 악화되어 크림지방으로 요양을 떠나야 했다. 체호프는 또 유럽의 여러 곳을 전전하며 건강을 돌봐야 했다. 그는 이 시기에 단편 「검은 옷의 수도가」, 「대학생」 등을 발표하였다. 그리고 이어서 1895년에는 중편 「3년」과 여행기 『사할린섬』을 발표하였고, 1896년에는 『다락방이 있는 집』 등을 발표하였다. 체호프는 1895년 희곡 〈갈매기〉를 집필하고 이듬해인 1896년에 페테르부르크의 알렉산드린스크 극장에서 초연하였다. 하지만 공연은 실패로 돌아갔다.

1897년 3월 22일 체호프는 다시 심한 각혈을 토해냈다. 그는 4월 10일까지 A.오스트로우모프 병원에 입원해 있어야만 했다. 체호프는 당시를 이렇게 회상하고 있다. "의사들은 폐첨肺尖 침윤 증상이라고 진단했고, 나에게 생활방식을 바꾸라고 처방했다. 나는 첫 번째에 대해서는 이해할 수 있었지만 두 번째에 대해서는 그렇지 않았다. 왜냐하면 그것은 거의 불가능한 일이었기 때문이다. 의사들은 반드시 시골에서 살아야 한다고 지시하지만 시골의 일상적 삶은 농부들, 가축들, 온갖 종류의 자연적 요소들과 관련된 부산스러운 일상을 전제한다. 그리고 시골에서는 근심걱정으로부터 벗어나는 일이 화상의 고통을 이겨내는 것만큼 어렵다. 하지만 가능한 한 내 생활을 바꿔보도록 노력할 것이다……. 지금까지 나는 건강에 해가 되지 않을 정도까지만 술을 마셔왔다. 하지만 지금은 실제로 마실 권리보다 한참 적게 마시고 있다. 얼마나 안타까운 일인가!" 입원 중 즐거운 일도 있었다. 3월 28일에는 레프 톨스토이가 체호프를 방문해 위로를 했다.

1898년 체호프는 건강이 여의치 않았음에도 불구하고 10월에 모스크바 예술극장에서 〈바냐 아저씨〉를 초연하였다. 이해에 그는 「귀여운 여인」, 「개를 데리고 다니는 여인」 등을 발표하였다.

체호프는 의사로서 여러 의료기관을 설립하는데 중요한 역할을 했다. 그는 1899년 말 얄타에서 결핵환자들을 위한 기금마련 모임에 참석했다. 그날 회합에서 체호프는 다음과 같이 말했다. "휴양소가 세워졌으면 합니다. 만일 여러분께서 격려할 목적으로 러시아가 이곳에 내팽개친 가난한 폐병환자들이 여기서 어떻게 살고 있는지 아신다면, 그것을 아신다면 이 것은 끔찍한 일입니다! 가장 끔찍한 일은 고립감입니다……. 덮을 수가 없는 다 헤진 모포들은 오직 혐오감만을 불러일으킬 뿐입니다." 체호프는 1901년 2월 초에 모스크바에서 피부병 전문병원 설립을 위한 기금마련 모임에 참석하기도 했다.

1901년 5월 25일 체호프는 모스크바 예술극장의 여배우였던 O.크니페르와 결혼했다. 결혼식을 하기 직전인 5월 11일 체호프는 얄타에서 모스크바로 왔고, 그를 치료했던 의사들은 결핵에 효과적인 말젖술 치료를 받으라고 충고했다. 체호프는 결혼식을 올린 후 신부와 함께 우핌스크 현에 있는 악쇼노보 요양원으로 떠났다. 다음은 결혼식 직후 모친에게 보낸 전보의 내용이다. "사랑하는 어머니 결혼을 축하해주세요. 모든 것이 변함없을 거예요. 말젖술 치료를 받으러 떠납니다." 체호프는 그 후로도 여러 차례 각혈을 했고 건강이 좋지 않은 상태에서 창작에 매달렸다.

1902년 체호프는 최후의 단편소설 「약혼녀」를 집필하였다. 그는 이해에 〈벚꽃동산〉을 구상하여, 1903년 10월에 탈고하였고, 1904년 1월에 모스크바 예술극장에서 〈벚꽃동산〉을 초연하였다. 1904년 체호프의 건강은 극도로 악화되었다. 이 해 5월 3일 그는 모스크바로 왔지만 침대에서 일어나지도 못하고 고열에 심한 기침을 토해냈다. 체호프는 요양을 위해 아내와 함께 독일의 바덴바일러로 떠났다. 하지만 병세는 호전되지 않았다. 같은 해 7월 2일 새벽 1시에 체호프는 깊은숨을 몰아쉬고 있었다. 새벽 2시 의사가 도착했다. 그는 체호프에게 샴페인 한 잔을 건네주었다. 체호프는 침대에서 일어나 의미심장하게 큰 목소리로 의사에게 독일어로 "Ich sterbe……"나는 죽는다라고 소리쳤다. 사실 체호프는 독일어를 잘 못했다. 그리고 술잔을 잡고 얼굴을 아내에게 돌리더니 이상한 미소를 짓고는 말했다. "오랫동안 샴페인을 마시지 못했지……" 그는 조용히 술잔을 끝까지 비우고 가만히 모로 누웠다. 그리고는 영원히 잠들고 말았다. 이때가 새벽 3시였다.[2]

2)

의사작가로서 체호프의 면모를 가장 잘 보여주는 사건은 사할린 여행과 그 결과물인 『사할린섬』이라는 책이다. 체호프는 1890년 초 러시아 유형지에 관한 책을 쓰기 위해 사할린 여행을 계획했다. 체호프는 이 여행을 떠나기 전에 식물학자, 동물학자, 지리학자, 민속학자, 법률가, 감옥연구가, 의사들이 남겨놓은 사할린 연구 자료들과 감옥과 유형지에 관해 러시아 작가들이 언급해 놓은 작품들을 꼼꼼하게 읽었다. 당시 체호프의 사할린 여행은 세간의 화제거리 중 하나였다. 많은 독자와 지인들은 그의 여행을 우려 섞인 눈으로 지켜보았다. 체호프와 가장 긴밀한 관계에 있었던 A.C.수보린조차 이 여행을 '터무니없는 시도'라고 생각했다. 왜냐하면 그 시기에 체호프는 폐출혈이 발생해 병이 아직 치료되지 않은 상태였고, 허약한 몸으로 길도 없는 우랄과 시베리아를 횡단해서 극동 끝자락에 있는 유형지의 섬까지 가야했기 때문이다. 체호프 자신도 이런 분위기를 잘 알고 있었다. 하지만 그는 이런 분위기를 "설명할 수도 없고 이해할 수도 없는 악한 감정" 때문이라고 보았다.

체호프가 왜 갑자기 사할린 여행을 계획했는지는 정확히 알 수 없다. 체호프의 동생은 이 여행이 갑자기 준비된 것이라는 사실을 뒷받침해주는 기록을 남겼다. "처음에는 이 문제에 대해 심각하게 말하는 것인지 아니면 농담 삼아 하는 것인지 이해하기 어려울 정도로 그는 뜻밖에 갑자기⋯⋯ 여행을 계획했다. 1889년에 나는 대학을 마치고 국가고시를 준비하고 있었다⋯⋯. 형법과 감옥에 관한 강의 내용을 복습하고 있었다. 형은 이 강의 내용에 흥미를 느꼈고, 갑자기 이 일에 사로잡혔다." 여행을 준비하는 과정에서 체호프의 여행은 구체적인 목적을 띠기 시작했다. 그는 1890년 2월에 쓴 한 편지에서 "나는 오직 한 사람의 죄수가 아니라 모든 죄수를 위해 사할린으로 떠납니다. 내 생애에서 일 년 혹은 반년은 없던 것으로 칠 것입니다"라고 적었다. 체호프는 사할린 여행을 통해 러시아 전체를 이해하려고 했다.

1890년 4월 드디어 체호프는 기나긴 여정을 시작했다. 그는 모스크바를 출발해 야로슬라브에서 니즈니 노보고로드, 페르미까지 볼가강과 카마강을 따라 기선을 타고 이동했다. 그리고 기차를 타고 예카테린부르그와 튜멘까지 갔고, '마차여행'으로 시베리아를 횡단했다. 이쉼, 톰스크, 옴스크를 지나 여러 차례 강을 건너고, 아친스크, 크라스노야르스크, 칸스크, 이르쿠츠크, 바이칼 호수를 거쳐 다시 기선과 마차를 타고 네르친스크, 스레텐스크를 지나고, 쉴카강과 아무르강을 따라 블라고베시첸스크, 니콜라예프스크에 도착했다.[3] 7월 10일 저녁에 기선 '바이칼' 호는 두이카강 어구에 있는 알렉산드로프스크항에 정박했다. 체호프는 사할린의 첫인상을 다음과 같이 기록했다. "해안가의 다섯 군데에서 엄청난 모닥불이 사할린의 타이가 숲을 비추고 있었다……. 암흑, 그늘, 산, 연기, 화염과 불꽃으로 거칠게 꾸며놓은 듯한 기괴한 풍경이 환상적으로 보였다……. 연기에 갇혀있는 모든 것이 마치 지옥의 풍경 같았다." 체호프는 약 3개월에 걸쳐 전 러시아를 여행한 후 이 유형지의 섬에 와서 3개월 동안만 작업할 수 있었다.

체호프는 사할린에서 인구조사를 실시했는데, 현재 그가 작성한 카드가 7천 600장 보존되어 있다. 3개월의 체류 기간 동안 체호프는 거의 모든 집과 감옥을 방문을 하면서 사할린 전역을 돌아다녔다. 그는 거의 모든 유형수와 주민들을 만나 직접 이야기를 나누었으며, 그들의 삶의 조건을 눈으로 확인하였고, 사할린 사람들의 삶을 이해하였고, 그들의 가족관계, 성격, 분위기, 여성과 아이들의 상태에 관한 자료들을 입수할 수 있었다. 그리고 이 자료를 기초로 쓴 『사할린섬』이라는 책이 1895년에 출간되었다.

『사할린섬』은 과학적인 저술인 동시에 문학작품이기도 하다. 체호프는 의사로서 유형지에 대한 과학적인 자료조사를 실시했고, 그 자료를 바탕으로 유형지의 삶을 객관적으로 기술해 사할린 생태학의 총체적인 해부도를 완성했다. 하지만 체호프는 자신에게 과학적인 임무 외에도 순수한 예술적 임무를 부여했다. 『사할린섬』의 예술성은 특히 자연풍경을 묘사하는 대목에서 두드러진다. "차갑고 탁한 바다는 으르렁거리며 높은 잿빛 파도가 절망에 빠져 '오, 신이여 왜 당신은 우리를 창조하셨나요?'라고 말하고 싶은 듯이 모래사장을 때린다…… 주위에는 살아있는 것이 하나로 없다. 새 한 마리도, 파리 한 마리도 보이지 않는다. 파도는 누구를 위해서 으르렁거리며 누가 밤마다 그 소리를 듣고 있는지, 파도는 무엇을 찾고 있는지, 마침내 내가 여기를 떠난 후에도 파도는 누구를 위해 으르렁거릴지 모르겠다. 여기 바닷가에 서니 사상이 아니라 생각에 잠기게 된다. 무섭지만……."4

여기서 체호프가 특히 주목했던 문제는 유형지의 환경에서도 도덕적 기초들이 유지될 수 있는가? 개인의 가치, 정의와 선에 대한 믿음을 유지시키는 힘은 무엇인가? 이와는 반대로 무엇이 인간의 모든 생명과 숭고함을 왜곡하고, 체호프의 말대로 더 이상 추락할 수 없는 지경에까지 이르게 하면서 파괴적인 작용을 하는가? 였다. "그런데 유형수는 자신이 아무리 타락하고 공정하지 못해도 자신은 더욱 공정하게 대우받기를 원하는데, 만약 자기보다 위 사람들이 공정치 못하면 해가 거듭될수록 적개심을 키우고 극단적인 불신에 빠지게 된다. 이러한 탓으로 유형지에는 염세주의자와 심각하고 화난 얼굴로 사람들과 당국과 더 나은 삶에 대해 참지 못하고 신랄한 비난을 해대는 음울한 독설가들이 얼마나 많은지 모른다. 하지만 교도소 측은 들어도 웃고 만다. 왜냐하면 실제로 우스꽝스럽기 때문이다."5

사할린 여행이 직접적으로 플롯과 주제뿐만 아니라 체호프의 창작 전체에 영향을 주었다는 것은 분명하다. 문제는 사할린 여행 이후에 전에 없었던 새로운 제재 혹은 플롯들이 형성되었다는 점이 아니다. 1890년부터 1904년까지 『사할린섬』을 제외하고 44편의 단편소설과 중편소설 그리고 중요한 희곡작품〈바냐 아저씨〉, 〈갈매기〉, 〈세 자매〉, 〈벚꽃동산〉이 출판되었다. 하지만 여기서 사할린과 연관된 것은 오직 소수에 불과하다. 예컨대 단편소설 「구세프」, 「유형지에서」, 「살인」은 사할린과 직접적인 연관이 있고 「6병동」도 마찬가지다. 하지만 중편소설 「3년」, 「나의 인생」, 단편소설 「대학생」, 「사랑에 관하여」, 「이오느이치」 등에는 사할린에 대한 인상이 전혀 반영되지 않았다는 것이 명백하다. 하지만 사할린 여행의 결과 러시아 삶에 대한 체호프의 이해가 분명해졌다는 점은 명확하다. 사할린 여행 이전의 작품에서 부분적으로 나타난 플롯, 모티브, 형상들은 몇 가지 중요한 모티브와 주제들로 통일되었다. 그것은 "어떤 형태로 표현된 것이든 세력과 거짓"에 대한 저항과 투쟁이 매우 강화되었다는 점이다.[6]

하지만 사할린 여행은 건강이 좋지 않았던 체호프에게 위험한 모험이기도 했다. 당시 그는 폐결핵을 앓고 있었고, 상태도 나빴다. 결국 체호프는 44세에 요절했다. 그가 일찍 죽은 것이 꼭 사할린 여행 때문이라고 단정할 수는 없다. 하지만 이 여행이 그의 건강에 도움이 되었을 리는 만무하다. 체호프는 죽을 때까지 이 시기에 악화된 폐결핵으로 고통을 받았다.

3)

체호프는 자신이 의사면서 작가라는 사실을 자랑스럽게 여겼다. 특히 그는 의사라는 직업에 대해 큰 만족감과 자긍심을 가지고 있었다. 체호프는 '나는 훌륭한 작가다'라는 말을 한 번도 한 적이 없지만 '나는 훌륭한 의사다'라는 말은 여러 번에 걸쳐 했다. 이것은 체호프가 작가로서 자의식이 부족했다는 말은 결코 아니다. 위대한 작가 체호프가 자신이 의사라는 것에 큰 의미를 부여하고 있었다는 말이다. 체호프의 이런 생각은 1888년

9월 11일 수보린에게 보낸 편지에 가장 잘 나타나 있다. "당신은 나에게 두 마리 토끼를 쫓는 짓일랑 그만두고 의술활동에 대해서 더 생각하지 말라고 충고하지요. 그런데 나는 어째서 두 마리 토끼를 쫓으면 안 되는지 모르겠어요. 글자 그대로 두 마리 토끼 말입니다. 날쌘 사냥개라면 쫓을 수도 있지 않겠습니까? ……나는 내 직업이 하나가 아니라 두 개라는 생각을 할 때면 왠지 고무되는 느낌이고 스스로에 대해서 더욱 만족스럽다는 느낌이 들어요. 의학적 나의 법적인 아내이고, 문학은 나의 애인입니다. 한쪽에 질리면 다른 쪽으로 건너가서 밤을 보내는 겁니다. 좀 문란한 생활이긴 하지만 대신에 지루하지는 않지요. 게다가 양쪽 모두 내 배신 행위로 인해 손해를 볼 일이 전혀 없단 말이죠. 만약 나에게 의학이 없었다면 나는 여가시간과 남아도는 생각들을 결코 문학에 바치지 못했을 겁니다."

체호프는 과학의 시대에 태어났다. 그가 살았던 19세기 후반기와 20세기 초는 과학기술혁명이 시작된 시대였다. 동시대인들은 과학기술의 획기적인 발전을 직접 보고 경험하면서 그것의 가능성을 확신했다. 19세기 후반기 러시아에도 훌륭한 과학자들이 등장했다. 예컨대 멘젤레예프, 메치니코프, 스톨레코프, 우모프 등이 그들이다. 당시 젊은이들은 과학에 열광했다. 많은 젊은이들은 어려서부터 과학에 관심을 갖고 과학자의 꿈을 키워나갔다. 체호프도 그들 중 하나였다. 체호프는 과학에 종사하는 걸 큰 행운이라고 생각했다. 체호프는 어느 편지에서 "과학과 그것의 보편적인 이념에 종사하는 것, 그것은 개인적인 행운입니다. 과학에 행운이 있는 것이 아니라 과학이 행운입니다"라고 썼다.

체호프의 이런 생각은 자연스럽게 작품에도 반영되었다. 그는 많은 작품에서 근대과학의 대표자들과 사상가들을 자주 언급했다. 그중 대표적인 인물이 19세기 지리적 결정론자의 대표자인 영국의 사상가 헨리 토마스 버클 Henry Thomas Buckle, 1821~1862과 진화론의 창시자인 찰스 다윈1809~1882 이다. 버클은 이성의 힘과 사회적 진보에 대한 믿음을 가지고 있었고, 역사 법칙을 인식하기 위해 과학적 방법을 이용하는 것에 확신을 가지고 있었다. 특히 "자연의 보편적 형태"와 인간의 삶의 상호작용에 관한 버클의 사상은 체호프에게 깊은 영향을 주었다. 체호프는 자신의 작품에서 버클에 대해 자주 언급하고 있다. 버클은 작품에 등장하는 인물의 지적 성향을 나타내는 장치로 활용된다. 예컨대 「상자 속에 든 사나이」, 〈벚나무 동산〉 등이 대표적인 경우이다. 「상자 속에 든 사나이」의 경우 주인공 이반 이바느이치는 다음과 같이 말한다. "아무튼 시체드린이나 투르게네프, 그밖에 버클과 같은 생각이 깊고 훌륭한 문호들의 작품을 많이 읽은 사람들까지도 그에게 복종하고 참았단 말이죠…… 바로 그것이 문제입니다." 〈벚나무 동산〉에서 등장인물 중 하나인 예피호도프는 상대방에게 다음과 같이 물어본다. "버클을 읽어보셨나요?" 여기서 버클을 읽은 사람들이란 민주주의적 성향을 가지고 최신 과학의 지식을 접한 진보적인 지식인을 의미한다.[7] 또한 체호프는 평생 위대한 과학자 다윈을 결코 잊지 않았다. 러시아에서 다윈의 저서 『종의 기원』1859이 처음 번역된 것은 1864년이다. 이 책은 당시 러시아 지식인에게 엄청난 충격을 주었다. 다윈의 관점은 당시 지식인들에게 세계를 보는 새로운 방법을 제시해주었다. "다윈의 방법들. 나는 이 방법들이 매우 마음에 듭니다." 1883년 체호프가 의대에 다닐 때 쓴 편지의 한 구절이다. 다윈의 이름은 체호프의 작품과 편지에 자주 등장한다. 특히 1880년 후반에 창작된 체호프의 단편들에서 그의 이름을 발견하는 것은 어려운 일이 아니다. 예컨대 「좋은 사람들」1886에서 다윈은 진보적이고 합리적인 과학자의 상징으로 그려지고 있다. 이것은 당시 체호프가 다윈에게 얼마나 깊이 빠져 있었는가를 반증하는 것이다.[8]

체호프는 많은 작품에서 다양한 의학적 주제들을 다루었다. 여기에는 의학과 관련된 구성, 의사의 형상, 질병에 대한 묘사 등이 포함되어 있다. 러시아 의사이면서 체호프 연구자인 히쥬냐코프의 조사에 따르면 체호프 작품 중에서 의학적 주제와 관련된 작품은 88편 이상에 이른다.[9] 그중에서 특히 "「시신」, 「지루한 이야기」, 「6호실」, 「검은 옷의 수도사」, 「왕진 중에 있었던 일」, 「이오느이치」 등과 같은 중, 단편소설들은 오직 의사만이 쓸 수 있는 작품들이다. 리보프, 라긴, 드이모프, 스타르테프, 소볼리 같은 형상들은 의사들만이 창조할 수 있는 형상들이다. 의료행위는 창작과 같이 일상적이고 지속적인 것이었고, 러시아 삶에 대한 독특하고 심오한 지식을 갖게 했으며, 동시에 그에 대한 특별한 관계, 이해, 설명을 가능하게 했다. 체호프는 이것을 '방법'이라고 불렀다."[10] 그는 스스로 이렇게 말했다. "재능의 절반은 방법이다."

체호프는 작품에서 많은 의사들을 다루었지만 이 인물들이 모두 긍정적인 인물은 아니었다. 그리고 그의 작품에서 묘사된 의료행위도 구체적인 것은 드물다. 초기부터 후기까지 체호프의 작품에 등장하는 의사들은 대부분 구체적인 치료행위를 하지 않는다. "구체적인 치료행위는 대체로 텍스트의 경계 밖에서 이루어지며, 텍스트 안에서 이루어지는 경우도 양적인 비중이 미미하거나 구체적인 정황 묘사가 생략되어 있다. 또한 의사들이 긍정적인 이미지로 제시되는 경우가 드물다. 초기 유머 단편에서 의사들이 희화되고 있는 것은 장르의 특성상 자연스러운 현상이라고 할 수 있겠으나 중기 이후의 작품에서는 희화되고 있지는 않더라도 무기력하고 회의적이며 심지어 「세 자매」의 체부트이킨처럼 자신의 직업에 대한 자부심마저 상실한 채 의료행위를 방기하는 경우까지도 관찰된다."[11]

체호프 작품에서 가장 의학적인 주제를 다루고 있는 것은 「6호실」이라는 중편소설이다. 이 작품은 정신병동인 6호실의 환자들과 의사 라긴의 이야기이다. 라긴은 병원에 처음 부임했을 때 열의를 가지고 있었지만 주변 환경이 너무 열악한 것에 실망해 환자나 병원에 대해 무관심하게 된다. 하지만 6호실을 방문하고 나서 상황이 달라진다. 그는 6호실을 자주 드나들면서 입원 환자인 그로모프와 철학적 논쟁을 벌이기도 한다. 주위에서는 이런 라긴의 행동을 이상한 시선으로 바라보고, 급기야 라긴은 6호실에 갇히게 된다. 그리고 거기서 벗어나고 싶었던 라긴은 끝내 6호실에서 숨을 거두고 만다.

「6호실」은 체호프 작품에서 매우 특이한 것에 속한다. 체호프는 이 작품을 제외하고 어느 작품에서도 병원이나 환자를 상세하게 묘사하고 있지 않기 때문이다. 하지만 작가의 근본적인 의도가 병원과 환자를 자세하게 다루는 것이 아니었다는 점에서 「6호실」이 다른 작품과 크게 다르지 않다고 볼 수도 있다. 이 작품에 나오는 병원과 환자는 하나의 상징에 불과하다. 다시 말해 6호실은 러시아를 상징하고 그 안에 살고 있는 환자들은 러시아인의 분신일 뿐이다. 그리고 주인공인 의사 라긴은 러시아 지식인을 대변하고 있다고 말할 수 있다. 체호프가 이 작품을 쓰게 된 직접적인 동기는 사할린 여행을 하고 느낀 점이 많았기 때문이다. 그는 자신의 작품 중에서 사할린 주제와 가장 밀접한 관련이 있는 것이 「6호실」이라고 언급한 바 있다. 사할린이 19세기 말 러시아를 상징하고 있듯이 6호실도 그와 같은 맥락에 있다. 이것은 이 작품의 첫머리에 나오는 병원 묘사장면이

『사할린섬』의 23장에서 언급하고 있는 알렉산드로프스크 병원과 흡사하다는 점에서도 확인할 수 있다.

"병원의 마당에 그리 크지 않은 별채가 있다. 우엉, 엉겅퀴, 야생 대마의 무성한 수풀이 별채를 둘러싸고 있다. 별채의 지붕은 녹이 슬어 적갈색이고, 굴뚝은 반쯤 주저앉았고, 입구의 계단은 썩어 잡초로 뒤덮였으며, 벽에 바른 석회는 흔적만 남았을 뿐이다. 별채의 앞면은 병원과 마주 보고 있고, 뒷면은 벌판을 향해 있다. 별채와 벌판 사이에는 못이 박힌 병원의 회색 울타리가 있었다. 날카로운 끝이 위를 향하고 있는 못들과 울타리 그리고 별채 자체의 불길하고 음침한 외관은 우리나라의 병원과 감옥의 건물에서만 볼 수 있는 것이다."[12]

「6호실」에는 라긴 외에 젊은 의사인 호보토프, 견습 의사 세르게이 세르게이치, 폴란드인 의사가 등장한다. 이들은 모두 라긴과 상반된 입장을 가지고 있는데, 특히 호보토프는 여러 면에서 라긴과 비교된다. 라긴은 사려 깊고 책을 많이 읽는 의사지만 호보토프는 정반대다. 라긴은 역사와 철학에 관한 글을 좋아하고, 『의사』라는 잡지를 열독한다. 이에 반해 호보토프는 집에 단 한 권의 책만을 가지고 있을 뿐이다. 「1881년 비엔나 병원의 최신 처방전」이 그것이다. 호보토프는 6호실에 드나드는 라긴을 이상하게 여기고 여러 차례 충고한다. 그리고 시 의회에서 폴란드인 의사와 함께 라긴의 이상한 행동을 비판한다. 그는 결국 라긴의 자리를 차지하고 끝내 그를 6호실에 감금한다. 호보토프는 라긴이 휴식 차 모스크바와 페테르부르크 여행을 마치고 돌아왔을 때 그를 찾아간다. "호보토프는 병든 동료를 가끔 방문하는 것이 자신이 해야 할 일이라고 여겼다. 안드레이 에피미치는 호보토프의 모든 점이 메스꺼웠다. 기름기가 도는 얼굴도, 너그러운 척하는 야비한 목소리도, '동료'라는 말도, 굽이 높은 장화도 모두 메스꺼웠다. 그 가운데 가장 혐오스러운 것은 그가 안드레이 에피미치를 치료하는 것이 자신의 의무라고 여기고, 또 실제로 치료하고 있다고 생각한다는 점이었다. 그는 올 때마다 브롬화칼륨이 담긴 작은 약병과 알약을 가져왔다."13

브롬화칼륨potassium bromide은 19세기 말과 20세기 초에 항경련제와 진정제로 널리 사용된 의약품이다. 호보토프가 라긴을 좋아하지는 않았지만 그를 환자로 생각했을 수는 있다. 호보토프는 라긴과 비교하면 현실적인 의사다. 라긴이 너무 이상에 심취해 있다면 그는 너무 현실에 매몰되어 있다. 체호프는 의사들의 두 가지 전형을 이 인물들을 통해 그리고 있다. 현실적인 의사와 이상적인 의사, 이 두 전형은 아직도 우리 시대 의사들의 양면이기도 하다. 의사작가 체호프는 이런 의사들의 모습이 19세기에도 존재하고 있었다는 사실을 우리에게 넌지시 알려주고 있다.2014

2. 러시아 의사작가, 미하일 불가코프

1)

미하일 불가코프1891~1940는 1891년 키예프현 우크라이나의 수도에서 태어났다. 그의 부모는 독실한 러시아 정교 신자들이었다. 아버지는 키예프 신학교에서 종교사 강의를 담당한 교수였다. 아버지는 1907년 48세의 나이로 사망했고, 어머니가 7남매를 키웠다. 그중 불가코프는 장남이었다. 불가코프는 1909년에 키예프대학 의학부에 입학해서 1916년 의사 자격증을 획득한 후 간호사 교육을 받은 아내와 함께 스몰렌스크와 키예프 등에서 의사로 활동했다.

불가코프에 대한 연구는 많지만 그를 의사작가라는 관점에서 연구한 자료는 많지 않다. 러시아뿐만 아니라 미국이나 유럽지역의 연구자들도 불가코프가 의사작가였다는 것을 전기적 사실 정도로만 해석하고 있는 실정이다.14 불가코프가 의사였다는 사실은 그의 작품세계를 이해하는 중요한 키워드를 제공한다. 의사작가라는 관점에서 불가코프를 평가하지 않는다면 작가로서 독특한 개성과 작품세계를 정확히 이해하기 불가능하다.

불가코프가 의대 진학을 결정한 것은 그의 가계家系와 밀접한 연관이 있다. 그가 의사가 되기로 결정한 것이 결코 우연적이거나 개인적인 결단이 아니라는 말이다. 이런 점에서 그의 누이 나제즈다 아파나시예브나 불가코바-젬스카야가 남긴 회상기의 한 대목을 인용할 필요가 있다.

> 나는…… 주목해야 할 한 가지 사실을 언급하려고 한다. 외가外家로는 여섯 형제와 세 누이가 있었다. 여섯 형제 중에서 세 명이 의사였다. 친가親家로도 의사가 한 명 있었다. 아버지가 죽고 난 후 어머니는 바로 재혼하지 않았는데, 우리 의붓아버지 또한 의사였다. 그래서 나는 여기서 미하일 아파나시예비치불가코프-역주가 이 직업을 선택한 것이 우연이라는 견해에 동의할 수 없다. 결코 우연이 아니었다. 이것은 우리 가족의 분위기 때문이었다. 미하일은 신중하고 의식적으로 의학을 자신의 직업으로 선택했다. 그는 의학을 사랑했다…….

불가코프는 어려서부터 의사 외삼촌들로부터 많은 영향을 받았다. 니콜라이 미하일로비치 포크로프스키와 미하일 미하일로비치 포크로프스키가 그들이다. 특히 니콜라이 삼촌은 모스크바에서 제일 유명한 산부인과 병원의 의사였다. 이 병원은 현대적인 시설과 우수한 의료진으로 이름을 떨치고 있었다. 『거장과 마르가리타』에는 스트라빈스키 교수가 근무하는 병원을 묘사하는 장면이 나오는데, 이 건물은 바로 니콜라이 삼촌이 근무하던 병원이 모델이었다.[15]

불가코프의 남동생 니콜라이 아파나시예비치도 의사였다. 그는 1917년 8월 17일 형의 뒤를 이어 키예프 의대에 입학했다. 전쟁과 내전으로 정상적인 학업을 이어갈 수 없었으나 후일 자그레브 대학을 졸업하고 유명한 박테리아 연구자가 되었다. 그는 불가코프의 대표작 중 하나인 〈투르빈가의 나날들〉에 등장하는 주인공 알렉세이 투르빈의 동생 니콜카의 모델이었다.

의대생 불가코프에게 가장 큰 영향을 주었던 인물은 동물비교해부학 교실의 책임교수로 있었던 A.A.코르트네프였다. 불가코프는 동물학의 권위자였던 그에게 진화론 강의를 들었다. 코르트네프 교수는 당시 유명한 작가였던 A.체호프와 친분이 있었다. 불가코프는 자신이 가장 존경하는 작가에 대한 생생한 이야기를 코르트네프로부터 전해들을 수 있었다. 코르트네프는 합리적인 민주주의자였다. 그는 당시 키예프에서 발생한 학생소요에 대해 매우 적극적인 지지자였다. 하지만 코르트네프 교수의 세계관이 불가코프에게 구체적으로 어떤 영향을 주었는지는 불확실하다. 불가코프는 현실문제에 적극적으로 참여하는 성향의 학생이 아니었기 때문이다. 누이의 회상기에는 이에 대해 다음과 같이 기술하고 있다.

미하일은 삶의 의미와 죽음에 대해 많은 생각을 했다. 그는 전쟁과 마찬가지로 죽음을 증오했다. 그는 전쟁을 증오했다. 그리고 삶의 목적에 대해 생각했다. 우리 가족은 종교, 과학, 다윈에 관해 자주 토론했다……. 그는 실험에 푹 빠져 있었다. 다른 형제들은 열성적인 편이었던 반면…… 그는 훌륭한 나비 표본을 만들곤 했다. 게다가 거기에는 뱀눈나비, 호랑범나비 등 희귀한 표본들이 많았다. 후일 나는 키예프를 떠나면서 어머니한테 물어봤다. "미샤미하일의 애칭-역주의 곤충 표본 보관함은 어떻게 됐어요?" 어머니는 "미샤가 키예프를 떠나면서 그걸 키예프 대학에 기증했단다"라고 말하셨다. 1919년에 있었던 일이다.

불가코프가 공들여 만들 곤충 표본은 코르트네프 교수가 책임자로 있었던 동물비교해부학 교실에 전해졌다. 불가코프는 자신의 재능을 이런 방면에 쏟아 부었다. 위의 에피소드에서 보듯 불가코프는 전형적인 의대생이었다. 그는 현실보다는 실험에 관심이 많았고, 사회적인 현상보다는 자연적인 현상에 푹 빠져 있었다.

1820년대에 발표된 불가코프의 작품에서는 당시 유명한 매독치료 의사였던 S.P.토마셰프스키 교수의 영향을 발견할 수 있다. 「별 모양의 발진」이라는 단편소설이 그것이다. 이 작품에는 매독과 매독 환자들에 대한 생생한 묘사가 나온다. 이것은 불가코프가 토마셰프스끼 교수의 진료실과 병원에서 직접 경험한 것을 바탕으로 쓴 것이다. 후일 의사 불가코프의 주요 진료과목도 성병 치료였다. 그는 토마셰프스키 교수 뒤를 이어 성병 전문의가 되었다. 「별 모양의 발진」에 나오는 흰색 페인트칠이 벗겨진 병원은 아마도 작가 자신이 직접 임상경험을 했던 병원일 것이다.

많은 세월이 지난 지금, 흰색 페인트칠이 벗겨진 병원으로부터 멀리 떨어진 곳에 있는 나는 남자의 가슴에 있는 별모양의 발진을 기억하고 있다. 그는 어디에 있을까? 무엇을 하고 있을까? 아, 나는 알 것 같다. 만약 살아있다면 그는 아내와 함께 이따금 낡은 병원을 다니고 있을 것이다. 발에 난 상처를 호소할 것이다. 나는 어떻게 그가 양말을 벗으며 동정을 구하는지 생생하게 상상할 수 있다. 남자건 여자건 젊은 의사는 여기저기 기운 흰 가운을 입고 발을 살펴보고, 손으로 상처 위의 뼈를 눌러보며 원인을 찾을 것이다. 그리고 책 속에서 치료방법을 발견할 것이다. '매독 3기.'[16]

불가코프는 의과대학 재학 중인 1913년 어머니 지인의 조카딸인 타티아나 니콜라예브나 라파와 결혼했다. 라파는 불가코프에 대한 회상기를 남겼는데, 이 기록을 보면 그가 의대를 다니면서 얼마나 문학과 예술에 심취해 있었는지 알 수 있다. 그는 특히 연극을 자주 관람했다. 불가코프의 예술에 대한 애착과 예술적 기질은 당시 키예프의 훌륭한 예술적 분위기와 잘 어울렸다. 불가코프는 음악에도 관심이 많았다. 그는 차이코프스키, 베토벤, 슈베르트를 주로 들었고, 오페라 〈루슬란과 류드밀라〉, 〈아이다〉, 〈카르멘〉, 〈파우스트〉도 좋아했다. 그는 집에서 자주 오페라 아리아를 부르는 것을 즐겼다.

2)

불가코프는 훌륭한 의사였지만 의대 졸업성적이 우수하지는 않았다. 1916년 1월 3일 치러진 의대 졸업시험 성적표를 보면 그가 중간 정도의 등급을 받았다는 것을 알 수 있다. 5점 만점에 해부학 3점, 일반병리학 5점, 병리해부학 4점, 외과학 5점, 법의학 3점, 정신병리학 3점, 안과학 3점 등이다.[17] 불가코프가 본격적인 수련을 받은 것은 의대 졸업 후 군의관으로 일하면서부터다. 당시 러시아는 세계대전과 내전을 겪고 있었다. 열악한 의료환경, 살인적인 수술 스케줄, 높은 사망률, 감염 등이 야전병원 외과의들이 직면한 현실이었다. 아이러니하게도 불가코프는 이런 상황에서 수많은 임상경험을 할 수 있었고, 이것이 그를 능력 있는 의사로 만들었다.

당시 불가코프는 남서부 전선에 위치한 외과병원에서 활동했다. 라파는 이때 상황을 이렇게 회상하고 있다. "5월 초에 나는 카메네츠-포돌스키남 서부 전선에 위치한 지방 도시-역주에 도착했다. 우리는 독립 병동이 있는 현縣 소재의 지방병원에 딸린 의사 관사에서 살았다. 우리는 크지 않은 방에서 지냈다. 미샤는 수술을 많이 해서 몹시 지치곤 했다. 그는 이따금 수술대에서 쉬지 않고 24시간 서 있었다." 그녀는 매일 남편을 도와 수술실에서 물건과 도구들을 소독했다. 그녀의 기억에 의하면 불가코프는 혼신을 다해 일에 매달렸다. 그는 밤늦게까지 병원에 머물렀고, 병동에서 수술한 환자들의 상태를 체크했다.

이런 풍부한 임상경험이 불가코프의 문학을 더 살찌웠다. 1917년 스몰렌스크현에 있는 니콜스코예 마을에서 지방 의사로 일하면서 그는 디프테리아를 앓았다. 이때 육체적 고통을 이기지 못하고 모르핀 주사에 중독되어 생명이 위험한 지경에 빠지기도 했다. 그리고 지방을 돌아다니며 여러 의사들을 만나고, 또 전설적인 의사들에 관한 소식도 접했다. 이런 경험들이 그의 작품에 반영된 것은 물론이다. 1902년부터 1914년까지 니콜스코예에는 L.L.스무르체크라는 의사가 근무하고 있었다. 그는 전설적인 외과

의로 명성이 높았는데, 불가코프의 초기 단편을 보면 그의 형상이 자주 등장한다. 예를 들어 「수탉을 수놓은 수건」의 한 대목을 보자.

"음…… 병원에 좋은 의료기구들이 많군요. 음……" 나는 매우 의미심장하게 중얼거렸다.

"네, 이것들 모두 전에 계시던 의사 레오폴리드 레오폴리드비치께서 열심히 장만하신 거지요. 그는 아침부터 저녁까지 수술을 하시곤 하셨지요." 데미안 루끼치가 기분이 좋아서 설명을 늘어놓았다.

거기서 나는 식은땀을 흘리며 거울이 달린 빛나는 벽장들을 바라보았다.

다음에 우리는 텅 빈 병실을 둘러보았다. 나는 병실에 40명은 충분히 수용할 수 있을 거라고 생각하였다.

"레오폴리드 레오폴리드비치는 이따금 50명까지도 입원시키곤 했지요." 데미안 루끼치가 나를 위로하는 듯 말했다. 백발이 다 된 머리칼을 왕관처럼 틀어 올린 안나 니콜라예브나가 말한다.

"의사 선생님! 너무 어려 보이시네요…… 정말 그래요. 꼭 학생 같아요."

'휴, 젠장! 마치 약속이라도 한 것 같군, 틀림없어!' 나는 이렇게 생각했다. 그리고는 매정하게 입 안에서 우물우물 말했다.

"흠…… 아니요, 나는…… 그러니까 나는…… 그렇죠, 어려 보이지요……."

그다음에 우리는 아래층 약국으로 내려갔다. 그리고 나는 곧 그곳에 없는 약이 없다는 것을 알았다. 어두침침한 두 개의 방에서 약초 냄새가 코를 찔렀다. 선반에는 필요한 모든 것이 있었다. 심지어 유명한 외제약들도 있었다. 물론 이런 약들에 대해 나는 전혀 들어보지도 못했다는 사실을 덧붙인다.

"레오폴리드 레오폴리드비치께서 주문하셨지요." 필라게야 이바노브나가 자랑스럽게 말하였다.

'이 레오뽈리드라는 사람은 아주 대단한 사람이었군.' 나는 이렇게 생각하며, 이 한적한 '무리예'를 떠난 신비스런 인물, 레오뽈리드에 대해 존경심을 갖게 되었다.[18]

3)

불가코프가 의사를 그만두고 작가가 된 것은 당시 러시아의 복잡한 상황과 연관이 있는 듯하다. 제1차 세계대전을 치루는 와중에 러시아에서는 1917년 사회주의 혁명이 일어났다. 권력을 잡은 소비에트는 집권하기 전부터 공약한 대로 독일 제국을 비롯한 적국과 평화협정을 시작하였다. 소비에트 권력은 국내에서 발발한 반혁명 세력을 진압하기에도 힘에 겨운 상황이어서 세계대전에 참전하기 어려웠다. 러시아는 내전으로 극심한 혼란을 겪었다. 소비에트 권력을 지지하는 적위군과 혁명에 반대하는 백위군이 일전일퇴를 반복했다. 불가코프는 백위군에 가담하여 군위관으로 활동했다. 1922년 발표된 「의사의 기이한 모험」이라는 작품을 보면 그가 전선에서 얼마나 극심한 정신적 혼란을 경험했는지 알 수 있다.

머리 위에는 태양이 작열하고 있었고, 주위에는 불에 탄 풀밭과 잊혀진 바퀴자국이 있었다. 바퀴자국 옆에는 이륜마차가 있었고, 그 안에 나와 위생병 슈바예프 그리고 쌍안경이 있었다. (…중략…) 모든 것이 온데간데없이 사라지고 없었다. 대포로 무장한 만 명의 군대와 체첸 병사들. (…중략…) 영하 18도의 혹한. 난방화차는 냉동고나 다름없었다. 난로는 하나도 없었다. 우리는 심야에 출발했다. (…중략…) 나는 어떻게 잠이 들고, 또 어떻게 뛰어나갔는지 기억이 나지 않는다. (…중략…) 신음소리와 고함소리. 신호기의 불빛에도 불구하고 기관사는 마주 오는 군용열차를 쫓아 보냈다. (…중략…) 아침까지 역사에서 나는 부상병들의 상처에 붕대를 감아주었고, 이미 전사한 병사들도 많이 보았다……. 마지막 부상병에게 붕대를 감아주고 나는 파편으로 가득한 노상으로 나갔다. 회색 하늘을 바라보았다. 그리고 주위를 둘러보았다……. 의사보補 골렌드류끄탈영한-역주의 환영이 내 앞에 나타났다……. 하지만 어디로 도망간단 말인가, 제기랄! 나는 지식인이 아닌가.[19]

이 소설은 군의관으로 활동하는 의사가 악몽 같은 전시 상황을 보고 들은 대로 메모지에 적은 형식으로 구성되어 있다. 불가코프는 러시아 내전에서 볼세비끼에 반대하는 백위군에 참여했다. 그는 이 전쟁에서 의사로서의 신성한 의무와 인간으로서의 공포, 두려움 사이에서 심한 고통에 시달렸다. 탈영을 하고 싶지만 그럴 수 없는 군의관 신분의 화자는 이럴 수도 없고 저럴 수도 없는 상황에 놓인다. 당시 불가코프의 심리적 상태가 이와 크게 다르지 않았을 것이다.

불가코프는 전쟁을 인간의 총체적인 비극 상황으로 인식했다. 그는 전쟁 책임자에 대해 극도의 증오감을 드러냈다. 그리고 이로 인해 인간이 감수해야 할 대가를 암울하게 지적하고 있다. 1919년 잡지『그로즈느이』11월호에 게재된 불가코프의「미래의 전망들」이라는 글에 작가의 이런 생각이 잘 표현되어 있다.

지난 과거에 대해 상상할 수 없는 대가와 생활상의 혹독한 가난을 감수해야 할 것이다. 여기서 감수한다는 표현은 말 그대로의 의미뿐만 아니라 그것이 지니고 있는 파생적인 의미까지 포함한다.

오월과 시월에 일어난 광기, 독립적인 변절자들, 노동자 계급의 타락, 브레스트[20], 돈을 마구잡이로 찍어내는 행위…… 모든 것에 대해!

이 상황에서 불가코프는 설상가상 심한 티푸스를 얻어 병석에 눕게 되었다. 하지만 이것도 의사였던 그에게 또 다른 심적 고통을 안겨주었다. 전시 상황에서 의사는 아파서는 안 되는 위치에 있었던 것이다. 라파의 회상에 의하면 불가코프는 전선에서 열병을 얻어 돌아왔다. 그가 입고 있던 옷 속에는 알 수 없는 벌레들이 득시글거리고 있었다. 다음은 라파의 기록이다.

그는 정신을 잃은 채 블라디카프카즈에 있는 우리 집에 누워 있었다. 하지만 이런 상황에서도 군인들은 미하일 아파나시예비치를 가만 두지 않았다. 실제로 사람들은 그를 강압적으로 끌어내리려고 했다. 의사였던 그가 절실히 필요했던 것이다. 사령관은 그가 꾀병을 부리고 도망치려한다고 생각했다……. 처음에는 우리 집에 짐마차를 끌고 병사들이 나타났다. 몇 시간 뒤 하사관이 그리고 마지막으로 병원에서 누군가가 찾아왔다. 하지만 나는 결코 문을 열어주지 않았다. 매번 다음과 같은 말을 하며 버텼다. "날 죽이고 나서……." 나는 미하일이 가는 도중에 죽을 거라는 사실을 잘 알고 있었다.

후송의 악몽은 커져 갔지만 이것이 마지막 방문이었다. 백위군은 도시를 포기했다. 나는 어렵게 전쟁의 폭풍을 우연히 피해 있던 늙은 의사를 찾아냈다. 그리고 동료를 구해달라고 애원했다. 그는 미하일 아파나시예비치를 치료해주었다. 내 기억에 그는 위험한 순간에 캠퍼주사를 그에게 놓았다. 불가코프는 그렇게 허약한 상태였다. 2주일이 더 지난 후 그는 내 부축을 받고 쌍지팡이를 짚고 걸음을 걸었고 나중에는 막대기를 짚고 걸을 수 있었다……

불가코프는 자서전에서 1919년에 결정적으로 의사직을 그만두었다고 적고 있다. 그는 의사라는 직업을 사랑했고, 의료행위에 대해 대단한 자부심을 가지고 있었다. 하지만 불가코프는 당시 러시아 상황에서 안정적으로 의사직을 이어갈 수 없었다. 그가 처한 비극적인 상황이 이를 허락하지 않았던 것이다. 불행한 역사의 소용돌이 속에 휘말리게 된 양심적인 의사의 정신적 방황과 번민은 결국 청진기와 메스를 스스로 내려놓을 수밖에 없는 결과를 초래한 것이다.

불가코프는 소설가로서 뿐만 아니라 희곡 작가로도 화려한 자취를 남겼다. 그는 장편소설 『백위군』을 각색한 희곡 〈투르빈 가의 나날들〉을 1926년 모스크바 예술극장에서 상연했다. 1936년에는 희곡 〈몰리에르〉를 같은 극장에서 초연했으며, 고골리의 희곡 〈검찰관〉, 〈죽은 혼〉을 각색해 무대에 올리기도 했다. 당시 불가코프의 희곡은 무대에 오를 때마다 세간의 논쟁거리가 되었다. 그것은 그의 작품이 상징성이 강한 대사를 통해 신랄하게 전체주의 사회를 풍자했기 때문이다.

그는 소비에트 정권을 풍자적으로 비판하는 작품을 썼다는 이유로 스탈린 치하에서 여러 번 상연이 금지되는 아픔을 겪었다. 1927년 〈투르빈 가의 나날들〉이 상연 금지되자, 당시 유명한 연출가였던 스타니슬라프스키가 이 작품을 공연에서 빼면 극장에 큰 손실이 생길 것이므로 공연을 허락해 달라는 요지의 편지를 소비에트 정부에 보내기도 했다. 하지만 당시 러시아 연극계의 보수주의 논평가들은 불가코프의 불분명한 사상을 이유로 비난을 쏟아냈다. 급기야 그는 1930년 3월, 스탈린과 소비에트 정부에게 유럽여행 허가를 탄원하고, 극장에서 생계를 위한 일을 할 수 있도록 허락해 달라고 호소하는 편지를 쓰기에 이른다. 한 달 후에 스탈린은 불가코프에게 전화를 걸어 극장 일을 할 수 있도록 허가해 준다. 그 후 불가코프는 모스크바 예술극장에서 조감독으로 일하게 되었지만, 그의 작품들을 출간할 수는 없었다.

불가코프는 1940년 20세기 러시아의 가장 위대한 소설 중 한 편인『거장과 마르가리타』를 유작으로 남겼다. 작가는 이 장편소설에서 창작의 자유마저 탄압했던 스탈린 체제를 풍자적으로 비판했다. 당시 이 작품은 출간되지 못했고 작가가 죽은 뒤 27년이 지나서야 세상의 빛을 보게 되었다. 불가코프는『거장과 마르가리타』에서 "원고는 불타지 않는다!"는 유명한 말을 남겼다. 이 말은 창작의 자유를 억압해도 예술은 결코 사라지지 않는다는 의미를 담은 명언으로 아직도 회자되고 있다. 이 밖에도 이 작품은 선과 악, 개인과 권력의 문제, 환상적인 것과 현실적인 것의 관계, 예술의 불멸성 등을 다루고 있다. 1940년 봄 불가코프는 마흔아홉의 나이에 사망했다. 그의 유해는 화장하여 모스크바에 있는 노보데비치 수도원 공동묘지에 안장되었다.

불가코프의 데뷔작인 연작소설『젊은 의사의 수기』1925~27나 단편소설「모르핀」1927은 의사로서의 경험을 십분 발휘한 작품들이다. 불가코프는 이들 작품에서 의대를 졸업하고 처음 현장으로 나간 젊은 의사들이 어떻게 의료현장에서 적응하는지, 실제 수술은 어떻게 이루어지는지, 약물중독의 정신적 피해가 얼마나 치명적인지, 의학적 세계관과 사회개혁은 어떤 관계가 있는지 심도 있게 묘사했다. 이 글에서는 「모르핀」을 중심으로 의사작가 불가코프의 진면목을 살펴보도록 하자.

4)

「모르핀」은 1927년 『의료인』이라는 잡지의 45~47호에 발표되었다. 이 작품은 연작 『젊은 의사의 수기』에 포함된 것으로 발표되었지만 불가 코프 연구자 대부분은 「모르핀」을 별개의 작품으로 분류하고 있다. 그 이 유는 「모르핀」이 『젊은 의사의 수기』보다 1년 늦게 발표되었을 뿐만 아니 라 작품의 내용이나 형식이 판이하기 때문이다. 불가코프의 다른 작품과 마찬가지로 「모르핀」도 작가의 자전적인 이야기에 기반을 두고 있다. 이 작품은 불가코프가 1916년 9월부터 1917년 9월까지 스몰렌스크현에 위 치한 니콜스코예 마을에서, 1917년 9월부터 1918년 1월까지 뱌지마시에 서 의사로 활동한 경험을 담고 있다.

「모르핀」은 디프테리아 발병 후 기관 절개수술을 받고 마취제에 중독된 적이 있는 작가 자신의 경험을 생생하게 반영하고 있다. 불가코프가 모르 핀 중독에 걸렸던 시기는 1917년 3월이었다. 이때는 러시아에서 사회주 의 진영이 주도한 2월 혁명이 실패로 끝난 직후였다. 작가의 첫 번째 부인 이었던 라파는 당시 불가코프의 상태를 다음과 같이 묘사한 적이 있다. "그는 아주 평온했다. 평온한 상태를 유지했다. 잠에 취한 상태가 아니었 다. 전혀 달랐다. 그는 심지어 이런 상태에서 글을 쓰려고 했었다."

불가코프가 니콜스코예 마을에서 뱌지마시로 옮긴 것도 모르핀 중독 때 문이었다. 라파의 회상록에 의하면 니콜스코예 병원의 많은 사람들이 의사 불가코프가 심각한 약물중독에 빠졌다는 사실을 알고 있었다고 한다. 그래서 그는 그곳을 떠나 다른 곳으로 거처를 옮겨야만 했다. 하지만 그의 모르핀 중독은 뱌지마시에서도 계속 되었다. 라파는 도시에 있는 약국을 돌아다니면서 모르핀을 구해야만 했다. 이것은 작품에도 그대로 반복된다. 의사 폴랴코프의 애인인 간호사 안나는 현실의 라파처럼 의사에게 모르핀 주사를 놓아준다. 이런 점에서 소설 속 안나는 불가코프의 첫 번째 부인이 변형된 형상이라고 할 수 있다.

불가코프가 모르핀 중독에 걸린 것은 기관절개 수술을 받다가 일어난 불행한 사건이지만 니콜스코예 마을의 우울한 생활을 견디지 못해 발생한 것이기도 하다. 젊은 의사였던 불가코프는 대도시의 생활과 유흥에 익숙해 있었다. 그런 그가 고독한 시골 생활을 참고 인내하기란 쉽지 않았을 것이다. 이런 상황에서 약물중독은 그에게 울적한 생활을 잊고 창조적 고양 상태를 제공하였다. 그는 모르핀에서 현실도피적인 달콤함 환상을 맛보았던 것이다.

그 후 불가코프는 가까스로 모르핀 중독에서 벗어났다. 라파는 사태가 심각한 것을 깨닫고 그에게 키예프로 돌아갈 것을 종용했다. 그리고 1918년 2월 부부는 산간벽지의 시골 도시를 떠나 대도시로 이전하였다. 불가코프가 완전히 모르핀을 끊은 것은 키예프로 돌아온 후 주위 여러 사람들의 도움을 받고 나서였다.

불가코프의 모르핀 중독 경험은 이 작품에서 다음과 같이 생생하게 묘사되어 있다. "목에 촉감이 느껴지는 첫 번째 순간. 이 촉감은 따뜻해지고 온몸으로 퍼진다. 갑자기 명치끝에 서늘한 파도가 지나가는 두 번째 순간이 찾아온다. 그다음에 생각이 아주 분명해지고 작업 능력이 폭발적으로 증가한다. 모든 불쾌한 감각이 완전히 중지된다. 이것은 인간의 영적 능력이 발현되는 가장 높은 지점이다."

「모르핀」은 약물중독에 걸린 의사 폴랴코프의 병상 일기와 그것을 소개하는 친구 봄가르드의 이야기로 구성되어 있다. 소설은 1917년과 1918년 사이 겨울, 시골 벽지에 위치한 지방병원에서 시작된다. 작품의 배경은 매우 상징적인 의미를 지닌다. 당시 러시아는 사회주의 혁명으로 인해 혼란이 극에 달했던 때였다. 이런 상황에서 주인공은 시골에 고립되어 모르핀 중독에 빠진다. 작가는 혁명의 소용돌이 속에서 지식인이 느꼈던 고립감과 무기력을 이렇게 상징적인 시공간으로 표현했다.

시골 병원에서 한가롭게 지내던 젊은 의사 봄가르드에게 한 통의 편지가 날아온다. 동료 의사 폴랴코프가 보낸 편지에는 급히 도움의 손길을 구하는 절박한 사정이 적혀 있었다. 봄가르드는 동료가 있는 시골로 갈 준비를 하면서 잠을 못 이루는데, 새벽에 갑자기 폴랴코프가 병원에 실려 온다. 그는 권총으로 자살을 시도한 채 치명상을 입고 응급실에 누워 있었다. 폴랴코프는 봄가르드를 부르고 그에게 자신이 적은 일기를 건네며 죽는다. 이 일기는 폴랴코프가 시골 병원에서 모르핀에 중독되는 과정을 상세히 적은 것이다. 소설의 대부분은 그의 일기로 되어 있다.

「모르핀」은 액자소설의 형식을 취하고 있다. 액자소설이란 작품 속에 독립적 형태의 이야기가 별도로 있는 소설을 말한다. 이 작품에서는 폴랴코프의 일기가 그 역할을 한다. 일반적으로 액자소설은 소설의 플롯을 이중적 구조로 만든다. 주인공인 화자가 이끌어가는 이야기가 있고, 그 안에 독립된 구조의 이야기가 또 있는 식이다. 액자소설에서 중요한 것은 화자의 이야기가 아니라 화자를 다시 독자로 전환시키는 독립된 이야기이다.

액자 속 이야기를 통해 화자와 독자는 동일한 지위를 획득한다. 그 결과 독자는 액자 속 이야기를 읽으면서 마치 화자가 된 듯한 착각에 빠지기 쉽다. 폴랴코프의 죽음을 접하면서 우리가 의사 봄가르드의 처연한 심정을 생생하게 경험할 수 있는 것은 바로 이런 문학적 장치 때문이다.

불가코프가 「모르핀」에서 약물중독에 빠진 환자의 심리상태를 생생하게 묘사하고 있는 장면은 이 소설의 백미다. 이것은 의사면서 동시에 모르핀 중독 환자였던 작가의 경험이 반영되었기 때문일 것이다. 아래의 인용문은 모르핀에 중독된 상태를 묘사한 부분이다.

오, 말로 표현한다는 것은 얼마나 몽롱하고 진부한가!

"우울한 상태!……"

아니, 이 끔찍한 병에 걸린 나는 의사들이 자신의 환자들에게 너무 연민을 갖는 것에 대해 경고한다. '우울한 상태'가 아니라 서서히 다가오는 죽음이 모르핀 중독자에게 찾아온다. 단지 한 시간 혹은 두 시간만 그에게 모르핀을 끊어봐라. 공기가 희박하고 숨쉬기가 불가능하다……. 몸 안에 굶주리지 않은 세포는 존재하지 않는다……. 왜 그럴까? 이것을 규정하고 설명하는 것은 불가능하다. 한 마디로 인간이 아니다. 그는 생명이 끊어진다. 시체가 움직이고 우울해하고 고통에 신음한다. 그는 모르핀 이외에 어떤 것도 원치 않고 상상하지 않는다. 모르핀!

굶어 죽는 것은 모르핀 결핍과 비교하면 안락하고 행복한 죽음이다. 모르핀 고통은 아마도 생매장당한 사람이 무덤 속에서 마지막 남은 공기 한줌을 들이마시며 손톱으로 가슴을 잡아 찢는 것과 같을 것이다. 그것은 예를 들면…… 불꽃이 시뻘건 혓바닥으로 처음 이단자의 발을 핥을 때 몸을 떠는 것과 같을 것이다…….

초췌한 죽음, 서서히 다가오는 죽음…….

'우울한 상태'라는 이 전문용어에는 이런 뜻이 숨겨져 있다.[21]

이 장면에서 불가코프는 '우울한 상태'라는 전문용어와 그것으로 설명
되지 않은 환자의 심리상태를 비교하고 있다. 이것은 모르핀 중독에 대한
전문적인 지식과 경험에 기초한 상상력이 없었다면 불가능한 것이다. 이
소설에서 불가코프는 모르핀 중독을 문학적으로 묘사한 톨스토이를 극찬
하고 있다. 톨스토이의 『전쟁과 평화』에서 묘사된 페탸 로스토프를 염두
에 두고 하는 말이다. 이 밖에도 모르핀 중독은 그의 다른 작품에서 또 등
장한다. 그의 대표적인 장편소설 『거장과 마르가리타』가 그것이다. 그는
여기서 모르핀 중독 상태를 마치 꿈속같이 현실에서는 경험하기 힘든 상
황을 연출하는 문학적 장치로 사용하고 있다.

5)
「모르핀」은 약물중독을 다루고 있다. 중독addiction은 의존증依存症이라
고도 하는데, 어떤 약물, 행위, 또는 감정의 지배에 속박당하는 것을 말한
다. 오늘날 흔히 볼 수 있는 중독으로는 알코올, 분노, 카페인, 초콜릿, 코
카인이나 다른 약물, 식사 장애, 다른 사람을 조종하기, 운동, 공상, 두려
움, 도박, 거짓말, 깔끔함이나 지저분함, 니코틴, 포르노, 의사의 처방이
필요한 약, 모든 종류의 성행위, 물건 훔치기, 쇼핑, 잠, 수면제, 청량음료,
스포츠, 달콤한 음식, 탄수화물, 텔레비전, 게임, 인터넷, 폭력, 일중독 등
이 있다. 이 중에서 약물중독은 현대사회의 가장 심각한 질병 중 하나다.

모든 중독의 근본적인 원인은 인간 존재 이유의 상실에 있다. 현대사회에서 대부분 인간은 '내가 왜 사는지', '내 삶의 의미가 무엇인지', '내 인생의 진정한 목적이 무엇인지' 모르고 살아가고 있다. 이런 이유로 사람들은 무엇인가에 자신을 속박시키고 그에 의존해 살아가는 것이다. 중독은 여러 가지 쾌락이나 편안함을 제공한다. 이런 순간적인 위안은 삶이 고통스러운 인간에게 묘한 매력이 된다. 중독에 빠진 인간이 그로부터 쉽게 벗어날 수 없는 이유가 바로 여기에 있다.

모든 중독자들은 특정한 패턴을 가지고 있다. 그중 가장 흔히 볼 수 있는 것이 자기합리화다. 중독자들은 자신이 약물중독 증세가 있다는 사실을 인정하지 않으려고 한다. 설사 그런 사실을 인정하더라도 별로 심하지 않다고 생각한다. 「모르핀」의 폴랴코프 경우도 마찬가지다. 그는 자신이 모르핀 중독이라는 사실을 주위 사람들에게 끝내 인정하지 않으려고 한다.

두 번째는 자신을 특별한 존재라고 생각하는 것이다. 중독자들은 자신이 다른 사람과 다르다고 생각한다. 자신은 특별한 경우에 해당한다고 주장하는 것이다. 예컨대 건강을 자신한다거나 의지력을 뽐내는 경우가 이에 해당한다. 폴랴코프도 모르핀 중독 증세를 인정하면서도 자신은 그것을 쉽게 극복할 수 있다고 믿는다.

세 번째는 속임수다. 중독자들은 중독 증세를 남에게 감춘다. 가령 그들은 폴랴코프처럼 모르핀 중독 증세를 주위 사람에게 감추면서 정상인으로 행세한다. 만일 남들이 자신을 중독자 취급하면 갑자기 화를 내거나 이상한 행동을 한다. 중독자들은 또 남을 속이기도 한다. 처방전을 더 받아내기 위해 별수단을 동원하기도 하고, 진통제를 먹고도 계속 아픈 척을 하는 식이다. 이런 점에서 폴랴코프는 전형적인 속임수 행동의 패턴을 보인다.

그는 간호조무사 안나에게 증세를 감추고, 또 속임수를 써서 모르핀을 더 투약하려고 시도한다.

네 번째는 고립적 행위다. 중독자들은 일상생활을 영위할 수 없다. 그들은 특정한 약물이나 행위, 감정에 속박되어 타인과의 원만한 관계를 유지하기 힘들다. 결과적으로 중독자들은 홀로 지내는 경우가 많다. 폴랴코프가 시골 벽지에 고립되어 있는 것도 이런 증세와 무관하지 않다. 그는 이런 고립 생활과 모르핀 중독에 걸린 자신에 대한 자괴감 때문에 비극적으로 자살이라는 극단적인 선택을 하게 된다.

불가코프의 「모르핀」은 현대사회의 중독증에 경종을 울리는 메시지를 담고 있다. 이는 곧 인간이 중독증에서 벗어나기 위해서 어떤 결단을 내려야하고, 또 어떤 삶을 살아야 하는가 하는 문제와 연결되어 있다. 우리는 지금도 무엇에 중독되어, 그 사실도 모른 채 혹은 애써 외면한 채 살고 있는 지도 모른다. 이런 점에서 비극적으로 생을 마감하는 폴랴코프는 현대인의 자상화이기도 하다.2012

3. 격동기를 산 러시아 의사작가 비겐티 베레사예프

1)

러시아의 중요한 의사작가로 비겐티 비겐티예비치 베레사예프V.Veres-aev, 1867~1945가 있다. 그는 미하일 불가코프와 더불어 20세기 러시아 의사작가를 대표하는 인물이다. 베레사예프는 뛰어난 의사였을 뿐만 아니라 소설가, 시인, 번역가, 문학연구자로서 남다른 자취를 남겼다. 베레사예프는 모스크바에서 남쪽으로 200여 킬로미터 떨어진 툴라에서 태어났다.[22] 툴라는 레프 톨스토이의 고향인 야스나야 폴랴나에서 그리 멀지 않은 곳이다. 베레사예프의 실제 성姓은 스미도비치Smidobich다. 스미도비치 집안은 폴란드계 러시아인으로 진보적인 성향의 사람들이 많았다. 베레사예프의 육촌동생인 표트르 게르모게노비치 스미도비치1874~1935와 그의 누이인 안나 게르모게노브나 스미도비치1870~1940는 사회민주주의자로 당시 유명한 혁명가들이었다. 베레사예프의 조부는 폴란드 지주였지만 1830~1831년 폴란드 봉기에 참여했다는 이유로 모든 것을 잃고 불행하게 죽었다고 한다. 베레사예프의 아버지는 툴라 지역에서 유명한 의사였다. 그는 시 자치회 의원이었으며, 툴라 지역 의사협회 창립 회원이었고, 시 병원과 요양원 위원회의 설립자였다.

베레사예프의 부모는 자식들에게 매우 엄격한 종교적, 도덕적 교육을 시켰다. 이런 환경 때문에 베레사예프는 어려서부터 자신과 사회에 대한 책임감이 무척 강했다. 그리고 이것은 훗날 그가 훌륭한 의사가 되는데 중요한 정신적 토양이 되었다. 베레사예프는 툴라의 김나지움 시절부터 역사, 철학, 생리학 등에 깊은 관심을 가졌고, 기독교와 불교에 심취해 있었다. 그는 김나지움을 우등으로 졸업하고 1884년 페테르부르그 대학 역사학부에 입학했다. 이듬해부터 그는 익명으로 시와 소설을 발표하는 등 왕성한 문학 활동을 시작하였다. 대학을 졸업하고 베레사예프는 에스토니아에 있는 타루트 대학 의학부에 입학했다. 이때가 1888년이다. 그는 자전적 기록에서 이 결정을 다음과 같이 설명하고 있다. "나의 꿈은 작가가 되는 것이었다. 이를 위해 인간에 대한 생물학적, 생리학적, 병리학적 측면에 대한 지식이 필수적이었다. 그밖에 의사의 전문성은 가장 다양한 계층의 사람들을 가까이서 접할 수 있는 기회를 제공하였다." 베레사예프는 작가가 되려고 의사의 길을 택한 사람이다. 그에게 의사라는 전문직은 두 번째 직업이었던 셈이다.

2)

그는 의과대학을 다니면서도 작품 활동을 게을리 하지 않았다. 이 시기에 발표한 그의 대표작은 중편소설 「길이 없다」 1894이다. 작품의 주인공인 지방 의사 체카노프는 당시 허무주의에 빠져있던 지식인 세대의 사상과 분위기를 표현하고 있다. "목표도 없고 정처 없이 표류하다 이 세대는 보잘 것 없이 한 번에 소멸되어 갔다…… 고난의 시기는 모두를 짓눌렀고, 절망적인 시도들은 아무런 성과도 없이 권력으로부터 겨우 빠져나왔다."[23] 체카노프는 콜레라가 유행하자 전염병과 싸우기 위해 발 벗고 나선다. 하지만 젊은 의사에 대해 농민들은 노골적으로 적대감과 불신을 드러낸다. 체카노프는 이 일을 자신의 숙명이라고 생각한다. 하지만 그는 농민들과 공감대를 형성하는데 실패한다. 베레사예프는 주인공이 민중과 괴리된 지식인이기 때문이라고 진단한다. 그는 이것을 민중과 지식인 사이의 '심연'이라고 표현했다. "우리는 항상 그들에게 낯설고 멀리 떨어져 있었다. 우리는 그들과 아무런 관계도 없었다. 그들에게 우리는 다른 세계의 사람들이었다……." 작품의 결말은 복잡한 뉘앙스를 지니고 있다. 체카노프는 모든 '처방전'을 시험해보지만 결국 해결책'길'을 찾지 못한다. 그는 고난의 시기에 희생자로 죽고, 그의 정신적 가능성은 모두 사라진다. 하지만 그는 새로운 세대에게 "출구를 찾아 나서라"라고 호소하면서 죽는다.

이에 비해 그의 사촌동생인 나따샤는 체카노프와는 다른 인물로 그려진다. 그녀는 러시아 농민을 인민주의자들처럼 이상화하지도 않고, 그들의 무지, 편견, 악행을 계급적 한계라고 탓하지도 않는다. 그것은 수백 년 동안 이어져 온 사회적 환경의 결과물이라는 것이다. 작품의 2장에서 체카노프는 나따샤의 편지 속에서 다음과 같은 문장을 발견한다. "강 건너 사람들은 짐승들처럼 거칠고 미개하지만 이것이 정말 그들의 잘못인가?" 베레사예프는 허무주의자인 체카노프보다는 나따샤같이 현실에 대해 긍정적인 세계관을 가지고 있는 세대에게 새로운 미래가 있다고 암시하고 있다. 「길이 없다」는 형식적으로 매우 특이한 작품이다. 「길이 없다」는 일기 형식으로 되어 있다. 이런 독특한 형식은 플롯의 시간적 제약성으로부터 벗어나 주인공의 복잡한 심리와 성격 변화를 심도 있게 묘사할 수 있는 가능성을 제공하고 있다.

베레사예프는 1894년 의대를 졸업하고 몇 개월 동안 고향인 툴라에서 개업을 하였다. 같은 해 10월 그는 페테르부르그로 이주해 보트킨 병원의 책임의사가 되었다. 베레사예프가 의사작가로서 명성을 얻게 된 것은 1892년부터 시작해서 1900년에 완성한 「의사의 수기」라는 작품 때문이다. 의사로서의 경험을 바탕으로 쓴 이 작품은 당시 독자들에게 많은 반향을 불러일으켰다. 안드레예프, 쉴랴티코프, 보그다노비치 등 비평가들 또한 이 작품에 찬사를 아끼지 않았는데, 「의사의 수기」가 "러시아 양심의 선언"이라고 평가받았기 때문이다. 당시 한 비평가는 이 작품을 다음과 같이 평가했다. "인간 집단의 모든 것이 직업상의 비밀을 지키지 않고 성스러움과 생존을 위한 투쟁수단, 의사의 심리, 그 자신도 기진맥진할 정도의 온갖 모순들을 폭로한 젊은 의사의 고백 앞에 흔들리고, 불안해지기 시작했다⋯⋯." 하지만 부정적인 시각도 적지 않았다. 특히 의사들의 입장에서는 베레사예프의 작품이 반가울 리 없었다. 당시 의사들은 베레사예프의 시각을 주관적인 것이라고 비판했고, 전문분야의 문제들을 독자들에게 비윤리적으로 폭로했다고 비난했다. 아무튼 「의사의 수기」는 당시 러시아 사회의 굉장한 화제 거리였다. 이것은 1901년에서 1904년 사이에 이 책에 관한 80여 편의 비평과 16권의 책이 출간된 사실만 봐도 짐작할 수 있다.

3)

「의사의 수기」는 베레사예프의 자전적 기록이면서 동시에 의사라면 누구나 공감할 수 있는 의료현장에 대한 생생한 기록이다. 그는 이 작품에서 의과대학을 다니면서 배우고 느낀 것들, 의료 활동을 통해 경험하고 생각한 것들, 러시아 의료현장의 실태 등을 담담하게 적고 있다. 이것은 「의사의 수기」 서두에서 작가가 밝히고 있는 바이기도 하다. "나는 7년 전에 의과대학을 졸업했다. 독자들은 이 때문에 나의 수기에서 무엇인가를 기대할 것이다. 내 수기는 의학, 윤리학, 의사라는 직업이 안고 있는 모든 복잡한 문제들에 대해 일정한 답변을 가지고 있으며, 오랜 관찰과 생각의 결과물들을 지니고 있는 나이 지긋하고 노련한 의사의 수기가 아니다. 뿐만 아니라 이것은 의학의 본질을 심오하게 꿰고 있으며 완전히 능통한 의사 철학자의 수기도 아니다. 나는 평균적인 지성과 지식을 지니고 있는 지극히 평범한 의사다. 나는 스스로 혼란스럽고 매 순간 목전에서 발생하는 곤란하고 긴급한 문제들을 단호하게 해결할만한 능력을 가지고 있지도 못하다. 나의 유일한 장점은 아직 전문의로서 성공하지 못했다는 것과 나에게 시간이 갈수록 희미해지는 인상들이 선명하고 강렬하게 남아있다는 점이다. 나는 의학을 배우면서 경험한 것을 쓸 것이다. 의학으로부터 내가 무엇을 기대했고, 의학이 내게 무엇을 주었는지. 그리고 나는 의료 활동에서 처음으로 경험한 것들과 여기서 얻게 된 인상들을 쓸 것이다. 모든 것을 감추지 않고 진실하게 쓰려고 노력할 것이다."24 이것은 작품의 프롤로그이기도 한데, 작가는 여기서 「의사의 수기」가 러시아 의료현장에 대한 진실한 보고서라고 진술하고 있다.

「의사의 수기」에는 가난한 환자들 이야기가 자주 나온다. 그중 하나가 주인공이 병든 여공의 집을 방문하는 장면이다. 환자는 두 아이와 방 한구석을 차지하고 있었는데, 그 방은 길이가 일곱 보, 너비가 여섯 보 정도의 크기다. 그런데 이곳에서 자그마치 열여섯 명이 생활하고 있었다. 방안은 램프 연기로 가득 차 있다. 탁하고 축축한 공기는 아이들의 대소변, 담배, 등유로 인해 시큼한 냄새를 풍겼다. 의사의 시선에 밀랍같이 창백하고 무표정한 아이들의 얼굴이 들어왔다. 그 아이들은 하나같이 비뚤어진 치아에 새가슴인데다가 다리가 휘어 있었다. 또 이런 에피소드도 있다. "경축일이면 종종 이웃 제화점의 어린 구두수선공인 바시카가 날 찾아왔다. 그는 곰팡이가 슨 회벽처럼 푸르스레하게 창백한 얼굴을 하고 있었다. 그는 머리가 어지럽고 자주 실신하곤 했다. 나는 거리로 창이 나 있는 제화점 옆을 자주 지나다녔다. 한번은 아침 6시와 밤 11시에 장화 위로 고개를 숙인 바시카의 짧게 깎은 머리를 보았다. 그 주위에는 창백하고 야윈 소년 견습공들이 있었다. 작은 석유 램프가 그들의 머리를 흐릿하게 비추었고, 창문 쪽에서 역한 냄새가 풍겨왔다." 이렇게 의사는 환자의 주변 환경을 정확하게 묘사하고 있다. 하지만 의사가 어린 바시카에게 줄 수 있는 도움은 하나도 없었다. "바시카를 치료해야 한다. 그런데 어떻게 그를 치료하지? 어둡고 역한 냄새로 가득한 그 구석에서 바시카를 빼내야 한다. 뜨거운 태양 아래 자유로운 바람을 쐬며 들판을 내달리게 해야 한다. 그러면 그의 폐가 심장을 튼튼하게 만들고, 피는 붉고 뜨거워질 것이다." 위의 사례에서 볼 수 있듯이 베레사예프는 가난한 사람들의 건강과 질병이 환경과 밀접히 연관되어 있다는 사실을 의사의 시선으로 예리하게 파헤치고 있다. 여공과 어린 구두수선공에게 지금 필요한 것은 의학적 치료가 아니라 생활 환경의 변화인데, 이것은 의사 개인이 풀어야 할 과제가 아니라 사회적 차원에서 해결해야 할 문제인 것이다.

베레사예프는 의사가 환자의 상태를 뻔히 알고 있음에도 불구하고 비극적인 파국을 막을 수 없는 안타까운 현실을 다루고 있다. 여기서 의사는 일종의 무력감을 느낄 뿐이다. 추수가 한창일 때 한 농부가 숨이 가쁘다는 이유로 의사를 찾아왔다. 환자의 이야기를 듣고 의사는 이 증상이 크루프성 폐렴이라고 진단한다. 의사는 농부에게 집으로 돌아가 누워 안정을 취하라고 지시했다. 이 상황에서 의사와 환자는 다음과 같은 대화를 나눈다.

"아이고 나리, 그게 돼요? 지금이 어떤 시기인지 몰라요? 제일 바쁜 농사철에 하나님 아버지께 좋은 날을 주셨는데, 나보고 누워있으라고? 아이고 그런 말일랑 그만둬요! 제발 너그럽게 물약을 주시고, 가슴을 진정시켜줘요."

"일을 계속하면 어떤 물약도 도움이 안 됩니다! 농담이 아니에요, 죽을 수도 있어요!"

"아니, 나리 죽긴 왜 죽어요? 어찌 됐든 한동안 고통스럽겠지요. 누워있는 건 절대 안 돼요. 우리는 3주 일해서 1년을 살아야 돼요……."

주머니에 물약을 넣고 큰 낫을 어깨에 멘 농부는 들판으로 갔고 저녁까지 호밀을 수확했다. 저녁에 그는 논두렁에 쓰러져 폐부종으로 죽었다.

베레사예프는 러시아의 의료상황을 전문가적인 시각에서 그리면서 의학의 윤리적, 사회-철학적 문제들을 제기하고 있다. 작가가 지적하고 있는 문제들은 현대의학에서도 여전히 숙제로 남아있는 것이어서 주목할 만하다. 그중 하나는 의료 서비스의 사회적 불평등에 관한 것이다. 이에 대해 베레사예프는 다음과 같이 일갈하고 있다. "의학은 사람을 치료하는 과학이다. 책에도 그렇게 적혀있고, 대학병원에서도 우리는 그렇게 배웠다. 하지만 실제 삶 속에서 의학은 오직 돈 있는 자와 구속되지 않은 사람들만을 치료하는 과학이다. 나머지 사람들에게 의학은 돈 있는 자와 구속되지 않은 사람들을 어떻게 치료했는지에 관한 이론적인 과학일 뿐이었다." 그리고 그는 풍부한 임상 경험을 바탕으로 의사와 환자의 관계에서 의사의 계몽적 역할이 중요하다고 지적하고 있다. "사람들은 심지어 자신의 몸에 관해, 의학의 유용성과 약에 관해 어떤 지식도 없다. 바로 이것이 오해의 원천이고, 바로 여기에 의학에 대한 불신과 맹신의 원인이 있다. 하지만 이 모두는 똑같이 자신에게 나쁜 결과를 가져다준다."「의사의 수기」는 소설과 사회 비평적 요소를 유기적으로 통합시킨 새로운 형태의 문학작품이다. 작가는 문학적 기법들, 가령 플롯, 인물, 서술방법, 이미지 등을 사회 비평적 보고서 형식과 절적하게 혼용하고 있다. 이런 형식적 특성은 베레사예프의 다른 많은 작품뿐만 아니라 당시 사회참여적인 문학에 자주 사용되던 방법이었다.

4)

1904년 6월 베레사예프는 군의관으로 군대에 입대하게 되었다. 그리고 러일전쟁 중이었던 같은 해 8월부터 1905년 12월까지 만주전선의 야전 이동병원에서 복무했다. 그는 샤허강 근처의 선양 전투에 참가했고, 만주 전선에서 러시아군의 주둔과 퇴각을 경험했다. 그는 이때 겪은 경험과 생각들을 「러일전쟁에 관한 이야기들」1904~1906에 담았고, 수기 형식의 『전장에서』1906~1907라는 책에서 문학적으로 형상화하였다. 이 작품들은 베레사예프가 전쟁에서 경험한 공포와 고통을 독특한 형식으로 기록한 '의사의 수기'라고 할 수 있다. 고리끼는 베레사예프를 러일전쟁에 대한 "냉철하고 정직한 증인"이라고 평했다. 당시 러시아는 일본을 상대로 승리를 장담했지만 현실은 달랐다. 러시아 병사들은 전쟁의 대의명분을 알지 못했고, 최고 지휘관들은 사리사욕에 눈이 멀어 있었다. 베레사예프는 이런 상황을 마치 보고서를 작성하듯 사실적으로 기록했다. 그런데 흥미로운 것은 베레사예프가 전쟁을 비판적인 시각에서 바라보면서 의사작가로서의 면모를 유감없이 발휘하고 있다는 점이다. 베레사예프는 러일전쟁을 이해할 수 없는 전쟁이라고 주장하면서 다음과 같이 기발한 의학적 비유를 사용하고 있다. "전쟁이 일어나게 된 것을 어찌 일본 탓으로 돌리랴. 워낙 불필요한 전쟁이다 보니 이 전쟁을 이해하는 사람이 없었다. 굳이 전쟁까지 갈 필요가 있었을까. 살아있는 몸의 각 세포에 다소의 자각 능력이 있다고 상정해 보자. 그렇다 하더라도 세포들은 어째서 몸이 갑자기 일어나 긴장을 하고 싸우는지 의문을 제기하려고 들지 않는다. 핏줄을 타고 도는 혈구의 흐름이 빨라지고 근육섬유가 수축되는 현상은 나타나겠지만 각 세포는 저마다 정해진 일을 할 뿐이다. 무엇을 위해 싸우고, 상대의 어느 부위에 타격을 가할 것인가. 이는 사물을 판단하고 몸의 운동을 조절하는 뇌가 결정할 일이다. 이와 유사한 현상이 러시아에서 빚어졌다. 사람들은 전쟁의 필요성을 느끼지도, 이해하지도 못하는데, 거대한 국가조직은 걷잡을 수 없는 흥분과 들끓는 분노에 휩싸여 거세게 요동치고 있었다."[25]

이 작품은 러일전쟁에 대한 종합보고서라고해도 과언이 아니다. 베레사예프는 후방 보급부대의 부정부패, 전쟁 상황에 대한 언론의 왜곡 보도, 러시아 정부의 폭정, 불합리, 무질서, 전염병과 기아, 도덕적 해이, 병사들의 약탈행위, 그리고 러시아 군의관들의 공허감 등을 사회 비평적 차원에서 '보도'하고 있다. 만주에서 벌어진 일본과의 전쟁에 참전한 주인공 군의관은 당시 러시아 군대가 부패하고 무능했다고 꼬집고 있다. 특히 최고 지휘관들의 무책임과 무사안일은 극에 달했다. "슈따껠베르그 제1시베리아군단장에게는 모든 장교들이 혀를 내두르며 분통을 터뜨렸다. 그들은 군단장이 즐겨 먹는 이름난 암소와 아스파라거스에 대해, 그가 타고 다니는 전용열차에 대한 이야기를 우리에게 들려주었다. 바판고우 철도역 근처에서 전투가 한창 벌어지고 있을 때였다. 병원열차들이 다니는 선로를 슈따껠베르그의 전용열차가 가로막고 있었기 때문에 수많은 부상병들을 그대로 싸움터에 버려두어야 했다. 전투가 진행되는 동안 2개 중대 병력은 군단장의 전용열차 위에 쳐 놓은 방수포에 끊임없이 물을 뿌리는 일에 매달렸다. 열차 안에서 슈따껠베르그 남작 부인이 더위를 식히고 있었다."[79쪽]

러시아 정부에 대한 부정적인 내용을 많이 다루었다는 이유로 이 작품은 검열에 걸리기도 했다. 특히 '귀향'이라는 제목이 붙은 장은 1905년 러시아 혁명을 묘사한 것이 문제가 되었다. 베레사예프의 작품들은 1928년 『러일전쟁』이라는 제목의 단행본으로 간행되었는데, '귀향'은 이 책의 마지막 장이다. 작가는 여기서 노동자들의 동맹파업과 민중들의 정치적 각성 등을 긍정적으로 묘사하고 있다. 하지만 베레사예프가 민중들의 혁명적 기운을 일방적으로 찬양한 것은 아니다. 그는 러시아 혁명의 양면성을 직시했다. "장장 수천 베르스따에 이르는 시베리아 횡단철도를 따라 술에 취한 정신이 몽롱한 지휘부 없는 폭도들의 거대한 무리가 흐르는 강물처럼 유유히 이동하고 있었다. 좀처럼 해소되지 않는 파괴에 대한 맹목적이고 야만적인 갈증으로 목말라하는 이 무리는 뭔가 전혀 다른 세계의 땅 위에서 움직이고 있었다. 그 피안의 세계에서도 거대한 파괴의 욕망이 꿈틀대고 있었지만 그런 저열한 욕망은 보다 고귀한 생각에 의해 억제되었고, 그 고귀한 생각은 폭넓고 창조적인 목표들로 가득 차 있었다. 그들은 적을 분명히 의식하고 있었으며 영웅적인 기상을 잃지 않았다. 이 두 본능은 그 성질을 근본적으로 달리하는 것이기에 둘 사이의 간극을 메울 수 있는 인식 수단은 존재하지 않았다."449쪽 그는 자각한 민중들의 봉기를 고무적으로 받아들였지만 또한 대중들의 감춰진 욕망과 무질서에 대해 우려의 시선을 보냈다. 하지만 그는 시대의 변화를 방관하지 않고, 소비에트 권력에 적극적으로 참여하였다. 그는 모스크바에서 개최된 노동자대의원 소비에트의 예술계몽위원회 의장이 되었고, 1921년부터 교육인민위원회에서 활동하였으며, 잡지『붉은 처녀지』의 예술분과 편집인이 되었다. 이 시기에 베레사예프는 장편소설『막다른 골목』등 내전시기 러시아 지식인의 운명을 다룬 일련의 작품을 발표하였다.

5)

베레사예프는 푸쉬킨, 고골 연구자로도 유명하다. 그는 『뿌쉬낀 전기』1926, 『고골 전기』1933, 『뿌쉬낀의 친구들』1937 등과 같이 러시아 작가들의 생애에 대한 깊이 있는 저서를 발표하기도 했다. 베레사예프는 또 고전 번역에도 심혈을 기울였다. 그는 1929년에 『호머의 송가』를 번역하여 출판하였다. 뿐만 아니라 그는 호머, 헤시오드, 알케이, 아나크레온, 플라톤 등을 번역하였는데, 이러한 노력과 성과를 인정받아 러시아 과학아카데미에서 수여하는 뿌쉬낀 상을 받기도 하였다. 그는 이후에도 고전 번역을 이어가 1937년에 호머의 『일리아드』, 『오디세이』를 번역하였다. 그의 고전 번역은 아직도 높이 평가받고 있다.

베레사예프의 작품은 대부분 꾸미지 않은 이야기들이 대부분이다. 그는 자신의 경험과 역사적 사실에 근거해서 작품을 썼다. 그의 작품을 읽으면서 독자들이 다큐멘터리나 사회 비평 같은 느낌을 받는 이유가 여기에 있다. 베레사예프 창작의 이런 특징들은 그가 의사작가였다는 사실과도 무관하지 않다. 의사 베레사예프는 문학을 통해 당시 러시아 사회와 의료 현장의 문제점들을 독자들에게 있는 그대로 전해야만 하는 책무를 저버릴 수 없었던 것이다. 하지만 베레사예프의 작품은 인간에 대한 따뜻한 애정과 동정심 등으로 가득 차 있기도 하다. 그리고 이점 또한 그가 의사라는 직업을 가지고 있었기에 가능한 것이었다. 체호프와 마찬가지로 베레사예프에게도 의사라는 직업은 작품 속에서 인간과 러시아 민중을 더 심오하게 통찰하고 묘사할 수 있도록 도움을 주었다.2015[26]

4. 파스테르나크와 의사작가 지바고 불멸을 찾아서

1) 파스테르나크와 『의사 지바고』

안톤 체호프A.Chekhov이나 마종기처럼 실존인물이 아니라 작가가 창조한 의사작가로서 세계문학사에서 가장 대표적인 예는 아마도 파스테르나크의 지바고일 것이다. 『의사 지바고』의 주인공은 러시아 혁명기와 내전기간에 의사로서 파란만장한 삶을 살아가면서 또한 시인으로서 적지 않은 작품을 창작하고, 예술에 대한 심오한 사상을 피력한다. 파스테르나크는 지바고의 시인적 면모를 강조하기 위해 작품 말미에 특별히 그의 시편들을 모아 소개한다. 이 시편들은 모두 25편으로 한 권의 시집으로서 손색이 없을 정도다. 다시 말해 지바고는 무늬만 작가인 것이 아니라 어느 작품에 등장하는 예술가, 작가의 형상보다 탁월한 재능과 그 결과물을 제시하고 있는 것이다. 이렇게 의사작가의 새로운 전형을 제시했다는 점에서 『의사 지바고』는 세계문학사에서 각별한 의미를 지니고 있다고 평가할 수 있다.

파스테르나크Boris Pasternak는 1890년 모스크바에서 태어났다.[27] 그의 부모는 당시 러시아의 저명한 예술가였다. 아버지 레오니드 오시포비치는 톨스토이의 마지막 장편소설 『부활』에 삽화를 그린 화가로서 미술아카데미 회원이었고, 어머니 로잘리야 이시도로브나는 유명한 피아니스트였다. 이런 이유로 톨스토이L.Tolstoi, 화가 니콜라이 게Nikolai Ge, 작곡가 스크랴빈Aleksandr Skryabin 등 러시아의 대표적인 예술가들이 지바고 집을 종종 방문하곤 했다. 파스테르나크의 유년시절과 청년시절에 그에게 깊은 영향을 주었던 요소는 기독교의 영향, 음악, 철학에 대한 관심 등 크게 세 가지라고 할 수 있다. 부모는 구약에 대한 신실한 믿음을 가지고 있었고, 유년

시절 그를 돌본 러시아 유모는 그에게 러시아정교에 대한 믿음을 심어주었다.[28] 파스테르나크의 장남 예브게니 보리소비치가 남긴 기록에 의하면 유모는 그에게 러시아 정교 세례까지 시켰다고 알려져 있다. 러시아 정교는 파스테르나크의 예술적 영감에 근본적인 원천을 제공했다. 파스테르나크는 부모의 영향을 받아 어려서부터 미술과 음악에 열정적인 관심을 가지고 있었다. 이중에서 그가 집중한 것은 음악이었다. 특히 스크랴빈으로부터 사사를 받은 것은 유명한 일화로 전해지고 있는데, 당시 그가 작곡한 몇몇 악보가 전해지고 있다. 파스테르나크는 모스크바 대학 법학부에 입학하고, 역사-철학부를 졸업했다. 대학시절에는 특히 철학에 열중했다. 대학 2학년 때에는 후설Edmund Husserl의 현상학에 심취했고, 1912년에는 독일 마르부르크 대학에서 신칸트주의자인 헤르만 코엔Hermann Cohen의 지도를 받았다. 코헨은 파스테르나크의 재능을 간파하고 계속 철학을 공부하라고 권유했다. 코엔은 마르크스주의 유물론에 기초한 사회주의를 반대하고 윤리적 이상주의를 표방한 사회주의를 주장한 신칸트주의 마르부르크 학파의 창시자이다. 그는 파스테르나크의 세계관에 깊은 영향을 주었다. 장편소설 『의사 지바고』에서 주인공이 피력하고 있는 세계관의 단초는 코엔의 철학과 깊은 연관이 있다. 하지만 파스테르나크는 러시아로 돌아오자 철학, 음악의 길을 가지 않고, 문학, 즉 언어의 길을 선택한다. 예브게니 보리소비치는 이 선택을 삶의 진실성에 대한 파스테르나크의 끝없는 열정과 탐구 때문이라고 설명했다. 다시 말해 파스테르나크는 삶의 진실성을 탐구하기 위해 추상적인 음악적 조화나 이성적인 철학이 아니라 삶의 진실성을 가장 생생하게 실현하는 '말'을 선택한 것이다.

1945년 말에 파스테르나크는 필생의 역작인 『의사 지바고』를 쓰기 시작했고, 이 작품이 완성된 것은 1956년이다. 소설은 중심 내용은 시기적으로 1903년부터 1929년 사이 사회주의 혁명기 러시아의 역사와 그 시기 지식인, 민중들의 삶을 다루고 있으며, 에필로그는 그로부터 십여 년이 지난 1943년 이차 세계대전의 상황을 설명하고 있다. 소설에 묘사되는 시기는 구체적으로 1905년 혁명기, 1917년 사회주의 혁명기, 내전 시기, 네프 NEP 시기 등으로 세분된다. 주인공은 의사이면서 작가, 사상가인 유리 지바고로 소설에서 그는 1929년 사망한다. 이 작품은 일생을 통해 탐구했던 삶의 진실성에 대한 파스테르나크의 모든 생각을 총체적으로 반영하고 있다. 작가가 이 작품을 구상하고 있을 때 처음 제목은 『소년 소녀들』이었다. 아마도 파스테르나크는 이 소설에서 러시아 혁명기 지식인 집안의 자식들이 어떻게 살았고, 성장했는지를 다루려고 했던 것 같다. 그는 이 작품에 대한 구상을 다음과 같이 설명한 적이 있다. "나는 나름대로 사실주의적인 산문을 구상했다. 그것은 모스크바 지식인들의 삶을 상징적으로 다루는 것으로, 단지 사생하는 것이 아니라 드라마 혹은 비극처럼 그리는 것이다." 작품을 구상하면서 작가가 남겨놓은 다른 메모들을 보면 『의사 지바고』는 파스테르나크의 기독교에 대한 성찰을 담고 있는 것이 분명하다. 그는 1946년 10월 13일 프레이젠베르그에게 보낸 편지에서 이 소설의 의미를 "나의 기독교적 교리"라고 말한 바 있다. 그는 복음서의 정신에 입각해서 작품을 썼던 것이다. 성서가 다양한 우화를 통해 그리스도의 가르침을 전하고 있듯이, 파스테르나크는 혁명기 러시아 지식인과 민중의 삶을 통해 자신이 생각하는 기독교 교리를 서술한 것이다. 파스테르나크는 『의사 지바고』에서 베제냐핀의 사상을 소개하는 대목에서 이를 간접적으로 암시하고 있다. "역사란 시간과 기억의 도움을 빌려 죽음의 현상에 대해 답하면서 인간이 이룩한 두 번째 세계이다."상, 85쪽29 이런 사상은 소설 속 지바고와 그의 친구들에게 매우 큰 영향을 주었다. 이런 점에서 보면『의사 지바고』는 기독교의 시각에서 러시아 혁명기 지식인의 역사적 실체와 가치, 그들의 비극적 운명을 그린 장편소설이라고 할 수 있다.

『의사 지바고』는 파스테르나크에게 노벨문학상 수상의 영예를 안겨주었다.30 하지만 파스테르나크는 노벨문학상을 수상하고도 실제로 받지 못했던 난감한 상황에 직면한다. 파스테르나크는 1946년부터 50년까지 매년 노벨문학상 후보로 거론되었고, 1957년에 다시 후보자가 되었다. 1958년에는 전년도 수상자인 알베르 까뮈Albert Camus가 파스테르나크를 추천했고, 결국 그해 수상자로 선정되었다. 이것은 이반 부닌 이후 러시아 작가로서는 노벨문학상의 두 번째 수상이었다. 하지만 소비에트 중앙위원회는 이것을 냉전으로 유도하기 위한 서방의 의도된 기도라고 보고, 「파스테르나크의 중상모략 소설에 관하여」라는 성명을 발표했다. 이 사건은 소비에트 사회에 큰 스캔들을 몰고 왔다. 중앙위원회 발표 직후 소비에트 작가동맹은 그에 대한 제명 논의를 시작했고, 급기야 작가동맹 모스크바 지부는 파스테르나크를 추방할 뿐만 아니라 그의 시민권도 박탈할 것을 요구했다. 1958년 10월 25일자『문학신문』은 작가가 "반소비에트 선전의 녹슨 갈고리에 미끼 역할을 수행했다고 인정했다"라는 기사를 실었다. 같은 달 29일에는 꼼소몰 중앙위원회 전원회의에서 다음과 같은 내용이 포함되어 있는 성명서가 발표되었다. "'비루먹은 양 한 마리가 건강한 무리를 더럽힌다'라는 러시아 속담이 있다. 우리 사회주의 사회에서 그런 비루먹은 양은 중상모략적인 '작품'을 발표한 파스테르나크이다." 1958년 10월 27일 파스테르나크는 모든 작가동맹에서 제명 처분을 받았다. 하지만 모든 작가들이 그에 대한 부당한 결정에 적극적으로 동의한 것은 아니다. 이 제명 결정은 10월 31일 모스크바 작가 전체회의에서도 가결되었는데, 이 회의 장소에 트바르도프스키Aleksandr Tvardovskii, 숄로호프Michail Sholokhov, 카베린Veniamin Kaverin, 마르샤크Samuil Marshak, 에렌부르그 Iliia Erenburg, 레오노프Leonid Leonov 등 당시 러시아를 대표하는 작가들은 발병, 출장, 이유 불명 등의 사유로 참석하지 않았다.

노벨상 위원회가 파스테르나크를 문학상 수상자로 선정한 이유는 그가 "현대 서정시에서 이룩한 탁월한 성취와 위대한 러시아 서사소설의 전통 을 계승"했다는 사실 때문이었다. 하지만 파스테르나크는 소비에트 권력 의 엄청난 압력 때문에 노벨상 수상을 거부할 수밖에 없었다. 결국 작가는 스웨덴 아카데미에 다음과 같은 전보를 보내게 된다. "본인에게 수여된 상 이 본인이 속한 사회에서 지니고 있는 의미 때문에 그 상을 거부해야만 합 니다. 본인의 자발적인 거부를 모욕으로 생각하지 마십시오." 네루와 까뮈 는 파스테르나크를 위해 당시 소비에트의 최고 권력자였던 흐루시쵸프에 게 청원을 했지만 모든 것이 가차 없이 거절당했다. 러시아의 시인 옙투센 코Yevgeny Yevtushenko는 당시 상황을 염두에 두고 파스테르나크가 소비 에트의 복잡한 정치권력 간의 투쟁 및 서방과의 이데올로기적 반목 상황 에서 인질로 잡혀 있었다고 밝힌 적이 있다. 파스테르나크는 소비에트 작 가동맹에서 제명당했지만 소비에트 문학기금 회원 자격은 유지하고 있었 다. 그는 이로 인해 원고료도 받고, 집필 및 출판활동을 할 수 있었다. 파스 테르나크를 비난했던 인사들은 그가 소비에트를 버릴 것이라고 주장했지 만 사실은 정반대였다. 그는 흐루시쵸프에게 다음과 같은 서한을 보내기 도 했다. "나에게 조국을 저버린다는 것은 곧 죽음과 진배가 없습니다. 나의 출생, 삶, 작업은 러시아와 불가분의 관계에 있습니다." 파스테르나크는 노벨문학상 수상과 관련된 여러 사건들을 겪으면서 심한 정신적 고통을 감수해야 했다. 이는 1959년에 쓴 「노벨상」이라는 제목의 시에 잘 나타나 있다.

나는 짐승처럼 궁지에 빠졌네.
어딘가에 사람들, 요구, 빛,
그리고 내 뒤엔 추적의 소음.
내겐 출구가 없다네.

어두운 숲과 연못가,
혹은 쓰러진 통나무.
길은 어디서나 끊어진다네.
어쨌든 마찬가지지.

내가 무슨 추잡한 짓을 했단 말인가,
내가 살인자나 악당인 것인가?
내 땅의 아름다움을 두고,
온 세상이 애석해했다네.

그렇다 해도 죽음을 목전에 두고,
비열함과 악의의 힘을,
선한 정신이 극복하는

때가 올 거라고 믿네.[31]

위 시에서 파스테르나크는 자신을 궁지에 몰린 짐승에 비유했다. 세간의 모든 불편한 시선을 한 몸에 받았던 작가는 당시 탈출구가 봉쇄된 덫에 걸린 한 마리 짐승에 불과했다. 2연에서 보듯이 그는 숲속에서 길을 잃고 말았다. 하지만 작가는 자신이 대체 무엇을 잘못했는지 되묻고 있다. "내가 무슨 추잡한 짓을 했단 말인가." 이것은 『의사 지바고』에서 사회주의를 비판한 것이 조국을 배신하는 것과는 상관없는 일이라는 작가의 생각과 맞닿아 있는 것이다. 이 시는 파스테르나크가 죽음을 예감하고 쓴 것으로 보인다. 그는 마지막 연에서 결국 선의가 비열함과 악의를 이길 것이라고 예언하는 것으로 작품을 마무리하고 있다. 그리고 그것은 사실이 되었다. 이 위대한 러시아 작가는 1960년 5월 30일 모스크바 근방의 페레젤키노에 있는 자택에서 폐암으로 사망하였다.

2) 의사 지바고의 삶

작품의 주인공인 지바고가 의사인 이유는 무엇일까? 러시아의 많은 연구자들에 따르면 이런 의문에 대해 특별한 사연이 존재하는 것은 아니라는 것이 중론이다. 파스테르나크가 남긴 자서전이나 그의 생애와 관련된 많은 자료들에서도 지바고가 의사일 수밖에 없었던 필연적인 이유를 찾아볼 수 없다. 다만 파스테르나크가 전쟁 소식을 전하던 작가로서 활동했던 1941년 10월에서 1943년 6월까지 후방으로 소개되어 치스토폴이라는 도시에서 살았을 때 가깝게 지냈던 드미트리 드미트리예비치 아브데예프라는 의사가 지바고의 원형이라는 주장이 있기는 하다. 당시 아브데예프의 집에서는 작가들의 모임이 자주 있었고, 파스테르나크도 여기에 적극적으로 참여하곤 했다. 하지만 이런 사실들이 실제로 의사 지바고의 탄생과 어떤 관련이 있는지는 의문이다. 이런 점에서 『의사 지바고』는 파스테르나크가 "자신에 관해 쓴 것이 아니라 동시에 이른바 자신에 관해 쓴"[32] 것이라는 리하초프의 지적은 여러 가지로 곱씹어볼 만하다. 다시 말해 이 작품이 작가의 사실적인 삶보다는 정신적 삶을 담은 기록이라는 말이다. 이로써 지바고의 삶은 오롯이 작품 안에서 탄생하고 성장하며 결실을 맺는 일대기가 되었다. 그럼 『의사 지바고』에 나타난 주인공의 삶을 의사와 작가로 구분하여 그 일생과 의미를 살펴보도록 하자.

유리 안드레예비치 지바고는 어린 시절 부모님을 잃고 난 후, 외삼촌이자 심오한 지성을 겸비한 베제냐핀에 의지한 채 소년시절을 보냈다. 그는 소년의 인격 형성에 커다란 영향을 주었다. 어린 지바고는 외삼촌의 뜻에 따라 모스크바의 저명한 지식인 그로메코 교수 집에서 청소년기를 보낸다. 그로메코 집안의 호의적이고 지적인 분위기는 유라유리의 애칭가 성장하는데 매우 유익한 환경을 제공하였다. 그로메코 집안의 딸 토냐는 후에 지바고의 아내가 된다. 유라는 감수성이 예민하고 독창적인 소년이었다. 그는 예술과 역사에 매혹되었지만 현실적인 처지를 고려하여 의과대학을 진학했다. 물리학과 자연과학에도 흥미를 느끼고 있었던 유라에게 실제 생활에서 유용한 무언가를 해야 한다는 생각이 미래의 직업을 선택하는데 결정적인 역할을 하였던 것이다.

대학 1학년 때, 유라는 한 학기를 의대 지하실에 있는 해부학 실습실에서 보냈다. 그곳에는 신원을 알 수 없는 자살한 젊은이의 시체, 익사한 여인의 벌거벗은 몸, 개복되어 절단된 신체의 각종 표본들이 있었다. 그는 해부학 실습실에 누워 있는 시체들을 보면서 육체의 아름다움, 삶과 죽음의 신비 등을 경험하게 된다. 유라는 생각이 깊었고 글을 잘 썼다. 아직 어렸던 그는 산문이나 전기보다 주로 시를 썼다. 젊은 지바고는 장차 의사작가가 될 충분한 재능을 지니고 있었던 것이다. 하지만 의과대학 시절 유라는 자신의 부족한 의술로 인해 심한 좌절을 경험하기도 했다. 그로메코 집안의 안주인 안나 이바노브나가 급성 폐부종으로 심한 천식 발작을 일으켰을 때 그녀에게 부활, 의식, 죽음, 불멸에 대한 자신의 생각만을 들려줄 수밖에 없다는 사실이 유라를 위축시키기도 했다. 이에 유라는 의술에 더 정진하여 대학의 금메달 경쟁시험을 대비하면서 망막의 신경계에 관한 학술논문을 집필했을 뿐만 아니라 일반 내과학을 끝마치고 장차 안과 의사가 되려고 눈을 깊이 있게 연구하기도 했다.

지바고는 의대를 졸업하고 모스크바의 성 십자병원에서 일했다. 그는 토냐와 결혼하여 아들을 낳았다. 병원에서 지바고는 의사로서 뛰어난 능력을 인정받았다. 한번은 외과 병동에서 어떤 여환자가 죽었는데, 지바고는 그녀가 간디스토마를 앓고 있었다고 진단했다. 하지만 다른 의사들은 그의 의견에 동의하지 않았다. 이런 경우에는 환자를 해부해야 사실 여부를 확인할 수 있는데, 결국 지바고의 진단이 옳았다는 것이 판명되었다. 하지만 지바고는 러시아 혁명의 격동기를 피해 갈 수 없었다. 당국은 그의 병역 면제자격을 재심했고, 그는 가족과 헤어져 군의관으로 전선에 파견을 가야했던 것이다. 지바고는 서부전선에 위치한 사단 야전병원에서 일하게 되었다. 야전병원과 위생부대는 전화戰禍를 피한 마을 여기저기에 흩어져 있었다. 지바고는 전선에서 전쟁의 참혹함과 살육의 처참함을 직접 눈으로 확인하면서 이런 현실에 익숙해져 가는 자신에 대해 무기력해져 갔다. "들것 위에는 끔찍하고 무시무시한 괴물같이 불구가 된 불쌍한 부상자가 실려 있었다. 포탄의 파편 조각이 그의 얼굴을 파열시켜 혀와 이를 피범벅으로 만들어 놓았다. 그러나 파편은 그를 죽이진 않고, 찢겨진 뺨의 턱뼈에 그대로 박혀 있었다. 부상자는 신음을 멈추고, 사람의 목소리 같지 않은 끊어지듯 가느다란 소리로 짤막하게 말했는데, 그것은 어서 자신을 죽게 해서 죄어 오는 고통에서 벗어나게 해달라는 기도라는 것을 알 수 있었다."상, 146쪽

전선의 상황은 날로 열악해져 갔다. 독일군이 야전병원이 있던 지역의 방어선을 뚫었고, 근처 마을은 불타고 있었다. 야전병원과 부대시설은 철수 명령을 기다리지 않고 바로 이동하기 시작했다. 지바고는 자신을 찾아온 친구 고르돈을 급히 배웅하고 돌아오던 중 포탄의 파편에 맞아 피를 쏟으며 길바닥에 의식을 잃고 쓰러졌다. 지바고는 서부전선의 한 도시에 위치한 사령부 근처로 철수한 병원에 입원하여 치료를 받았다. 거기서 그는 간호사로 일하고 있던 라리사 표도로브나와 조우한다. 라라라리사의 애칭는 자진해서 참전한 남편을 찾기 위해 이곳저곳을 전전하다가 간호사로 일하게 되었다. 그녀는 이 일을 위해 간호사 시험을 준비하여 합격했던 것이다. 라라는 남편이 전선에서 사망했다는 소문을 확인하고, 하루라도 빨리 모스크바에 있는 딸과 함께 유라틴[33]의 중학교에 복직하는 것을 꿈꾸고 있었다. 병원에 입원해 있던 지바고는 고르돈 등 친구들이 그의 책을 허락도 없이 출판하고 크게 호평을 받았으며, 이제 그에게 희망찬 문학적 미래가 기다리고 있다는 소식을 접한다.

가족이 있는 모스크바로 돌아온 지바고는 전에 근무하던 성 십자병원에

서 다시 일을 시작했다. 러시아 혁명이 목전이었던 시절에 병원은 정치적 온건파와 강경파로 나뉘어서 반목하고 있었다. 지바고는 어느 부류에도 끼지 못했다. 병원장은 그에게 업무 외에 통계 보는 일도 맡겼다. 각종 설문조사, 사망 및 질병에 관한 통계, 직원들의 수입 상태와 시민의식 정도, 연료, 식량, 의약품의 만성적인 결핍 상태 등등. 지바고는 중앙통계국이 흥미를 가질만한 모든 것들을 보고해야 했다. "벽에 하얀 칠을 해서 더욱 밝은, 양지바른 외과 병동은 승천 축일도 지난 황금빛 가을 햇살을 받아 크림색으로 빛나고 있었다. 아침마다 서리가 내렸고, 겨울새와 까치 떼가 윤곽이 뚜렷해진 엉성한 숲에 날아들었다. 그즈음 하늘은 말할 수 없이 드높아 하늘과 땅 사이 허공의 투명한 층을 통해 싸늘한 검푸른 광선이 북쪽에서 움직여 오는 것이었다."상. 220쪽 그는 외과 병동 창문가에 있는 옛날 자기 책상에서 업무를 보았다. 지바고는 간간이 일기를 썼다. 자신의 의료 업무에 필요한 정기적인 서류 외에도 그때그때 생각나는 것들을 『사람들의 유희』라는 제목의 일기장에 적어 놓았다. 많은 사람들이 자신을 망각한 채 무슨 역할을 하는지도 모르고 있다는 생각을 가지고 썼던 산문과 시 등 잡다한 내용이 담긴 우울한 일기였다.

지바고 가정의 삶은 곤궁했다. 겨울을 나기 위한 땔감과 식량이 턱없이 부족했다. 그는 병원에서 일을 하면서 간혹 왕진을 나서기도 했다. 혁명이 일어나기 직전 지바고는 길거리에서 강도를 당해 부상을 입은 저명한 정치가를 구해주기도 했다. 그는 마차로 환자를 성 십자병원 응급실로 옮기고 회복될 때까지 치료해주었다. 그해 겨울 아들 사샤가 감기에 걸렸다. 아들은 목이 아프고 심한 열이 났을 뿐만 아니라 욕지기와 토사 증세도 나타났다. 지바고는 아들의 목구멍을 살펴보고, 후두가 산딸기 색으로 변했으며 부어오른 편도선에도 하얀 반점들이 선명하게 나타난 것을 확인했다. 그는 아들의 병원체를 현미경으로 확인하고 디프테리아가 아니라는 사실에 안도했다. 사샤는 며칠 후 위막성 후두염을 일으켜 고열이 나고 숨쉬는 것조차 힘들어했다. 그의 아내는 아들이 죽는 것처럼 여겼다. 부부의 극진한 보살핌으로 아들은 조금씩 회복했다. 사회주의 혁명이 발발한 후 성 십자병원은 '제2의 개혁병원'이란 이름으로 바뀌었다. 병원에도 큰 변화가 생겼다. 일부 직원은 해고당했으나 대부분은 이해관계 때문에 병원을 떠났다. 그들은 남아있는 사람들을 멸시하고 배척했는데, 지바고도 남아있는 사람들 중 하나였다.

지바고가 왕진을 갔을 때였다. 그는 자신의 아내가 신경성 쇼크 증세가 있다고 주장하는 남편의 이야기를 듣고, 함께 환자가 누워있는 방으로 들어갔다. "침대 끝에 담요를 턱까지 올려 덮은 채 검고 커다란 두 눈을 가진 조그만 여자가 누워 있었다. 들어오는 사람을 보자 그녀는 담요 밑으로 한 팔을 내밀더니 가운의 헐거운 소매를 겨드랑이까지 흘러 내려가게 하면서 그들에게 나가라고 손을 저었다. 그녀는 남편을 알아보지 못했다. 마치 방 안에 아무도 없는 것처럼 조용한 목소리로 어떤 슬픈 노래의 첫 구절을 부르다가 제풀에 처량해져서 울음을 터뜨려 어린애처럼 훌쩍거리며 집으로 가자고 애원하는 것이었다. 유리가 그녀에게 다가갈 때마다 매번 그녀는 그에게 등을 돌려 진찰받기를 거절했다."상. 237쪽 지바고는 여자가 심한 티푸스를 앓고 있다고 확신했다. 그리고 급히 마차를 구해 병원으로 옮기라고 지시했다. 하지만 지바고는 훨씬 뒤에 자신이 티푸스에 걸렸다. 가족이 극심한 생활고에 시달리던 때였다. 그는 장작을 사서 빈다프스키역에서 가져와야만 했다. "끝이 없는 메쉬찬스카야 거리를 따라 그는 이 뜻밖에 생긴 재물을 마차에 싣고 집으로 가는 길이었다. 별안간 메쉬찬스카야 거리가 딴판으로 보였고, 몸이 비틀거리며 다리가 말을 듣지 않았다. 그는 티푸스에 걸린 것을 알아챘다. 마부가 쓰러진 그를 받쳐 들었다. 유리는 자신이 어떻게 장작더미에 얹혀 집까지 왔는지 의식이 없었다."244쪽34 지바고는 2주일 동안 누워 종종 정신착란을 일으켰다. 그는 꿈속에서 글을 썼다. 그는 부활에 관한 것도 아니고 장례에 관한 것도 아닌, 그 둘 사이에 존재하는 날들에 관한 서사시를 썼다. 서사시의 제목은 『혼돈』이었다. 그 것은 불멸의 사랑에 관한 이야기였다. 지바고는 겨우 회복되었다. 그는 봄이 찾아온 4월에 가족을 데리고 모스크바를 떠나 새로운 삶을 희망하며 우랄 지방 저 멀리, 유랴찐 시 근처에 있는 바리키노로 출발했다.35

3) 의사작가 지바고의 탄생

지바고는 혁명이 일어난 직후에 그것의 현실적 필연성을 인정하면서도 사회주의나 마르크스주의 이념에 대해서 부정적인 생각을 가지고 있었다. "마르크스주의가 객관적이라고요? 나는 마르크스주의만큼 자기 폐쇄적이고 그만큼 사실에서 유리되어 있는 사상은 없다고 봅니다. 누구나 자리에 있는 사람들은 자신이 잘못을 저지를 리가 없다는 신화를 만들려고 진실로부터 눈을 돌리는 일에 급급합니다. 나는 정치에는 조금도 매력을 느끼지 못합니다. 진리에 무관심한 사람들을 좋아하지 않으니까요."하, 311쪽 지바고는 바리키노에 와서 의료행위보다는 창작행위에 몰두하려고 노력했다. 자신이 추구하는 자유로운 삶을 포기하고 싶지 않아서였다. 하지만 현실은 '1 그를 가만히 두지 않았다. 바리키노에 의사가 산다는 소문을 듣고는 사람들이 암탉이나 계란, 버터, 치즈 따위를 가지고 30킬로미터가 훨씬 넘는 거리를 걸어와 진료를 원했다. 사람들은 무료로 진찰을 받으면 그 효염이 없다고 생각하기 때문에 할 수 없이 그 대가를 받아야만 했다. 그래도 바리키노에서의 생활은 모스크바와 비교해서 비교적 여유가 있었다. 그는 여기서 문학에 몰두하게 되고, 뿌쉬낀, 고골, 도스토예프스키, 톨스토이, 스탕달, 디킨즈 등 다양한 문학작품들을 섭렵하면서 예술성에 대해 눈뜨게 된다. 이것은 지바고가 생각하는 예술의 본질 및 법칙과 무관하지 않다. 그는 『죄와 벌』이 감동적인 이유를 라스콜리니코프의 죄와 '부활'에서보다 그것의 예술성에서 찾는다. 특히 다음 인용문은 사회주의 예술에 대한 그의 견해를 잘 보여주고 있다. "내가 사람들을 치료하거나 글을 쓰는 데 방해가 되는 것은 무엇일까? 나는 그것이 가난 또는 방황이나, 불안 또는 부분적인 변화 때문이 아니라, 미래의 새벽이니 새로운 세계의 건설이니 인류의 등불이니 하는 따위의 딱딱한 구호가 만연한 우리 시대의 정신 때문이라고 생각한다. 그런 소리를 들으면 처음에 사람들은 상상력의 폭이 정말 넓고도 풍부하다고 생각하지만 실제로는 상상력이 부족하고 이류밖에 안 되기 때문에 그토록 거창하게 들릴 뿐이다."하. 344쪽 이 시기에 지바고는 심장병에 관한 첫 징후를 경험한다. 그것은 심장병으로 평생 고생한 그의 어머니로부터 물려받은 것인데, 그는 최후에 심장병으로 사망하게 된다.

지바고는 바리키노에서 얼마 떨어져있지 않은 유랴틴에서 다시 라라와 상봉하고 비밀스런 사랑을 키워나간다. 하지만 우랄지방에서도 혁명 후 내전의 영향을 피하지 못하고 적군 빨치산의 포로가 되어 가족과 헤어진다. 지바고가 의사임을 알고 빨치산 부대에서 그를 의료 노동자로 강제 징용을 한 것이다. 빨치산의 포로가 된 지 1년 남짓한 기간에 그는 세 차례 탈출을 시도했지만 실패했다. 하지만 포로생활은 생각보다 나쁘지 않았다. 그는 의사였고, 빨치산 부대는 그가 필요했다. 빨치산 부대에서 지바고는 바쁜 일상을 보냈다. 겨울에는 발진티푸스와 괴혈병, 여름에는 이질이 발생했고, 전투가 이어지면 부상자 수가 늘어났다. 더군다나 지바고가 포로로 있던 기간에 병력은 열 배로 늘어났다. 그는 같은 포로 출신인 헝가리인 군의관과 크로아티아인 의사보의 도움을 받았다. 이밖에도 지바고는 야전 병원과 약국의 개편, 정신병 환자의 통원 치료 등과 같은 문제들을 해결해야만 했다. 내전 당시 죽음에 대한 공포, 극심한 곤궁함 등으로 신경증을 앓고 있는 사람들이 많았는데, 팜필 팔리흐가 대표적인 인물이다. 그는 백군이 포위하고 있는 상황에서 가족들의 안위를 걱정한 나머지 아내와 세 자식을 참살하고 미치광이가 되어 빨치산 숙영지를 탈출하고 만다. 포로생활을 한 지 1년 반 동안 지바고는 끔찍한 생활을 경험했다. 마침내 그는 위험을 무릅쓰고 한 겨울에 빨치산 숙영지를 벗어나 유라틴으로 향했다. 지바고는 주로 철길을 걸어서 이동했다. 도중에 그는 무장 강도떼, 범죄자, 정치범들과 마주쳤다. 철로 부근의 마을들은 완전히 파괴되어 발진티푸스 희생자와 동사자의 공동묘지가 되어 있었다. 도시에 도착할 무렵 지바고 역시 발진티푸스 증세가 나타났다. 그는 가까스로 라라의 옛집을 찾아가 그녀가 자신을 기다리고 있었다는 사실을 확인한다. 하지만 병세가 악화되어 의식을 잃고 만다. 지바고는 라라의 극진한 보살핌을 받고 회복한다. 그는 머지않아 가족이 있는 모스크바로 떠날 생각으로 당분간 일자리를 알아본다. 그는 육군병원 외래진료소에서 환자를 진찰하고, 유라찐 지방보건소에서 보건행정에 참여했으며, 산부인과와 산과학

연구소에서 외과학 강의를 하기도 했다. 하지만 적군 점령지였던 유랴찐에서 그의 처지가 드러나자 라라와 함께 바리키노로 잠시 피신을 가기로 한다.

다시 바리키노로 돌아온 지바고는 몇 주 동안 창작에 대한 열정을 불태운다. 그는 라라와 그녀의 딸 까쩬까가 잠들면 고요한 새벽 시간에 영감의 접근과 예술적 창조의 힘을 경험했다. 지바고는 이 시기에 적지 않은 시들을 완성했는데, 이 작품들은 소설의 말미에 '지바고의 시'라는 제목으로 소개되어 있다. "유리 안드레예비치를 에워싼 고요함은 행복과 생명의 숨결을 내뿜고 있었다. 램프의 불빛은 새하얀 종잇장들 위에 노란빛을 사뿐사뿐 뿌리고, 잉크병에 담긴 잉크의 표면을 황금빛으로 반짝거리게 했다. 바깥에는 차가운 겨울밤이 창백하리만큼 푸른빛으로 물들어 있었다. 그 풍경을 더 잘 보려고 유리 안드레예비치는 차갑고 어두운 옆방으로 들어가 창밖을 내다보았다. 온통 눈으로 뒤덮인 설원 위에 비치는 만월의 달빛은 마치 달걀의 흰자위나 걸쭉한 흰 페인트처럼 끈적거렸다. 그 새하얀 밤의 장관은 이루 형언할 수 없을 정도였다. 의사의 마음은 평화로웠다. 그는 따뜻하고 환한 방으로 되돌아가 글을 쓰기 시작했다."하. 530쪽 이 밤에 쓴 시가 바로 「성탄의 별」, 「겨울밤」 등이다. 이 시들에는 지바고가 바리키노에서 경험했던 겨울밤의 분위기가 생생하게 표현되어 있다. 특히 「겨울밤」이라는 시에는 겨울밤을 배경으로 지바고의 창작에 대한 열정이 촛불처럼 타오르고 있다. 다음은 작품의 첫 번째 연이다.

눈보라가 날려, 온 대지 위에 눈보라가 흩날려
사방 구석구석까지 휘몰아쳤다.

책상 위에 촛불이 타고 있었다.
촛불이 타고 있었다.

모두 8개의 연으로 구성되어 있는 이 시에서 촛불이 타오르는 형상은 예외 없이 매 연에서 반복되고 있다. 이것은 "촛불이 타고 있었다"라는 시구에 시인의 메시지가 담겨져 있다는 것을 의미한다. 이 시에서 촛불의 공간은 눈보라가 휘몰아치는 외부와 명확하게 구분된다. 이것은 작가 지바고만의 공간이며, 그의 창작의 열정이 불타오르고 있는 공간이다. 이에 비해 눈보라는 내전으로 인해 혼란스러운 혁명 직후의 러시아를 암시한다. 다시 말해 바깥세상이 아무리 종잡을 수 없이 불안정해도 예술적 창조를 결코 멈출 수 없다는 작가의 의지가 담겨 있는 것이다. 이런 점에서 "2월 내내 눈보라가 흩날렸다. / 그리고 쉴 새 없이 / 책상 위에 촛불이 타고 있었다. / 촛불이 타고 있었다"라고 노래하고 있는 마지막 연은 지바고의 이런 의지를 새삼 강조하고 있는 대목으로"쉴 새 없이" 해석되어야 할 것이다.

지바고는 바리키노에 머물면서 창작의 과정과 본질에 대한 흥미로운 경험을 하게 된다. 그것은 창작에서 언어의 역할과 그것의 역사적 의미에 대한 통찰이다. "자신에게 문득 떠오른 두세 연의 시구들과 다른 몇 가지 것들을 쓰고, 그것들을 비교하자, 이제 창작이 그를 사로잡았으며, 이른바 영감의 접근을 경험하곤 했다. 그 순간에 예술적 창조를 지배하는 힘들의 상호관계는 말하자면 뒤집히게 되는 것이다. 주도권을 쥔 것은 시인이나 그가 표현하고자 하는 영혼의 상태가 아니라 표현수단인 언어가 되었다. 아름다움과 의미의 고향이자 그것을 담는 그릇인 언어 그 자체가 인간을 위해 생각하고 말하기 시작해서는 이내 외부로 울려 퍼지는 소리라는 의미에서가 아니라 그 내적인 흐름이 지니는 맹렬함과 강력함이라는 의미에서 온통 음악이 되었다. 그때 돌을 닳아 매끄럽게 하고 그 자체의 동력으로 물레방아를 돌리는 거대한 강물의 흐름처럼, 말의 물줄기는 그 와중에 자체의 법칙에 따라 운과 리듬, 그리고 훨씬 더 중요하지만 아직은 알려지지 않고, 미처 생각하지 못한, 명명되지 않은 수많은 형식과 형태들을 창조한다. 그 순간에 유리 안드레예비치는 작품의 주요 부분이 자기 자신에 의해서가 아니라 자신의 위에 있으며 자신을 이끌어가는 보다 우월한 힘에 의해, 다시 말해 현재의 역사적 단계에서 일어나고 있으며 또한 장차 일어나게 될 보편적 사상과 시의 상황에 의해 기술되고 있다는 것을 느꼈다. 그리고 그는 자기 자신이 이러한 발전을 가능하게 해주는 데 필요한 계기요, 지점에 지나지 않는다는 것을 느꼈다."하, 531쪽 이 대목은 소설 전체에서 매우 중요한 의미를 지니고 있다. 이로써 지바고는 진정한 시인이 되었다. 그는 작가의 목적의식이 스스로를 부정하고 예술적 차원으로 비약해야만 하는 창작과정의 필연성과 자연스러움을 몸소 깨닫는다. 그리고 아름다움은 형식에서 우러나오는 것이며, "형식은 모든 살아있는 것이 존재하기 위해서 지니고 있어야 할 생명의 열쇠"라고 생각한다.하, 552쪽

바리키노에서 지바고와 라라의 생활은 행복했지만 오래 지속될 수는 없었다. 그들은 다가오는 위험을 감지하고 잠시 피신을 했을 뿐이다. 바리키노는 그들의 사랑과 행복이 위태롭게 지속될 수 있었던 마지막 장소였다. 파스테르나크는 이런 점들을 고려하여 바리키노를 실제로는 존재하지 않는 공간으로 설정한 것으로 보인다. 라라는 자신을 농락했던 코마로프스키의 거짓된 제안에 속아서 그와 함께 바리키노를 떠나고, 지바고도 홀로 모스크바로 돌아간다. 하지만 지바고의 가족은 이미 러시아를 떠나 프랑

스로 망명을 한 상태였다. 그가 모스크바에 도착한 것은 신경제정책, 즉 네프 초기인 1922년 봄이었다. 모스크바는 도시의 반이 파괴된 상태였다. 그는 심장병이 악화되고 있었음에도 불구하고 그동안 정리했던 자신의 생각들을 정리해서 출판한다. 이 책들은 소책자 형태로 제작되어 적은 부수만 서점을 통해 판매했다. 여기에는 의학에 대한 견해, 건강과 질병의 정의, 생물변이설과 진화에 대한 고찰, 유기체의 생물학적 토대로서의 개체 이론, 역사와 종교에 대한 명상, 유리 안드레예비치의 시와 단편소설 등이 포함되었다. 지바고는 모스크바에서 생활하면서 쉬차포프 집안의 도움을 받게 되는데, 이것이 인연이 되어 쉬차포프의 마리나를 아내로 맞이하게 된다. 하지만 지바고는 슬픔과 정신적 무질서를 견디지 못했다. 그는 이복동생 예브그라프의 도움을 받아 창작활동에 전념하기 위해 가족, 친구들과 떨어져 은둔생활을 시작한다. 그는 이 시기에 도시에 관한 시들을 많이 썼는데, 그중 대표적인 것이 바로 「햄릿」이라는 작품이다. 8월 말의 어느 날 아침 전차를 타고 직장인 보뜨낀 병원으로 출근하던 중 심장발작으로 숨을 거두고 만다. 라라는 이 소식을 접하고 지바고의 장례식에서 그의 관 옆을 지킨다.

4) 지바고의 시 – 불멸을 찾아서

『의사 지바고』는 2권, 17장으로 구성되어 있는데, 그중에서 마지막 장은 「유리 지바고의 시편」라는 제목이 붙어있다. 지바고의 시는 모두 25편이고, 이 중 10편은 소설이 발표되기 전인 1954년 『깃발』이라는 잡지에 소개되었다. 이 시편들은 소설 속 주인공인 지바고가 쓴 것으로 설정되어 있고,

대부분은 라라와 같이 머물렀던 바리키노와 말년의 모스크바에서 완성한 것들이다. 이런 점에서 이 시편의 주제와 파토스는 소설에서 묘사된 상황과 밀접한 관련이 있다고 할 수 있다. 예컨대 「유리 지바고의 시편」에서 「8월」이라는 시는 지바고의 죽음에 대한 예견을 담고 있다.[36] 다시 말해 파스테르나크는 소설에서 말하지 못했던 주인공의 생각, 감정 등을 시를 통해 전달하고 있는 셈이다. 지바고의 시편은 크게 두 가지 내용으로 구성되어 있다. 하나는 복음서의 메시지를 상징적으로 다루고 있는 시편들과 자연, 사랑, 이별 등을 노래하고 있는 시편들이 그것이다. 예컨대 시편의 앞부분에 있는 「햄릿」, 「3월」, 「수난절 주간에」, 「백야」 등과 같이 복음서의 메시지를 다루는 시와 자연을 노래한 시들이 번갈아 배치되어 있는 것이 대표적인 경우이다. "하지만 복음서를 모티브로 한 시편들이 '자연을 소재로 한' 혹은 사랑을 노래한 서정시, '풍속을 다룬 시'와 대립되지 않는다. 이 두 흐름은 서로 반영하고, 상호작용하며, 상호 풍족해지고 있다."[37]

이 중에서 특히 주목할 작품은 25편 중 처음에 나오는 「햄릿」이라는 작품이다. 이 시는 전체 시편의 주제를 상징적으로 담고 있을 뿐만 아니라 소설의 메시지를 형상화하고 있다는 점에서 의미가 있다. 파스테르나크가 지적하고 있듯이 소설의 주제는 '불멸'이다. 그는 불멸을 보다 심오한 삶의 또 다른 이름이라고 했다. 불멸은 말 그대로 죽음이 없는, 즉 죽음을 초월한 상태를 말한다. 이것은 육체적 죽음을 극복한 정신의 역사를 가리키는데, 파스테르나크에 따르면 예술의 영원한 주제는 바로 이 역사를 예술적으로 완성하는 것이다. 이런 의미심장한 역할을 맡게 된 인물이 소설 속 지바고이고, 그가 쓴 시에 등장하는 서정적 주인공 '햄릿'이다. 지바고가 작가의 분신임을 상기한다면 우리는 파스테르나크-지바고-햄릿을 동일한 선상 위에서 이해해도 무방할 것이다. 다시 말해 불멸을 찾아가는 여정은 세 인물에게 결국 동일한 과제였던 것이다. 「햄릿」의 첫 연은 이렇게 시작한다.

웅성거리는 소리가 잦아들었다. 나는 무대로 나갔다.
문기둥에 기대어 서서,
멀리서 들려오는 메아리 속에서
내 생애에 일어날 사건들을 가늠해본다.

햄릿이 무대에 등장한다. '나'는 햄릿이라는 이름을 가진 한 인간이지만 작품의 후반부에는 인류 전체의 구원자인 예수의 형상이 된다. 여기서 무대는 끝 혹은 죽음을 향해 달려가는 역사 혹은 삶이다. 햄릿은 멀리서 전해오는 어렴풋한 '소리메아리는 소리가 아닌가?'를 들으며 희극이 될지, 비극이 될지 모를 자신의 운명을 엿들으려고 한다. 그리고 2연과 3연에는 갑자기 상황이 바뀌어 죽음을 앞둔 예수의 형상이 등장한다. "이 잔을 저에게서 거두어 주소서."라는 구절은 바로 이 장면이 예수의 마지막 삶과 죽음에 연결되어 있다는 것을 암시한다. 이윽고 마지막 연은 이렇게 마무리된다.

그러나 막幕의 순서는 이미 정해지고,
인생의 끝은 돌이킬 수 없다.
난 혼자고, 모두 바리새인이 되었다.
삶을 산다는 것은 평탄한 들판을 지나는 것이 아니다.

필자는 위 시에서 러시아어 'путьput'를 인생으로 번역했다. Путь는 중의적 의미를 가진 단어로 길, 도정, 방향, 노선 등의 뜻을 지니고 있다. 물론 이 단어는 '인생'이라는 뜻의 비유적 의미도 있고, 이 시에서 "인생의 끝"은 곧 죽음을 의미한다. 그리고 앞선 모든 의미를 전복시키는 마지막 구절은 불멸의 메시지를 담고 있다. "삶을 산다는 것"은 삶과 연관된 중복적 의미를 지니고 있는데, 이것은 죽음으로 향하는 삶을 극복하고 영적 삶을 영속적으로 이어간다는 함의를 갖는다. 마지막 구절에서 첫째, 삶이 죽음을 향한 것이라면 러시아 속담이 전하는 삶의 지혜를 담는 메시지에 머물렀을 것이다. 이 구절은 실제로 러시아 속담에서 유래한 것이다. 하지만 둘째, 여기서 삶이 불멸을 뜻하는 것이라면, 다시 말해 죽음을 극복한 정신적 삶의 영속을 가리킨다면 의미는 완전히 새로운 것이 된다. 불멸은 개인과 집단의 삶이 아니라 인간과 자연, 우주의 삶 전체를 아우른다. 그것은 러시아 속담에 담긴 삶의 지혜를 넘어 생명과 우주의 원리가 된다. 달리 말해 이 삶은 바리새인의 삶이 아니라 죽음을 극복하고 부활한 예수의 삶이다. "난 혼자고, 모두 바리새인이 되었다." 바리새인은 이렇게 기도한다. "하나님이여 나는 다른 사람들과 같지 아니함을 감사하나이다."누가복음 18 : 10~14쪽 하지만 예수는 그들을 꾸짖는다. 왜냐하면 바리새인은 신을 찬양하지 않고 자신을 찬양하기 때문이다. 이것은 불멸신이 아니라 죽음자신을 찬양하는 신앙이다. 이런 점에서 「햄릿」은 파스테르나크와 그가 창조한 의사작가 지바고가 추구하는 이상을 가장 잘 구현한 작품이라고 할 수 있다. 그것은 우주와 세계 그리고 자연과 인간의 생명이 중단 없이 지속되는 근본적인 원리, 즉 '불멸'을 찾아서와 밀접한 연관이 있는 것이다.2019

5. 의사작가 안빈의 문학과 의학

1) 작품 속의 의사작가

실존인물로서의 의사작가와 작품 속의 의사작가는 어떤 차이가 있을까? 우리에게 잘 알려진 의사작가로서는 예컨대 러시아의 안톤 체호프, 미하일 불가코프, 독일의 고트프리트 벤, 영국의 코난 도일, A.J.크로닌, 프랑스의 프랑수아 라블레, 미국의 카를로스 윌리엄스, 한국의 마종기, 일본의 모리 오가이森鷗外 등이 있다. 그렇다면 허구적인 인물로서 의사작가는 누가 있을까? 동서양의 고전들을 살펴보면 의사가 주인공으로 등장하는 작품들이 많다. 특히 근대문학 이후 의사 주인공은 계몽과 과학의 시대정신을 대변하는 인물로 주목받아 왔다. 하지만 그런 의사 주인공이 군이 작가일 필요는 없었다. 다시 말해 작품 속의 의사작가는 그 예가 많지 않다는 말이다. 가령, 이광수의 「사랑」에 나오는 안빈, 파스테르나크의 『닥터 지바고』의 주인공 지바고 정도다. 여기에 무늬만 작가인 의사작가의 경우를 들면 예들은 더 많아질 것이다. 일반적으로 의사작가들은 두 가지 정체성을 가지고 있다. 의사와 작가로서의 정체성이 그것이다. 그렇지만 우리가 아는 의사작가들은 의사에서 작가로 전업한 경우가 대부분이다. 물론 카를로스 윌리엄스, 마종기, 모리 오가이 등은 말년까지 의사와 작가를 겸업했다. 특히 모리 오가이는 일본의학사에서 획기적인 업적을 남긴 특수한 사례라고 할 수 있다. 하지만 위에서 언급한 의사작가들을 문학사에서 찾을 수는 있어도 의학사에서 찾기는 쉽지 않다. 다시 말해 의사작가들은 의사보다는 작가로서의 정체성이 더 강한 것이다. 그렇다면 작품 속의 의사작가들은 어떨까? 이 경우는 실제 현실과는 약간 다르다. 다시 말해 허구적인 인물로서 의사작가들은 실제 현실보다 작품 속에서 주어진 역할에 따라 정체성이 결정된다. 예컨대 안빈은 작가에서 의사로 간 경우이고, 지바고는 의사에서 작가로 간 경우라고 할 수 있다.

실존인물과 허구적인 인물로서 의사작가는 문학연구의 관점에서 보면 작가론과 작품론의 대상이라는 점에서 대비될 수 있다. 의사작가로서 안톤 체호프에 대한 관심과 연구는 그의 의사로서의 삶과 예술의 연관성에 대한 탐구이다. 이것은 체호프에 대한 연구, 즉 작가론의 특수 주제에 해당된다. 이에 비해 안빈에 대한 주목은 「사랑」의 주인공이 작품 속에서 어떤 역할을 하고 있으며, 그것의 문학적 의미가 무엇인지에 대한 관심이다. 이렇게 보면 의사작가 안빈의 문학과 의학에 대한 글은 안빈 자신이 아니라 이광수의 「사랑」에 대한 작품론의 하나라고 할 수 있다. 이것은 반대의 논리로도 증명된다. 만일 안빈이 의사작가라는 사실이 작품을 이해하고 평가하는데 큰 의미가 없다면 작품 속 의사작가론, 즉 '안빈론'은 신기루에 불과하다.

앞서 언급했듯이 이광수의 「사랑」은 의사작가가 주인공이라는 점에서 특이한 작품이다. 그리고 안빈은 작품 속 의사작가라는 점에서 매우 희귀하고 흥미로운 인물이다. 하지만 이런 관점에서 안빈을 다룬 연구는 그런 희귀성 못지않게 찾아보기 힘들다. 아마도 이글은 안빈을 의사작가라는 관점에서 다루는 최초의 글이 될 것이다. 여기서 필자는 안빈의 문학과 의학에 대한 생각을 살펴보면서 그것이 이광수가 창조한 식민지 조선의 지식인에 대한 해석과 평가와 어떤 연관이 있는지를 살펴보려고 한다.

2) 의사작가 안빈의 생애

「사랑」의 전반부에 주인공 안빈은 사십이 갓 넘은 의사로 나온다. 그는 종로통에 '안빈내과소아과의원安賓內科小兒科醫院'을 개업한 의사다. 그 당시 안빈은 의학사였으나 3년 후에 경성제국대학 의학부에서 박사논문이 통과되어 의학박사가 된다. 하지만 안빈이 처음부터 의사의 길을 걸었던 것은 아니다. 그는 젊은 시절 장래가 촉망받는 작가였다. 안빈은 『신문예新文藝』라는 잡지를 만들어 십년 가까이 문단의 중심 세력으로 활동해왔다. 이 잡지를 통해 수많은 시인과 소설가들이 배출되었고, 잡지는 문학사의 중요한 사건으로 평가되었다. 이때 안빈의 나이가 삼십이, 삼세로 젊은 나이에 문단의 거장이 된 것이다. 다시 말해 안빈은 의사에서 작가로 전향한 것이 아니라 작가에서 의사로 전업한 인물이다. 그렇다면 그가 작가의 길을 포기하고 의사로 전업한 이유는 무엇일까. 이에 대해 작가는 이렇게 설명하고 있다.

> 안빈은 젊어서부터 시와 소설 등 문학을 썼다. 그것이 안빈에게 꽤 큰 명성을 가져왔다. 안빈은 처음에는 그 명성을 대단히 기뻐하였고, 또 자기의 문학적 능력과 공적은 그 이상의 명성을 얻기에도 합당하다고까지 생각한 일도 있었다. 그러나 자기의 문학적 작품이라는 것이 대체 인류에게 무슨 도움을 주나? 도리어 청년 남녀의 '정신의 배탈'이 나게 하고 '도적의 신경 쇠약'이 되게 하는 것이 아닌가? 대체 세계의 문학이란 것은 또 그런 것이 아닌가? 그 것도 다분히 담배나 술이나 또 더 심한 것은 춘화도가 아닌가?114~115쪽[38]

안빈이 문학의 길을 단념한 것은 톨스토이의 영향이 큰 것으로 보인다.

자신의 문학이 인류에게 어떤 도움을 줄 수 있는지에 대한 의문은 톨스토이가 『예술론』에 제기했던 고민과 일치한다. 톨스토이는 문학과 예술이 민중의 삶에 어떤 기여를 했는지 비판하면서 자신의 모든 작품을 부정하고, 심지어 불태우기까지 했다. 안빈 또한 중생들의 고단한 삶을 자신의 문학작품과 비교하면서 그동안 쓴 시와 소설을 한가로운 정신적 유희라고 매도한다. 작가로서 그가 톨스토이의 영향을 많이 받았다는 정황을 고려한다면 안빈에게 톨스토이는 양날의 칼이었던 셈이다. 그는 톨스토이로부터 문학을 배우고, 또 그를 좇아 문학의 길을 포기했다. 하지만 톨스토이와 안빈 사이에 간극이 존재하는 것도 사실이다. 톨스토이는 자신의 문학뿐만 아니라 서양의 고전예술 전반을 비판했지만 그것이 문학, 예술 자체를 부정하는 것으로 이어지지는 않았다. 그에게는 민중을 위한 문학, 예술이라는 여지가 남아 있었다. 그래서 톨스토이는 끊임없이 그런 문학을 추구하고 시도했다. 이에 비하면 안빈은 전혀 다른 길을 선택한다. 안빈은 톨스토이와 비슷한 고민에 빠지지만 결국 문학을 단념하고 만다. 그에겐 민중을 위한 문학이란 애초부터 고려의 대상이 아니었다.

이런 이유로 안빈은 『신문예』를 폐간하고 의학을 배우려고 다시 학생이 된다. 그 사이 안빈은 삼년 동안 병을 앓고, 칠년에 걸쳐 의학공부를 마친다. 그리고 이때 아내 옥남은 교원 생활과 재봉틀로 어려운 살림을 이어간다.19쪽 안빈이 일찍 작가로서의 삶을 청산하자 옥남뿐만 아니라 지인들이 큰 의문을 갖고 반대한다. 하지만 안빈은 "정성껏 병을 보아 주고 밥을 먹는 것은 적이 안심이 되었다. 그리고 병들어 불쌍한 사람의 고통을 덜어주고, 또 다음에 위안을 주는 것이 안빈의 성미에 맞았다. 안빈은 모든 병자를 다 무료로 치료하고 싶었으나 그에게 그만한 복력이 없는 것이 슬펐다.

만일 돈이 많을진댄 안빈은 돈을 말하지 아니하고 병자를 보았을 것이다. 이러지 못하는 것을 안빈은 복덕이 부족한 것이라고 믿는다. 복혜 구족福慧具足할 때에 비로소 대의왕大醫王이 되는 것이어서, 그때에야 중생의 마음과 몸의 병을 다 고칠 수 있다 하거니와, 안빈은 이것을 믿는 것이다. 그러한 정도에 달할 때까지는 안빈은 다만 환자가 진찰료와 약 값을 주면 받고, 안 주면 독촉하지 아니하는 것과, 아무리 가난한 사람이 왕진을 청하더라도 걸어서라도 가 보는 것으로 겨우 양심의 만족을 얻는 것이었다."115~116쪽 안빈은 문사에서 벗어나 의사가 되자 마음의 안식을 찾는다. 인류에 대한 보편적 사랑을 실천하는 길이 문학이 아니라 의술을 통해 가능하다고 안빈은 믿었기 때문이다. 여기서 톨스토이의 '민중'은 안빈의 '중생'으로 대체된다. 톨스토이에게 민중은 19세기 러시아 현실 그 자체였다. 그들은 억압당하고 착취당하는 러시아 농민들이었다. 하지만 안빈에게 중생은 식민지 조선의 민중이 아니라 '병들어 불쌍한 사람들'이고 '모든 병자'였다. 그리고 안빈은 그들을 보살펴주면서 '양심의 만족'을 얻었다. 결국 안빈은 자신의 이상을 실현할 수 있는 '북한요양원'을 설립한다. 그는 요양원에서 현실적인 갈등과 혈육을 극복한 보편적인 공동체를 건설하려는 원대한 꿈을 펼치기 시작한다.

3) 안빈의 문학관

안빈의 문학적 취향은 톨스토이로 대변된다. 안빈은 자신의 병원 대합실 책상에 환자와 그 가족들이 보라고 여러 종류의 서적을 갖다놓는데, 그 중에서 특히 톨스토이의 소설들이 특정되어 있다.11쪽 이것은 이광수의 문학적 취향과 일치한다. 그는 톨스토이를 가장 존경하는 작가로 꼽는데 주저하지 않았고, 또 그의 삶의 역정을 본받으려고 노력했다. 이밖에도 이광수의 톨스토이 사랑은 작품의 곳곳에 나타난다. 예를 들어 안빈의 아내 옥남조차도 톨스토이의 세계에서 자유롭지 못하다. 옥남이 원산 요양원에와서 남편의 권유에 따라 가만히 누워 하늘을 바라보는 장면이 나오는데, 이것은 톨스토이의 『전쟁과 평화』에서 안드레이가 전장에 나가 포탄을 맞고 생사를 헤매다가 문득 하늘을 바라보는 장면과 흡사하다. 안드레이는드높은 하늘을 바라보면서 구름 사이로 '푸르른 무한의 세계'를 응시한다. 톨스토이는 그 하늘을 '영원한 하늘'이라고 했다. 옥남도 하늘을 보면서안빈의 다음과 같은 글귀, 즉 "끝없는 변화와 무상", "끝없는 새로운 창조와 영원"100쪽을 떠올린다. 이것은 톨스토이가 위 장면에서 언급하고 있는메시지와 맥을 같이 한다. 또, 옥남은 순옥의 순결한 마음을 높이 사면서다음과 같은 비유를 동원한다. "마치 톨스토이의 이야기에, 미하엘 천사가구둣집 머슴의 탈을 쓴 모양으루."140쪽 이 문장은 톨스토이에 대한 이광수의 존경이 얼마나 대단한 것이었는지 잘 보여주고 있다.

안빈의 문학세계를 이해하는데 또 하나 흥미로운 것은 그의 작품에 대한 주위 사람들의 평가이다. 순옥의 선배인 인원은 안빈의 작품을 이렇게생각한다. "인원도 안빈의 시와 소설을 보기는 보았다. 거기서 다른 작가의 것에서 볼 수 없는 높고 깨끗한 감격을 받기도 받았다."17쪽 이런 평가는 순옥의 생각과도 일맥상통한다. 그녀는 허영의 작품을 안빈의 것과 비교하면서 "꾀꼬리 소리에 대한 참새의 소리와 같았다"47쪽라고 평가한다. 그만큼 안빈의 작품세계가 고결하고 순결하다는 것이다. 물론 안빈의 작품에 대한 부정적인 평가도 존재한다. 순옥과 결혼에 성공한 허영은 아내가 자신의 작품을 너무 감각적이라고 비평하자 울분을 참지 못하고 안빈의 시를 폄하한다. "안빈의 소설은 모르겠소. 허지마는 시루야 어떻게 허영과 비긴단말요? 안빈의 시는 시 아니어든. 케케묵은, 시대에 뒤떨어진 거란말요. 내용으루나 형식으루나, 더구나 그 사상 인생관으루 말하면 중세기식이란 사람은 시대 정신을 이해허지 못허구, 이를테면 시대에 역행허는 사람이어든. 문학이란 계몽기 문학이란 말야. 젖비린내 나는 여학생들이나 속이는 문학이란말요. 순옥이두 잘못 알구 그러는 거요. 마는 다시는 내 앞에서는 그런 소리 마시요."277쪽 이에 반해 순옥은 안빈의 작품이 감각적이지 않고 정신적이라서 좋다고 언급한다. 허영의 시는 감각적인데 반해 안빈의 것은 정신적이고 고상하다는 것이다.

「사랑」에는 안빈의 시가 소개되어 있지 않기 때문에 주위 사람들의 평가가 구체적으로 어떤 점을 염두에 둔 것인지를 확인할 길은 없다. 그런데 안빈의 시에 대한 허영의 견해는 전적으로 옳다고 할 수는 없지만 여러 모로 시사하는 바가 많다. 허영은 안빈의 시가 내용이나 형식면에서 시대에 뒤떨어진 것이라고 평가한다. 자신의 시가 모던한데 비해 안빈의 것은 계몽기 수준에서 벗어나지 못하고 있다는 것이다. 다시 말해 안빈의 시는 허영의 입장에서 보면 너무 교훈적이고 고루한 것이다. 물론 이것은 자존심에 상처를 입은 허영의 일방적 주장일 수도 있다. 그러나 분명한 것은 안빈의 작품이 당시 유행했던 서구적인 문학 스타일과는 거리가 있다는 점이다.

안빈의 문학을 높이 평가하는 순옥과 인원은 공통적으로 고결함과 순결함을 지적한다. 그것은 '참새의 소리'처럼 시끄럽거나 번잡하지 않고, '꾀꼬리 소리'처럼 고상하고 청아한 세계다. 그런데 여기서 흥미로운 것은 그

'꾀꼬리 소리'가 안빈을 문학의 세계로부터 멀어지게 한 원인이 되었다는 점이다. 안빈이 추구했던 보편적인 사랑의 실천과 "복혜 구족福慧具足할 때에 비로소 대의왕大義王이 되는 것이어서"로 대변되는 불교철학은 문학의 길과는 거리가 먼 것이다. 왜냐하면 문학의 세계는 '참새의 소리'와 '꾀꼬리 소리'가 공존해야만 가능한 것이지, '꾀꼬리 소리'만으로 이루어지는 것이 아니기 때문이다. 그것은 이미 문학을 넘어선 세계인 것이다. 이런 점에서 안빈이 문학이 아니라 자신의 이상을 실현할 수 있는 의업의 길을 선택한 것은 필연적이었다고 할 수 있다.

4) 안빈의 의학사상

안빈은 의사로서 의학의 한계와 가치, 질병과 치료, 인과율 등에 관한 자신만의 독특한 철학을 가지고 있다. 먼저 의학의 한계와 가치에 대한 그의 생각을 살펴보자. 안빈은 폐결핵으로 죽어가고 있는 아내를 구할 수 없다는 생각에 괴로워하며 의학의 한계와 가치에 대해 고민한다. "생명은 약으로 붙들어지는 것은 아니다"라는 것이 그의 기본 입장이지만 "고통을 덜고", "죽음을 연기"하는 것 또한 의학이 인간계에서 할 수 있는 최선이라고 인정한다. 이것은 의사라면 누구나 겪어 보았을 법한 실존적 상황인데, 안빈의 경우는 "지극히 제게 가까운 사랑하는 사람을 대하는" 것이어서 그의 부르짖음에는 진정성이 깃들어 있다.

'병 없는 세계!'
'죽음 없는 세계!'

안빈은 속으로 이렇게 부르짖었다. 의사가 되어서 날마다 앓는 사람을 대하는 안빈은 매양 이러한 생각을 아니할 수 없거니와, 그것이 지극히 제게 가까운 사랑하는 사람일 때에 그 생각이 더욱 간절하지 아니할 수 없었다.

아내의 병을 고쳐 주고 싶다. 그 열을 내리고 그 병든 폐를 성하게 하고 그리고 그 노랑꽃이 핀 수척한 몸이 다시 살찌게 하고 다시 그 몸에 건강과 젊음과 아름다움을 주고 싶었다.

'그러나 그것은 할 수 없는 일이다!'하는 결론에 다다를 때에 안빈은 더욱 가슴이 답답함을 깨달았다.

병이 들수록 살고 싶어하고 병이 중하여 죽을 때가 가까울수록 차마 볼 수 없도록 죽기를 싫어하고 알뜰히도 살고 싶어하는 것은 무슨 모순인고! 이 무슨 비극인고!

안빈은 여러 사람의 임종을 보았다. 쓸데 없는 줄 알면서도 강심제를 주사하고 산소를 흡입시킨다. 그러나 업보로 예정한 죽을 시각이 임할 때에는 아무러한 강심제도 심장의 근육을 힘있게 못하고 아무리 산소를 넣어도 폐가 그것을 빨아 들이지 못하였다.

'생명은 약으로 붙들어지는 것은 아니다!'

안빈은 번번이 이렇게 생각하고 때로는 의학까지도 의심하는 일이 있었다. 그러다가는 사람의 지혜가 밎는 한도에서 앓는 이의 고통을 덜고 앓는 날을 짜르게 하고, 사람의 힘이 밎는 대로 죽음을 연기시키도록 애쓰는 것이 의학이다, 하고 의사로의 자신을 회복하는 것이었다.164쪽

안빈의 의학사상은 질병과 치료에 대한 생각에서 좀 더 분명하게 드러난다. 그는 이 대목에서 석가여래의 말씀을 빌려 섭심론攝心論을 설파한다.

병을 고치는 데 가장 중요한 것은 마음을 다스리는 것이라는 논리다. 다음은 아내 옥남과의 대화 중 한 장면이다.

"석가 여래 말씀에 이런 말씀이 있어. 병을 고치는 데 세 가지 요긴한 것이 있느니라구. 첫째는 마음 가지기, 둘째는 병구완, 그리구 세째가 의약이라구. 과연 옳은 말씀야. 일 섭심一攝心, 이 간병二看病, 삼 의약三醫藥이라구."

"그래요. 제 마음이 첫째지."

"첫째는 앓는 사람이 마음을 고요히 가지는 것이지마는 또 곁에서 잘 간호해 주는 이가 있어야 해. 병원에서두 의사보다두 간호부가 병인의 병을 낫게 허는 힘이 커. 그러니깐 좋은 간호부 있는 병원이 좋은 병원이야."

"간호부는 첫째 친절해야지요."

"친절이란 그렇게 중요한 것이 아니야. 겉으루 친절허지 아니헌 간호부 어디 있나? 속으루 병자를 사랑해야돼요. 속으로 진정으루말야. 그렇게 사랑하는 마음이 아니 생기구야 정말 친절이 나오나, 정성은 나오구? 병자란 의사와 간호부에 대해서는 대단히 예민하단말야. 저 의사가 내게 정성이 있나 없나, 저 간호부가 정말 나를 위해 주나 아니허나, 그것만 생각허거던. 그래서 의사나 간호부가 지성으로 허는 것인지 건성 예로 허는 것인지 병자들은 빤히 알구 있어요. 왜 어린애들이 그렇지 않은가? 아무 말 아니하더라두 어른이 저를 귀애허는지 미워허는지 다 알지 않소?"

"참 그래요."

"병자두 마찬가지야. 저 의사가 나를 위허는지, 저 간호부가 건성 예로 저러는지 다 알아 가지구는 만일 저를 위허지 않는 줄만 알면 마음이 괴로워지거던, 하루 종일. 이것이 병에 큰 해란말야. 불쾌허구, 괴롭구 헌 것이. 그러면 신경이 흥분허구, 잠이 안 오구, 입맛이 없구, 소화두 잘 안되구. 그런데 병자가 마음이 편안허구 기쁜 날은 밥두 잘 먹구, 또 내리기두 잘허구 그렇거던. 그래 회진을 해보면 병자들이 어떠한 마음으루 있는지 대개 알어.98~99쪽

위 인용문에서 안빈은 마음, 간병, 의약 중에서 병자의 마음이 첫째라고 주장한다. 모든 것이 '마음 가지기'에 달려있다는 것이다. 그런데 흥미로운 사실은 안빈의 의학사상이 연기론緣起論에 근거한 것이라는 점이다. 다시 말해 안빈의 의학사상은 그의 우주관, 인생관의 일부분이었던 것이다. 여기서 안빈의 섭심론, 즉 '마음 가지기'로 대변되는 의학사상은 현실의 논리로 확대된다. 안빈은 순옥이 허영 때문에 괴로워하자 불교의 인과율因果律을 빗대 세상살이의 이치를 설명하며 위로한다. 그에 따르면 인과에는 두 가지가 있는데, 하나는 과학에서 인과이고 다른 하나는 불교에서 말하는 인과이다.75쪽 안빈은 이에 대해 다음과 같이 설명한다. "이 우주와 인생을 지배하는 제일 근본 되는 법칙이 인과의 법칙이란말야. 원인이 있으면 반드시 결과가 있고, 어떤 결과가 있으면 반드시 그 결과를 생하게 한 원인이 있다 하는 것이 그게 인과라는 게야. 헌데 사람들은 자연계에는 인과율이 있는 것을 믿으면서도 사람의 일에는 인과가 없는 것처럼 오해하는 일이 많어."75쪽 요컨대 순옥이 허영 때문에 마음고생을 하는 것도 과거의 어떤 원인의 결과라는 것이다. 이 문제에 대한 안빈의 처방은 확고하다. 현재의 모든 일은 이미 엎질러진 과거의 원인 때문이니 "다 묵은 빚을 갚는 셈 치고 순순히, 한걸음 더 나가서는 감사하는 마음으로 받고, 그리고는 제 과거와 현재의 생활에 대해서는 참회적 비판을 사정 없이 가해서 보다 나은 미래의 인을 짓는 것이다."77쪽 결국 불교의 연기론에 바탕을 둔

안빈의 처방은 병자나 상처받은 사람이 과거의 원인과 현재의 결과를 순순히 감사하는 마음으로 받아들이고, 미래를 위해 참회적 비판을 해야 한다는 것으로 요약된다. 여기서 안빈의 섭심론은 의학사상을 넘어 현실을 설명하는 논리로 발전하는데, 이것은 그가 문학이 아니라 의사의 길을 선택한 이유를 합리화하는 근거가 되기도 한다. 안빈은 인과율에 대해 설명을 이어가면서 아는 것에는 세 단계가 있다고 주장한다. 첫째는 옳게 생각하는 것이고, 둘째는 옳게 느끼는 것이며, "마지막으로 옳고 옳지 않은 것이 문제가 되지 아니하고서 아주 제 것이 돼 버리는 것"77쪽이다. 안빈은 아는 것의 세 번째 단계에 이르러서야 "비로소 行이 되어 나오는 것이"라고 말한다. 다시 말해 인과의 법칙을 마음으로 받아들여야만 미래를 위한 행동을 할 수 있다는 것이다. 우리는 이 대목에서 안빈이 문학을 단념하고 보편적인 사랑을 실천하기 위해 요양원을 설립하는 이유를 납득하게 된다. 이런 점에서 이광수에게 의사작가 안빈은 자신의 무의식 속에 존재하는 심리적 대리자, 즉 초자아Über-Ich였는지도 모른다.2016

6. 한국의 의사시인 마종기

1)

마종기 시인을 처음 만난 것은 연세의대에서 『문학과 의학』 교육과정을 준비하던 2003년 봄이었던 것으로 기억한다. 마선생은 모교에서 의대생들에게 문학을 교육시키는 일에 남다른 열정을 가지고 계셨다. 명색이 비평가였던 내가 마종기의 존재를 모를 리 없었지만, 실제로 선생의 모습을 처음 본 것은 대학 때 시집들을 읽은 지 20여 년이 지난 후였던 것이다. 문단에서 수많은 시인들을 만나고, 그들의 시집에 발문도 적지 않게 쓴 내게 마종기 시인의 첫인상은 솔직히 낯선 것이었다. 내가 아는 시인들은 대부분 양복을 입고 있지 않았다. 간혹 문단 행사에서 하얀 와이셔츠에 넥타이를 맨 시인들을 볼 수 있지만, 그 모습은 어딘지 모르게 어울리지 않은 부조화를 연출하는 경우가 많았다. 말하자면 거추장스러운 복장을 억지로 입고 있는 모양새였던 것이다. 그런데 마종기 시인은 달랐다. 연푸른 와이셔츠에 세련된 색감의 넥타이를 맨 시인의 모습은 말 그대로 서양 신사가 따로 없었다. 마종기 시인처럼 양복이 잘 어울리는 문인을 나는 알지 못한다. 그 순간 내 마음 속에서 잘 조직된 시의 단단한 몸체와 지적이고 예리한 감각, 투명하고 세련된 시적 이미지들이 떠올랐다. 마종기 시인은 날카로운 눈매와 지적인 인상 때문에 차갑고, 까다로울 거라고 생각하기 쉽다. 하지만 잠시 곁에 있어보면 그는 정말 마음이 따뜻한 사람이라는 것을 느끼게 된다. 무엇보다 아랫사람에 대한 마음씀씀이가 각별하시다. 마선생의 따뜻한 정은 아마도 세상살이에 대한 애틋함에서 나온 것이 아닌가싶다. 나는 그의 시가 대중에게 큰 감흥을 선사하는 이유가 바로 여기에 있다고 생각한다. 마종기 시의 세련된 감각과 이미지들이 그와는 상반될 것 같은 온화하고 애틋한 감정을 싣고 독자의 마음속으로 들어가 큰 울림을 주는 것이다.

마종기 시의 새로움을 제일 먼저 지적한 사람 중 하나는 바로 박두진 시인이다. 그는 마종기의 첫 시집 발문에서 "『조용한 개선』이 곧 서정의 개선을 의미하고 그 서정의 개선은 곧 서정의 출발을 또한 의미한다"라고 지적한 바 있다.[39] 다시 말해 그는 마종기 초기 시를 읽고 한국현대시에서 찾아보기 힘든 새로운 서정의 맹아를 발견한 것이다. 그것은 지적이고 예리한 감각과 정제된 감정의 조화, 청신함과 따뜻한 생명감의 공존이라고 할 수 있는데, 말하자면 현대시의 모던한 감각이 생명에 대한 깊은 성찰과 어우러진 한국 서정시의 새로운 개가凱歌라고 본 것이다. 이때가 1960년이고, 그로부터 반세기에 걸쳐 마종기 시인은 자신만의 독특한 서정시로 한국현대시의 중요한 흐름을 형성해왔으니, 박두진 선생의 지적은 아직도 유효하다고 할 것이다. 그것은 시인의 선언처럼 "생명의 온기를 감사하는 서정의 꽃밭"「해부학 교실1」으로 그의 "서정의 개선"은 아직도 계속 이어지고 있는 것이다.

마종기 시의 특징은 그의 삶과 인격에서 자연스럽게 우러나오는 것이지만, 그것은 또한 의사시인이라는 사실과 무관하지 않다는 것이 이 글의 가장 큰 주장 중 하나다. 그의 시에서 자주 만나게 되는 지적인 언어와 감각, 생명에 대한 깊은 성찰 등은 의사로서의 삶과 불가분의 관계가 있다. 이에 대해서는 정과리가 이미 강조한 바 있다. "의사 체험은 그의 시에 중요한 영향을 미친 것으로 보인다. 하지만, 그에 대한 고찰은 많지 않다. 의사 체험은 간단히 말해, 죽음의 상시적 체험이라고 할 수 있다. 그 체험은 단일한 체험이 아니라, 여러 종류의 심상을 유발하는 복합적 체험이다. 그것은 죽음과 생의 관리자로서의 체험이자, 죽음의 목격자로서의 체험이며, 또한 유한자의 비애에 대한 체험이다. 이 복합적 죽음 체험은 시인의 시작 활동과 동시에 있었다. 앞으로의 마종기 연구는 이 점에 주목해야 할 것이다."[40] 정과리는 마종기가 경험한 의사로서의 복합 체험이 그의 작품세계에 크게 작용했다고 주장하고 있다. 이와 관련해서 필자는 이 글에서 의사시인으로서 마종기 시의 특징을 몇 가지 지적하려고 한다. 그럼 그의 생애와 작품세계를 의사시인이라는 관점에서 간략히 서술해보도록 하자.

2)

마종기는 1939년 일본 동경에서 태어났다. 그가 식민지 시대 제국의 수도에서 출생한 것은 아버지 마해송 선생이 당시 동경에서 문필활동을 활발히 하고 있었기 때문이다. 그의 가족은 해방이 되기 직전인 1944년 조선으로 귀국했다. 어머니는 한국 여성 최초의 서양 무용가였고, 부친은 탁월한 문필가였으니 마종기는 당대 최고의 예술가 집안에서 태어나 교육을 받은 것이다.[41] 그가 어려서부터 책 읽기를 좋아하고, 예술에 대한 관심이 남다르고, 이른 나이에 시 창작을 시작한 것은 어찌 보면 자연스러운 일이라고 할 수 있다. 그런데 마종기는 대학진학을 문과가 아니라 이과, 더군다나 의대를 선택했다. 이것은 사실 매우 우연적인 계기 때문이었다. 시인이 쓴 자전적 글에 따르면 그는 존경하던 동네 어른이셨던 서울대 문리대 정치학과 이동주 교수로부터 과학도가 되라는 충고를 받게 되었고, 거기에 부친의 동의까지 더해져 의사로서의 진로를 정하게 된 것이다.[42] 여기에는 부친의 숨겨진 의도가 작용했는지도 모른다. 아무튼 의사의 길은 마종기 스스로가 택한 것이 아니었다. 그는 문필활동을 하면서 사는 삶을 꿈꾸고 있었다. 의대 진학은 마종기에게 잠시 큰 정신적 혼란을 가져온 것으로 보인다. 그는 여러 글에서 이런 사실을 숨기지 않고 있다. 1957년부터 시작된 그의 대학생활은 낭만적이지도 않았고, 정신적 여유도 없었다. 의예과 2년 동안 재미없는 공부에 흥미를 잃고, 술에 지쳐 살았다. 하지만 마종기는 비상한 지적 능력을 발휘하여 괜찮은 성적으로 의대 본과에 진입해 본격적으로 의대 생활을 시작한다.

1959년 3월 마종기는 의예과를 수료하고 본과에 다니기 시작했다. 당시 연세의대는 서울역 앞에 있었다. 그는 의과대학에서 해부학, 생리학 같은 과목에 흥미를 느끼면서 "아, 내가 의학 공부를 하고 있구나"하는 것을 실감하기 시작했다고 한다. 그리고 박두진 시인의 추천으로『현대문학』으로 통해 시인으로 등단한다. 의대 1학년 학생이 시인이 된 것이다. 마종기는 의대 2학년 때 4·19를 경험한다. 그는 학우들과 함께 흰 가운을 입은 채 시가 행진을 했고, 중앙청지금의 광화문을 돌아 경무대 쪽으로 향하다가 총소리도 들었다. 그는 당시의 상황을 다음과 같이 선명하게 기억하고 있다. "정작 큰일은 우리 의과대학이 있던 서울역 앞의 세브란스 병원으로 돌아와서부터였습니다. 나는 그때 임상에 대해 아무것도 몰라 시종 심부름만 했습니다만, 어떻든 서울역 앞과 남대문 근처에서 얼마나 사상자가 많이 났던지 세브란스 병원은 며칠 동안 총상 환자의 아비귀환에 그야말로 피바다였지요. 며칠 밤샘을 하고 나니까, 나와 내 동기들의 가운은 완전히 피칠한 붉은 가운으로 변했습니다. 또, 그때 처음으로, 죽어가는 환자의 가슴을 자르고, 마지막 구명 방법이라고 심장을 직접 마사지하기도 했습니다. 그때 그 뜨끈하고 미끈거리던 환자의 심장을 아직도 잊지 못합니다."[43] 마종기는 자신이 4·19세대라는 것에 큰 자부심을 가지고 있었다. 그의 시가 현실 문제를 직접적으로 드러내지 않았다고 해서 조국의 현실에 관심, 애정, 인식이 부족하다는 지적은 틀린 것이다. 1963년 마종기는 연세의대를 졸업하고 공군 중위로 임관하여 군의관으로서 공군 본부 의무감실에서 근무했다. 일 년 후에는 상도동에 있던 공군사관학교 의무대에서 진료부장으로 군생활을 이어갔다. 그는 공군사관학교 시절을 참으로 바쁘고 즐거운 시기였다고 회고하고 있다. "나는 진료부장이라는 직책으로 하루 종일 사관생도와 기간 장, 사병 등을 진찰하고 치료하고 처방해주느라고 바빴는데 가끔은 장교 가족까지 돌보아야 했고, 사관생도들의 득별 군사 훈련 때나 운동 경기 때는 밤샘을 같이해야 했으며 거기다가 일주일에 두 시간씩 생리학 강의를 생도들에게 해주어야 했다."[44]

마종기는 군의관 시절이었던 1964년 서울대학교 의과대학 대학원 방사선과에 진학하여 학업을 병행한다. 그리고 1966년『급성 취장염의 단순 복부방사선 소견』이라는 제목의 논문으로 석사학위를 받고, 곧바로 서울대 의대 박사과정에 입학했다. 하지만 이 시기에 마종기는 큰 시련을 겪게 된다. 1965년 공군사관학교 의무대 진료부장으로 근무 중 '재경 문인 한일 회담 반대 서명'에 참여하여 공군 방첩대에 체포되고, 심문 및 고문을 받은 후, 여의도 공군 유치감에서 10일간 구류에 처해졌다가 주위 사람들의 도움으로 공소유예로 풀려난 것이다. 그는 이 사건으로 큰 충격을 받고, 1966년 공군 군의관 만기 명예 제대를 하고 곧바로 미국으로 유학을 떠난다. 당시 마종기에게 미국 유학은 일종의 탈출이기도 했을 것이다. 한국의 부조리한 현실에서 예기치 못한 고초를 치른 직후였기 때문이다. 그 후로 그는 대부분의 삶을 미국에서 살았다. 마종기는 미국으로 건너가 오하이오 주 데이턴Dayton 시의 마이애미 밸리 병원의 인턴으로 취직했고, 큰 아들이 태어난 1967년 진단방사선과 레지던트를 시작하였다. 1969년 오하이오 주도인 콜럼버스Columbus로 이사하여 오하이오 주립대학교 방사선과에서 레지던트 생활을 이어갔다. 이듬해인 1970년 그는 레지던트를 수료하고, 같은 대학병원에서 전임강사직을 맡았고, 콜럼버스 소아병원에서 소아방사선과와 소아심장학과를 수료하기도 하였다. 미국에서 마종기는 언어장벽과 생활고로 인해 많은 어려움을 겪었지만 그것을 극복하고 의사로서 성공적인 길을 걸었다. 하지만 그의 미국 의사생활이 순조로웠던 것은 아니다. 특히 외국인이자 초보 의사였던 마종기의 인턴생활은 평생 그의 뇌리에서 지워지지 않았던 것 같다. 다음 인용문은 그의 힘겨웠던 미국생활의 단면을 보여주기에 모자람이 없다.

"인턴 생활을 시작한 이틀째인가에 내가 내과의 첫 밤당직을 하면서 세 명의 환자가 죽었는데 두 명은 어쩔 수 없는 경우였지만, 세 번째의 70세 정도가 된 백인 노파는 내가 실력이 없어 응급처치를 잘 못 해서 죽었다……. 그날 심장질환으로 응급실에 들어온 이 할머니의 심전도를 내가 잘못 읽고 잘못 시술을 한 것 같은데 영어도 잘 못하는 풋내기 인턴의 치료를 아무도 말려주지 않았다……. 나는…… 기초학 중에서는 약리학, 임상학과 중에서는 방사선과, 이비인후과, 피부과 등을 특히 좋아했지만 미국에서 인턴 생활을 시작하면서부터 그런 학교 성적이나 공부는 아무것도 아니라는 것을 금방 알 수 있었다. 의과대학 상급 학년 때는 아예 직접 환자를 보고 진단하고 치료하는 일에 대부분의 시간을 보내는 미국인 인턴들에 비하면, 내가 아는 지식은 책을 통한 지식으로서 내 실력은 완전히 바닥이었다. 인턴 여섯 명이 몇 배의 일을 해야 하는 일의 분량과 내 형편없는 의학, 의술 실력, 거기다가 언어의 장벽과 문화 의식의 차이로 내 일 년 간의 인턴 생활은 아직까지의 내 일생에서 제일 힘들고 어려웠던 해였다."[45]

풋내기 시절을 거치지 않은 인생이 어디 있겠는가. 이후 마종기는 의사로서 미국에서 확고한 자리를 잡게 된다. 1971년 마종기는 진단방사선과 미국 전문의 시험에 합격하였고, 오하이오주 톨레도Toledo시로 이사하였다. 여기서 그는 오하이오 의과대학 방사선과 조교수 겸 동위원소실장으로 임명되었고, 미국 의학 학술지 *American Journal of Roentgenology*와 방사선학회에서 두 편의 논문을 발표하여 의사로서 두각을 나타냈다. 1973년 그는 오하이오 의대 소아과 조교수로 겸임 발령을 받았고, 그 해의 교수상 후보로 추천받았다. 그리고 이듬해 오하이오 의과대학 졸업식장에서 졸업생 대표로부터 그 해 최고의 교수상골든 애플상을 받았다. 이것은 조교수급 동양인으로서는 첫 수상으로, 그의 수상 소식은 톨레도 유일의 신문이었던 『톨레도 블레이드』에 뉴스로 크게 보도되었다.[46] 이 해 마종기는 5년 간의 교직생활을 정리하고 방선과 의사로 개업을 하였다. 그것은 경제적인 이유 때문이었다. 하지만 대학에는 임상 조교수로 출강하여, 1977년 오하이오 의과대학 방사선과 및 소아과 임상 부교수로 임명되었다. 같은 해 그는 서부 오하이오의 유일한 소사방선과 의사로 톨레도 병원의 금요 세미나를 20년간 주관하였고, 오윈스대학Owens Community College에서 기초 소아방사선과 강의를 시작하였다. 1986년 미국 방사선 학술 전문지에 두 편의 논문을 발표하였고, 1990년 오하이오 의대 방사선과 및 소아과 임상 정교수로 임명되었다. 55세가 되던 해인 1993년 마종기는 31명의 방사선과 전문의 동업 단체인 톨레도 방사선과 협회The Toledo Radiological Associates, Inc.의 회장으로 2년간 봉사하게 된다. 그리고 1995년 새로 생긴 미국 소아방사선과 전문의 시험에 합격하였다. 그는 의사로서 지역사회의 의료발전에 크게 헌신하기도 했다. 1996년 서부 오하이오 아동병원 건립에 힘썼으며, 초대 지원부계 부원장 겸 방사선과 과장에 취임하였다. 마종기의 의사로서의 다양한 활동은 현지에서도 인정을 받아 1998년 서북 오하이오 아동병원에서 공로 표창을 받기에 이른다.[47] 그 후 1999년 미국 방사선 협회American College of Radiology의 펠로특별연구

원로 추대되었다. 마종기는 2001년 소아방사건과 교재슬라이드 6,000여 장를 오하이오 의과대학에, 소아방사선과 진단 방사선에 관한 교재교과서 250여 권를 오웬스대학에 기증하였고, 이듬해인 2002년 방사선과 개업과 의대 교직에서 완전히 은퇴하였다. 같은 해 톨레도 병원과 톨레도 아동병원 공동 경영의 공로 펠로로 추대되어 메달과 공로패를 받았다.[48]

마종기는 한국의 의학교육에도 큰 관심을 가지고 있었을 뿐만 아니라 잡지『문학과 의학』의 발행인으로서 적극적으로 활동하였다. 그는 2003년 연세의대에서 본과생들 대상으로 '문학과 의학'이라는 과목을 개설하여 2년간 강의했고, 또한 가톨릭의대, 아주의대 등에서 여러 차례 특강을 하기도 했다. 그는 최근 한 인터뷰에서 당시 심정을 다음과 같이 말한 적이 있다. "내가 좀 일찍 은퇴를 하고 죽기 전에 문학을 열심히 해보고 고국에 자주, 오래 가서 살겠다고 결심한 그해, 바로 그 해에 세브란스에서 '문학과 의학' 학과목을 하겠다고 해서 저는 참 기뻤어요⋯⋯. 드디어 세브란스에 문학 과목이 생긴 거야⋯⋯. 나도 참 기분이 좋아서, 내 스스로 왕복 비행기표 값 내고 와서 강의하고 그랬어요. 진짜로 참 좋더라고. 내 모교에서 그런 강의하니까 너무너무 뿌듯했다고."[49] 마종기는 또한 2010년 손명세, 정과리, 서홍관, 이병훈 등과 함께 잡지『문학과 의학』을 창간하였고, 2015년까지 발행인을 맡아 10호의 잡지를 발간하였다. 그는 동 잡지에 여러 편의 글을 발표했고, 2017년 문학의학학회로부터 그간의 헌신과 공로를 인정받아 감사패를 받았다.

3)

마종기는 해부학, 생리학 같은 과목에 흥미를 느낀 의대생이었지만 시인으로서의 자아를 결코 외면할 수 없었다. 이것은 어찌 보면 마종기의 '운명' 같은 것이었다. 그는 자신의 삶을 되돌아보며 "다른 누군가에 의해 떠밀려 살아온 것 같은 느낌을 자주 가"진다고 말한 적이 있다.[50] 의대 진학과 미국 이민을 두고 하는 말이다. 의사의 길은 스스로 선택한 것이 아니었지만 그는 의사로서의 운명을 받아들였다. 미국 이민도 마찬가지다. 그는 미국으로 '떠밀려' 갈 수밖에 없었지만, 모든 고통과 외로움을 감수한 채 이민자로서의 삶을 운명으로 받아들인다. 그리고 그것을 자신의 또 다른 운명, 즉 시인으로서의 운명과 오버랩시킨다. 이렇게 보면 마종기는 항상 다수의 자아를 가지고 살았던 것 같다. 하나는 시인으로서의 자아이고, 다른 하나는 직업인, 즉 의사로서의 자아이다. 여기에 이방인으로서의 자아, 종교인으로서의 자아까지 더해지면서 그의 문학을 직조했던 씨줄과 날줄의 수많은 교차점들이 생긴 것이다.[51] 이 자아들은 끊임없이 대립하고, 투쟁하고, 타협하면서 서로를 놓아주지 않았다. 특히 의사시인으로서의 자아는 그가 의사로서의 길을 마치고 난 후에도 계속 유지된다. 그런데 이런 운명의 장난이 그의 예술에 독창적인 무늬를 새겨 놓았다. 그는 의사와 시인이라는 두 개의 자아 사이에서 위태롭게 외줄을 타면서 자신만의 독특한 시적 궤적을 형성한 것이다.

마종기는 자신의 시에 크게 영향을 끼친 것으로 미술, 음악, 무용 등의 예술, 의사라는 직업, 미국 이민생활을 언급한 적이 있다. 여기서 그는 의사라는 직업을 가지지 않았다면 시를 못 썼을 것이라고 밝히면서, 동시에 그것이 시 쓰기에 큰 방해물이 되기도 했다고 말하고 있다.[52] 다시 말해 의사라는 직업은 그에게 양날의 칼이었던 것이다. 하지만 필자는 의사라는 직업이 없었다면 시를 못 썼을 것이라는 그의 말은 절반의 진실일 거라고 생각한다. 이것은 경제적으로 넉넉지 않던 상황에서 의사였기 때문에 시를 쓸 여유를 가질 수 있었다는 말일 게다. 하지만 더 열악한 상황이 닥쳤더라도 시인으로서의 자아를 마종기가 포기했을 거라고는 상상하기 힘들다. 그만큼 그에게 시인의 길은 다른 부차적 자아들보다 절대적이고 본질적인 의미를 지니고 있었던 것이다.

의사는 마종기에게 생활의 중요한 밑천이 되었던 중요한 직업이었으며, 이민생활 중에 다양한 사람학생, 동료, 환자로서을 만날 수 있는 통로였고, 삶의 의미를 되돌아보게 하는 동기였으며, 그리하여 시의 원천 중 하나였다. 그의 시에서 의사의대생체험을 하는 시인의 모습을 발견하는 것은 어렵지 않다. 가장 대표적인 것이 초기 시에서 1970년대까지 창작된 작품들이다. 여기에는 「해부학 교실1」, 「해부학 교실2」, 「조용한 기도」, 「정신과 병동」, 「임종」, 「제3강의실」이상『조용한 개선』, 1960, 「연가9」, 「연가10」, 「의사수업」, 「證例1」, 「證例2」, 「證例3」이상『평균율』, 1968, 「證例4」, 「證例5」, 「證例6」, 「응시」이상『카브리해에 있는 한국』53, 1972, 「정신과 병동2」, 「약속」이상『변경의 꽃』, 1976, 「개구리」, 「善終 이후4」이상『안 보이는 사랑의 나라』, 1980 등이 포함된다. 그리고 이후의 시집에도 의사체험은 여러 가지 형태와 의미를 지닌 채 지속적으로 등장한다. 가령, 「피의 생리학」, 「쥐에 대한 우화」, 「의사 호세 리잘의 증언」이상『모여서 사는 것이 어디 갈대들뿐이랴』, 1986, 「중년의 질병」, 「요즈음의 건강법」이상『그 나라 하늘빛』, 1991, 「하품은 전염된다」, 「차고 뜨겁고 어두운 것」, 「게이의 남편」이상『이슬의 눈』, 1997, 「골다공증」, 「화가 파울 클레의 마지막 몇 해」이상『우리는 서로 부르고 있는 것일까』, 2006 등이 여기에 속할 것이다. 하지만 최근 시집인『하늘의 맨살』2010, 『마흔두 개의 초록』2015에서는 의사체험을 거의 찾아보기 힘들다. 이것은 마종기가 의사로서 완전히 은퇴한 해에 나온 시집『새들의 꿈에서는 나무 냄새가 난다』2002에서도 마찬가지이다. 2006년에 나온 시집을 예외로 한다면 의사생활 은퇴 이후에 마종기 시에서 의사체험을 다룬 시들이 점차 사라지고 있다는 점을 알 수 있다. 이것은 양 측면에서 자연스러운 현상이라고 할 수 있다. 마종기는 자신의 시가 일상생활과 밀접하게 연결되어 있다는 점을 강조했다. 다음 인용문은 시에 대한 마종기의 생각을 읽을 수 있는 대목이다. "내 시는 내 일상의 생활과 상당히 밀착되어 있습니다. 누구는 내 시는 내 생활 수기 같다고도 하고, 내 삶의 궤적을 읽는 것 같다고도 말하고, 내 시의 공간은 내 삶의 공간과 완전히 일치하고 있다고도 했습니다. 그리고 내 시가 너무 '사적'이라고도 했습니다. 나 역시 그렇다고 생각합니다. 일상의 생활에 밀착되어 보이는 것은 나의 시인으로서의 능력의 한계인지 몰라도 스스로 그것을 고쳐보려고 한 적은 별로 없습니다. 그 이유는…… 내 시가 진실하지 못하거나 근거 없는 무엇이 되어버리는 것이 두려워서이고, 내가 알고 내가 체험한 이야기를 함으로써 가장 쉽게 그런 두려움을 떨칠 수 있었기 때문일 것입니다."[54] 이 진술에 따르면 은퇴 이후에 마종기 시에서 의사체험을 다룬 시가 사라지고 있는 이유는 분명해 보인다. 그것은 의사체험이 더 이상 시인의 일상생활과는 무관한 것이 되었기 때문이다. 이것은 다시 말해 은퇴 이전과 비교하여 의사체험이라는 소재가 지니고 있는 시적 진실성과의 연결고리가 상대적으로 약해지고 있다는 것을 의미한다.

그럼 시적 영감의 차원에서는 어떠할까? 의사체험이 일상의 영역으로부터 이탈되었다고 해서 평생 의사로 살아온 삶이 순식간에 사라지는 것은 아니다. 아니 그것은 「골다공증」, 「화가 파울 클레의 마지막 몇 해」이상 『우리는 서로 부르고 있는 것일까』 등의 예에서 보듯이 시인의 기억이나 회상 속에서, 아니면 사물을 보는 시각이나 깨달음 속에서 변형되어 나타난다. 가령, "나는 덱사 스캔과 간단한 숫자 계산으로 수많은 골다공증을 진단해주고 돈을 벌었다."「골다공증」에서 보듯이 여기서 의사체험은 과거에 대한 회상이고, "화가 파울 클레를 참혹한 죽음으로 몰고 간 / 마지막 몇 해의 지병을 알고 난 뒤에야 / 나는 그의 그림 속에서 전신성 경피증을 보았네. / 어두움의 골목을 숨겨준 질긴 눈물도 보았네."「화가 파울 클레의 마지막 몇 해」에서 의사체험은 그림을 보는 시인의 시각이나 깨달음으로 변형된다. 여기서 우리는 그림을 보는 새로운 시각과 깨달음이 결국 의사체험에서 축적된 삶의 경험과 지혜의 결정체라는 사실을 알게 된다. 마침내 이 결정체는 "끝까지 견뎌내고 죽은 화가 클레는 그림이 되어 / 두 눈을 부릅뜨고 나를 노려보고 있었네. // 나는 생전 처음 내가 의사인 것을 알게 되었네."에서처럼 '자아의 재발견'으로 이어진다. 그리고 이것은 시인의 다음과 같은 고백과도 일맥상통하는 것이다. "내 주위와 남을 통해서 자신을 보게 되고 타인이라는 것을 통해 자신의 참모습을 모색하고 있다고도 할 수 있지 않을까요?…… 사실 지난 10여 년 간 나는 나름대로 사물과 개체를 보는 내 시각의 변화를 추구해보았습니다."[55]

위에서 지적한 의사체험을 직접적으로 다루고 있는 시들에서도 몇 가지 차이를 발견할 수 있다. 우선 흥미로운 사실은 의사체험을 다루고 있는 초기 시들이 대개 구체적인 공간과 시간을 설정하고 있다는 점이다. 가령, 「해부학 교실1」, 「해부학 교실2」, 「정신과 병동」, 「임종」, 「제3강의실」, 「연가9」, 「의사 수업」, 「證例1」, 「證例2」, 「證例3」, 「證例4」, 「證例5」, 「證

例6」, 「응시」, 「정신과 병동2」, 「약속」, 「개구리」, 「善終 이후4」 등의 시들을 비교해보자.

① 비 오는 가을 오후에/ 정신과 병동은 서 있다.「정신과 병동」

② 서향의 한 병실에 불이 꺼지고 / 어두운 겨울 그림자 / 낮은 산을 넘어서면 // 부검실은 차운 벽돌, / 뼈를 톱질하는 소리로 울려도 / 이것은 피날레가 아니다.「임종」

③ 본과 3학년, 어느 햇볕이 따가운 가을날 오후에, 나는 2층의 제3강의실 – 2, 30년 낡은 책상에서, 산과 강의를 받고 있었습니다.「제3강의실」

④ 의학교에 다니던 5월에, 시체가 즐비한 해부학 교실에서 밤샘을 한 어두운 새벽녘에「연가9」

⑤ 전공의 책상「의사 수업」

⑥ 밤새 비 오다 그친 병원 뜰「證例1」

⑦ 병실「證例2」

⑧ 내 책상「證例3」

⑨ 부검실「證例4」

⑩ 12동 병실「證例5」

⑪ 병실「證例6」

⑫ 2병동「응시」

⑬ 1962년인가, 가을이었긴 하지만 / 경기도 고양군 손에 가득한 햇볕, / 그 관사 앞에 핀 코스모스들에게 / 그해에 내가 약속한 게 있지.「약속」

⑭ 논밭이었던 불광동「개구리」

마종기의 초기 시에 등장하는 의사의대생체험은 「해부학 교실1」, 「해부학 교실2」, 「정신과 병동」, 「제3강의실」과 같이 구체적인 공간을 지시하는 제목들로 확인할 수 있다. 그리고 ①, ②, ③, ④의 경우처럼 그 공간들은 구체적인 시간과 연결되어 있다. 가령, "비 오는 가을 오후에"「정신과 병동」, "서향의 한 병실에 불이 꺼지고/ 어두운 겨울 그림자"「임종」, "본과 3학년, 어느 햇볕이 따가운 가을날 오후에, 나는 2층의 제3강의실"「제3강의실」, "의학교에 다니던 5월에, 시체가 즐비한 해부학 교실에서 밤샘을 한 어두운 새벽녘에"「연가9」 같은 식이다. 하지만 미국으로 건너간 이후에 발표된 작품들에서 의사체험은 공간과 시간의 구체성으로부터 멀어지고 있다. ⑤ "전공의 책상"「의사 수업」, ⑥ "밤새 비 오다 그친 병원 뜰"「證例1」, ⑦ "병실"「證例2」, ⑧ "내 책상"「證例3」, ⑨ 병원의 부검실「證例4」, ⑩ "12동 병실"「證例5」, ⑪ "병실"「證例6」, ⑫ "2병동"「응시」에서 보듯이 시인은 의사체험이 이어지는 의료공간을 구체적인 시간과 연결시키지 않는다. 그것은 시 속에서 시간 자체가 큰 의미를 부여받지 못하고 있어서 그런 거지만, 의사체험 공간 또한 초기 시와 비교하여 신선한 이미지를 생성하는 데 큰 역할을 하지 못하고 있기 때문인 것으로 보인다. 이것은 이희중의 주장대로 '물질적 환경'이 '추상적 기호'로 변환되었기 때문일 가능성이 높다.[56] 다시 말해 공간에서 시간이 분리되어 그것의 물질성이 희미해지거나 사라지고 있다는 말이다. 현실에서 시공간은 항상 결합되어 있지만 시 속에서 공간은 시간과 분리되어 존재할 수 있고, 또 그것의 구체성은 전적으로 시간에 의존하는 것이다. 이와 관련하여 흥미로운 것은 ⑬, ⑭의 경우다. 이 두 편의 시에는 공간과 시간이 구체적이다. 하지만 자세히 들여다보면 여기서 의사체험은 모두 과거에 대한 기억과 회상이라는 공통점을 지니고 있다. "1962년인가,

가을이었긴 하지만 / 경기도 고양군 손에 가득한 햇볕, / 그 관사 앞에 핀 코스모스들에게"「약속」와 "논밭이었던 불광동"「개구리」에서 구체적인 공간과 시간은 모두 마종기가 미국으로 떠나기 전에 대한 회상이다. 다시 말해 고국에서의 의사체험이 다시 등장한 것으로 해석할 수 있다는 말이다. 물론 이러한 변화를 의대생, 수련의전공의, 의사 등의 지위 변화에 따른 시각차이에서 기인하는 것으로 볼 수도 있을 것이다. 왜냐하면 의사체험에 대한 각 단계의 생각과 해석이 같을 수는 없기 때문이다. 하지만 ⑬, ⑭의 사례에 주목하면 이런 현상이 이질적 공간에 대한 낯설음의 표현이라고도 할 수 있다. 이것은 고국에서 쓴 시 혹은 고국에 대한 기억여기에는 부모, 친구에 대한 기억도 포함된다을 노래한 시와 그 외의 시들을 구분하는 하나의 기준이 될 수도 있다. 여기에 최근에 발표된 여행 시는 예외로 해야 할 것 같다. 여행은 구체적인 공간과 시간을 자연스럽게 수반하는 것이고, 그것은 또한 이질적 시공간으로부터의 자유를 의미하기 때문이다.

4)

마종기 시에서 의사체험이 시공간과의 연관성만 있다면, 그것은 의사시인의 작품을 단순히 경험의 차원으로 환원하여 해석하는 데 머무르고 말 것이다. 여기서 우리는 마종기의 의사체험이 시의 언어와 정서에 끼친 영향을 심각하게 고려해야만 한다. 마종기 시가 주목받았던 가장 큰 이유는 무엇보다 새로운 시어의 발견과 투명한 서정의 출발에 있었다. 마종기가 선택한 새로운 시어들 중에는 의학용어들이 많다. '해부학', '정신과', '證例', '생리학', '골다공증', '전신성 경피증', '항생제'「악어2」 등이 그 예들이다. 물론 이런 시어들을 의사가 아닌 시인들도 쓸 수 있다. 하지만 이런 전문용어에 대한 시적 파토스가 의사시인의 그것과 같지는 않을 것이다. 마종기는 이런 시어들을 '자연스럽게' 구사한다. 바로 이것이 다른 시인들과 구별되는 가장 큰 차이다. 그는 마치 토속적인 정서를 자주 노래하는 시인들이 사투리를 기막히게 쓰는 것처럼 의학용어들을 자유자재로 사용한다. 마종기는 이런 방법을 통해 언어와 정서상의 '낯설게하기'에 도전했고, 그것은 획기적인 성과를 거두었다. 그는 의학용어, 즉 과학적 개념들을 시에 도입하면서 거기에 시적 이미지와 뉘앙스를 부여했다. 마종기가 과학도의학도이자 시인이었다는 사실은 이런 점에서 매우 중요한 의미를 지니고 있다.

이런 특징들이 잘 드러난 작품이 「잡담 길들이기」 연작시이다. 이 연작시는 일련번호가 17까지 붙어있는데, 발표된 것은 1, 2, 3, 4, 5이상 『새들의 꿈에서는 나무 냄새가 난다』, 7, 8이상 『우리는 서로 부르고 있는 것일까』, 11, 13, 14, 17이상 『마흔 두 개의 초록』이고, 이중에서 의사시인으로서의 장점이 효과적으로 발휘된 작품은 2, 3, 4, 8, 11, 13, 14이다. 이 시들은 다양한 과학지식을 빌려와서 그것을 통해 세상의 이치에 대한 시적 깨달음을 전달하는 공통점을 지니고 있다. 가령, 위의 시들은 각각 2-고고학, 3-생물학, 4-물리학, 8-의학, 11-의학, 13-인류학 및 지구과학, 14-물리학 지식을 활용하고 있다. 이 연작시들은 전반부에서 과학지식을 산문시의 형태로 소개하고, 서정시 형태의 후반부에는 그것을 비유 삼아 삶에 대한 통찰을 제시한다. 그럼 「잡담 길들이기 4」를 살펴보자. 이 작품의 전반부에서 시인은 다음과 같은 물리학 지식을 소개한다. "세상의 모든 물질은 얼면 무거워진다. 마음이 얼어서 무겁게 가라앉는 사람. 얼면서 가벼워지는 것은 물뿐이다. 물은 얼음의 고체가 되면서 부피가 팽창하고 그렇게 물보다 가벼워진 얼음이 물 위에 떠주어서, 지구에는 생물이 살게 되었다." 그리고 후반부의 첫 번째 연은 다음과 같이 이어진다.

가벼워져야 산다.
빈 터를 채우는 당신의 물로
그늘도 단단하게 팽창하고
우리는 쉽고 가볍게 만난다.

물은 얼면 가벼워지고 그로인해 지구에 생물이 살게 되었지만, 반대로 사람은 마음이 얼면 무겁게 가라앉는다. 그러니 우리도 이 땅에 존속하기 위해서는 "가벼워져야 산다."라는 것이 시의 메시지이다. 시인이 과학지식을 현란하게 구사하면서 그것을 삶의 이치와 연결시키는 시적 직관과 상상력은 바로 마종기 시인이 의사시인이었기 때문에 가능했을 거라고 생각한다. 그런데 우리는 여기서 한 가지 더 주목할 대목이 있다. 그것은 바로 "물은 얼음의 고체가 되면서"라는 대목이다. 시인은 여기서 왜 굳이 '~의'라는 격조사를 사용했을까? "물은 얼음이 되면서"라든가 혹은 "물은 고체인 얼음이 되면서"라고 했어도 이상할 게 없는데 말이다. 아마도 시인은 이런 표현들이 시적이지 않다고 판단한 것 같다. 그렇다면 '~의'가 들어가서 시적인 표현이 되었다는 것인데, 이에 대해서는 상당한 논의가 필요하다.

마종기는 시어를 선택하는 데 있어서 일종의 결벽증을 앓고 있었던 것으로 보인다. 이런 증상은 물론 모든 시인에게 해당되는 이야기겠지만 마종기에게 그 이유는 상당하다. 그것은 한편에서 시인이 의사였기 때문이기도 하고, 다른 한편에서 시인이 모국어의 꽃밭으로부터 유배당한 이중 언어 사용자였기 때문이다. 그래서 시인의 언어에 대한 자기검열은 이중 적 여과과정을 거치게 된다. 하나는 언어에 대한 과학적 인식과 태도이고, 다른 하나는 모국어의 시적 효과에 대한 계산이다. 언어에 대한 감각은 역 설적이게도 그것을 방해하는 장애물들에 의해 더욱 예민해지고, 신중해진 다. 우리는 이 대목에서 일상 언어와 반대로 의사소통을 방해하고, 늦추고, 힘들게 만드는 시어의 특성과 기능에 주목할 필요가 있다. 시인은 무엇이 전달되느냐에 집중하는 것이 아니라 그것이 어떻게 전달되는가에 집착한 다. 러시아 형식주의의 대표적인 이론가인 쉬끌로프스끼는 이것을 '낯설 게하기'라는 용어로 설명한 바 있다. "우리는 흔한 것은 경험하지 않는다. 그걸 살피지도 않는다. 그저 받아들여 버린다. 우리는 살고 있는 방의 벽 들을 보지 않는다. 친숙한 언어로 쓰인 글에서 오자를 찾아내기란 쉽지 않 다. 그 친숙한 언어를 '받아들이지' 말고 읽어보라고 스스로에게 강요할 수 없기 때문이다."[57] 의사이면서 동시에 이중 언어 사용자였던 마종기 시 인이 시어의 '낯설게하기' 효과에 대해 본능적으로 예민하고 자신이 사용 하는 모국어의 시적 의미에 대해 주목한 것은 자연스러운 현상으로 보인 다. 마종기 시에서 격조사 '~의' 잦은 사용법은 바로 이런 의미가 있는 것 이다.

마종기 시에서 '~의'는 초기 시부터 자주 등장한다. 하지만 여기서 격조 사는 '낯설게하기'와 깊은 연관이 있다고 할 수 없다. 문제는 시인이 미국 으로 건너가 의사이자 모국어 유배자가 된 이후에 발표한 작품들이다. 이 시기에 발표한 작품들에서 '~의'는 다른 양상을 보인다. 여기서 몇 가지 사례들을 살펴보도록 하자.

① 37세의 당신의 부검에 들어가「證例4」

② 모든 인연에서 떨어져나올수록

　내게 더 가까이 다가오는 피부의 밤「밤 노래1」

　①에서 두 개의 격조사는 서로 연결되어 있다. '부검'이라는 행위의 대상은 '당신'이며, 당신의 나이가 37세인 것이다. 그런데 우리말에서 격조사의 중복된 사용은 어색한 표현으로 이어진다는 것이 일반적인 중론이다. 여기서 격조사가 한 번 사용되었다면 크게 어색하지 않았겠지만, 시인은 그것을 상투적이라고 본 것이다. 가령, "37세가 된 당신의 부검에 들어가"라고는 결코 쓸 수 없었던 것이다. 그렇다면 시인은 이런 어색함을 무릅쓰고 무엇을 얻으려고 했던 것인가. 그것은 역설적이게도 '어색함' 그 자체이다. 마종기는 이런 방법으로 일상어의 상투적인 소통을 방해하고, 늦추고, 힘들게 만든다. 이것은 또한 시의 호흡, 운율과 연관되어 있기도 하다. 예컨대 이런 경우는 그의 후기 시에서도 발견되는 데, "영국의 리버풀 폴리텍의 과학자 그룹"「잡담 길들이기 13」이라는 구절이 그러하다. 시를 읽는 독자들은 격조사에서 잠시 숨을 고를 수밖에 없다. 만약 격조사를 생략하고 "영국 리버풀 폴리텍 과학자 그룹"이라고 했다면 독자는 이 구절을 한숨에 읽어야 하는 차이가 발생한다. 이렇게 '~의' 사용법은 '낯설게하기'뿐만 아니라 시의 리듬감을 살리는 데도 중요한 역할을 하고 있다.

　'낯설게하기'는 ②의 경우에서 더욱 두드러지게 나타난다. "내게 더 가까이 다가오는 피부의 밤"이라는 구절은 독자들을 혼란스럽게 만들기에 충분하다. 여기서 격조사는 상식적이고 상투적인 의미 형성을 방해하고 있기 때문이다. 독자들은 이 대목에서 시 읽기의 자연스러운 리듬을 잠시 멈추고, '피부의 밤'이라니? 라는 의문을 갖게 된다. 의문은 곧 이 비유의 의미에 대한 다양한 해석의 시도로 이어지는데, 이로써 '~의'는 '낯설게하기'라는 제 역할을 충분히 하게 되는 것이다. 만약 시인이 이 구절을 "내게 더 가까이 다가오는 밤"이라고 썼다면, '피부'를 통해 그 느낌의 정도를 좀 더 깊이 전달하고, 표현하려는 시도를 단념해야 했을 것이다. 이것은 이미 충분히 계산된 것이다. 시인이 대상에 대한 거리와 감정의 속도 혹은 깊이를 조절하려는 시도라고 볼 수 있다. 이런 경우는 의사체험이 반영되지 않은 후기 시에서도 발견할 수 있다. 「더블린의 며칠1-아침 풍경」이라는 시를 예로 들어보자.

> 새벽마다 잡초의 촌길을 걸어온
> 이슬이 촘촘히 묻은 도시.
> 사람들은 풀잎의 그림자에서 잠자다
> 아침이 확실하게 도착해서야
> 숙취의 느린 인사를 건넨다.

위에서 보듯이 이 시의 1연에는 세 번의 '~의'가 등장한다. 이 중에서 특히 마지막 격조사는 선행하는 체언이 행동이나 현상의 원인임을 나타낸다. 다시 말해 '느린 인사'의 원인이 '숙취'인 셈이다. 이 경우에도 시인은 '술이 덜 깬 느린 인사를 건넨다'라고 쓰지 않았다. 왜냐하면 이보다 "숙취의 느린 인사"가 더 시적이라고 생각하기 때문이다. 이것이 초기 시에서는 어떻게 표현되었는지를 비교하면 그 차이는 더욱 확연히 드러난다. "잠이 깨면 아직 남아 있는 뼈아픈 숙취"「비망록3」의 경우가 그러하다. 여기서 우리는 시인이 시어를 조직하는 방법과 깊이의 차이를 확인할 수 있다. 일반적으로 '낯설게하기'는 지각의 구습, 둔감함, 보수성을 전복시키기 위한 시적 기법이다. 이런 맥락에서 마종기 시의 새로움이 일상적인 지각의 틀을 벗어난 새로운 서정의 출발이라는 점은 매우 의미심장한 것이다. 그리고 이것은 마종기 시인이 의사이자 이중 언어 사용자라는 언어 환경을 극복하기 위해 노력한 고투의 산물인 것이다.

5)

의사체험이 마종기 시의 파토스에 깊이 영향을 준 것은 부인할 수 없는 사실이다. 초기 시에서 시인은 "내 같잖은 의사의 눈에서는 연민의 작은 꽃 한 번 몽우리지지 않았지."「證例6-앤 선더스 아가에게」라고 쓰고 있다. 이것은 연민이라는 파토스가 그의 시에서 얼마나 중요한 의미를 지니고 있는지를 잘 보여주는 단적인 사례라고 할 수 있다. 그런데 마종기의 연민은 대부분의 시인들이 가지고 있는 연민하고는 다른 구석이 있다. 그 이유는 마종기가 의사시인이었기 때문인 것으로 보인다. 이런 점에서 「證例6」은 매우 의미심장한 작품이다. 이 시에는 마종기가 의사로서 그리고 시인으로서 어떻게 연민이라는 감정을 경험하고, 깨닫게 되었는지 잘 말해주고 있다. 다음은 작품의 전문이다.

내가 한 아가의 아빠가 되기 전까지는 환자는 늙으나 어리나 환
자였고, 내가 아빠가 되기 전까지는 나는 기계처럼 치료하고 그 울
음에 보이지 않는 신경질을 내고, 내가 하루하루 크는 귀여운 아가

의 아빠가 되기 전까지는 내 갈같은 의사의 눈에서는 연민의 작은 꽃 한 번 몽우리지지 않았지.

가슴뼈 속에 대못 같은 바늘을 꽂아 비로소 오래 살지 못하는 병을 진단한 뒤에 나는 네 병실을 겉돌고, 열기 오른뺨으로 네가 손짓할 때 나는 또다시 망연한 나그네가 되었지. 그리고 어느 날 엉뚱한 내 팔에 안겨 숨질 때, 나는 드디어 귀엽게 살아 있는 너를 보았다. 아, 이제 아프게 몽우리졌다, 네 아픔이 물소리 되어 낮에도 밤에도 속삭이는구나.

미워하지 마라 아가야. 이 땅의 한곳에서 죽고 나면 그만이라는 패기 있는 철학자의 연구를 미워하지 마라. 너는 그이들보다 착하다. 나이 들어 자랄수록 건망증은 늘고, 보이는 것만 보는 눈은 어두워진단다. 그이들은 비웃지만 아가야, 너는 죽어서 내게 다시 증명했다. 살아서도 죽어서도 헤어지지 않는다.

이 시의 첫 연에는 한 의사가 연민을 느끼는 과정이 형상화되어 있다. 연민은 의사가 아빠가 되어 아이의 소중함을 깨닫고 난 후에 찾아온다. 그리고 그 연민은 앤 선더스라는 이름의 아가가 죽는 것을 지켜보면서 "아프게 몽우리졌다." 여기서 의사는 연민이라는 감정을 받아들이면서 '탈의료화'된다. 두 번째 연 마지막 구절에서 의사가 시인이 되는 것이다. 일반적으로 연민은 의사에게 위험한 감정일 수 있다. "연민은 다른 사람이 부당하게 불행을 겪고 있다는 인식에 의해 초래되는 고통스런 감정이다."[58] 의사가 환자의 질병과 고통을 부당한 불행으로 인식하게 되면 큰 심리적 혼란이 야기되고, 그것은 환자의 치료를 위해서도 결코 바람직하지 않다. 그러므로 냉정하게 말하면 첫 연에 나오는 의사는 이런 감정의 혼란을 제대로 관리하고 있다고 할 수 있다. 그것은 '감정이입'이라는 다른 차원의 감정이다. 감정이입은 다른 사람의 처지와 경험을 부당하다거나 혹은 억울하다거나 하는 식으로 특별히 가치평가하지 않는다. 그것은 단지 다른 사람의 경험에 대한 상상적 재구성에 불과한데, 여기서 중요한 것은 내가 고통 받는 사람과 질적으로 다르다는 점을 인식하고 있다는 점이다.[59] 다시 말하자면 위 시에서 의사는 감정이입의 단계에서 연민의 단계로 감정이동을 하고 있는 셈이다. "네 아픔이 물소리 되어 낮에도 밤에도 속삭이는구나."라는 구절은 의사가 바로 감정의 경계 위에 서있다는 것을 암시한다. 마지막 연에서 의사의 자아는 사라진다. 환자의 죽음을 삶과 죽음의 경계가 지워지고 있는 것으로 해석할 자유는 오직 시인의 자아에게만 주어진 특권이다."아가야, 너는 죽어서 내게 다시 증명했다. 살아서도 죽어서도 헤어지지 않는다." 이런 점에서 「證例6」은 의사와 시인이 겹쳐져 '의사시인'이 탄생하는 과정을 보여주는 작품이라고 할 수 있다. 이것은 마선생이 자신의 의사체험을 시적으로 승화시켰기 때문에 가능한 것이다.

의사체험을 다루고 있는 연작시 「證例」는 이런 감정이동을 시적으로 탁월하게 형상화하고 있다. "밤새 비 오다 그친 병원 뜰 / 윤기 있는 나무 한 그루 / 문득 돌아서서 당신을 본다."「證例1」에서 죽은 시신과 "윤기 있는 나무 한 그루"가 겹치는 순간을 경험하는 것은 의사'시인'이다. 그리고 "죽음이 천천히 혹은 돌연히 찾아왔을 때 나는 육신을 산산이 나누어 病因을 보고, 마침내 텅텅 빈 복강의 허탈한 공간 속에 내 오랜 침묵을 넣고 문을 닫는다."「證例2」에서 병인을 확인하는 이는 의사지만, 복강 속에 오랜 침묵을 넣고 문을 닫는 이는 시인인 것이다. 「證例3」을 보면 "보드라운 흙을 만져도 간장의 흙과 폐장의 흙과 심장의 흙을 구별하"는 것은 의사의 이성이지만, "어찌 흙을 보고 모두 끝났다 하리"하면서 탄식하는 것은 시인의 파토스이다. 「證例4」에서는 동료 의사의 갑작스런 죽음 앞에서도 부검을 통해 사인을 확인하는 것은 의사지만, "예각의 절벽에 서서 / 떨어질까, 말까를 자주 걱정하고 싶다."는 절박한 토로는 시인의 것이다. 마지막으로 오진 때문에 죽은 환자를 생각하며 "용서되지 않은 후회"로 가슴을 태우는 이는 의사이고, "천장도 바닥도 모서리도 없는 / 한 개인의 이온화 현상."「證例5」을 경험하는 이는 영락없이 시인인 것이다. 우리는 이런 작품들을 통해 의사체험이 마종기 시에 얼마나 큰 상처, 흔적, 매력, 영광, 그리고 아무도 모방할 수 없는 개성을 남겼는지를 확인할 수 있다. 마종기, 그가 없었다면 우리 시문학사에서 이런 "서정의 출발"을 보지 못했을 것이다. 그리고 다행스러운 것은 의사시인 마종기의 '조용한 개선'은 아직도 현재진행형이라는 점이다.2019

제3부
한국문학과 의료문학

한국문학과 의료문학 비평

제6장

한국문학과 의료문학 비평

1. 힐링 혹은 공감 허택, 「숲 속, 길을 잃다」

1)

요즘은 어딜 가나 힐링healing이라는 말이 유행이다. 서점에서도 힐링 관련 서적이 인기고, 문자깨나 한다는 사람들도 힐링이라는 말을 입에 달고 산다. 이 단어는 어느덧 천상에서 내려온 것처럼 거부할 수 없는 신성한 것이 되었다. 이런 현상이 생긴 것은 그만큼 우리 삶 속에 치유할 것이 많기 때문일 것이다. 힐링은 몸과 정신의 건강을 회복하는 행위나 과정을 뜻하는 개념이지만 많은 사람들은 주로 정신건강을 염두에 두고 이 단어를 사용하고 있는 것 같다. 몸도 몸이지만 정신건강의 치유가 절실한 환경 속에서 우리가 살고 있다는 증거다. 누구 말대로 우리는 너무 피로한 사회에서 살고 있다. 허택의 소설, 「숲 속, 길을 잃다」를 읽고 제일 먼저 생각난 것도 바로 힐링이다.

작품의 스토리는 간단하다. 주인공은 부동산 중개업을 하는 40대 중반의 남성이다. 그는 주변의 골치 아픈 일 때문에 괴로워한다. 먼저 오랜 친구인 장 사장이 큰돈을 갚지 않고 사라져버린다. 여기에 아내는 여동생 집 매매에 신경을 안 쓴다고 잔소리를 한다. 큰 딸애는 치아교정을 해달라고 야단이다. 이 모든 일은 견딜 수 없이 더운 여름날, 불면증과 습진을 동반한 채 그를 짓누른다. 그리고 선선한 가을이 찾아온다. 이른 아침, 그는 홀로 아파트를 나서 산에 오른다. 산 정상 근처 바람의 언덕에 이르러 그는 드디어 생기를 되찾는다. 주인공은 풀 위에 누워 잠결에 깊게 빠진다. 거추장스런 것들을 모두 벗어버리고 주인공은 하늘로 이어진 길이 보이는, "길 없는 소나무숲 속으로 걸어간다. 온갖 먼지들을 벗어 버린 채." 소설은 이렇게 끝을 맺는다.

무더운 여름/선선한 가을, 아파트도시/바람의 언덕자연, 짜증나는 일상/산행, 질병불면증과 습진/치유, 소설은 서로 만날 수 없는 직선의 양 끝점인양 극명하게 대조되는 두 가지 요소들을 중심으로 축조되어 있다. 소설의 전반부는 첫 번째 요소들이 지배하고 있고, 후반부는 두 번째 요소들과 연결되어 있다. 이런 구조는 매우 의도적인 것처럼 보인다. 소설의 구성이나 이미지가 극명한 대조를 이룰수록 작가의 의도는 거기서 선명하게 드러나기 마련이다. 소설의 전반부에서 주인공은 의심, 불안, 걱정 등 부정적인 감정에 휩싸인 반면 후반부에서는 그것이 급격하게 힐링으로 선회한다. 작가는 일상의 피곤한 삶과 자연을 통한 치유를 대칭점에 두고 싶었는지도 모른다.

2)

하지만 문제는 이런 치유가 일시적이고, 지극히 개인적인 것이라는 점이다. 이런 점에서 힐링은 공감sympathy으로 더 확대되어야 하지 않을까? 개인의 영역에 국한된 힐링이 관계의 영역으로 확장되어야 한다는 말이다. 인간에게 개인적인 차원의 힐링은 응당 필요하다. 그것은 개체의 생명을 건강하게 유지하기 위한 필요조건이다. 우리는 독서, 여행, 명상, 산책 등의 위대함을 익히 알고 있다. 그런데 힐링이 공감으로 전환되면 예상치 못했던 변화가 발생한다. 공감은 함께 느끼고 함께 아파하는 것이다. 그것은 타인의 삶을 자신의 내부로 옮겨 놓고, 마치 자신의 삶인 양 느끼고 아파하는 것이다. 이런 점에서 공감은 '함께 치유하는 것'이라고 할 수 있다.

소설의 주인공은 일상의 삶에 대해 예민하게 느끼고, 아파한다. 그 고통과 상흔을 치유하는 과정에서도 섬세한 감수성은 유감없이 드러난다. 허택은 의사소설가답게 주인공의 고통과 치유과정을 감각적으로 묘사하고 있다. 이 부분은 소설의 가장 빛나는 대목이기도 하다. 하지만 주인공은 타인의 삶을 함께 느끼고, 아파하지 못한다. 그에게 타인의 삶이란 자신을 억누르는 원인일 뿐이다. 장 사장은 친구라기보다 차라리 '원수'였고, 아내의 눈길은 '고문'에 가까웠으며, 큰딸애도 어느덧 낯선 존재가 되어 있었다. 주인공은 이렇게 타인의 삶을 철저히 대상화하고 있다. 이런 주인공이 치유를 마치고 다시 일상으로 돌아왔을 때 과연 그를 기다리고 있는 것은 무엇일까? 일상의 '온갖 먼지들'과 '오물들뿐일 것이다. 힐링은 달콤하지만 그것이 공감으로 확장되어야 하는 이유가 여기에 있다.

이런 점에서 「숲 속, 길을 잃다」는 제목은 시사하는 점이 많다. 이 제목의 의미는 다양하게 해석될 수 있다. 그것은 주인공이 숲 속에서 실제로 길을 잃었다는 의미로도, 숲 속에서 길을 잃고 싶다는 의미로도 해석될 여지가 있다. 그런데 숲 속에서 길을 잃은 이가 주인공이 아니라 작가 자신이라면 사정은 달라진다. 만약 그렇다면 작가는 일상과 숲자연을 자의적으로 단절시키고 있다고 봐야 한다. 이런 이유에서 작가가 일상과 숲을 연결시킬 새로운 길을 찾아 나서야 할 절박한 이유가 있다. 그것은 "하늘로 이어지는 길"이 아니라 다시 삶으로 되돌아가는 길이 되어야 한다. 삶 속의 길은 항상 상실과 일탈의 반복으로 이어지기 마련이다. 우리는 길 위에서 방향을 상실하지만 동시에 길 속에서 '새로운 길'을 찾을 수밖에 없다.2013

2. 의학적 상상력과 '낯설게하기' 염승숙, 「눈물이 서 있다」

1)

'낯설게하기'는 20세기 초 러시아 형식주의 이론가 빅또르 쉬끌로프스끼1893~1984가 최초로 사용한 개념이다. 쉬끌로프스끼는 〈단어의 부활〉1914이라는 저서에서 이 용어를 처음 사용했고, 이어 〈기법으로서의 예술〉1917이라는 논문에서 문학적 개념으로 정의했다. '낯설게하기'는 러시아어로 Остранéниеostranenie라고 하는데, 이 단어의 뜻은 '이화異化', 즉 '다른 것으로 바꾸는 것'이라는 의미다. 참고로 ostranenie는 '이상하게', '기이하게', '기괴하게'라는 뜻의 러시아어 странноstranno에서 파생되었다.

'낯설게하기'는 모든 현상을 마치 처음 본 것처럼 묘사하는 예술기법을 말한다. 쉬끌로프스끼가 '낯설게하기'라는 개념을 사용한 첫 번째 이유는

'전통'을 파괴해야만 하는 필요성 때문이었다. 문학과 예술이 과거의 전통에만 얽매인다면 새로운 것을 창조할 수 없을 것이라고 본 것이다. 둘째는 지각의 구습, 둔감함, 보수성을 전복시키고 새로운 것의 신선함이라는 자극을 부여하려는 의도에서 비롯되었다. 쉬끌로프스끼는 일상적인 지각의 틀을 벗어나지 못하는 문학과 예술은 과거의 물건일 뿐이라고 생각했다. 이 두 가지는 모두 현실과 예술에 대한 자유롭고 예기치 않은 관점을 적용했을 때 가능한 것이다.

염승숙의 「눈물이 서 있다」를 읽고 쉬끌로프스끼의 '낯설게하기'라는 예술기법이 떠오른 것은 결코 우연이 아니다. 그것은 그녀의 소설이 현실과 환상을 오가는 새롭고 낯선 스타일을 갖고 있기 때문이다. 염승숙의 작품은 기존의 소설과는 달리 여러 점에서 낯설다. 우선, 소설 속 현실이 항상 환상과 오버랩되어 있다는 점이 특이하다. 그녀는 환상을 현실과 대비시키기도 하고, 그것의 연장으로 파악하기도 하며, 현실 속 현실로 치환시키기도 한다. 이런 점에서 염승숙 문학에서 환상은 작가가 기획한 현실의 변형, 현실의 희비극적 꿈같은 것이라고 할 수 있다. 여기에 기발한 상상력, 기괴한 감수성, 낯선 문체가 현실과 환상의 경계를 모호하게 하면서 현실을 더 환상적으로, 환상을 더 현실적으로 가공하는 역할을 한다. 말하자면 염승숙에게 환상이란 세계를 낯설게 지각하기 위한 기법인 동시에 세계를 보는 작가 고유의 관점인 것이다.

2)

「눈물이 서 있다」는 대리운전을 하는 주인공 현이 예기치 못한 사건에 연루되어 비극적 결말을 경험하는 이야기다. 염승숙의 다른 작품들과 마찬가지로 이 작품을 이해하기 위해서는 우선 가상현실의 구조를 파악해야 한다. 소설의 가상현실은 다음과 같다. 지난 십 년간 도시는 A부터 E구역까지 5등분되었다. 이유는 알 수 없으나 난청의 정도에 따라 사람들은 구역별로 분류되고, 강제 이주되었다. 청력에 아무런 장애가 없는 이들은 A구역에, 반대로 두 귀가 모두 멀어버린 자들은 E구역에 모여 살았다. 그리고 B구역에는 양쪽 귀의 기능에는 이상이 없지만 이명의 고통에 시달리는 사람이, C구역에는 이미 한 쪽 귀의 청력이 소진돼 버린 사람이, D구역에는 양쪽 귀의 청신경에 장애가 있어 작은 소리를 잘 구분하지 못하는 사람이 살았다. 도시는 동심원 모양으로 A구역이 가장 중심에, E구역이 맨 가장자리에 놓였는데, A < B < C < D < E 순으로 크기가 넓어졌다. 도시민들은 반년에 한 번씩 시행되는 정기검진의 결과에 따라 누구든 자기 구역에 머무르거나 다른 구역으로 이동해야만 했다. B, C, D구역에서 이동은 빈번한 편이었지만 A구역에서 E구역으로 옮겨지는 경우도 적지 않았다. 사회구조가 이렇게 재편되자 이명이나 난청 등을 극복하는 장치들이 이삼 년 전부터 제작, 유통되었다. 사람들은 이것을 '귀'라고 불렀는데, 가격에 따라 성능이 천차만별이었다. 그래서 어떤 '귀'를 착용하고 있는지가 그 사람의 등급을 결정하는 기준이 되었다.

이런 가상현실 속에서 비극적인 스토리가 펼쳐진다. 주인공 현은 C구역에 살고 있다. 그는 대리운전 기사로 직장은 B구역에 위치해 있다. 그런데 어제 새벽, 그는 A구역에 사는 승객의 차를 운전하다가 우연히 고가의 '귀'

를 주웠다. 그는 이 물건을 대리운전업체의 야간관리부스 책임자이자 장물
아비인 '군'에게 돈을 받고 넘겼다. 그런데 B구역의 터줏대감이자 조직폭
력배 보스인 장이 이 사실을 알고 자신의 무리들을 시켜 현을 무자비하게
폭행한다. 그것은 현이 주웠던 '귀' 안에 마약처럼 보이는 흰색가루가 들어
있었기 때문이다. 의외의 끔찍한 봉변을 당한 현은 사무실 바닥에 쓸어져
서럽게 운다. 그런 모습이 멀리서 보면 마치 눈물이 서 있는 것처럼 보인다.

3)

작품 속의 가상현실과 스토리는 모두 이명耳鳴이라는 특정 증상을 전제
하고 있다. 예를 들어 C구역에 사는 주인공 현도 이명 때문에 고통스러워
한다. 그는 이미 왼쪽 귀가 멀어 있는 상태다. 의학사전에 따르면 이명tin-
nitus이란 귀에서 들리는 소음에 대한 주관적 느낌을 말한다. 즉, 이명에
시달리는 사람들은 외부로부터 청각적인 자극이 없는 상황에서 소리가 들
린다고 느끼는 것이다. 완전히 방음된 조용한 방에서 약 95%의 사람이
20dB 이하의 이명을 느끼지만 이는 임상적으로 이명이라고 하지 않으며,
자신을 괴롭히는 정도의 잡음이 느껴질 때를 이명이라고 한다. 결국 중요
한 것은 이명 증상 그 자체보다 그것을 받아들이는 개인의 심리적 상태라
고 할 수 있다. 이것은 염승숙의 작품을 이해하는데 중요한 잣대를 제공한
다. 「눈물이 서 있다」의 주인공이 이명 때문에 고통스러운 것처럼 보이지
만 사실 그것은 자신의 심리적 상태를 표현하는 장치일 뿐이다.

이렇게 보면 주인공 현은 자신의 심리적 상태로 인해 이명 증상으로부터
과도한 고통을 받고 있는 셈이다. 이것은 염승숙이 이명을 고의적으로 과

도하게 묘사하고 있다는 것을 의미한다. 그것은 무슨 이유 때문일까? 이런 의문을 풀 열쇠가 될 만한 부분을 우리는 작품의 후반부에서 찾을 수 있다. 주인공 현이 장의 무리들에게 폭행을 당하면서 이명을 심하게 느끼는 대목이다. 작가는 이 장면을 다음과 같이 묘사하고 있다. "괴롭다기보다는 외롭다. 나의 이명을 너는 듣지 못하고, 너의 이명을 나는 들을 수 없다. 이명은 제각기 다르고, 공유할 수 없기에 외롭다. 우리는 저마다의 이명으로 비명을 내지르고 있다. 귀에 바짝 대고 울음을 터트려대는 그것이 고통스럽다기보다는 다만 지극히도 외로울 뿐이라고, 현은 자꾸만 생각한다."

이로써 이명 증상을 통해 작가가 의도하려고 했던 것이 어렴풋이 드러난다. 그것은 우리시대를 사는 고독하고 외로운 생명들의 비극적 삶과 내면 심리를 표현하는 것이다. 염승숙은 이 중에서 특히 자신과 같이 미래가 불투명한 젊은 세대의 불안한 삶과 내면 심리에 주목하고 있다. 작가는 주인공 현으로 대표되는 사람들에게 연민의 시선을 던지고, 그들을 비극의 구렁텅이로 몰아넣는 세상의 비정함을 폭로한다. 이것은 이명이라는 의학적 상상력을 통해 작가가 얻은 성취일 것이다. 하지만 이런 의도가 소기의 목적을 달성했는지는 의문이다.

우선 「눈물이 서 있다」의 가상현실과 인물들이 너무 도식적이다. 어떻게 그런 가상현실이 가능했는지, 그리고 그 현실 속에서 사는 인물들이 왜 그렇게 살아야 하는지에 대한 개연성 있는 설명이 부족하다. 도시가 인간의 청력에 따라 구역별로 구분되어 있다는 발상은 참신하기 그지없다. 하지만 이런 설정들은 기발하긴 해도 암울한 사회현실과 희망을 약탈당한 세대를 설득력 있게 형상화하는 데 별 도움이 되지 못한다. 왜냐하면 실제 현실은 소설 속 가상현실보다 더 복잡하기 때문이다.

소설을 구성하는 디테일의 진부함도 이 작품이 안고 있는 단점 중 하나다. 가령 A구역에 사는 사람들을 성적 변태자로 묘사한 것이나 '귀' 안에 마약으로 의심되는 하얀 가루가 들어 있다는 설정이 그것이다. 이 대목을 보면 세상에 대한 작가의 울분과 분노가 극에 달한 느낌이다. 하지만 이런 열정만으로 우리 시대를 사는 특권층의 삶과 그들의 정신세계를 충분히 묘사하기는 어렵다. 이런 점에서 보면 염승숙의 낯설게하기는 아직 완성된 것이 아닌 것으로 보인다. 그녀의 낯설게하기가 단순치 않은 실제 현실을 요령 있게 꿰뚫는 여의주로 발전한다면 우리 소설의 새로운 성취로 이어질 것이다. 독자로서 그런 사건이 빨리 오기를 고대해 마지않는다.2014

3. '음악적 눈', 환각의 세계 김태용, 「음악적 눈」

1)

김태용의 소설은 난해하지만 재미있다. 그의 소설이 난해한 이유는 무엇보다도 스토리와 플롯이 모호하기 때문이다. 아마도 이것은 작가가 전통적인 소설의 문법을 지키는 것이 의미가 없다고 생각하기 때문이 아닌가 싶다. 그렇다면 그의 소설은 기존의 형식을 파괴하고 새로운 형식을 추구하고 있다는 것을 의미한다. 어떤 사상이나 내용이든 형식을 통하지 않고서는 완성되지 않는다. 이런 점에서 형식은 본질적인 것이다. 다만 새로운 형식이 아직 독자들에게 낯설고 불편할 뿐이다. 아니 이렇게 낯설고 불편한 형식이 바로 작가가 의도하고 있는 것인지도 모른다. 소설의 형식을 해체하려는 시도는 더 나아가 문장의 해체로 이어진다. 이것이 그의 소설이 난해한 두 번째 이유다. 김태용 소설의 문장들은 반反문법적이다. 작가는 의도적으로 문법을 무시한다. 그의 문장은 의미상으로뿐만 아니라 문맥상으로도 모호하고 상징적이다.

하지만 김태용의 소설은 재미있다. 그것은 소설을 읽는 재미가 아니라 분석하는 재미다. 내가 이 작품을 어떻게 이해하고 있는가? 작가가 왜 이렇게 작품을 쓴 것일까? 하는 의문은 독자들에겐 고통이지만 비평가들에겐 더할 나위 없는 재미이다. 이런 재미에 푹 빠진 자들은 몇 가지 특권을 가지고 있다. 그중 첫 번째는 수수께끼를 풀 수 있는 기회를 갖게 된다는 점이다. 아무도 해결하지 못한 문제를 최초로 풀려고 시도하는 것은 마치 신대륙을 탐험하는 콜럼버스의 심경처럼 떨리고 긴장된 경험을 제공한다. 또 다른 특권은 해석의 정확함이라는 부담감을 덜 수 있다는 점이다. 난해한 작품을 분석하는 일은 필시 오독과 부정확한 해석을 동반할 수밖에 없다. 누구나 다 이해할 수 있는 작품을 잘못 읽었다면 그것이 치명적인 정신적 내상으로 남겠지만 작가 자신도 명확히 해명할 수 없는 작품을 읽다가 실수를 한다면 그것이 돌이킬 수 없는 허물이 되지는 않기 때문이다.

김태용의 소설을 읽다가 든 또 하나의 생각은 의사가 환자를 진료하듯이 작품을 읽게 된다는 점이다. 의사들의 진단법 중 배제 진단rule-out이라는 것이 있다. 이것은 말 그대로 확실하지 않은 것들을 우선적으로 임상적 판단에서 제외하는 추론 방법이다. 의사들은 질병의 원인들 중에서 모호한 것들을 하나씩 배제하면서 가장 현실적인 가설들을 찾는다. 필자는 「음악적 눈」을 읽으면서 마치 의사가 된 느낌이 들었다. 이 작품은 모호하기 그지없지만 비교적 확실한 것부터 짚어가면서 그것을 토대로 가장 그럴듯한 가설을 세워야하기 때문이다.

2)

「음악적 눈」에는 '우울과 환각에 대한 소고小考'라는 부제가 붙어 있다. 이것은 이 작품이 우울과 환각에 대한 문학적 탐구라는 것을 암시한다. 하지만 작품을 읽어보면 우울이라는 감정보다는 환각이라는 지각에 치우친 느낌이 든다. 여기서 우울은 환각을 돋을새김하기 위한 배경 혹은 무대장치 정도로만 서술되어 있다. 우울은 시종일관 소설의 뒤 배경을 장식하고 주연 자리를 환각에게 양보한다. 가령 독자들은 주인공인 '나'의 정신 상태를 서술하는 대목에서 우울의 상태를 짐작할 수 있다. 여기서 '나'는 "모든 것을 하면서 아무것도 하지 않는" 인간이며, "내가 왜 내가 모르는 것을 봐야 하는지" 모른다고 생각하는 인물이다. 일반적으로 우울Melancholia은 우울증Depression과 구별되지만 이 작품의 '나'가 느끼는 정신상태는 우울증에 가깝다. 우울증의 보편적인 특징 중 하나가 '자기 존중감'의 와해인 점을 고려하면 "나는 일생 동안 이 자리를 지켰다. 한 걸음도 내딛지 않았다"라고 진술하는 주인공이 이런 증상을 보이고 있다고 할 수 있다.

하지만 '나'의 우울은 곧 환각으로 바뀐다. '나'는 음악을 듣지 않고 본다. 이것을 '나'는 '음악 한다'고 표현한다. "음악은 연주되지 않고 들린다. 들리지 않는다. 오로지 보일 뿐이다. 보이는 음악. 음악 한다. 내가 한 번도 들어보지 못한 음악이다." 그렇다고 '나'가 음악에 조예가 깊은 것은 결코 아니다. '나'는 음악과 무관한 삶을 살아온 인물이다. 그럼에도 주인공은 들리는 것을 보는 것으로 착각하고 있는 것이다. 환각Hallucination은 실제적으로 존재하지 않는 외부 대상에 대해 감각적인 자극을 느끼는 지각의 형태를 말하는 것으로 대표적인 경우가 환청幻聽, 환시幻視, 환후幻嗅, 환미幻味 등이다. 「음악적 눈」이 우울이 아니라 환각에 대한 소설이라는 사실은 제목에서 상징적으로 드러난다. 「음악적 눈」이라는 제목은 청각과 시각이 혼재된 환각의 세계를 지시하고 있다.

「음악적 눈」은 환각 중에서도 주로 환시의 세계를 다루고 있다. 독자들은 이런 경우를 작품의 곳곳에서 확인할 수 있다. 예컨대, "인물들은 음악한다. 음표처럼 내 방을 걸어 다닌다. 그들이 움직일 때마다 오선지가 그려진다. 방 안이 오선지로 가득하다. 벽지와 장판이 다 그렇다."에서 볼 수 있듯이 주인공은 인물들을 음표와 동일시하는 환시를 경험하고 있다. 또 다른 경우도 마찬가지이다. "아름다움은 나막신이고, 그것은 착하게 기울어져 있다. 당신들의 것이다. 나는 손을 내밀어 그것을 원한다는 표시를 한다. 하지만 그것은 눈이 감긴 올빼미지 나의 손이 아니다. 이제 당신들은 나막신 대신 양고기를 타고 있다. 양고기가 비에 젖어 녹고 있다. 녹지 않을 수 없다. 나는 먹구름을 움켜쥔다. 나에게 손이 있다는 것이 놀랍다." 여기서 나막신과 양고기, 손과 올빼미, 먹구름 등은 모두 환시의 대상들일 뿐이다. 「음악적 눈」에서 환시의 세계를 가장 잘 드러내고 있는 것은 "나는 음악을 볼 수 있다"라고 말하는 '나'의 진술이다. 이 문장은 여러 가지 변형된 형태로 작품 속에서 계속 반복된다. 기존의 감각에서 보면 음악은 듣는 것, 즉 청각의 대상이지 시각의 대상이 아니다. 이렇게 청각의 대상이 시각의 대상으로 뒤바뀐 것은 감각의 기억에 대한 불신에서 나온 결과라고 할 수 있다. "보는 것을 기억하는 것. 기억한 것을 다시 기억하는 것. 되풀이하는 것"을 통해 최초의 감각은 새벽이슬처럼 사라진다. 남는 것은 감각에 대한 기억뿐이다. 그런데 그 기억은 기억을 기억한 것이지 감각을 기억한 것이 아니다. 이렇게 보면 환각은 최초의 감각을 기억이 아니라 감각 그 자체로 간직하고 싶은 간절함의 표현일지도 모른다.

김태용이 창조한 환각의 세계는 시각적 이미지들로만 구성되어 있는 것은 아니다. 환시는 더 나아가 후각의 혼돈과 연결된다. 「음악적 눈」에는 서사적 요소가 가미된 에피소드가 나오는데, "큰 감색 양복에 어울리지 않게 하얀 운동화"를 신은 사내가 등장하는 에피소드가 그중 하나이다. 여기서 환각은 후각의 혼돈으로 변형된다. 후각의 혼돈을 상징하는 물질로 등장하는 것이 포드라졸이다. "시트에서는 포드라졸 냄새가 난다. 포드라졸. 그것이 무엇일까. 잘 알고 있다. 알고 있지만 모른 척하고 싶다. 포드라졸에서 달아나면서 포드라졸을 지키고 싶다. 내가 포드라졸, 이라고 말하면 머릿속이 포드라졸 냄새로 가득해진다. 나는 포드라졸 머리를 갖고 있다. 머리를 흔들면 포드라졸이 새어나간다. 포드라졸. 이제 그것에 대해 말할 때가 되었는가. 아직 포드라졸에 대해 말할 준비가 되어 있지 않다." 이 인용문에서 자주 언급되는 포드라졸은 사실 실체가 없는 것이다. 그것은 후각의 혼돈을 표현하는 상징일 뿐이다. 독자들은 그것을 포드라졸 냄새라는 것이 실체가 없다는 사실에서 깨달을 수 있다. 주인공은 포드라졸이 풍기는 냄새에 대해 반복적으로 언급하지만 그것이 어떤 냄새인지에 대해서는 구체적으로 설명하지 않는다. 다시 말해 감각이 없는 냄새인 셈이다. 어쩌면 이것은 기억 속에 남아있는 냄새일지도 모른다. 즉 기억의 냄새인 것이다.

3)

소설의 결말은 '수치심을 모르는 여자'의 에피소드에서 시작된다. 그녀는 라디오를 켜놓은 채 방을 나가는데, 주인공은 주파수가 맞는 않는 라디오에서 들려오는 잡음으로 인해 괴로워한다. "머릿속에 잡음이 끓고 있다. 내가 보았던 것. 내가 기억한 것. 내가 보는 동시에 기억한 것. 내가 보지 못한 것. 내가 기억하지 못한 것. 내가 보지 못하는 동시에 기억하지 못하는 것. 모든 것이 잡음처럼 섞여 있다. 나를 괴롭히고 있는가. 좀 더 괴롭혀봐라. 언젠가 라디오는 꺼질 것이다. 그래도 잡음은 남을 것이다. 잡음은 음악으로 기억될 것이다." 그런데 여기서 의미심장한 변화가 감지된다. 변화의 단초는 '잡음은 음악으로 기억될 것이다'라는 '나'의 진술이다. 음악은 주인공이 경험한 환각의 세계의 중심이었다. 그는 음악을 볼 수 있다고 했고, 심지어 그에게 모든 것은 음악처럼 보였다. "사내의 동작은 일정한 음악처럼 보였다" 하지만 이제 음악은 그에게 더 이상 환각의 대상이 아니다. 잡음이 음악으로 기억되는 것은 원초적인 감각의 회복을 의미하기 때문이다. 이때 음악은 보이는 것, 즉 시각의 대상이 아니라 들리는 것, 즉 청각의 대상이 된다.

이어서 소설은 환각을 극복하는 것을 암시하면서 끝난다. "이제 삽날로 바닥을 끄는 소리가 들려도 좋다. 그 소리 다음엔 목소리가 들릴 것이다. 내 감색 양복과 내 하얀 운동화를 신은 누군가의 목소리가. 음악으로." 여기서 '삽날로 바닥을 끄는 소리', '누군가의 목소리', '음악'은 이제 보이거나 기억되지 않고 들린다. 감각의 회복이라고 할 수 있는 새로운 변화가 생긴 것이다. 이것은 환각의 세계가 다시 온전한 감각의 세계로 되돌아왔다는 것을 의미한다. 그런데 이런 결말이 석연치 않은 것은 무슨 이유일까. 그것은 작가가 그토록 집요하게 탐구한 환각의 세계가 제자리를 찾는 과정에서 제시되는 계기가 불분명하기 때문이다. 왜 느닷없이 잡음이 음악으로 기억되고, '삽날로 바닥을 끄는 소리', '누군가의 목소리'가 음악으로 '들리는' 것일까? 독자들은 이런 의문을 풀 수 있는 실마리로 포드라졸 통을 트럭에 싣고 다니는 사내를 떠올릴 수 있다. 사내는 주인공의 유일한 복장인 "감색 양복에 어울리지 않게 하얀 운동화"를 신고 다닌다. 이런 사실은 사내가 주인공의 분신일 수 있다는 가설을 가능하게 한다. 더군다나 사내는 포드라졸에 취한 주인공을 몇 차례 후려친다. 이것은 환각 속에 사는 주인공을 깨우기 위한 또 다른 자아의 행동이 아닐까. 그렇다면 "내 감색 양복과 내 하얀 운동화를 신은 누군가의 목소리"는 다름 아닌 주인공의 진정한 내면존재의 소리가 될 것이다. 하지만 이렇게 읽어도 새로운 변화가 낯설게 다가오기는 마찬가지다. 그만큼 우리를 둘러싼 우울과 환각의 세계는 불가항력적인가? 혹 내가 「음악적 눈」을 재미있게 읽은 것 또한 환각이 아니었을까?2014

4. 간肝의 두 가지 의미 정태언, 「원숭이의 간」

1)

정태언의 「원숭이의 간」은 자신을 삼류 소설가라고 생각하는 G가 최후의 자존심을 지켜나가는 이야기를 다루고 있는 작품이다. 소설의 내용은 이렇다. G는 간에 이상이 생겨 병원에 간다. 의사는 그에게 간을 놓고 가라고 충고한다. 그만큼 그의 상태가 좋지 않은 게다. 그는 이때 아버지가 들려준 '원숭이의 간' 이야기를 떠올리며 자신이 그와 다를 바 없다고 생각한다. 그는 지금 원고마감에 쫓겨 「훈장」이라는 제목의 작품을 쓰고 있는 중이다. 아버지는 아들이 판검사가 되기를 바랐지만 그는 소설가가 되었고, 거기에 가학적으로 '삼류'라는 수식어를 스스로 붙이고 다닌다. 그리고 G는 러시아 유학 시절 우연히 만났던 삼류 소설가를 떠올리며 씁쓸한 심정에 잠긴다. 그는 버스를 갈아타려고 시청에 내렸다가 우연히 약국 안을 바라보며 아버지의 죽음을 떠올린다. 그는 아버지도 간 때문에 죽었다고 생각한다. G가 쓰고 있는 「훈장」이라는 작품은 사실 아버지의 훈장에 대한 이야기다. 아버지는 박정희 정권 시절 자리에서 물러나고 나중엔 빚보증을 잘못 섰다가 어려운 처지에 몰리게 되었다. 훈장은 아버지가 전직 대통령으로부터 받은 것이었다. G는 어린 시절 아버지의 훈장과 딱지를 맞바꾼 적이 있었고, 이런 사실을 아버지도 알게 되었다. 하지만 G의 기억에 가세가 기울고 훈장마저 사라진 후에도 아버지는 지혜롭게 사셨다. G는 작품을 쓰면서 아버지가 어떻게 그런 삶을 사셨는지 그 비밀을 풀어내고 싶은 것이다. 늦은 밤 작업실에서 나와 집으로 가는 도중 G는 선배에게 전화를 한다. 며칠 전 사정이 어려우면 자비출판이라도 하라는 선배의 충고에 자존심이 상해 한바탕한 것이 마음에 걸려서다. 하지만 선배와 통화를 하지 못한다. 그는 집에 가까이 와서 아버지는 훈장이 사라지고 마음에 훈장을 새기고 살아가시지 않았을까 생각하며 그 실마리를 찾기 시작한다. 그리고 그는 다시 선배에게 전화를 하는데 그때 선배의 음성이 흘러나오는 것을 듣는다.

「원숭이의 간」은 인물 설정이 도스토예프스키의 「지하생활자의 수기」와 흡사하다. 지하생활자는 작품의 서두에서 자신은 간이 아픈 병자이며 의학을 존중하지만 치료를 받지 않겠다고 고백한다. 자신의 병이 의학으로 치료될 수 없는 것임을 암시하는 대목이다. 정태언의 주인공도 마찬가지다. 의사는 G에게 간을 떼놓고 가라고 할 정도로 위중하다고 경고하지만 그는 그 충고를 귀담아듣지 않는다. G가 지하생활자의 후손이라는 사실은 그가 러시아 선술집에서 만난 현지 삼류 작가와의 대화에서도 드러난다. 그는 G에게 알쏭달쏭한 말을 지껄이는데 사실 이것은 도스토예프스키 주인공의 대사와 별반 다르지 않은 것이다. "난 말입니다. 병들어 있는 사람이요. 또 난 심술궂은 사람이란 말이요. 별로 남의 호감도 사지 못하는 사람이지요. 이게 다 간이 좋지 않아 생기는 일 같다는 것이지요." 그렇다면 작가는 왜 자신의 주인공을 지하생활자와 비교하고 있는 것일까? 도스토예프스키는 지하생활자를 지하에 유폐시켜 놓고서 세상을 향해 하고 싶은 모든 말을 할 수 있는 자유를 부여한다. 지하생활자가 정신이상 증세를 보이지만 이것은 그가 내뱉는 말의 경계를 지우는 의도적 설정이기도 하다. 그는 자신을 부정함과 동시에 세계의 모든 질서를 거부한다. 하지만 G는 현실을 비판하면서 또한 현실의 끈을 놓지 않는다. 그는 간이 아프지만 자신을 부정하지 않는다. G가 부정의 대상이 되지 않는 이유는 그에게 지켜야할 최소한의 자존심이 아직 살아있기 때문이다. G가 의사의 말을 듣지 않는 것도 간이 아픈 것보다 자신에게 더 심각한 무엇이 있어서다. G가 받고 있는 진짜 고통은 간이 아니라 작가로서 상처받은 자존심에서 연유하는 것이다. 바로 이점이 G와 지하생활자 사이의 차이점이라고 할 수 있다.

2)

이 소설을 이해하는 데 또 하나 중요한 점은 '간肝'의 이중적 의미를 이해하는 것이다. 간은 배의 오른쪽 위 횡경막 아래 접해있는 장기 중 하나다. 간은 단백질이나 당의 대사를 조절하며 해독작용을 한다. 하지만 간은 자존심을 나타내는 상징으로도 사용된다. 우리말에는 '간도 쓸개도 없다'는 관용적 표현이 있다. 이 말은 "용기나 줏대 없이 남에게 굽히다"라는 의미를 지니고 있다. 여기서 간은 동물의 장기를 넘어 인간으로서 지니고 있어야 할 최후의 양심 혹은 자존심이라는 의미로 사용되고 있다. 정태언은 간의 이중적 의미를 번갈아 사용하면서 창작자가 지켜야할 자존심에 대해 이야기하고 있다. 이런 의도는 선배와의 대화를 회상하는 장면에서 잘 나타난다. "다음날 G는 끙끙 앓았다. 선배와는 그렇게 끝날 사이도 아니고, 또 자기를 도와주려는 '선의'에서 나온 말인 걸 잘 아는데 왜 그랬을까. 후회가 앞섰다. 그러면서도 왠지 그 '선의'에는 수상쩍은 구석이 있는 것만 같았다. '잘난 척해봐야 별 수 있니.' 그런 뜻이 스며 있는 얼굴이 취기 어린 G의 눈에 비쳤던 것도 같다. 그때 G는 자기 자신이, 그리고 자기 글이 정말 '삼류'가 되고 있다는 자괴감을 주체할 수가 없었다. 다시 뜨끔거리는 곳을 G는 손으로 어루만졌다. 정말 간을 내놓고 다녀야 할 판이었다. 아니 쓸개까지도." 소설이 거의 전업이다시피 한 G는 장편을 뚝딱 써내는 다른 소설가들이 부럽기도 하면서도 "오래 곱씹지 않고 막 써내는 게 대수냐"고 생각한다. 이것은 G의 마지막 자존심 같은 것이다. 적게 쓰더라도 시류에 흔들리지 않고 "자기의 간과 영혼을 바라보게" 하는 작품을 쓰고 싶은 소설가로서의 자존심 말이다.

자존심을 의미하는 문학적 장치는 아버지에 대한 에피소드에서 '훈장'으로 변형된다. 아버지는 훈장이 사라지고 더군다나 전 재산을 다 날리고도 마치 간을 내놓은 듯 살아간다. G는 이런 아버지를 "간을 달라는 절체절명의 순간 설화 속 원숭이처럼 지혜롭게 위기를 빠져나온 것"으로 기억한다. 그리고 "훈장이 사라지고 나자 아버지는 마음에 훈장을 새기고 살아가셨나 싶기도 했다"는 생각에 미친다. G는 지금 「훈장」이라는 제목의 소설을 쓰고 있다. 여기서 훈장은 아버지의 훈장이다. 이런 설정은 이 작품을 쓰는 이유가 자신의 자존심을 지키기 위한 것임을 암시한다. 훈장은 아버지의 자존심이었고, 또한 자신이 지금 지키려는 최후의 존재의 의미이기도 한 것이다.

작품의 말미에 G는 거센 비바람에 흔들리는 검정 비닐봉지를 보고는 불쑥 다시 간을 떠올린다. "나뭇가지에 걸어놓고 왔다던 간. 아니었다. 그건 기필코 다시 찾아와야 할 자기 간처럼 여겨졌다. 저렇게 온 힘을 다해 버티고 있지 않은가. G는 꼭 다시 찾는다는 다짐을 하며 자기 옆구리를 살살 쓰다듬었다." 작품의 마지막 대목에서 작가는 자기가 지키고 싶었던 자존심에 대한 절실한 심정을 이렇게 토로한다. 「원숭이의 간」이 때 묻지 않은 진정성을 간직하고 있는 작품인 것은 바로 이 때문이다. 여기서 '삼류' 소설가 시비는 의미를 상실한다. 아니 '삼류'는 도리어 작가로서의 자존심이라는 '마음의 훈장'임에 틀림없다. 작품의 진정성이라는 기준에서 볼 때 「원숭이의 간」은 결코 '삼류' 작품이 아니기 때문이다.2015

5. 자가면역질환 사회 양진채, 「늑대가 나타나면」

1)

양진채의 「늑대가 나타나면」은 불안장애를 앓고 있는 주인공이 정신과 의사를 찾아가 진료 받는 장면으로 시작한다. 환자는 의사 앞에서 두서없이 말을 늘어놓는다. 그녀는 자신이 말짱하며 병원에 "치료받겠다고 온 게 아니라 답답해서…… 지극히 정상적인 사람이란 걸 증명받고 싶어서 온"

거라고 주장한다. 우리는 이 말을 통해 주인공이 현재 극도의 불안상태에 있음을 알 수 있다. 그녀는 자신이 정상이라는 것을 '증명'으로 확인하고 싶을 정도로 '비정상'인 것이다. 소설의 다음 장면은 이른 아침 문이 닫힌 헬스클럽 앞에서 당황해하는 그녀의 이야기로 이어진다. 소설의 구성은 이렇게 의사 앞에서 주인공이 늘어놓는 독백에 가까운 말과 헬스클럽 에피소드가 번갈아 나오면서 전개된다. 하지만 줄거리의 전개로 보아 후자의 이야기가 전자보다 시간상 앞서 일어난 현실이라는 것을 알 수 있다. 전자에는 주로 주인공의 현재 심리상태가 반영되어 있고, 소설의 주요 사건은 후자를 통해 소개된다.

주인공은 젊은 유치원 여교사로 비만을 해결하기 위해 헬스클럽을 열심히 다니고 있는 중이다. 그녀가 살을 빼기로 마음먹은 이유는 같이 사는 진이라는 동료 때문이다. 그녀는 성형미인인데다 운동으로 단련된 '몸짱'이다. 살찐 사람을 저급하게 취급하는 사회가 그녀를 가만히 두지 않았다. 항상 "몸은 자기 관리 평가의 척도였다." 유치원에서도 아이들은 그녀만 따른다. 주인공은 아이들에게 주로 구연동화를 들려주는데 빨간 망토 동화를 연극으로 준비하면서 늑대 선생님이라는 별명까지 얻게 되었다. 사건은 토요일 아침에 시작된다. 평일과 다름없이 헬스클럽을 가기 위해 7시 30분에 아파트를 나선 주인공은 문이 닫혀있는 걸 확인하고 황당해한다. 그녀는 헬스클럽이 파격할인가로 회원들을 대규모로 모집하고 나서는 돈을 떼먹고 도망갔다고 의심한다. 그런데 일요일에 다시 가보니 헬스클럽은 멀쩡히 돌아가고 있는 것이 아닌가. 헬스클럽에 나온 주위 사람들에게 어떻게 된 거냐고 물어보니 모두 어제도 문을 열었다고 하는 것이다. 그런데도 "이 헬스장 문 닫은 거 아니었어요?"라고 물었을 때 직원의 입가에 미세하게 경련이 인다거나 눈빛이 불안하게 흔들리는 것을 보고 그녀는 끝까지 의심을 거두지 않을 뿐이었다. 그러고 나서 그녀는 의사를 찾아와 상담을 하고 있는 것이다.

소설은 이대로 끝나기 때문에 여기서 독자들은 사건의 진위에 대해 의구심을 갖게 된다. 뭐지? 유치원 여교사가 착각을 한 건가? 아니면 간발의 시간차로 오해가 벌어진 것인가? 하지만 사건의 진위는 이 작품에서 그리 중요해보이지 않는다. 아마도 사건의 실체는 정황상 주인공의 불안증세에서 연유한 것일 게다. 그 이유는 그녀가 현재 정신과 상담을 받고 있을 뿐만 아니라 헬스클럽에 나온 모든 사람들이심지어 직원까지도 그녀의 행동을 이상하게 여기고 있기 때문이다. 그렇다면 사건의 진위보다 주인공이 불안증세를 보이는 원인이 무엇인지가 중요할 것이다. 작가도 이런 의도를 작품의 곳곳에서 드러내고 있다. 하지만 불안증세의 원인을 규명하기 전에 먼저 주인공의 심리상태를 점검해보는 것이 필요하다. 왜냐하면 모든 질병은 반드시 전조가 있기 때문이다.

2)

늑대가 나오는 빨간 망토 동화는 이 작품을 이해하는 출발점이자 중요한 모티프다. 동화의 내용은 간단하다. 할머니로 변장한 늑대는 날카로운 발톱과 이빨을 드러내며 아이들을 잡아먹고 결국 사냥꾼에게 잡혀 죽게 된다. 사냥꾼은 늑대의 배를 가르고 아이들은 다시 살아난다. 작가는 주인공을 빌려 이 동화를 여러 번 반복한다. 그것은 동화의 내용이 세상을 보는 주인공의 인식과 밀접하게 연결되어 있기 때문이다. 이런 점에서 작가가 아래와 같이 동화에 대해 언급하는 것은 결코 우연이 아니다. "이상한 사람이 길을 물어볼 때 어떻게 해야 할까요? 어떤 사람이 엄마와 잘 아는 사람이라고 차에 타라고 하면 어떻게 해야 할까요? 네, 우리는 늑대 같은 사람들을 조심해야 해요. 잘 알겠죠? 살을 베거나, 발목을 자르고, 몸을 토막 내는 잔혹동화가 아니더라도 동화의 미화된 말속에 숨어 있는 섬뜩한 내용은 얼마든지 많았다. 마음씨 착한 공주는 행복하게 살았답니다 속에는 독을 먹이고, 성에 가두고, 인신매매단에 팔고, 거짓과 배신과 죽음과 희생이 교묘하게 숨어 있었다. 애들아, 누구도 믿지 말아라. 이 세상에 믿을 사람은 아무도 없단다. 착한 사람은 언제든 배신당하고 뒤통수 맞는다." 유치원 여교사는 실제로 '늑대가 나타난 것처럼' 이런 상황을 현실 속에서 경험한다. 그녀가 헬스클럽에 들어가 토요일 상황을 묻자 모두 약속이나 한 듯이 같은 대답을 한다. 그러자 그녀는 자신이 마치 동화 속에 있는 것같이 느낀다. "모두가 약속이나 한 듯이 대답이 같았다. 동화 속에 갇혀 빠져나오지 못하고 있는 것 같았다. 아, 할머니 이는 왜 이렇게 커요? 너를 더 잘 잡아먹으려고 그렇지. 모두가 커다란 이를 드러내고 나를 잡아먹을 것만 같았다." 주인공의 불안증세는 '늑대가 나타나면'이라는 제목에서도 드러난다. '늑대가 나타나면'은 의미상 일종의 가정법 구문인데, 이것은 현재 또는 미래에 대한 불확실한 가정이나 미래에 대한 강한 의심을 나타낸다. 다시 말해 작가는 작품의 제목을 통해 주인공의 불안증세를 비유적으로 암시하고 있는 것이다.

유치원 여교사의 불안한 심리상태는 정신과 상담과정에서 그녀가 내뱉는 독백 속에 좀 더 분명하게 나타난다. 그녀는 의사 앞에서 다음과 같이 진술한다. "저는 하루하루가 무서워요. 언제 어디서 무슨 일이 터질지 모르잖아요. 무서워서 뉴스를 안 본 지 오래됐는데 그래도 인터넷에 줄줄이

기사 올라오는 거 보면 클릭도 전에 손이 덜덜 떨려요, 정말 궁금해서 묻는 건데 선생님은 이 세상이 무섭지 않나요? 그렇게 웃는 얼굴로 무섭다고 대답하시니 놀리는 거 같은데요? 정말 무서운 거 맞죠?" 그녀는 이렇게 말하고 나서 아파트 주차장에 화재가 나서 많은 사람들이 죽고, 밤에 집에 돌아가던 여자가 이유도 없이 칼에 찔려 죽은 끔찍한 사건을 예로 든다. 그리고 상담이 끝나자 병원을 나서서 "사방이 사기꾼이고, 여기저기 짐작도 할 수 없는 사고 천지인 저 길 밖으로 나가야 하는" 것을 끔찍하게 여긴다. 그녀의 이런 상태는 토요일 아침에 헬스클럽 문이 닫힌 걸 확인하고 집에 돌아와 텔레비전 뉴스에서 싱크홀 보도를 보며 "아무리 긴장을 하고 살아도 도처에서 믿을 수 없는 일이 일어났다"고 생각하는 것과 일맥상통한다. 이것은 외상 후 스트레스 장애와 증상이 유사하다.

이 작품에서 주인공이 의사에게 하는 진술은 모두 네 차례 나온다. 사실은 그녀의 진술이 네 가지인 것이 아니라 하나의 진술을 네 부분으로 분할한 것이다. 그중에서 작가는 불안증세의 원인을 세 번째 진술에서 보다 분명하게 암시하고 있다. 앞서도 살펴보았듯이 주인공의 불안증세 원인은 내적인 것이라기보다 외적인 것이며 더 구체적으로 말하자면 사회적인 것이다. 주인공은 이것을 루프스라는 병을 예로 들어 설명하고 있는데 여기서 작가의 상상력은 의학적 지식의 도움을 빌린다. "루프스라는 병이 있다면서요……. 그 루프스라는 병이 정상적인 세포를 정상적으로 인정하지 않는 병이라면서요. 자기 세포들이 위협받고 있다고 판단하고, 그래서 스스로를 공격한다고 드러던데 정말인가요? 자기가 자기를 괴롭히는 병이라면서요. 그래서 목숨까지 위협한다면서요……. 그 병명을 듣는 순간 이 세계가 거대한 루프스에 걸린 거 같다는 생각이 들었어요. 정상적인 세포들이 살아갈 수 없잖아요. 다 속고 속이는 일투성이잖아요. 다 살얼음판이 잖아요." 루푸스systemic lupus erythematosus의 정확한 병명은 전신성 홍반성 루푸스이고, 이것은 만성 자가면역질환이다. 자가 면역이란 작가가 설명하고 있듯이 외부로부터 인체를 방어하는 면역계가 이상을 일으켜 오히려 자신의 인체를 공격하는 현상을 말한다. 이로써 독자는 작가가 생각하는 불안증세의 원인을 분명하게 파악할 수 있게 된다. 루프스! 다시 말해 인간이 스스로를 괴롭히고 목숨까지 위협하는 사회의 부조리가 불안증세의 근본 원인이라고 작가는 보고 있는 것이다.

3)

이제 남은 문제는 작가의 의도가 작품에 얼마나 잘 녹아들어 있는가를 살펴보는 것이다. 양진채가 「늑대가 나타나면」을 쓸 당시에 우리 사회에는 크고 작은 재난들이 연이어 발생하고 있었다. 세월호 참사, 대규모 화재, 싱크홀, 건물 붕괴, 묻지 마 살인 등등. 추측컨대 작가는 이런 일련의 사회적 재난들이 모두 인재人災, 즉 인간이 만든 사회적 부조리에서 연유하는 것이라고 생각하고 있는 듯하다. 양진채는 이런 자신의 구상을 유치원 여교사의 에피소드를 통해 구체화하려고 했다. 전체적으로 잘 만들어진 그녀의 작품은 하지만 몇 가지 아쉬움을 남기고 있다. 우선 첫째로 지적해야 할 것은 주인공을 괴롭히는 불안증세의 전염성이 조금 약하다는 점이다. 이 작품은 유치원 여교사의 불안증세로 시작해서 그것으로 마무리되고 있기 때문에 그에 대한 독자들의 공감이 크지 않으면 효과도 반감될 수밖에 없다. 이런 점에서 주인공의 불안증세를 좀 더 강하게 묘사했으면 하는 아쉬움이 남는다. 거의 히스테리 수준으로 말이다. 또 하나는 불안증세의 원인을 드러내는 장면들이 대부분 주인공의 진술에 의존하고 있다는 점이다. 달리 말하면 작가는 독자들에게 그 원인을 친절하게 알려주는 결과를 초래하고 있는 것이다. 아니 좀 심하게 지적하면 훈계하고 있다는 표현이 더 어울릴 수도 있다. 이런 장치 이외에 다른 방법은 없었을까? 주인공의 진술이 아니라 다른 문학적 장치들을 통해서 독자들에게 자연스럽게 전달되었다면 이 작품은 하나의 사건이 되었을지도 모른다.

이런 아쉬움들에도 불구하고 이 작품은 뛰어난 구성, 살아있는 문장, 공감을 이끌어내는 심리묘사 등 많은 장점들을 지니고 있다. 그것은 온전히 작가의 재능에서 우러나오는 것이라고 믿는다. 하지만 그보다 더 중요한 것은 사회의 부조리를 보는 작가의 시선이다. 양진채는 사회적 부조리에 대해 매우 비판적인 인식을 보이지만 그것을 극단적으로 혹은 어설피 드러내지 않는 신중함을 유지하고 있다. 이것은 그녀가 주인공과 사건들을 모두 자신의 통제 하에 두고 있다는 것을 의미한다. 소설가에게 이것은 얼마나 큰 의미가 있는 것인가! 그녀의 차기작이 기대되는 이유다.2015

6. '불안사회'를 사는 방법 이유, 「아버지를 지켜라」

1)

이유의 「아버지를 지켜라」는 병석에 누워있는 아버지를 둔 주인공 상수의 불안장애를 다루고 있다. 지방 소도시의 낡은 아파트에 사는 상수는 사귀던 여자 친구와 헤어진다. 그는 매일 맥주를 2리터씩 마시며 앓아누워 계신 아버지 곁을 지키고 있다. 어머니는 재작년에 심장혈관 질환으로 갑자기 돌아가셨다. 이런 생활을 그는 벌써 수년째 이어오고 있었다. 그러던 그에게 후드집업을 걸친 낯선 존재가 나타난다. 후드는 상수가 자리를 비운 사이 아버지가 누워있는 아파트에 침입했다가 달아난다. 상수는 112에 신고를 하고 담당 경찰관도 후드를 잡으려고 한다. 그 후로도 후드는 수차례 상수와 경찰관 앞에 나타나지만 곧 자취를 감추고 만다. 이제 후드는 상수에게 단순히 낯선 존재를 넘어 아버지뿐만 아니라 자신의 안전을 위협하는 적이 된다. 후드의 잦은 등장은 어려운 환경에서 처한 상수에게 묘한 흥분과 에너지를 불어넣는다. 그는 후드가 나타날수록 아버지를 지켜야겠다는 의지가 강해진다. 이 작품의 제목은 바로 여기에서 연유하는 것이다.

그렇다면 후드는 어떤 존재인가? 그는 실제로 침입자일까 아니면 일종의 환영일까. 이 소설을 읽으면서 독자들이 풀어야 할 가장 큰 문제가 바로 이것이다. 작가는 후드를 마치 살아있는 존재인 것처럼 생생하게 그리고 있다. 그는 갑자기 나타났다 사라지기도 하고, 날래게 도망치기도 하며, 적당한 속도를 유지하며 쫓아오는 상수를 견제하기도 한다. 후드에 대한 작가의 묘사가 너무 사실적이라서 독자는 그를 실체가 있는 등장인물처럼 느낄 수 있다. 그런데 사실 후드는 환영에 가깝다. 왜냐하면 그는 인상착의가 불분명하고, 현실의 시공간 너머에 있으며, 길거리에서 상수와 일정한 거리를 유지하는 장면에서는 마치 그의 그림자 같기도 하다. 아니 어쩌면 후드는 상수와 경찰관의 분신인지도 모른다. 후드가 환영일 거라는 가설은 다음의 인용에서 좀 더 뒷받침된다. "상수는 눈을 말똥말똥 뜬 채 누워 있었다. 복도식에 일 층 엘리베이터 옆이라 소음은 그의 방에 따라붙는 옵션이나 다름없었다. 창문을 꼭꼭 닫아도 새벽이면 오가는 사람들 발소리에 잠을 설쳤다. 이제는 후드까지 합세했다. 무심코 눈을 떴을 때 상수는 그를 굽어보는 후드를 발견했다. 가위에 눌린 것처럼 몸을 움직일 수가 없었다. 상수는 너무 빨리 눈을 뜬 걸 후회했다. 그는 다시 눈을 감았다. 문단속도 했고 창문도 닫혀 있었다. 이렇게 말도 안 되는 일이 현실에서 일어날 리 없어. 상수는 충분한 시간을 둔 다음 눈을 떴다. 후드는 사라지고 없었다. 대신 천장에 붙은 길쭉한 형광등이 그를 보고 있었다." 여기서 보듯이 후드는 상수의 불안증세가 만들어 낸 '실체 없는 실체'에 가깝다.

그렇다면 경찰관이 보고, 잡았다 놓친 후드는 무엇인가. 그것은 또 다른 후드인가 아니면 그것 또한 환영인가. 소설의 이 부분은 사실 명쾌하게 설명하기가 쉽지 않다. 경찰관이 하는 여러 이야기를 분석해 보면 그도 상수와 크게 다르지 않은 불안증세를 보이고 있다고 판단하는 것이 옳다. 예를 들어 경찰관은 상수와 전화통화를 하면서 "하루라도 편히 잠들어보고 싶습니다. 눈만 감으면 누군지로 모를 누군가를 죽이러 가는 꿈을 꾸니까요"라는 말을 하는데, 이는 그가 어떤 강박에 시달리고 있다는 것을 의미한다. 그에게 후드는 또 다른 환영인 것이다. 그리고 작품의 말미를 장식하고 있는 문장은 결정적으로 후드가 독자에게 어떤 의미를 지니고 있는 존재인지 강하게 암시하고 있다. "감염력 강하고 치료약은 없는 불안이 교통신호와 함께 깜빡거리며 거리로 쏟아져 나올 사람들을 기다리고 있었다." 이 의미심장한 문장은 후드가 우리를 불안하게 하는 '실체 없는 실체'라는 것을 상징적으로 드러낸다. 다시 말해 「아버지를 지켜라」는 현대사회의 예측 불가능한 미래에 대한 젊은 세대의 불안심리를 잘 그리고 있는 작품이라고 할 수 있다.

2)

　일반적으로 두려움은 대상이 있지만 불안은 대상이 없다고 말한다. 이에 대해 프로이트는 현실적 불안은 알고 있는 위험에 관한 것이고, 신경증적 불안은 알지 못하는 위험에 관한 것이라고 주장했다. 이렇게 보면 「아버지를 지켜라」에 등장하는 인물들이 느끼는 불안은 명확하지 않은 위험과 관계가 있다. 후드의 존재는 상수와 경찰관의 불안과 연결된다. 그렇다면 그 불안의 원인은 무엇일까. 이 작품에서는 아쉽게도 그걸 감지하기가 쉽지 않다. 작가는 상수를 괴롭히는 불안의 이유, "거리로 쏟아져 나올 사람들을 기다리고" 있는 불안의 근본적인 원인을 문학적으로 다루는 문제에 대해 적극적이지 않다. 그것은 이 문제를 적극적으로 다루는 것이 작가 자신의 몫이 아니라고 판단했기 때문일 수도 있고, 이 문제를 다루는 것에 부담을 느껴서일 수도 있다.

　여하튼 작가는 이 문제에 주목하기보다는 집배원이었던 아버지의 과거를 파헤치는 데 몰두한다. 상수는 우체국에서 아버지에 의해 자신의 운명이 바뀌었다는 새로운 사실을 알게 된다. 항해사를 꿈꾸었던 그가 보낸 응시 서류를 아버지가 소인도 찍지 않은 채 **빼돌린** 것이다. 결국 "새로운 인생을 꿈꾸던 상수에게 날아온 것은 입영 통지서였다." 하지만 이런 사실을 알고도 상수는 병석에 누워있는 아버지를 끝까지 이해하려고 노력한다. "그 역시 아버지의 손을 놓게 되는 일은 결코 없을 것이다. 지독하게 환한 골목을 다 **빠져나갈** 때까지는." 이 문장에는 우리 사회의 불안에 대한 작가의 입장이 함축적으로 담겨져 있다. 작가가 선택한 길은 다름 아닌 가족의 연대라고 할 수 있다. 열악한 상황에서 모두 고단하고 힘겹지만 병든 아버지와 절망적인 아들은 연대의 손을 놓지 않는다. 아니 정확히 말하면 아버지로 대표되는 힘없는 부모 세대를 자식들이 포기하지 않고 보듬음으로써 '불안사회'를 견뎌나가자는 것이다. 작가 이유의 선택은 물론 동감을 자아내기에 충분하다. 그것마저 없다면 우리가 어떻게 이 험한 세상을 버티고 생존하겠는가? 하지만 상수의 불안은 한편에서 그 자신에게서 연유하는 것은 아닐까. 라캉은 프로이트의 '신경증적 불안'을 좀 더 세련된 정신분석학적 용어로 설명하면서 불안의 원인을 대상의 결여가 아니라 결여 자체가 없는 것에서 찾았다. 다시 말해 상수에게 가족이 없었다면 그는 불안에 대해 다른 차원의 접근을 시도했을 것이다. 가족은 '불안사회'를 견디는 버팀목이지만 가족이 파괴되고 그마저 없는 사람이라면 다른 선택을 해야 하기 때문이다. 그리고 상수가 아버지의 손을 결코 놓지 않는다고 해도 '불안사회'가 그들을 가만 두지 않을 것이라는 사실은 너무나도 명징하다. 이것이 많은 장점을 가지고 있는 이유의 작품을 읽으면서 내가 떨쳐버릴 수 없었던 불안감의 이유일 것이다.2016

7. 상처 입은 자아와 몸의 생명력 이재은, 「존과 앤」

1)

이재은의 「존과 앤」은 폭력에 대한 트라우마를 가지고 있는 앤과 상처를 치유해주려고 하는 존의 관계를 다루고 있는 작품이다. 시민운동가인 존은 시민기자로 활동하는 앤과 만나 깊은 관계를 유지하다 헤어진다. 어느 날 존은 지하철역 근처에서 낯선 사내와 같이 걸어가는 앤을 보고 질투에 사로잡혀 그들을 뒤쫓아 가지만 그녀의 집 근처에서 놓치고 만다. 다음

날 존은 다시 지하철역에서 앤을 기다리고 그녀를 따라간다. 그녀가 집 앞에서 다시 사라지자 존은 전화를 걸어 그녀와 만난다. 그런데 그녀는 앤의 쌍둥이 여동생 지은이라는 것이다. 그녀가 언니는 지금 샤워를 하고 있다고 말하자 존은 혼란에 빠지게 되고, 밖으로 나와 카페에서 여동생과 대화를 나눈 후 헤어진다. 여기서 그는 지은과 같이 동행하던 사내가 무용가 안주용이라는 것을 알게 된다. 그 후 존은 지은을 통해 앤을 만나려고 하지만 그녀의 연락처를 가지고 있지 않다는 사실을 깨닫고, 안주용에게 연락한 후 그가 기획한 댄스 행사에서 지은을 보게 된다. 하지만 존은 광장에서 춤추고 있는 지은이 사실은 앤이라는 사실을 알게 되고, 그녀의 상처를 보듬어주려고 집을 찾아간다. 여기서 존과 앤은 서로가 다시 시작할 수 있는 관계라는 사실을 깨닫는다.

2)

작가는 이 작품에서 두 가지 이야기를 하고 있는 것으로 보인다. 하나는 앤의 정신적 상처를 치유하는 방법이고 다른 하나는 한국사회를 지배하고 있는 몸의 정치학이다. 작가는 이 양자를 동일한 맥락에서 파악하고 있다. 다시 말해 지배당한 몸을 속박으로부터 벗어나게 하는 것은 곧 육체적 폭력으로 인해 생긴 앤의 상처를 치유하는 것과 다르지 않다는 것이다. 그녀의 등에 박혀있는 상처들, 회전 초밥집에서 만난 폭력적인 사내 등은 앤의 정신적 상처를 나타내는 장치들이다. 이에 반해 앤의 감각적인 육체적 행위, 댄스 행사에서 보여주는 역동적인 움직임 등은 새로운 생명력을 잉태하고 있는 은유들이다.

작가는 안주용의 말을 통해서 한국사회에서 몸이 어떻게 왜곡되고, 지배당했는지를 역설한다. "한국에서 몸은 가려진 주체예요. 한국인의 몸은 쓸모 있어야 하는 자원으로 인식돼왔어요. 자신의 능력을 증명하는 사물에 지나지 않았죠. 개발과 성장, 신자유주의 시대에 몸은 기꺼이 혹사해야 하는 것이었어요." 한국사회에서 몸은 단지 물질적 수단이었고, 착취의 대상이었다는 것이 그의 생각이다. 그리고 이런 주장은 남성과 여성의 상반된 몸의 논리를 대비시키는 논리도 발전한다. "이 사회는 오랫동안 체력이 국력임을 강조하며 남성의 몸을 지배했어요. 반대로 여성의 몸은 단정과 조신을 내세우며 소극적으로 가둬뒀죠." 이 문제에 대한 작가의 대안은 다음과 같다. 즉, "자기 자신은 물론 타인의 몸을 바라보는 계기를 마련하는" 것을 통해 소외된 몸들이 다시 본래의 모습을 회복할 수 있다는 것이다.

이런 논리는 앤의 상처를 치유하는 과정에서 확인된다. 앤은 몸에 대한 폭력을 경험하고 상처를 받지만 다시 몸의 자유로운 움직임, 생명력 넘치는 춤을 통해 치유를 받는다. 존은 이 과정에서 타인의 몸을 편견 없이 바라볼 수 있는 깨달음을 얻게 된다. 그는 앤과 육체적 관계를 가질 때 그녀의 몸을 일방적으로 지배했다. 이런 태도가 그들이 헤어지게 된 원인이 되었다는 사실을 존은 알지 못했다. 작가는 이 부분을 매우 암시적으로 제시하고 있을 뿐이다. 예컨대, "앤의 몸은 조각조각 분절된 느낌이어서 자칫 부분을 잃을 수도 있었다"라는 구절이 그러하다. 하지만 존은 앤과 헤어지고 다시 그녀의 몸에 대해 깊은 성찰을 할 수 있는 계기를 갖는다. 그는 흰색 상의를 입은 무리들 속에서 자신의 의지대로 춤을 추고 있는 지은이 앤이라는 사실을 확인하고 이렇게 생각한다. "타인의 시선을 의식하지 않고 자신을 내려놓을 때 나오는 몸짓. 그동안 하지 못했던 말과 멍을 치유하는 행동.

무의식에 잠겨 있는 본래의 성격을 회복하는 과정. 쓸모없는 열정이 만들어내는 몸의 아름다움…… 전 생애를 통들어 이보다 더 섹시한 순간은 없었다. 존은 앤의 볼을 타고 내려오는 눈물을 바라보고만 있었다."

위 장면은 이 작품의 결정적 순간일 뿐만 아니라 이재은의 작가적 역량을 확인할 수 있는 대목이기도 하다. 특히 한국사회의 몸에 대한 거대담론을 등장인물의 상처 및 치유와 연결시키는 재치는 눈여겨볼만한 부분이다. 그리고 앤과 지은이 동일인이었다는 설정 또한 소설의 구성상 매우 효과적인 발상인 것처럼 보인다.

3)

소설 속 세상은 작가가 창조한 허구지만 또한 실제보다 더 현실적이기도 하다. 이것이 바로 소설이 가지고 있는 매력이요, 예술작품으로서의 특수성이라고 할 것이다. 허구의 세계는 작가가 만든 것이지만 작가로부터 일정하게 독립되어 있다. 소설은 허구적 세계의 독립성으로 인해 독자와 허구 사이에 존재하는 어색한 시공간적 불일치를 극복할 수 있다. 다시 말해 이 독립성이 훼손되면 소설은 허구의 속살을 생경하게 노출하게 되는 것이다. 특히 전지적 작가 시점에 기초한 소설이라면 더욱 그러하다. 존이 어떤 사내와 같이 가고 있는 앤을 보았을 때 "슬픔과 오해 사이에서…… 다리 힘이 풀리지 않도록 애썼다"는 구절은 이런 점에서 논란의 여지가 있어 보인다. 여기서 '슬픔'과 '오해'가 공존할 수 있는 것인지 의문이기 때문이다. 오해란 존의 시각에서 보면 나중에 밝혀질 결과이지 그의 슬픔과는 관계가 없는 것이다. 그것은 전지전능한 작가의 판단일 뿐이다. 이런 점에서 이 대목은 작가가 살짝 놓친 부분이 아닌가싶다.

인간에게 원래의 자아와 상처 입은 자아가 분리될 수 있는 것인지도 깊이 따져보아야 할 문제일 것이다. "당신 안에 두 개의 인격이 있다는 걸 알아요. 대면하고 싶지 않은 현실을 피하기 위해 만들어낸 또 다른 사람이 있죠. 앤은 내가 지켜줄게요. 지은이는 없어도 괜찮아요. 걱정하지 마세요. 이제 괜찮아요." 존은 앤에게 이렇게 속삭인다. 여기서 "대면하고 싶지 않은 현실을 피하기 위해 만들어낸 또 다른 사람"은 '상처 입은 자아'를 지칭한다. 그렇다면 존이 지켜주려고 하는 것은 원래의 자아인가 아니면 상처 입은 자아인가? 그리고 과연 존이 앤의 본래적 자아를 지켜줄 수 있을까? 만약 그것을 타인이 지켜줄 수 있다면 앤이라는 존재는 또 무엇인가? 결국 앤과 지은은 분리될 수 없는 하나의 자아가 아닐까? 자아는 하나요, 상황에 맞게 가면을 쓰게 되는 또 다른 자기는 분석심리학 용어를 빌면 페르소나가 되는데, 자아건 페르소나건 혹은 상처 받은 자아건 간에 이 모든 문제는 결국 존이 아니라 앤이 감당하고 해결해야할 문제일 것이다. 이렇게 보면 존은 마지막까지 앤에게 일방적인 태도를 버리지 못하고 있다고 할 수 있다. 그는 혹 남성이 군림해왔던 지배의 논리에서 과연 완전히 벗어나 있다고 할 수 있을지 의문이 남는다.2017

제4부
세계 의료문화 답사기

동서양 의료문화 답사기

제7장

동서양 의료문화 답사기

1. 항저우 의약문화 답사기

1)

항저우杭州는 저장성浙江省의 성도로 상하이上海에서 남서쪽으로 180킬로미터 떨어진 중국의 고도古都다. 항저우는 날씨가 온화하고 강수량이 많은 아열대 기후에 속해 예로부터 먹을 것이 풍족했다. 항저우 시 박물관에는 기원전 4000년 전, 항저우 만 근처의 평원지대에서 논을 만들어 벼를 재배했던 신석기 유적을 전시하고 있는데, 이 유적들은 항저우 일대가 곡창지대였다는 것을 증명하는 것이다. 항저우는 또 첸탕강錢塘江 하구에 위치하고 있어서 민물어업이 크게 발달하였다. 항저우 음식에 생선이 많은 것은 이 때문이다. 그리고 항저우는 중국 명차 중 하나인 룽징차龍井茶의 산지이고, 항저우가 속한 저장성은 장쑤성江蘇省에 이어 중국 2위의 비단 생산지이기도 하다.

항저우는 중국의 찬란한 역사와 문화를 상징하는 도시다. 항저우는

1129년부터 1276년까지 남송南宋의 수도였다. 이 도시는 남송 시대의 화려한 문화, 예술의 유적과 향기를 고스란히 간직하고 있다. 항저우는 그 후로도 중국문화의 중심지였다. 13세기 말 마르코 폴로는 몽고의 지배를 받던 항저우에 들러 이곳을 "하늘의 도시 킨사이"라고 칭송했다. 그의 『동방견문록』에는 항저우에 관한 서술이 가장 많은데, 그만큼 서양인의 눈에도 이 도시가 서구의 대표적인 도시와 비교하여 부족함이 없었다는 말이다. 마르코 폴로가 항저우를 어떻게 묘사하고 있는지, 한 대목을 인용해보자.

"남쪽으로 호수가 하나 있는데 둘레는 거의 30마일이다. 그 주위에 귀인과 귀족들 소유인 수많은 아름다운 누각과 집들이 세워져 있는데, 얼마나 멋있는지, 그보다 더 훌륭히 설계하고 더 화려하게 치장해서 만들 수 없을 정도이다…… 호수 가운데에는 두 개의 섬이 있고 그 각각에 아주 멋있는 누각이 서 있다. 어쩌나 잘 지어지고 장식이 잘되어 있는지 마치 황제의 궁전처럼 보일 정도이다."[1]

마르코 폴로가 위에서 묘사한 호수는 항저우에서 가장 아름다운 곳인 시후西湖다. 그리고 그는 항저우 "거리에는 의사와 점성술사들이 있는데 그들은 읽고 쓰는 것도 가르친다"379쪽고 적고 있다. 또 다른 곳에는 이런 내용이 있다. "만약 다쳐서 일을 할 수 없는 가난한 사람을 보면 병원으로 데리고 가 그곳에 머물도록 한다. 병원은 옛날의 왕들에 의해 도시 전역에 수도 없이 많이 지어졌고 많은 보조금을 받는다."384쪽 마르코 폴로가 항저우에서 발견한 수많은 병원은 옛날 왕들에 의해 지어진 것들이다. 그렇다면 몽고 지배를 받기 전에 항저우에는 이미 많은 의료시설들이 있었다는 말이 된다. 이런 전통이 현대에도 이어진 것일까? 현재 항저우 시내에는 베이징北京의 퉁런탕同仁堂과 함께 중국에서 가장 유명한 후칭위탕湖慶餘堂

이라는 약국과 한의약 거리가 있다. 그리고 이곳에는 유명한 중약박물관中
藥博物館이 있다. 우리 의약사 연구팀이 항저우를 찾은 것도 이곳에서 중국
의 전통의약과 역사의 현장을 확인할 수 있기 때문이다.

2)

항저우 국제공항에서 시내로 가는 고속도로를 달리면서 제일 먼저 눈에
들어오는 것은 곳곳에서 진행되고 있는 대규모 건축공사들이다. 시내 중
심가도 예외가 아니어서 이곳에서는 중국을 대표하는 천년고도 항저우의
모습을 찾을 수 없다. 하지만 시후와 주변의 전통 거리에 들어서면 천년의
향기가 물씬 풍긴다. 그래서 시후는 항저우를 여행하면서 빼놓을 수 없는
곳이다. 이 호수는 항저우의 문화와 역사를 온전히 간직하고 있다.

"시후는 첸탕강錢塘江과 서로 연결된 해안의 포구였는데, 진흙, 모래로 막
혀 육지의 인공호수로 조성된 것이다. 지금은 중국의 10대 명승지 중 하나
로 꼽힐 만큼 아름다운 절경을 자랑하고 있다. 전체 면적은 6.3평방킬로미
터이며, 둘레는 15킬로미터, 길이가 동서 2.8킬로미터, 남북 3.3킬로미터,
평균 수심은 1.5미터, 최대 수심은 2.8미터이다."[2]

이 호수가 시후로 불리게 된 배경은 북송의 대표적인 시인 소동파蘇東坡,
1037~1101가 호수의 아름다움을 노래한 〈음호상초청후우飲湖上初晴後雨〉라는
시 때문이다. 소동파는 1071년에서 1074년까지 항저우에 통판通判, 즉 지
방 관리로 임명되어 이곳에 머물렀다. 그는 시후의 아름다움을 노래한 것
으로도 유명한데, 이중 하나를 인용해보자.

물빛 반짝거려 맑은 날이 좋더니,

산색 자욱하게 비 내려도 기이해라.

서호를 서시西子에 비기자니,

옅은 화장, 짙은 화장 모두가 제격일세!³

水光瀲灔晴方好

山色空濛雨亦奇

浴把西湖比西子

淡粧濃抹總相宣

   소동파는 이 시에서 시후의 다채로운 아름다움을 노래하면서 그 자태를 월나라의 절세미인 서시西子에 비유하고 있다. 이 호수는 이전에 여러 이름으로 불렸는데, 소동파의 이 작품 이후로 시후西湖로 굳어져 현재에 이르고 있다. 다시 말해 시후는 중국 최고의 미인을 닮은 호수인 셈이다.

   시후와 관련된 또 한 명의 걸출한 문인은 당나라의 시인 백거이白居易, 772~846다. 백거이 또한 항저우에 지방 관리로 부임한 적이 있는데, 이때 시후를 예찬하는 시를 지은 적이 있다. 「춘제호상-서호春題湖上-西湖」라는 작품이 그것이다.

湖上에 봄이 들어 마치 그림 같구나

산봉우리 둘러쌌고 물은 멀리 편편하다.

소나무는 山에 벌려 푸름이 천 겹인데

달은 물속에 점을 찍어 한 알의 구슬이다.

올벼는 푸른 담요의 실 끝을 뽑고

새 부들은 푸른 비단의 치마띠를 펼친다.

이 抗州를 버리고 그대로 떠날 수 없어

이 詩 한 수를 이 湖水에 남기노라.[4]

湖上春來似畫圖,

亂峰圍繞水平鋪.

松排山面千重翠,

月點波心一顆珠.

碧毯線頭抽早稻,

青羅裙帶展新蒲.

未能拋得杭州去,

一半勾留是此湖.

소동파와 백거이는 시후의 아름다움을 노래했을 뿐만 아니라 이 호수가 빼어난 경관을 간직할 수 있는 근거를 제공한 인물이기도 하다. 시후는 호수를 관통하는 2개의 제방, 즉 쑤디苏堤, 바이디白堤와 3개의 섬, 즉 샤오잉저우小瀛洲, 후신팅湖心亭, 롼궁둔阮公墩으로 이루어져 있다. 그런데 이중에서 쑤디는 소동파가, 바이디는 백거이가 항저우 관리 시절 호수 밑 땅을 퍼내서 쌓은 것이다. 그러니 시후의 아름다움은 소동파와 백거이가 직접 빚어낸 것이기도 하다.

특히 바이디는 중국인과 외국 관광객들이 가장 많이 찾는 곳이다. 바이디는 시후에서 제일 큰 섬이었던 구산孤山을 제방으로 이어 만든 것이다.

구산은 다섯 보만 가면 하나의 명소가 나오고, 열 보만 가면 또 새로운 고적이 나온다는 곳이다. 구산에는 특히 저장성 박물관이 있어 항저우의 역사와 문화유적을 한 곳에서 관람할 수 있다. 구산의 또 다른 명소로는 전통 항저우 요리를 맛볼 수 있는 러우와이러우樓外樓를 들 수 있다. 여행객의 지친 발길이 러우와이러우에 닿으면 신기하게도 새로운 생기가 돈다. 석양이 지는 시후를 바라보며 항저우 요리에 중국술白酒을 곁들이면 옆에 앉아 있는 동료가 가족처럼 느껴진다.

중국 요리가 그렇지만 항저우 요리는 저마다 흥미로운 사연을 가지고 있다. 음식은 그 자체가 문화지만 특히 스토리라는 배경을 갖게 되면 정신문화의 일부가 된다. 항저우 여행을 하면서 놓치지 말아야 할 것이 바로 이러한 정신문화를 이해하면서 미각을 만족시키는 짜릿한 맛 체험이다. 전통 항저우 요리점에서 맛볼 수 있는 대표적인 요리로는 거지닭, 초어 찜, 동파육 등을 들 수 있다. 이중 거지닭은 명칭이 낯설지만 그 유래가 매우 재밌다. 이 요리는 연잎이나 진흙에 어린 닭을 싸서 구워낸 닭요리를 말한다. 거지닭의 유래는 먼 과거로 거슬러 올라간다. 옛날 중국 거지들은 닭을 훔쳐 땅황土에 묻어놓았다가 나중에 꺼내 구워 먹었다고 한다. 그런데 그 맛이 보통의 닭고기 맛과 달리 냄새가 없고 담백했다. 그래서 중국 사람들은 이 요리를 거지닭이라고 부른다.

항저우의 또 다른 별미를 소개해보자. 항저우 시내 제팡로解放路에 가면 쿠이위안관奎元館이라는 식당이 있다. 이곳은 전통 항저우 국수를 맛볼 수 있는 유명한 곳이다. 식당이 처음 문을 연 것은 1867년이다. 그러니 쿠이위안관은 150년 가까이 된 유서 깊은 국수집이다. 순간 머리가 황홀했다. 1867년이라니! 이 시기에 누가 뭘 했더라? 기억을 더듬어 보니 제일 먼저 떠오른 인물이 러시아의 위대한 소설가 톨스토이였다. 1867년은 톨스토이가 장편소설『전쟁과 평화』를 집필하고 있던 시기다. 이역만리 러시아에서 위대한 소설이 창작되고 있을 때 항저우 사람들은 이곳에 위대한 국수집을 만든 것이다. 2층 홀로 올라서니 벽면에 커다랗게 글씨를 써서 액자로 걸어놓았다. '江南麵王!' 이건 또 무엇인가. 중국인들은 보통 양쯔 강이남을 강남이라고 하는데, 이 국수집이 면 하나로는 강남에서 최고라는 소리다. 아닌 게 아니라 쿠이위안관이 자랑하는 샤바오산면蝦爆鱔麵과 피얼촨片兒川의 면 맛은 이제까지 경험해보지 못한 최고였다. 샤바오산면은 국수에 새우와 장어를 올린 것이고, 피얼촨은 돼지고기를 올린 것이다. 그러니 중국인들이 다음과 같이 말하는 것이 모두 허풍은 아닐 것이다. "항저우에 와서 쿠이위안관의 국수를 먹지 못하면 항저우에 와 보지 않은 거나 마찬가지다."

시후와 주변의 문화경관은 2011년 유네스코 세계유산에 등재되었다. 이곳이 세계유산이 된 것은 중국의 역사, 문화, 경관 등이 잘 보전되어 있기 때문일 것이다. 세계유산 위원회는 시후의 등재 기준 중 하나를 이렇게 밝히고 있다. "시후의 개선된 경관은 인도에서 중국으로 전해진 불교적 이상들, 즉 '불교의 평화로움'이나 '그림 같은 자연'을 반영하는 것으로 볼 수 있고, 이는 동아시아의 경관 설계에까지 커다란 영향을 끼쳤다. 시후의 둑길들, 섬들, 다리들, 사원들, 탑들과 훌륭한 조망들을 거의 전 중국, 특히 베이징에 있는 이허위안頤和園과 일본에서 그대로 모방되었다. '시후10경'과 같이 시적인 이름을 붙인 경치 좋은 장소의 개념은 전 중국에서 700년간 지속되었고, 한국 지식인들이 시후를 방문했던 16세기 이후로는 한반도에도 전파되었다."[5]

세계유산인 시후의 진면목을 체험하기 위한 가장 좋은 방법 중 하나는 주위 경관을 자전거를 타고 돌아보는 것이다. 우리가 체류했던 호텔에서는 오전 6시 30분부터 자전거를 대여할 수 있는데, 사용료는 시간당 20위안이다. 자전거를 타고 호텔을 출발해서 시후 전체를 한 바퀴 돌아보는 데는 약 2시간 정도 소요된다. 중국은 자전거 도로가 잘 정비되어 있어서 비교적 안전하고 쾌적하게 시후의 아름다운 경관을 눈에 담을 수 있다. 이른 아침에 시후 주변에는 음악에 맞춰 태극권을 하는 중국인들과 전통 피리를 연주하는 사람들을 흔히 볼 수 있다. 특히 자전거를 타고 쑤디 위를 달리며 느끼는 기분은 세상 무엇과도 바꿀 수 없을 정도로 상쾌하다. 쑤디 주변에는 이른 아침부터 강태공들이 낚시 줄을 호수에 던져놓고 세상 시름을 잊고 있다. 그리고 쑤디 곳곳에는 아치형 다리들이 많아서 지날 때마다 호수와 신록으로 뒤덮인 풍경을 감상할 수 있다.

시후 주변에는 수많은 유적과 아름다운 경관이 있다. 그중에서 가장 인상적인 것 중 하나는 샤오잉저우섬에 펼쳐진 신비로운 경관이다. 샤오잉저우에는 구산에서 배를 타고 10분 정도 들어가야 한다. 이곳에는 서호 10경 중 하나인 산탄인웨三潭印月라는 것이 있다. 섬 남단의 수면 위에 2미터 높이의 석탑이 3개 있는데, 매년 보름달이 뜨는 한가위 저녁에 이 탑 안에 촛불을 밝히면 호수에 뜬 3개의 달을 동시에 감상할 수 있다고 한다. 한가위가 아니라서 그 모습을 볼 수 없었지만 샤오잉저우섬에서 시후 주변을 둘러보니 산탄인웨는 우리 마음속에도 있는 것 같았다. 오늘밤에 달이 뜨면 하늘에 뜬 달, 호수 위에 비친 달, 그리고 술잔 안에 또 하나의 달이 뜰 것이기 때문이다.

3)

항저우는 양쯔 강 이남에서 중의약中醫藥이 가장 번성했던 곳이다. 시후에서 멀지않은 곳인 다징항大井巷에 위치한 후칭위탕湖慶餘堂이라는 전통 중약국中藥局과 중국에서 가장 큰 중약박물관이 이런 사실을 증명하고 있다. 후칭위탕은 중국에서도 가장 유명한 중약국 중 하나다. 후칭위탕은 청나라 최고의 상인이었던 후쉐엔胡雪巖, 1823~1885이 1874년에 만든 약국이다. 후쉐엔은 '장사의 신'으로 불리며 현재까지도 중국인들의 칭송을 받고 있는 인물이다.

저장성은 기후가 온화하고 자연환경이 뛰어나 중국에서 주요 약재 산지 가운데 하나였다. 또한 약재의 품질도 뛰어나서 역대 황제의 어의들이 사용해 왔다. 천혜의 자연조건으로 인해, 일찍이 남송 때부터 항저우에서는 중의약이 발전하기 시작했는데, 이곳에서 생산되는 약재의 종류만도 70여 종에 달했다. 후쉐엔은 중의약이 발달한 항저우에서 살았기 때문에 중의문화의 영향을 많이 받았다.[6]

후쉐엔이 후칭위탕을 연 것은 당시 시대적 상황과도 밀접한 연관이 있다. 청나라 말기 중국대륙은 전쟁과 역병으로 홍역을 앓고 있었다. 자연히 도처에서 약을 필요로 했다. "난세에는 질병이 많기 마련입니다. 큰 난리가 끝난 다음에는 항상 역병이 뒤따르는 법이지요. 앞으로는 약방이야말로 남도 이롭게 하고 자신의 이익도 챙길 수 있는 가장 훌륭한 사업이 될 겁니다."[7]

1875년부터 후쉐엔은 고용인들에게 후칭위탕이라는 글씨가 적힌 제복을 착용하게 하고, 뱃길이나 육로로 오가는 상인과 행인들에게 벽온단, 홍역치료약 등 상비약을 무료로 나누어주었다. 이렇게 해서 외지에서 항저우로 오는 사람들에게 항저우에 후칭위탕이라는 약국이 있다는 것을 알렸다. 이렇게 1875년부터 1878년까지 쓴 비용만도 은자 10만 냥이 넘었다. 하지만 1880년에 이르러 후칭위탕의 자금은 280만 냥에 달하여 베이징에 있는 100년 전통의 퉁런탕同仁堂과 남북으로 대치하는 형세를 이루었다.[8]

후칭위탕 입구는 항상 사람들로 북적인다. 많은 사람들이 효능이 뛰어난 약을 구하려고 이곳을 드나들기 때문이다. 인파를 헤치고 약국 안으로 들어가니 여기저기서 약국 직원과 약을 사려는 사람들이 앉아 이야기를 나누고 있는 모습을 발견할 수 있었다. 약국 중앙 홀에는 후칭위탕의 설립자 후쉐엔의 초상화가 걸려 있었다. 아니 이건 난센스가 아닌가! 중의약에 대한 전문적인 지식이 없었던 상인이 중국 최고의 약국을 설립했다는 사실이 믿기지 않았다. 여기 와보니 중국인들이 왜 후쉐엔을 장사의 신이라고 부르는지 알 것 같았다. 손님들이 얼마나 많은지 홀 내부는 시끌벅적한 것이 시장과 별반 다르지 않았다. 이곳을 빠져나와 출구 쪽으로 이동하자 후칭위탕 중약박물관이 눈에 들어왔다.

중약박물관이 있는 후칭위탕 건물은 항저우에서도 청나라 건축물로 가장 완벽하게 보존되어 있는 역사유적으로 크기가 4천 평방미터가 넘는다. 이 약국 안에 중약박물관이 들어선 것은 1991년이다. 박물관은 4개의 전시 홀과 약제실, 후칭위탕을 거쳐 간 명의들을 소개한 전시실 등으로 이루어져 있다. 주요 전시물은 다양한 전통 중의약 조제 기구들, 중약에 사용된 수천 종의 약초, 동물, 광물 등이다. 이 전시물들 중에는 7천 년 전 저장성의 허무도河姆渡 문화유적들과 서한 시대 창사長沙의 마왕두이馬王堆 유적, 남송 시대 취안저우泉州 만에서 발굴된 난파선 유적들도 포함되어 있다.

중약박물관 전시물 중에는 후쉐엔의 약국 경영정신을 엿볼 수 있는 유물이 있어서 눈길을 끌었다. '戒欺거짓을 경계한다'라고 적힌 현판이 그것이다. 이 글자는 1878년 후쉐엔이 직접 쓴 글이다. 그는 약이 사람의 목숨과 직접 관련이 있는 것이기 때문에 절대 거짓을 허용해서는 안 된다고 믿었던 것이다. 이런 생각이 실제로 약국 경영에 실천된 것일까? 박물관은 당시 일화를 다음과 같이 소개하고 있다. 청나라 말기 후쉐엔은 후칭위탕에서 녹용이 섞인 환약鹿茸丸을 제조할 때 일반 사람들 앞에서 직접 사슴을 죽였다고 한다. 이것은 사람들에게 후칭위탕에서 제조하는 약들이 가짜가 아니라는 사실을 직접 보여주기 위함이었다.

박물관 2층의 전시실을 돌아 건물 1층 중앙 마당으로 내려왔을 때 우리는 우연히 환약을 만드는 광경을 목격했다. 나이가 지긋한 약사가 커다랗고 둥근 채반 안에 약재를 가득 담아서는 위아래, 좌우로 빠른 속도로 돌리기 시작했다. 이런 광경은 난생 처음 보는 것이어서 마냥 신기하기만 했다. 채반 안에 약재들이 밖으로 쏟아지지 않고, 어느새 작은 알갱이들로 뭉쳐 환약 모양을 띠고 있었다. 사람들이 일일이 손으로 환약을 빚는 줄 알고 있었는데, 그게 아니라 채반 돌리기로 순식간에 환약이 만들어지는 것이다. 여기서 만든 환약이 포장되어 환자들의 손에 들어갈 것이다. 이렇게 후칭위탕 중약박물관은 약의 유구한 역사와 구체적인 형태뿐만 아니라 그것이 인간의 삶과 어떤 관계가 있는지를 깨닫게 해주는 소중한 체험을 제공해주었다.

4)

항저우에서 남동쪽으로 버스를 타고 1시간 정도 가면 사오싱紹興이라는
도시가 나온다. 사오싱은 도시 전체가 박물관이고 역사 교과서라고 불리
는 곳이다. 사오싱은 춘추전국시대 월나라의 도읍지이며, 중국 근대문학
의 거장인 루쉰魯迅, 1881~1936의 고향으로 유명하다. 사오싱은 루쉰 외에
도 중국 역사의 걸출한 인물들을 많이 배출한 명사名士의 고장이기도 하다.
중국 진나라의 서예가로 서성書聖이라고 일컬어지는 왕시즈王羲之, 303~361,
남송의 시인으로 일만 수에 달하는 시를 남겨 중국 최다작가最多作家의 명성
을 지니고 있는 루요陸游, 1125~1210 또한 이곳 사오싱 출신이다.

사오싱 시내에는 루쉰구리魯迅故里라고 불리는 곳이 있다. 이 지역에는 루
쉰의 조상 집, 루쉰이 자란 집, 서당 산웨이슈우三味書屋, 바이차오원百草園, 루
쉰 기념관, 루쉰의 작품에 등장하는 유적들이 모여 있다. 이곳은 외국 관
광객이 사오싱에서 가장 많이 찾는 곳으로 루쉰의 어린 시절과 청소년 시
절의 추억이 깃들어 있는 장소다. 루쉰은 여기서 난징南京으로 공부를 하러
떠나는 1898년 4월 말까지 살았다. 루쉰은 「자전自傳」이라는 글에서 자신
의 출생과 사오싱 시절을 이렇게 적고 있다.

"나는 1881년 저장성 사오싱부府 성내의 한 주周씨네 가문에서 태어났다.
아버지는 선비였다. 어머니는 성이 노魯씨이고 농촌 사람인데 독학으로 책
이나 볼 수 있는 정도의 학력을 가졌다. 소문으로는 내가 어렸을 적에 아직
우리 집에는 논 40~50묘畝가 있어서 살림은 크게 걱정하지 않았다 한다.
그러나 내가 13살 되는 해에 우리 집에 갑자기 큰 변고가 생겨 가산이 거의
다 탕진되어버렸다. 나는 어떤 친척집에 가 있게 되었으며 때로는 걸식자라
고 불리기조차 했다. 그래서 나는 단단히 마음을 먹고 집으로 돌아갔다. 그

러나 아버지가 또 중병에 걸려 약 3년 남짓 앓다가 세상을 떴다."9

루쉰은 1904년 일본 센다이 의학전문학교에 입학해서 서양식 의사가 되려고 했다. 하지만 2학년 세균학 수업 중 자투리 시간에 일본군의 포로가 된 중국인들의 비참한 광경을 환등 사진으로 보고 마음을 고쳐먹게 되었다. "나는 의학이 결코 아주 긴박하게 중요한 일은 결코 아니라고 느꼈다. 무릇 어리석고 나약한 국민은 제아무리 체격이 멀쩡하고 건장하다 해도 무의미한 불거리가 되거나 구경꾼이 될 수밖에 없다. 그런 사람들이 수없이 병들어 죽었다 한들 불행하다고 여길 필요는 없다. 우리가 가장 먼저 해야 할 일은 그들의 정신을 개조하는 것이다. 그때 나는 정신을 개조하는 데 뛰어난 것으로 당연히 문예를 추진해야 한다고 생각했고, 그래서 문예운동을 제창해야 한다고 생각했다."10 루쉰은 이런 이유로 의사가 되기를 포기하고 작가가 되었다.

사오싱을 물의 도시라고 부르듯 루쉰구리 주변은 좁은 운하로 둘러싸여 있다. 마치 모세혈관이 온몸을 지나가는 것처럼 가느다란 물줄기가 이 지역 전체를 관류하고 있는 것이다. 루쉰이 자랐던 집과 유적들은 이 운하가 지나는 한가운데 있다. 루쉰구리 입구에 위치한 루쉰의 조상 집은 청나라 건륭 연간에 건설되었는데 루쉰의 조상이 대대로 살던 곳이다. 이 집은 북쪽에 자리를 잡아 남쪽을 향하고 있다. 가옥은 푸른 기와에 하얀 벽으로 둘러싸여 있으며, 내부는 현관, 대청, 향불당, 좌루座樓로 구성되어 있다. 이 집은 현재까지 사오싱에서 가장 잘 보존된 청나라 건축물 중 하나다. 루쉰이 자란 집 뒤편에는 바이차오원百草園이라는 곳이 있다. 여기는 루쉰 조상들이 공유했던 황폐한 남새밭이었는데, 루쉰은 바이차오원이 오히려 소년시절 자신의 낙원이었다고 회상한 적이 있다. 그는 소년시절 동네 꼬마 친구들과 여기서 놀면서 즐거움을 찾았다고 한다.

루쉰이 12세에서 17세까지 다녔던 서당 산웨이슈우는 사오싱에서 "가장 엄격한 서당으로 알려진 곳이었다. 훈장 어른인 서우화이젠壽懷監은 그 도시에서 가장 반듯하고 질박하며 박학한 사람이었다. 루쉰은 그곳에서 수년간 공부하면서 「유학경림幼學瓊林」과 「사서오경」을 읽고 대구를 맞춰 글 짓는 법을 배웠는데, 이는 율시律詩와 변문騈文을 짓는 준비과정이었다."[11] 서당 중앙에는 선생의 책상과 의자가 있고, 양쪽에는 객석이 있으며, 창문 앞 벽 아래에는 학생들의 좌석이 있었다. 루쉰은 바로 여기 학생 좌석에 앉아 책을 읽었을 것이다. 이 서당에 와보니 대문호가 어떻게 교육받았는지 짐작이 갔다.

사오싱이라는 도시가 귀에 낯설지 않은 또 다른 이유는 우리에게 사오싱주紹興酒라고 알려진 중국의 명주名酒 때문이다. 이 술은 중국의 황주黃酒 중에서 역사가 가장 오래된 것으로 사오싱에서 나오는 찹쌀을 발효해서 만든다. 황주는 고량주로 대표되는 백주白酒와는 달리 알코올 도수가 20도 이하고, 색깔도 황갈색을 띠고 있다. 사오싱주는 술에서 간장 내 같은 고약한 냄새가 난다. 하지만 첫 잔을 먹으면 독특한 향과 맛이 일품이다. 중국인들은 이 사오싱주에 동파육을 곁들여 먹으면 천하일미天下一味라고 말한다.

동서양을 막론하고 술은 인간이 먹었던 가장 오래된 약 중 하나다. 동양인들이 술을 약주藥酒로, 서양인들은 medicinal wine이라고 부르는 것은 바로 이 때문이다. 물론 술은 많이 먹으면 거꾸로 독이 되기도 한다. 루쉰 또한 자신의 작품에서 술에 취해 정신을 잃고 사는 중국인들을 호되게 꾸짖은 적이 있다. 하지만 술은 적당히 마시기 어려운 신비로운 음식이다. 아니 인간에게 '적당히'라는 것은 애초에 지킬 수 없는 경지일지도 모른다. 루쉰의 고향인 사오싱에 와서 사오싱주를 한 잔 마시며 이런 생각을 하는 것은 어떻게 보면 큰 호사가 아닐 수 없다. 이 또한 술의 위대한 효능과 깊은 관계가 있을 것이다.2013

2. 독일 의학사 답사기

1) 베를린과 샤르테 의학사 박물관

19세기 초 서양의학의 중심지는 파리였다. 파리는 '의학의 도시'로 불리며 전 유럽의 의사뿐만 아니라 미국에서 선진 의학을 배우러 건너온 이들로 북적였다. 그런데 라인강을 건너 프랑스를 다녀온 독일의 의학자들은 내심 마음이 편치 않았다. 나폴레옹의 지배를 받고 난 후 프랑스에 반감을 가지고 있었던 독일인들이 민족주의와 낭만주의 정신에 지배당하고 있었기 때문이기도 하지만 이웃나라는 과학을 발전시키고 있는데, 자신들은 아직도 관념적 '자연철학'에 만족하고 있는 것이 한심했기 때문이다. 하지만 독일이 선진 의학을 따라잡는 데는 그리 오랜 시간이 걸리지 않았다. 독일은 서구의 다른 국가가 세우지 못한 훌륭한 교육시스템을 가지고 있었다. 18세기부터 체계화된 독일의 대학제도가 바로 그것이다. 19세기 초엽 독일에는 우수한 과학적 연구와 교육을 제공할 수 있는 곳이 20개가 넘었다.[12] 파리와 비엔나에서 유학을 마치고 고국으로 돌아온 독일의 젊은 의학자들은 대학의 실험실에서 근대적인 의학의 새로운 지평을 열 만반의 준비에 착수했다. 그 중심지가 바로 프로이센 왕국의 심장부였던 베를린이고, 베를린 대학 의학부였다.

베를린은 독일통일을 상징하는 도시이기도 하다. 제2차 세계대전 이후 동서로 갈라섰던 독일은 1990년 분단의 장벽을 허물고 다시 하나의 국가가 되었다. 하지만 통일이 된 지 사반세기가 흘러도 그 후유증은 아직 사라지지 않고 있었다. 이것은 과거 동독 지역이었던 동베를린의 주거지만 돌아봐도 금방 느낄 수 있다. 아파트 건물의 칙칙하고 어두운 모습들, 생기를 찾아볼 수 없는 길거리의 행인 등이 낙후된 동베를린의 현재를 보여주고 있다. 그렇지만 베를린은 독일경제력을 바탕으로 서서히 변모하고 있었다. 유럽이 극심한 경제위기를 겪고 있는 상황에서도 독일은 여전히 건실한 경제력을 유지하고 있다. 유럽의 다른 국가 젊은이들이 일자리를 찾아 베를린으로 몰려들고 있는 형편이다. 베를린이 그들에게 새로운 기회의 땅이라고 믿고 있기 때문이다. 이런 상황 때문인지 베를린의 주요 거리와 대학에는 다양한 젊은이들이 모여 활기차 보였다. 물론 베를린 의대도 그중 하나임에 틀림없다.

베를린 의대는 샤리테Charité, 프랑스어로 자선이라는 의미라고도 불린다. 샤리테는 1710년에 흑사병을 치료하기 위한 공중병원으로 설립되었다가 1810년부터 베를린 훔볼트 대학의 대학병원으로 사용되었다. 1906년에는 루돌프 비르효의 이름을 딴 부설병원을 개원하였고, 2차 세계대전 후에는 동독을 대표하는 의료기관 역할을 하였다. 그리고 독일 통일 후 2003년부터는 자유베를린 대학의 의과대학과 통합하여 유럽 최대의 병원으로 변모하였다.[13] 샤리테는 옛 동독지역인 현재의 베를린 중앙역 뒤편 슈프레강변에 있다. 샤리테가 유럽의 대표적인 의과대학이자 병원이 되었던 것은 19세기 중, 후반 독일 근대의학의 기초를 놓았던 요하네스 뮐러Johannes Müller, 1801~1858와 루돌프 비르효Rudolf Virchow, 1812~1902 덕분이었다. 특히 이

중에서 비르효의 역할은 절대적이었는데, 샤리테 캠퍼스 내부에 비르효의 성을 딴 거리가 있는 것만 봐도 그 명성을 짐작할 수 있다.

비르효는 세포병리학의 대가였다. 그는 1843년에 학위를 취득하고 그후 샤리테에서 사체해부 조수가 되었다. 여기서 비르효는 색수차가 없는 현미경을 이용해 혈액과 혈관에 관한 질병들을 체계적으로 연구하였다. 1848년 독일혁명이 일어나자 비르효는 샤리테를 떠나 뷔르츠부르크에서 교수직을 얻어 세포병리학 연구를 이어갔다. 그리고 1856년 그는 다시 베를린으로 돌아와 최초의 독립된 병리학 연구소의 소장에 임명되었다.[14] 현재도 비르효는 베를린 의대 병리학 연구소 건물 앞에서 청동 옷으로 갈아입은 채 자리를 지키고 있다. 그리고 병리학 연구소 옆에는 비르효를 기념하는 의학사 박물관이 있는데, 이것은 독일에서도 가장 규모가 큰 것 중하나다.

이 박물관은 비르효로부터 시작되었다. 19세기 후반에 비르효는 샤리테에서 병리해부 표본실을 만들었다. 이를 통해 그는 의사, 의대생, 관심 있는 대중들에게 모든 질병들을 실감나게 느끼고 생생하게 보여주고자 했다. 사람들이 눈으로 직접 보고 이해하면 건강과 질병에 대한 태도가 개선될 수 있으리라 생각한 것이다. 그 결과 1899년 6월 27일, 비르효는 새로운 건물에 2만 개 이상의 표본을 전시한 병리학 박물관을 개관했다. 하지만 이 박물관은 제2차 세계대전 당시 엄청난 피해를 입었다. 전후에 샤리테 병리학자들은 손상된 전시장을 재건하고자 노력했고 그 결과 1998년 샤리테는 다시 자신의 박물관을 갖게 되었다. 베를린 샤리테 의학사 박물관이라는 새 이름하에 박물관의 상설전시는 이렇게 이루어진 것이다. 현재 박물관에는 수많은 표본들 외에도 모형들과 밀랍으로 만든 주조물, 시험장치들, 진단 도구와 치료 도구들이 전시중이다.

　박물관의 심장은 예나 지금이나 표본실이며, 그 핵심은 비르효의 컬렉션에서 출발한 것이다. 전시실에서는 약 750개의 방부 처리된 기관들을 볼 수 있다. 표본들은 지금까지도 연구 및 교육목적에 사용되고 있으며, 방문객들이 인체를 쉽게 이해할 수 있는 자료 역할을 하고 있다. 나아가 이 표본들은 해부실에서 그리고 현미경을 통해 새롭게 해명하고자 했던 건강과 질병의 진행에 관한 비르효의 견해를 보여주는 인상적인 자료들이기도 하다. 2층에서 4층에 이르는 전시실에는 가장 중요한 인간의 기관들이 집중 전시되어 있다. 특히 정상적인 해부학적 상태가 아니라 각종 질병들과 연결된 병리학적 해부의 상태를 생생하게 볼 수 있다. 예를 들어 폐결핵 환자들의 뇌와 두개골의 상태, 성병에 걸린 생식기의 형태, 혈관의 모습, 다양한 배아 및 태아의 이상 형태들도 볼 수 있다. 그런데 흥미로운 것은 이것을 어떻게 수집했는지는 오늘날까지도 부분적으로 수수께끼로 남아있다는 점이다.

2) 드레스덴, 위생박물관, 도스토예프스키

　드레스덴은 독일에서 가장 아름다운 도시 중 하나로 손꼽힌다. 엘베 강변에 있는 쯔빙거Zwinger 궁과 주변의 건축물들은 유네스코 세계문화유산으로 지정될 만큼 역사적 가치가 높다. 특히 쯔빙거 궁 안에 있는 미술관 Gemäldegalerie Alter Meister에는 르네상스 시기 거장들의 진품들을 많이 소장하고 있어서 그림애호가들의 발길이 끊이지 않는다. 예를 들어 미술관의 첫 번째 홀에 전시되어 있는 라파엘의 〈시스티나의 마돈나〉는 보는 이들을 압도하는 걸작의 하나다. 석양이 질 때면 석조 건물로 이루어진 쯔 빙거 궁 앙상블은 붉은 빛으로 물들어 엘베강과 신비로운 조화를 이루고 있다. 베를린에서 드레스덴으로 오니 단조롭기 짝이 없는 독일 음식도 약간은 다양해진 느낌이다. 이것이 프로이센과 작센 지방의 차이인가 하는 생각도 스쳐간다. 드레스덴은 작센 왕국의 화려했던 수도가 아니었던가.

이렇게 아름다운 드레스덴도 많은 상처와 아픔을 간직하고 있다. 특히 제2차 세계대전 당시 연합군의 폭격으로 드레스덴 도심은 70%이상이 파괴되었다. 한마디로 잿더미가 되었던 것이다. 현재 드레스덴의 모습은 거의 전후에 재건한 것이다. 많은 건물들이 당시 무너졌던 벽돌과 새로운 돌을 붙여 다시 세워서 모자이크화처럼 얼룩덜룩하다. 독일인들은 이 건물의 모습에 전시의 아픔을 잊지 않고 고스란히 아로새겨 놓았다.

드레스덴은 또한 19세기 러시아 소설가 도스토예프스키와 깊은 연관이 있는 도시이기도 하다. 도스토예프스키는 드레스덴을 여섯 차례나 방문했고, 이곳에서 2년 1개월을 살았다. 그는 이 도시에서 딸 류보피를 낳았고, 자신의 대표작 중 하나인 「영원한 남편」과 장편소설 『악령』의 1부를 썼다. 도스토예프스키가 드레스덴을 얼마나 마음에 들어 했는지에 대해서는 그의 아내인 안나 그리고리예브나가 남긴 회고록을 보면 알 수 있다. "표도르 미하일로비치도스토예프스키의 이름-인용자는 드레스덴을 무척 좋아했다. 유명한 미술관과 근방에 아름다운 정원들이 있었기 때문인데, 드레스덴을 여행할 때면 그는 반드시 그곳에 들르곤 했다. 이 도시에는 박물관과 문화재도 많았다. 내 지식욕을 잘 알고 있던 표도르 미하일로비치는 내가 그런 것들에 관심을 가지면 러시아를 그리워하지 않을 거라고 생각했다. 처음 얼마 동안 그는 내가 향수병에 걸릴까 많이 걱정했던 것이다."[15]

도스토예프스키는 드레스덴의 구도심Altstadt과 대 정원Groβer Garten 사이에 있는 주거지에서 허름한 아파트를 빌려 생활했다. 그는 저녁을 먹고 아내와 함께 대 정원을 산책하며 마음의 안식을 취하는 한편 작품을 구상했다. 러시아의 위대한 작가가 살았던 지역에서 대 정원을 가기 위해서는 뷔르거비제Bürger-wiese 공원을 지나야 하는데, 바로 그 길목에 독일 위생박물관Deutsches Hygiene-Museum이 있다.

독일 위생박물관은 1912년에 세워졌다. 독일의 유명한 치위생용품 생산회사인 '오돌Odol'의 사장이었던 칼 아우구스트 링그너Karl August Lingner, 1861~1916가 박물관의 설립자이다. 그는 독일 국민들에게 건강과 위생, 의학 상식 등을 교육하기 위한 목적으로 1903년 자비를 들여 위생 관련 전시회를 개최했고, 1911년에는 30개 나라의 위생 관련 제품을 만드는 회사를 초청해 제1회 국제 위생 엑스포를 열었다. 그는 두 차례에 걸친 전시회에서 수집한 자료를 바탕으로 이 박물관을 세웠다. 1930년에는 박물관 건물을 현재의 규모로 증축해 재개관을 했고, 이때 일명 '투명한 여인Gläserne Frau'이라는 전시를 선보여 대중들의 주목을 끌었다. 당시로서는 획기적인 시도였던 이 전시는 사람의 신체 내부를 직접 들여다볼 수 있는 모형을 관람객에게 선보였다. 그리고 이 모형은 현재도 이 박물관에서 볼 수 있다. 독일 위생박물관은 나치독일 시절에 불명예의 장소로 사용되기도 했다. 1933년 박물관은 나치의 인종주의 위생학의 선전도구로 사용되었다. 하지만 그 후로도 박물관은 자신의 본연의 역할을 게을리 하지 않았다. 1945년 세계대전의 화마에 전시실이 파괴되었을 때도 박물관은 전시회를 이어갔다. 독일분단 이후에 이 박물관은 '동독 위생박물관'으로 개명되어 유지되었고, 1990년에는 '인간 박물관'임을 자임하기도 했다.

2004년에는 '인류 탐험'이라는 상설전시실을 개관했다. 2011년에는 드레스덴 출신의 건축가인 페터 쿨카Peter Kulka의 주도로 박물관을 대대적으로 재건축해 오늘에 이르고 있다.

독일 위생박물관은 규모가 크기로 유명한데, 2천 5백 평방미터에 달하는 각종 전시실에는 인류의 진화, 영양nutrition과 성생활sexuality, 삶과 죽음, 육체의 아름다움에 대한 이미지와 이상형, 스포츠와 인체 운동, 뇌와 사고능력 등으로 주제를 나눠 관련 자료를 전시하고 있다. 그리고 어린이들을 위한 전시관이 따로 마련돼 있고, 상설 전시 외에도 의학 관련 이벤트나 특별 전시회를 종종 개최한다. 독일 위생박물관이 자랑하는 또 한 가지는 '어린이 박물관'이다. 이 박물관은 어른을 동반한 4~12세의 아동들이 인간의 감각능력을 직접 경험할 수 있는 각종 전시물과 체험공간을 가지고 있다. 이곳에서 어린이들은 눈, 귀, 코, 혀, 피부의 감각적 기능과 역할을 몸소 체험할 수 있다.

위생 박물관에서 나와서 큰 길을 따라 계속 걸어가면 도스토예프스키가 자주 산책을 했던 대 정원이 나온다. 말이 정원이지 이곳은 웬만한 공원보다 훨씬 큰 규모를 자랑한다. 대 정원의 넓이는 2 km²에 달한다. 이곳을 도보로 돌아보기는 쉽지 않다. 호텔에서 대여하는 자전거를 타고 돌아보는 것이 유익하다. 대 정원은 원래 1676년 황실의 꿩 경기장으로 사용되었다가 1683년 바로크 양식의 공원이 되었고, 1814년 대중에게 공개되었다. 그리고 19세기 후반에는 이곳에 동물원과 식물원이 들어섰다. 대 정원의 한가운데에는 커다란 연못과 화려한 궁전이 영국식 정원에 둘러싸여 있다. 특히 이곳은 산책자들이 좋아하는 장소로 곳곳에 쉴 수 있는 벤치가 여럿 있다. 멀리서 보면 마치 연못 위에 떠있는 것처럼 보이는 이 건물은

1680년에 세워진 황실의 여름궁전으로 드레스덴에 세워진 최초의 바로크 건물이다. 도스토예프스키도 이곳을 산책하며 외로운 외국생활을 달래곤 했을 것이다. 그런데 그는 이 아름다운 공원에서 『악령』과 같은 끔찍한 작품을 구상했던 것이다. 이것은 도스토예프스키가 드레스덴에서도 조국 러시아의 심각한 사회문제로 고민하며 지냈다는 것을 의미한다.

3) 라이프치히와 약 박물관

드레스덴에서 기차로 1시간 거리에 독일의 대표적인 문화도시 라이프치히가 있다. 라이프치히는 드레스덴과 함께 작센 주의 중심지이다. 라이프치히의 산업박람회, 책 박람회, 음악 페스티벌 등은 현재에도 세계적인 명성을 이어가고 있다. 이 도시는 바흐와 멘델스존, 괴테와 실러의 숨결과 영혼을 간직하고 있다. 이 위대한 예술가들은 라이프치히에서 자신의 예술혼을 불태웠다. 라이프치히를 기억할 때 또 잊지 말아야 할 것은 이 도시가 독일 통일의 시발점이 되었던 시민운동의 성지였다는 사실이다. 1980년 니콜라이 교회에서 매주 월요일 열린 미사는 통일의 도화선이 되었다.

하지만 라이프치히를 약의 도시라고 기억하고 있는 사람은 별로 없을 것이다. 바흐의 묘지가 안치되어 있는 성 토마스 교회를 나와 마주보이는 건물 2층에는 유서 깊은 약 박물관이 있다. 입구에 전시된 박물관의 상세한 역사에 따르면 라이프치히와 연관된 약의 역사는 15세기 초까지 거슬러 올라간다. 1409년에 라이프치히 대학이 설립되었는데, 같은 해 뢰벤 약국 Löwen-Apotheke도 문을 열었다. 그러니까 이 도시에서 약의 역사가 대학의 역사와 같은 것이다. 그리고 1470년에는 잘로모 약국Salomo-Apotheke이, 1520년에는 모렌 약국Mohren-Apotheke이 들어섰다. 1552년에는 라이프치히 대학의 식물원이 세워졌는데, 이 곳은 약사들의 협력하에 '약의 정원 hortus medicuc', 즉 약초 공급지 역할을 하였다. 1669년에는 라이프치히 시가 최초로 약세를 걷기 시작했다. 이것은 17세기 중엽에 라이프치히에서 약의 유통이 활발했다는 것을 의미한다. 1709년에는 아들러 약국 Adler-Apotheke이 개원했고, 1836년에는 네 명의 약사들이 현재 박물관이 있는 장소인 토마스 교회마당Thomaskirchhof 12번지에 동종요법 중앙약국 Homöopathische Centralapotheke을 열었다. 재미있는 것은 1841년 소설가 테오도어 폰타네Theodor Fontane, 1819~1898가 아들러 약국에서 약사로 일을 했다는 사실이다. 그는 약제사의 집안에서 태어나 약사 일을 하다가 늦은 나이에 작가로 전향해 성공한 이력을 가지고 있다. 1938년에는 라이프치히 대학의 약학-화학부가 독립적인 약학연구소로 승격되었다. 그리고 1999년 동종요법 중앙약국이 있던 바로 이곳에 작센주 라이프치히 약 박물관이 문을 열었다.

초창기 라이프치히에서 문을 연 약국들은 이름들이 재미있다. 가령 뢰벤 약국은 '사자 약국'이라는 뜻이고, 잘로모 약국은 '솔로몬 왕 약국', 모렌 약국은 '무어인 약국', 아들러 약국은 '독수리 약국'이라는 의미다. 당시 약국은 다른 상점들과 크게 구분되지 않았다. 사실 약국이나 잡화점이 별반 다르지 않았던 것이다. 그래서 약국 입구에 맹수의 박제나 상아를 전시하기도 했다. 이것은 손님을 끌기 위한 방편이었는데, 약국 명칭이 동물, 왕, 이민족 이름을 딴 것도 같은 맥락이다. 예를 들어 '사자 약국'은 라이프치히의 도시 문장에 상징으로 등장하는 사자에서 연유한 것이다. '독수리 약국'도 제국의 문장에 자주 나오는 독수리에서 따온 것이다. 사자나 독수리같이 용맹스럽고 튼튼한 동물들은 약국의 이미지와 깊은 연관이 있다. 이 약국에서 약을 사 먹으면 그렇게 건강을 지킬 수 있다는 메시지를 담고 있었던 것이다. 이와 유사하게 '솔로몬 왕 약국', '무어인 약국'은 약에 관한 많은 지식과 지혜를 가지고 있었던 인물이나 민족이라는 메시지와 관련이 있는 것으로 보인다. 당시 의학이나 약학은 유럽인보다 이슬람계인들이 더 많은 지식을 쌓고 있었으니 말이다.

라이프치히에 와서 약의 역사를 새롭게 알게 된 것은 뜻밖의 일이다. 박물관의 전시물들은 다른 곳과 크게 다르지 않았지만 이 도시에서 약국의 역사가 600여 년 전에 시작되었다는 사실은 인류에게 약이 얼마나 중요한 필수품이었는지를 새삼 깨달을 수 있는 계기가 되었다.2014

3. 에스토니아, 라트비아 의학사 답사기

1) 발트 3국

에스토니아, 라트비아, 리투아니아는 발트해 연안에 위치한 나라로 역사적으로 외세의 침략과 지배를 많이 받았다는 공통점이 있다. 에스토니아는 핀란드와 바다핀란드만를 맞대고 있고, 그 아래 라트비아, 더 남쪽에 리투아니아가 있다. 세 나라의 북서쪽은 발트해이고, 동쪽으로 에스토니아는 러시아와 국경을 접하고 있으며, 라트비아는 러시아, 벨로루시, 또 리투아니아는 동쪽으로 벨로루시, 남쪽으로 폴란드와 이웃해 있다. 소위 발트 3국이라고 칭해지기도 하는 이 세 나라는 유럽에서 기독교가 가장 늦게 전파된 지역이기도 하다. 그것은 이 나라들이 그만큼 고유한 역사와 문화를 지키고 있었다는 것을 반증한다. 가령 에스토니아어는 인도유럽어가 아닌 핀우그루어의 일종이다. 그리고 라트비아어와 리투아니아어는 인도유럽어족에 속하는 발트어 계통인데, 특히 리투아니아어는 인도유럽어의 고대어 형태를 가장 많이 보존하고 있는 언어로 평가받고 있다.

발트해 연안은 예로부터 군사와 교통의 전략적 요충지여서 주변 강대국의 간섭을 많이 받았다. 북으로 스웨덴, 동으로 러시아, 남으로 독일, 덴마크, 폴란드 등이 이 지역을 호시탐탐 노리며 엎치락뒤치락 침략과 지배의 역사를 반복했다. 이런 이유로 인해 발트해 연안 지역은 지배국들에 의해 발전이 이루어졌고, 또한 외세에 대한 저항의 결과로 근대적 민족의식이 싹트기 시작했다. 물론 이 세 나라의 역사는 제각기 다르다. 리투아니아는 14~15세기에 발트해 지역으로부터 흑해에 이르기까지 거대한 제국을 세웠던 역사를 가지고 있다. 이에 비해 에스토니아와 라트비아는 20세기 초에야 겨우 독립국가가 되었다. 현재 이 세 나라는 유럽연합의 회원국으로서 독특한 문화와 역사를 간직한 국가로서 주목받고 있다.

발트해 연안 지역은 유럽에서 기독교, 르네상스, 근대화가 비교적 늦게 시작된 곳이다. 하지만 이 지역을 지배했던 대제국들의 영향을 받아 다른 지역에 못지않은 과학문명을 이룩하였다. 그중에서 특히 의학과 약학의 발전이 두드러졌다. 에스토니아의 수도 탈린에는 유럽에서 가장 오래된 약국이 아직도 문을 열고 있고, 훌륭한 의학사 박물관도 있다. 특히 제 2의 도시 타르투에는 북유럽 최고의 명문대학 중 하나인 타르투 대학이 있는데, 특히 자연과학, 의학, 인문학 전통이 유명하다. 라트비아의 수도 리가에도 유럽에서 가장 규모가 큰 의학사 박물관과 유서 깊은 약 박물관 등이 있다. 이렇게 발트해 연안 지역에 의학과 약학이 발달한 것은 날씨와 환경 탓이 큰 것으로 보인다. 이 지역은 10월부터 초겨울이 시작되어 한겨울에 는 영하 20도까지 떨어지는 추운 날씨로 인해 예로부터 폐렴 환자가 많았 다. 특히 바닷가와 인접해 있어서 대기가 습하고 바람이 많이 분다. 이런 환경에서 환자가 많으니 자연스럽게 의학과 약의 수요도 컸을 것이다. 흥 미로운 예를 하나 들어보자. 발트인들은 독한 술을 자주 약으로 사용했다. 에스토니아와 라트비아에는 약초로 담근 독주들이 유명하고 대중화되어 있다. 지금도 가장 잘 알려진 지역상품 중 하나가 이 독주들이다. 그중 리 가의 블랙 발삼 술은 각종 허브와 약초를 섞어 만든 것으로 특히 소화불량 에 특효가 있다. 그리고 탈린에는 약초로 담근 럼주가 있는데, 이것도 민 간요법에 의해 만들어진 가정용 비상약 중 하나다.

2) 탈린과 타르투

에스토니아의 수도 탈린Tallinn의 어원은 에스토니아어 'taani linn덴마크 인의 도시'과 'tali linn겨울도시'에서 나온 것으로 알려져 있다. 탈린이 최초로 기록된 것은 1154년 아랍의 내과 의사이자 지리학자인 알 이드리시Al Idrisi, 1100~1166의 저작 "세계여행을 갈망하는 자의 유희"에서다. 일명 "로제르의 서書"로 불리는 이 책은 알 이드리시가 세계 각지를 돌아다니면 서 작성한 세계지도와 설명을 담고 있다. 그는 탈린을 "큰 항구가 있는…… 요새에 가까운 작은 도시"라고 설명했다. 실제 탈린의 구시가지는 알 이드 리시가 묘사하고 있는 것과 흡사하다. 항구에서 보면 탈린은 언덕 위에 짙 은 회색의 성벽에 둘러싸인 붉은 색 지붕과 다채로운 건물들의 앙상블로 이루어져 있다. 탈린이 현재의 모습을 갖추기 시작한 것은 1219년 덴마크의 왕 발레마르 2세가 이곳을 점령하고 도시를 건설하고부터다. 이 도시가 '덴마크인의 도시'라고 불리는 이유가 바로 여기에 있다. 15세기 초에서 16세기 중엽까지 탈린은 한자동맹의 거점으로, 즉 중세기 북유럽 상업도시의 중심지였다. 중세도시의 모습을 그대로 간직하고 있는 탈린의 구시가지는 대부분 이 시기에 형성된 것이다. 그 후로도 탈린은 독일, 스웨덴, 러시아 등의 지배를 받았다.

탈린의 구시가지 중심에는 아주 오래된 중세 약국이 있다. 시청 광장 한 구석에 위치한 '시청약국Town Hall Pharmacy'이 그것이다. '시청약국'은 한 장소에서 계속 운영되고 있는 유럽에서 가장 오래된 약국으로 유명하다. 이 약국이 언제 문을 열었는지는 정확히 알 수 없으나 탈린시의 기록에 의하면 1422년에 이미 세 번째 주인이 약국을 운영하고 있었다고 한다. 15세기 당시 약국 건물은 세 부분으로 나뉘어져 있었다가 16세기 초에 하나로 연결되었고, 1550년 재건축이 되어 현재의 모습을 갖추게 되었다. 당시 약국 모습을 전하고 있는 그림이나 자료는 전해지지 않는다. 하지만 '시청약국'이 중세 약국의 일반적인 특징들을 가지고 있었을 것이라고 추측할 수 있다. 예를 들면 약국의 육중한 나무문에는 청동으로 만든 작은 종이 달려 있다. 이 종을 울리면 안쪽에서 약제사나 조수가 문을 열어준다. 약국의 천정에는 작은 악어새끼, 거대한 도마뱀, 기묘한 물고기 등이 걸려 있다. 이것은 모두 약제사의 신비로운 작업을 강조하기 위한 것들이다. 약제사가 사용하는 접시에는 신기한 모양의 기호들이 적혀있다. 이것은 연금술에서 사용하는 상징들인데, 이 또한 일반인들에게 약제사의 능력에 대한 존경과 신뢰를 불러일으키는 작용을 한다.

중세시대 '시청약국'은 탈린의 가장 중요한 의료시설이었다. 이 약국의 약제사는 자연과학자이며 의학자이자 의사였다. 사람들은 이곳에 약을 사러왔을 뿐만 아니라 치료에 필요한 상담 등을 받으러 왔다. 약국은 당시 탈린 시민들의 생활필수품을 취급하기도 했다. 예컨대 담배, 소금, 천, 종이, 잉크, 화약 등을 판매하기도 했다. 또한 흥미로운 점은 '시청약국'이 지금으로 말하자면 현대적인 카페로서 이용되었다는 사실이다. 사람들은 이곳에 와서 차나 클라레트Klarett, Claret 포도주를 마시며 바다 건너 전해오는 소식을 듣고 주변 사람에게 전파했다. 실제로 탈린의 약국에서는 1695년에 이미 커피를 팔기도 했다. 이런 사정 때문에 '시청약국'은 탈린 시의 주요 인사들이 사적인 모임을 갖는 장소가 되기도 했다. 그들은 커피나 포도주를 마시며 시의 중요 정책을 결정하기도 했다. 이곳에서는 지금도 옛날 방식대로 제조된 클라레트를 병에 담아 판매한다. 클라레트는 영국인들이 프랑스의 보르도 산 붉은 포도주를 통칭하던 명칭인데, 이 약국에서 판매하는 클라레트는 라인 지방의 포도, 설탕, 계피, 생강, 정향, 육두구肉荳蔲, 사프란 등을 적당량 섞어 만든다. 이 제조법은 이미 1467년부터 전해 내려오는 비법이라고 한다.

시청 광장에서 북쪽으로 향하면 라이Lai 가街 30번지에 '에스토니아 보건박물관'이 있다. 붉은 색 지붕에 아담한 3층 건물에 들어선 이 박물관은 1924년에 처음 문을 열었다. 박물관은 2층과 3층에 전시실이 있는데, 2층에는 인류의 탄생, 인체의 구조, DNA, 신경 및 시청각 등과 같은 주제를 담고 있는 전시물들이 있고, 3층에는 임신과 출산, 성병, 박테리아와 바이러스, 에스토니아 의학사에 관한 전시물이 있다. '에스토니아 보건박물관'은 매우 현대적인 시설을 갖추고 있는데, 특히 전시물들을 관람객의 눈높이에 맞게 운영하고 있다는 점이 인상적이었다. 예를 들면 관람객은 임신시기에 따라 태아의 무게와 양수의 부피를 예측한 짐들을 들어볼 수 있어서 임산부들이 느끼는 불편함을 실제로 체험할 수 있다. 그리고 체온이 37.2℃와 39℃일 때 어떤 차이가 있는지 머리 모형에 직접 손을 대고 느낄 수 있게 했다. 이밖에도 인간의 척추 신경이 어떻게 생겼는지 실제 해부학적 샘플을 전시하고 있어서 관람객의 이해를 돕고 있다. 하지만 이 박물관의 가장 소중한 전시물은 3층 전시실 한쪽에 체계적으로 정리되어 있는 에스토니아 의학사 자료들이다. 이곳에는 에스토니아의 의학과 약학의 역사가 연대기 순으로 다양한 사진과 더불어 정리되어 있다.

탈린은 19세기까지 레발Reval이라고 불렀다. 이것은 이 도시의 독일식 명칭인데 스웨덴인과 독일인들이 이렇게 불렀다. 러시아인들은 레발을 레벨Ревель이라고 발음했다. 바로 이 레벨은 19세기 러시아의 위대한 작가 도스토예프스키와 각별한 인연이 있는 도시이기도 했다. 도스토예프스키는 이 도시를 방문한 많은 작가, 예술가 중 한 명이었다. 도스토예프스키는 레벨을 세 번 방문했다. 그가 처음 이 도시에 온 것은 1843년이고, 그 후 1845년과 1846년에 재차 찾았다. 젊은 도스토예프스키가 레벨을 자주 찾아온 이유는 그의 친형인 미하일이 이곳에 살고 있었기 때문이다. 형제는 아버지의 권유에 못 이겨 상트 페테르부르그에 있는 공병학교에 입학하려고 했지만 동생만 합격을 하고 형은 낙방하고 말았다. 그래서 미하일은 1838년 6월에 레벨에 있는 공병대에 들어가게 되었다. 부친이 비극적으로 죽은 후 도스토예프스키는 형 미하일에게 정신적으로 의지를 할 수밖에 없는 상황이었다. 그래서 그는 형에게 많은 편지를 썼고, 휴가를 얻어 직접 이곳을 찾아오기도 했다. 1843년 7월 처음 이 도시에 왔을 때 도스토예프스키는 레벨의 도시 풍광에 깊은 인상을 받았다. 도시를 둘러싸고 있는 성벽과 포탑, 첨탑들이 장교였던 그에게 흥미로웠던 것이다. 두 번째 방문은 보다 길게 이어졌다. 그는 이 도시에서 여름 한철을 보냈고, 중편 소설 「분신」을 집필하기도 했다. 마지막은 세 달을 있었는데 도스토예프스키는 이미 소설가로 등단해 주목을 받고 있을 때였다.

1840년대 도스토예프스키가 머물던 미하일의 집은 아직도 탈린에 그대로 보존되어 있다. 이 집은 당시 미하일이 레벨 공병대 소속이었기 때문에 머물던 공병대 숙소였다. 도스토예프스키는 이곳에서 지내면서 주변 사람들과 친분을 쌓기도 했다. 기록에 의하면 그는 레벨을 아주 좋아했지만 때때로 이곳 사람들의 위선적인 성격과 관대하지 못한 태도에 상처를 받기도 했다고 한다. 현재 이 건물의 주소지는 구시가지 아래에 위치한 우스Yyc 가街 10번지로 건물 벽면에는 도스토예프키와의 인연을 기록한 기념물이 있다. 도스토예프스키를 기억하는 도시의 기념물은 근처에 또 하나 있다. 이 집에서 대로로 나가면 러시아 문화센터 건물이 나오는데, 그 옆에 딸린 공원에 작가의 흉상이 있다. 이 조각은 2002년에 세워진 것으로 러시아 조각가 발레리 예브도키모프의 작품이다.

타르투는 에스토니아에서 두 번째로 큰 도시이자, 교육과 문화의 수도로 불리는 도시다. 타르투는 발틱 해 연안 지역에서 가장 역사가 오래된 도시 중 하나다. 이 지역에 고대 에스토니아인들이 거주하기 시작한 것은 5세기부터라고 알려져 있다. 그 후 6세기에서 8세기 사이에 거주지의 규모가 크게 팽창했다. 1030년에는 키예프의 야로슬라브 무드르이 대공이 이 지역을 점령하고부터 이곳에 도시를 건설하기 시작했다. 당시 문헌을 보면 "야로슬라브는 이곳에 와서 고대 에스토이나 사람들을 제압하고, 유리예프라는 도시를 건설했다"고 기록되어 있다. 유리예프는 야로슬라브 대공의 세례명이다. 이것은 타르투가 역사에 기록된 최초의 사례로 1030년은 이 도시의 탄생일로 기념되고 있다. 타르투가 더 유명해진 것은 1632년 타르투 대학이 설립되고 나서다. 당시 에스토니아는 스웨덴의 지배를 받고 있었는데, 스웨덴 국왕이었던 아돌프 구스타프 2세가 이곳에 대학을 건립하였다. 타르투 대학은 그때부터 북유럽과 러시아 지역을 대표하는 대학 중 하나가 되었고, 그 명성은 지금도 이어지고 있다.

타르투는 탈린에서 남동쪽으로 180킬로미터 떨어진 내륙에 위치해 있다. 도시는 대부분 구시가지와 대학으로 구성되어 있는데, 북유럽 학문의 중심지답게 고즈넉하고 차분한 분위기가 지배적이다. 타르투 대학은 도시의 언덕에 조성되어 있다. 완만한 구릉과 울창한 숲속에 자리한 400년 역사의 대학이 웅장한 자태를 드러내고 있다. 타르투 대학은 특히 의학과 약학 분야에서 훌륭한 성과를 많이 쌓아왔다.

1802년 이미 타르투 대학University of Tartu에는 화학과 약학 전공 교수진이 구성되었다. 이를 바탕으로 1842년에는 독립적인 약학 연구소가 설립되었는데, 이 연구소는 러시아 제국에서 유일한 것이었다. 당시 에스토니아는 러시아의 지배 아래 있었다. 타르투 대학에 약학 연구소가 문을 연 것은 1842년 10월 19일이고, 이곳에서 러시아 각지에서 활동한 약사들을 배출하였다. 이 연구소는 19세기에 유럽 약학의 중심지로서 명성이 높았다. 특히 실증과학으로서 약리학이 발전한 것도 이 약학 연구소여서 타르투 대학은 실험 약리학의 요람이 되었다. 에스토니아 약사 협회가 창립된 것은 1917년 12월 10일인데, 이 조직이 결성된 것은 약사들의 수준을 제고하기 위해서였다. 그리고 1923년 새롭게 제정된 법령에 따라 에스토니아에는 개인 약국들이 생기기 시작했고, 이것은 에스토니아의 중요한 보건기관이 되었다. 여기서 가장 결정적인 역할을 한 것은 1926년 타르투 대학에 신설된 4년제 약학대학이었다. 그 결과 1919년 136개였던 약국이 1934년에는 210개로 늘어났으며, 제약공장과 실험실은 10개에서 56개로, 약학자는 180명에서 219명으로 증가하였다.

타르투 대학 중앙에는 오래된 성당 건물을 개조한 대학 박물관이 있다. 이곳에는 타르투 대학의 역사와 학문적 업적을 한눈에 볼 수 있는 전시실이 있는데, 그중에서 특히 눈에 띄는 것이 있었다. 19세기 러시아의 위대한 시인 푸슈킨의 데드마스크가 그것이다. 도대체 이 데드마스크가 왜 여기에 있는 것일까. 1837년 푸슈킨A.Pushkin이 결투에서 치명적인 총상을 입고 임종한 날 유족들은 그의 데드마스크를 만들었다. 그리고 푸슈킨의 문학적 업적을 기리기 위해 원본을 바탕으로 15개의 복사본을 제작했다. 그중 4개가 현재까지 보존되고 있는데, 하나는 상트 페테르부르크에 있는 푸슈킨 집 박물관에 전시되어 있고, 두 번째 것은 스뱌토고르스크 수도원에, 세 번째 것은 개인 소장으로 프랑스 파리에, 네 번째 것이 타르투에 있는 것이다. 푸슈킨의 데드마스크는 당시 타르투 대학의 러시아문학 교수였던 미하일 로스버그Mikhail Rosberg와 관계가 있다. 1856년 푸슈킨의 이웃 지인이었던 트리고르스코예 영지의 여주인이 그에게 감사의 표시로 시인의 데드마스크를 선물로 주었던 것이다. 이것은 타르투 대학이 자연과학뿐만 아니라 인문학, 특히 러시아문학과 기호학 분야에서도 세계적인 평가를 받고 있었다는 것을 의미하는 것이기도 하다.

3) 리가

리가는 발트해 연안 지역에서 가장 큰 도시일 뿐만 아니라 라트비아의 정치, 경제, 문화의 중심지다. 리가는 다우가바 강 양 연안을 중심으로 형성되어 있는 항구 도시로 바다로 나가면 리가 만灣을 접하고 있다. 이 도시는 오랫동안 한자동맹의 중심지였고, 그 유적지가 아직도 잘 보존되어 있다. 리가시는 중세도시의 양식이 모더니즘과 현대건축의 양식들과 잘 어우러져 살아있는 세계건축사 박물관이라고해도 과언이 아닐 정도다. 특히 구시가지는 유네스코 세계유산으로 지정되어 유럽의 문화수도 중 하나로 높이 평가받고 있다. 이 지역은 원래 리보니아Livonia라고 불렀다. 리보니아는 리브인들의 땅이라는 뜻인데, 리브인들은 발트해 핀족으로 주로 라트비아와 에스토니아에 걸쳐 살았다. 1150년부터 고틀란드Gotland 상인들은 정기적으로 이 지역을 다니면서 상업행위를 했다. 고틀란드는 발트해에 위치한 스웨덴 영토로 그곳 상인들은 해상로를 따라 리가로 접근하기가 용이했다. 고틀란드는 한때 바이킹의 본거지로도 유명했던 곳이다. 그들은 배를 타고 리가강까지 활동영역을 넓혔는데, 리가라는 도시명은 바로 이 강 이름에서 유래한 것이다. 당시 리가강은 자연 항구였지만 현재는 메워져 도시의 일부가 되었다. 그 후 1201년 브레멘에서 건너온 주교단이 리브인들의 거주지에 독일인들을 위한 석조 교회를 세웠는데, 이것이 리가의 시초가 되었다.

18~19세기 리가는 러시아의 지배를 받았다. 북방전쟁 이후 발트해의 패권국 중 하나가 된 러시아는 라트비아를 합병하였고, 19세기 초 리가는 러시아의 주요 항구 도시 중 하나가 되었다. 그 결과 리가에 사는 러시아인들이 급속하게 늘어났다. 그리고 1891년 러시아어가 리가의 공용어가

되었다. 하지만 도시의 문화나 경제적 주도권은 여전히 독일인들의 수중에 있었다. 당시의 이런 사정은 도스토예프스키의 소설에도 잘 나타나 있다. 도스토예프스키의 문제작 중 하나인 「지하생활자의 수기」1864 2부에는 주인공이 리자라는 여인과 대화를 나누는 장면이 나오는데, 여기서 리가라는 도시의 이름이 언급된다. 주인공이 리자에게 다음과 같이 말한다.

“너는 이 지방 출신이야?”
나는 잠시 후 그녀 쪽으로 약간 머리를 돌리며 무뚝뚝하게 말했다.
“아니오.”
“그럼 어디에서 왔어?”
“리가에서 왔어요.”
그녀는 마지못해 대답했다.
“독일인이야?”
“러시아인이에요.”
……
“부모님은 살아계셔?”
……
“어디에 계시지?”
“그곳에…… 리가에.”
“어떤 분들이셔?”
……
“장사꾼이에요.”

위 대화를 눈여겨보면 19세기 중엽 리가에는 독일인과 러시아인이 많이 살고 있었다는 것을 알 수 있다. 리자는 불우한 가정환경 탓에 상트 페테르부르그에 오게 되는데, 이 또한 리가에서 거주하고 있던 러시아인들의 경제사정을 암시하고 있다.

리가는 저렴한 비용으로 다양한 먹거리와 볼거리를 즐길 수 있는 도시다. 특히 여름에는 중부 유럽만큼 덥지 않아서 쾌적한 여행지로 꼽히고 있다. 리가에는 많은 볼거리가 있지만 의학사에 관심이 있는 사람이라면 놓쳐서는 안 될 중요한 박물관들이 있다. 안토니야스 가街에 있는 폴 스트라딘 의학사 박물관, 라트비아 의대의 해부학 박물관, 리하르다 바그네라 가街에 있는 약 박물관 등이 그것이다. 이 중에서 1957년 문을 연 의학사 박물관은 세계에서 가장 규모가 큰 것 중 하나다. 혹자는 유럽의 변방 도시에 이런 박물관이 있다는 사실에 의아해할 것이다. 리가의 의학사 박물관은 국가가 설립한 것이 아니라 폴 스트라딘Pauls Stradins, 1896~1958이라는 의사의 헌신적인 노력의 결과물이다. 이렇게 개인의 헌신이 눈부신 경우가 있다. 폴 스트라딘은 라트비아를 대표하는 외과의사로 종양학과 보건학의 권위자였다. 그는 30여 년 동안 의학사에 관한 자료를 수집했고, 말년에 모든 것을 박물관에 기증했다. 의학사 박물관이 소장하고 있는 자료는 20만개에 이른다. 이곳은 라트비아의 자랑거리가 되었는데, 그동안 박물관을 다녀간 관람객 수가 4백만 명이나 된다고 한다.

의학사 박물관은 크게 고대의학, 중세의학, 근대의학, 라트비아 의학, 우주의학 등의 전시실로 구성되어 있다. 박물관 1층에 위치한 고대의학 전시실에는 고대인들의 다양한 의술을 모형으로 재현하고 있다. 예컨대 관람객들은 여러 종류의 고대인들이 트라우마를 치료하는 방법, 두부 절개술, 힐링 과정 등을 관찰할 수 있다. 고대 유적지에서 발굴한 인간 유골들은 각기 고유한 질병의 흔적들을 간직하고 있어서 인상적이다. 그밖에 고대의 의술 기구, 마스트 등은 당시 의술이 제의와 섞여 있었다는 사실을 전하고 있다.

　중세도시를 재현한 전시실에는 흑사병 시기 중세인들이 경험한 처참한 삶의 모습과 질병을 막으려는 노력들이 실제 모습처럼 연출되어 있다. 페스트는 고대 인류에게 가장 끔찍했던 전염병으로 고대 이집트와 메소포타미아 문서에도 기록되어 있다. 14세기 유럽에도 페스트가 창궐해 5백만 명 정도가 사망했다. 특히 런던에서는 인구의 90%가 페스트로 인해 목숨을 잃었을 정도였다. 페스트 유행은 라트비아도 예외가 아니었다. 18세기 초 페스트가 라트비아를 휩쓸고 갔을 때 당시 리가 인구의 절반이 목숨을 잃었다고 한다. 당시 라트비아는 북방전쟁의 격전지였는데, 전쟁에서 죽은 사람보다 페스트로 죽은 사람이 더 많았다. 당시 유럽인들은 페스트를 흰색의 누더기 옷을 입은, 백마 찬 기사로 묘사했다. 중세인들은 페스트의 확산을 막기 위해 환자를 격리하고, 죽은 사람들을 서둘러 매장했으며, 환자가 발생한 집에는 대문에 라틴어 대문자 P를 적어 놓았다. 이것은 라틴어로 페스트가 *Pestis* 였기 때문이다. 르네상스 시기 의학을 설명하고 있는 전시실에는 당대 대표적인 의학자들의 업적이 정리되어 있다. 베살리우스 A.Vesalius, 프라카스토로G.Fracastoro, 파레A.Paré, 파라셀수스Paracelsus 등이 그들이다.

　박물관 2층에는 근대의학 전시실이 있다. 이곳에는 18~19세기 서양의학의 발전 과정을 살필 수 있는 자료들이 많다. 당시 의사와 과학자들이 진단과 처방을 어떻게 했는지, 약제사들은 어떤 도구와 장비를 이용해 약을 제조했는지 쉽게 알 수 있다. 약에 관한 자료들은 의학사 박물관 외에 리하르다 바그네라 가街에 있는 약 박물관에 더 많은데, 이곳에서는 약의 재료가되는 다양한 약초와 열매들을 직접 손을 만질 수 있는 체험 코스가 있다. 근대의학 전시실에는 또 정신의학과 관련된 다양한 서적, 임상 도구들이 있다. 이 전시실에 오면 정신의학이 근대에 탄생한 학문이라는 사실을 알 수 있다. 이 밖에도 서양 근대의학사에 큰 업적을 세운 대표적인 의학자와 과학자들, 예를 들어 파스퇴르, 코흐, 메치니코프, 뢴트겐 등의 초상화와 자료들이 전시되어 있다. 3층에 있는 라트비아 의학사 전시실은 박물관의 설립자인 폴 스트라딘의 업적과 작업이 상세히 연출되어 있다. 그밖에 라트비아 의대의 설립에 관한 자료들과 당시 의료진들, 특히 라트비아 치의학의 아버지라고 불리는 바론K.Barons 교수의 진료실이 모형으로 전시되어 있다. 리가에서의 며칠은 의학사 박물관과 약 박물관을 볼 수 있어서 더 뜻깊었다. 그리고 이제야 리가를 유럽의 문화 수도라고 칭하는 이유도 알게 되었다. 물론 리가에 역사문화 유적지 등 볼거리가 많아서겠지만 이곳 사람들의 문화에 대한 애정과 외지인들에 대한 친절함도 한 몫 하는 것 같았다.2016

4. 포르투갈 의학박물관 답사기[16]

지중해가 끝나고 대서양과 만나는 이베리아반도에 남북으로 길게 뻗은 오래된 해상제국이 있다. 지금은 빛바랜 역사 유적들을 간직한 채 유럽의 변방으로 물러나 있지만, 포르투갈은 아직도 순수한 본연의 모습을 간직한 채 여전히 특유한 매력을 발산하고 있다. 포르투갈어, 풍부한 농수산물,

후덕한 인심, 고색창연한 타일 모자이크, 광기어린 밤풍경, 독한 포도주, 강렬한 햇빛, 여유로운 게으름. 어쩌면 이런 인상들은 15~16세기에 세계를 제패했던 대제국의 이미지와는 어울리지 않을지 모른다. 하지만 포르투갈인들에게는 인도 항로를 개척하기 위해 2년 동안 42,000킬로미터를 항해한 바스코 다 가마Vasco da Gama의 유전자가 아직도 살아있는 듯하다. 그들은 로마인들을 경험했고, 무어인들의 피를 받아들였다. 그리고 그들은 인도를 개척하고 중국을 거쳐 조선을 지나 일본에 최초로 서구문명을 전하기도 했다. 포르투갈은 이런 역사를 가지고 있어서 그런지 외지인들에 대해 비교적 개방적이다. 이것은 포르투갈이 유럽에서 가장 가보고 싶은 나라로 꼽히는 이유이기도 하다.

포르투갈은 서양의학사에서 중심이라고 할 수는 없다. 8세기 이슬람의 지배를 받았을 때 그들의 선진 의술이 전해졌지만 그것이 근대 서양의학으로 이어지지는 않았다. 이것은 16세기 이후로 포르투갈의 국운이 기울 수밖에 없었던 사정과 무관하지 않다. 하지만 포르투갈은 근대 서양의학의 세례를 충실히 받은 나라이다. 그들의 의학사, 의학 관련 유적들은 서양의학사의 영향력과 범위를 확인할 수 있는 중요한 자료로서 가치가 있다. 포르투갈 의학사는 또한 서양의학이 동양으로 전파된 경로를 파악할 때 특히 각별한 역사적 의미를 지닌다. 동아시아에서 최초로 근대병원이 세워진 것은 일본 오이타인데, 이 병원은 1557년 바로 포르투갈인 루이스 데 알메이다Luis de Almeida가 세운 것이다. 포르투갈에서 근대 서양의학이 꽃을 피었던 도시는 리스본Lisbon, 포르토Porto, 코임브라Coimbra이다. 이 세 도시는 포르투갈을 대표하는 정치, 경제, 문화의 중심지다. 이런 이유로 포르투갈 의학박물관 답사도 자연스럽게 이 도시들을 중심으로 이어질 수밖에 없다. 그럼 포르투갈 의학박물관을 살펴보기 전에 서양의 근대 의학박물관 역사를 간략히 개관해보자.

1)

서양 최초의 근대의학박물관은 18세기 후반에 설립된 해부학 박물관이다. 대표적인 예로는 이탈리아의 나폴리, 볼로냐, 플로렌스, 파비아, 네덜란드의 라이덴, 오스트리아의 비엔나, 스위스의 바젤에 있는 의과대학 박물관, 프랑스의 프라고나르 달포르 국립수의대 박물관, 몽펠리에 의대 박물관, 영국의 런던 왕립외과대학 헌터 박물관, 성 바르톨로뮤 병원 박물관, 에딘버러 왕립외과대학 박물관 등이 있다. 이 박물관들의 일반적인 특성은 인간 시체를 보존한 해부학적 전시물들과 신체 부위, 장기 등을 모사한 밀랍 모형 등을 갖추고 있었다는 점이다. 당시 해부 박물관은 주로 의대생을 위한 교육 공간으로 활용되었다.

19세기 말에는 1876년 런던에 설립된 파크스 위생박물관, 베를린 위생박물관1885, 드레스덴 위생박물관1912 등과 같은 위생박물관이 등장하기 시작했다. 이 박물관은 전문가뿐만 아니라 일반 대중을 대상으로 한 시설이다. 위생박물관은 인체, 세균학, 전염병, 공중위생 또는 공중 보건 등의 주제로 나뉘어 전시실을 갖추고 있었다. 이 박물관들은 대중을 위한 교육 목적을 감안해서 도상학과 3차원 모델 및 애니메이션 전시물을 포함하고 있었다. 예를 들어 드레스덴의 '투명한 인간transparent man'과 같이 투명 플라스틱으로 만든 인간의 실물 크기 모형, 골격, 기관 및 동맥, 정맥 등의 전시물들이 그것이다.

약국 박물관은 더 긴 역사를 가지고 있다. 약의 역사와 관련된 최초의 전시물로는 17세기 드레스덴 박물관의 약국을 들 수 있다. 그 후에 런던 왕립 약사회 박물관1842, 바젤 대학 약 박물관1924, 독일 제약 박물관1938, 폴란드 크라코프 제약 박물관1946 등과 같은 약국 전용 박물관들이 등장했다. 그리고 1930년대 이르러 유럽에는 230개가 넘는 약 박물관이 있었다. 이것은 20세기 들어 약학이 비약적으로 발전한 점과 무관하지 않다. 세계적인 제약회사치고 약 박물관을 운영하지 않는 경우가 드물 정도이다. 약 박물관은 곧 제약회사의 역사와 권위를 상징하는 것이기도 하다.

의학사 박물관은 해부학 박물관보다 나중에 등장했다. 최초의 의학사 박물관은 20세기 초반에 등장했다. 이 박물관들은 주로 의과대학에서 의학실습이나 교육에 활용되었던 도구 및 장비들뿐만 아니라 의사, 과학자가 사용하거나 병원, 공중위생 시설에서 썼던 도구 및 장비들을 전시했다. 이런 종류의 박물관으로 대표적인 예로는 네덜란드의 보어하브 박물관 1907년 설립, 런던 웰컴 박물관1913, 로마 사피엔차 의학사 박물관1938 등이 있다. 이밖에도 런던에 있는 알렉산더 플레밍 박물관이나 파리의 파스테르 박물관, 클로드 베르나르 박물관 등과 같이 저명한 의학적 인물을 기리는 박물관들이 있다.

2)

포르투갈에서 의학 박물관이 설립된 것은 위에서 지적한 국제적 흐름과 무관하지 않다. 그리고 포르투갈 내부에서 의학이 발달하면서 의학교육의 필요성이 커진 것도 중요한 요인으로 작용했다. 여기서 계몽주의자였던 폼발Pombal 재상의 교육개혁이 결정적인 역할을 하였다. 코임브라 대학은 17세기와 18세기 초엽까지 과거의 틀에서 벗어나지 못했다. "폼발은 그 원인을 조사하기 위해 1770년에 대책위원회를 설치하고 대학개혁 방안을 검토한 끝에 1772년에 코임브라대학 정관을 공표하여, 자연과학과 수학 분야의 단과 대학을 설립하고, 실험과 직접 관찰을 통한 지식의 습득을 위해 천문대, 화학 실험실, 자연사 박물관, 식물원, 해부학 실험실, 조제실 등을 설립했다. 또, 폼발은 교육 개혁에 필요한 경비를 충당하기 위해 1772년에 교육세를 징수했다." 이 시기에 코임브라대학에는 병원, 클리닉 및 약국, 해부학 극장 등과 같은 의학 관련 시설들이 들어서고 실용적인 교육이 진행되었다. 포르투갈에서 의학이 본격적으로 발전하기 시작한 것은 19세기 들어서다. 1825년 두 개의 왕립 외과학교가 리스본과 포르토에 설립되었고, 각각은 상 호세São José 병원과 산토 안토니오Santo António 병원이 되었다. 1911년 이 학교들은 리스본 및 포르토 대학에 통합된 학부로 개편되었다. 유럽의 다른 곳과 마찬가지로 포르투갈 최초의 의학 박물관은 인간 표본 및 밀랍 모형을 갖추고 있었던 이 의과대학들의 해부학 박물관이었다. 이 중에서 먼저 세워진 것은 1837년 비센테 드 카르발료Vicente de Carvalho와 호세 베르나르도 조아킹 핀투José Bernardo Joaquim Pinto에 의해 설립된 포르토 학교 박물관이다. 이 박물관은 현재 상 조앙 São João 병원에 있으며, 5개의 방으로 이루어져 있다. 첫 번째 방은 해부학의 역사가 전시되어 있다. 나머지 방들은 연조직, 기형, 비교 해부학 및 골격 체계와 같이 해부학적 주제로 구성되어 있다. 이 박물관은 현재 의대생 및 간호대생들의 의학교육에 사용되고 있다.

　코임브라의대의 해부병리학 박물관은 호세 카를로스 피네이루José

Carlos Pinheiro가 1822년에 수집한 18세기 표본에 기초하여 1865년에 만들어졌다. 1990년까지 해부학 강사 및 교수들은 이 박물관 컬렉션을 확장하는데 큰 기여를 했다. 여기서 가장 큰 역할을 한 사람은 해부병리학 연구소장을 역임했던 헤나토 트린캉Renato Trincão이다. 코임브라의대 해부병리학 박물관은 의대건물에 위치해 있으며, 규모는 500제곱미터에 달한다. 박물관은 천여 종이 넘는 포르말린 샘플, 밀랍 모형 등을 전시하고 있다. 유럽에서 이와 유사한 해부병리학 박물관으로는 베를린 훔볼트의대 해부병리학 박물관을 들 수 있는데, 전시물의 규모에서 코임브라의대 박물관은 베를린 훔볼트의대 박물관에 결코 뒤지지 않는다. 우리는 이를 통해 19세기 중엽 코임브라의대의 해부병리학이 유럽에서도 손꼽히는 수준이었다는 것을 알 수 있다. 포르투갈에는 일반 대중을 위한 해부병리학 박물관이 존재하지 않았는데, 그것은 가톨릭교회의 입김이 강력했기 때문이다.

포르투갈 최초의 의학사 박물관은 1835년 의학협회 주도로 리스본에서 설립되었다. 하지만 당시 개업의들이 기증한 품목 및 수집품을 전시할 시설은 갖춰져 있지 않았다. 박물관 프로젝트는 의학협회 100주년 되는 해인 1923년에 다시 시작되어 제대로 된 모습을 갖추었다. 포르토에 의학사 박물관이 처음 들어선 것은 1933년이다. 포르토 의학사 박물관은 의과대학 부속으로 당시 의학사를 전공한 루이 드 피나Luís de Pina 교수에 의해 설립되었다. 루이 드 피나는 유럽 견학 중에 각국의 의학사 박물관을 방문하고 깊은 영감을 받았고, 이것이 포르토 의학사 박물관을 만든 계기가 되었다. 리카르도 호르헤Ricardo Jorge가 1899년에 설립한 국립보건원 National Institute of Health은 1911년 공중위생 박물관을 설립하였다. 1950년대까지 박물관 컬렉션은 대부분 리카르도 호르헤가 수집한 것이었다.

여기에는 석기 파이프, 화장실, 모형 욕실 등과 같은 위생설비, 인공호흡기, 정화시설, 살균장비, 설치류 제어장비, 음식 샘플, 건물 자재, 말라리아 예방 캠페인 관련 자료 및 차트, 인구 통계 등을 포함되어 있다.

포르투갈 의학 박물관 중에서 또 하나 주목할 만한 것은 위대한 업적을 남긴 의사들의 개인 박물관들이다. 그중에서 가장 대표적인 것이 세계적인 신경학자 에가스 모니스Egas Moniz, 1874~1955 박물관이다. 그는 코임브라대학교 의학부를 졸업한 후 프랑스에서 공부했고, 1902년 코임브라 의대 교수가 되었다. 1911년부터 그는 리스본의대 교수가 되어 죽을 때까지 재직하였다. 에가스 모니스는 의학자 외에도 정치가, 사회활동가로서 활동했다. 그는 1903년 국회의원에 선출되었고, 1917년 외무장관으로 활약했으며, 1918년 파리평화회의 수석대표 등을 역임하였다. 그는 뇌동맥 촬영법을 고안하고, 두개 내 종양의 진단에 관한 저서를 발간하였다. 1949년 ´정신병에 대한 전두엽 백질절제법의 치료효과에 관한 발견´으로 W.헤스와 함께 노벨생리·의학상을 받았다. 에가스 모니스 가택 박물관은 1965년 그의 미망인에 의해 설립된 동명의 재단에 의해 설립되었고, 1968년 박물관을 개관하였다. 이 박물관에는 에가스 모니스의 일생, 연구 활동 및 업적, 사회활동 등과 관련된 다양한 유물들이 전시되어 있다.

3)

의학 박물관과는 달리 포르투갈의 약 박물관은 대학에서 시작된 것이 아니라 초기 약국의 역사와 마찬가지로 약제사들로부터 시작되었다. 이것은 초창기 약의 역사가 약학 또는 약학교육에 대한 이론적, 제도적 연구와는 상관없이 이어졌던 상황과 무관하지 않다. 포르토대학, 코임브라대학, 리스본대학의 약학부는 이렇다 할 역사적 소장품을 지니고 있지 못했다. 이에 반해 포르투갈 약국협회National Association of Pharmacies는 독자적인 약 박물관1996을 가지고 있다. 포르투갈에서 약 박물관에 대한 최초의 구상이 시작된 것은 1960년대이다. 이것은 당시 약학과 관련된 국제회의가 개최되고, 다양한 전문도서가 출판되던 환경과 관련이 있다. 여기서 주도적인 역할을 한 것은 정부나 대학이 아니라 몇몇 약사들, 노동조합, 약사회 등이었다. 박물관 설립 프로젝트는 약사 게헤이루 고메스Guerreiro Gomes와 살게이루 바소Salgueiro Basso에 의해 1980년대 초에 재개되었다. 그들은 포르투갈이 유럽에서 전문 약 박물관이 없는 소수의 유럽 국가 중 하나라고 주장하면서 박물관 설립의 필요성을 역설하였다.

포르투갈의 대표적인 약 박물관은 리스본과 포르투에 위치해 있다. 리스본에 있는 약 박물관은 1996년에 개관한 것으로 15세기 말부터 최근까지 포르투갈 제약사와 기술을 이해할 수 있는 다양한 전시물을 갖추고 있다. 예컨대 18세기 초창기 약국과 20세기 초 약국의 모습이 특히 인상적이다. 이 밖에도 박물관은 마카오에 있었던 전통 중국 약제와 전시 약국에 관한 유물들을 전시하고 있다. 리스본 약 박물관의 자랑거리는 무엇보다도 약과 관련된 고대 유물들이다. 가령 메소포타미아, 이집트, 그리스, 로마, 잉카, 아즈텍, 이슬람, 티벳, 중국에서 사용하던 유물들은 역사적 가치가 높은 것으로 평가받고 있다.

포르투에는 두 개의 약 박물관이 있는데, 하나는 엥 페헤이라 지아스 거리Rua Enga Ferreira Dias에 있고, 다른 하나는 포르토 대학 근처에 있는 포르토 중앙병원 박물관Museu do Centro Hospitalar do Porto에 있다. 전자는 1996

년에 개관한 것으로 살게이루 바소의 주도하에 설립된 박물관이다. 이 박물관은 현대적인 전시실을 갖추고 있으며 약의 역사를 시대별로 자세히 소개하고 있다. 여기서 가장 의미 있는 공간은 포르토에 있었던 스타티우스 약국을 재현한 약제실일 것이다. 이 약국은 코임브라대학을 졸업한 약제사 에밀리오 스타티우스 파리아Emilio Estácio Faria, 1854~1919의 이름을 딴 것이다. 스타티우스는 1883년 처음으로 리스본에서 약국 문을 열었고, 그가 설립한 포르투갈 위생회사가 1924년 포르토에 지점을 연 것이다. 다시 말해 포르토에 있는 약국은 스타티우스 사후에 생긴 것이다. 약제실은 제법 큰 공간을 차지하고 있는데, 중앙 복도 양쪽으로 유리로 된 전시실이 화려하게 장식되어 있다. 그리고 복도 끝에는 큰 벽시계와 유리로 벽 장식이 되어 있다. 만약 이것이 당시 약국을 실물대로 재현한 것이라면 20세기 초의 포르토 약국의 모습을 생생하게 느낄 수 있는 전시물이다. 포르토 중앙병원 박물관은 규모는 크지 않으나 마치 오래된 약국을 직접 보는 듯한 착각이 들 정도로 분위기가 특별한 곳이다. 전시물도 실제 약제사들이 사용한 도자기, 도구, 장치 등으로 구성되어 있어서 인상적이다.

포르투갈은 낮보다 밤이 아름다운 곳이다. 대서양을 바라보는 리스본의 해변과 도우로 강Douro river 하구에 위치한 포르투의 석양 풍경은 다른 유럽국가에서 맛볼 수 없는 특별한 멜랑콜리를 선사한다. 여기에 밤이 깊어지면 파두Fado 선율이 귓가를 스친다. 숙명이라는 뜻을 지닌 파두, 포르투갈인의 영혼이 깃든 이 음악은 인간의 영혼 깊이 새겨진 슬픔의 감정을 가장 잘 표현한 것으로 평가받고 있다. 포르투갈인들은 순탄치 않았던 역사를 간직한 채 어쩌면 자신들의 슬픔을 의학보다는 파두와 진한 포도주에 의존하며 살아온 것이 아닌가 하는 생각이 든다.2017, 2022

트랜스휴먼 시대와 의료문학

1

의료문학은 태생적으로 현대의료의 미래와 불가분의 관계에 있다. 그것은 의료문학이 의료와의 연관성을 지렛대 삼아 의료의 인간성 회복이라는 가치를 지향하기 때문이다. 이런 점에서 의료문학은 초고속으로 발전하고 있는 의료기술과 인간이 직면할 새로운 상황에 예민할 수밖에 없다. 의료문학이 다른 문학과 달리 미래의 인간 삶에 대해 보다 적극적인 관심을 갖고 탐구해야 하는 이유가 바로 여기에 있다. 의료문학은 의료 혁신이 몰고 올 인간 삶의 변화를 예측하고 그에 대한 문학적 적응 및 대응을 준비해야 한다. 의료문학이 필연적으로 미래지향성이라는 특성을 잉태하고 있다는 말이다.

의료문학이 이런 과제를 안고 있다는 사실은 다른 한편에서 의료와 관련된 인간의 잘못된 편견과 맞서야 하는 긴장감을 조성하기도 한다. 현대의료는 생명과 건강에 대한 사람들의 태도와 관념에 근본적인 변화를 강요하고 있다. 문학 또한 이런 변화에서 자유로울 수 없다. 혹자는 문학이 현대 의료가 강제하는 변화의 흐름에도 불구하고 이제까지 지켜왔던 인간성을 수호하는 최후의 보루라고 주장한다. 하지만 이것은 착각에 불과하다. 우리가 곧 직면할 미래 사회는 유전공학과 인공지능 융합기술 덕분에 다양한 형태의 생명이 공존하는 공동체가 될지도 모른다. 이른바 트랜스휴먼transhuman 시대가 그것이다. 생물학적 인간과 유전공학적으로 변형된 인간, 인간과 기계 사이의 회색지대에서 살아가는 존재들이 같이 사는 사회가 도래하고 있는 것이다. 인간이 지구를 떠나 새로운 세상에서 운명을 개척한다면 물밑이나 극한적으로 추운 곳 등 지구와 전혀 다른 환경에서 생존할 수 있도록 공학적으로 적응시킨 존재가 되어야 할 수도 있다. 결국 이런 다양한 존재들에게 법적, 도덕적, 사회적으로 '인간성'을 부여하는 기준이 계속 변한다면 어디까지를 인간으로 인정할 것이냐는 기준의 개정이 필수적인 요소로 인식되는 세상이 오게 될 것이다.[1] 의료문학은 이런 문제에 대한 진지한 고민과 성찰의 결과물이어야 한다. 그리고 이는 기존 문학 안에 뿌리내린 편견과 오해를 걷어내는 일이기도 하다.

2

의료문학은 의료와 관련된 첨단과학에 대한 전문적인 지식과 식견을 요구한다. 문학이 과학의학과 멀어져서는 시대를 온전히 반영할 수 없는 시대가 되었다. 세상의 변화를 외면한 채 인간성만을 주장하는 것은 공허한 목소리에 불과하다. 첨단과학이 인간의 삶을 근본적으로 변화시키는 원동력이라면 문학은 자연스럽게 그 변화의 다양성과 깊이를 새로운 감수성과 상상력으로 포착해야 한다. 이와 관련해서 과학소설SF, 의료소설Medical Fiction 등 장르문학의 역할이 커질 것이다. 그리고 과학자, 엔지니어, 의료인 출신 작가들의 본격적인 활동을 기대할만하다. 여기서 의료문학은 새로운 문학적 경향의 출현과 작가들의 성장에 중요한 마중물이 될 수도 있다.

트랜스휴먼 시대를 맞이해서 인간은 이제까지 상상해보지 못한 미래를 경험할 것이다. 그것이 암울하고 우울한 것인지, 아니면 축복인지 현재로서는 정확히 가늠하기 어렵다. 하지만 분명한 것은 인간이 거대한 변화의 물결을 피할 수 없다는 사실이다. 그렇다면 외면할 것이 아니라 주도하는 것이 지혜로운 방법일 것이다. 의료문학은 바로 이런 문학적 태도와 가치평가에서 출발한다. 이런 점에서 의료문학은 인간을 개조하려는 최첨단 기술혁명에 맞서 미래의 문화혁명을 준비할 수 있는 초석이 될 수 있다. 이것은 세상의 변화에 대한 개방성과 유연성을 견지할 때만 가능하다. 그리고 이는 문학의 본래적 특성을 되살리는 일이기도 하다. 왜냐하면 문학은 낯선 것, 미지의 것, 불확실한 것들을 자양분 삼아 진화해온 역사가 있기 때문이다. 인간의 진화가 문학의 변화를 추동했듯이 새로운 변화에 맞선 문학은 인간 진화의 역동적 기록이 될 것이다.

3

의료문학의 가능성은 무궁무진하지만 아직 현실의 모습과는 거리가 있는 것도 엄연한 사실이다. 여기서 한 가지 꼭 집고 가야 할 문제가 있다. 그것은 의료문학의 문제의식과 방법론이 기존 문학연구 방법과 근본적으로 대립되거나 모순되는 것이 아니라는 점이다. 의료문학의 가능성은 도리어 과거와 현재의 문학연구 방법들을 심화시키고 확장하는 방향에서 찾아야 한다. 이것은 상보적 관계에 있는 보완재이지 완전히 새로운 아이디어가 아니라는 말이다. 하지만 의료문학 연구가 하나의 패러다임으로 정착되고, 또 중요한 성과들을 선보인다면 그 가능성은 어쩌면 새로운 혁신이 될 수도 있다. 시작은 가능성을 보고 하지만 그것이 혁신의 패러다임이 될지는 전적으로 우리에게 달린 문제인 것이다. 저자의 글들이 의료문학의 성장에 소박한 출발점이 되었으면 하는 바람이다.

참고문헌

Alexandra Minna Stern and Howard Markel, "Pandemics : The Ethics of Mandatory and Voluntary Interventions", The Hastings Center Bioethics Briefing Book for Journalists, Policymakers, and Campaigns, 2020.3.30.

Ana Delicado, "The Past and Present of Medical Museums in Portugal", *Museum History Journal*, Vol.7, No.1, January, 2004.

Andersen-Warren M. and Grainger R., *Practical Approaches to Dramatherapy-The Shield of Perseus*, London and Philadelphia, Jessica Kingsley Publisher, 2000.

Arleen McCarty Hynes&Mary Hynes-Berry, *Biblio/poetry Therapy-The Interactive Process: A Handbook*, North Star Press of St. Cloud, Inc. 1994.

Andersen-Warren M. and Grainger R., *Practical Approaches to Dramatherapy-The Shield of Perseus*, London and Philadelphia, Jessica Kingsley Publisher, 2000.

Brody Howard, "Literature and Bioethics: Different Approaches?", *Literature and Medicine,* Vol.10, 1991.

Carolyn Y. Johnson, Lena H. Sun and Andrew Freedman Johnson, "Social distancing could buy U.S. valuable time against coronavirus", 『Washington Post』, March 11, 2020.

Charon Rita, "Literary Concepts for Medical Readers: Frame, Time, Plot, Desire", *Teaching Literature and Medicine*, ed. A.H.Hawkins and M.C.McEntyre, New York : The Modern Language Association, 2000.

Charon Rita, *Narrative Medicine: Honoring the Stories of Illness*, Oxford University Press, 2006.

Charon Rita & Montello Martha ed., *Stories Matter: The Role of Narrative in Medical Ethics*, New York, London : Routledge, 2002.

Copi Irving M., *Introduction to Logic*, NY : Macmillan Publishing Co., fourth edition, 1972.

Doll Beth & Doll Carol, *Bibliotherapy with Young People : Librarians and mental health professionals working together*, Englewood, Colorado : Libraries Unlimited. 1997.

Homan E. and Homan S, "Dancing in Very Narrow Spaces" : Pinter's *A Kind of Alaska* in Performance, *Teaching Literature and Medicine*, edited by A.H.Hawkins and M.C.McEntyre, The Modern Language Association, NY, 2000.

Hunter K.M., *Doctor's Stories : The Narrative Structure of Medical Knowledge,* Princeton: Princeton UP, 1991.

Hunter K.M., "Sherlock Holmes and Clinical Reasoning", *Teaching Literature and Medicine*, Ed. A.H.Hawkins and M.C.McEntyre, New York, MLA., 2000.

Hunter K.M., "Toward the Cultural Interpretation of Medicine", *Literature and Medicine,* V.10. 1991.

James S. Terry and Peter C. Williams, "Literature and Bioethics : The Tension in Goals and Styles", *Literature and Medicine*, Vol.7. 1988.

Kalitzkus Vera, Matthiessen Peter F, "Narrative-Based Medicine : Potential, Pitfalls, and Practice", *The Permanente Journal*, Winter 2009, Volume 13, No.1. 2009.

Kübler-Ross Elisabeth, *On Death and Dying,* SCRIBNER, NY, 2003.

Lennig Petra, Die Berliner Charité : Schlaglichter aus 3 Jahrhunderten, *Berliner Medizinhistorisches Museum der Charité,* Berlin, Zweite, unveränderte Auflage, 2010.

Levinas E., *Totality and Infinity-an essay on exteriority*, Kluwer Academic Publishers, Dordrecht, 1991.

Lloyd M., Bor R., *Communication Skills for Medicine*, Churchill Livingstone : New York, Edinburgh, Madrid, Melbourne, San Francisco and Tokyo, 1996.

Levinas E., *Ethics and Infinity*, Duquesne University Press, Pittsburgh, 1996.

OECD Health Statistics 2019, "Health expenditure and financing".

Prewitt K.W., Teaching the Body in Texts: Literature, Culture, and Religion, *Teaching Literature and Medicine*, edited by A.H.Hawkins and M.C.McEntyre, The Modern Language Association, NY, 2000.

Ruipeng Lei and Renzong Qiu, "Report from China: Ethical Questions on the Response to the Coronavirus", Global Health, Hastings Bioethics Forum, *Public Health*, January 31, 2020.

Sigerist, Henry E. Fee, Elizabeth, *Civilization and Disease*, Ithaca : New York, Cornell University Press, 2018.

Silverman Jonathan, Kurtz Suzanne, Draper Juliet, *Skills for Communicating with Patients*, Radcliffe Medical Press, Oxen, 1998.

Tauber Alfred I., *Confessions of a Medicine Man : An Essay in Popular Philosophy*, The MIT Press. Cambridge, Massachusetts, 2000.

Terry James S. and Williams Peter C., "Literature and Bioethics: The Tension in Goals and Styles", *Literature and Medicine*, Vol.7. 1988.

Альфонсов В., *Поэзия Бориса Пастернака*, Советский писатель, Л. 1990.

Андерсен-Уоррен М., Грейнджер Р., *Драматерапия*, Санкт-петербург, ПИТЕР, 2001.

Античная культура : литература, театр, искусство, философия, наука. Словарь-справочник, Под ред. В.Н.Ярхо. М., 1995.

Бахтин М., *Эстетика словесного творчества*, М. 1979.

Баевский В.С., *Пастернак-лирик : основы поэтической системы*, Траст-Имаком, Смоленск, 1993.

Булгаков М., *Собрание сочиненийв пяти томах*, Т.1. М. Художественная литература, 1989.

Виленский Ю.Г., *Доктор Булгаков*, Киев, Здоровья, 1991.

Выготскийй Л.С., *Психология развития человека*, М., Эксмо. 2004.

Гаршин В.М., *Рассказы, статьи, письма*, Олимп, М. 2002.

Гейзер И.М. , "А.П.Чехов и В.В.Вересаев: писатели и врачи", *Великий художник А. П. Чехов* \\сборник статей (100 лет со дня рождения 1860-1960), Ростов-на-Дону: Ростовское книжное издательство, 1959.

Громов М., *Чехов*, М., Молодая гвардия, 1993.

ИРЛИ РАН(Пушкинский дом), *Русская литература XX века. Прозаики, поэты, драматурги:биобибл.словарь*, под ред. Н.Н.Скатова, М., ОЛМА-ПРЕСС, 2005.

Криман А.И., "Идея постчеловека: сравнительный анализ трансгуманизма и постгуманизма", *Филос. науки*/Russ. J. Philos. Sci. 2019. 62(4).

Лихачев Д.С., *Размышления над романом Б. Л. Пастернака "Доктор Живаго"*, 1988.

Лотман Ю., *Структура художественного текста*, М. 1970.

Пастернак Борис, *Доктор Живаго*, Избранное, Эксмо, М. 2006.

Русская литература XX века. Прозаики, поэты, драматурги: био-библ. словарь : в 3 т. под ред. Н.Н.Скатова. М.: ОЛМА-ПРЕСС Инвест, 2005.

РУССКИЕ ПИСАТЕЛИ 1800-1917:биобибл.словарь, :в 3т. /под ред. П.А.НИКОЛАЕВ, Советская энциклопедия, 1989.

С разных точек зрения "Доктор Живаго" Бориса Пастернака, Советский писатель, М, 1990.

Станиславский К.С., *Собрание сочинений в восьми томах*, Т.4, М., Искусство. 1957.

Толстой Л.Н., *Собрание сочиненийв двадцати томах*, М. 1964. т.12.

Философский энциклопедический словарь, М., СЭ., 1983.

Шкловский В.Б., *Воскрешение слова*, Гамбургский счет, М. Советский писатель, 1990.

Эстетика-словарь, М., Политиздат. 1989.

富田滿夫, 醫師チェーホフ, 創風社, 2013, 東京

가다머, 이유선 역, 『철학자 가다머 현대의학을 말하다』, 몸과 마음, 2002.

고양, 김태성·정미화 역, 『호설암』, 달궁, 2006.

권석환 외, 『중국문화답사기』 1, 다락원, 2002.

金達鎭 編譯, 『唐詩 全書』, 민음사, 1987.

김병익, 「험한 세상, 그리움으로 돌아가기」, 박완서, 『친절한 복희씨』, 문학과지성사, 2007.

김양진 외, 『의료문학의 현황과 과제』, 모시는사람들, 2020.

金永濟, 『비루효의 生涯와 思想』, 汎友新書, 1980.

김옥주, 「문학과 의학교육 – 외국의 현황」, 『의학과 문학의 만남』, 대한의사협회 제30차 종합학술
    대회 자료집, 2002.

김윤식, 『90년대 한국소설의 풍경』, 서울대출판부, 1994.

김윤식, 「한국 문학 속의 노인성 문학 – 노인성 문학의 개념 정리를 위한 시론」, 김윤식 · 김미현
    편, 『소설, 노년을 말하다』, 황금가지, 2004.

김재진, 「의학, 뇌의 영토를 점령하다」, 전우택 외, 『의학적 상상력의 힘』, 21세기북스, 2010.

김종성, 『춤추는 뇌』, 사이언스북스, 2005.

김지환, 「WHO '사회적 거리두기' 대신 '물리적 거리두기'로」, 『경향신문』, 2020.3.22.

김하수, 「언어학이 이야기를 발견하다 – 내러티브 연구에 관한 이해」, 연세대 언어정보연구원 편,
    『내러티브 연구의 실제』, 박이정, 2014.

김현희 외, 『독서치료의 실제』, 학지사, 2003.

니카노르 파라, 강태진 역, 『아가씨와 죽음』, 솔, 1995.

다케우치 요시미, 서광덕 역, 『루쉰』, 문학과지성사, 2003.

독서치료연구회 편, 『독서치료』, 학지사, 2001.

리차드 H. 슈라이옥, 李載澹 역, 『근세 서양의학사』, 광연재, 2004.

마르코 폴로, 김호동 역주, 『동방견문록』, 사계절, 2001.

마샤 누스바움, 조형준 역, 『감정의 격동』, 새물결, 2015.

마종기, 『마종기 시전집』, 문학과지성사, 2001.

_____ 외, 『의학과 문학』, 문학과지성사, 2004.

_____, 『아버지 마해송』, 정우사, 2005.

미하일 불가코프, 이병훈 역, 『젊은 의사의 수기』, 을유문화사, 2011.

박두진, 「순정한 생명감에 젖게 하는 시」, 정과리 편, 『마종기 깊이 읽기』, 문학과지성사, 1999.

박현섭, 「체호프의 의사들」, 『러시아 연구』 제21권 제1호, 2011.

버나드 라운, 서정돈 · 이희원 역, 『치유의 예술을 찾아서』, 몸과마음, 2003.

버튼 루셰, 박완배 역, 『의학탐정』, 실학단, 1996.

변정화, 「시간, 체험, 그리고 노년의 삶」, 문학을 생각하는 모임, 『한국문학에 나타난 노인의식』,
    백남문화사, 1996.

보리스 파스테르나크, 박형규 역, 『닥터 지바고』, 열린책들, 2009.

비젠티 베레사예프, 김준수 역, 『소설 러일전쟁 – 군의관』, 마마미소, 2011.

비고츠키, 이병훈 외역, 『사고와 언어』, 한길사, 2013.

송명희, 「노년담론의 소설적 형상화」, 송명희 외, 『인문학자, 노년을 성찰하다』, 푸른사상, 2013.

아서 코난 도일, 백영미 역, 『셜록 홈즈 전집 7』, 황금가지, 2002.

아서 프랭크, 최은경 역, 『몸의 증언』, 갈무리, 2013.

안나 그리고리예브나 도스또예프스까야, 최호정 역, 『도스또예프스끼와 함께한 나날들』, 그린비, 2003.

양재한 외, 『독서치료와 어린이 글쓰기 지도』, 태일사, 2003.

여인석, 「그리스 의학사 답사기」, 『연세의사학』 20권 2호, 연세의대 의학사연구소, 2017.

에릭 카셀, 강신익 역, 『고통 받는 환자와 인간에게서 멀어진 의사를 위하여』, 코기토, 2002.

「원로와의 대화-의사시인, 마종기」, 『연세의사학』 제20권 2호, 2017.

이경재, 「한국현대시와 말년성의 한 양상」, 『오늘의 문예비평』 70호, 2008.

李光洙, 『全集』 第十卷, 三中堂, 1963.

이병훈, 「권력관계에 의한 소통의 비소통화-톨스토이의 『이반 일리치의 죽음』을 중심으로」, 이기웅 외, 『소통의 구성적 역동성과 러시아 언어-문화 공간의 다차원성』, 경북대출판부, 2010.

_____, 「길에서 '길'을 찾다-신경림의 시 세계」, 『韓國藝術總集 文學篇 VI-역대 예술원 회원의 작품세계』, 大韓民國 藝術院, 2009.

_____, 「러시아의 '의사 작가' 계보와 불가코프」, 불가코프, 이병훈 역, 『젊은 의사의 수기/모르핀』, 을유문화사, 2011.

_____, 「비블리오테라피, 자기와 타인에게 말걸기」, 『문학사상』, 2008.3.

_____, 「의학적 내러티브의 심리적 구조」, 『의철학연구』 19호, 2015.

_____, 「의학적 상상력, 문학을 디자인하다」, 『문학과 의학』 vol.2, 2011.

_____, 「자연스러움의 미학」, 『신경림 시전집 2』, 창작과비평사, 2004.

이브 헤롤드, 강병철 역, 『아무도 죽지 않는 세상-트랜스휴머니즘의 현재와 미래』, 꿈꿀자유, 2016.

이상윤, 「현대 자본주의 의료, 건강과 마르크스주의」, 『의료와 사회』(9), 2018.

이영미·이영희, 「문학은 의학교육에서 어떤 역할을 할 수 있는가?」, 『한국의학교육』 제15권 2호, 2003.

이정은, 「내러티브 분석의 이론 동향」, 연세대 언어정보연구원 편, 『내러티브 연구의 현황과 전망』, 박이정, 2014.

이재담, 「역사에서 보는 의학적 상상력」, 전우택 외, 『의학적 상상력의 힘』, 21세기북스, 2010.

이재선, 『현대 한국소설사』, 민음사, 1991.

이종진 외, 『중국시와 시인-宋代篇』, 역락, 2004.

이희중, 「기억의 지도」, 정과리 편, 『마종기 깊이 읽기』, 문학과지성사, 1999.

전영삼, 『다시 과학에 묻는다』, 아카넷, 2005.

傅偉勳, 전병술 역, 『죽음, 그 마지막 성장』, 청계, 2001.

전흥남, 『한국 현대 노년소설 연구』, 집문당, 2011.

정과리·마종기, 「유랑, 고난 혹은 운명의 궤적」, 정과리 편, 『마종기 깊이 읽기』, 문학과지성사,

1999.

정과리, 이병훈 편, 『의학은 나의 아내, 문학은 나의 애인』, 알음, 2008.

정과리, 이일학 외, 『감염병과 인문학』, 강, 2014.

정연호, 「불가코프 작품에 나타난 '의사'의 형상」, 『노어노문학』 제2권 4호, , 2009.

조너선 에드로, 이유정 역, 『위험한 저녁식사』, 모요사, 2010.

조병희, 『질병과 의료의 사회학』, 집문당, 2017.

조셉 골드, 이종인 역, 『비블리오테라피』, 북키앙, 2004.

주정, 홍윤기 역, 『루쉰평전』, 북폴리오, 2006.

쑹다오, 한정은 역, 『장사의 신 호설암』, 해냄, 2004.

체호프, 배대화 역, 『사할린 섬』, 동북아역사재단, 2013.

체호프, 오종우 역, 『개를 데리고 다니는 부인』, 열린책들, 2004.

카뮈, 김화영 역, 『페스트』, 책세상, 1998.

캐서린 콜러 리스만·제인 스피디, 「정신치료 분야에서의 내러티브 탐구−비판직 김도」, 진 클랜
　　　디닌 편, 『내러티브 탐구를 위한 연구방법론』, 교육과학사, 2011.

팻 테인 외, 안병직 역, 『노년의 역사』, 글항아리, 2012.

플라톤, 박종현 역주, 『법률』, 서광사, 2009.

토마스 렘케, 심성보 역, 『생명정치란 무엇인가』, 그린비, 2015.

피네가 S., 데이네스 J.G, 「내러티브 탐구를 역사적으로 위치시키기−내러티브로 전환하는 주제
　　　들」, 진 클랜디닌 편, 『내러티브 탐구를 위한 연구방법론』, 교육과학사, 2011.

한국철학사상연구회 편, 『철학대사전』, 동녘, 1989.

한명희, 『교육의 미학적 탐구』, 집문당, 2002.

황임경, 「질병체험과 서사」, 연세대 언어정보연구원 편, 『내러티브 연구의 현황과 전망』, 박이정,
　　　2014.

헨리 지거리스트, 이희원 역, 『질병은 문명을 만든다』, 몸과마음, 2005.

호킨스 A.H 외, 신주철 외역, 『문학과 의학교육』, 동인, 2005.

Coulehan J., Block M., 이정권 외역, 『의학면담』, 한국의학, 1999.

Steven A. Cole, Julian Bird, 김대현 외역, 『의학 면담』, 학지사, 2002.

https://ru.wikipedia.org/wiki/катарсис

http://en.wikipedia.org/wiki/Physician_writer

http://az.lib.ru/w/weresaew_w_w/text_0010.shtml

http://modernlib.ru/books/veresaev_v/zapiski_vracha/read/

http://whc.unesco.org/en/list/1334

제1장_ 의료문학의 개념과 접경

1 Ruipeng Lei and Renzong Qiu, "Report from China : Ethical Questions on the Response to the Coronavirus", *Global Health, Hastings Bioethics Forum, Public Health, January 31, 2020.*

2 Alexandra Minna Stern and Howard Markel, "Pandemics : The Ethics of Mandatory and Voluntary Interventions", *The Hastings Center Bioethics Briefing Book for Journalists, Policymakers, and Campaigns,* This briefing adapted from "Influenza Pandemic," by Alexandra Minna Stern and Howard Markel, in From Birth to Death and Bench to Clinic : The Hastings Center Bioethics Briefing Book for Journalists, Policymakers, and Campaigns.

3 *Carolyn Y. Johnson, Lena H. Sun and Andrew Freedman Johnson,(March 11, 2020). "Social distancing could buy U.S. valuable time against coronavirus". Washington Post.*

4 김지환(2020년 3월 22일), WHO 「'사회적 거리두기' 대신 '물리적 거리두기'로」, 『경향신문』.

5 OECD Health Statistics 2019, "Health expenditure and financing"

6 이상윤, 「현대 자본주의 의료, 건강과 마르크스주의」, 『의료와 사회』(9), 2018, 115쪽.

7 조병희, 『질병과 의료의 사회학』, 집문당, 2017, 96쪽.

8 위의 책, 97쪽.

9 위의 책, 388쪽.

10 이에 대해서는 토마스 렘케, 심성보 역, 『생명정치란 무엇인가』, 그린비, 2015, 7장 '자연의 종말과 재발명'·8장 '바이탈정치와 생명경제'를 참조할 것. 이와 관련하여 트랜스휴머니즘(transhumanism)의 잠재적 위험성에 대해 언급할 필요가 있다. 트랜스휴머니즘은 인간의 생물학적 불완전성을 반듯이 극복해야만 하는 것으로 본다. 또 테크놀로지가 인간을 생물학적 족쇄로부터 해방시키는 수단이라고 간주한다. 하지만 그것은 "인류가 진화의 과정을 방해하는 진화론적 발전 단계에 도달했음"을 의미할 뿐이다. 이에 대해서는 모스크바 국립대 교수 크리만(А.И.Криман)의 논문 「인간 이후에 관한 이념—트랜스휴머니즘과 포스트휴머니즘의 비교 분석」(Филос. науки/Russ. J. Philos. Sci. 2019. 62(4))을 참고할 것.

11 창간사 「의학의 새로운 지평을 위하여」, 『문학과 의학』, 창간호, 2010 참조.

12 이병훈, 「문학과 의학, 거대담론을 넘어서」, 『문학과 의학』 vol.10. 2015, 19~20쪽 참조.

13 헨리 지거리스트는 의사작가의 대표적인 인물로 할러(Albrecht von Haller, 스위스), 체호프, 슈니츨러, 뒤아멜(Georges Duhamel, 프랑스), 웨어 미첼(Silas Weir Mitchell, 미국), 존 라스본 올리버(John Rathbone Oliver, 미국), 크로닌(Archibald Joseph Cronin, 영국) 등을 언급하면서 "의학적 문제들을 묘사하고, 질병과 그로 인한 고통을 작품의 모티프로 사용하는 것보다 그들에게 자연스러운 것이 무엇이 있겠는가?"라고 지적하고 있다. 이에 대해서는 Sigerist, Henry E. Fee, Elizabeth, *Civilization and Disease*(Ithaca : New York, Cornell University Press), 2018, pp.182~183을

참조할 것.

14 이병훈, 「이광수와 의사작가 안빈」, 『문학과 의학』 vol.11, 2016, 45쪽 참조.
15 이병훈, 「노년문학과 노년의 미학」, 『문학과 의학』 vol.7. 2014, 11쪽.
16 이병훈, 「치유의 예술과 소통-'의'는 곧 '소통'이다」, 『문학과 의학』, vol.1, 2010, 9~10쪽을 참고한 것이다.
17 J.Coulehan, M.Block, 이정권 외역, 『의학면담』, 한국의학, 1999, 176쪽.
18 M.Lloyd, R.Bor, Sir D.Weatherall's Foreword, *Communication Skills for Medicine*, Churchill Livingstone : New York, Edinburgh, Madrid, Melbourne, San Francisco and Tokyo, 1996.
19 버나드 라운, 서정돈·이희원 역, 『치유의 예술을 찾아서』, 몸과마음, 2002, 114쪽.
20 이하 서사의학에 대한 내용은 이병훈, 「의학적 내러티브의 심리적 구조」, 『의철학연구』, vol.19, 한국의철학회, 2015, 97~99쪽을 참고한 것이다.
21 리타 샤론은 환자의 진료뿐만 아니라 임상실습 과정에서도 서사의 중요성을 강조한다. 그녀는 의대생들로 하여금 환자 진료과정을 의학적 용어가 아닌 일상적 언어로 서술하는 평행차트(The Parallel Chart)를 작성하게 하는데, 이를 통해서 예비의사들이 환자를 더 잘 이해할 수 있다고 믿기 때문이다. 한국 의과대학에서도 서사의학을 연구하고, 그것을 의학교육에 실제로 적용하고 있는 사례들을 찾아볼 수 있는데, 제주의대 황임경 교수가 대표적인 경우이다. 이에 대해서는 황임경, 「의학에서의 서사, 그 현황과 과제」, 『인문학연구』 45호, 경희대인문학연구원, 2020, 5장 "의료인문학 교육에서 서사의 활용"을 참고할 것.
22 Rita Charon, "Literary Concepts for Medical Readers : Frame, Time, Plot, Desire", *Teaching Literature and Medicine*, ed. A.H.Hawkins and M.C.McEntyre(New York : The Modern Language Association), 2000, p.30.
23 Rita Charon, *Narrative Medicine : Honoring the Stories of Illness*, Oxford University Press, 2006, p.10.
24 Ibid., p.209.
25 Ibid..
26 Ibid., p.211.
27 Ibid..
28 이에 대해서는 Rita Charon & Martha Montello ed., *Stories Matter : The Role of Narrative in Medical Ethics*,(New York, London : Routledge), 2002, Part II. Narrative Components of Bioethics를 참조할 것.
29 이병훈, 「의학적 상상력과 '낯설게하기'」, 『문학과 의학』, vol.7. 2014, 220~225쪽. 참조.
30 이병훈, 「「음악적 눈」, 환각의 세계」, 『문학과 의학』 vol.8, 2014, 265~271쪽. 참조.
31 이병훈, 「나의 두 번째 목소리」, 『문학과 의학』, vol.14, 2019, 109쪽. 이하 본문에 쪽수만 표시.
32 이글은 『의학과 문학』(문학과지성사, 2004)에 실린 「문학과 의학의 접점들」을 수정, 보완한 것이다.
33 Elizabeth Homan and Sidney Homan, "Dancing in Very Narrow Spaces" :

Pinter's *A Kind of Alaska* in Performance. *Teaching Literature and Medicine.* edited by A.H.Hawkins and M.C.McEntyre. The Modern Language Association. NY. 2000. p.294.

34 Kendrick W.Prewitt, Teaching the Body in Texts : Literature, Culture, and Religion., *Teaching Literature and Medicine.* edited by A.H.Hawkins and M.C.Mc-Entyre. The Modern Language Association. NY. 2000. pp.88~89.

35 김옥주, 「문학과 의학교육-외국의 현황」, 『의학과 문학의 만남-대한의사협회 제30차 종합학술대회 자료집』 참고.

36 이영미·이영희, 「문학은 의학교육에서 어떤 역할을 할 수 있는가?」, 『한국의학교육』 제15권 2호, 86~87쪽 참고.

37 니카노르 파라, 강태진 역, 『아가씨와 죽음』, 솔, 1995, 134쪽.

38 이 구절은 〈그리스의 항아리에 부치는 노래(Ode on a Grecian Urn)〉(1819)에 나오는 것으로 원문은 "Not to the sensual ear, but, more endear'd, / Pipe to the spirit ditties of no tone"이다. 원문에는 '곡조 없는 노래를 부르라'로 되어 있다.

39 K.M.Hunter, 'Toward the Cultural Interpretation of Medicine', *Literature and Medicine, V. 10.* 1991, p.15.

40 에릭 카셀, 강신익 역, 「고통 받는 환자와 인간에게서 멀어진 의사를 위하여」, 코기토, 2002, 321쪽.

41 Beth Doll&Carol Doll, *Bibliotherapy with Young People : Librarians and mental health professionals working together.* Englewood, Colorado : Libraries Unlimited, 1997 참고.

42 양재한 외, 『독서치료와 어린이 글쓰기 지도』, 태일사, 107쪽.

43 한명희, 『교육의 미학적 탐구』, 집문당, 2002, 99쪽.

44 Elisabeth Kübler-Ross, On Death and Dying. SCRIBNER. NY. 2003 참고.

45 傳偉勳, 전병술 역, 『죽음, 그 마지막 성장』, 청계, 2001. 86쪽.

제2장 _ 의료문학의 다양한 문제들

1 이 글은 『문학과 의학』 창간호에 실린 「치유의 예술과 소통」(2010)을 수정, 보완한 것이다.

2 에릭 카셀, 강신익 역, 「고통받는 환자와 인간에게서 멀어진 의사를 위하여」, 코기토, 29쪽.

3 가다머, 이유선 역, 『철학자 가다머 현대의학을 말하다』, 몸과마음, 39쪽.

4 J.Coulehan, M.Block. op. cit., p.176.

5 버나드 라운, 서정돈·이희원 역, 『치유의 예술을 찾아서』, 몸과마음, 36쪽.

6 위의 책, 113쪽.

7 Jonathan Silverman, Suzanne Kurtz, Juliet Draper, *Skills for Communicating with Patients*, Radcliffe Medical Press, Oxen, 1998, p.4.

8 가다머, 앞의 책, 216~217쪽.

9 공소원은 1864~1917년 사이에 재정 러시아에 존재했던 법원의 하나를 말한다.

10 Л.Н.Толстой, Собрание сочинени йв двадцати томах. М. 1964. т.12. с.82~83.

11 Kathryn Montgomery Hunter, op. cit., p.123.

12 Ibid., p.14.

13 필자는 「권력관계에 의한 소통의 비소통화－톨스토이의 『이반 일리치의 죽음』을 중심으로」(이기웅 외, 『소통의 구성적 역동성과 러시아 언어－문화 공간의 다차원성』, 경북대 출판부, 2010)라는 논문에서 이 작품을 권력관계의 관점에서 분석한 바 있다.

14 Steven A. Cole, Julian Bird, op. cit., pp.337~338.

15 Гаршин, Рассказы, статьи, письма, Олимп, М. 2002, с.222~223.

16 Ibid., pp.223~224.

17 J.Coulehan, M.Block, op. cit., pp.38~39.

18 М.Бахтин, Эстетика словесного творчества. М, 1979, с.342~343.

19 Ibid., с.343.

20 Ibid., с.5~6.

21 Ю.Лотман, Структура художественного текста. М., 1970, с.13.

22 Emmanuel Levinas, Totality and Infinity-an essay on exteriority, Kluwer Academic Publishers, Dordrecht, 1991, p.76.

23 Emmanuel Levinas, Ethics and Infinity, Duquesne University Press. Pittsburgh, 1996. p.88.

24 Emmanuel Levinas, Totality and Infinity-an essay on exteriority, p.74

25 Alfred I. Tauber, Confessions of a Medicine Man : An Essay in Popular Philosophy, The MIT Press, Cambridge, Massachusetts, 2000, p.105.

26 가다머, 앞의 책, 216~217쪽.

27 이에 대해서는 Философский энциклопедический словарь, М., СЭ., 1983, 'воображение' 항목을 참고할 것.

28 김재진, 「의학, 뇌의 영토를 점령하다」, 전우택 외, 『의학적 상상력의 힘』, 21세기북스, 2010, 106쪽.

29 이재담, 「역사에서 보는 의학적 상상력」, 앞의 책, 47~49쪽.

30 한국철학사상연구회 편, 『철학대사전』(동녘, 1989)의 '가설' 항목을 참고할 것.

31 위의 책, 7쪽.

32 전영삼, 『다시 과학에 묻는다』, 아카넷, 2005, 113쪽.

33 임상적 추론은 수많은 의학적 데이터에 기초한 임상경험의 산물이다. 이런 점에서 임상적 추론은 경험적인 성격이 강하고 할 수 있다.

34 임상적 추론의 사례를 추리의 관점에서 기술한 선구적인 작업으로는 1947년 초판이 나온 Berton Rouehé의 The Medical Detectives를 들 수 있다. 한국어 번역본으로는 버튼 루셰, 박완배 역, 『의학탐정』(실학단, 1996)을 참고할 것.

35 이상은 조너선 에드로, 이유정 역, 『위험한 저녁식사』, 모요사, 245~260쪽의 내용을 필자가 정리한 것이다.

36 이에 대해서는 K.M.Hunter, "Sherlock Holmes and Clinical Reasoning", Teaching Literature and Medicine, Ed. A.H.Hawkins and M.C.McEntyre(New York, MLA)를 참고할 것.

37 Ibid., p.304.

38 어빙 코피(Irving M. Copi)는 탐정이 해결하는 문제가 순수 과학자의 그것과 완전히 같지는 않지만 그들이 문제에 다가가는 접근방법이나 기술은 과학의 방법을 매우 알기 쉽게 설명해주고 있다고 지적했다. 코피는 코난 도일의 「주홍색 연구」(A Syudy in Scarlet)

을 분석하면서 셜록 홈즈의 추론 방법을 다음과 같이 7가지 단계로 구분하고 있다. 1) 문제 설정(the problem), 2) 예비 가설들(preliminary hypotheses), 3) 추가 사실 수집(collecting additional facts), 4) 가설 정립(formulating the hypothesis), 5) 결과 추론(deducing further consequences), 6) 결과 검사(testing the consequences), 7) 적용(application). 이에 대해서는 Irving M. Copi, *Introduction to Logic*, (NY : Macmillan Publishing Co.), fourth edition, 1972, pp.435~444를 참고할 것.

39 아서 코난 도일, 백영미 역, 『셜록 홈즈 전집』 7, 황금가지, 174~177쪽.

40 위의 책, 185쪽.

41 Философский энциклопедический словарь, c.91.

42 이에 대해서는 *Эстетика-словарь*, М., Политиздат, 1989. 'воображение' 항목을 참고할 것.

43 제임스 테리와 피터 윌리엄즈는 모호성이 문학의 목표라는 흥미로운 주장을 제기한 적이 있다. 이에 대해서는 James S. Terry and Peter C. Williams, "Literature and Bioethics : The Tension in Goals and Styles", *Literature and Medicine*, (Baltimore and London : The Johns Hopkins University Press), Vol. 7(1988)을 참고할 것.

44 Howard Brody, "Literature and Bioethics : Different Approaches?", *Literature and Medicine,* Vol. 10, 1991, p.99

45 ambiguity에 대한 다음과 같은 설명은 이 개념의 본질을 잘 드러내주고 있다. *If you say that there is ambiguity in something, you mean that it is unclear or confusing, or* **it can be understood in more than one way**.(Oxford Advanced Learner's EK Dictionary)(인용자의 강조)

46 이상은 불가코프, 이병훈 역, 『젊은 의사의 수기/모르핀』(을유문화사, 2011)에 수록된 작품 해설 「러시아의 '의사 작가' 계보와 불가코프」를 참고할 것.

47 이상은 위의 책에서 인용.

48 김하수, 「언어학이 이야기를 발견하다-내러티브 연구에 관한 이해」, 연세대학교 언어정보연구원 엮음, 『내러티브 연구의 실제』, 박이정, 2014, 16~21쪽 참조.

49 이 글에서 내러티브 연구라는 용어는 영미 지역에서 구분하여 사용하고 있는 '내러티브 분석'(narrative analysis)과 '내러티브 탐구'(narrative inquiry)를 모두 포괄하는 개념이다. 전자는 내러티브를 주로 연구대상으로 보는 입장을 말하고, 후자는 내러티브를 주로 연구방법으로 보는 입장을 말한다. 이에 대해서는 이정은(2014)을 참조할 것.

50 캐서린 콜러 리스만, 제인 스피디, 「정신치료 분야에서의 내러티브 탐구-비판적 검토」, 진 클랜디닌 편, 『내러티브 탐구를 위한 연구방법론』, 교육과학사, 2011, 548쪽 참조.

51 김하수, 위의 책, 24쪽.

52 S.피네가, J.G.데이네스, 「내러티브 탐구를 역사적으로 위치시키기-내러티브로 전환하는 주제들」, 진 클랜디닌 편, 『내러티브 탐구를 위한 연구방법론』, 교육과학사, 2011, 46쪽.

53 Rita Charon, *Narrative Medicine : Honoring the Stories of Illness*, Oxford University Press, 2006, p.9.

54 황임경, 「질병체험과 서사」, 연세대학교 언어정보연구원 편, 『내러티브 연구의 현황과 전망』, 박이정, 2014, 214쪽.

55 Rita Charon, "Literary Concepts for Medical Readers : Frame, Time, Plot, Desire", *Teaching Literature and Medicine*, ed. A.H.Hawkins and M.C.McEntyre, New York : The Modern Language Association, 2000, p.30.

56 Ibid., p.10.

57 Ibid., p.209.

58 Ibid., p.209.

59 Ibid., p.211.

60 Ibid., p.211.

61 이에 대해서는 Rita Charon & Martha Montello ed(2002), Part II. Narrative Components of Bioethics를 참조할 것.

62 Kathryn Montgomery Hunter, *Doctor's Stories : The Narrative Structure of Medical Knowledge*, Princeton : Princeton UP, 1991, p.8.

63 Ibid., p.13.

64 Ibid., p.13.

65 베라 칼리츠쿠스(Vera Kalitzkus)와 페터 마티센(Peter F.Matthiessen)은 의학적 내러티브를 네 가지 장르, 즉 '환자의 이야기', '의사의 이야기', '의사와 환자의 만남에 관한 내러티브', '메타내러티브'로 구분한다. 여기서 메타내러티브는 질병에 관한 개별적 인 내러티브들을 기초로 작성된 의학사 혹은 몸의 역사에 속한 저작들을 말한다. 그들은 메타내러티브의 대표적인 예로 푸코의 『임상의학의 역사』를 들고 있다. 이에 대해서는 Vera Kalitzkus, Peter F.Matthiessen, "Narrative-Based Medicine : Potential, Pitfalls, and Practice", *The Permanente Journal*, Winter 2009, Vol.13, No.1, pp.81~82 참조.

66 Ibid., p.132.

67 Ibid., p.138.

68 Ibid., p.141.

69 아서 프랭크, 최은경 역, 『몸의 증언』, 갈무리, 2013, 164쪽.

70 위의 책, 196쪽.

71 위의 책, 227쪽. 아서 프랭크는 이 책의 한국어판 서문에서 세 가지 내러티브 유형 외에 네 번째 유형으로 '정상으로서의 질병'(illness-as-normality)에 대한 내러티브를 제 시하고 있다. 이것은 질병을 가지고 있지만 정상인과 다를 바 없는 생활을 하는 사람들이 많아진 현실, 즉 '회복사회'을 반영하고 있는 것이다.

72 위의 책, 296쪽.

73 비고츠키, 이병훈 외역, 『사고와 언어』, 한길사, 2013, 1010쪽.

74 위의 책, 1012쪽.

75 위의 책, 1012쪽.

76 위의 책, 1011쪽.

77 위의 책, 1012쪽.

78 위의 책, 1014쪽.

79 위의 책, 1011쪽.

80 위의 책, 1011쪽.

81 К.С.Станиславский, Собрание сочинений в восьми томах, Т.4, М., Искусство, 1957,

c.135.

82 Ibid., p.131.

83 Ibid., p.135.

84 Ibid., pp.138~139.

85 이 장면은 Steven A. Cole, Julian Bird, 김대현 외역, 의학 면담, 학지사, 2002, 208쪽에 나오는 대화를 필자가 상황에 맞게 변형한 것이다.

86 미하일 불가코프, 이병훈 역, 『젊은 의사의 수기』, 을유문화사, 2011, 93~94쪽.

87 위의 책, 94~95쪽.

88 위의 책, 96쪽.

89 플라톤, 박종현 역주, 『법률』, 서광사, 2009, 340~341쪽.

90 이 글에서 인용된 작품은 이병훈, 정과리 엮음. 『의학은 나의 아내, 문학은 나의 애인』, 알음, 2008에서 인용한 것이다.

91 이에 대해서는 김화영이 번역한 『페스트』(책세상)에 수록된 작품해설 「부정을 통한 긍정-알베르 카뮈의 『페스트』」를 참고할 것.

92 카뮈, 김화영 역, 『페스트』, 책세상, 135쪽.

93 이재선, 『현대 한국소설사』, 민음사, 1991, 288쪽.

94 위의 책, 276쪽.

95 변정화, 「시간, 체험, 그리고 노년의 삶」, 문학을 생각하는 모임 편, 『한국문학에 나타난 노인의식』, 백남문화사, 1996, 172쪽.

96 위의 책, 174~175쪽.

97 위의 책, 175쪽.

98 근대화론의 시각에서 노년문학을 이해하는 또 다른 예로 전흥남, 『한국 현대 노년소설 연구』(집문당, 2011)를 들 수 있다.

99 팻 테인 외, 안병직 역, 『노년의 역사』 글항아리, 2012, 9쪽.

100 위의 책, 409쪽.

101 위의 책, 286쪽.

102 박완서, 김병익 해설, 「험한 세상, 그리움으로 돌아가기」, 『친절한 복희씨』, 문학과지성사, 2007, 285쪽. 이와 유사한 견해를 가지고 있는 논의로는 송명희 외, 「노년담론의 소설적 형상화」, 『인문학자, 노년을 성찰하다』(푸른사상, 2013)가 있다.

103 박완서, 위의 책, 285쪽.

104 김윤식, 『90년대 한국소설의 풍경』, 서울대출판부, 1994, 353쪽.

105 위의 책, 354쪽.

106 위의 책.

107 김윤식, 「한국 문학 속의 노인성 문학-노인성 문학의 개념 정리를 위한 시론」, 김윤식·김미현 편, 『소설, 노년을 말하다』, 황금가지, 2004, 250쪽.

108 위의 책, 251~252쪽.

109 원로 시인들의 작품에 나타난 노년의 삶을 '말년성'이라는 시각에서 다룬 최근의 주목할 만한 논의로 이경재, 「한국현대시와 말년성의 한 양상」(『오늘의 문예비평』 70호, 2008)을 들 수 있다.

110 이병훈, 「자연스러움의 미학」, 『신경림 시전집』 2, 창작과비평사, 2004.

111 이병훈, 「길에서 '길'을 찾다-신경림의 시 세계」, 『韓國藝術總集 文學篇 VI-역대 예술

원 회원의 작품세계』, 大韓民國 藝術院, 2009, 13~14쪽.

제3장 _ 의료문학과 의학교육

1   마종기 외, 『의학과 문학』, 문학과지성사, 서문을 참고할 것.
2   위의 책.
3   아바톤에 대해서는 여인석, 「그리스 의학사 답사기」, 『연세의사학』 20권 2호, 연세의대 의학사연구소, 2017, 161~162쪽을 참조할 것. "여기서 당시 아스클레피오스 신전에서 치유과정이 어떻게 이루어졌는지 살펴보도록 하자. 먼저 치유를 원하는 환자는 신전에서 치유가 이루어지는 장소인 아바톤으로 들어간다. 이때 환자는 간단한 목욕재계는 하나 다른 번거로운 의례적 절차를 수행하지는 않았다. 아바톤에 들어간 환자는 꿈에 아스클레피오스 신이 나타나 치유해주기를 기대하며 잠자리에 든다. 환자의 꿈에 나타난 아스클레피오스는 수술이나 투약과 같은 구체적인 의료행위를 통해 환자를 치료한 것으로 여러 증언들이 묘사하고 있다. 그리고 의료적 행위 이외에 환자의 몸에 손을 대거나 입맞춤을 해서 치료하기도 했다. 그밖에 섭생법에 대한 처방이나 운동, 온천이나 바다에서 목욕할 것 등을 주문하기도 했다. 아스클레피오스의 치유가 단순히 신의 초자연적 능력에 의한 기적 치유가 아니라, 구체적인 의료행위를 통해 이루어진다는 점에 주목할 필요가 있다…… 환자가 아바톤에 들어가 잠을 자며 꿈에 아스클레피오스로부터 치유를 받는 이 일련의 과정을 '인큐베이션(incubation)', 즉 '몽중신유(夢中神癒)'라 한다. 이런 과정을 통해 치유 받은 환자는 감사의 표시로 자신이 치유를 받은 신체 부위의 테라코타인 이아마타를 만들어 바치고, 또 자신이 치유 받은 이야기를 새긴 비석을 신전의 마당에 세우기도 했다. 실제로 신전의 유적 중에는 인큐베이션이 일어나는 아바톤이 있었다. 아바톤은 2층 구조였는데 아래층은 주변의 다른 곳보다 지대가 상당히 낮은, 거의 지하에 해당하는 곳이었다. 외부소음과 차단되는 지하의 조용한 방에서 환자는 꿈에 아스클레피오스가 나타나 치유해주기를 기대하며 잠을 청했을 것이다."
4   이에 대해서는 *Античная культура : литература, театр, искусство, философия, наука. Словарь-справочник*, Под ред. В.Н.Ярхо. М., 1995.와 https://ru.wikipedia.org/wiki/катарсис 항목을 참조할 것.
5   James S, Terry, Peter C. Williams, "Literature and Bioethics : The Tension in Goals and Styles", *Literature and Medicine*, Volume 7, Johns Hopkins University Press, 1988, p.5.
6   이에 대해서는 아서 프랭크, 최은경 역, 『몸의 증언』, 갈무리, 2013을 참조할 것.
7   이에 대해서는 K.M.Hunter, "Sherlock Holmes and Clinical Reasoning", *Teaching Literature and Medicine*, Ed. A.H.Hawkins and M.C.McEntyre(New York, MLA, 2000)를 참고할 것.
8   Ibid., p.300.
9   Ibid., p.304.
10 조너선 에드로와 버튼 루셰의 한국어 번역본은 아래의 서적을 참고할 것. 조너선 에드로, 이유정 역, 『위험한 저녁 식사』(모요사, 2010), 버튼 루셰, 박완배 역, 『의학 탐정』(실학

단, 1996).
11 아서 코난 도일, 백영미 역, 『셜록 홈즈 전집』 7, 황금가지, 185쪽.
12 이병훈, 「의학적 상상력, 문학을 디자인하다」, 『문학과 의학』 vol.2, 2011, 16~19쪽.
참조.

제4장_ 의료문학과 문학치료

1 이 글은 2008년 『문학사상』 3월호에 발표된 「비블리오테라피, 자기와 타인에게 말걸기」를 수정한 것이다.
2 김종성, 『춤추는 뇌』, 사이언스북스, 337쪽.
3 『암병동』은 소비에트 시대의 지방병원이 무대이며, 작품의 주인공은 방사선 치료를 받고 있는 유형수 코스토글로토프이다. 이 작품에서 암병동은 소비에트 체제를, 암은 전체주의를 의미하는 상징으로 사용되고 있다. 『암병동』은 정치적 주제 말고도 몇 가지 중요한 의학적 주제들을 다루고 있는데, 예를 들면 다음과 같은 것들이 있다. ① 이 작품에서는 권위적인 의학계(의료인과 의료시스템), 환자의 권리, 환자들에 대한 충분한 설명 동의 (informed consent) 등의 문제들이 제기되고 있다. ② 이 밖에 『암병동』은 의료시스템의 관료주의 문화, 질병치료의 심리학적 문제, 만성질환을 치료하는 전략, 환자와 의료인의 상호책임의 문제, 질병의 사회적, 정치적 의미, 비블리오테라피 등의 주제를 다루고 있다.
4 비블리오테라피 과정은 '동일시', '자기 들여다보기', '비교하기', '타인에게 말걸기' 등으로 이루어진다. 이에 대해서는 이병훈, 「비블리오테라피, 자기와 타인에게 말걸기」 (『문학사상』, 2008. 3.)를 참고할 것.
5 이에 대해서는 드레쉐르, 독서치료 전문가의 현대적 개념(2003, 모스크바), 꼬프이틴, 『예술치료의 이론과 실제』(페테르부르그, 2002), 진케비치-에브스티그네에바, 『이야기치료의 실제』(페테르부르그, 2005)를 참고할 것.
6 드레쉐르, 『독서치료 전문가의 현대적 개념』, 모스크바, 2003, 208~209쪽. 참조
7 이에 대해서는 Arleen McCarty Hynes&Mary Hynes-Berry, *Biblio/poetry Therapy-The Interactive Process : A Handbook*, North Star Press of St. Cloud, Inc., 1994, pp.13~17를 참조할 것.
8 가면이론은 연극치료에서 자주 사용하는 개념이지만 문학치료의 '자기 들여다보기'를 설명하는데도 유용하다. 연극치료의 가면이론에 대해서는 М.Андерсен-Уоррен, Р.Грейнджер, *Драматерапия*, Санкт-петербург, ПИТЕР, 2001, cc.109~112를 참고할 것. 이 러시아어 번역본의 원본은 M.Andersen-Warren and R.Grainger, Practical Approaches to Dramatherapy-The Shield of Perseus, London and Philadelphia, Jessica Kingsley Publisher, 2000이다.
9 이것은 Elisabeth Kübler-Ross의 불치병 환자가 죽음을 받아들이는 5가지 단계 이론 중 첫 번째 단계인 '부정(Denial)'에 해당한다. 이에 대해서는 Elisabeth Kübler-Ross, *On Death and Dying*, New York, Scribner, 2003, p.53를 참고할 것.
10 М.Бахтин, *Эстетика словесного творчества*, М. Искусство, 1979, c.410.

제5장 _ 의료문학과 의사작가론

1 http://en.wikipedia.org/wiki/Physician_writer 이글에서는 우리 현실을 고려하여 의사작가의 범위를 치과의사는 물론 한의사까지 포함시켜 논의하려고 한다.
2 1장에서 서술된 체호프의 생애는 최근 러시아에서 출판된 『체호프 백과사전』(А.П.Чехов. Энциклопедия, М., Просвещение, 2011)을 참고하여 필자가 재구성한 것임을 밝혀둔다.
3 М.Громов, *Чехов*, М., Молодая гвардия, 1993, с.238~239.
4 안톤 체호프, 배대화 역, 『사할린섬』, 동북아역사재단, 2013, 333~334쪽.
5 위의 책, 246쪽.
6 М.Громов, op. cit., p.247.
7 Ibid., p.310 참조.
8 Ibid., pp.311~312 참조.
9 박현섭, 「체호프의 의사들」, 『러시아 연구』 제21권 제1호, 2011, 33쪽 참조. 『의사 체호프』라는 책을 쓴 일본 의사 도미타 미츠오(富田滿夫)는 체호프 작품에서 언급되는 각종 의료적 상황을 질환과 증상으로 구분하여 분류하고 있다. 그에 따르면 체호프가 작품에서 언급하고 있는 질환은 다시 감염병, 관절염, 직업성 질환으로, 증상은 정신증상, 치통, 기타로 분류된다. 이에 대해서는 富田滿夫, 醫師チェーホフ, 創風社, 2013, 東京, pp.209~221를 참고할 것.
10 М.Громов, op. cit., p.158.
11 박현섭, 앞의 글, 35쪽.
12 체호프, 오종우 역, 『개를 데리고 다니는 부인』, 열린책들, 2004, 59쪽.
13 위의 책, 107쪽.
14 1991년 키예프에서 출판된 Y.G.빌렌스끼의 저서 『의사 불가코프』는 불가코프를 의사작가라는 관점에서 연구한 유일한 저작이 아닐까 싶다. 이와 유사한 문제의식이 반영된 국내 연구로는 정연호, 「불가코프 작품에 나타난 '의사'의 형상」(『노어노문학』제2권 4호, 2009), 이병훈, 「러시아문학의 '의사작가' 계보와 불가코프」(『젊은 의사의 수기, 모르핀』, 을유문화사, 2011) 등이 있다.
15 Ю.Г.Виленский, *Доктор Булгако в*, Киев, Здоровья, 1991, с.12.
16 불가코프, 이병훈 역, 『젊은 의사의 수기, 모르핀』, 을유문화사, 126쪽.
17 Ю.Г.Виленский, с.55.
18 불가코프, 『젊은 의사의 수기, 모르핀』, 14~15쪽.
19 М.Булгаков, *Собрание сочиненийв пяти томах*, Т.1. М. Художественная литература, с.438~441.
20 백러시아의 도시 브레스트-리토프스크에 체결된 조약(Brest-Litovsk Treaties)을 말한다. 1918년 3월 3일 러시아혁명으로 성립된 러시아의 소비에트 정부가 제1차 세계대전 중의 교전국인 독일·오스트리아·불가리아·터키 등과 체결한 단독 강화조약이다.
21 불가코프, 앞의 책, 189~190쪽.
22 베레사예프의 전기적 내용은 다음과 같은 자료를 참고할 것. ИРЛИ РАН(Пушкинский дом), *Русская литература XX века. Прозаики, поэты, драматурги : биобибл.словарь*, : в 3т; под ред. Н.Н.Скатова, М., ОЛМА-ПРЕСС, 2005.2. *РУССКИЕ ПИСАТЕЛИ*

1800~1917 : биобибл.словарь, : в 3т;под ред. П.А.НИКОЛАЕВА, М., *Советская энцик лопедия,* 1989.

23 텍스트로는 http://az.lib.ru/w/weresaew_w_w/text_0010.shtml를 참고했다.

24 텍스트로는 http://modernlib.ru/books/veresaev_v/zapiski_vracha/read/를 참고했다.

25 비겐티 베레사예프, 김준수 역,『소설 러일전쟁-군의관』, 마마미소, 2011, 12쪽.(이하 쪽수만 표기)

26 И. М. Гейзер, "А.П.Чехов и В.В.Вересаев : писатели и врачи", *Великий художник, А. П. Чехов* \\сборник статей (100 лет со дня рождения 1860~1960), Ростов-на-Дону : Ростовское книжное издательство, 1959, с.371 참조.

27 파스테르나크의 전기적 사실에 대해서는 *Русская литература XX века. Прозаики, поэт ы, драматурги : био-библ. словарь* : в 3 т. под ред. Н.Н.Скатова. М. : ОЛМА-ПРЕСС Инвест, 2005, с.27~30를 참고할 것.

28 독자들은 '러시아 유모'에 대해 의아해 할 수도 있다. 유모가 작가의 정신을 키웠다고?! 하지만 유모가 위대한 작가에게 깊은 영향을 끼친 사례는 러시아문학사에서 종종 찾아볼 수 있다. 대표적인 경우가 뿌쉬낀이다. 뿌쉬낀은 자신을 키워준 유모에 대한 기록을 남겼 을 뿐만 아니라 심지어 여러 작품에서 '러시아 유모'를 형상화하면서 그들이 러시아 역사 에서 얼마나 중요한 역할을 했는지를 지적하고 있다. 이런 점에서 '러시아 유모'라는 존 재는 특별한 경우에 있어서 러시아 지성들을 교육시킨 숨은 조력자라고 할 수 있다.

29 보리스 파스테르나크, 박형규 역,『닥터 지바고』, 열린책들, 상, 85쪽. 러시아어로는 Бор ис Пастернак, Доктор Живаго, Избранное, Эксмо, М. 2006를 참고할 것. 인용문은 필자 가 원문을 참고하여 부분적으로 수정한 것임. 이하 본문에서는 번역본의 쪽수만 표시하 기로 함.

30 파스테르나크의『의사 지바고』와 노벨문학상 관련 사건 및 스캔들에 대해서는 러시아 위키피디아(https://ru.wikipedia.org/wiki/)의 Борис Леонидович Пастернак 항목 을 참고할 것.

31 *С разных точек зрения "Доктор Живаго" Бориса Пастернака,* Советский писатель, М, 1990, с.118.

32 Д.С.Лихачев, *Размышления над романом Б. Л. Пастернака "Доктор Живаго",* Там же, с.171.

33 『닥터 지바고』에서 유랴틴은 우랄지방에 위치한 도시로 묘사된다. 하지만 유랴틴은 실제 존재하는 도시가 아니라 작가가 만들어낸 상상의 도시이다. 몇몇 파스테르나크 연구자들 과 애호가들은 유랴틴이 실제 어느 도시를 모델로 한 것인지를 밝히는데 흥미로운 단서를 제공하고 있다. 이제까지 나온 연구결과들을 종합하면 유랴틴은 까마 강변에 위치한 우 랄지방의 여러 도시(옐라부가, 사라풀)와 지역('고요한 언덕')이 혼합된 공간이라고 알 려져 있다. 이에 대해서는 이리나 아르테모바(Ирина Артемова)의 "Юрятин-Елабуга, Варыкино-Тихие Горы"(irinart-1.livejournal.com)를 참고할 것.

34 빈다프스키 역은 현재 모스크바에 시내에 있는 리쉬키 역으로, 거기서 멀지 않은 곳에 메쉬찬스카야 거리가 있다. 실제 메쉬찬스카야 거리는 그다지 긴 거리가 아니다. 작품에 서 지바고가 '끝이 없는(бесконечная)' 메쉬찬스카야 거리라고 느낀 것은 그가 이미 티

푸스에 걸려 현실의 감각을 상실했다는 것을 암시하고 있는 것이다.

35 바리키노 역시 실재하는 장소가 아니라 상상의 공간이다. 상상의 공간은 당시 내전 중이었던 소비에트 러시아의 현실과 대비된다. 작가는 지바고와 라라의 사랑을 묘사하기 위해 이런 공간을 연출한 것으로 보인다. 하지만 그런 상상의 공간조차도 내전의 상황을 피해가지 못한다. 주인공들은 이 공간으로부터 멀어질수록 점점 더 비극적 운명을 맞이하게 된다.

36 В.С.Баевский, *Пастернак-лирик : основы поэтической системы*, Траст-Имаком, Смоленск, 1993, с.194.를 참고할 것.

37 В.Альфонсов, *Поэзия Бориса Пастернака*, Советский писатель, Л. 1990, с.288~289.

38 李光洙 全集 第十卷, 三中堂, 1963, 이하 본문에서는 쪽수만 표기하기고 한다.

39 박두진, 「순정한 생명감에 젖게 하는 시」, 정과리 편, 『마종기 깊이 읽기』, 문학과지성사, 1999, 290쪽.

40 정과리·마종기, 「유랑, 고난 혹은 운명의 궤적」, 위의 책, 81쪽.

41 마종기 선생의 가족사에 대해서는 미종기, 『이버지 마해송』(정우사, 2005), 「원로와의 대화-의사시인, 마종기」(『연세의사학』 제20권 2호, 2017)를 참조할 것.

42 마종기, 「의사로도, 시인으로도」, 위의 책, 44쪽 참조.

43 마종기·정과리 대담, 「시의 진실과 진실한 시」, 위의 책, 30쪽.

44 마종기, 「의사로도, 시인으로도」, 위의 책, 51쪽.

45 위의 책, 57~58쪽.

46 「원로와의 대화-의사시인, 마종기」, 『연세의사학』 제20권 2호, 2017, 139쪽 참조.

47 이에 대해서는 정과리·마종기, 「유랑, 고난 혹은 운명의 궤적」, 위의 책을 참조할 것.

48 이에 대해서는 2004년 문학과지성사에서 출간된 마종기 시선집, 『보이는 것을 바라는 것은 희망이 아니므로』에 실린 연보를 참조할 것.

49 「원로와의 대화-의사시인, 마종기」, 위의 책, 143쪽.

50 마종기·정과리 대담, 「시의 진실과 진실한 시」, 위의 책, 22쪽. 이와 유사한 고백은 「의사로도, 시인으로도」에서도 발견할 수 있다. 위의 책, 65쪽. 참조.

51 여기에 종교인으로서의 자아 또한 마종기의 문학세계를 이해하는 중요한 단서가 된다. 그는 22세가 되던 1960년에 가톨릭 신자가 되지만 신앙이 그의 시에 큰 영향을 준 것은 미국에서 50세가 된 1988년 이후로 보인다. 마종기는 이때부터 서부 오하이오 가톨릭 공동체를 비영리 기관으로 만들고 가톨릭 교리 및 성경 공부에 힘을 쏟는다. 이후에 나온 시집이 『그 나라 하늘빛』이고, 동생의 충격적인 죽음 이후에 이런 경향이 좀 더 강하게 나타난 시집으로 『이슬의 눈』이 있다.

52 마종기·정과리 대담, 위의 책, 28쪽. 참조.

53 시집 제목은 문학과지성사에서 출간된 『마종기 시전집』(2001)에 근거한 것이다.

54 마종기·정과리 대담, 「시의 진실과 진실한 시」, 위의 책, 34~35쪽.

55 위의 책, 33쪽.

56 이희중, 「기억의 지도」, 위의 책, 251쪽 참조.

57 В.Б.Шкловский, *Воскрешение слова, Гамбургский счет*, М. Советский писатель, 1990, p.36. '낯설게하기'는 20세기 초 러시아 형식주의 이론가 빅토르 쉬클로프스끼 (1893~1984)가 최초로 사용한 개념이다. '낯설게하기'는 러시아어로 Остранéние

(ostranenie)라고 하는데, 이 단어의 뜻은 '이화'(異化), 즉 '다른 것으로 바꾸는 것'이라는 의미이다. Остране́ние(ostranenie)는 '이상하게', '기이하게', '기괴하게'라는 뜻의 러시아어 стра́нно(stranno)에서 파생되었다. '낯설게하기'는 모든 현상을 마치 처음 본 것처럼 묘사하는 예술기법을 말한다. 이에 대해서는 *Литературная энциклопедия терминов и понятий.* Гл. ред. А.Н.Николюкин, М. 2003, "Остране́ние"을 참조할 것.

58 마샤 누스바움, 조형준 역, 『감정의 격동』, 새물결, 552쪽.

59 위의 책, 598쪽 참조.

제7장_ 동서양 의료문화 답사기

1 마르코 폴로, 김호동 역주, 『동방견문록』, 사계절, 2001, 381쪽. 이하 본문에 쪽수만 표시.

2 권석환 외, 『중국문화답사기』 1, 다락원, 2002.

3 이종진 외, 『중국시와 시인-宋代篇』, 역락, 2004, 430쪽.

4 金達鎭 編譯, 唐詩 全書, 민음사, 1987, 569~570쪽.

5 http://whc.unesco.org/en/list/1334

6 증다오, 한정은 역, 『장사의 신 호설암』, 해냄, 2004, 369쪽 참조.

7 고양, 김태성·정미화 역, 『호설암』, 달궁, 2006, 319쪽.

8 증다오, 『장사의 신 호설암』, 371쪽 참조.

9 다케우치 요시미, 서광덕 역, 『루쉰』, 문학과지성사, 2003, 52쪽.

10 주정, 홍윤기 역, 『루쉰평전』, 북폴리오, 2006, 75쪽.

11 위의 책, 30쪽.

12 리차드 H. 슈라이옥, 李載澹 역, 『근세 서양의학사』, 136쪽 참조.

13 Petra Lennig, *Die Berliner Charité : Schlaglichter aus 3 Jahrhunderten*, Berliner Medizinhistorisches Museum der Charité(Berlin, 2010), Zweite, un-veränderte Auflage, S.6~62 참조.

14 Ibid., pp.140~143 참조. 비르효의 생애와 학문적 업적에 대한 자세한 내용은 金永濟, 비루효의 生涯와 思想(汎友新書, 1980)을 참고할 것.

15 안나 그리고리예브나 도스토옙스까야, 최호정 역, 『도스토예프스키와 함께한 나날들』, 그린비, 207~208쪽.

16 이글은 Ana Delicado, "The Past and Present of Medical Museums in Portugal", Museum History Journal, Vol. 7, No. 1, January, 2004, p.18~35를 참고했음을 알려둔다.

맺음말_ 트랜스휴먼 시대와 의료문학

1 이브 헤롤드, 강병철 역, 『아무도 죽지 않는 세상-트랜스휴머니즘의 현재와 미래』, 꿈꿀자유, 2016, 264쪽 참조.

찾아보기